J.B. BLOSSUM

SPARKLING DAMAGES
Ihre indigolithfarbenen Augen
Daria & Matheo

DARKROMANCE

Instagram: J.B.BLOSSUM

Viel Spaß beim Lesen

Das mit uns ist nicht gut.
Es wird mich zerstören, es wird dich zerstören. Wenn es
das, nicht bereits schon hat. Dein Fehler ist das Vertrauen,
meiner bist du.

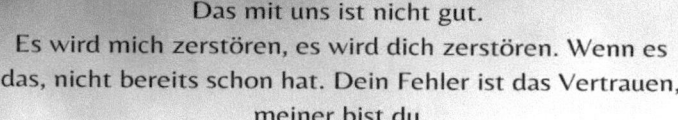

Bibliografische Information der Deutschen Nationalbibliothek: Die Deutsche Nationalbibliothek verzeichnet diese Publikation in der Deutschen Nationalbibliografie; detaillierte bibliografische Daten sind im Internet über http://dnb.dnb.de abrufbar.

© 2025 J.B. Blossum
5. Überarbeitete Auflage 2025
Lektorat: J.B. Blossum
Korrektorat: Alexandra Blechschmied, Lektorat Büchersinne
Verlag: BoD · Books on Demand GmbH, Überseering 33, 22297 Hamburg, bod@bod.de
Druck: Libri Plureos GmbH, Friedensallee 273, 22763 Hamburg
ISBN: 978-3-7693-2791-5

Inhaltsverzeichnis

I

Prolog

Was, wenn Gut und Böse plötzlich nicht mehr voneinander getrennt sind und zu einem werden.

Wenn das Licht und die Dunkelheit zu Einem werden. Ist es dann Tag oder Nacht? Ist es grau oder schwarz?
Bereit, alles hinter sich zu lassen, flieht Daria. Sie weiß, bleibt sie, stirbt sie. Geht sie, stirbt sie vielleicht. Läuft es gut, kann sie leben. Denn der Mafia gehörst du, bis sie dich entsorgen. Und sie will leben, um es zu wollen und nicht, um es zu müssen.

Bereit in dieser Nacht die Macht zu übernehmen, tauscht er sich gegen den Don ein. Nimmt seinen rechtmäßigen Platz ein. Wenn du Veränderung willst, ist der Wille größer als Werte oder Angst, auch wenn das bedeutet ein Eheversprechen zu geben. Diesen Schwur zu leisten.
Ich bin nicht dein Märchenprinz, der sich durch eine Welt aus Süßigkeiten zu dir herantastet. Ich bin die Sirene, die dich einnimmt und dich nicht mehr loslässt. Denn was mir gehört, das bekommt niemand. Koste es, was es wolle. Erst recht, wenn sie so ein Haar, solche Lippen und diese Augen hat.
Sie wissen beide, Vertrauen ist ihr größter Feind und gleichzeitig ihre größte Waffe.

Die Zuneigung, die ich fühle, wenn ich ihn sehe. Wenn ich seine Hände auf mir spüre und seine Wärme empfinde, immer wenn er in meiner Nähe ist, kann nicht wirklich echt sein. Was kostet es mich, wenn ich meine eigene Moral ignoriere und ihm meine Liebe schenke? Wenn ich bereit bin, ihm alles von mir zu geben. Funken der Zerstörung breiten sich über ihnen aus, erotische Funken, welche die Haut und das Innerste berühren. Funken der Zerstörung, die sie wie ein Schuss treffen und alles um sie herum zerstören. Übrig bleiben die Funken, doch was kann man aus ihnen machen?

1. *Daria*

Ich weiß, bleibe ich, geht ein Teil von mir. Gehe ich, findet er mich,
denn ich gehöre ihnen. Trotzdem packe ich schon wieder einmal meinen
Notfallrucksack aus und fülle ihn dann doch wieder. Nein, eigentlich
sollte ich wohl eher sagen: meinen Feiglings-Rucksack. Seufzend
schüttle ich den Kopf und sehe zu Mavi, meiner Katze, welche sich gerade um mein Bein schmiegt, hinunter.

Sie hat vollkommen recht: So wie sie sich um meine Beine windet, sollte
ich sie nehmen und den Trost annehmen.

Wir sind irgendwo in etwa gleich. Ja, das wusste ich vom ersten Moment
an, als ich sie mit ihrem gebrochenen Bein und dem Streifschuss behan-
delte. Ihr Schnurren drang tief in mein Inneres. Ich habe ein gebrochenes
Herz, fühle mich wie angekettet und wünschte, ich hätte einen

Streifschuss. Etwas, wo ich genau weiß, wo der Schmerz liegt. Keiner, der sich konfus im Körper ausbreitet. Schmerzen fühle ich schon lange nicht mehr so wie früher. Ich lasse sie kaum zu oder vielmehr nimmt mein Körper sie einfach an. Ich brauche nicht zu fragen, wie es so weit kam, wie ich die Ausraster meines Mannes zulassen und im Anschluss so tun kann, als wäre nichts gewesen. Es ist die einfachste Strategie, um von einem Tag zum anderen zu kommen.

In meiner Welt zählen Frauen nichts, sie sind ein notwendiges Übel, und wenn sie das nicht sind, dann sind sie ein Statussymbol. Trophäen. Ich erfülle nichts, wir gehen nicht aus, wir leben einander umher. Ich verstehe nicht, wieso ich hierbleiben soll. Meinen Zweck könnte jede andere genauso erfüllen.

Der Rucksack ist für den Notfall oder auch den Glücksfall, dass ich vor ihm fliehen kann. Im Laufe der Zeit habe ich immer wieder neue Verstecke und einen neuen Inhalt aufgebaut. Snacks, Wasser, Socken und Kleinigkeiten wie Geld. Ich habe ihn unzählige Male ein- und ausgeräumt. Ich habe nicht einmal mehr meinen Pass. Denn diesen hat er auch.

Leo hat Soldaten, welche mich auf Schritt und Tritt im Auge behalten. Er verbirgt es nicht einmal. Ich soll bei ihm bleiben, auch wenn ich für ihn nichts von Wert bin. Denn in den Augen seines Vaters ist er es, der erst etwas wert sein wird, wenn er einen Erben zeugt. Er wird der Don DiDio werden. Eines Tages. Aber ich denke, sein Vater hat genauso wie ich erkannt, dass er es schwer mit dem Titel haben wird. Deshalb schwer, weil er abhängig ist, seine eigenen Regeln lebt und einfach nicht der geborene Anführer ist. Er ist wie ein Kind, ein trotziger Mann mit vielen Problemen und einem riesigen Berg von Schulden. Auch das hält er mir stets vor, deshalb darf ich auch weiter als Tierärztin arbeiten. Für ihn eine tolle Möglichkeit zur Geldwäsche.

Ich habe meine Praxis in unserem Haus, so kann er seine Einnahmen und Ausgaben schön verpacken und sie zum Geldwaschen verwenden. Und ich bin unter Aufsicht, tagein, tagaus.

Mein Vater hatte damals unsere Ehe arrangiert, ich war begeistert, ich dachte, ich bekäme das Leben, welches sich jede Frau wünscht. Einen liebevollen Mann, den obligatorischen weißen Gartenzaun, kann mein Studium fertig machen und Vater-Mutter-Kind spielen. Ja, falsch gedacht. Er hat es mir so verkauft, als wenn es das große Los wäre. Ja, das war es sicherlich, aber nicht für mich.

Heute, nach sechs Ehejahren, will ich immer noch fliehen und weiß nicht, wie ich es anstellen soll. Ich will keinen weißen Gartenzaun und sicherlich keine Kinder. Deshalb bestelle ich bei meinen Medikamentenbestellungen für die Praxis immer die Dreimonatsspritze mit und verabreiche sie mir heimlich. Wir haben so gut wie nie Sex, aber ich weiß nicht, wann es ihn doch überkommt. Ich bete jeden Monat, dass sie wirkt, wie sie sollte. Immer wenn ich meine Periode bekomme, ist es Fluch und Segen zugleich. Gestern Nacht war es wieder so weit. Leonardo kam von seinem Sauf- und Drogentrip zurück und ich konnte auf seine Frage nach meiner Periode mit der Wahrheit, dass ich sie habe, antworten. Er zog mich an den Haaren in das Badezimmer und sperrte mich wieder bis abends darin ein. Letzten Monat wollte er Sex, es ging schnell und war über dem Sofa gebeugt, schnell erledigt. Im Badezimmer hatte ich zumindest etwas Ruhe. Keiner seiner Männer ging mir auf die Nerven.

Das ständige Beobachten nervt immer noch, auch wenn ich es schon so lange mitmache.

Leo braucht einen Erben, um die Macht zu übernehmen, und ich bin das Übel, das ihm diese nicht schenkt. Scheidung ist keine Option in unserer Familie. Das gibt es nicht. Eher werde ich eines Tages von der Bildfläche verschwinden, und ich habe Angst, dass es bald so weit sein könnte. Sein Vater macht Druck. Mein Vater macht Druck. Daria, denk an deine Pflichten. Daria, mach mich stolz, Daria, ich habe einen Vertrag mit dem alten DiDio.

Vor ein paar Stunden ließ er mich dann endlich heraus, sperrt wie immer einfach auf und geht. Er rechnet damit, dass zu Hause alles erledigt ist, bis er wiederkommt. Nachdem ich mir einen Kaffee gemacht hatte, schlenderte ich zur Praxis. Nehm Mavi hoch und untersuche nochmals ihren Verband. Sie schnurrt trotz ihrer Schmerzen. Die Wunde ist so gut wie verheilt. Wir genießen die Ruhe hier in der Praxis. Es ist kaum jemand hier, der sich hierher verirren würde. Deshalb stehe ich vor diesem Rucksack, starre ihn an und schließe ihn wieder. Mein kleines Muttermal am Finger ist genauso präsent wie mein Leben, es ist da und ich weiß nichts damit anzufangen. Ich schließe ihn und werfe ihn wieder auf den Schrank. Ich erschrecke, etwas kracht hinter mir. Mist, was war das? Die Tür zur Praxis fliegt auf und Mavi humpelt, so schnell sie kann, davon.

Hinaus zu Salomon, meinem Hund, und ich bleibe zurück. Der Schreck von gerade nimmt Gestalt an. Nochmal kracht es an der Tür, ich hingegen stehe angewurzelt hier und ich weiß, ich kann nirgends hin. Mist, sobald die Tür aufgeht, stehen schon Männer in ihr.

Große, dunkle Männer.

Männer, deren Anblick einem das Fürchten lehrt. Sie stürmen herein. Groß, hünenhaft, stinkend und mit einer Mordlust in den Augen, wie man sie nur selten sieht.

Ich kann gar nicht davonlaufen, meine Beine sind wie gelähmt. Gedanklich komme ich gar nicht dazu, meine Möglichkeiten abzuwägen. Stiefel und schroffe Bewegungen sind zu hören, sie werfen einen von ihnen auf meine Behandlungsliege und wuseln im Raum herum. Ich stehe da wie angewurzelt, immer noch. Ängstlich, bis einer von ihnen mich an meinem Arm packt und mich neben die Behandlungsliege schleift. Ich sehe alles und nichts. Ich bin doch nicht gewöhnt, dass eine Kleintierpraxis gestürmt wird.

Von was weiß ich welchen Bastarden, mit denen sich Leo herumtreibt.

„Wer bist du?", will er wissen. „Äh, ich bin Daria", stottere ich ihm ängstlich entgegen. Ich fühle mich wie eine Maus vor der Falle. „Bist du die Ärztin?", fragt er mich so unfreundlich, wie es nur geht. Seine Stimme peitscht wie ein Hieb. Man kann aber deutlich seine eigene Anspannung spüren. Er steht unter Druck, ich sehe es an seinem Gesicht. Seine ganze Mimik zeigt, dass er nervös ist. Seine Augen gehen schnell und der Ton ist alles andere als ruhig.

„Ja, aber die Tierärztin!" Ich lasse es extra als Flehen klingen. Der Raum hier wirkt so eng, langsam fehlt mir die Luft zum Atmen. Das Blut des Verwundeten füllt genauso den Raum wie der Schweiß der anderen fünf.

„Glückwunsch zur Beförderung, Kleines", meint der Seltsame, so ironisch wie es nur geht. „Dann bist du heute Humanmedizinerin, Kleines, und zwar pronto. Er wurde angeschossen und er ist unser Arzt, also mach, dass es ihm wieder gut geht. Versteht sich von selbst, dass wir sonst keinen Arzt haben, oder? Verschau es ja nicht, hörst du. Streng dich an. Er hat einiges an Blut verloren, der Schuss ging glatt durch. Das haben wir schon gesehen und du richtest das, aber flott. " Er spricht mich direkt an, sieht mir ins Gesicht. Ich weiß genau, ich habe keine Wahl. Wenn ich es nicht besser wüsste, würde ich sagen, er sieht mich wohlwollend an, sieht irgendwie auf mich.

So, als wäre ich eine jämmerliche Gestalt. Gut, er steht auch nicht an meiner Stelle hier.

Ich weiß gar nicht, wie mir geschieht. Ich habe Glück, dass ich nicht nur für Kleintiere zuständig bin. Ich habe auch Instrumente für große Tiere hier, wie zum Beispiel Pferde. Diesen Mann, ich kann ihn doch nicht sterben lassen. Ich muss versuchen, zu retten, was zu retten ist. Soweit ich das irgendwie zustande bringe. Die Hektik und die Blicke der Hünen, sie machen es nicht besser. Meine Hände zittern, Übelkeit schleicht sich von meinem Magen rasant herauf. Ich muss mich zusammenreißen, eine andere Chance gibt es nicht.

Es ist bereits zu spät, ich habe die Gesichter alle gesehen, das heißt in jeder Kultur doch das Gleiche, nämlich „Zeugen müssen verschwinden". Ich denke, diese Begegnung macht mich zum Zeugen Nummer eins. Ich bin hin- und hergerissen, was ich machen soll. Ich soll ihn retten, ihnen helfen, mich nicht umbringen lassen und funktionieren und das alles auf einmal. Jetzt sofort.

„Ok, ok, ich brauche Instrumente, Männer, die mir die Sachen reichen, links und rechts jemanden neben dem Tisch. Die Lampe muss angeschaltet werden. Die Wärmedecke muss über ihn. Befehle und instruiere ich, soweit es möglich ist. Sie blicken mich fast entrüstet an, wirken wie

Wilde und sehen aus wie Bastarde. Ich werde es machen wie bei Leo, mir nichts anmerken lassen, sie dürfen meine Furcht nicht spüren, sonst habe ich verloren.

Immer noch sehen mich diese Männer ungläubig an, dann meint der Große: „Männer, ihr habt sie gehört. Los, fangt an. Ich behalte sie im Auge." Er bückt sich etwas zu mir herunter und schwört mir: „Kleines, du machst keine Faxen, sonst bist du schneller weg, als du denkst!" Seine Stimme ist grauenhaft. Sein Gesichtsausdruck wirkt unbekümmert, weil er weiß, dass ich nichts anstelle, vor allem, wenn ich mit Leo unter einem Dach lebe.

Sie machen, wie ihnen befohlen, ich hingegen spüre den Blick, welchen mir der Große zuwirft, nur allzu genau. Seine Atmung ist laut und nervt mich tierisch, ich habe Mühe, mich zu konzentrieren und den richtigen Punkt zu finden, an dem ich anfangen werde.

Alkohol weht mir entgegen, zusätzlich zu dem Medizinischen, das ich verwende. Ich sediere den Mann auf der Liege, ich will nicht, dass er aufwacht und selbst Faxen macht.

„Ich muss ihn sedieren, Schmerzmittel verabreichen, einen Zugang legen und ich brauche Ruhe. Ich will helfen, verdammt, aber ihr lasst es nicht zu. „Bitte", ich befehle und flehe gleichzeitig, meine Stirn ist voller Schweiß. Ich habe Angst. Werden sie machen, was ich ihnen sage? Werden sie so lange hier warten? Ja, ganz sicher, sie werden sich hier nicht wegbewegen. Ich traue mich nicht, in ihre Gesichter zu blicken, aber es ist jetzt still. Die Stille, die mich zum Arbeiten bringen kann. Ich lege einen Zugang und sediere ihn. Fahre mit meiner Arbeit fort. Der Wind und der Regen prasseln an die Scheiben. Es ist wie die Stille vor dem Sturm in diesem Raum. Langsam taste ich mich zu der Schusswunde vor, setzte sofort die Klemmen und arbeitete mich mit Präzision weiter voran. Seine Sauerstoffsättigung passt. Vorerst, das gefährliche Stück habe ich noch nicht betreten. Die Schusswunde liegt unter den Rippen, aber nicht tief, die Lunge sieht gut aus. Zumindest sehe ich keine, also wird nichts betroffen sein. Nein, es ist wirklich nicht schlimm, oberflächlich. Er wird mehr einen Schock als alles andere haben. Ich konnte nicht einmal röntgen. Er liegt hier auf meiner Tierliege, ich fasse es nicht.

Rundherum sind kleine Pfötchenunterlagen und darauf der dunkle Mann. Sie unterhalten sich, so als wäre ich nicht hier.

Trotzdem versuche ich, mich auf mein Tun zu konzentrieren. Es ist wirklich nicht leicht. Leise und kryptische Sätze geben sie von sich. Gemischt mit einem Italienisch, das ich als Slang interpretieren würde. Ich verstehe leider kaum etwas davon, nur einzelne Wörter. Latein, ja, da kann ich ganze Bücher davon schreiben, das ist meine Sprache zusammen mit Tiergebärdensprache, sozusagen.

Die Tiere und meine Violine, das ist meine Welt. Und doch habe ich meine Finger in einem Menschen und kann es einfach nicht fassen.

Ich meine, wem passiert so etwas? Als Tierärztin müsste man damit nie in Berührung kommen. Ich habe solche Angst, dass mein Körper wohl einfach arbeitet. Was werden die Männer hier zu suchen haben? Sie fragen mich im selben Moment, während es in meinen Kopf eindringt, ob ich die Frau von Leo DiDio bin. Ich nicke, aus Angst, etwas Falsches zu sagen, und könnte mich vor Dummheit verstecken. Klar, sie suchen ihn. Jackpot. Was sollten sie sonst hier wollen? Leo, du bist so ein dummer Bastard. Wie immer er, nur Typen von dieser Art habe ich hier noch nie gesehen. Sie sind ausnahmslos gruselig, hünenhaft und laut. Um einige Nummern größer als er. Und um Weiten gefährlicher als er. Sie sehen aus, als würden sie allesamt den Tod überleben. Der Große neben mir sieht, dass ich zittere. Er meint „Pssst!" zu mir. Ok, was soll das? Ich blicke ihn kurz an und er nickt mir zu. Nicht wirklich etwas, das ich deuten kann. Trotzdem glaube ich, das könnte eine Chance für mich sein, ihn für mich zu gewinnen. Er ist immer noch so angespannt und scheint noch etwas Menschlichkeit in sich zu haben. Vielleicht ist das meine Chance, hier irgendwie herauszukommen.

Ich spüre, dass er mein blaues Auge bemerkt. Gut, dass er dazu nichts sagt. Also, ich brauche einen Plan und das schnell. Eine Idee, um hier herauszukommen.

Er ist jetzt außer Gefahr, also werde ich ihn weiterhin sedieren und sagen, dass ich etwas brauche und zur Toilette muss. Er ist in Wirklichkeit auch gar nicht so sehr verletzt, wie es aussieht. Blut sieht immer schlimm aus. Ich spüle die Wunde noch weiter und mehr als notwendig, so läuft es schön heraus. Trotz allem versuche ich, so ruhig zu wirken wie möglich, und kein großes Aufsehen um meine Person zu machen.

Ruhig und gefasst sage ich ihnen, dass es noch ein paar Stunden dauern wird. Schließe die Sauerstoff-Patches weiter oben an, sie sollen ruhig piepsen. Ich befestige sie extra nicht so gut, wie sie sein sollten. So sieht es noch etwas schlimmer aus. Und sie werden hoffentlich den Tisch nicht verlassen und warten, bis ich wiederkomme.

Also etwas aus dem Nebenzimmer holen, ja, das wäre ein Plan, nur was dann? Meine Tasche ist noch nicht ausgeräumt, gut so.

Trotzdem kann ich doch nicht ohne die Katze gehen. Ich habe sie schon so lange nicht mehr gesehen, sie weiß im Gegensatz zu mir, was besser ist für sie. Mist. Ich spüre die Blicke auf mir und weiß nicht, wie ich sie von mir lösen könnte. Mavi, sie muss hierbleiben. Je weiter ich hier vorankomme, umso sicherer bin ich mir, sie werden mich nicht am Leben lassen, wenn ich hier fertig werden sollte. Sie unterhalten sich weiter, aber ihr Ton gefällt mir gar nicht. Ich muss die Gelegenheit nutzen. Versuche, weiter so auszusehen, als würde ich nicht zuhören. In Wirklichkeit kann ich sowieso nichts verstehen, aber ich kann Körpersprache deuten. Ich muss weg, wenn nicht jetzt, dann nie. Und mein scheiß Ehemann, der kann mich mal. Heute ist der Tag der Tage, an dem ich meine Freiheit zurückbekomme. Nein, an dem ich frei sein werde. Endlich. Es mag dumm sein, das zu riskieren, aber ich werde nicht leben, wenn ich es nicht probiere. Das weiß ich gewiss.

Einer von den Männern bringt mir mein Handy an den Tisch. „Das ist deins, oder? " Seine Stimme, fragend und vor Bosheit triefend. „Ruf deinen Wichser von Mann an und stell auf Lautsprecher. Lass dir nichts anmerken. Verstehst du mich? Nur weil du unseren Arzt behandelst, heißt es nicht, dass ich dir vertraue oder einer der anderen. Klar? „Ich nicke. Denke an meinen Plan. Lasse ihn mir ständig im Kopf von vorn ablaufen. Mist.

Ich räuspere mich, habe solche Angst. „Sorry, aber ich kann die Hand hier nicht wegnehmen." Vorsichtig hebe ich die Augenbrauen, blicke die anderen um mich herum ebenso an. Hoffentlich rastet keiner aus.

„Also, Kleine. Ich rufe ihn an, ich stelle auf Lautsprecher und du holst ihn hierher. Es ist mir verdammt noch mal egal wie. Egal, wie du das anstellst, er kommt hierher, jetzt und sofort. Ich will, dass er hier ist. Ich habe keinen Bock, ihn noch weiter zu suchen. Verdammt nochmal", brüllt er mich immer lauter werdend an.

„Er hat Schulden bei uns, und zwar eine ganze Menge. Als wäre das nicht noch genug, hat er beim Chef im Casino Karten gezählt.

Verstehst du?" Dann beginnt er plötzlich zu grinsen. Jemand wie ich weiß sofort, dass das kein gutes Zeichen ist. „Du weißt, was das bedeutet, natürlich weißt du das, ich sehe es an deinem Blick." Er lacht. Himmel, was ist Leo nur für ein Trottel, denke ich mir. Schlimm, aber mir wäre es egal, was sie mit ihm machen. Nur kann ich ihnen das sagen? Nein, definitiv nicht, das wäre mein sofortiges Todesurteil. Ich bin so froh, dass meine Helferin Lara nicht hier ist. In meinem Kopf rattert es. Was soll ich ihm nur sagen? Warum sollte er kommen? Ihn interessiert sowieso nichts. Ich blicke auf den Verwundeten, starre eigentlich nur ins Leere. Das Licht über mir ist so grell, die Männer atmen so laut, die Sauerstoffsättigung piepst immer wieder, ansonsten Totenstille. Und ich stehe hier am Rande des Zusammenbruchs.

„Ich muss mich konzentrieren, wartet kurz. Bitte, die eine Naht, dann bin ich bereit, das zu tun, was sie wollen." sage ich ihnen. Den überlegenden Unterton werden sie hoffentlich nicht erkennen. Die Naht, die ich hier abliefere, ist von Zittern umgeben, schwierig, überhaupt eine zu machen.

Er blickt mich wieder fragend an. „Mein Passwort ist 9898. Sein Name steht in der Kurzwahl 2", stottere ich und nicke ihm zu. Sofort kommt mir ein böses Lächeln entgegen.

Es sind sonst sowieso keine Namen drin gespeichert. Auch das hat er mir verboten. Er soll nur kommen, mittlerweile denke ich fast, es ist besser, er kommt und wird von ihnen geschlagen oder was auch immer. Meine ganze Wut auf ihn kommt wieder zum Vorschein und wächst ins Unermessliche. Genauso wie die Schwellung an meinem Auge.

Er wählt, das Freizeichen erklingt. Tut, tut, tut, noch nie hat das so lange gedauert wie im Moment. Vor allem rufe ich normalerweise auch nie an. Er ist mit meinem Vater unterwegs. Die beiden werden sich wundern, wenn auf einmal mein Name auf dem Display erscheint. Leo nimmt ab, ich erschrecke. „Ja, was willst du?" Er hört sich gestresst und angetrunken an, so wie immer. Der Raum füllt sich mit seiner Stimme und nimmt meinen Geist sofort wieder ein. Die anderen stehen um mich herum und hören zu, man könnte eine Stecknadel hören, so leise sind sie plötzlich.

„Kannst du bitte schnell kommen", ist das Erste, das mir gerade einfällt.

„Warum? Was willst du?, habe ich gefragt. Und nicht, was ich tun soll? Was ist mit dir los, warum rufst du mich an? Du weißt, dass du mich nicht stören sollst. Das haben wir doch gerade erst geklärt, oder weißt du das nicht mehr? " Seine ekelhafte Stimme dröhnt aus dem Lautsprecher, die Bastarde blicken alle mich an. Dann, unüberlegt, platzt es aus mir heraus. „Ich bin schwanger!" Stille in der Leitung, Stille und seltsame Blicke füllen auch den Raum um mich. Das ist das Beste, das mir gerade jetzt und hier eingefallen ist. Er wird wissen, dass es nicht sein kann, er wird denken, ich habe einen anderen, er ist so besitzergreifend, dass er jeden umbringen würde, der mir zu nahekommt. Gut, er würde es nicht selbst machen. Er hat Arbeiter. Er ist dafür nicht geeignet. Und das, obwohl wir uns nicht einmal selbst nahe sind. In den ersten zwei Jahren unserer Ehe hatten wir ein paarmal Sex. Dann so gut wie nicht mehr. Gott sei Dank. Ich glaube, er steht überhaupt nicht auf Frauen, und wenn, dann nur auf Ältere. Ich habe ihn öfter mit einer über sechzigjährigen Nutte in unserem Bett gesehen. Mehrmals mit anderen alten Frauen. Spätestens beim dritten Mal war mir klar: Ich bin nicht sein Typ. Ich war nur die bessere Partie in diesem Scheißkonstrukt der Mafia. Der Bündnisse. Der Korruption. Der Ausbeute.

„Du verdammte Hure", tönt es zurück. Ich konzentriere mich derweil darauf, den Arzt hier am Leben zu erhalten, ihn so weit zu stabilisieren, dass ich verschwinden kann. „Du kannst Gift darauf nehmen, du dumme Schlampe, dass ich gleich hier sein werde, und Gnade dir Gott, du hast recht. Setz dich in den Keller auf deinen Stuhl, du dumme Fotze!" Ich höre bereits wieder, dass er mehr als üblich getrunken haben muss. Er hält sich meist nur in Bars und Casinos auf. Die Blicke der Männer um mich herum, unergründlich. Stille, weit und breit. Leo ist jetzt so geladen, dass ich auf keinen Fall hier sein möchte, wenn er kommt. Das ist mir klar, dagegen scheinen die Männer hier im Moment nicht ganz so schlimm. Doch ich weiß es besser. Auch sie sind von der gleichen Sorte. Die, die dich nicht gehen lassen, bevor sie alles von dir haben. Du entkommst ihnen nicht, sie nehmen sich dich.

Ich denke, er ist relativ stabil, dass er so weit fertig ist. Ich lasse den Schnitt und die Eintrittsstelle noch ein bisschen offen, sie könnten später nur ein Pflaster darauf geben.

Bewegung macht sich um mich breit. Gerade jetzt verlassen zwei von ihnen den Raum und gehen zur Vordertür hinaus. Ich habe gehört, wie sie seinen Namen sagten. Sie warten auf ihn. Gut so. Sie werden abgelenkt sein. Noch drei um mich herum am Tisch.

„Ich muss kurz hinter und die Betäubungsmittel holen, ihr müsst die Klammern weiterhin festhalten. Es darf nichts verrutschen, ok?" Ich blicke ihnen in die Augen, vergewissere mich, dass sie mich hören und ich authentisch wirke. Sie dürfen auf keinen Fall Verdacht schöpfen. Innerlich bin ich gerade ein totales Wrack. Angst und Magenschmerzen, sie bilden das Zentrum in meinem Körper. Sie sehen sich um, wirken unschlüssig. Der Erste nickt mir zu. Ich hoffe, die anderen beiden verlassen sich auf sein Nicken. Es sieht nicht so gut aus, der Zweite folgt, die Anspannung wird größer. Sie sehen sich an und lassen mich aber dann doch gehen. Sie hatten die Räumlichkeiten gecheckt. Es gibt nur das kleine Fenster über dem Schrank. Das Kleine, durch das ich gerade so durchpasse. Wenn man nicht direkt hochsieht, kann man es leicht übersehen, ebenso den Hocker, welcher neben dem Schrank steht. Nervös nicke ich ihnen zu, hoffe so sehr, mich nicht zu verraten. Es gibt nur diese eine Chance.

„Bin gleich wieder da, wie viel wiegt er ungefähr?" frage ich sie noch, auch wenn es total egal ist. „Neunzig Kilogramm müsste er haben", meint der Kleinere kurz und knapp. Das ist mein Stichwort, ich nicke, gehe langsam hinter und dann mache ich so schnell ich kann. Ich nehme den Hocker, klettere auf den Schrank, nehme mir die Tasche von dort oben und öffne das Fenster. Mein Puls springt bis auf Anschlag. Es ist keine Zeit, darüber nachzudenken. Ich muss über die Scheibe klettern, sodass sie nicht zerbricht. Irgendwie muss ich mich da durchdrücken, erst die Tasche, dann ich. Ich habe eine scheiß Angst.

Meine Hände zittern so stark, dass ich fast nichts anfassen kann. Aber ich muss noch schneller sein, so schnell ich kann.

Ich winde mich durch das Fenster und lasse mich fallen. Es ist nicht weit, vielleicht knapp zwei Meter, ich lande gut. Zum Glück. Schnappe mir die Tasche und laufe los. Die Sonne geht sowieso bereits unter, sodass ich mich hoffentlich gut verstecken kann. Der Wind peitscht in mein Gesicht, der Angstschweiß trocknet auf meiner Haut. Ich spüre es, ich traue mich nicht, mich umzusehen. Ich spüre jeden Schritt in meinen Gedanken doppelt so stark. Die Luft aus meinen Lungen wird weniger, sie brennt regelrecht vor Anstrengung. Alles, was ich höre, ist mein schneller Atem, das Ein- und Ausatmen. Spüre meine Füße, die so schnell laufen, wie sie können, Schritt für Schritt. Ich befürchte, wenn ich mich umdrehe und schaue, ob sie folgen, werde ich langsamer. Ich laufe, als gäbe es kein Morgen, das es vielleicht wirklich nicht gibt. Das Grundstück ist weitläufig, sodass ich ein ganzes Stück laufen muss. Ich laufe am Rand, an den Bäumen. Zwischen Sträuchern hindurch. Angst ist ein wahnsinniger Motivator.

Ich laufe an der Scheune vorbei, die für die Pferde, seine Pferde. Für den Rennsport. Ich könnte eines nehmen, aber ich habe keinen Schlüssel zu den Boxen. Ich kann nicht nach innen gelangen. Zeit dafür habe ich erst einmal auch keine. Hier hinten könnte man noch mit einem Wagen fahren. Zeit zu überlegen bleibt mir nicht, ich laufe und laufe um mein Leben. Ich weiß, der Mafia entkommst du nicht, der gehörst du. Und ich weiß auch sicher, dass diese Typen definitiv auch welche von ihnen waren. Die ganzen Tattoos, die Haltung, die Kleidung.

Auch der Rucksack ist so verdammt schwer, das hätte ich bedenken müssen, bin aber schon so weit, dass ich das Haus nicht mehr sehen kann. Ich habe keine Zeit, um auszusortieren. Mist.

Trotz der brennenden Lunge und dem Seitenstechen laufe ich so schnell ich kann um den See, zum angrenzenden Wald. Ich versuche, mich weitgehendst niedrig zu bewegen. Wenigstens trage ich die dunkle Jacke aus dem Rucksack, sie ist bitter notwendig. Eigentlich dürfte das Wetter um diese Zeit noch sommerlich sein. Der Sturm von heute Nacht macht das Ganze jedenfalls nicht zu einem guten Tag, um zu fliehen. Ich höre jeden Ast, auf den ich trete, und spüre jeden Stein.

Scheiße, es ist so windig und holprig und der Kies gibt nach, ich falle in das Wasser. Das darf doch nicht wahr sein. Triefend vor Nässe stehe ich auf, stolpere weiter voran. Mein Rucksack, alles darin wird genauso nass sein. Die Zeit im Gedächtnis sprinte ich weiter am Rand entlang. Ich habe noch nie solch eine Angst gefühlt. Wenn er mich jetzt findet, wird er mich zu Tode schlagen. Ganz sicher. Über den holprigen Weg laufe ich weiter dem Waldstück entgegen, ich blicke mich immer wieder nach hinten um, ich habe das Gefühl, er ist bereits hinter mir her. Ich höre seine Stimme im Innersten. – Du kannst so weit laufen, wie du willst, ich werde dich immer zurückbekommen.

Die Stimme von Leo, die einfach nur spöttisch und gemein klingt. Ich weiß nicht, wie viel Zeit schon vergangen ist. Ich lief mal langsamer, mal schneller und bin einige Zeit einfach nur gegangen. Ich muss schon ein ganzes Stück vorangekommen sein. Ich hatte viel Zeit zum Nachdenken, sehr viel. Ich fühle mich jetzt gerade freier als in meinem Haus. Soweit werde ich es nicht mehr kommen lassen.

Nein. Ich befürchte, dass ich nicht genau weiß, wo ich entlanggehe. Meine Orientierung lässt bei Dunkelheit stark zu wünschen übrig. Zusammen mit den Geräuschen des Waldes und dem angrenzenden Highway wird mir so schlecht, dass ich pausenlos umfallen könnte. Die Äste am Boden knacken, der Wind bewegt die trockenen Blätter, die Tiere beginnen, wach zu werden. Und dann noch diese Luft, kalt und dunkel. Meine nasse Kleidung hilft absolut nicht und ich kann nichts ablegen, weil ich dann gar nichts mehr anhätte. Die nassen Schuhe brauche ich genauso. Verdammt. Je weiter ich umherirre, desto mehr weiß ich, dass ich tiefer in den Wald muss. Tiefer zu den Tieren, welche in meiner Praxis meine Freunde wären, doch hier bin ich in der Wildnis und das allein. Dazu kommt, dass der Weg das Einfachere wäre, einfacher zu gehen, genau diesen aber kann ich mir nicht leisten. Ich hätte das alles besser recherchieren sollen, doch wie macht man das, wenn all seine Bewegungen überwacht werden?

Zitternd und frierend stampfe ich weiter, drehe mich ständig um. Mein Atem, auch er ist unüberhörbar. Ich kann kaum ein Licht anmachen. Zitternd halte ich die Taschenlampe in der Jackentasche, sodass es nur minimal Licht gibt, und darum muss ich tiefer. Bei jedem Geräusch springt mein Blutdruck weiter in die Höhe.

Auch der Mond ist winzig klein zwischen den Bäumen zu sehen und spendet wirklich null Licht. Kein bisschen. Ich weiß nicht, wie lange ich mich schon hier durchkämpfe. Mittlerweile ist meine Jacke kaputt, überall aufgerissen. Jedes einzelne Körperteil schmerzt oder ist nass. Mit Ausnahme meines Haares, das ist trocken. Der Verfolgungswahn hat mich, so wie es aussieht, fest im Griff. Ich blicke mich ständig um. Auch meine Fingernägel habe ich vor lauter Angst und Nervosität während des Gehens alle abgebissen.

Weiter vorn wird es etwas heller, ich komme zu einer Art Schlucht, würde ich sagen. Schleppend steuere ich sie an, es geht ziemlich tief hinunter. Hier sieht es aber nach der bis jetzt besten Stelle zum Ausruhen aus. Ich muss etwas schlafen. Es ist so nötig, ich kann einfach nicht mehr. Mittlerweile bin ich sicher ein gutes Stück von zu Hause weg. Es muss so sein, wenn es schon langsam hell wird. Meine Beine lassen sich kaum noch bewegen, jedes Anheben ist eine Qual. Die kurzen Pausen, die ich gemacht habe, haben kaum etwas gebracht. Hier auf dieser Seite befinde ich mich nicht in seinem gewohnten Territorium, er ist der Stadtmensch. Er wird denken, ich bin zu meiner Freundin, besser gesagt meiner Praxishilfe, oder in die Stadt. Ich hoffe es.

So kaputt und müde, wie ich mich fühle, muss ich wenigstens eine oder zwei Stunden schlafen. Der Durst und das Brennen der Schnitte durch das Holz, vor allem im Gesicht, schmerzen fast genauso viel, wie ich Angst habe. Mein Handgelenk brennt wie die Hölle.

Natürlich musste ich jetzt kurz vor Ende nochmals fallen, auf einem riesigen Stein ausrutschen und mich genau mit der Hand abstützen. Aber ich nehme alles das in Kauf, jetzt ist es zu spät für ein Zurück. Er wird mich sonst lebendig häuten. Nicht meinetwegen, wegen seines Egos. Ich lege mich ans obere Ende, dort, wo die Brücke zum Hang hinunter beginnt. Hier ist ein Strauch, er sieht sehr buschig aus. Wer weiß, was das ist, aber ich könnte dahinter Platz haben. Zusammengekauert, halb unter der Brücke, zwischen dem Strauch lege ich mich hin. Meine Jacke muss ich irgendwie trocken bekommen, ich werde sie neben mich legen müssen. Ich kann sie keinesfalls anlassen, vielleicht wird mir der Wind helfen und der Strauch mich etwas verstecken. Alles schmerzt, jede Körperstelle. Aber die Angst ist mein Ansporn. Sie hält mich wahrscheinlich gerade am Leben. Geistig versuche ich, nicht zu tief zu schlafen, dann muss ich weiter. Mehr Ruhe kann ich mir nicht leisten. Nach einiger Zeit, zusammengekauert zwischen Dreck, Blättern und Erde, schlafe ich weinend vor Erschöpfung ein. Im Hinterkopf singt Leos herrische Stimme und in meinem Verstand singt die Stimme der Freiheit. So lange mache ich das schon mit und hatte mich nie getraut, zu fliehen.

2. Matheo

Schwitzend erledige ich noch mein Schlagtraining, jeden Tag immer im gleichen Ablauf. Aufwärmen, Training, Nachbearbeiten. Einzig der Inhalt des Trainings wird verändert. Mal mehr Thai-Kunst, mal mehr Boxen. Ich nehme das, was ich denke, dass ich gerade brauche. Ich trainiere es, solange ich denken kann.

Mixed Martial Arts ist mein Leben, Kondition, Schnelligkeit und Kraft. Davon hängt mein Leben ab. Das Beste dabei: Ich kann nachdenken, bin fokussiert auf meinen Geist.

Ich bin bereits seit sechs verschissenen Monaten in dem gottverdammten Brasilien. Ich habe die Schnauze voll. Mein scheiß Bruder Phil, der baldige Don, hat mich hierhergeschickt, um ein Spion zu sein, sozusagen. Ich soll schauen, warum unsere Waffen nicht geliefert werden, unauffällig. Nachsehen, was mit den Diamanten los ist, wieso immer wieder einige fehlen. Ich soll undercover bei ihnen mitspielen. Und fuck, mir reicht es definitiv. Ich bin so lange hier in dem gottverlassenen Drecksloch, welches sie Zimmer nennen.

Phil ist dumm, wenn er denkt, hier in Brasilien würde alles regelkonform ablaufen. Jeder weiß, Brasilien zählt zu den Top-Städten der Kriminalität.

Ich habe von Anfang an nicht verstanden, was ich hier sollte. Es macht einfach keinen Sinn. Ich bin hier, um mitzuspielen. Es ist, seit Phil der amtierende Don ist, besser, nicht zu Hause zu sein. Mein Vater lässt alles mit sich machen und Phil, mein Bruder, er bekommt einen Anflug von

Wahnsinn und Größenwahn. Er kommandiert jeden und alles herum und das so, dass es nicht einmal Sinn ergibt.

Aber nicht mit mir, ich lasse mich nicht kommandieren.

Hier und im Moment so weit weg vom Geschehen zu sein, ist mir sicherlich nicht lieber, jetzt, wo auch noch das Bündnis mit Gonzales infrage gestellt wird. Doch ich muss meinen Job erledigen. Und wenn es bedeutet, in Brasilien die Lage im Auge zu behalten, dann ist das so.

Doch plötzlich will er alles für sich allein. Er sollte diese Grace, dessen Tochter, heiraten. Gut, sie ist nicht hübsch, aber in dieser Welt wäre sie eine gute Partie, eine richtige Trophäe. Sie liebt den Glamour, Geld und den Status. Die Santo-Gonzales-Verbindung sollte die Macht stärken und bald wird es so weit sein. Gonzales wird wieder bei den Großen mitspielen.

Ich trainiere hier heute schon den halben Tag in meinem Bungalow. Die Hitze ist zum Kotzen und der Schweiß rinnt mir den Körper entlang. Über mir der langweilige Ventilator, der seine Runden zieht und die Wärme verwirbelt, den Staub verteilt. Die Fensterläden lasse ich so gut es geht geschlossen. Es braucht niemand hereinsehen, niemand sehen, was ich hier drinnen mache. Allerdings ist es so, dass es dann den halben Tag über dunkel in der Bude ist. Und das seit Monaten. Fuck, mir reicht es so. Merda. Scheiße. Ich habe mich ein paar von ihnen angeschlossen. Ob ich die Arbeit zu Hause oder hier übernehme, bleibt sich gleich. Ich bin der Struggler, da ist es egal, welche Nationalität es trifft. In Gedanken versunken gehe ich an das Ende des Dorfes. Hier gibt es ein paar Hallen.

Ich lege mich mehrmals täglich an meinen Beobachtungspunkt. Hier schleicht nie jemand herum. Ständig zerbreche ich mir den Kopf, was sie da unten wohl vorhaben. Ich kann unmöglich hier unten allein mein Ding machen, wenn ich die Aufträge im Auge behalten will. Die vorherrschende Kriminalität hier unten spricht Bände. Egal, wo man hinsieht, es ist, als wäre es eine andere Welt, und das sage ich als Sohn meines

Vaters, den Don schlechthin. Alles das, was mein Bruder jetzt daraus gemacht hat, ist vollkommener Schwachsinn. Er ist der Jüngere von uns
beiden. Wir dachten immer, ich wäre der nächste Don, er hatte keine
Aufgabe für sich darin gesehen, er war schon immer lieber bei den Soldaten dabei. Weg von der Verantwortung. Irgendetwas muss ihn dazu
getrieben haben, diese Stellung einnehmen zu wollen. Irgendetwas Plötz-
liches. In unserer Welt muss der nächste Don mindestens dreißig Jahre
alt sein, verlobt und innerhalb des Amtes innerhalb von sechs Monaten
heiraten, sich beweisen, indem er den Eid auf die Omertà schwört. Den
Eid auf die Familien, den Eid auf die Mafia. Das, welches uns ausmacht
und das unumgänglich ist.

As this card burns, may my soul burn in hell if I betray the oath of o-
mertà. Meine Seele gehört der Omertà.

Ja, ich habe ihn bereits geschworen, damals schon als sechzehnjähriger
Mademan, als ich meinen ersten Mord für meinen Vater beging. Seit
dem Tod meiner Frau und das, was sie mit meiner Schwester gemacht
haben, habe ich mich zurückgezogen. Ich kann nicht die Leute umbringen und gleichzeitig die Mafia führen. Mein Vater hatte derweil wieder
übernommen. Und ich bin wieder Jäger. Das sind die Menschen doch
von Beginn an, oder? Von dort ab bis jetzt ist so ziemlich alles schiefge-
gangen, weil Phil mein Amt haben wollte, ich es zuließ und er es jetzt
bekommt.

Mein Vater war bis vor kurzer Zeit fit, sehr fit, und mein Bruder wirkt
mit seinen vierzig Jahren älter als er. Unglaublich, aber so war sein Le-
bensstil. Gesundes Essen, ausreichend Bewegung oder Fitness, alles das,
was mein Bruder nicht auf die Reihe bekommt, so und deshalb bin ich
hier. Er schafft es nicht, unsere Schwachstellen zu kitten, sich durchzu-
setzen bei den Männern. Er ist und bleibt ein Schlappschwanz. Wenn ich
an die Hochzeit mit dieser Tussi denke, wird mir ganz schlecht, dann ist
er offiziell der Don, fuck. Don de Santo, Phillipe.

Sogar meine Schwester stellt sich im Stillen gegen ihn. Ja, das soll schon
etwas heißen. Sie sieht, dass er der Falsche für den Posten ist. Er ist jemand, der sich hinter anderen versteckt, jemand, der den Ruhm dafür
einheimst.

Ich verstecke mich zum Teufel nochmal nicht, ich heimse keinen Ruhm ein, weil er mir egal ist.

Ich will den vollkommenen Zusammenbruch, Totalschaden verhindern. Ich sehe, dass er unaufhörlich auf uns zurast.

Die Zeremonie soll in einem Monat stattfinden. Gott sei Dank kann ich noch bleiben, ich will und kann mir diese traurige Veranstaltung nicht ansehen, genauso wenig wie Ada. Seit sie in dem verfickten Rollstuhl sitzt, verlässt sie das Haus sowieso nicht mehr. Aber dass sie bei dieser Hochzeit nicht mitgehen will, verstehe ich. Mein Vater und mein Bruder haben es noch nicht gesagt, doch sie würde sowieso nicht mitgehen dürfen. Diese Schwäche will er niemandem präsentieren. Wir sollen alle stark aussehen. Ist mein Vater denn so blind geworden, dass er nicht erkennt, dass Phillipe alles den Bach herunterkommen lässt? Oder vertraut er auf das neue Bündnis? Was bringt ihn dazu, es so weit kommen zu lassen und meine Schwester ebenso untergehen zu lassen? Fuck. Fuck, ich brauche einen Drink und am besten etwas zu ficken.

Seit Stunden beobachte ich dieses fucking Areal in der brütenden Hitze, mit einer Luftfeuchtigkeit, die einem die Luft abschnürt. Meine Kleidung ist ein einziger Wasserfall und meine Zunge gleicht der eines Schleifpapiers. Frustration und Wut beginnen, sich langsam wieder hochzuarbeiten.

Ich habe nichts Auffälliges gefunden. Nichts.

Mein Fernglas funktioniert einwandfrei und meine Augen auch. Also muss ich morgen wieder los, sehen, ob ich dann etwas Auffälliges sehen werde. Die Truppe hier ist seit ein paar Tagen unruhig, ich spüre das. Auch wenn mein Portugiesisch nicht das Beste ist, verstehe ich die Menschen durch ihre Körpersprache. Zurück in meinem kleinen Bungalowzimmer gehe ich, noch bevor ich überhaupt die Schuhe abstreife, zum Badezimmer, stelle die Dusche auf eiskalt und ziehe mich aus. Stelle mich sofort unter das kalte Wasser, solange es überhaupt noch läuft. Ich brauche verdammt noch mal Whiskey mit Eis, und zwar schnell. Fertig geduscht schlendere ich zur Bar und schenke mir gleich ein großes Glas ein, Eiswürfel dazu, und stelle mich vor die Fenster. Ich will sehen, ob sich draußen etwas tut. Es ist alles wie immer, wie immer in den vergangenen letzten scheiß Monaten. Bis auf gestern. Es hatte sich irgendwann nachts einer der Typen, die hier verkehren, neben mein Bett geschlichen. Ich habe ihn sofort lautlos kaltgemacht. Mein Schlaf ist nie tief und ich bin immer, immer vorbereitet. Ich habe ihn verschwinden lassen. Da ich nichts dem Zufall überlasse, glaube ich, dass es durchaus sein kann, dass sie besonders auf mich achten.

Den TV bediene ich gar nicht erst, es ist nichts für mich. Radio? Nein, brauche ich nicht. Ich fange mit Liegestützen an, erst einhundertfünfzig, dann weitere einhundert Sit-ups zur Aufwärmung. Meine Dartscheibe benutze ich mit dem Messer, ich nehme den größten Abstand und werfe immer in die Mitte, kein Treffer verfehlt, kein einziger.

Fast einen Tag wieder geschafft und es wird langsam dunkel. Dann kühlt es weiter ab. Ich esse schnell und mache mich auf den Weg, um zu laufen, um etwas den Kopf freizubekommen. Die Frauen am Straßenrand bieten sich allem und jedem an. Sie werden täglich mehrere Schwänze in ihrem Arsch haben. Ich will gar nicht erst daran denken, meinen Schwanz in einen Arsch zu stecken, aus dem noch der Saft des Vorgängers quillt.

Damals, als meine Schwester den Rollstuhl bekam, traf sie zuvor ein verdammtes Unglück. Ich konnte den Wichser oder die noch nicht ausfindig machen. Wir haben sie so vor unserer Haustüre als Warnung bekommen. Die dämlichen Wichser haben sie vergewaltigt, geschlagen und tagelang angekettet, sodass sie eine Blutvergiftung durch die Wunden an den Beinen bekam. Ein Unterschenkel musste amputiert werden, er war nicht mehr zu retten. Jetzt ist sie nicht mehr zu retten.

Ich laufe immer weiter, in meinem Kopf läuft pausenlos der Film ab, der Tag, als uns meine Schwester auf der Veranda abgelegt wurde. Das nur, um uns eine Lektion zu erteilen. Dann, eine Woche später, lag meine Frau, tot und zerstückelt, in einer Kiste auf der gleichen Veranda. Dieses Mal mit Absender und Grußkarte. Meine Ellen. Diesen Tag, ich werde ihn nie vergessen. Seitdem bin ich auf der Jagd nach Sanchez und DiDio. Diese beiden Wichser müssen dafür büßen. Ich muss weiterlaufen, es ist die einzige Möglichkeit, dass ich wieder zu Verstand komme: frische Luft und das Schwitzen.

Das war meine Intention, um zu sagen, ich werde nicht der Don werden. Seit dem Tod meiner Frau habe ich auf alles und jeden geschissen. Genau, es war mir egal. Ich wollte nur Rache und deren Tod. Alles, was zählt, ist, den Wichser in die Finger zu bekommen, der ihnen das angetan hat, und dazu kann ich nicht noch eine Mafia leiten. Ich will und muss das im Alleingang schaffen, Rache an Gonzales und DiDio ausüben. Koste es mich, was es wolle. Ich weiß, wir können niemandem trauen, genauso wie ich meinem schwachköpfigen Bruder nicht traue, und bei meinem Vater bin ich mir nicht mehr sicher. Fuck, früher, vor meiner Frau, haben wir uns die Weiber geteilt, Phil und ich.

Manchmal haben wir sie auch zusammen gefickt. Jeder ein Loch. Ich konnte es die letzte Zeit nie verstehen, was ihn dazu gebracht hat, der zu werden, der er jetzt ist.

Meine Frau, es war eine arrangierte und kinderlose Ehe. Ich kann keine Kinder zeugen. Wir haben uns miteinander arrangiert. Ich habe sie geliebt. Zumindest so, wie es sein sollte. Wir waren gute Freunde und ein gutes Team, dann in dieser verfickten Nacht musste sie wegen unserer Dummheit sterben. Die Dummheit, dass wir nicht wussten, wo wir sie suchen sollten. Wo wir anfangen können. Ich nehme noch einen weiteren Schluck von meinem Whiskey, wie jeden Abend. Vor allem hier in diesem Drecksloch.

Mein Penthouse in New York erinnert mich zwar täglich an sie, aber es ist nicht so vergammelt wie dieses Loch hier. Ich bin froh, wenn ich Wasser aus Flaschen zu trinken bekomme und nicht die Pisse aus dem Hahn trinken muss. Für mich gibt es keine Freundschaften, keine Liebe, keine Zuneigung und keine Frau mehr.

Nada. Der Fluch meiner Existenz, von Geburt an.

Ich habe es verdammt nochmal gelernt. Gelernt habe ich auch, dass sie starb, damit man mich schwächen kann. Damit alle sehen, dass ich nicht auf mein Eigentum aufpasse. Wieso habe ich dieses seltsame Gefühl, dass hier nicht alles mit rechten Dingen abläuft?

Ich telefoniere fast täglich mit Nero, meinem eigentlichen Consigliere. Er ist derweil bei meinem Bruder geblieben. Informiert mich, wenn es etwas gibt, das ich wissen sollte.

Wenn man so will, mein Spitzel. Und das nur auf unserer eigenen Leitung. Genau, traue niemandem.

3. Daria

Halb erfroren wache ich aus dem Halbschlaf auf, aber meine Kleidung ist weitgehendst trocken. Ich bin froh, dass noch Sommer ist, anders wäre es nicht auszuhalten. Die Nächte sind frisch, aber sobald sich die Sonne zeigt, wird es wärmer. Ich lausche der Umgebung. Viele Vögel und die Landstraße sind im Hintergrund zu hören.

Ich muss unbedingt weiter in Bewegung bleiben, sie werden mich noch finden, wenn ich länger hierbleibe. Nach kurzem Rundumblick weiß ich, dass ich hier länger liege, als ich sollte.

Die Sonne ist schon zu warm. Das darf nicht noch einmal passieren. Ich schnappe mir aus meinem Rucksack einen Proteinriegel, raffe mich auf und stampfe weiter. Diese Riegel habe ich zur Genüge dabei, sie sind fast nicht verderblich. Und etwas Wasser habe ich auch. Auch wenn es eigentlich zu schwer ist, es reicht für ein paar Tage, wenn ich nur trinke, wenn es sein muss. In meinem Kopf kreisen die Gedanken: Was soll ich tun? Wann kommt er? Die Stimme, die mir das Grauen und den Ekel lehrte, hört einfach nicht auf. Dazu kommen noch die Gerüche aus meinen Gedanken. Etwas wie geronnenes Blut und einfach Ekel, den ich nicht beschreiben kann. Ich weiß nur immer, wenn ich so in Stress gerate, wie ich es gerade bin, muss ich diese Gedanken abschütteln. Sonst kommen grauenvolle Bilder in meinen Kopf und übernehmen dann die Führung.

Schlapp kämpfe ich mich den steinigen Weg entlang zu dem nächsten Waldstück. Die Feuchtigkeit lässt die Natur regelrecht duften, einfach herrlich, es beruhigt. Und genau das brauche ich. Genauso wie etwas zum Schlafen für die Nacht. Auch wenn es noch länger dauern wird, darf ich es nicht außer Acht lassen. Tiere hin oder her. Es geht nicht anders. Meinen Informationen zufolge muss ein Bahnhof in der Nähe des nächsten Ortes sein.

Das liegt aber nach dem Waldstück. Ich werde es auf zwei Tage aufteilen müssen. Die Sonne brennt mittlerweile so heiß auf meinen Kopf, dass die Kopfschmerzen nicht weniger werden. In Gedanken versunken, bin ich bei meinem kleinen Kätzchen. Meiner Mavi. Ich hoffe, sie findet sich Futter und bleibt von Leo weg. Leonardo, mein Mann, der Spieler, der Süchtige, der halbe Don. Er hat den Titel wegen seiner Spielsucht noch nicht. Er darf mich nicht finden. Ich will nicht mehr zurück, will keinen Erben zeugen, nichts davon. Fast wäre es vor ein paar Monaten so weit gewesen, er hatte seinem Vater plötzlich eine beachtliche Summe zurückgezahlt. Ihm gesagt, er spielt nicht mehr und ist clean. Scheiße, war das ein Glück, dass er es ihm nicht geglaubt hatte. Er solle sich weitere sechs Monate beweisen. Ich weiß, was in sechs Monaten gewesen wäre: Ich sollte schwanger sein. Nie im Leben. Ich habe die Dreimonatsspritze penibel genau gespritzt.

Soll er doch irgendeine Nutte nehmen und ihr ein Kind machen. Mir wäre es egal. Mein Vater saß auch schon auf heißen Kohlen, er erwartet den Erben genauso. Ihm traue ich genauso wenig. Er ist zwar mein Vater, aber wir leben, seit ich denken kann, nebeneinander. Im Gegenteil, ich komme mir von allem und jedem abgeschottet vor.

Langsam höre ich irgendwo aus dem Wald immer mehr Geräusche, je länger ich gehe. Mein Knöchel scheint auch nicht mehr lange mitzuhalten. Ich höre in der Stille neben den gruseligen Geräuschen meine Schritte, meine Atmung. Alles zusammen fühlt sich nicht richtig an und jagt einem eine Decke aus kalten Schauern über die Haut. Es hilft nicht, ich muss jetzt wirklich bald nach einem Schlafplatz Ausschau halten. Ich werde mir die größeren Äste an den Rand an die Sträucher holen, eine Art Barriere bauen und mich ganz unten drunterlegen. Ich will nicht, aber ich muss. Immer wenn ich an die beiden denke, verlässt mich fast mein Mut, meine Atmung wird langsam zu Panik. Ich brauche andere Gedanken. Darum fange ich jetzt mit dem Suchen an. Die Sonne wird bald wieder untergehen und dann ist es hier stockfinster und ich bin hier verlassen und alleine. Nein, jammern darf ich nicht, ich habe bis jetzt die beste Chance, ihm zu entkommen. Natürlich werde ich so weit weg müssen wie möglich. Irgendwo vielleicht in einem Buchladen anfangen, irgendetwas Kleines, weit weg von alledem. Perfekt wäre ein anderer Name, aber dafür habe ich nicht die Mittel. Ich weiß, so weit bin ich noch lange nicht, ich muss erst mal weg. Weit weg. Auch wenn es wirklich bedeutet, alles zurückzulassen. Meine Sachen? Gut, ich habe nicht viel. Ich habe einen Schuhkarton mit Kleinigkeiten, die mir wichtig sind. Wichtig, weil sie nur mir gehören. Stifte, einen Notizblock, Bilder von mir als Kind. Meine Violine und ein paar Noten dazu.

Nach gefühlten Stunden bin ich endlich fertig für die Nacht. Prüfend lege ich mich unter mein provisorisches Bett. In viele, sehr viele Äste versteckt. Ich hoffe, dass die Tiere so nicht zu mir kommen. Einzig mein Gesicht sieht noch heraus. Ich habe Angst, wenn es zu eng wird, dann kommt meine Panik, die mich mein ganzes Leben über begleitet. Ich weiß nicht, woher es kommt, aber es ist da, immer. Die Kälte nagt bereits wieder an meiner Nasenspitze. Verzweifelt versuche ich, die Geräusche des Waldes in der Nacht auszublenden. Ich zittere hier unten und bilde mir ständig ein, dass Tiere über mich laufen.

Diese Nacht über schlafe ich einen traumlosen Schlaf, mit Schmerzen im Arm und am Knöchel. Auch wache ich ständig auf. Im Hinterkopf überwiegt trotz allem aber die Freude, so weit weg von ihm zu sein. Ich hoffe, diesem Arzt geht es gut. Ich will nicht schuld sein, wenn jemand stirbt. Ich kann nicht richtig schlafen, dösen würde ich es nennen. Gedanken, Fragen, alles rauscht diese Nacht durch meinen Kopf. Lösungen leider nicht. Wenigstens ist diese gruselige Nacht vorbei. Ich bin bei den ersten Lichtstrahlen wieder los. Fast schleichend und wirklich quälend geht es voran. Meine Beine schmerzen so sehr. Das kommt davon, dass ich vorhin wieder einmal abgerutscht bin. Ich bin dabei so blöd gefallen, dass ich mir mein Bein nun richtig verstaucht habe und lauter Striemen im Gesicht haben werde. Na toll. Blaues Auge und humpelnde Gestalt. Ich weine meinen Weg entlang, es bricht einfach so aus mir heraus. Natürlich weiß ich, es wird mir nicht helfen, aber ich kann nicht mehr. Ich kann nicht mehr anders. Dass ich in der Dunkelheit Angst habe, macht die Sache nicht einfacher, und dass ich Angst in engen Räumen habe, ebenfalls nicht.

Nach ein paar weiteren Schritten ist auch langsam die Straße besser zu hören. Ich bete, dass sie nicht auf dieser Straße fahren. Irgendwann an dieser angekommen, überquere ich diese so schnell es geht. Und laufe sie an der Seite entlang im Wald. Sie muss doch irgendwohin führen. Auch, weil ich wieder einen Schlafplatz brauchen werde. Zu meinem Glück fängt es gottverdammt auch noch zu regnen an. Ich kann nur noch fluchen und bockig herumstapfen. Die Angst im Nacken und die Kälte in den Knochen würde ich am liebsten trampen. Mich einfach in das nächste Fahrzeug setzen, nein, das würde ich niemals machen.

Die letzten zwei Tage habe ich mein Leben genau analysiert. Zumindest das bisschen, das es in diesem verlorenen einsamen Leben gibt. Mir fehlt die Erinnerung vor meinem zehnten Geburtstag. Ich kann mich an keine Mutter erinnern, sie hat uns verlassen, als mein Vater damals in den Rängen aufgestiegen ist. Sie ist einfach ohne ein Wort gegangen. Mein Vater meint, seitdem ist er ein anderer Mensch geworden. Er hat nichts von ihr aufgehoben, zumindest sagt er das. Seit einigen Monaten habe ich hin und wieder mal ein Bild von ihr gefunden. Ich weiß nicht, wieso, ich glaube, er kennt sich einfach nicht mehr, wenn er so viel getrunken hat. Er wird es einfach liegen gelassen haben. Ich hatte sogar einmal einen Briefumschlag mit ein paar Noten für meine Violine gefunden. Sie lagen morgens in meinem Zimmer. Wieso kann er nur nett sein, wenn ich schlafe? Auch dieses eine Bild, es war einfach da. Ich weiß, sie ist es, sie sieht aus wie ich. Und er will absolut nicht über sie sprechen. Niemals, seit sie gegangen ist. Ich war irgendwie eine Last für ihn, darum wurde ich mit zwanzig mit diesem Monster verheiratet.

Ich sollte die Frau des Dons werden, warum ich, das ist mir ein Rätsel. Die Jahre vergingen so schnell, dass ich gar nicht weiß, wie ich jetzt vierundzwanzig Jahre alt geworden bin. Ich war nie von zu Hause weg. Die Kunden, also die Tiere für meine Praxis, kamen zu mir. In unserer Stadt kennt mich jeder, ich komme nie alleine, immer ist er oder eine seiner Wachen mit mir dabei. Jeder passt auf, dass ich nichts sage, dass ich brav bei seiner Wahrheit bleibe, wenn ich blaue Flecken habe. Oder Rippenbrüche. Ich bin gefallen, das Pferd hat getreten und so weiter. Einzig und alleine bei den Pferderennen bin ich dabei, als Arzt. Und als im Hintergrund bleibende Person. Lächeln und nett sein, wenn nicht, gibt's die nächsten Schläge im Keller auf meinem Stuhl. Ich habe alles mit mir machen lassen, weil ich keine anderen Optionen habe. Das Weglaufen habe ich mir nicht zugetraut. Irgendwann, wenn man tag ein, tag aus, hört, wie wertlos man ist, glaubt man es.

Ich will es nicht mehr glauben, ich will ein Leben. Ich will leben, um zu leben, nicht um es zu müssen. Mein Leben. Eines mit Arbeit, Freunden, Lebenslust und vielleicht irgendwie so etwas wie Liebe. Ich wüsste gerne, wie sie aussieht. Wie sie mich verändern würde. Wie sich anfühlen kann. Vielleicht ist es so wie in meinen Büchern. Diese Frage habe ich mir schon zu oft gestellt.

Erschöpft, mit Tränen in den Augen und komplett durchgenässt schleiche ich hier weiter umher. Dann, ich glaube, ich sehe nicht richtig. Eine Tankstelle.

Vor lauter Schock verstecke ich mich, aber in diesem Regen wäre eine warme Tasse Kaffee so gut. Ich habe etwas Kleingeld. Ich könnte mir eine holen und vielleicht ein Sandwich. Vielleicht schwindet auch die Kälte etwas. Ich halte es kaum aus und steuere auf die Tankstelle zu. Erst als niemand mehr zu sehen ist, gehe ich hinein. Ignoriere die entsetzten Blicke des Verkäufers, er wird denken, ich raube ihn aus, so wie ich aussehe. Ich kann aber auch keine Kleidung oder irgendwas Nützliches auf die Schnelle entdecken. Er hat nur ein paar wenige Lebensmittel zum Verkauf. Ich lächle ihn an und bitte ihn um einen Kaffee und das Sandwich. Zeige ihm mein Geld und lege es auf den Tresen. Ich benutze schnell noch die Toilette, sage ich ihm, und dann bin ich verschwunden. Der Kaffee läuft während des Weitergehens mit einer wohligen Wärme in meinem Körper herunter. Es gibt gerade nichts Besseres. Sogar das Sandwich schmeckt. Himmlisch. Ich suche mir einen Platz für heute Nacht weiter weg von der Tankstelle in Richtung des nächsten Ortes, vielleicht auch der Freiheit entgegen. Ich habe nicht mehr lange Zeit, bis es vollends dunkel ist. Dieses Mal mache ich mehr Äste um mich und lasse mein Gesicht besser frei. Auch wenn es regnet, es hilft nicht.

Die Sterne am Himmel sind mittlerweile zu sehen, der Regen hat aufgehört und die klare Nachtluft weht um meinen eiskalten Körper. Die Sterne sind so klar und beruhigen meinen Geist. Ich hoffe so sehr, dass es morgen besser werden wird. Ich brauche irgendwo ein Frauenhaus. Einen warmen Platz zum Schlafen und etwas Duschgel. Ich schlafe tatsächlich noch ein wenig ein. Und starte den Tag mit leichtem Husten und Halsschmerzen, welch ein Wunder. Scheiße. Egal, was ich mir noch weiter angezogen habe, es wurde nicht wärmer oder trockener. Ich bin fast am nächsten Ort angehumpelt, da geht die Sonne bereits wieder so gut wie unter. Ich bin heute definitiv so langsam vorangekommen wie noch nie. Aber ich kann das Schild für den Bahnhof sehen. Gott sei Dank. Um Himmels willen, eine Last fällt von mir ab.

Ich weine allein wegen diesem Schild, alles ist einfach zu viel für mich. Tränen der Erleichterung und vor Freude mischen sich dazu. Schnell blicke ich in meinem Geldbeutel nach, wie viel ich genau habe, auch wenn ich schon hunderte Male nachgesehen habe. Ich hoffe, ich komme bis zur Endstation. Egal, wie weit es ist. Hier ist so viel los, dass man kaum etwas erkennen kann. Ich werde angerempelt und falle fast. Irgendjemand fängt mich auf, und schon erkenne ich dieses Gesicht. Das Gesicht des Mannes, der bei der Not-OP rechts gestanden hatte. „Na Mädel", grinst er mich ekelhaft und ebenfalls durchnässt an. „Oh, ich sehe, du erkennst mich. Du wirst dir noch wünschen, draufgegangen zu sein, so wie du aussiehst. Du dürftest mal duschen und dir was Sauberes anziehen. Ekelhaft. Na komm, mein Don wartet auf dich. Du bezahlst für deinen Mann. Einer von euch wird uns das geben, was er uns schuldet. Mädel. Oder sollte ich lieber sagen: Du bezahlst für deinen halbtoten Mann? Komm, du duschst dich, dann können wir wenigstens ein bisschen an dir spielen." Ich fasse es nicht, wie weit kann ich noch fallen? Was habe ich nur verbrochen? Die Leute um mich herum interessiert das alles nicht. Sie denken wohl, ich bin obdachlos, und haben zu viel Angst vor diesem Bastard. Er zerrt mich einfach mit. Keine fünf Meter weiter steht der nächste Hüne, mit dreckigem Gesicht und Narben darüber.

Ich ziehe an den Ketten und spüre schnell, ich kann sie nicht lösen. In dieser Kammer kann ich nur von einer Ecke zur anderen treten, um nicht zu sagen, in diesem Käfig. Selbst meine Tiere hätten mehr Platz. Die Tür ist aus Gitterstäben, also höre ich, dass ich nicht allein bin. Immer wieder kommen seltsame Geräusche zu mir herüber. Beängstigende, traurige und schlimme Geräusche. Ich bin bestimmt schon mehr als einen Tag hier. Ich vermute, der helle und dunkle Unterschied wird der Tag und die Nacht sein. Es ist gleichbleibend viel los hier unten. Immer wieder Schritte. Gespräche auf Italienisch. Schreie von anderen. Ja, genau,

Männer schreien. Ich weiß nicht, wie weit es entfernt ist, aber es hallt hier unten alles. Ich bekomme schlecht Luft, weil die Feuchtigkeit hier so hoch ist. Vom Schimmel brauche ich gar nicht erst zu sprechen. Die Angst in engen Räumen hält sich Gott sei Dank einigermaßen in Grenzen. Ich schrecke aber jedes Mal, wenn ich etwas eindöse, hoch. Angst und Panik überkommen mich. Der Puls schießt an die Decke und ich weine, weine für mich allein, ich will nicht auf mich aufmerksam machen. Ich will nicht, dass sie es sehen, auch wenn der grüne Punkt über mir etwas anderes sagt. Sobald ich einknicke, gewinnen sie. So ist das mit diesen Leuten und wird auch immer so bleiben.

Wer weiß, wer dann kommt. Ich hoffe bei Gott, Leo kommt nicht, denn lieber sterbe ich. Ich weiß nicht mal, welche Männer mich am Bahnhof mitgenommen haben. Ob er etwas damit zu tun hat. Klare Gedanken sind heute Mangelware. Ich spüre es: Sobald ich einen anfange, schwenke ich zum Nächsten. Stechender Schmerz und Schüttelfrost überkommen mich pausenlos. Meine Lunge brennt. Wahrscheinlich bin ich wegen der Nässe erkältet. Ich träume pausenlos von Schmerzen, Blut, Menschen in einem dunklen Raum. Das Gefängnis hier nimmt meinen kompletten Verstand ein. Mein Arm und mein Fuß schmerzen immer noch. Ich habe mir beides sicherlich verstaucht oder die Bänder angerissen. Der Fuß, er lässt sich kaum mehr bewegen und ist dick. Ich muss ihn, solange ich kann, hochlegen, damit es nicht schlimmer wird. Und ich muss auf meinen Moment warten, den der mich fliehen lässt. Sie haben vorhin Wasser und Eintopf gebracht.

Noch kann ich widerstehen.

Ich weiß genau, dass das nicht lange gutgehen wird. Ich muss irgendwann etwas essen. Sei es auch nur eine Kleinigkeit. Hier unten gibt es nicht einmal eine Decke. Eine Toilette haben sie, über die ich, wenn ich ehrlich bin, froh bin. Immer wenn jemand an dieser Tür vorbeigeht, erstarre ich, versuche, nicht hinzusehen. Ich will nicht sehen, was auf mich zukommt. Meine Angst ist so groß, dass ich sie nicht in Worte fassen kann. Ich höre von irgendwo eine Uhr ticken, das Einzige, das mich dann beruhigen kann. Tick, tick, ich zähle mit. Lenke mich damit ab, das funktioniert so lange, bis ich einschlafe oder wieder jemand so laut schreit, dass ich panisch aufwache.

Das Schloss entriegelt sich wieder, ich blinzle. Scheiße, der Hüne mit Glatze und so vielen Tattoos an seinem Arm sperrt die Tür auf, er sieht mich direkt an. Sein Bart ist lang und unten zusammengebunden. Er nickt mir zu und tritt ein. Was will er von mir?

„Hey Kleine, na, hast du dich in deinem neuen Zuhause schon eingelebt? Wenn du weiter nichts isst, werde ich es dir wohl einflößen müssen. Verstehst du. Ich habe die Aufgabe, dich am Leben zu erhalten. Egal, wie. Oder willst du, dass ich dich ficke? Dann bekommst du danach sicherlich Hunger." Seine Stimme ist viel zu laut, der Akzent sehr stark. Ich kann nichts dazu sagen, sehe ihn einfach weiter an. Sein Shirt ist voller Blut und seine ganze Gestalt ekelt einen an. Wo war er bloß, bevor er hier ankam? Er wirkt wie ein Biest in dieser Schuhschachtel, die sie Raum nennen. Ich sitze auf diesem stinkenden Bett und sehe zu ihm hoch. Versuche, irgendetwas in seinem Gesicht zu erkennen. Doch was erkennt man dann, wenn man nicht weiß, wo man suchen soll?

Er kommt immer näher, die schweren Schritte sind laut auf dem Betonboden zu hören. Zusammen mit meinem pochenden Puls und dem Rauschen in meinen Ohren ist es kaum auszuhalten. Er steht vor mir und streckt seine rechte Hand nach mir aus. Ich weiche instinktiv etwas zurück. Komme aber nicht weit. Er hat mein Kinn und zieht es auf ihn zu. „Du Bitch, bist jetzt zwei Tage hier und du sollst verdammt noch mal etwas essen." Stinkend und ekelhaft kommt seine Stimme auf mich zu. Er kommt mir so nahe und zieht die Luft ein, es ist, als würde er an mir schnuppern. Der ist so krank, dass ich mir fast in die Hose mache. Mit solchen unterschwelligen Perversitäten kann ich wenig anfangen, ich kann sie nicht richtig einordnen. Leo hat mich immer gleich geschlagen oder am Stuhl angebunden, für Stunden. Immer dann, wenn er eine seiner alten Weiber nehmen wollte. Ich habe teilweise Stöhnen vernommen, sogar im Keller. Ich will nicht wissen, was er mit ihnen gemacht hatte, denn ein zweites Mal kam keine. Essen sollte ich auch irgendetwas, allein schon für den Funken der Hoffnung, dass er dann endlich verschwindet.

Ich nicke. Ich will am liebsten schreien, doch das werde ich mich wohl nicht trauen und dann … Was hilft es mir überhaupt? „Ok, ich esse etwas." Er nimmt die Schüssel und hält mir den ersten Löffel voll hin.

„Hier, mach den Mund auf, ich stopfe es dir rein, das wird schneller gehen. Der Boss will nicht, dass du noch dünner bist, er hat gern etwas zum Anfassen." Dieses ekelhafte Lächeln, das mich ansieht, lässt mich still werden. Ich kann nicht antworten, verkneife mir die Tränen und summe in Gedanken mein Notfalllied. Ich summe immer das Gleiche, um mich abzulenken. Das ist mein einziger Notfallplan. Ich schlucke und kaue, während er mir mit dem versifften Löffel das Essen gibt. Nach einer halben Schüssel kann ich nicht mehr, es würgt mich und er sieht es vorerst ein, dreht um und geht. Sobald er weg ist, muss ich aufstehen und mich übergeben. Ich versuche, so leise wie möglich in diese Toilette zu brechen. Ich kann es nicht stoppen. Es war zu viel auf einmal. Zwei Tage soll ich schon hier unten sein. Mist. Was ist hier los? Was schuldet Leo ihnen genau? Ich habe leider überhaupt kein Geld, damit ich etwas davon bezahlen könnte.

Er sprach von dem Boss. Was oder wer soll das sein? Diese Frage verfolgt mich, seit er es sagte. Schnell lege ich mich wieder hin und versuche, mich schlafend zu stellen, das Gesicht zur Käfigtür gewandt. Es ist die einzige luftige Stelle in dem Raum.

Tatsächlich muss ich irgendwann eingeschlafen sein. Mein Kopf dröhnt, mein Fuß ist nicht besser und mein Magen knurrt, als ich aufschrecke. Wieder wache ich durch die gleichen Bilder auf, wie so oft hier unten. Bilder einer dunklen und feuchten Kammer, mit vielen Menschen, vielleicht auch Kindern, soweit ich das noch beurteilen kann. Was hat das auf sich, was spielt mir da mein Verstand für einen Streich? Ich wische mir notdürftig den Angstschweiß ab und gehe an das eklige Waschbecken. Nehme ein paar Schluck des Wassers und lege mich wieder hin. Gerade als ich mich hinlege, kommt der von vorher wieder. Er sperrt auf und legt mir ein Sandwich hin. Und einen Plastikbecher mit Wasser. Ich sehe ihn an und traue mich nicht, zu sprechen.

Wer wird mich jetzt gleich erwarten? Ich versuche, etwas von dem Sandwich zu essen, streiche mein Haar hinter und beginne zu kauen. Es schmeckt wirklich nach nichts, es stinkt aber auch nicht, also hoffe ich, man kann es essen. Durchfall wäre jetzt noch obendrauf genau das, was mein Leben vertragen würde.

Bei der Hälfte lege ich es weg, drücke meinen Bauch vor Schmerzen, es ist einfach zu viel. Ich habe jetzt fast eine Woche kaum etwas gegessen, erst wegen Leo, dann die Flucht und jetzt das. Ich muss langsam machen. Ich sehe ja, dass meine Hose wesentlich weiter geworden ist, aber das sind wohl jetzt meine geringsten Sorgen.

Lachend kommen Stiefel in Hörweite. Sie sprechen laut auf Italienisch und ich höre immer wieder ein Lachen. Eines, das einem einen Schauer über die Haut jagt. Eines, das einem das Fürchten lehrt. Diese Stimmen kommen mir nicht bekannt vor. Durch die mangelnde Helligkeit hier drinnen, die Stimmen der anderen Gefangenen und die ganze Atmosphäre ist man sowieso leichte Beute. Jeder hier unten muss sich wünschen, lieber zu sterben, als ihnen ausgeliefert zu sein. Mist, sie werden jetzt kommen, die Stiefel stampfen immer lauter und werden plötzlich langsamer, ich weiß genau, sie sind da. Ich kann nicht weg. Die Kette am Handgelenk schneidet sowieso schon so ein und selbst wenn ich sie lösen könnte, Wo sollte ich hin? Wo.

– Wumm – schon ist die Tür offen, der Riegel wurde zur Seite geschoben und mit einem Ruck tritt die fremde Gestalt ein. Die Tür schlägt an der Wand dahinter an. Hier stehen die Hünen, die Teufel in menschlicher Gestalt.

„Na, hast du gegessen?" sticht er schroff hervor. Laut, einschüchternd. Emotionslos. Sein Ausdruck durch und durch feindselig.

„Ich will, dass du verdammt noch mal isst. Hörst du? " Boshaft kommt er auf mich zu. Da bleibt kein Platz zur Interpretation. Hinter ihm auch keine Regung der Anderen. Nichts. Ich hätte nicht einmal Zeit, zu sprechen, würden sie mich lassen. „Dein dummer Ehemann nervt mich genauso wie du. Was wolltest du mit deiner Flucht beweisen? Hä?" Er hebt beide Arme fragend und sieht mich weiter an. Die Hünen hinter ihm kann ich nicht sehen, außerdem traue ich mich nicht, an ihm vorbeizusehen.

„Glaubst du, ich finde dich nicht? Ich habe einen verdammten Vertrag mit Leonard. Ja, hörst du? " Seine Stimme wird immer berauschter, ich denke, er kommt gerade in Fahrt. Die Stimme hallt in diesem kahlen

Loch noch mehr. Die Kälte in meinen Knochen zeigt sich nun durch mein Zittern. Ich sehe, wie er lacht. Ihm gefällt es. So krank, wie er zu sein scheint.

„Und du Kleine wirst ihn einhalten. Er hat Spielschulden bei mir und anderen, aber das geht dein Köpfchen nichts an. Und um die zu begleichen, wirst du mir helfen. Hast du gehört? " Seine Augen werden immer größer. Er läuft bereits auf und ab, die Stiefel stampfen auf dem Boden, bei jedem Schritt. Seine große Gestalt nimmt allein durch seine Anwesenheit diese Zelle ein. Ich komme mir immer kleiner vor. Immer jämmerlicher und machtloser. Welche Macht sollte ich haben? Einen großen Schritt von ihm und schon ist er hier. Boshafte Mimik, zusammen mit seinem cholerischen Auftreten, treibt mir die Übelkeit weiter in den Magen. Er schreit so laut.

„Du verdammte Schlampe, wenn ich mit dir spreche, will ich, dass du zuhörst." Mit einem Handgriff greift er in mein Haar und zieht mich zu sich hoch. „Geh duschen. Sofort und wenn du damit fertig bist, ziehst du die Kleidung an, die in der Dusche auf dich wartet. Und wage es ja nicht, irgendwelche Spielchen zu spielen, ich werde dich finden. Immer. Du bist jetzt mein." Lacht er, während er mich anbrüllt.

„Und nach der Dusche treffen wir beide uns wieder, dann werde ich dir erklären, was du genau tun wirst. Was deine Aufgabe ist, um am Leben zu bleiben, vorerst."

Tränen des Schmerzes laufen mein Gesicht herab, ich spüre die warmen Tropfen auf meinem Gesicht. Er greift nochmals fest hinein und schüttelt meinen Kopf. „Kannst du nicht sprechen oder was? Und was zum Teufel ist mit deinem Auge passiert? " Ich schlucke, er schüttelt nochmal, ich könnte vor Schmerz schreien, habe aber durch Leo gelernt, dass Stillsein am besten ist. Ich will ihn nicht noch weiter erregen, ihm werden die Schmerzen gefallen. Ich sage stattdessen gequält, aber kurz: „Leo", mehr bringe ich sowieso nicht heraus.

„Er war das?", will er wissen. „Ja", kaum hörbar bringe ich es hervor, so dass sein Lächeln nur noch breiter wird. Es gefällt dem Bastard.

„Naja, auch egal, er wird seine Gründe gehabt haben", meint er fast uninteressiert und schickt mich los. Ich humple weiter und er macht die Kette ab. Die Anderen, sie stehen immer noch unbeeindruckt hier. Sie sehen sich das alles einfach an. Wieso hat er sie mitgenommen?

Scheiße, schmerzt das. Mein Arm fühlt sich an, als wäre er aus Blei. „Verdammt, was hast du hier wieder?" Er nimmt ihn und drückt so fest zu, dass ich aus Schock schreie. „Na, da haben wir es doch", meint er kalt und grinst.

„Was hast du gemacht, habe ich gefragt." Er ist mir schon so nahe, spricht eindringlich und bedrohlich auf mich ein, ich kann seinen Atem auf der Haut spüren, ekelerregend. „Ich bin gestolpert im Wald." Kurz und knapp. Ich weiß, es ist besser so. Humorvoll sieht er mich an, total fehlerhafte Mimik, und meint dann: „Kannst du nicht laufen, oder was? " Zögerlich antworte ich ihm: „Ich bin abgerutscht und habe dabei meinen Fuß und meine Hand gezerrt." Leise, vor Schmerz gezeichnet.

„Ok", er nickt. „Jetzt geh verdammt nochmal duschen." Er schubst mich etwas, sodass ich zu gehen beginne. Ich dusche so rasch ich kann, in dieser Totenwäscherei. Es gibt einen Schlauch, der an der Wand hängt. Lauwarmes Wasser und das Duschgel und Shampoo haben sie daneben hingestellt. Ein alter Hocker steht auch daneben, mit fremder Kleidung darauf. Ein Oversized-Shirt mit dünnen Trägern und eine Leggings. Nichts anderes. Keine Unterwäsche, Socken, Jacke, nichts. Verdammt, wo bin ich hier, wie komme ich hier weg?

Was zum Henker soll der Chef für einer sein? Leo, ich bringe dich um. Ich schwöre es dir. Wenn ich dich in die Finger bekomme, ich hätte es schon viel früher einfach mit Betäubungsmittel machen sollen. Aber ich konnte nicht. Ich könnte es wahrscheinlich auch jetzt, immer noch nicht. Ich habe mir immer für alles die Schuld gegeben, ich habe ihn zu sehr gereizt, zu wenig gereizt. Falsch gearbeitet, falsch gesprochen und so weiter. In den letzten Wochen habe ich erkannt, dass ich nicht schuld bin. Sondern er ist es. Deshalb auch mein Rucksack. Hustend wasche ich mich weiter. Vom Schwindel ganz zu schweigen, fällt es mir schwer, einen klaren Kopf zu behalten. Leos Stimme hallt weiter in meinem Kopf. Du kleine Schlampe. Du Taugenichts.

Wo wird mein Rucksack sein? Das Wasser brennt überall auf meiner Haut, ich mache so schnell es geht, doch sie klopfen bereits energisch an die Tür. Schnell trockne ich mich ab und ziehe mich an. Schreie ihnen zwischendrin ein „Ich bin sofort fertig" zu. Die Stimme, welche meine sein soll, erkenne ich selbst kaum. Sie ist rau und ebenfalls schmerzend. Halsschmerzen, Husten und

Gliederschmerzen, mich wundert es nicht. Die Tage im Wald und hier waren guter Nährboden für eine Erkältung. Schnell mache ich weiter, ich hoffe, sie kommen nicht herein, ich möchte nicht, dass sie mich so sehen. Meine Augen brennen vom Weinen, eigentlich ist mittlerweile mein ganzer Körper kaputt.

Ich bin fertig geduscht und sie setzen mich wieder in dieses Loch. Das Wasser tropft langsam von meinem nassen Haar und ich zähle die Tropfen, die auf meinem Shirt landen. Ich soll warten, das ist jetzt wohl ein kranker Scherz. Der Hüne kommt diesmal nicht, es ist ein anderer. Er sperrt auf und sieht sich mich an, er hat ein Foto dabei, er fragt, ob ich das bin. Na klar bin ich das, das sieht er doch. Dieses Foto haben sie aufgenommen. Ich sage aber nichts, ich nicke nur. Er sieht etwas anders aus als die anderen, die ich hier bis jetzt gesehen habe. Er nickt ebenfalls einfach und geht davon. Ich habe keinen Schimmer, was das sollte. Ich habe genug damit zu tun, die Gedanken in Zaum zu halten. Die Angst nicht überhand gewinnen zu lassen. Ich warte schon, keine Ahnung wie lange. Immer wenn ich Schritte höre, zucke ich zusammen.

Sie bringen wieder Essen, bringen etwas zu trinken und ich glaube es nicht, sie bringen ein Buch. Denken sie, ich werde jetzt hier einem Buchclub beitreten? Was soll das? Ich will hier raus, weg von hier. Weg von allen. Irgendwann gebe ich es auf, ich nehme es doch und blättere ein paar Seiten darin. Weit komme ich nie, bis das Licht wieder ganz ausgeht. Ich lese nur ein paar Seiten, dann ist es wieder stockdunkel. Was soll das? Warum machen sie das? Ich beschließe, mich auf das Bett zu legen. Die Fesseln an meinem Knöchel schmerzen sowieso schon so stark und meine Handgelenke sind nicht besser. Mein ständiger Husten hilft mir ebenfalls nicht, unbemerkt zu bleiben. Immer wieder ertönt ein „Schnauze" von irgendwoher in diesem Verlies. Der ekelhafte Glatzkopf hat mir das Seil am Handgelenk so festgebunden, dass ich befürchte, dass es aufscheuert, je weiter ich mich bewege. Er hat es mit einer Hingabe getan, dass ich vor Angst am liebsten gestorben wäre. Die Zeit vergeht und so viel ich mich bemühe, ich schlafe ständig ein. Bin ich wach, kann ich mich auch nicht wirklich ablenken. Gerade als ich die Augen schließe, höre ich wieder dieses Geräusch, wenn das Licht angeht.

Sie stampfen wieder hinterher. Ich denke, sie wollen zu mir. Es sind mehrere Schritte, ganz klar. Mein Puls rast wieder. Gedanken, Szenarien übernehmen die Oberhand. Lassen mich erzittern. Totales Kopfkino breitet sich in mir aus. Es ist ein Auf und ein Ab. Wie soll man das aushalten? Egal, wo ich hinsehe, sehe ich Schrecken.

Und ich spüre die dunkle Aura der Männer, bevor ich sie sehe. Sie stehen vor meiner Tür, ich sehe sie durch die Gitterstäbe. Sie nuscheln irgendetwas und dann sperrt dieser Chef wieder auf. Heute sieht er nicht so aus wie gestern. Schlimmer, das trifft es am besten. Das ist gar nicht gut. „Aufstehen." Kommandiert er in meine Richtung. Bevor er hier ist, sehe ich ihn an und springe automatisch auf. Überlebensinstinkt, glaube ich.

„Na, so ist es richtig, Kleine", lacht er mich lüstern an. Diesen Blick kenne ich. Er ist auch nicht gut. „Wenn ich etwas sage, dann gehorchst du", befiehlt er weiter. Ich schlucke und traue mich, nichts zu sagen. „Dreh dich", meint er, und ich drehe mich.

„Ok, das passt." Ich weiß nicht, was er meint. Er nickt. Kommt auf mich zu, fasst mir wieder an mein Kinn und hebt meinen Kopf in seine Richtung hoch. Seine Hände sind eiskalt, sie gleichen seinen Augen. Ich betrachte diese kranken Augen, sehe es sofort: Augen des Teufels. Die ganze Gestalt, eine einzige höllische Figur. Das Licht hinter ihm erhellt ihn und schickt die Schatten seiner Gestalt nach vorne. Er setzt an und spricht weiter. „Übernächstes Wochenende wirst du meine Frau werden. Ich will meine Schulden beglichen haben. Dein Vater bezahlt nichts, also bist du an der Reihe. So einfach ist das."

Ich denke, ich höre nicht richtig. Meine Augen müssen riesig sein. Vielleicht ist es eine Verwechslung? Freundlich versuche ich, es ihm zu sagen. „Ich bin doch verheiratet. „Sie müssen mich verwechseln", flehe ich, kann nur schwer sprechen, weil er mein Kinn so festdrückt. Es muss doch eine Verwechslung sein. „Keine Sorge, das ist mein Problem, Mädel."

„Also, du wirst essen, wenn ich dir etwas bringen lasse. Arbeiten, wenn ich es sage. Schlafen, wenn ich es sage. Tragen, was ich dir sage, und sprechen, wenn ich es dir erlaube. Wenn du die Regeln nicht befolgst, kannst du dir ausmalen, was ich mit dir hier unten machen werde." Seine Worte, die eines Bastards, die Stimme ekelhaft und emotionslos. Ich weiß nicht, wie mir geschieht. „Ich sage es dir gleich: Mich schert es nicht, wie es dir geht oder sonst etwas. Du bist schwanger und ich will einen Erben. Diese Hochzeit ist seit Ewigkeiten geplant. Wen schert es, wer der Inhalt ist. " Wenn er mich nicht so festhalten würde, würde mir die Kinnlade herunterfallen. Gott im Himmel, daran habe ich überhaupt nicht mehr gedacht. Mein Bluff. Nein, nein, nein, ich versuche, meinen Kopf zu drehen, keine Chance.

„Sobald mein Bruder unsere Schwester aus meinem Haus geholt hat, kannst du in ein Zimmer einziehen. Du hast ein eigenes, dort kannst du bleiben, bis ich dich brauche. Also, du hast die Wahl. Mache, was ich dir sage, oder bleibe hier unten. Licht gibt es ab sofort keines, bis du mir deine Entscheidung mitgeteilt hast. Gehorchen oder im Bunker bleiben, deine Option, Kapitsche?" Ich kann es nicht fassen. Tränen laufen mir unwillkürlich herunter, ein Kloß steckt in meinem Hals. Mein Puls springt im Trab, ich versuche zu sprechen, und er drückt mir meinen Kehlkopf zusammen. Sofort überkommt mich ein Hustenanfall.

„Ein kleiner Vorgeschmack auf das, wenn du nicht gehorchst, nur dass du dann auch noch meinen Schwanz in deiner Kehle haben wirst." Er lacht mich wieder an, flüstert mir dieses Mal die Worte ins Ohr. Reibt mit der anderen Hand, vor allen anderen und mir, mit der Hand seine Hose, genau an seinem Penis.

„Also, verstanden? " Ruckartig zieht er an meinem Arm. Aus Reflex reiße ich ihn zurück. Ich versuche zu nicken, dann schubst er mich zurück. Ich schlage mich mit meinem Kopf an der Wand an und neuer Schmerz, zusammen mit dem in meinem Handgelenk, wird belebt. Ich weine, aber ich gebe weiter keinen einzigen Ton von mir. Mist, das ist so schwer. Schnell nicke ich. Er dreht sich um und geht. Scheiße. Das kann doch nicht wahr sein. Er ist tausendmal schlimmer als Leo. Was hat er nur mit ihm gemacht?

Der hier sah genauso süchtig aus wie Leo. Dieser trug nur teure Kleidung. Vom Alter würde ich sagen, er sieht wesentlich älter aus, ekliger aus, schlimmer, teuflischer und brutaler. Alles das, und noch so viel mehr. Ich würde mich am liebsten erhängen oder so in der Art, aber hier unten gibt es wirklich nichts. Kein Fitzelchen, das mir helfen könnte. Nicht einmal wehren kann ich mich. Ich weine mich diese und die nächste und die übernächste Nacht in den Schlaf. Lasse meinem Gedankenkarussell freien Lauf. Die Tage vergehen eintönig, langsam. Ich bin so müde. Obwohl ich ständig schlafe.

Ich wollte mit dem Chef reden, er hat mir nichts zu sagen. Also gibt es keine Möglichkeit, ihm zu sagen, dass ich nicht schwanger bin, dass ich das nur für seine Soldaten erfunden hatte. Diese Idioten. Und dieser blöde Hüne kam seitdem auch nicht mehr, und die anderen verstehen nur Italienisch. Ich könnte ausflippen. Ich flehte um ein Gespräch, die einzige Antwort war ein Spucken auf den Boden.

4. Matheo

Die scheiß Hitze hier bringt einen noch um, wenn es nicht gerade die ganzen Schwachköpfe – Deficientes – hier sind.

Gerade haben sie wieder einen Dieb in ihrem Verhörraum. Ich darf zusehen. Eigentlich weiß ich ganz genau, dass sie meine Reaktion sehen wollen. Sie werden mich testen. Ich war schon Don. Mir macht das nichts. Ich bin gerade in der Position eines Vollstreckers. Ich bin von meinem Vater ausgebildet. Fuck. Die sind für mich einfach lächerlich.

Ich teste euch, meine Freunde. Ich bin bei uns der Struggler und das bin ich nicht aus irgendeinem lächerlichen Grund. Ich drücke ihnen die Kehle ab und sehe zu, wie aus ihnen das Leben schwindet. Immer dann, wenn es nötig ist. Immer dann, bevor es mich selbst trifft. Und wenn ich es nicht mit meinen eigenen Händen mache, dann mache ich es mit dem Messer, das liegt mir von Geburt an. Meine anderen Waffen brauche ich meistens nicht mehr. So einfach ist das. Sie foltern diesen Wichser schon einige Zeit. Er hängt an der Decke, an den Armen festgebunden. Ich vermute fast, irgendwann reißen sie, bei seinem Gewicht, einfach aus. Er bekommt Peitschenhiebe, wie vor hunderten von Jahren. Das Geräusch ist unverkennbar, zusammen mit seinen Schreien nimmt es den Raum ein. Und wenn er nicht schreit, ist er wieder bewusstlos. Es schlägt genau einundzwanzig Uhr. Hier für die Männer eine Zeit der Ruhe, die des Nachhausekehrens. Die Vater-Mutter-Kind-Rolle einzunehmen. Wie ich es mir gedacht habe. Lächerlich.

Mario befiehlt mir, hier zu bleiben. Natürlich mit dem Dieb und ihm. Er bleibt bei mir. Er meinte, es könnte eine nette Unterhaltung werden. Fuck, ja, das befürchte ich eben auch. Scheiße, ich will heim, in mein Penthouse.

Ich möchte von ihrem Scheiß hier nichts wissen. Zuhause gibt es genug Arbeit für mich.

Das einzig Gute hier ist das Training. Mit der Luftfeuchtigkeit und den primitiven Mitteln, so lässt es sich tatsächlich besser trainieren. Der Fokus liegt hier woanders. Ich bin so gut in Form wie schon lange nicht mehr.

„Klar. Ich bleibe, solange du willst. Hab heute eh nichts vor." Sage ich ihm, ich muss meine Langeweile in Zaum halten. Es soll ja nicht misstrauisch werden. Fuck, was gäbe ich für eine enge Fotze. Ich frage ihn: „Haben wir Whiskey hier? " Ich brauche einen. Sein Zuckerrohrzeug, also Pinga, wie sie es hier nennen, kann ich nicht trinken. Es schmeckt nach Scheiße.

Wir sitzen uns gegenüber in diesem Scheißraum, der Ventilator dreht langsam an der Decke. Die Luft ist scheiße und voller Pisse. Umgeben von dem Wichser, der hängt. Er ist noch weitgehendst angezogen. Der Urin sammelt sich stinkend unter ihm und der Schweiß tropft ihm herunter. Ja, mir ist ebenfalls verdammt heiß. Ich kann mich aber nicht ausziehen, ich trage mein Muskelshirt, weiter geht es nicht, dann würde er die Zeichen der Omertà unserer Mafia sehen und sofort würden seine Alarmglocken angehen. Ich habe viele Tattoos, sehr viele, aber diese sind nicht zu übersehen, sie zieren meinen inneren Oberkörper. Vorne wie hinten, meine Arme habe ich neutral gehalten. Einzig die Liberty auf meinem Oberschenkel besagt die Freiheit aus. Diese, die ich mir nehme, mein eigener Herr zu sein und die Machenschaften meines Bruders aufzudecken. Auch wenn das bedeutet, dass mein Vater mit daran glauben muss.

Der Rest: Bilder aus meinem Kopf. Bilder für mein Leben. Zeichen, die für mich stehen. Wie das P-Zeichen für den Kreislauf des Lebens, auf meinem Arm, zusammen mit der Uhr, für die Vergänglichkeit, die Sense für mich und die Schlange, die sich darum windet, für meine Feinde. Auf der anderen Seite geht es weiter. Mein Hals ist ebenfalls geschmückt. Darauf ist eine Ansammlung an Ornamenten. Ranken, für den Struggler. Wir spielen mittlerweile schon einige Zeit Karten. Das kann ich gut, allein schon wegen der unzähligen Kasinos, die ich besitze. Ich übernehme das Meiste in der Firma. Irgendwer muss den Laden ja am Laufen halten. Es ist mein, hier mischt sich keiner ein. Schwieriger als gedacht ist es nur, den Schwachkopf vor mir nicht verlieren zu lassen. Ich muss mich dumm stellen. Nicht, dass er noch Verdacht schöpft. Es ist sowieso schon seltsam genug, dass er ausgerechnet mit mir Karten spielen will. Der Hängende beobachtet schweigend, während er zwischen Bewusstlosigkeit und Jammern wechselt, das Geschehen. Die Peitschen liegen weiter vor ihm und er kann sich den nächsten Hieb ausmalen. Ich bin gespannt, wie lange es bei ihm dauern wird, bis er gesteht. Bis er sagt, wer ihn geschickt hat. Er ist kein normaler Mafioso. Er ist, so wie er aussieht, in irgendeinem Rang. Die meisten anderen hätten schon vor Stunden aufgegeben. Normalerweise habe ich immer jemanden zum Ficken in der Zwischenzeit. Warme Schenkel und feuchte Lippen, die meinen Schwanz anbetteln, gefickt zu werden. Hart, und egal wie.

Eigentlich eine schöne Folterung, wenn sie mein wäre. Ich bin nur der Zuschauer, und es geht mich auch überhaupt nichts an, was sie mit ihm machen. Ich weiß nicht mal genau, was er gestohlen haben sollte. Bei uns, wenn jemand stiehlt, weiß er, was ihn erwartet. Da machen wir kurzen Prozess. Es geht immer gleich aus, er ist zum Schluss leblos. Die Nacht vergeht heute kaum, ich weiß nicht, wie viel Whiskey ich noch trinken muss, bis Mario endlich aufgibt und sich hoffentlich hinlegen wird. Es steht hinter uns ein Sofa, also die Möglichkeit wäre da. Aber wie heißt es? „Vivere lascia vivere." Marta, meine Haushälterin, sagt das ständig. Leben und leben lassen. Wohl am besten.

„Was hast du früher so gemacht?", lallt er mir mittlerweile entgegen. „Wann ist für dich früher, Mann? Ich bin erst vierzig", sage ich spöttisch.

„Ja, du weißt schon, was ich meine. Ich habe Familie zu Hause, die morgen auf mich wartet. Zwei Kinder, zwei Jungs. Sie werden meine Nachfolger. Sie zielen jetzt schon wie Große. Mann, fuck, sie werden zu schnell groß. Ich habe mal eine Baulehre angefangen, kannst du dir das vorstellen?" Er lacht, schüttelt den Kopf, trinkt weiter. Er fasst langsam Vertrauen. Ich weiß nicht, was ich davon halten soll. Ich kenne die Mentalität der Wichser hier zu wenig. Er stellt das Glas wieder hin. „Ich und auf dem Bau", meint er nochmals. „Was, Mann, nein, darauf wäre ich nicht gekommen." sage ich ihm, trinke einen Schluck weiter. Mann, er nervt mich zu Tode. Ich überlege pausenlos, ob ich ihn nicht einfach abmurksen sollte.

Aber gut, das ging schneller als gedacht. Er labert noch einige Zeit und legt sich dann doch auf das Sofa. Einfach so. Da stimmt doch etwas nicht.

Der Wichser, welcher hängt, jammert weiter. Ich gehe hin und schlage ihm eine in seine Fresse, für das, dass er die Schnauze nicht hält. Ich hoffe, er schläft wieder einige Zeit. Das ist ja nicht auszuhalten.

Ich brauche Ruhe zum Nachdenken, um meine Schritte zu planen. Ich kenne Schmerz, ich weiß, woher er kommt, ich weiß, wie ich ihn weitgehendst überwinde. Mein Vater hat mich das gelehrt: unzählige Boxkämpfe, unzählige Schläge von ihm, unzählige Strafen und Folter. Jeder Normale würde denken, er hatte die Absicht, mich umzubringen. Nein, es war Abhärtung, genauso wie es eine Initiierung war.

Ja, hier war die schlimmste aller Strafen. Ich hing ebenfalls zwei Tage und musste mich schlagen lassen. Immer wenn ich einen Ton von mir gegeben habe, gab es zusätzlich zwei mehr. Meine Füße berührten um Haaresbreite den Boden. Eine liebevolle Erziehung.

Ich weiß. Mann, ich habe die Schnauze hier so dermaßen voll. Vor allem, was mich noch mehr aufregt, ist, dass sie mir praktisch aus der Hand fressen. Es geht alles viel zu einfach, ich kann die Ein- und Auszahlungen einsehen, den Warenbestand, bei Übergaben dabei sein und das alles nach so kurzer Zeit. Und das, obwohl ich mich nicht einmal recht bemühe. Ich sehe mir das dämliche Programm an und sinniere über mich und mit mir. Über alles. Meine Schwester, die ich bald zu mir ins Penthouse holen werde. Nein, sie kann definitiv nicht bei Phillipe bleiben, erst recht, wenn er jetzt dann auch noch dieses Miststück von Ehefrau besitzt. Nein. Sie bekommt bei mir das oberste Stockwerk, der Aufzug ist sowieso im ganzen Haus vorhanden, also kann sie sich mit ihrem Rollstuhl frei bewegen. Oben bekommt sie eine Art eigene Wohnung. Ich bin froh, dass sie so selbstständig ist und den Transfer mit ihren Händen und Hilfsmitteln regeln kann. Trotzdem nehme ich ihre Pflegerin, die bei Bedarf kommt, mit. Sie wird oben eines der Zimmer bekommen. Sie gehört zur Familie und ist schweigsam. Das ist das Wichtigste. Und Ada mag sie. Ich werde dadurch weiter meine Ruhe haben. Die bleiben oben und ich habe den Rest für mich allein. Ich muss irgendwo meine Geschäfte regeln und das geht nicht, wenn mein dümmlicher Bruder der Don ist. Es wird keine Gespräche mehr in Vaters Büro geben, da bin ich mir sicher. Ich bin mir auch sicher, dass Vater nichts mehr zu melden haben wird. Was ich jedoch nicht glaube, ist, dass er das auch weiß.

Mein bester Mann Nero gibt mir morgen wieder mein wöchentliches Update. Ich muss in die Stadt, wieder einmal zum Tanken, und werde von dort aus telefonieren. Ich sagte ihnen, ich will so wenig Benzin wie möglich in meiner Karre haben, dass sie nicht so viel rauben können. Zum Todlachen. Sie haben es geschluckt, also fahre ich seit Monaten hier zu der Tankstelle und telefoniere.

Lächerlich. Aber sie sind primitiv genug.

Auch mein Casino darf nicht zu kurz kommen. Ich muss bald wieder zurück und meine Anwesenheit arbeiten lassen. Meine Leute, mein Personal, sie regeln alles zu meiner Zufriedenheit, da bin ich mir sicher. Ich will mich aber sehen lassen. Es ist immer besser, wenn der Chef die Kontrolle behält. Deshalb und wegen der Komplexität. Die Suiten, die Nutten, das Geld. Alles gibt es hier zu haben. Genau das ist der Grund, wieso man darauf achten sollte. Und Gott verdammt, ich brauche die Weiber. Keine Nutten, nein,, verdammt, zu mir kommen sie so. Sie wollen alle meinen Schwanz in ihrer Fotze. Meistens nehme ich sie von hinten, ich will ihr Gesicht nicht sehen, ich will einfach nur meinen Fun haben. Und was das Beste ist: Sie beklagen sich nicht, sie wissen, dass es nur der Spaß für den Moment ist. Danach gibt es keinen Kontakt mehr. Hin und wieder sieht man sich auf Partys oder im Casino, das war's. Seit dem Mord an meiner Frau Ellen gibt es für mich sowieso keine Intimität mehr. Nur noch ficken.

Ich koche gerade Kaffee hier unten, als die Tür wieder aufgeht. Es ist fünf Uhr morgens und die Soldaten stehen wieder bereit. Ich sehe aber, dass sie heute für den Wichser kein Wasser mehr dabeihaben. Seine Stunde hat geschlagen. Ich weiß es, er weiß es, sie wissen es. Ich muss hier raus, der Gestank der Pisse und das Gejammer gehen mir gewaltig auf den Sack. Der Idiot hätte nur sagen sollen, von wem er den Auftrag hatte. Und alle wären zufrieden gewesen. Es wäre längst vorbei. Sie hätten ihn sofort umgelegt. Er hätte allen einiges ersparen können. Mich langweilt es, hier zu sein und meine Geschäfte liegen zu lassen. Ich hoffe, ich kann jetzt dann bald wieder zurück. Phillipe hat sich immer noch nicht gemeldet. Ich habe bis jetzt immer noch nichts gefunden, was uns bei unserer Suche Aufschluss hätte geben können. Fuck.

„Reno, und hat er die Schnauze gehalten?", will der Alte von mir wissen. Es ist langsam zur Gewohnheit geworden, wie sie mich hier nennen. „Ja, ich habe ihm ein- oder zweimal eine verpasst. Dann wars wieder still. Hab Kaffee gekocht, da könnt ihr ja euren Zuckerrohrschnaps reinschütten. Ich jedenfalls spüle meinen mit Whiskey nach. " Sage ich ihnen ziemlich gelangweilt. Ich muss darauf achten, dass sie nicht zu viel hineininterpretieren können.

Alle lachen und setzen sich, die Gespräche des Tages beginnen. Wenn man so will, eine kleine Übergabe. Ich habe nichts zu übergeben und werde mich jetzt verziehen. Um Punkt dreizehn Uhr werde ich mit Nero telefonieren.

An der abgefuckten Tanke angekommen, wähle ich seine Nummer. Ich habe darauf geachtet, dass mir keiner folgt. Das Handy immer dabei. Ich hätte zumindest mit ein, zwei Männern gerechnet. Sie halten sich in der Hinsicht komplett zurück. Fuck, es stinkt hier so dermaßen und die Luftfeuchtigkeit ist nicht auszuhalten. „Hey Mann", kommt es aus dem Lautsprecher. Während die Sonne auf mich herabdrückt. Ich beobachte die vorbeikommenden Wagen und Menschen. Alle unauffällig, dennoch ein Anblick, den es nur hier gibt. Dreck, Hitze, Schweiß mit brasilianischem Hintergrund. „Hey."

„Schlechte Neuigkeiten. Die Hochzeit wird vorgezogen. Aber du glaubst es nicht, nein, nicht die Bitch Grace, sondern eine andere wird die Frau werden." Verblüffung macht sich in mir breit. Gut, aber damit kann ich leben, soll er nehmen, wen er will. Nero ist die Verblüffung auf jeden Fall anzuhören, doch seine Tonlage gefällt mir nur nicht.

„Grace und Gonzales sind außer Rand und Band. Kannst du dir ja vorstellen. Ich weiß nicht, was plötzlich los ist." Fuck, ja, und wie ich mir das vorstellen kann. Was treibt ihn plötzlich dazu, den Krieg anzuzetteln? Das Bündnis platzen zu lassen. Phil, du Narr.

„Er hat sie, also die Neue, als Anzahlung von Schulden im Kerker gefangen genommen. Schon vor ein paar Tagen. Die Hochzeit, die soll auch schon in ein paar Tagen stattfinden. Und gottverdammte Scheiße, die Bitch taucht hier auch ständig mit ihrem Vater auf und macht ihm die Hölle heiß. Dein Vater ist auch stinkesauer, aber nirgends steht, wen er genau heiraten soll. Ich hab's geprüft. Nur dass er bei offizieller Amtsübernahme zum Don verheiratet sein muss. " Ich glaube es nicht. Ja, die Amtseinführung ist mir bekannt. Ich spreche kaum in das Handy, will nicht, dass mir jemand zuhört. Ich antworte wie gewohnt knapp. „OK."

„Er will Sie, weil ein Schwachkopf Spielschulden hat und Drogenschulden. Sie ist dessen Frau. Du verstehst", flüstert er fast, „und ich sag es dir, das Mädel sieht aus. Ich glaube nicht, dass sie schon dreißig ist. Er wird Sie, wenn nicht vor der Hochzeit schon, dann sicherlich danach in zwei Teilen. Umbringen, zu Tode foltern und ficken. Sie ist und bleibt für ihn der Feind. Aber Scheiße, verdammte, was geht's mich an? Wichtig ist, dass Gonzales unserem Phil die Hölle heiß machen wird. Dann wird dich Phil, so wie ich ihn kenne, sofort herzitieren, sicherlich gleich nach der Hochzeit. Der Feigling braucht ja einen Vollstrecker." Seine Stimme trieft vor Verachtung.

„Wie bitte, was? Ich komme gar nicht mehr mit. Wieso bei uns im Kerker?" Ich habe lange gebraucht, bis ich das Gesagte verarbeitet habe. Die fucking Hitze hier. „Eine Frau. Ist er völlig übergeschnappt? Was ist mit diesem Wichser nur los? Wie lange soll sie da unten bleiben? Hat er vergessen, was unserer Schwester passiert ist? Ich würde ihn am liebsten umlegen und was ist mit Vater? " Meine Gedanken überschlagen sich.

„Fuck. Er hat nichts zu melden. Es geht drunter und drüber." Die Wut ist sogar ihm anzuhören.

„Fuck", mehr habe ich gerade sowieso nicht zu sagen. „Ja, genau, fuck." Ich höre, wie er seine Zigaretten raucht.

„Um ehrlich zu sein, hier ist alles zu einfach. Ich glaube nicht, dass ich noch finden werde, nach was ich suchen sollte. Es passt einfach nichts zusammen." flüstere ich in das Handy. Die Leute gehen an mir vorbei, gut, sie huschen fast. Ich weiß, wie ich auf andere wirke. Mein Training, es ist nicht umsonst.

Peng, dröhnt es in meinem Schädel. Ich kann mich gerade noch so auf den Beinen halten, versuche einen rechten Haken, doch sie sind zu viele. Der Schlag mitten in den Rücken hatte es jetzt definitiv in sich. Merda. Als ich mich umdrehe, sind sie alle da. Die ganze Crew von heute Morgen. Fuck.

„So Matheo, oder so heißt du doch? "Meint der Alte, in seinem gebrochenen Englisch. Die ekelhaften Goldzähne blitzen im Vordergrund. „Wir haben eine Überraschung für dich. Dein Bruder meint, wir sollen mal deine Standfestigkeit testen. Du darfst zu uns in unsere

Folterkammer. Du kennst ja bereits den Weg. " Fuck, was wollen die von mir? Mein Bruder. Tausend Szenen, die auf ihn deuten, fallen mir gerade ein. Wieso habe ich das nie gesehen? Plötzlich ergibt alles einen Sinn.

Er will mich weghaben, deshalb bin ich hier. Es gibt keine Schwachstellen, ich habe auch keine gefunden. Hier unten läuft alles Hand in Hand. Wahrscheinlich war ich nur irgendeine Schuldentilgung hier unten. Fuck. Sie hatten wohl Angst, dass die Schuld und die Trauer abklingen und ich meinen rechtmäßigen Platz wieder einnehmen will.

Ich bin so ein Dummkopf, und jetzt auch noch ein überwältigter Dummkopf. Sie sind einfach zu viele. Ich habe meine Deckung verloren, habe gedankenverloren telefoniert. Wie konnte das nur passieren? Ich habe während des Gespräches auf alle Fahrzeuge geachtet, auf alle Geräusche neben dem Telefon geachtet. Ich hänge bereits Stunden an der fucking Decke.

Mein Oberkörper ist blank, meine Hose habe ich noch an. Aber die Peitschenhiebe, die haben es in sich. Ich schließe mehrmals für längere Zeit meine Augen, es kostet so viel verdammte Kraft und Beherrschung, diese geschlossen zu halten, und macht mich schlapp. Das habe ich früher gelernt, so lassen sie wieder einige Zeit von einem ab. Sie haben gleich wieder ihr Meeting. In dieser Zeit bin ich allein hier unten, die Beobachtung läuft nur nachts pausenlos. Schmerz überkommt mich ständig. Ich habe die fucking Fesseln seit Stunden an meiner Hand. Ich hatte sie so stark angespannt, als sie mich fesselten, dass sie gut einen Zentimeter dicker waren als im Normalzustand. Jetzt, da das ganze Blut noch aus ihnen gewichen ist, ist es so, dass ich tatsächlich den einen Arm fast frei habe. Es kostet verdammt viel Kraft und Fingerspitzengefühl. Ein Gefühl, welches kaum mehr vorhanden ist, aber ich schaffe es. Ich muss.

Ich habe hier wochenlang trainiert, meine Muskeln sind in Form wie nie, ich kann das Seil mittlerweile etwas schieben. Es ist nicht mehr weit und ich bin frei. Ich bezweifle zwar, dass ich dann noch gehen können werde, aber ich bin frei. Mein Rücken fühlt sich an wie der Tod. Das Blut läuft und gerinnt, läuft und gerinnt, die Muskeln brennen, mein Verstand verabschiedet sich immer wieder für ein paar Minuten. Mein Puls geht verdammt schnell und ich versuche, nicht die Beherrschung zu verlieren.

Er will mich also hier foltern lassen. Mann, Gnade dir Gott. Philippe, ich werde dich sowas von umlegen. Frana, Niete.

Fuck, sie kommen schneller als erwartet. Gerade jetzt, als ich mich frei mache. Eine Hand hier, eine Hand da, ein Schlag ins Gesicht. Sie sprechen ihre Landessprache, so dass ich Mühe habe, etwas zu verstehen. Sie schleifen mich mit mehreren Männern weg und bringen mich in ein anderes Zimmer. Eines mit einem Holzbett ohne Matratze und einer Stange an der Wand für meine Kette. Ich fasse es nicht. Sie sind gut vorbereitet. „Was soll das?", will ich wissen. „Wir sollen auf dich aufpassen. Deine Zeit ist sowieso in zwei Tagen vorbei, dann, wenn unser Chef wieder hier ist." Meint Branco, der Typ, den ich noch nie leiden konnte. Er spuckt mir die Worte gleichgültig entgegen. „Mach dir keine Sorgen, er wird dich persönlich umlegen, er besteht darauf." Das Lächeln in seinem Gesicht wird immer breiter. Wenn ich es genau nehme, hat er auch mehrere Köpfe. Ich kann so gut wie nichts mehr fokussieren.

Na danke, es kostet mich verdammt viel Kraft. Ich bin in meine Kindheit zurückversetzt. Stets bemüht, keine Schwäche zu zeigen. Also gebe ich gelangweilt zur Antwort. „Fick dich", dafür bekomme ich sofort einen Hieb. Fuck, der brennt höllisch. Ich schlucke den Ton herunter, konzentriere mich auf das Veratmen. Konzentriere mich auf mich selbst, so wie ich es perfektioniert habe. Atmen, schlucken, zählen, atmen, schlucken, zählen. Fuck, es brennt. Fuck, die neuen Fesseln an meinem Handgelenk tun ihr Übriges. Da es bereits wieder einundzwanzig Uhr schlägt, mache ich mich bereit, etwas zu schlafen. Morgen Mittag, wenn sie weg sind, habe ich ein kleines Zeitfenster. Da werde ich versuchen, die Kette wegzubekommen. Wie, das überlege ich nachher, wenn ich länger als fünf Minuten bei

Bewusstsein bleiben kann. Merda!

Ich setze mich auf das verschissene Holz, versuche, so zu schlafen. Angelehnt an die Wand, seitlich natürlich. Mein Rücken verträgt keine

Wand oder irgendein Holz. Er fühlt sich an, als wäre mir die Haut abgezogen worden.

Wenn sie kommen, bin ich bereit. Ich bin kein Opfer. Niemals, keines, das im Bett liegt, wenn sie kommen. Gezeichnet von den Hieben, der eingeschränkten Sicht und der Hitze, schlafe ich bei dem Gedanken sofort ein. Fuck, ich bin so dermaßen erledigt. Ich brauche einen Plan.

Irgendwie habe ich es aus diesem Scheißloch herausgeschafft, der Eine liegt am Boden wie eine Marionette, die Beine in alle Richtungen ausgestreckt. Er hatte doch wirklich den Schlüssel in der Hosentasche eingesteckt. Anfängerfehler. Der leblose Kopf schimmert blau und ist in eine ganz andere Richtung gedreht. Aufgedunsen, die Augen geplatzt.

Er ist definitiv tot, und den Zweiten, der dann kam, musste ich genauso umbringen. Sie sind selbst schuld, wenn sie sich mir in die Quere stellen. Mein verdammter Rücken bringt mich noch um, die Schmerzen kommen in verdammten Wellen. Er ist voll mit Blut und meine Lippen sind aufgebissen. Diese Schmerzen, sie sind so stark, wie ich es schon lange nicht mehr erlebt habe. Dreckspack. Verrückte, Pazzos.

Aber ich habe herausgefunden, dass Phil mich hier festhalten ließ. Dieser widerliche kleine Scheißkerl. Er hatte Angst, dass ich ihm die Hochzeit vermassle. Dass ich der neue Don werde. Jeder weiß, er bekommt es verdammt noch mal nicht auf die Reihe. Ich war verheiratet. Ich wäre der bessere Don.

Mein Vater weiß es – ich weiß es – unsere Männer wissen es.

Und jetzt hat er sich mit irgendwelchen Pennern zusammengetan und schmuggelt innerhalb unserer Reihen illegal Drogen über Brasilien mit unseren Schiffen, mit unserer Mannschaft. Jeder weiß, dass dort der Drogenkrieg herrscht. Er wusste, dass ich das nicht unterstütze. Er wusste, dass ich besser nicht anwesend bin. Fuck, wieso war ich so dumm? Das heißt im Umkehrschluss, dass mein Vater vielleicht auch etwas damit zu tun haben muss.

Drogen, überall. Vor den Kindergärten, vor den Schulen, an Tankstellen und sogar vor den Regierungsämtern werden Autobomben zur Warnung aufgestellt und gegen die Verhaftung von Schmugglern und Drogenbossen gezündet. Nicht mehr lange nur in Brasilien, bald auch bei uns, wenn es so weitergeht. Er sollte doch wissen, dass das verdammt noch mal nicht geht. Merda. Was täte ich jetzt für einen Whiskey und Schmerzmedikamente.

Er wird auch Frauen schmuggeln, das eine geht fast ohne das andere nicht. Irgendwer muss die Päckchen im Körper verstecken. Das sind dann die Frauen. Es sind gestohlene Frauen. Er kaufte Frauen. Dieser Wichser. Unseren Kodex einzuhalten war noch nie seine Devise. Dieser ehrenlose Bastard. Aber halte deine Feinde nahe. Traue niemandem. Halte deinen Mund schweigsam. Bevor du getroffen wirst, triff jemanden anderen.

Der Don hat das Sagen. Befehle werden, ohne sie zu hinterfragen, ausgeführt. Frauen ja, Liebe nein. Sie macht dich schwach und angreifbar. Sie sollen das Bett wärmen und ansonsten unauffällig sein. Er wird alles zunichtemachen, was ich mit meinem Vater aufgebaut hatte. Unser ganzes Netz geht den Bach herunter. Das Schlimmste: Er ließ mich hier gefangen halten. Ich weiß nicht einmal, wie lange ich hier war. Mehr als drei Tage, keine Ahnung. Das macht ihn zum Feind. Glückwunsch, Phillipe, du hast das Ticket in den Tod ergattert.

Das, mein Bruder, das wird dich das Leben kosten. Sie sollten mich eliminieren. Ich fasse es verdammt noch mal nicht. Die Gedanken dominieren meinen Verstand. Ich stampfe weiter auf der Suche nach einem Fahrzeug. Schleiche mich durch diesen Ort. Gut, dass es dunkel ist. Die Dunkelheit war schon immer auf meiner Seite. Ich muss zurück. Verdammt. Zurück, bevor er seine Hochzeit hat. Sonst hat er die Gunst der Brautseite auch noch auf seiner Seite, diese Männer. Sie wollen natürlich keinem Verlierer folgen, welcher Schulden hat. Sie werden zu ihm kommen wollen.

Da sieht man ganz klar, dass er dachte, er muss vor mir handeln, dass er weiß, dass er nichts taugt. Er weiß, dass er kein geborener Anführer ist, so wie ich. Die Männer respektieren mich. Sie folgen mir. Sie sind loyal.

Er hingegen ist ein Junkie, ein Widerling, ein Perversling, und jetzt hat er uns mit dieser Hochzeit einen weiteren Feind gemacht. Seine Verlobte ist nicht seine Versprochene. Nein. Es hat von Anfang an nichts zusammengepasst. Er hat mich weggeschickt, damit es nicht auffällt. Wenn ich draufgehe. Ha, mein Freund. Jetzt gehst du drauf. Im Geiste lache ich, im Hier und Jetzt veratme ich die Schmerzen und versuche, mich aufrecht zu halten.

Du Phil, bist ein elender Verräter, ohne Ehre, ohne nichts. Ich hoffe nur, ich bekomme dich eher in die Finger als der Vater der Ex-Braut. Ich könnte fast lachen, wenn ich selbst nicht halb tot gefoltert wäre. Ich schließe einen alten Wagen hier auf der engen Gasse kurz und fahre zu meinem einzigen Kontakt vor Ort. Versuche, mich auf die Straße zu konzentrieren. Nach kurzer Fahrt zu seinem Haus fliegt er mich, ohne zu fragen, nach Hause. Er schuldet mir noch einen Gefallen. So läuft das bei uns. Eine Hand wäscht die andere.

Ich habe endlich einmal ein paar Stunden am Stück geschlafen. Mein Rücken brennt immer mehr, aber ich kann meine Mission verfolgen. Angekommen, nehme mehrere verschiedene Taxis, fahre einmal mit der Bahn und kurze Zeit schlängele ich mich mit einem gestohlenen Motorrad durch die Gassen, bis ich angekommen bin. Die Fenster und Türen, die alten heruntergekommenen Häuser ziehen nur so an mir vorbei. In Gedanken bin ich schon bei Phil. Seinem Leichnam, um genau zu sein. Es dauert nicht lange und ich komme an. Mein Freund hat mir eine schwarze Jacke geliehen. Ich spüre, dass sie schon blutig sein muss. Mein verdammter Rücken. Ich klopfe bei Nero an. Er weiß, dass ich es sein muss. Sehe mich währenddessen zur Seite um. Die Luft ist rein.

Das Haus ist unscheinbar, genau richtig für jemanden, der seine Finger überall im Spiel hat. Der Flug kostete mich verdammt viel Geld und mehrere Gefallen. Schließlich bin ich so wie ein Entflohener. Musste über die Grenze. Aber das ist es wert. Ich muss schnell handeln, ich muss tun, was getan werden muss. Er wird unsere Mafia gegen die Wand fahren und mehr Morde begehen, als ich zählen kann. Morde an Unschuldigen. Frauen, Kindern, jedem, der ihn nervt.

Meine Schwester muss auch unbedingt aus dem Haus raus, wer weiß, was er mit ihr machen wird. Sie ist in ihrem Rollstuhl, sowieso leichte Beute. Ja, mittlerweile traue ich ihm auch das zu. Die Drogen verschärfen seinen Narzissmus, Egoismus und seinen brutalen Wahnsinn, seine Suche nach Schmerzen, die ihn aufgeilen. Ich kenne Phil, so wie er jetzt ist, nicht. Es wird immer schlimmer. Er entgleitet uns allen immer mehr, macht sein eigenes Ding. Damit ist jetzt Schluss. Scheiß auf die Familie, scheiß auf das ganze Komplott.

Während ich gefoltert wurde, kamen immer wieder Dinge zur Sprache, die nur er oder der Mörder meiner Frau wissen konnten. Langsam beginne ich, eine Spur aufzudecken, eine, die mir ganz und gar nicht gefällt. Alles deutet stetig auf Gonzales hin. Das macht es nur noch schlimmer. Was ist besser? Wenn er sich von ihnen abwendet und eine andere heiratet. Was wird aus Ada? Ist es besser, er schießt dann gegen Gonzales? Mein Vater wird es nicht gutheißen. Was hat Phil vor?

Das passt alles nicht zusammen. Es sei denn, er war involviert. Und das habe ich die letzten Tage ebenfalls in meinem Kopf studiert. Er war immer der, der meinte, wir sollten es ruhen lassen als Andenken an sie. An Ellen, meine tote Frau.

Mein bester Mann, Nero, sein Soldat, hat sich seine Braut angesehen, es ist nicht Grace. Oh nein. Aber wieso? Er meint, es ist die Frau des Feindes. Er will sie ihm wegnehmen. Wieder eine neue Baustelle. Wieder ein offener Krieg. Sanchez und DiDio machen gemeinsame Sache, er hat seinen Sohn Leo und dessen Frau Daria. Wäre jetzt nicht das Problem mit dem Gonzales-Clan, wäre es ein guter Plan, aber der Trottel reitet sich nur noch mehr in die Scheiße. Nero lässt mich gleich hinein. Van unser Arzt wartet bereits. Ich kann ihnen auch gar nicht sagen, wie lange ich jetzt schon unterwegs bin. Er versorgt mich wortlos. Ich ziehe meine Oberbekleidung aus, bekomme einen Whiskey in die Hand gedrückt.

„Van." Ich nicke ihm zu. Mehr Begrüßung braucht es nicht. Wir kennen uns gut genug, um zu wissen, was Sache ist. „Nur kurze Desinfektion, kurze, wenige Nähte. Ich brauche Schlaf, Mann", sage ich ihm. Nero steht daneben, checkt die Handykameras und muss gleich wieder los in den Bunker. Es soll natürlich nichts auffallen. Sein Haus ist leer. Er hat seine Frau und sein Kind zu ihrer Schwester geschickt. Ich will nicht an seiner Stelle sein. Diese Verantwortung. Dafür habe ich keine Zeit.

Ich lege mich auf das Sofa und Van beginnt. Er hat etwas zur Betäubung, es hilft sowieso nicht. Ich gestatte mir dafür Whiskey. Ein Sandwich kommt, Nero legt es auf den Tisch. Wir verstehen uns auch wortlos. „Was gibt's sonst?" Frage ich. Man erkennt in meiner Stimme heute sogar jeden fucking Stich, den Van am Rücken fabriziert. „Nichts, alles ruhig. Morgen ist der große Tag. Es wird gerade alles dekoriert. Er will zeigen, was er hat. Zeigen, dass er nicht sparen muss. Es ist alles wie Grace es wollte. Also ein Märchentraum. Ihr Vater hat dafür gesorgt." Meint er und hebt die Augenbrauen. Sein Blick sieht sogar für mich besorgniserregend aus. Ich muss mich aber auf den Schmerz konzentrieren. Ich muss ihn veratmen. Ich bin einfach nur im Arsch.

Ein paar Stunden schlafen, dann wird's mir hoffentlich besser gehen. Vor Wut getrieben informiere ich die beiden: „Gleich morgen früh breche ich auf zu der verschissenen Hochzeit. Sie werden sehen, es gibt keine verdammte Hochzeit, nein, es wird im Anschluss ein Begräbnis geben."

Vom Schmerz gezeichnet, während ich mir den hellbraunen Stoff des Sofas ansehe und darauf bedacht bin, nicht bewusstlos zu werden, höre ich Nero zustimmend grunzen. Ich schlucke die Tablette, die sie mir hingelegt haben. Sieht wie immer nach Antibiotika aus. Ich werde es brauchen. Jawohl. Phillipe, du hast es zu weit getrieben.

Neros Handy ploppt auf. Diese Stimme von Nero, sie kenne ich so nicht: „Boss, es tut mir leid, eigentlich solltest du das nicht sehen, aber ich kann es dir nicht vorenthalten. Hier, ich habe es gerade entdeckt. Ich weiß nicht, von wem. Keine Ahnung, Mann. Ich habe es gerade abgefangen, es sollte zu Phil gehen." Interessiert schaue ich zur Seite, dort, wo er mir das Handy hinhält.

Meine ganze Welt stürzt ein, gleichzeitig beflügelt es mich fast, ich werde stärker, meine Wut wächst ins Unermessliche. Ich kenne mich kaum wieder. So wie jetzt bin ich selten. Ich würde jeden und alles um mich herum klein schlagen. Verdammter Wichser. Ich kill dich, Phillipe.

Und wenn du langsam verreckt bist, dann gleich nochmal. Van schreit mich an. Stopp. Du reißt alle Nähte auf, beruhige dich. Verdammt. Ich kann so nicht arbeiten. Und du so nicht leben, wenn du an einer Infektion draufgehst." Seine Stimme ist diesmal die starke.

Ja, ähnlich einer Lehrerin, der man auf jeden Fall folgen sollte. Ich versuche, mich zusammenzureißen. Gebe keinen Kommentar ab. Niemand spricht so mit mir. Aber verdammt, mir fehlt die Kraft, um mich mit ihm zu streiten.

Das Video, auf das ich auf diesem Smartphone starre, zeigt Phillipe mit meiner Frau, während sie am Boden liegt und er mit der Peitsche auf sie eindrischt. Blut, überall um sie herum, die Augen halb geöffnet. Keine Kleidung mehr auf und um ihren Körper, meine Ellen. Meine Menschenkenntnis lässt mich also nicht im Stich. Meine Intuition. Ein paar Stunden noch, dann bin ich auf dem Weg zu dir, Phil, und dann kannst du in deine letzte Ruhe gehen, in die Hölle und mit dem Teufel deinen Scheiß Whiskey trinken. Du verreckter Bastard.

Wenn Vater das wüsste, wärst du wahrscheinlich schon lange tot. Er würde kurzen Prozess mit dir machen. Keine Zweifel. Aber ich will dir dabei in deine verlogenen Augen sehen. In deine verschissene Seele, während ich dich kille.

Ich schlafe bis zum nächsten Nachmittag. Ich habe nicht mitbekommen, wie Van oder Nero gegangen sind, ich war in meinen Racheplänen versunken. Schmerz mit Rache ist ein guter Motivator. Der Beste.

Nero holt mich ab, er hat nur ein kurzes Zeitfenster, er muss beim Einlass der Gäste die Waffen ordnen und aufbewahren. Es soll ja nicht gleich auffallen, nicht dass sich der Wichser an seinem Hochzeitstag noch verpisst. Er wird Augen machen, wenn ich doch nicht so tot bin, wie er denkt.

Alleine für diesen Anblick werde ich zusehen, dass ich es da hineinschaffe. In seinem Imperium bin ich gerade der Feind Nummer eins, aber auch das macht nichts, er ist es für mich ebenso.

Ich ziehe mich während der Fahrt um, sprühe mir Desinfektionsmittel auf meinen Rücken und werfe tablettenweiße Entzündungshämmer ein. Fuck, das brennt, aber es muss. Die Striemen platzen stetig auf. Mein Gesicht ist immer noch dick. Mit der Wasserflasche aus der Tasche hier hinten wasche ich mein Gesicht. Ich hätte wenigstens duschen können. Abstriche mussten gemacht werden. Aber egal, es wird niemanden stören, wenn ich ihn dreckig umlege. Ich trinke während der Fahrt fast eine Viertel Flasche Whiskey. Nero denkt an alles. Wie ich es erwarte.

Er ist mehr ein Freund als mein Consigliere. Alles läuft Hand in Hand.

Aber heute hole ich mir meinen Titel wieder. Jetzt ist Schluss. Heute werde ich zum Don. Meine Männer, mein Titel, meine Macht. Komme, was wolle. Sie werden es alle sehen. Dann regiere ich und das Machtgefüge nimmt seine Ordnung wieder auf. Seit Phil seinen Verstand verloren hat und ihm der fast Titel zu Kopf gestiegen ist, sind die Albaner weiter im Vormarsch. Nero bestätigt meine Vermutung. Die Drogenmafia aus Brasilien will ebenfalls hier in New York einschiffen. Nichts da. Es ist meine verdammte Stadt. Nero fährt wie gewohnt wie geisteskrank, langsame Musik im Radio. Es gibt derweil nichts mehr zu besprechen. Jeder konzentriert sich auf seine Aufgabe.

Sollte ich heute den verdammten Don Gonzales in die Finger bekommen, hat auch sein letztes Stündchen geschlagen und die Bitch Grace kommt ins Exil. Raus aus der Stadt. Weit weg, wo sie niemand mehr sehen wird. Nein, ich bringe sie nicht um, Frauen nicht. Aber sie wird keinen Fuß mehr nach Amerika setzen. Niemals. Ich schnüre noch den letzten Stiefel. In meinen Hosentaschen sind Messer, Patronen, Handschuhe, Taschenlampen. Ich habe genug Taschen. Es wird gleich früher Abend und die Zeremonie sollte draußen in unserem Garten stattfinden.

Wie ich Phil kenne, ein Spektakel. Mit Feuerwerk, Fackeln, Geld. Jeder soll es sehen. Denken, es ist echt und keine Ehe, um jemandem etwas wegzunehmen.

Seine ganzen Spieler- und Drogenfreunde werden genauso da sein. Ich könnte lachen. Was er für ein Idiot ist. Nero klang absolut nicht begeistert, als er mich damit auf den neuesten Stand der Dinge gebracht hatte. Ja, ich bin nicht begeistert.

Einzig bin ich mordlüstern. Wütend.

Ich konnte vor lauter Wut noch nicht darüber nachdenken, wieso ich das nicht gesehen habe, wieso ich die Anzeichen nicht wahrgenommen habe. Ich bin Matheo Santo verflucht.

Nero lässt mich kurz vorher aussteigen. Ich habe ein Headset und ein Smartphone dabei, falls es Schwierigkeiten gibt. Aber das muss ich alleine machen. Platz für Schwierigkeiten gibt es nicht. Nein. Er nickt mir zu, sein Kiefer ist genauso angespannt, wie ich mich fühle. Worte bedarf es bei uns nicht. Jeder weiß, was er zu tun hat. Ich steige aus dem Wagen, auf ein Ziel gerichtet. Nichts anderes zählt im Moment.

Bei uns gilt: Der nächste Don wird der, welcher den vorherigen oder amtierenden Don selbst umbringt.

Dieser Akt muss vor Zeugen geschehen. Und so soll es sein. Danach nehme ich mir diese Frau zur Frau. Ja, es ist mir vollkommen egal, wie sie ist. Wenn mein Vater Phil seinen Segen dafür gegeben hat und damit einverstanden war, dann kann es nichts von geringem Wert sein.

Zusammen mit den anderen Kriterien erfülle ich dann verdammt nochmal alle. Es wird ein Leichtes sein.

Ich warte noch ein paar Minuten, bis es am Parkplatz leerer wird. Es ist knapp genug, bis ich aus dem Hinterhalt starte. Matheo, der neue Don, der Struggler, welcher voll und ganz Besitz von mir nimmt, führt. Die Party kann beginnen.

Ich bin bereit. So bereit wie es geht.

5. Daria

Ich sitze hier den ganzen Tag und soll essen und mich waschen. Sie haben mich sogar alleine duschen geschickt. Es gab sogar Shampoo. Das Wasser ist immer noch kalt und ich habe ständig diesen Druck in der Brust. Ich fühle mich wirklich nicht mehr gut. Nachmittags kommt eine Friseurin und macht mich fertig. Ich fasse es nicht. Was soll sie machen? Ich sehe, ich habe überall Striemen und blaue Flecken. Mein Fuß funktioniert immer noch nicht richtig. Ich will nicht heiraten, was soll das überhaupt? Ich bin verheiratet. Sie haben keinen Ausweis und sonst auch nichts.

Ich meine, wenn man ehrlich ist, habe ich kein Geld, nichts, wofür es sich lohnt, mich zu wollen. Ich will hier raus, vielleicht kann ich die Zeit als Flucht nutzen. Sie werden mich doch nicht zur Frisörin bringen, wenn ich angekettet bin.

Der Chef war hier, ich weiß nicht einmal seinen Namen. Nur dass er Sanchez heißt. Aber das sagt mir überhaupt nichts.

Ich bin so verzweifelt, dass ich keinen klaren Gedanken fassen kann. Ich mache, was er sagt. Als er vor ein paar Stunden kam und sich meine Entscheidung anhörte, hat er mir ohne Vorwarnung ins Gesicht geschlagen und mich geküsst. Ich wusste nicht, wie mir geschieht. Das Blut an meiner Lippe hat er abgeleckt und mich dabei angelacht. Ich konnte sehen, wie es sich aus seiner Hose ausbeulte. Ich sagte ihm, dass ich ihn nicht heiraten will. Das war keine Antwort für ihn, er meinte, die einzige Antwort wäre: „Ich mache, was du sagst, Sir.“

Er zog mich an den Haaren zu sich, er ist um einiges größer als ich, mit meinen einssechzig, sodass ich auf den Zehenspitzen vor ihm war. Er blickte mir wieder mit seinen Teufelsaugen ins Gesicht. Seine Pupillen glichen denen einer Stecknadel, obwohl es hier unten nicht hell ist.

Er küsste mich und atmete ekelhaft meinen Duft ein, den Duft des Feindes, wie er es nannte.

Ich musste meinen Brechreiz so stark unterdrücken. Wenn ich nicht schwanger wäre, würde er mir ein paar Peitschenhiebe verpassen. Ich sollte mich freuen, dass ich sie bekomme, wenn das Kind auf der Welt ist. *Du bist in Wirklichkeit viel schöner als Grace. Deine Titten, dein Arsch, alles zum Ficken bestimmt. Wir werden Freude haben, wenn ich dir erst deinen Arsch versohle und dich dann ficke.* Seine Worte. Der Schauer läuft mir jedes Mal, wenn ich daran denke und seine Stimme in mein Gedächtnis kommt, herunter. Verdammter dieser, ja dieser Teufel. Ich bin nicht schwanger, aber ich durfte kein Wort mehr sagen. Sonst würde er sich das überlegen.

Ich bin bis jetzt auf und ab gelaufen, angekettet an diese Leine. Hustend und weinend. Zitternd. Ich muss meine Gedanken wieder in die richtige Richtung lenken, sie steuern uns, ich muss sie richtig lenken. Also ich werde, wenn ich es überleben will, solange es geht alles vortäuschen. Gute Mimik zu bösem Spiel. Ich glaube, so habe ich die beste Überlebenschance. Zeit, darüber lange nachzudenken, wird mir nicht mehr lange bleiben. Ich meine, ab wann sieht man eine Schwangerschaft denn? Mir rennt die Zeit davon. Ich werde ihn heiraten, mit seinen Spielchen ein paar Tage mitspielen und dann abhauen. Soweit es geht. So schnell es geht. Ich will frei sein, das erste Mal in meinem Leben, und du Arschloch nimmst mir das nicht weg. Die Zeiten des ständigen Gehorsams, des Schweigens und des Verrates an mir selbst sind vorbei.

Noch während ich den Gedanken ausführe, weiß ich: Ich werde es nicht schaffen. Das Gewicht der Kette holt mich ständig in die Realität zurück.

Es ist bereits irgendwas um Mittag rum, ich weiß es nicht genau, aber der stündliche Durchgang des Hünen beginnt von Neuem, seit es hell ist. Das ist jetzt sein Fünfter. Auch ich weiß es nicht genau, aber ich denke, er ist nicht alleine. Ich kann mehrere Schritte hören. Am liebsten würde ich mich unter dem Bett verkriechen. Wieso kommen so viele? Was wollen sie wieder? Mir ist unheimlich und unheimlich schlecht. Meine Augen schmerzen vor Tränen, mein Kopf pocht vor Kopfschmerzen. Meine Handgelenke und mein Bein sind auch immer noch nicht viel besser. Im Gegenteil, da, wo die Kette mein Bein einschnürt, weiß ich genau, dass ich nicht hinsehen will. Am Arm haben sie das Seil wenigstens schon entfernt.

Der Chef, wer auch immer das ist, will, dass ich das von ihm ausgesuchte Kleid trage und den verdammten Schleier, nicht sprechen, nur auf Aufforderung. Und das gilt nicht nur im Kontakt mit ihm, sondern mit jedem, der zu mir kommt. Und das Beste an dem Ganzen: Ich soll lachen und meine blauen Flecken entsprechend überschminken lassen. Ich dachte, ich höre nicht richtig. Was fällt diesem Dämon ein? Ja, etwas anderes kann er nicht sein. Seine ekelhaften Hände sind mit Narben durchzogen und seine Nase war sicherlich schon mehr als einmal gebrochen. Gut, Leo war auch keine besondere Schönheit, dennoch, als er jung war, gepflegter als dieser kranke Typ. Ich habe ihn noch nie in anderer Kleidung als diesem Schwarz oder Armeegrün gesehen. Wie kann man nur so sein? Wie soll ich weiterleben? Ich traue mich, ihn nichts zu fragen, weil ich weiß, wie das enden wird. Und das Allerschlimmste, das mir gleich wieder eine Panikattacke bescheren wird, ist der Gedanke an die Hochzeitsnacht.

Ich habe sie so lange verdrängt, doch je näher die Stunde kommt, umso schlimmer wird es.

Ich hoffe, dass ich mich einfach hinlegen kann, die Augen schließen werde und er in ein paar Minuten fertig sein wird. Das wäre heute die beste Nachricht, die es für mich geben könnte. Ich weiß genau, er wird ein „Nein" nicht zählen lassen, ich werde ihn verärgern und er wird es mir damit heimzahlen. Dann würde ich wünschen, tot zu sein. Das weiß ich genau.

Ich muss sein Vertrauen gewinnen, vor allem dann, wenn ich hier wegwill. Vertrauen als Waffe, ja, das ist nicht schön, aber wenn es sein muss, meine einzige Hilfe. Die Spiele beginnen, ich hoffe, ich habe ein gutes Blatt. Auch wenn mein Geist mir sagt, dass ich mich fernab jeglicher Realität bewege.

Wahrscheinlich denkt mein Gehirn nicht richtig. Das muss es sein, ich bewege mich seit Tagen am Rande des Wahnsinns, am Rande der Implosion, alleine schon durch den engen Raum, der mir ständig die Luft abschnürt. Die Bilder, die er mir ständig beschert. Wahrscheinlich Strategie, ich soll gebrochen sein. Dann kommt noch die Angst dazu, die mich einnimmt. In Gedanken versunken schrecke ich auf, als ich ein „Hallo" höre. Ein ziemlich nettes, weibliches „Hallo". „Hallo?", gebe ich zurück, schniefend wie immer. Frierend wie immer und müde wie so oft. Ja, resigniert vielleicht. „Ich bin Susan, ich bin deine Beauty beauftragte. Ich mache dich heute für deinen großen Tag schön" Wie bitte, für meinen großen Tag. Ich kann meinen Sarkasmus nicht verbergen.

Sie zeigt mit dem Finger auf ihren Mund, ich soll leise sein, unauffällig blickt sie in die Kamera über mir. Dieser verflixte Punkt der ständig blinkt. Ich tippe auf mein Ohr und sie bückt sich kurz zu ihrem Schuhband ihrer Sneakers und sagt „Ja." Ok, somit weiß ich, dass auch sie keine Freude an dem Mist hier hat. Ich vermute stark, wenn sie versagt und ihren Auftrag nicht ausführt das auch sie Konsequenzen zu spüren bekommt. Wir sitzen also im selben Boot. Schweigend beginnt das Prozedere. Jede von uns ist in ihren Aufgaben versunken. Ich die Aufgabe des Starrens und des Panik Unterdrückens. Es klingt so lächerlich, sie muss mich strahlen lassen. Wie absurd ist das eigentlich? Geschlagen lasse ich mit mir machen, was sie will. Sie frisiert mir die Haare, blickt mich traurig an. Mittendrin streicht sie unauffällig über meine Wange und nickt. Sie versteht mich.

Der blöde große Hüne, den ich noch nie gesehen habe, steht stets ein paar Schritte hinter uns und beobachtet das Geschehen.

Gelangweilt. Telefoniert. Spricht nur italienisch. Na toll. Tolle Aussichten sind das.

Ich versuche, die Tränen nicht weiter laufen zu lassen. Spiele in Gedanken Violine, summe gedanklich mein Lied. Das ganze Makeup wäre ruiniert und ich bin mir sicher, Susan dann auch. Immer wieder zittert ihre Hand. Ich traue mich nicht danach zu fragen. Ich sage ihr einfach stattdessen „Danke für die nette Gesellschaft" und „irgendwann kommt unser Tag"

Sie meint mit einem Lächeln wie lieb das ist. Und schüttelt gleichzeitig ihren Kopf, geht zur Zellentür und nimmt von daneben diesen riesigen Kleidersack. Das Totengewand, gut das Kleid kann nichts dafür.

Öffnet ihn und ihr Blick sagt mir alles, was ich wissen will. Er ist ebenfalls von Trauer überzogen, wie der meine. Wird sie genauso, in die Ehe gekommen sein? Sie trägt einen Ring. Dieses Kleid ist auf jeden Fall nicht rein weiß, es ist in dunklem Creme Ton, wie er es mir bereits sagte. Jeder soll sehen, dass ich der Preis bin. Sehen, dass ich von Leo bin und er der Sieger. Oder so ähnlich, diesem irren Hirnkonstrukt kann niemand anders außer ihm folgen. Niemand. Der Hüne verabschiedet sich.

„Ich gehe genau fünf Minuten, bis dahin bist du verdammt noch mal angezogen. Wenn du Spielchen spielen willst, nur zu. Ich werde Freude haben dir die Konsequenzen beizubringen. Genauso wie ihr, Verstanden?" Seine Worte ein einziger Peitschenhieb und sicherlich keine leere Drohung. Wir nicken unisono und er dreht sich um. Schnell hält sie es mir hin. Erst die Unterwäsche, gut erst den BH, eine Unterhose gibt es nicht. Dann die Strümpfe. Dann das Kleid. Spielchen, nein. Ich versuche es auch nicht. Ich schlüpfe einfach in diese Kleidung und dieses Kleid, welches verdammt noch mal auch noch genau passt, hinein. Ich spüre, wie sich der Stoff des Grauens an mich schmiegt. Jede einzelne Schnürung mir die Luft ein wenig mehr raubt.

Sogar die langen Spitzenärmel fühlen sich an wie eine zweite Haut, eine Haut des Grauens. Er hat sie sicherlich gewählt um meine blauen Handgelenke, die Schwellungen und die Knochen zu verbergen.

Das Kleid fällt weich und leicht zu Boden, es ist eine leichte A Linie, ich muss mich in die Pumps hineindrücken. Gott sei Dank sind sie nicht so hoch, er will das ich klein bleibe. Unsere Atmung ist zu hören, das Rascheln des Stoffes. Geblendet von dem grellen Licht das angestellt wurde.

Sobald ich darinstehe, trifft mich der Schmerz wieder. Die nette Frau gibt mir Schmerztabletten. Unauffällig aus ihrer Tasche, ich schlucke sie auch ohne Wasser, egal Hauptsache Besserung. Draußen wird es bald dunkel, sicherlich haben wir schon ein paar Stunden hier unten verbracht.

Trotz den Umständen und diesem kranken Anlass, war es heute nett mit ihr, fast wie mit einer Verbündeten. Ich vermisse jemanden zum Reden, meine Tiere, besonders Mavi und Salomon.

Es ist bereits ganz dunkel und ich sitze auf diesem Bett. Seit Susan gegangen ist, wehre ich mich gegen die Panik, die Enge des Kleides und die Enge des Raumes. Beherrscht, versuche ich jeden Luftzug, welcher durch die Gitterstäbe kommt, zu erhaschen. Ich höre ihn kommen. Ich höre seine Stiefel. Es ist sein Gang. Die erste Tür fällt wie gewohnt laut zu, dann vierzig Schritte von ihm. Dann muss er hier an meiner Zelle ankommen. Ich spüre meinen eigenen Blutdruck über meinen ganzen Körper, ich zittere so stark und kann es nicht abstellen. Mir ist gleichzeitig so warm und kalt.

„Daria, ich grüße dich." Oh nein, das erste Mal das er meinen Namen benutzt. Ist das gut? Oder beginnt wieder ein neues krankes Spiel?

Er öffnet die Tür und geht sofort auf mich zu, er trägt ein Anzugjackett und eine saubere Hose, die Erste, die ich bei ihm sehe.

Sogar eine Krawatte. Er nimmt die Scheiße hier, wohl wirklich ernst.

Sogar einen Brautstrauß hat er dabei. Ich fasse es einfach nicht. So gut ich kann halte ich meine Miene neutral. Ich will ihm nichts von mir zeigen, keine Emotion nichts. Stattdessen schlucke ich, spüre wie viel Durst ich habe, wenigstens sind die Schmerzen mittlerweile besser.

Er steht bedrohlich groß vor mir, vor dem Bett. „Hier nimm", befiehlt er rau. Ich nicke, nehme den Straus und sage „Danke", leise fast flüsternd. Umso lauter beginnt er „So, meine Frau. Wir werden jetzt den Bund der Ehe eingehen. Du wurdest heute geschieden. Weißt du noch?" Er schüttelt seinen Kopf und grinst. Blickt mich von oben bis unten an. Hält mein Kinn wieder fest. „Du löst eure Schulden ein. Du wirst mir gehören. Sieh mich nicht so an. Du warst doch bei deiner Hochzeit dabei. Du weißt wie das Abläuft. Der Schwur galt nur solange, wie beide am Leben sind. Und

Schwups. Gehörst. Du. Mir." Verspricht er mir. Grausam. Ekelhaft und wie ein verrückter. Es scheint sogar als hätte er nicht einmal getrunken. Er sieht auch halbwegs normal aus. Sauber gekleidet. Geduscht.

„Du, machst mich somit zum Don und heute Nacht werde ich mir nehmen was mir gehört. Ich werde dich Ficken, dass dir hören und sehen vergeht. Ich habe lange genug gewartet. Ich will dich Schlucken sehen, ich will dich Weinen sehen, ich will dich unter mir haben. Ich werde dich ficken, bis du nicht mehr kannst. Vielzulange habe ich mich zurückgenommen. Und nach einiger Zeit, wirst du mich anflehen dich weiter zu ficken. Weißt du, es gab zu viel zu erledigen. Und ich verspreche dir, ich werde dich Tag und Nacht über Kameras beobachten. Dich nehmen, wann ich will. Und keine Angst, der Arzt sagte bereits. Verkehr. Schadet dem Kind nicht." Er zieht mich an beiden Oberarmen zu sich hin, kommt meinem Gesicht so nahe. Bedrohlich nahe, ich spüre seinen Penis gegen seine Hose drücken, sie kommt genau an meinem Unterbauch an. Lange wird er nicht mehr nichts tun können. Sein Grinsen und sein Lachen sind so ekelerregend. Das es mir vorkommt wie in einem Horrorfilm. Das grelle Licht, das über ihm flackert, zusammen mit seiner Gestalt. Ein fürchterliches unbeschreibliches Grausen macht sich in meinem Körper weiter breit. Er kommt meinem Gesicht immer näher, ich spüre seine Erregung noch mehr. Es knallt. Wir erschrecken beide, als plötzlich das Licht ausgeht.

Es ist für ein paar Sekunden totenstill. Mein Herz stolpert und stolpert, sein Griff wird immer fester. Ich höre seinen Atem. Seine Anwesenheit. Meinen Puls in meinem Ohr und ich zittere umso mehr.

Sein Telefon klingelt. Er wirft mich wieder zurück und ich schlage wieder mit meinem blöden Kopf an der Wand an. Dieser verdammte Mistkerl. Schmerz trifft mich von oben über meine Augen bis zu meinem Hals, ich fasse sofort danach hin. Gott sei Dank das wird nur eine Beule, kein Blut. Ich bin so dankbar. Ich bekomme hier sonst noch sonst welche Infektionen. Er spricht irgendetwas in das Telefon, das ich nicht verstehen kann. Sehe aber in der Dunkelheit etwas das aussieht wie eine Armband Uhr, sie leuchtet und dann geht plötzlich das Licht wieder an, genau in diesem Moment steht ein zweiter hier, er schlägt dem Chef mit voller Wucht in dessen Kiefer. Der Neue spricht ihn freundlich und ruhig an. „Na mein Bruder, erfreut mich zu sehen. Phil ich habe gehört du wolltest mich töten lassen. Sag mal, macht man das vielleicht?"

„Hältst du denn gar nichts von der Familie. Bist du schon wieder drauf?" spricht der Neue fast gelangweilt. Zack schon bekommt er die Nächste direkt in den Bauch. Man hört es regelrecht. Er grunzt. „Was fällt dir ein, mich nicht zu deiner Hochzeit einzuladen du Wichser" Ich komme mit dem Schauen gar nicht mit, die Stimme des neuen wirkt genau so bedrohlich wie seine ganze Erscheinung, gibt es auch irgendwo normale Menschen. Während sich die zwei schlagen, überlege ich schnell, wo ich hinkönnte. Ich schiele immer wieder zur Tür, werde da aber nicht an ihnen vorbeikommen. Tränen quillen weiter aus meinen Augen und die Luft wird immer enger.

„Ich habe gehört du hast die Braut ausgetauscht." Lacht ihm der Größere entgegen. Nein jetzt spricht er auch noch über mich. *Wumm* die Nächste trifft ihn zwischen die Beine. Luft entweicht ihm. Er ist wirklich zäh, er stellt sich sogar wieder hin. Der Neue, spricht meiner Wut genau aus der Seele. Es geschieht alles so unfassbar schnell, so unfassbar wirr.

Ich weiß einfach nicht, wo ich mich verstecken kann. Ich drücke mich so gut es geht gegen die Wand. Ich habe verdammt viel Angst, noch mehr als Vorher. Wer ist der Bruder, der seinen Bruder gleich zu Brei schlägt? Was ist das für ein Wahnsinniger, der die Ausgeburt des Teufels jagt? Und noch gefährlicher aussieht. Dann geschieht das Unfassbare, er lässt ihm keine Zeit zu reden.

„Du wirst nicht der Don." Flüstert er ihm fast zu, während der Chef mit der Atmung Probleme hat.

„Du weißt es genauso wie ich, ich bin der Don. Du bist der Dreck unter den Schuhen. Du hast mich absichtlich nach Brasilien geschickt, du hast Ellen auf dem Gewissen, zusammen mit Gonzales. Gib es zu ihr habt absichtlich eine falsche Fährte gelegt. Du verdammter Drecksack. Ich sage dir, sogar der Tod durch einen Schuss, ist für dich eine verdammte Vergoldung. Du bist der größte Abschaum, der mir je begegnet ist. Weißt du, Vater wird sich schämen!" Brüllt er ihn an und hält ihn mit seinen Händen fest. Ich sehe es kostet ihn Anstrengung. Der Chef meldet sich wieder, gequält zu Wort und meint „Das ist ganz einfach du Wichser", er lacht. Siegessicher lacht er den Neuen an. „Sie war von mir Schwanger, als ich mit ihr fertig war, ich wollte nicht noch einen der am Ende Don wird, wieder einer nur ich nicht." Ich glaube ich höre nicht richtig. Das ist nicht, für mich bestimmt. Ich spiele weiter an der Kette, reiße wie verrückt daran. Mein Blick ist starr auf die Zwei gerichtet, sie dürfen nichts merken.

Er schluckt und spricht weiter „Nach ihr warst du im Weg, du mit deiner Korrektheit. Du und dein Imperium, du das Ebenbild unseres Vaters, du der angesehene Geschäftsmann. Zum Teufel mit dir. Du wolltest es nicht mehr, es stand alles mir zu. Ich musste immer den Kürzeren ziehen. Jetzt habe ich meine Braut hier und werde der Don.

Die Sanchez werden sehen, wie es ist, sich mit mir anzulegen, mir Phillipe Santo." Er holt aus und schlägt den Neuen. Seine Worte werden immer lauter, er wechselt ins Italienische. Es geht immer schneller. Er ist am Rande des absoluten Wahnsinns, ich höre es an der Tonlage. Doch jetzt lacht der Neue, seine Zähne sind mittlerweile blutverschmiert.

„Da braucht es schon etwas mehr Phil, keinen solchen Schwachkopf wie dich." Er lacht weiter, schüttelt den Kopf. Seine Stiefel stampfen auf dem Boden, erschreckend wie jemand so sein kann. Woher kommt er, auch aus der Hölle frage ich mich. Er führt sich auf, als würde das alles nichts bedeuten. Phil wie ich mittlerweile weiß, nimmt sein Messer, trifft den Neuen im Gesicht. Blut rinnt sein Gesicht herab. Über den Bart tropf es auf den Boden. Immer wieder versucht er auf ihn einzustechen, sie drehen sich im Kreis, brüllen und grunzen alles auf einmal. Es sieht aus, als wäre das nicht das erste Mal, dass sie einen Kampf führen, die Schläge und die Bewegungen wirken professionell. Ich suche nach Fluchtmöglichkeiten. Versuche zu laufen, trotz der verdammten Kette, um zumindest aus der Tür hinauszusehen. Der Schlüssel muss doch draußen hängen. Dann höre ich ein „Stopp." Ich weiß genau, dass ich damit gemeint bin. Die Stimme dringt durch meinen Körper. Sie ist hart. Rau, schroff.

Der Neue ruft mich, „hier sieh zu", er winkt mich mit dem Arm zu sich. Gott nein, ich werde da nicht hingehen. Blicke ihn an, durch den Schleier

der Tränen, die alles um mich herum nur noch mehr vernebeln. Es sind
Tränen der Angst und des Schreckens. Ich traue mich nicht zu atmen,
mich zu bewegen und drehe nur etwas zu ihm hin. Er hat seinen Bruder
an der Gurgel. „Wird's bald!" Schreit er mir zu. Ich gehe zwei Schritte
weiter nach vorne, mehr schaffe ich nicht. Er drückt so lange zu, bis alles
Leben aus ihm erlischt. Der Kopf wird, rot dann blau, die Augen treten
hervor, irgendetwas sprudelt aus seinem Mund, den schwarzen Lippen.
Es erlischt. Das Leben zieht aus dem kranken Körper, dieser kranken
Seele.

Genommen durch einen Mörder, der mit bloßen Händen ihm den Kehlkopf zerdrückt. Der ganze Kopf ist blau die Lippen bis zum Platzen angespannt und die Augen nur noch rot. Ich muss mich übergeben. Von
dem Neuen, ist keine Mimik zu sehen, kein Ton zu vernehmen, es lässt
ihn sichtlich kalt.

Nein, das ist zu viel für mich. Ich breche neben mich auf den Boden.
Weine. Zittere. Höre die Stille. Höre den Fall des toten Körpers wie er
auf den Betonboden aufschlägt.

Wie ein Sack der umfällt.

Es dauert nicht lange und ich höre ein schroffes, lautes und genervtes
„Wasch dich verdammt noch mal und komm mit. Runter mit der Kotze
und der ganzen Schminke. Ich will eine Frau und keinen Clown, bei dem
einem der rote Mund schon vom Schleier entgegenleuchtet. Na los, es sei
denn du willst neben der Leiche stehen bleiben, doch dann wird dich keiner holen kommen. Du hast zwei Minuten. Hände, Mund und Gesicht.
Ich hasse das. Aber Pronto. Ich bin nicht für Spielchen aufgelegt. Und
hör gut zu, wenn du dich nicht beeilst, dann darfst du auch noch meinen
Schwanz lutschen, wir haben dafür ja dann genug Zeit!" Wirft er nach,
bedrohlich, leise und kalt, jedes Wort schneidet durch meinen Körper. Er
geht zu diesem Waschbecken, spült den Mund etwas mit Wasser aus und
sieht mich an.

Ich sehe von ihm kaum etwas, er trägt nur Schwarz. Sein Bart verdeckt
das halbe Gesicht, zusammen mit der blutverschmierten nassen Haut, ein
wahrlicher Barbar.

6. Matheo

Die Braut ist so wie es aussieht bereit. Phil geht in den Bunker. Um neunzehn Uhr soll es los gehen.

Es ist jetzt kurz nach achtzehn Uhr. Ich betrete das Gelände wie gewohnt, ich will kein Aufsehen erregen. Ich habe das Jackett über meiner normalen Kleidung, schwarzes Hemd, schwarze Schuhe, Messer, Waffen und das übliche.

Mein Ziel ist ganz klar, nicht der Bruder des Bräutigams zu sein. Ich werde der Bruder des toten sein. Ab sofort.

Ich lasse den Strom abschalten. Genau dann, wenn er unten seine Braut holt. Nero meinte er will zusammen mit ihr den Altar beschreiten, als Message, dass er sich nimmt, was ihm zu steht. Die Feinde werden es wissen. Die Familie denkt er heiratet so wie es sich gehört. Aus strategischen Gründen.

Ja es sind diese Gründe, nur nicht so wie alle denken. Ich habe Nero bereits heute Vormittag den Namen auf der Urkunde ändern lassen. Die sterbe Urkunde ihres Mannes wurde mir bereits von ihm zugesandt. Ja Bruder.

Die Soldaten, die Mitglieder meiner Mafia, stehen auf meiner Seite, und zwar nur auf meiner.

Sobald es unten dunkel ist, rufe ich ihn an, lenke ihn ab, und steuere direkt auf ihn zu. Wie zu erwarten war er bei ihr, in der letzten Zelle. Ich höre sogar ein paar Minuten zu, doch diesen Schwachsinn kann ich mir nicht geben.

Ich überwältige ihn und konfrontiere ihn mit den Tatsachen. Er gibt es sogar zu. Ich bin so perplex, dass er alles einfach zugibt. Er will mich Tod sehen. Er ist nicht mehr der Mensch der er einmal war. Ich sehe es sofort. Er ist nur noch ein Schatten seiner selbst. Die ganze Aufmerksamkeit, die Verantwortung, die Regeln, die Macht, ist ihm zu Kopf gestiegen. Er handelt unüberlegt. Unklar und völlig konfus.

Er ist sicherlich auf Drogen. Das erklärt warum ich das hörte, was er zu ihr sagte. Seine Frau, er will sie ficken. Diese Stimme, die aus ihm sprach, war die des Teufels, die eines sadistischen Arschlochs. Welches er ist. Fernab von jeder Realität. Irgendwann habe ich nichts mehr verstanden, er war einfach zu leise und jetzt stehe ich da und drücke seine Kehle zu, spüre die Knorpel zerquetschen. Ich sehe zu wie jeder einzelne Atemzug schwerer wird, wie die Luft aus den Lungen weicht, wie er um Luft ringt. Die Haut verändert sich und ich weiß es ist gleich vorbei. Er weiß es genauso, so wie die Frau es weiß, während sie mir dabei zusieht. Noch in der Sekunde, in welcher ich sein Leben aushauche, überlege ich was ich mit ihr machen werde. Die kleine weiße Gestalt, abgeschirmt durch den zu großen Schleier.

Sie ist eine lebende Leiche. Die Arme unter dem dünnen Stoff sind hauch dünn und bleich. Ich will gar nicht sehen, wer sie ist. Sie ist definitiv kaputt. Soweit ich das beurteilen kann. Sie fügte sich seinen kranken Gedanken. Mich wundert es fast das sie überhaupt noch lebt. Nero sagte, er hat sich wieder wie der kranke Irre verhalten, niemand durfte sie anfassen. Niemand sich zu ihr begeben. Sie hat der Hochzeit eingewilligt. Jetzt steht sie da und beobachtet, wie jemand stirbt, naja ermordet wird. Der Konsens ist der Gleiche. Der Tod.

Schnell fange ich mich wieder und versuche die Würgegeräusche und die Brechgeräusche von ihr zu überhören. Ich lasse ihn leblos zu Boden fallen.

Ein klitzekleiner Moment überkommt mich, in dem ich denke das hätte ich vor ihr nicht tun sollen. Ich muss sogar um Atem ringen. Er ist wesentlich kleiner als ich, mit meinen fast zwei Metern und wesentlich untrainierter.

Doch er hat sich dieses Mal ganz schön geschlagen. Naja, es war sein letztes Mal. Ich grinse. Ja ich bin genau so krank wie er, ich bin froh, dass er tot ist. Ich bin der Struggler, ich lebe vom Tod. Das hier, war weit ab von einem Trainingskampf, er war zum Töten gedacht.

Ich drehe mich zu meiner Braut und sehe die knallroten Lippen, durch den Schleier hervorscheinen. Das ganze Rouge und die dunkel Geschminkten Augen, auch hier im flackernden Licht. Trotz des Schleiers. Es ist die Notbeleuchtung, dennoch sehe ich, sie sieht aus wie ein Clown. Wenn ich schon gleich heirate, dann keinen Clown. „Wasch dich, sofort. Du hast zwei Minuten dann geht's los" befehle ich ihr. Ich blicke mich im Zimmer um, es ist wirklich nichts hier, sie war im Nirgendwo.

Ich sehe derweil vor der Tür nach, was ich noch sehen muss. Schnell suche ich nach irgendwelchen Informationen hier unten. Wenn es welche gibt, dann jetzt und nicht wenn einer seiner Männer die Gelegenheit nutzt und gleich noch etwas verschwinden lässt. Womöglich alte Unterlagen oder ähnliches. Danach werde ich sie losmachen.

Der Schlüssel hängt wie gewohnt an seinem Platz. Sie machte sofort, was ich verlangte. Sie hat Angst. Sie zittert und hat sich gerade übergeben. Sie hat gesehen, wie ich meinen Bruder getötet habe, den amtierenden Don. Spätestens jetzt, sollte sie gefügig sein. Sie hat alles gesehen, schonungslos. Das bedeutet sie muss sterben.

Eigentlich, denn sie gehört nicht zum Clan. Nicht zur Familie und schon gar nicht zu den Männern. Sie muss wissen, was das für sie bedeutet. Sie ist die Tochter des Feindes, die Frau des Feindes, was ist noch schlimmer? Genau das alles und was es für jemanden bedeutet bei einem Tod zugesehen zu haben, muss ja allgemein bekannt sein. Ich nutze sie noch zu meinem Vorteil und werde sie heiraten. Ich bin in ein paar Minuten der Don, der welcher hier das Sagen hat. Ich bin dafür ausgebildet.

Ich sollte es sein und werde es auch gleich sein.

Komme was wolle. Und danach geht's dem anderen Wichser an den Kragen. Ich schnappe sie am Arm und sie schreit sofort auf. Fast würde ich stoppen, doch es ist keine Zeit mehr. Die Musik spielt und ich weiß unser Einsatz ist jetzt gefragt. Ich schleife sie die Treppen des Bunkers hinauf. Jeder Schritt bringt mich näher an mein Ziel.

Sie stolpert. Fuck was ist das für eine dumme Kuh. Dann meint sie auch noch ihr Knöchel sei verstaucht. Das darf doch nicht wahr sein. „Schuhe aus, sofort!" Befehle ich, schroff. Eigentlich nur total angepisst. Ich habe dafür verdammt nochmal keine Zeit. Angepisst lasse ich sie dafür kurz los. Sie nickt und zieht die Schuhe aus, blitzschnell ist sie noch einmal ein Stück kleiner, ich glaube nicht, was ich da sehe. Jede meiner Nutten ist größer als sie. „Fuck, wie alt bist du?"

„Was?" schüttelt sie erschrocken den Kopf, ich sehe, wie sich die Haltung wieder ändert, nur ein bisschen aber genug, um zu sehen das sie Angst genug hat. Ich lache innerlich. Nach außen bin ich weiter total angepisst. „Wie alt du bist", habe ich gefragt. Ich drehe meinen Kopf extra so, dass sie das Blut besser sieht. Trotz allem macht es mir Spaß sie einzuschüchtern, und wenn sie es bis jetzt nicht wäre, dann weiß ich es auch nicht mehr. Sie hat gerade gesehen, wie jemand ermordet wurde. Sie war bei ihm im Keller. Ihr Mann ist für sie heute gestorben. Was kann es noch geben. Außer mich. Der Struggler der sich nimmt, was er will. Der nur darauf wartet die Macht zu übernehmen und genau deshalb habe ich jetzt keine Zeit für diese Spielchen.

„Und, das ist jetzt das letzte Mal, das ich dich etwas zweimal frage, hast du mich verstanden? Dimmi cosa cé che non va in te. Was ist mit dir nicht in Ordnung?" Knurre ich ihr leise entgegen. Hebe meine Augenbrauen, wartend auf eine Antwort. Sie hat genau noch zehn Sekunden, dann werde ich sie definitiv hoch schleifen, ohne Rücksicht auf irgendetwas. Sie holt Luft, sieht mich scheinbar direkt an. „Vierundzwanzig" leise, aber da war die Antwort. Gut. Ich hatte schon fast Angst das sie gerade achtzehn ist. Nicht mal einundzwanzig oder so. Ich bin bald einundvierzig ich will kein kleines Kind, reicht sie schon. Merda. „So weiter, und zwar schnell ich habe noch mehr zu tun", stupse ich sie an. Befehle es ihr und schleife sie weiter. Der scheiß Bunker ist ewig lange. Sie trägt diesen Schleier, als wir die Tür der Zellen verlassen, die Augen sind auf uns gerichtet. Die Blicke der anderen, unvergesslich.

Wir schreiten den Gang durch die Fackeln, auf den Altar zu. Prunkvolle Deko weit und breit. Das darf doch wirklich nicht möglich sein. Wir sind hier bei einer Mafioso Hochzeit und nicht bei irgendeinem Schauplatz für Märchenkulissen. Fehlt nur noch, dass es eine Hochzeitstorte mit Brautpaar darauf gibt, oder Tauben, die sie fliegen lassen wollten. Ja das wäre es, Tauben der Freiheit, Tauben des Friedens bei Phils Todesankündigung, das würde wieder den Rahmen perfekt machen. Innerlich lache ich mich darüber kaputt. Der Altar steht mitten im Garten, um ihn herum die sitzenden Hochzeitsgäste und das mitten in unserem Garten, was hat sich dieser Schwachkopf dabei gedacht? Es sieht aus, wie bei einer richtigen Hochzeit. Einer verdammten richtigen Hochzeit. Aber mein Wille zur Veränderung ist stärker, auch wenn das jetzt auch für mich bedeutet, den Schwur der Ehe einzugehen.

Je weiter wir gehen, ist nichts als Totenstille um uns herum ist zu vernehmen. Ich sehe und spüre alles um mich herum. Sie warten auf ihn. Blicken mich skeptisch an. Die Stimmen werden etwas lauter. Der Beamte, der uns den Schwur abnimmt, starrt mich an. Nero übergibt ihm meine Unterlagen, meine Urkunde. Nicht die von Phil. Er starrt uns an und ich weiß er wird seine Arbeit im Dienst der Familie leisten, er ist zu lange dabei um Fragen zu stellen. Perfekt. Auf den letzten Schritten spüre ich, dass sie langsamer wird, genervt schleife ich sie weiter mit. Drehe sie am Altar, so dass sie jeder sehen kann. Sie sollen sehen, was gleich mir gehört. Auch ich drehe mich um, drehe mich zu den Gästen, spreche zu den Anwesenden. So wie sie vor uns auf ihren Stühlen sitzen, in Glanz und Glamour inmitten von weißer und goldener Hochzeitsdekoration, wirkt das alles wie in einem Film.

„Meine Damen und Herren, meine Männer, meine Brüder, meine Familie." Ich blicke ihnen in ihre Gesichter. Lasse die Maske des Dons an Ort und Stelle.

Sie, ich und wir sind heute zu einer Hochzeit gekommen. Eine Hochzeit die die Initialisierung des Dons krönen sollte. Doch der Bräutigam ist heute nicht mehr anwesend. Er hat mir seine Aufgaben übertragen, ich habe sie mir genommen. Ich werde der neue Don." Die Stille löst sich langsam auf. Ich spreche mit Lauter ruhiger Stimme weiter. Halte meine Braut an dem Arm fest, ich sehe sie wird unruhig.

„Ich erfülle alle unserer Kriterien, nehme diese Frau neben mir heute zur der Meinen. Ich Santo Matheo, werde euch führen so wie ich es schon immer angepriesen habe. Werde eure Familien leiten so wie es sich gehört.

Werde eure Welt beschützen und die Menschen, die euch etwas wert sind, eure Familien. Ich, werde euch Arbeit beschaffen und euch Vertrauen und Loyalität schenken. Jedem der mir folgt.

Wer mir nicht folgen will der kann jetzt gehen, es ist die letzte Chance, entweder jetzt und ich entlasse euch oder später und ihr werdet als Verräter untergehen."

Ich gehe etwas nach vorne, nur einen Schritt. „Ich und die Omerta werden euch finden. Ich bin die Omerta. Ich bin das Oberhaupt der Familie, ich Leuchte euch den Weg. Stelle die Straßenverhältnisse wieder ins rechte Licht. Stelle eure Bedürfnisse mit oben auf den Stapel. Wer also verdammt nochmal etwas dagegen hat der geht."

Ich warte ein paar Minuten, präge mir die Gesichter ein, es sind die die später zwischen Leben und Tod entscheiden. Das Schweigen ist zu hören, die Atmung der Frau neben mir genauso. Am liebsten würde ich sie schütteln sie soll die Klappe halten. Gott wie kann jemand nur so nerven. Ich nicke und wir beginnen mit der Zeremonie. Ich drücke ihre Hand, so dass sie sich auch umdreht.

Mein Vater sitzt in der ersten Reihe, er sah geschockt aus. Ich weiß wir werden darüber später reden. Niemals vor den ganzen Menschen. Er wird mir den Kopf abreißen. Er wird nicht verstehen was los war, aber ich habe für einen kurzen Augenblick an seinem Blick gesehen, er vertraut mir. Nach seinem Schlaganfall ist er schwach. Schwach im Körper nicht im Geiste. Der Priester, beginnt diese Zeremonie durchzuführen. Der Text ist seit Jahren der Gleiche, passend für meinen Status. Ich habe ihn schon einmal bei meiner Hochzeit gehört, damals war ich allerdings betrunken, heute sind meine Sinne geschärft. Mein Rücken brennt und ich spüre noch die Nachwirkung des Kampfes von eben. Trotz dem stehe ich jetzt hier, blende das alles aus so wie ich es schon immer mache, ich nehme mir jetzt was mir gehört.

„Wir haben uns heute Abend hier versammelt. Vor allen. Um diesen Mann und diese Frau zu vereinen. Daria Sanchez wirst du, Matheo Santo zu deinem Mann nehmen, ihn ehren, achten, schätzen und ihm folgen, bis das der Tod euch scheidet? In guten wie in schlechten Zeiten, in Gesundheit wie in Krankheit. Wirst du seine Ehefrau, seine Gefolgin und sein Besitz werden?" Sein Ton ist gelangweilt und nervig. Genauso wie alles andere. Ich kann eigentlich gar nicht zu hören. Zu wichtig ist die Frage, wo der andere Wichser ist. Ob er hier ist und uns gleich abknallt oder wo ich ihn finde. Ich hoffe Nero hat sein Amt mit den Waffen genau genommen. Was verdammt nochmal sollte das von Phil heißen sie war schwanger. Noch nie hat mich etwas so sehr getroffen wie das. Aber ich weiß ich kann keine Kinder zeugen was auch gut so ist.

Ich muss das verdammt nochmal erst verdauen. Aber weder ist hier noch jetzt ist der richtige Zeitpunkt dafür. Es ist vorbei, ich will heute auch gar nicht mehr darüber nachdenken, wichtig ist was jetzt in der Zukunft geschieht. Mein Rücken fühlt sich an, als würde er sich nach innen zu den Eingeweiden voranfressen. Die Wut und mein Blutdruck muss jetzt alles wieder aufgerissen haben, es läuft warm meinen Rücken entlang. Fuck. Ich muss jetzt beginnen meine Mafia zuführen. Ihnen zu zeigen, dass ich der bessere Mann dafür bin.

Als sie an der Reihe zusprechen ist, kommt kein Wort von ihr. Meine Wut springt sofort in die Höhe. Verdammt, was ist los mit ihr, sie war tagelang bei ihm und kennt kein Gehorsam. Sie hat gesehen, wie ich ihn abgemurkst hatte und sagt nichts. Was soll das.

Ich blicke sie eindringlich an. Mehr wird es nicht brauchen. Um uns herum sind alle Geräusche verblasst, einzig der Regen ist zu hören, er prasselt auf das Dach des übergroßen Pavillons, selten das es im Sommer so einen Regen gibt.

Ich will das sie sich nicht von mir abgeschirmt fühlt. Sie soll spüren, dass ich auf sie sehe, dass ich kein Ungehorsam dulde. Also hebe ich, ihren Schleier an und lege ihn wie bei meiner ersten Hochzeit hinter ihren Kopf. Doch das hier heute ist anders. Mein Ton ist leise und warnend, sie wird wissen, wann es besser ist zu gehorchen. Sie kann die Familie nicht blamieren. Ich flüstere schon los, als ich beginne meinen Blick von ihren Lippen zu lösen und auf ihre Augen zu richten. Sie sind nur schwach beleuchtet. Ich bin erschrocken, was ich sehe. Wirklich erschrocken. Damit konnte ich nicht rechnen. Damit konnte niemand rechnen. Schnell lasse ich meine Hände von ihr. Spüre die Blicke der anderen auf uns. Mehr als zuvor.

Vor meinem geistigen Auge sehe ich nur noch ihre Augen. Dieses blaugrün, wie es niemand anders hat. Niemand. Sie haben die Farbe eines Indigoliths. Und ich handle mit Diamanten ich weiß es. Aber diese Augen sind dunkelblau und dunkelgrün, wie türkis, und dass, obwohl es hier Abend ist und wir nur von wenig Licht umgeben sind. Starrten sie mich an. Direkt in meine Augen. Direkt so, dass es mir einen Stich im innersten gab. Merda.

Die schönsten Augen, die ich jemals gesehen habe. Merda, nein ich schüttle meinen Kopf, schüttle diesen Mist ab. Dafür ist keine Zeit. Nie. Sie starrten mich unschuldig an, eingerahmt in einem Gesicht mit blauen und grünen Flecken. Was ist mit ihr passiert. Fast bekomme ich einen Anflug von Schuldgefühlen. Ich würde sie gerne berühren, nachdem ich diese Augen gesehen habe. Diese Augen darf niemand sehn, diese blauen Flecken und die Handabrücke an ihrem Hals ebenso wenig. Unsere Familie steht gegen Gewalt gegen Frauen, da kann ich sie so nicht zeigen.

Noch während ich in Gedanken bin, höre ich sie, laut und deutlich. „Ja ich will." Trotz der Lautstärke mit einer verängstigten Stimme. Fuck. Sie ist der Feind. Ich darf keine solchen Gedanken zulassen. Niemals. Habe ich einen Schlag auf den Kopf bekommen. Ich sollte daran denken, was die nächsten Schritte sind, noch bevor der Priester fertig mit meinem Spruch ist, sage ich „Ja ich will", drehe mich, nehme den Stift und unterschreibe. Schnell reiche ich ihr den Stift hin und nicke ihr zu. Eindringlich, stinksauer auf mich und alle rundherum. Und auf sie. Weil ich mit ihr nicht gerechnet habe. „Los verdammt." Schießt es aus mir heraus, meine Geduld ist am Ende. Ich will Whiskey und die Farce hier beenden. Sie nimmt ihn und kritzelt ihren Namen hin. Daria Santo. Ich sehe, sie hat zuerst auf meinen Nachnamen gesehen. Sie wusste nicht einmal, wie wir heißen, wer wir sind. Fuck.

Ein voller Kollateralschaden diese Frau. Was soll das hier, spielt sich die Frage heute schon wieder in mir ab.

Wir sind gerade erst ein paar Minuten verheiratet und sitzen hier mit den wichtigsten Männern der Familie am Tisch, es wird auf die Hochzeit angestoßen, wie üblich. Sie sitzt neben mir, so wie es sein sollte. Vor ihr steht plötzlich ein Kaffee, ich habe keinen Schimmer, woher er kommt. Ich war kurz mit meinem Onkel beschäftigt. Er stimmt mir zu, es musste gehandelt werden. Auch wenn ich hier am Tisch nicht so viel besprechen will, schon gar nicht vor ihr, sie ist der Feind. Seit ich den Namen von DiDio erwähnte ist die Stimmung am Tisch, gereizt kann man sagen. Einige nervt der Kerl, andere sind sich sicher er ist mit Phil unter einer Decke. Letzteres halte ich für Schwachsinn. Die Augen sind alle auf meine Braut gerichtet. Mich überkommt ein ungutes Gefühl, sie muss weg vom Tisch, ich sehe die lüsternen Blicke der Männer. Fuck.

Es sollte mir egal sein. Wäre es auch wenn sie nicht jetzt mein wäre. Sie sitzt neben mir und zittert, ob vor Angst oder etwas anderem weiß ich nicht, ist mir auch egal. Ich schicke sie sowieso gleich weg, trinke meinen letzten Schluck.

Ich eröffne offiziell die Feier. Nach dem obligatorischen Drink der Oberhäupter der Familien, beginnt die Feier, alle Gäste bewegen sich zu ihren eigenen Tischen doch meine Braut werde ich jetzt wegschicken. Sie muss hier weg. Weg von mir, ich will mich gerade nicht mit ihr beschäftigen.

Ich begrüße alle und wünsche ihnen die Feier zu genießen und lasse sie, diese Daria, wieder von Nero in den Keller bringen. Ich werde sie später holen, niemand soll sich mit ihr unterhalten. Oder dieses Gesicht sehen.

Jetzt brauche ich erst einmal Nadel und Faden für meine Wange. Und Whiskey. Ich sehe ihnen nach, wie sie ihm angepasst mithumpelt. Wie die Fackeln den Gang entlang das Kleid und ihre Gestallt zum Leuchten bringen.

Im Badezimmer beginne ich, der Cut ist tatsächlich klaffend. An meinen Händen und dem Ärmel das Blut. Es ist nicht tief aber bei jedem sprechen läuft es weiter, ich muss jetzt an den Verhandlungstisch.

Meinem Vater erklären, was hier zum Teufel los ist. Ich mache ein paar nähte und klebe das Pflaster darüber. Fertig. Schmerz kenne ich heute definitiv keinen mehr.

Ich muss ihm erklären, was mit seinem Sohn geschehen ist. Was mit mir geschehen wäre und was mit ihm. Wer die Schuldigen für die Verstümmelung unserer Ada ist. Ich schließe die Tür hinter mir, jetzt ist es soweit, ich stehe hier in diesem Büro in unserem Haus, das Haus meiner Kindheit, hier wurde ich zum Mann geformt, zu dem Mann, welcher ich heute bin.

Ab jetzt gilt besonders, halte die Augen wachsam, den Mund schweigsam und sei Präsent. Es ist besser man spricht nicht so viel, das räumt Respekt ein, Präsent sein, dass sie sehen das ich ein Auge und meinen Geist auf sie konzentriere. Das gilt für meine Männer genauso wie für meine Feinde. Dieses Mal aber auch für meinen Vater. Hier spielt mir der Punkt des Vertrauens, das er mir gegenüber bringt, zu, es ist meine Waffe. Ich komme nicht um das Gefühl herum, das etwas nicht stimmt.

Während ich hier auf meinen alten Herrn warte, beginne ich hinter dem Schreibtisch, der schon allen unseren Dons der Familie gehörte, meinen Whiskey zu trinken.

Verdammt ich brauche den Whiskey heute besonders. Fuck die Hochzeit, fuck es kotzt mich alles an. Nicht nur der

Kollateralschaden. Nein heute ist es das, was ich getan habe. Ich habe meinen Bruder getötet. Jeder der dem Don zu nahe kommt ist ein Verräter, besonders wenn es sich um ein Familienmittglied handelt. Ich muss den Männern sagen was los war, herausfinden wer hier noch seine Finger mit im Spiel hatte. Und verdammt das werden nicht wenige sein. Wie konnte er unserer Schwester das antun, er wusste sie ist für ihn als Bruder keine Gefahr. Klar sie war einem anderen aus der Omerta versprochen. Sie war zuvor begehrt. Ihr Gesicht gleicht dem eines Engels. Ihr

Wesen ist so rein, dass es besser nicht sein könnte. Das Einzige ist ihre verdammte Sturheit, und jetzt ihr fehlender Unterschenkel.

Als er mir von meiner Frau gestanden hatte, konnte ich mich nicht mehr zügeln. Am liebsten würde ich ihn dafür nochmals auferstehen lassen und foltern, dass er mein Bruder war, mein Fleisch und Blut, dass alleine hat ihn vor tagelangen Qualen geschützt. Auch wenn ich diese erst selbst erlebt habe. Ich habe so viel Schmerzmittel in mir, dass es auch nicht mehr normal ist.

Ich brauche heute, verdammt nochmal etwas Schlaf. Gleich wenn ich mit meinem Vater gesprochen habe, meine neue Frau unter Verschluss habe und weiß das meine Schwester in ihrem neuen Zuhause bei mir sicher ist. Ich weiß nicht was auf uns zu kommt, aber ich muss fit werden. Merda. Es klopft gerade, als ich den letzten Schluck meine Kehle hinuntergleiten lasse. Er tritt herein, wie ein Don in dem Körper eines alten Mannes. Es ist nicht zu fassen, wie schnell er jetzt die letzten Monate seitdem ich weg bin nachgelassen hatte.

„Vater, was zum Teufel läuft hier?", zische ich ihn an. „Wie konntest du es so weit kommen lassen?" Ich schüttele den Kopf. „Hast du überhaupt gewusst, dass er die Braut ausgetauscht hat? All die Strippen, welche du gezogen hast, um unsere Mafia nach oben zu bringen wirft er über den Haufen. Die Gonzales wären wichtig gewesen. Na gut, ist jetzt auch egal ich würde ihn so und so umbringen."

Er nickt. Seltsam. Aber er beginnt zu sprechen „Er war außer Kontrolle", spricht er, als er sich auf den Platz gegenüber von mir sitzt. „Ich hatte keinen Einfluss mehr. Er sagte du würdest in Brasilien den Feind beobachten und deine Spielhallen am Laufen halten. Was zum Teufel hast du heute getan?" Will er von mir wissen, seine Stimme ist so bedrohlich wie eh und je, doch ich bin nicht mehr sein jugendlicher Sohn. Ich stehe darüber. Ich bin Don Santo.

„Was ich getan habe?" lache ich in an. Die Wut ist mir ins Gesicht geschrieben. „Dein Sohn, hat erstens meine Frau zerteilen lassen, meine Schwester zum Krüppel gemacht und den Deal platzen lassen. Was ich getan habe, ja ich habe die letzten Wochen in einem Bunker angekettet und ausgepeitscht verbracht." Verdammt, ich schlage mit Hand auf den Tisch, spüre wie mir vor Wut das Blut am Rücken wieder von Neuem läuft.

Ich stehe auf, ziehe mein Hemd aus. Meine Wut ist nicht zu übertreffen, aber ich bin der Meister darin, sie zu verbergen, sogar vor meinem Vater, meinem Lehrmeister.

Ich drehe mich um, zeige ihm die Narben und Wunden der Peitsche. „Hier siehst du, jetzt bist du dran, nein warte. Eines habe ich noch." Er sieht mich an. Perplex. Das sehe nur ich, niemand anderes, würde seine Gesichtszüge erkennen. „Es führt unweigerlich alles zu einem Kreis, hör zu. Er hat mich nach Brasilien geschickt, damit er mich dort Foltern kann, mich umbringen kann. Ich habe seinen Namen von den Männern erfahren. Eigentlich war es unnötig, er hat es mir heute gestanden. Er hat mir gestanden meine Frau umgebracht zu haben, Ada verletzt zu haben und den Deal mit den Gonzales hat er platzen lassen damit er von den Sanchez seine Schuld eintreiben kann. Er hat sowieso mit den Gonzales zusammengearbeitet, es wäre keine Hochzeit nötig gewesen.

Er hat mit ihnen gemeinsame Sache gemacht, nicht nur jetzt, sondern schon immer- Verdammt kapierst du das nicht?"

„Er hat dich ausgetrickst." Kommt einfach, ruhig und gelassen aus dem Mund des alten Mannes. „So einfach ist das." Er schüttelt den Kopf, faltet seine Hände wie immer.

„Er wollte mich loswerden, damit du allein dastehst. Er hat sich so mit allen verbündet und übrig geblieben wärst du allein, du kannst dir doch vorstellen, dass du der Nächste gewesen wärst? Na, überleg mal." Eindringlich blicke ich ihm ins Gesicht. Ich will sehen was es zu sehen gibt. Ich setze mich wieder, ruhig und gelassen sage ich. „Was mich zum nächsten Punkt bringt, es herrscht jetzt verdammter Krieg. Die Gonzales brauchen die Sanchez, ja sie sind pleite, aber sie haben die skrupelloseren Männer und die Mehrzahl. Du weißt es genau, ich habe jetzt so wie es aussieht, auch noch die Frau des Feindes zur Frau. Ich will verdammt das Geld von seinen Schulden nicht." Ich schüttle den Kopf, fasse mir wieder an den neuen Bart. Ich hasse ihn.

„Ja, du hast sie, nur weil du der Don sein willst, der du schon immer sein solltest. Fuck, Phillipe sagte, du wirst so schnell nicht mehr kommen, und hast ihm alles überlassen." Er schlägt mit der guten Hand auf den Tisch. Sein Zorn ist im ganzen Raum zu spüren. „Ich konnte dich nicht einmal mehr über dein Handy erreichen, Junge." „Fuck das glaubst du doch nicht wirklich?" Schreie ich ihm entgegen. „Sag wer hat mich erzogen, wer hat mich bis zum Umfallen geschlagen, wer hat alles, was mir lieb war, bestraft, wenn ich nicht getan habe, was du wolltest? Und da glaubst du, ich gebe alles auf einmal auf. Bist du denn des Wahnsinns? Jetzt heißt es Krieg und ich bin der Führer. Ich weise meine Leute durch die kranke Vendetta und erledige alles, was sich mir in den Weg stellt. Jetzt frage ich dich, als Mitglied der Omerta, den ehemaligen Don, folgst du mir? Hältst du dich an meine Regeln? Wie wirst du dich entscheiden?"

„Natürlich Sohn, werde ich dir Folgen. Don Santo", kommt es mir über den Tisch entgegen. Ich nicke, das habe ich mir gedacht. „Gut du kannst gehen", befehle ich ihm, mir reicht es für heute genauso. Ich lasse ihm etwas Zeit, das Gehörte zu verdauen, er hat nie viel von meiner Schwester gehalten, er hat sie im Andenken an meine Mutter gut erzogen, und ihr den bestmöglichen Ehe Deal ausgehandelt. Das wars. Internate und so weiter. Hauptsache sie stört nicht und ist versorgt. Dass er seine eigene Vendetta startet, darüber mache ich mir keine Sorgen.

Er dreht sich um und geht. Fuck!

Ich setze mich auf meinen Stuhl und rufe Nero an, er muss sowieso hier irgendwo herumschwirren, sicherlich betrinkt er sich gerade.

Es ist Zeit den verfickten Tanz hinter mich zu bringen, so will es das Brauchtum, unsere Tradition. Es ist fast Mitternacht, danach gehen die Gäste selbst heim. Danach gehe ich nach Hause. Morgen ist auch noch ein Tag. Sie soll unten bleiben, vielleicht ist sie morgen gesprächiger, notfalls werde ich es aus ihr quetschen. Sie muss wissen, was die DiDios vorhaben. Sie war jahrelang bei ihnen, sie ist alt genug. Himmel wenigstens werden sie morgen nicht die scheiß Bettlaken ansehen. Jeder hat gesehen, dass sie das dunkle Creme trug. Ich kippe mir den nächsten

Whiskey hinter. Scheiße ich habe jetzt eine Frau." Ellen vergib mir, ich behalte dich im Andenken. Du bist und warst meine einzige Frau. *Salut!*

Ich muss den Plan ändern. Daria kommt heute Nacht mit, wenn ich fertig bin. Ich muss hören, was sie alles weiß, und das kann ich nicht, wenn hier alles, und jeder, seine Ohren hat.

Ich muss sie verhören. Danach wird sie wieder in die Zelle gebracht werden. Ich brauche sie sowieso nicht. Das Einzige, das ich brauche, ist mein Titel und den habe ich jetzt verdammt noch mal. Ich trete wieder heraus, zu meinen Männern. Im Innenhof spielt die Band. Die Einzigen, die die Hochzeit genießen, sind die Gäste. Sie tanzen bereits. Der Regen hat aufgehört und alle genießen das Leben. In der einen Ecke die perversen Onkel, in der anderen die braven Tanten, lächerlich.

Nero bringt Daria, sie wirkt neben ihm wie eine Puppe. Ich kann sehen, dass sie nicht richtig läuft, verdammt jetzt ist sie auch noch zu dumm, um zu laufen.

Schneller als erwartet, steht sie nun hier vor mir. Wartet auf mich, ich sehe sie atmet schnell. Hier interessiert es niemanden, wie es ihr geht. Was sie will. Sie ist einzig und allein dafür da, mich zum Don zu machen und in Zukunft das Bett zu wärmen, von Kindern ist in meinem Alter sowieso nicht mehr die Rede.

„Meine Gäste, hiermit beginnt offiziell der letzte Tanz des heutigen Abends, im Anschluss verabschiede ich mich und sie können weiter Feiern, Trinken, nach Hause gehen, es gibt keine Grenze. Genießen sie die Zeit."

Ich nehme ihre beiden Hände, ziehe sie in Position und die Musik beginnt zu spielen. Ihr Gesicht ist wieder noch vom Schleier verdeckt. Ich kann an ihrer Haltung sehen, dass sie keine Lust hat.

Schön, ich habe auch keine. „Du weißt hoffentlich, wo dein Platz ist, ich sage, was du willst und wann du es willst." Flüstere ich mit einem Lächeln zu meiner neuen Frau. Doch irgendetwas scheint auch sie zu irritieren, der Griff um meine Hand wird immer leichter. Dennoch steigt die

Wärme, die diese Hände abgeben immer weiter an. Seltsam, aber ich kann fühlen wie sich ihre Finger wie reine

Seide anfühlen, schnell verwerfe ich diesen Gedanken wieder. Ziehe sie an mich und versuche den Tanz zu Ende zu bringen, einen Walzer, so wie es sich gehört. Ich ziehe diesen zierlichen Körper an meinen Körper, ihr Kopf gleicht dem einer Königin, er ist erhoben und sie blickt mich durch den Schleier an. Ich spüre es, ich spüre aber auch nur allzu gut wie die Wärme, die sie abgibt, umso näher ich sie an mich ziehe, mich sofort umschließt. Beängstigend, mit einer Wucht, dass ich fast den Tanz vergesse. Unweigerlich kommen mir diese einzigartigen Augen in den Sinn. Merda.

Ich spüre die reine Haut auf ihrem Rücken, ich fasse genau da hin, an welcher Stelle kein Stoff ist. So eine zarte seidige Haut und viel zu viele Knochen. Sie lässt sich so gut führen, dass es mir nicht richtig vorkommt. Gekonnt drehe ich uns noch ein bisschen, und versuche sie wieder auf Abstand zu halten. Es dauert hoffentlich nicht mehr lange bis dieser Tanz zu Ende ist. Es versammeln sich so viele Gäste unter diesem Pavillon, der Regen hat bereits aufgehört, aber von den geldgeilen Wichsern will keiner nass werden. Die Gäste betreten auf mein Zeichen hin, die Tanzfläche. Nero bekommt das Zeichen, sie wieder mitzunehmen. „Boss, ich muss schnell zum Eingang." Sein Blick wieder einmal besorgniserregend. Seine Stimme kalt, wie meine.

„Anscheinend gibt es ein kleines Problem mit deinem Onkel. Oder willst du das lösen?", will er wissen. Nein ich habe darauf erst recht keinen Bock.

„Nein, danke, auf keinen Fall will ich den betrunkenen Wichser sehen." Irgendeinen besoffenen, stinkenden Onkel gibt's wohl auf jeder Hochzeit, fehlt nur noch die schlampig tanzende Tante, aber das wird nicht lange auf sich warten lassen. Die Gäste feiern wie üblich, um das Brautpaar scherrt sich von den Leuten hier, sowieso keiner etwas. Und wenn schon, ich bin der Don, ich mache, was ich will.

„Ich bringe sie schon selbst runter." Danach geht es los. Ich nehme sie bei der Hand und sie humpelt mir hinterher. Verdammt das kann doch jetzt nicht ihr Scheiß ernst sein. „Sag was ist los mit dir, Bist du zu dumm zum Laufen? Accidenti, verdammt." *Keine Antwort.*

Ich packe ihren Arm und reiße sie an mich, mit einer Wut frage ich „Ich habe dich was gefragt. Also nochmal. Kannst du nicht laufen? Und wieso antwortest du nicht, wenn ich mit dir spreche? Hast du eigentlich irgendeine Art von Selbsterhaltung?"

Sie zittert, sagt verängstig „Nein, ich habe eine Verletzung." Aus mir platzt nur ein „Stopp" heraus, dafür ist keine Zeit. Ich will es nicht hören. Ich habe keine Zeit dafür. Ich will in mein Penthouse und endlich die letzten Tage vergessen. Ich schnappe sie und werfe sie über meine Schulter, trage sie hinunter in ihr Zimmer. Meine Wunden brennen und der nasse Stoff macht es nicht besser. Naja, ich dachte es wäre ihr Zimmer, aber wie ich heute ja gesehen habe, ist es tatsächlich die Zelle. Scheiße, ich dürfte wenigstens etwas besorgen lassen. Oder nicht. Ich weiß nicht, wann wir heute heimkommen.

Ich rufe Costa an, er ist der Mann für alles bei meinem Vater, wenn sie schon hierbleibt, dann kann er sich darum kümmern. „Costa, in die Zelle, eine Decke, ein Kissen, Getränke, Sandwich, Waschsachen, Kleidung für Daria. Ach ja, und eine kleine Lampe.

Das Licht ist kaputt. Es gab heute einen Kurzschluss." Spreche ich in mein Handy.

Er erledigt es sofort und legt auf. Mittlerweile bin ich auch schon unten angekommen, von dem Kampf heute ist nichts mehr zu sehen, genau wie es sein sollte. Nicht mal ein bisschen Geruch oder Unordnung, ist zu vernehmen. Nero ist der Beste. Ich stelle sie unten ab und instruiere sie.

„Die Sachen werden dir gebracht, wenn du machst, was ich sage, kannst du es behalten, wenn nicht, nehme ich dir wieder alles. Nervst du mich, bleibst du noch länger hier unten. Verhältst du dich weiter wie ein verschrecktes Reh, werde ich dich ficken, bis du weißt, wie sich so ein Reh wirklich verhält."

Sie nickt. Und zittert. Sie hat Angst, genau wie es sein soll. Angst leitet sie und sie wird richtig handeln und morgen hoffentlich sprechen.

Sie wirft den Schleier zu Boden, und spricht tatsächlich. Gott was will sie jetzt. Ich höre aber, dass ihre Stimme schwach ist, noch während sie überhaupt richtig beginnt. Anders als vor ein paar Stunden. Sie sieht auch ziemlich kaputt aus.

„Haben sie noch Schmerzmittel für mich? Die Visagistin hatte heute ein paar Tabletten, aber mich bringt mein Kopf und meine Beine noch um. Bitte?" Tränen in ihrem Gesicht laufen zu schwarzen Spuren hinab. Ihr Kinn ist gereckt, sie steht anmutig vor mir. Um sie herum, nichts als Dunkelheit und Dreck. Sogar ihr Kleid ist ein einziger dreckiger Haufen, nach dem ganzen Regen und der Erde, im Garten.

Ich nicke. Unfähig etwas zu sagen. Diese Stimme berührt meinen Kopf, wie keine andere. Was hat sie nur an sich, dass mich diese Stimme soweit bringt, Gänsehaut zu bekommen, ich sehe ihr ununterbrochen in die hypnotisierenden Augen. Ich kann den Blick nicht von den langen Wimpern lassen. Ich habe das erste Mal ihr Haar gesehen, braun. Untypisch, diese Haarfarbe für diese Augen. Ich kann auch ihre blauen Flecken sehen. Noch nie habe ich das bei jemanden bemerkt. Ich muss hier verschwinden. Anscheinend bin ich schon betrunken. Ich nicke und sage ihr ich lasse ihr etwas bringen.

Ich muss jetzt weg. Sperre die Tür hinter mir zu und Hänge den Schlüssel für Costa griffbereit hin. Er wird heute Nacht auf sie aufpassen.

Er ist ein Tier. Alt aber ein Tier. Und da sie zur Familie gehört, wird er sie schützen mit seinem Leben. Die Wichser der DiDios können ruhig kommen. Keiner nimmt mir meinen Besitz weg. Kaum habe ich mich umgedreht fällt sie um. Ich höre sie auf den Boden aufprallen. Fuck. Was geht da ab. Schnell sperre ich wieder auf und springe ich zu ihr. Sehe sie mir genau an. Sie ist kochend heiß. Die Atmung ist schnell. Also wird das schon so passen. Ich rufe Van an, unseren Arzt, er weiß was zu tun ist

7. Daria

Wir schreiten den Gang zum Altar, seine schwielige Hand brennt sich in meinen Unterarm und ich kann nicht anders als mitzugehen. Ich habe solche Angst. Was ist dieser Mensch. Eine Bestie etwas anderes kann ich dazu nicht sagen. Ich soll ihn allen Ernstes heiraten. Was ist das für eine Familie? Und er erst. Schlachtet seinen Bruder ab, vor mir. Ohne eine einzige Regung.

Gleichgültigkeit mit teuflischen Augen. Ich dachte nicht, dass ich das einmal sehe, schlimmer als alles das mir bis jetzt bekannt war. Wir stehen hier am Altar, die Gäste wirken auf mich genauso einschüchternd wie er, sogar der Priester sieht seltsam aus. Er spielt sein Programm ab, fast das Gleiche, das ich schon einmal erlebt habe. Ich kenne es, ja ich verspreche es, ja weil ich nicht anders kann. Ich kann nicht weglaufen, es wird nichts bringen.

Ich will auch nicht wissen, zu was diese Gestalt zu meiner Rechten noch fähig ist. Kälte durchbohrt meine Knochen, trotz der Fackeln, trotz seines Körpers, der eine gewaltige Ladung Wärme abgibt. Die Kälte des Abends und der immer wiederkehrende Regenschauer helfen nicht. Ich muss meinen Kopf nach oben recken, um ihn sehen zu können. Sein Gesicht, schmutzig, dreckig. Augen so kalt wie Eis. Der Cut im Gesicht und der Bart, lassen ihn einfach barbarisch aussehen.

Blut stockt an seiner Wange, sein Bart ist lang. Jeder Atemzug bringt mich dazu mich noch mehr gegen die Panik die sich unheimlich besitzergreifend über mir ausbreitet zu kämpfen. Das enge Kleid, die feste Schnürung und die langen Ärmel, die es einem verbieten, etwas Luft zu bekommen, helfen mir dabei überhaupt nicht. Ich halte die Atmung flach, kann kaum hören, was der Priester spricht. Eine

Mischung aus unserer Sprache und Italienisch. Sätze wie: *Besitzen, Macht, bis der Tod uns scheidet*, verstehe ich. Schwören im Namen

Gottes und der Omerta. Ich kann es einfach nicht glauben. Es kommt in meine Ohren, in meinem Blutdruck aber nicht in meinen eigenen Verstand. Der Mann vor mir, blickt mich so seltsam an, wirkt so angespannt, dass ich fast befürchte es wird ihn gleich zerreißen. Sein Kiefer ist sichtlich beim Zermahlen. Auch die ganze Haltung, zeigt einen brutalen, arroganten, gestörten Mann. Er scheint seiner Seele beraubt, es lässt ihn alles kalt. Ich meine er trägt Kampfstiefel, ein Hemd und eine Jacke. Alle Blicken ihn an, als wäre er das Oberhaupt hier. Und er ist der falsche Bräutigam. Die Leute sitzen immer noch hier, spielen immer noch die Gäste. Keinen stört es, warum der Bruder nicht anwesend ist.

Ich hoffe, ich muss heute nicht mit ihm heim gehen, sein Bruder war nicht besser nein aber dieser hier ist ein Hulk, ich weiß nicht, wie groß er ist. Aber ich will auf jeden Fall keine Hochzeitsnacht mit ihm. Ich kann hier an diesem Altar, nur alles so schnell und emotionslos versprechen wie es geht und hoffen, dass ich dann wieder hier wegkann. Von mir aus, zurück in die Zelle, ein Bestenfalls zurück in die Zelle. Egal wie eng sie ist. Hauptsache er erwartet kein Bett mit mir. Abgesehen davon ist mir so kalt und mein Kopf so seltsam, dass ich unbedingt schlafen muss. Egal ob es diese Zelle ist.

Die Stunde der Stunden ist gekommen, ich höre jedes der letzten Wörter. Der Priester kommt zum Ende, alle Blicke sind starr auf uns gerichtet. Der Moment, an dem es wirklich kein Zurück mehr gibt, ist gekommen. Ich höre mich irgendwo im entfernten „Ja" sagen.

Mist. Mist. Mist. Ich zittere von oben bis unten und kann es nicht abstellen. Jetzt ist es soweit. Ich greife nach dem dummen Stift und setze meinen Namen auf die Linie.

Wie heißt er überhaupt?

Das Zittern wird jedenfalls nicht besser, auch der schwere Ring an meinem Finger bringt mich dazu, mich fast zu übergeben. Der Name, ich schiele auf den seinen, präge mir die Buchstaben genau ein. Kurz und knapp, setze meinen neben seinen, Daria Santo. Das kann nicht wahr sein. Ich habe Leo oft, sehr oft, von den Santos sprechen hören. Und jetzt habe ich einen Ring von ihnen am Finger. Wie eine Brandmarke.

Die skrupellosesten Männer, die er kannte, ja er nannte sich nicht selbst so, er hatte vor ihnen Angst. Und jetzt bin ich die die zu ihnen gehört. Die Ihnen gehört, wie ein Besitz und ich habe es sogar noch selbst unterschrieben.

Der obligatorische Kuss steht bevor, ich würde am liebsten davonlaufen, aber ich weiß es besser. Meine Beine würden es sowieso nicht zulassen. Seine kühlen, großen Hände halten die meinen, es ist eine stille Warnung nicht weg zu laufen. Er nimmt meinen Schleier, mit einer Hand aus meinem Gesicht, legt ihn über mein Haar.

Wie aufgetragen habe ich das Makeup entfernt, so gut es ging. Aber sein Blick bringt mich nur noch mehr zum Frösteln. Ich spüre plötzlich die kühle Luft in meinem Gesicht, jeden Windhauch. Kann gleichzeitig in seinen Augen irgendetwas sehen, dass ich nicht benennen kann, es ist, als hätte sich ein Schalter umgelegt. Für sekundenschnelle, kaum wahrzuhaben. Ich bin verwirrt. Schüttle leicht den Kopf, ich weiß nicht wie viel Zeit vergangen ist, aber zu meiner Angst habe ich plötzlich etwas anderes im Kopf, er ist wirklich verletzt, seine Falten um die Augen haben sich etwas gelegt. Er sieht verwirrt aus, so wie ich mich fühle. Er drückt meine Hände wieder und kommt mir gefährlich nahe an das Gesicht. Ach ja, der Kuss.

Ich halte die Luft an und lasse ihn über mich ergehen.

Was sollte ich sonst machen. Während des Kusses trifft mich ein Schauer. Er strahlt direkt von seinen, auf meine Lippen über, verteilt sich rasant in meinem Innersten bis in meine Fingerspitzen. Sie kribbeln tatsächlich, für einen kurzen Augenblick. Kommt das, von der Angst oder von seinen weichen Lippen. Um Himmelswillen, jetzt bin ich schon vollends übergeschnappt. Ich starre ihn an und er schüttelt nochmals den Kopf, ich denke er hat es auch gemerkt. Wir sitzen um diesen grauenhaften Tisch, ich wurde gefragt, was ich trinken möchte. Ich fasse es nicht. Ich könnte alles wirklich alles verschlingen. Kaffee ein Traum.

Wären da nicht diese Männer um mich herum. Einer knackt mit seinem Hals, der andere hält ein Messer wie im Angriff. Der Nächste lacht mich so ekelerregend an, fasst sich sogar an den Schritt. Ich halte es kaum aus.

Ich sitze stocksteif hier. Mein Mann wehrt gekonnt die Glückwünsche aller ab, keiner Spricht mich an. Niemand wird mich hieraus befreien.

Es ist so kalt heute Abend, es helfen auch die Heizpilze nichts. Wieso gehen wir erst nach dem Drink hinein. Was ist das hier für eine seltsame Feier. Fackeln, Lampions, leise Musik das alles sieht unheimlich toll aus. Für jemand anderen, für jemanden der Heiraten will. Ich kann es immer noch nicht fassen. Mein Mann ist Tod, mein Entführer auch und jetzt sitze ich am gleichen Tag mit meinem neuen Mann hier.

Die Option das er auch gleich stirbt wird es nicht geben, nein ich will niemanden den Tod wünschen. Ich will einfach weg hier. Der gegenüber von mir starrt mich pausenlos an. Mein Mann erstarrt langsam schon. Er hält plötzlich seine Hand so, dass er ihm etwas deutet. Ein kurzes italienisches Gespräch folgt, der Unheimliche erstarrt, sein Gesicht wirkt blass. Nein nicht schon wieder so ein Ausraster meines Mannes. Ich schütte fast meinen Kaffee um, der Löffel fällt mir auf den Boden. Er sieht es, sieht mich kurz an, Schauer Jagen über meinen Körper.

„Aufstehen, mitkommen", heißt es nur von ihm. Dieser Tonfall lässt kein Ungehorsam zu, nein ich habe Angst. Vielleicht kann ich einfach ins Bett gehen. Nein das wird nicht geschehen, er will seine Hochzeitsnacht.

Ich schulde sie ihm, also werde ich jetzt dem Wolf folgen, so fühlt es sich an. „Du gehst wieder runter" meint er schon nach ein paar Schritten.

Kurze Erleichterung überkommt mich. Doch sie wandelt sich ebenso schnell wieder in Panik um. Angst. Trauer, aber vor allem wirkliche Angst, was wenn er mich da unten lässt, solange es ihm passt. Was habe ich gerade am Tisch falsch gemacht. Scheiße ich muss in die Zelle. „Sofort." Flüstert er boshaft, mit einem Lächeln im Gesicht, keiner außer mir bekommt die Bosheit mit.

Er drückt meine Hand weiter und zieht mich, so dass ich fast wieder stolpere. Leise sage ich ihm, dass ich Schmerzen habe, ich befürchte fast das es nicht bis zu seinen Ohren hochkommt.

Doch da habe ich falsch gedacht. Er nimmt mich und wirft mich halb über seine breite Schulter. Also jetzt, ist definitiv der Zeitpunkt für Panik. Ich versuche mich freizumachen, keine Chance. Ich bin wie in einem Schraubstock gefangen. Mein Kopf pocht immer mehr, Übelkeit überkommt mich wie in Wellen. Jede Stufe sehe ich aus der falschen Richtung, den Gang zur Zelle, noch nie fühlte er sich so langsam an. Stellt mich mitten im Raum ab, er wird gleich gehen, doch ich brauche wirklich etwas für die Schmerzen, soll ich fragen. Ich beschließe ich muss, weil es nicht mehr die ganze Nacht gehen wird. „Kann ich etwas für Kopfschmerzen haben, die Frisörin hat mir heute schon etwas gegeben, aber ich brauche noch eine Tablette. Bitte", noch während ich spreche, will ich aus dem Kleid raus. Es ist feucht und einfach nur ekelhaft.

Ich bekomme keine Luft mehr. Muss mich übergeben. Ich will die Schnürung aufmachen. Mich befreien, der Raum dreht sich. Es fühlt sich immer enger an, Panik kommt hoch, bis ich nichts mehr sehe. Alles wird dunkel. Alles hört seltsamerweise auf. Nennt sich das Panikattacke? Ich weiß es nicht. Das, was ich aber weiß ist, dass wenn sie jemand haben sollte, dass definitiv ich das bin.

Als ich wieder aufwache nach keiner Ahnung wie langer Zeit ist mein Kleid aufgeschnitten. Gott sei Dank, ich spüre es an der Seite, wo mich der Luftzug trifft. Ich kann atmen.

Ich habe keine Kopfschmerzen mehr. Ich sehe zur Seite und sehe durch das kleine Licht, welches auf das Fenster trifft, Tageslicht.

Endlich, seit Tagen wieder Tageslicht.

Was Tageslicht, sofort wird mir wieder übel. Erneute Panik scheint mich zu treffen, unauffällig blicke ich mich um, rechts von mir ist das große Fenster mit den Gardinen, die im Wind wehen. Dunkle Gardienen und dieser Luftzug. Meine Augen bewegen sich weiter nach links, langsam. Unauffällig. Ich bin in einem Schlafzimmer.

Vor mir steht eine Kommode mit Bildern und Büchern daneben. Eine Zimmertür. Nahe links von mir höre ich ein Atmen. Scheiße schnell halte ich die Luft an. Was ist hier los. Es wird er sein. Mein Ehemann.

Der Mann ohne Seele. Wer sollte es sonst sein. Wo sollte ich sonst sein. Gedanklich fasse ich mir an die Stirn. Blicke mit den Augen alleine im Zimmer umher. Fluchtmöglichkeiten. Versuche das Frieren und erneute Pochen in meinem Körper zu ignorieren.

Was will er von mir. Noch während ich den Gedanken zu Ende bringe weiß ich es genau, ich bin ihm die Hochzeitsnacht schuldig. So ist es immer. Etwas anderes gibt es für diese arroganten Mafiamänner nicht. Skrupellosigkeit, Macht, Geld und Sex. Und er ist das Oberhaupt.

„Guten Morgen", kommt mir sein schlaftrunkener tiefer Bariton, gefährlich nahe, und mit einer Dominanz entgegen, dass ich vor lauter Schreck wieder zu atmen beginne.

Ich nicke vorsichtig und versuche mich am besten mit Schweigen, es wird vorerst am einfachsten sein.

„Also wie ich sehe, bist du wieder wach, dreh deinen Kopf, wenn ich mit dir spreche. Hörst du, du dachtest ich schlafe, nicht wahr? Merk dir eins. Ich schlafe nie."

Ich drehe vorsichtig meinen Kopf wie er es will. Ich will ihn gerade nicht unnötig aufbringen. „Nun, du hast jetzt drei Tage geschlafen. Was hilft es mir, dass du die Schulden eintreibst, wenn du nur schläfst und fast drauf gehst." Ich bin mir seiner Anwesenheit so bewusst, ich kann ihn nicht einschätzen. Was hat er mit mir vor. Er meint drei Tage? „Wie bitte was?" platzt es aus mir heraus, mein Hals fühlt sich so kratzig an, trocken.

Es fällt mir schwer etwas herauszubringen.

Leise und bestimmend meint er „Du hattest eine angehende Blutvergiftung und eine Lungenentzündung. Den Aufzeichnungen zufolge, bist du ein paar Tage im kalten feuchten Wald umhergeirrt. Die Ketten und deine Verletzungen taten den Rest. Du hast eine Infektion bekommen. Also hat unser Arzt dich derweil in eine Art Schlaf versetzt"

„Ok, wieso hast du mich nicht sterben lassen, wir sind doch sowieso schon verheiratet," sage ich kaum interessiert. Wieder eine neue Hölle, wieder ein weiteres Gefängnis das mich erwartet.

„Haltest du mich für dumm?" lacht er „Willst du Lustig sein", Er setzt sich auf „Frau bist du wahnsinnig. Wie sprichst du überhaupt mit mir?" Ich merke das er wieder wütend wird, ja gut was soll noch Schlimmeres passieren.

„Nein, sicher nicht. Ich halte sie für ein Monster" flüstere ich ihm entgegen. Verziehe mein Gesicht und spanne meinen Körper an, wartend auf den Schlag der kommen wir. Mein Mundwerk war wieder schneller als mein letzter Rest an Verstand. Ich versuche mich aufzusetzen, aber es klappt einfach noch nicht richtig. „Das will ich auch hoffen. Es ist besser so. Also ich sage es dir noch einmal, du bist die Bezahlung und ich will verdammt nochmal was davon haben. Was mich gleich zum nächsten Punkt bringt. Wie kam mein dummer Bruder darauf, das du Schwanger bist?" Seine Augen funkeln mich dämonisch an. Seine Augenbraue ist gehoben, er verhält sich, als würden wir ein ganz normales Gespräch führen. Oh, die Schwangerschaft. Mist. Ich kann doch nicht an alles denken. Ich kann eigentlich auch gerade an gar nichts denken. Scheiße. Ich hatte es voll vergessen, erneute Panik überkommt mich.

„Na ich sehe du hast Angst, ich nehme an du weißt das du nie schwanger warst?" Sein Arm drückt sich immer noch von der Matratze ab, er sitzt immer noch hier. Er ist die Ruhe in Person, auch wenn ich genau weiß er ist fuchsteufelswild. Das macht es nur noch unheimlicher. „Sprich" befiehlt er.

Ich schlucke, versuche zu sprechen, krächze eher als das ich flüssig spreche. „Nein war ich nie, ich musste es ihn weiter glauben lassen, um mich zu schützen. Ich würde ja sagen das es mir leid tut, doch das tut es mir nicht." Ich atme durch. Das ist jetzt schon mal raus doch meine trotzige Stimme kann ich einfach nicht verbergen.

Er schüttelt den Kopf und blickt mir direkt in die Augen. Seine Falten sind weniger geworden als beim letzten Mal, die Narbe sieht auch schon besser aus. Kein Blut im Gesicht nur ein paar Fäden. „So eine freche

Klappe für jemanden in deiner Position. Aber, das habe ich mir schon gedacht. Es verdient fast Anerkennung das du das geschafft hast. Es war schlau. Ich sage dir pass auf dein Tun auf, es wird zur Gewohnheit werden." „Was heißt das?" frage ich ihn.

Er holt ebenfalls tief Luft „So wie ich es sage, dein Schicksal, achte darauf es kommt vom Charakter, lass es dir gesagt sein. Gewohnheiten werden zum Charakter. Was mich zum nächsten Punkt bringt. Punkt zwei." Seine Augen sehen mich starr an.

„Wenn du mich jemals so zum Narren halten willst, wie ihn, dann Gnade dir Gott." Er steht auf, zum Teufel er hat nur eine Boxershorts an. „Ich bin der Don hier. Meine Regeln gelten. Es wird getan, was ich verlange. Ohne es zu hinterfragen. Du bist meine Frau, wenn auch nur auf Papier, ich weiß noch nicht, was ich mit dir anstellen werde. Aber ich brauche keine Frau mehr, ich bin jetzt der Don. Verstehst du. In der Welt der Könige bin ich der Anführer, ich werde sie führen, sie folgen meinem Ruf und du hast deinen Part einzuhalten. Tod oder Lebendig spielt da keine Rolle!" Er ist mit Tattoos überzogen, schönen Tattoos. Doch ich bin nur noch dumm. Sehe ihn an, und höre kaum zu.

„Ok, was ist los, wieso siehst du mich so an und warum sagst du das alles, findest du das lustig." Fragt er, seine Tonlage ist immer noch die Gleiche, ich kann sie nicht einordnen.

„Du bist wohl schwer von Begriff oder. Weißt du mich befriedigt dein Anblick. Er alleine, die Zeichen der Angst. Deine Körperhaltung. Deine erschrockenen Augen, dein Geruch. Ja du solltest ruhig Angst haben" Ich weiß nicht, ob ich das wirklich so verstehe wie ich es höre, er lacht dabei, fasst sich an seinen steifen Penis. Es macht ihn an, und es scheint ihm völlig egal zu sein, was er für ein Arsch ist.

„Also solange du dich anständig aufführst, machst was ich sage, und mich nicht nervst, kannst du in diesem Zimmer bleiben. Vor der Tür steht ab sofort eine Wache, wenn was ist, kannst du ja klopfen. Du brauchst dich gar nicht bemühen, es ist Ausbruchs sicher. Verstanden?" Er reicht mir eine Wasserflasche, ich soll an der Tür klopfen, scheiße er ist total krank. Was soll das, mit der Blutvergiftung überhaupt? Ich bete das ich irgendetwas anhabe, ich traue mich, solange er hier ist nicht nachzusehen. Mein Puls springt mir sowieso gleich wieder aus der Brust. Ich muss hier weg. Ausbruchsicher, war ja klar. Vielleicht finde ich irgendeinen Weg. Noch während ich überlege, schlafe ich wieder ein. Ich kann absolut nichts dagegen tun, der dunkle sog überkommt mich, erst jetzt merke ich wie geschwächt ich wirklich bin, der Schlaf übernimmt die Kontrolle. Zumindest die ewigen Schmerzen, die mich seit Tagen begleiten sind weniger geworden Ich habe Angst und trotzdem kann ich nicht aufstehen und muss schlafen. Was ist das für ein Zeug, das sie mir gegeben haben.

Ich wache auf, es ist totenstill und stockfinster. Ich taste langsam und angespannt unter der Decke, meinen Körper ab. Ich trage ein T-Shirt, also doch nicht mehr das Kleid. Unter mir, ist nichts als Seide zu spüren, weich und himmlisch. Ich liege überhaupt so gut wie schon lange nicht mehr. Dieser Duft der mich umgibt irgendwie nach Vanille, Zedernholz und noch irgendetwas. Aber auch diese Gedanken geben mir zu denken, ich muss mich auf mein Vorhaben konzentrieren und nicht auf irgendwelche Umwelteinflüsse.

Genau. Ich muss hier weg, aber zuerst muss ich dringend ins Badezimmer.

Angeschlagen und immer noch müde versuche ich aufzustehen, ich muss auf die Toilette. Toll, ich finde keinen Lichtschalter. Mist. Ich kenne mich hier nicht aus, ich muss es mit der Tür gegenüber probieren. Hoffentlich ist es die Richtige. Ich fahre mit den Fingern bis ans Bettende, während ich barfuß Schritt für Schritt weiter nach vorne tapse. Die rechte Hand versucht Hindernisse zu erfühlen, mir war gar nicht bewusst das das Zimmer so groß ist.

Autsch.

Ein dumpfer lauter Knall erstreckt sich in dem dunklen leisen Zimmer, der sofort mein Schmerzzentrum trifft. Mist. Mein Zeh, ich habe ihn mir an dieser einen angeschlagen. Hoffentlich hat es niemand gehört, schnell ertaste ich die Tür daneben und knipse den Lichtschalter an. Wow. Was ist das für ein Badezimmer. Hinter der Tür ist sofort die Toilette ich benutze sie gleich und betrachte meinen leicht blutenden Zeh, na toll. Aber meine Abschürfungen an den Beinen und Händen sind so viel besser. Gott sei Dank. Daher wohl die Blutvergiftung, bei dem Drecksloch wirklich kein Wunder. Ja und mein Husten und das unwohle Gefühl wurden auch täglich schlimmer. Mittlerweile ist natürlich alles grün und blau aber die einzelnen Finger schmerzen nicht mehr so. dieser blöde Wald, dennoch was hätte ich tun sollen. Schnell wasche ich mir die Hände und tupfe den Zeh sauber.

Allein das bisschen, lässt mich wieder spüren, wie müde ich eigentlich bin. Wo bin ich hier gelandet, das Badezimmer ist größer als mein altes Schlafzimmer, hinter der freistehenden Badewanne kann ich nichts als bodentiefer Fenster sehen, hier sieht es aus wie in einem Katalog. Marmorboden, Holzelemente, warme Farben und alles wie unbenutzt. Ich denke immer wieder an mein altes Zuhause und schon laufen die Tränen wieder, nein nicht wegen meines Mannes, meines toten Mannes, oder so wäre es richtiger.

Ich trauere um meine Tiere, meine Praxis, der einzige Ort, an dem ich so sein konnte, wie ich bin. Was wird wohl aus allen meinen Sachen. Aus den Tieren. Aus meiner Praxishelferin?

Fast immer, wenn ich nicht gemacht habe, was Leo wollte, wusste ich, dass er den ersten Weg in meine Praxis geht und etwas zerstört. Erst waren es Dinge, dann Möbel und einmal hat er einen Hund erschossen. Nur damit ich mache, was er will, ja in diesem konkreten Fall wollte er, dass ich Sex mit seinem Soldaten habe. Gott sei Dank, kam als ich auf dem Bett lag, etwas dazwischen und er ist gar nicht erst zum Ausziehen gekommen. Ich danke heute noch allen guten Geistern. Aber meine kleine Streunerkatze habe ich so ins Herz geschlossen. Ich wische mir die Tränen weg und werde mich wieder hinlegen. Sehr darauf bedacht, nicht laut zu sein wandere ich wieder Richtung Bett, schalte das Licht aus und öffne die Badezimmer Tür.

Ich schreie so laut ich kann, er steht mitten im dunklen Zimmer und wartet auf mich.

Alle Rollos sind geschlossen. Scheiße. Zitternd versuche ich mich zu beruhigen, was will er hier. Seine Gestallt steht mitten im Raum, ruhig. Gelassen. Wartend. Der schwere Ring an meinem Finger wird mir wieder bewusst. Er ist Silber, denke ich. Ich habe ihn nicht wirklich angesehen.

Der Puls droht aus meinem Körper zu springen. Er ist genau so groß wie in meiner Erinnerung, er trägt eine Boxershorts und ein T-Shirt. Auf seinem Arm sind Zeichen, eine Schlange, Sterne und Messer am Oberkörper. Zumindest sagen das die Schatten. Was will er, soll ich stehen bleiben oder einfach weiter gehen. Ich weiß es nicht. Ich werde weiter gehen.

Unter anderem auch weil ich befürchte nicht mehr lange stehen zu können.

Langsam gehe ich auf das Bett zu, versuche mich hinzulegen, da ist es. Auf das ich gewartet habe er hält meinen Arm fest, spricht mit mir, mein ganzer Körper vibriert alleine durch seine Stimme. „Was glaubst du was du da machst, wieso hast du hier so einen Lärm gemacht." Ich spüre seine Atemluft an meinem Körper. Spüre seine Wärme, obwohl er mich nicht berührt. „Du weißt schon das es mitten in der Nacht ist?"

Ich Blicke hoch zu ihm, im Gegensatz zu mir hat er den Lichtschalter für die Nachttischlampe gefunden.

„Ich hatte kein Licht, ich bin gegen die Kommode gerempelt." Sage ich ihm einfach, am besten immer so nahe an der Wahrheit bleiben, wie es geht.

„Aha" er lässt meinen Arm los. Bewegt sich jedoch kein bisschen. „Du sollst dich ausruhen. Van sagte Ruhe ist angesagt." Ich zittere immer noch, versuche ihn loszuwerden. „Danke das werde ich jetzt gleich machen, du kannst also wieder gehen" „Rede nicht so mit mir", schon schwingt der Arm wieder in meine Richtung und er hält mein Handgelenk fest, genau das welches ich verletzt hatte. „Du tust mir weh" jammere ich. Er blickt mich seltsam an, ich nicke und blicke seitlich auf mein Handgelenk. Sofort löst sich sein Griff.

Es hilft nicht, ich kann die Tränen nicht verbergen. Es ist einfach alles zu viel. Der neue Mann, zumindest so lange bis ich fliehen kann. Der ganze Stress. Mein Körper. Die Angst. Er beginnt zu flüstern, sogar dieses Flüstern fühlt sich an wie ein Befehl. „Wieso weinst du?" fragt er, geht den letzten Schritt auf mich zu.

Ich schüttle den Kopf, will mich wirklich einfach hinlegen. „Ist doch egal, es wird sowieso nichts ändern" flüstere ich genau so leise zurück.

Seine normale Stimme kommt zum Vorschein. Denke ich zumindest. „Ich habe dich etwas gefragt." Ich sehe ihn einige Zeit an, hinter ihm noch das minimale Licht des Badezimmers. Der Raum wirkt viel kleiner und die Stille um uns herum macht mir ein ungutes Gefühl. „Ich weine um meine Katze" das ist das Beste, das mir einfällt. Und das, was am weitesten an der Wahrheit ist. Um mein altes Leben weine ich nicht, nur um den Beginn des Neuen. „Ok" meint er nur. Mir entgeht aber sein Blick auf keinen Fall. Ich befürchte fast er lacht gleich laut los. Kann so jemand wie er überhaupt lachen, nein keine guten Gedanken für diese Situation. Ich muss wachsam bleiben, ich weiß nicht auf was unser Gespräch hinauslaufen wird. Ich brauche so viel Kontrolle wie möglich.

„Ja ok", nicke ich ihm zu. Ziehe meine Hand langsam zurück. „Kann ich mich jetzt wieder hinlegen" frage ich ihn, es soll eigentlich eine stille Entlassung aus dem Raum sein, ich hoffe ich habe das Glück. Er nimmt meine Hände und begutachtet sie. Ich bin dumm, kann wieder meinen Mund nicht halten. „Willst du sehen, ob ich mir die Hände gewaschen habe?" ich runzle die Stirn, weil ich so eine Frage gestellt habe.

„Sei nicht so frech verdammt. Ich will sehen, was deine Wunden machen. Wir haben den Verband erst gestern entfernt" seine Stimme ist lauter als ich dachte, aber dieser Unterton ist neu und nicht zuzuordnen. Meine Haut brennt sofort, als er sie anfasst.

Er fasst ganz und gar nicht auf die Wunden, aber dieses Gefühl auf der Haut ist ungewohnt. Ich kenne es nicht.

„Danke, aber das passt schon" versuche ich ihn irgendwie abzuwimmeln.

Er sieht mich an, direkt in die Augen. Kein Platz für mich, um wegzusehen. Ich werde magnetisch angezogen. „Morgen früh wirst du geholt. Sei jetzt still und schlafe." So einfach entlässt er mich und mir bleibt so und so keine andere Wahl. Mein Körper fordert es ein. Mein Verstand hofft es. Doch seine Hände halten meine immer noch.

„Du lässt mich ja nicht." Leise, aber bestimmt gebe ich diesen einen Satz von mir. Keine Ahnung, wo dieser Mut herkommt. Keine Ahnung was mein Selbsterhaltungstrieb wie er es nannte, mit mir vorhat. Scheinbar will er mich gegen die Wand fahren, er hat wohl ein Bündnis gegen mich.

Er holt tief Luft, ringt um Fassung würde ich auf die Schnelle vermuten. „Verdammt kannst du deine Klappe nicht halten. Ich sage es dir nochmal. Ich brauche keine Frau. Und schon gar keine die kein Kind hat. Wenn du zu meinem Bruder auch so warst, wundert es mich das du überhaupt noch lebst. Merke dir ich wiederhole mich normal nicht."

Schnell nicke ich, lege mich hin und bin lieber still.

Kann nicht mehr sprechen, mir ist nur zu bewusst das mein Mundwerk schneller geht als mein Verstand, ich hoffe er geht wieder und lässt mich alleine. Was wird morgen sein.

„Morgen um acht Uhr wirst du geholt. Sei bis dahin fertig. Am Sessel in der Ankleide liegt Kleidung für dich. Anziehen und Frühstücken. Im Anschluss fährst du Kleidung kaufen. Ich kann dich so nicht präsentieren. Geschweige denn kannst du so unsere Welt präsentieren." Seine Augenbrauen schießen an die Decke, doch er sieht so überlegend aus, so seltsam. An seinem Arm sind Tattoos einer Uhr zu sehen, eine Sense oder so mit einer Schlange. Das wenn einem keine Angst macht, weiß ich es auch nicht mehr. Wo bin ich hier gelandet.

„Ok" zurück kommt ein Einfaches „Ok" er dreht sich um und geht. Die Tür fällt ins Schloss. Ruhe bleibt zurück. Puhh, ich hatte so viel Glück. Ok er will mich nicht umbringen, sonst müsste ich nicht Frühstücken oder. Anscheinend gefalle ich ihm nicht.

Zu seinem ganzen Pech eine nicht schwangere Frau, eine Hochzeitsnacht die überhaupt keine war und eine hässliche dunkelhaarige Frau mit Locken. Ach ja, ich vergaß zu dünn bin ich auch noch. Das muss ich mir merken, vielleicht kann ich ihn so weiter auf Abstand halten.

Ich denke wie so oft an meine kleine Mavi, meinen Hund Salomon, und weine mich weiter in den Schlaf, es dauert nicht lange und ich döse wieder ein.

8. Matheo

Scheiße!

Diese Augen, dieser Mund. Wo kommt der Mist denn her, wie kann ich ständig an sie denken. Ausgerechnet jetzt. Alles andere sollte wichtiger sein. Ich will verdammt noch mal keine Frau, ich will keine in meinem Bett, keine Frau in meinem Penthouse und keine mit dieser Erscheinung.

Ich habe sie genommen, weil ich eine brauchte. Jetzt ist das erledigt also sollte sie endlich aus meinem Kopf verschwinden. Merda.

Ich musste sie mitnehmen, als sie ohnmächtig wurde, ich hatte keine Wahl. Ja jetzt weiß ich auch, wieso diese verdammte Hitze von ihr ausging. Sie hatte Fieber. Mein Bruder der Sadist hat sie geschlagen und angebunden. Die Wunden hatten sich entzündet. Ihre zarten Hände waren rot und heiß. Ihre himmlischen vollen Lippen waren es auch, dieser Kuss am Altar, wie als wenn ein anderes Universum auf mich eingeschlagen hätte.

Ich werde ihn nie vergessen, ich kann es auch gar nicht. Tagelang habe ich das jetzt versucht. Ich hatte es da noch so sehr versucht zu ignorieren, aber das war mir Unmöglich. Ich weiß genau, ich kann sie so nicht behalten, sie lenkt mich ab. Tagelang habe ich über sie nachgedacht. Was ihr wohl alles passiert ist, was sie dazu getrieben hat, tagelang durch den Wald zu laufen. Mein Resultat aus dem Ganzen ist einfach, sie wird von allein untergehen. Die Dunkelheit in mir, macht alles andere zu einer verbrannten toten leblosen Steppe. Wie die Atcamawüste. Sandig. Tot und ausweglos.

Dann kann ich wieder beruhigt sein. Mich um mich allein kümmern, sie ist nur das Mittel zum Zweck. Ich rede es mir pausenlos ein. Jedes einzelne Mal, wenn ich auf die Kamera sehe. Jedes Mal, wenn mir ihr Geruch in die Nase stieg. Immer wenn ich dieses lächerliche abgefuckte

Hochzeitsfoto ansehe. Ich weiß nicht, wer oder was es geschossen hat, es ist eine reine Demonstration meines Standes, *sonst nichts.*

Mein Vater, wenn er es wüsste, er würde sich kaputtlachen. Du Schwachkopf, Matheo was habe ich dir beigebracht. Keine Frauen, nur Sexspielzeug. Du darfst nicht einmal an sie denken, sie lenken dich ab. Wenn du sie fickst, dann von hinten und niemals ins Gesicht sehen sie verdrehen dir den Kopf. Es muss ihnen nicht gefallen, sie müssen es nur geschehen lassen

Gut, so war es noch vor ein paar Tagen. Ich habe ihr ständig auf der Kamera zugesehen. Die Wache vor der Tür weggeschickt, immer wenn ich da war. Mit Ada gesprochen. Und doch immer wieder diese Frau in meinem Bett beobachtet. Diese zarte Haut in meinen Laken. Das dunkle Haar. Es wird die Ruhe vor dem Sturm sein. Sie hat sich nicht so verhalten wie ich gedacht habe. Gott sie ist so klein und zierlich. Ich würde sie beim ersten Anfassen zerbrechen. Doch in meinem Inneren, das ich so nicht kenne, spielt sich gerade eine ganz andere Vorführung ab. Sie kam irgendwann die letzten Tage und hält stetig an. Schuldgefühle mit Scharm überkommt mich, fuck was ist das für eine Kombination.

Nein, ich darf das nicht zulassen. Niemals. Ich gehe Trainieren, ich muss mich ablenken, jemanden schlagen. Die Einheiten sind brutal, aber lehrreich. Es gibt nicht viel das bei uns im Training nicht erlaubt ist. Es ist eine Kombi aus den Besten Kampfkünsten, spirituell, gefährlich, brutal. Perfekt für mich. Diese Tai Anteile haben es in sich. Aber sie sind die die uns als Kämpfer so besonders machen.

Van mein Arzt ist wieder einigermaßen fit, er hat sie wieder auf die Beine gebracht. Wir haben jeglichen Standard zur Verfügung. Krankenhaus ist so lange nicht überlebensnotwendig nicht vorgesehen. Zu groß ist die Gefahr für alle. Er meinte es ist alles frühzeitig erkannt worden.

Der Stress der Hochzeit hat einfach den Funken gezündet. Es war zu viel. Ja nach tagelangem Grübeln, ob sie wieder gesund wird, ist mir klar, dass ich alleine durch den Kuss und den Blick in ihre Augen, mehr von diesen Augen sehen will. Auch wenn es nur zum Spielen ist. Fuck ich schenke mir ein weiteres Glas Whiskey ein. Ich war sogar bei meiner fick Freundin, ich ficke sie, so wie ich es will und danach geht sie. Wir gehen in ein Zimmer in meinem Casino, und ich kann sie, solange ich will, ficken.

Ja normalerweise.

Ich habe nach einer Stunde abgebrochen. Ich konnte nur an diese Augen denken, die von Daria. Ihr Haar und ihr weicher Körper. Sie lag, wie eine Puppe in meinen Armen, als ich sie zum Arzt gebracht hatte.

Mein Schwanz lechzt nach einem engen Loch und doch wollte ich sie nicht ficken. Mir wurden ihre falschen Brüste und ihre blonden Haare immer nerviger. Ich wollte nicht mal, dass ihre Lippen meinen Schwanz berühren. Letitzia, ist ein Traum für jeden Mann. Sie lässt sich alles gefallen, und bläst wie eine Göttin. Lange, stöhnend, und macht es sich dabei selbst.

Sogar das, konnte ich mir nicht ansehen. Mehr Whiskey, ich schenke mir ein weiteres Glas ein. Gott ich brauche ihn. Ich stehe in meinem Büro im Penthouse neben dem Fenster. Starr blicke ich auf die Skyline und den Hudson. Ich war so perplex als ich sie aus dem Badezimmer treten sah, sie hatte ihr Haar geöffnet und lauter kleine Locken vielen zu ihrer Brust herunter.

Bei der Hochzeit muss ihr wohl jemand die Haare glatt gemacht haben. Dieses Gesicht. Ganz ohne Schminke. Hat meinen Schwanz sofort zum Leben erwacht. Ich musste zusehen, dass sie es nicht merkt. Als ich sie dann am Arm hielt und ihren Duft einatmen konnte, hat mir das ganz und gar nicht geholfen. Fuck, sie ist verdammt noch mal der Feind. Bring das in deinen scheiß Schädel Santo.

Immer wieder schiele ich auf die Wand mit den Bildschirmen. Die Kamera in ihrem Zimmer, die Kameras vor dem Penthouse. Die Kameras im Casino und die in der Zelle bei meinem alten Zuhause.

Ich habe sie für mich freigeschaltet. Ich will wissen was dort abgeht. Und trotz den ganzen Bildern und Videos, schiele ich nur zu der schlafenden Gestalt. Daria sie wirkt so winzig in diesem großen Bett. Ihr Haar breit ausgefächert um sie herum, hat sie jetzt bestimmt eine Stunde ge- heult. Noch so ein Punkt der mir nicht aus dem Kopf geht. Wie kann man so viel heulen vor allem wenn man diesen Wichser Leonard als Mann hatte. Ich habe mich um die Omerta zu kümmern, meine Neuen Männer, die Entsorgung meines Bruders, meine Mafia. Und jetzt stört sie mich, genau dann wen meine Aufmerksamkeit dort liegen sollte.

Und über mir geht es wieder weiter, meine Schwester ist in das Apart- ment gezogen, der Aufzug ist mit meinem verbunden und trotz allem ist sie noch nicht einmal von selbst gekommen. Sie ist seit dem Vorfall nicht mehr die Gleiche. Depressiv. Launisch, in ihrer eigenen Welt und ich kann es ihr nicht verübeln. Ich bin kein Mensch, der hochgeht und sie versucht ins Leben zu führen- ich wüsste nicht wie. Ich bin froh meine eigenen Peitschenhiebe weg gesteckt zu haben.

Ich muss immer noch auf meinen Rücken achten. Fuck es gibt so viele Baustellen und ich kann mich nicht um alle geleichzeitig kümmern. Nero wird morgen mit Daria einkaufen gehen. Meine Haushaltshilfe fährt mit ihr mit und kleidet sie dem Status entsprechend. Ich muss es in meinen Kopf einbrennen. Sie ist ein Status. Eine Trophäe. Meine Verwunderung über das, was ich sah als ich den Schleier hob, muss mir ins Gesicht ge- schrieben gewesen sein. Sie ist jetzt hier und sie muss hier irgendetwas anziehen, die Kleidung von meiner Schwester passt ihr nicht und ich will meine T- Shirts für mich. Das fucking Shirt von gestern, liegt noch unge- waschen in meinem Zimmer. Ich habe ihren Duft eingeatmet. Wollte se- hen zu was es mich führt. Ja fuck. Merda Es hat kein verdammtes biss- chen geholfen. Sicuramente no-ganz sicher nicht.

Selbst meine Nachforschungen über sie, haben kaum etwas ergeben. Va- ter Francesco Sanzes, keine Mutter verdammt noch mal, keine Ge- schwister, Ehemann Leonardo Ramirez. Kleine Villa in Merrik und eine Tierarztpraxis dort. Ein Pferdestall und der Vater nebenan im Haus. Er ist nur noch ein Vollstrecker. Sonst verdammt noch mal nichts. Kein Al- ter, keine Schule. Nichts, was verbirgst du Kleines. Was ist es. Und was zum Teufel ist mit deinen Augen los.

Nachdem Nero hier war und wir noch einiges besprochen hatten, ich den ganzen Tag im Casino verbracht habe. Auch bei meiner Schwester war und zu Abend gegessen habe, werde ich jetzt endlich etwas Sport machen. Mein Körper ist mein Aushängeschild. Ich brauche den Sport, um mich lebendig zu fühlen. An meine Grenzen gehen und dann noch weiter. Mich ausloten. Ich muss fit sein, fit aussehen und schnell wie eine Tarantel zustechen. Der Trick dabei ist, zu Wissen wie der Feind handelt. Zu wissen, wo und wann er zusticht. Das Wichtigste, ich muss es vor ihm wissen. Dabei hilft mir mein Sport und mein Verstand. Sie arbeiten Hand in Hand. Ich trainiere ständig, so oft es geht, und so intensiv es geht. Meine Messerwand befindet sich ebenfalls im Trainingsraum. Ich muss zugeben Nero ist besser mit den Messern als ich obwohl er vier Jahre jünger ist als ich, aber er hat es drauf.

Er arbeitet seit zehn Jahren bei mir und sogar ich konnte von ihm lernen. Wir sind beide Kämpfer. Mein Spezialgebiet ist das Erdrosseln, aber auch dafür, benötigt es einen Geist der vom Monster der Moral, gelenkt wird. Ich muss ihn ständig überlisten. Er muss machen, was der Don Matheo will, nicht was Matheo der Mensch machen sollte. Denn diesen gibt es schon seit langer Zeit nicht mehr. Nein er ist im Grundschulalter von uns gegangen. Ich bin der Struggler und ich entscheide über Leben und Tod.

In der Zelle sind weitere Verräter, Männer, die für meinen Bruder gearbeitet haben, obwohl sie meinem Vater folgen. Seine Instruktionen Folge leisten sollten. Nicht die eines kranken Bastards.

In einer Stunde muss ich dort sein und sie verhören.

Ich brauche das jetzt. Ich kann mich seit Tagen nicht konzentrieren, wenn ich weiß, dass eingeschlossen dieser Lockenkopf Tag und Nacht verfügbar ist. Aber ich will keine Frau ficken die krank ist. Ich sollte endlich meinen Anspruch erheben, die Ehe vollziehen, ihren Körper besitzen. Ich sollte sie ficken. Aber immer dann, wenn ich sie sehe, dann drehe ich wieder um. Und trinke stattdessen meinen Whiskey. Merda.

Ich schwinge mich auf mein Bike und brettere nach North Shore, hier ist mein Elternhaus. Das Haus meines Vaters lässt von außen nichts vermuten, keinen Anhaltspunkt. Sauber gepflegter Rasen, Wasserspeier im Vorgarten, eine Mauer wie sie alle hier haben und dann sind da die unterirdischen Mauern, der Kerker, die Folterkammer, das Schwimmbad und der Spabereich. Für ihn ist und war nichts zu gut.

Er hat sein ganzes Leben hier nach Status gelechzt. Wahrscheinlich kommt es daher das ich Minimalismus liebe. Ich springe ab und stampfe in den Keller. Nero wartet bereits. Die Musik ist wie gewohnt zum Anschlag an, Rockmusik. Nero liebt sie. Ich hingegen höre ziemlich alles gerne, aber ich lasse ihm den Spaß. Ich weiß das es den zu Folternden nicht hilft sich zu konzentrieren und so soll es sein. Er hängt bereits mitten im Raum. Genauso wie ich es mag.

Unter ihm der Ablauf und an den Seiten Fliesen. Es ist der perfekte Raum. Duschen stehen bereit und dahinter ist der Metzgerraum, hier kann man seine Leichen zerstückeln und entsorgen. So wie ich es will.

„Wer zum Teufel bist du. Wieso hast du dich für meinen Bruder entschieden", will ich von ihm wissen, seine Arme sind mittlerweile hell. Das Blut ist aus ihnen gewichen. Er hat Schmerzen. Seine Stirn, seine Atmung und seine Augen zeigen es. Ich sehe diese Dinge sofort. Ich habe mich in Sachen Körpersprache mein ganzes Leben damit auseinandergesetzt und verdammt ich bin vierzig.

Ich stehe direkt vor ihm, er ist fast so groß wie ich, also Augenhöhe. Gut so. Ich muss sehen, was er nicht sagt, und das kann ich am besten, wenn ich in seine Augen sehen kann. Ich sehe das er lacht, entweder ist er verrückt oder schon im Jenseits. Nero poliert die Messer, in aller Seelenruhe.

Wenn man nicht so involviert ist wie wir, es so gewohnt sind wie wir, würde man denken es ist ein Theaterspiel. Wir sind ein eingespieltes Team, nichts bringt uns aus der Ruhe.

„Du Idiot", beginnt er, seine Stimme rau und trotzdem laut. „Du weißt nichts!" Lacht er mit allen Ernstes entgegen. Na gut, der erste Schlag kommt sofort. Er muss Wissen, nein er muss spüren, wer hier das Sagen hat. Wer bestimmt wann etwas lustig ist. Das ist die erste Lektion. Nero wischt sein Besteck weiter. Unbeeindruckt. Die Musik gibt den Beat vor. Blitzschnell verpasse ich ihm den ersten Schlag direkt in den Magen. Er kann nicht umfallen. Perfekt. Ich sehe, wie ihm die Farbe aus dem Gesicht weicht. Er versucht nicht zu kotzen. Genau so soll es sein. Schließlich will ich wissen was hier vor sich geht. Wieso so viele Männer die Seiten gewechselt haben, zu Phil. Wieso diese Ehrenlosen Handlungen vollzogen haben. Wir hatten noch nie Vergewaltigungen und die Zahl ist rasant gestiegen. Phils Werk.

Ich frage ihn, lasse ihm ein paar Sekunden Zeit Luft zu holen. Schließlich will ich eine Antwort. „Was soll das heißen? Erinnere dich an deinen Platz, bevor du das nächste Mal sprichst. Sieh dich um und wäge deine Optionen ab", spreche ich leise, emotionslos im Ton. Blicke ihn weiter direkt an. Gefangene sollen sehen das sie gesehen werden. Sich nackt fühlen, nicht nur physisch.

Er sieht mich einfach weiter an. „Ich will wissen, wieso so viele von Euch sich zu Phil gewandt haben. Wieso ihr auf die falsche Seite gegangen seid. Mein Vater hat euch jahrelang gut behandelt. Wieso habt ihr diese Frau geholt?" Er lacht, „Er hat einfach besser gezahlt und wir wussten doch alle das du nach dem Tod deiner Frau ein Schlappschwanz geworden bist." Ok jetzt ist der Ofen aus, ich packe ihn am Hals. Drücke ihm die Luft ab, sehe ihm genau in die Augen, beobachte den Blutfluss.

Kurz bevor die ersten Adern platzen, lasse ich ab. Lasse ihn etwas atmen. Dann drücke ich nochmal ab. Nero zündet sich seine Zigarette an. Die obligatorische *das-kann-lustig-werden-Zigarette*. Der Rauch verteilt sich rasch hier drin. Langsam lasse ich wieder von dem Wichser ab, er hustet sich halb zu Tode. Zusammen mit dem Rauch, sollte er jetzt wissen, dass ich die Wahrheit hören will.

Verdammt.

Ich halte ihm das Messer hin, mein liebstes Stück.

„Ich frage dich jetzt das letzte Mal. Überlege dir deine Antwort gut." Das Licht über uns erhellt den Raum so unangenehm, die Musik dröhnt in unsere Körper. Es hilft ihm kein Bisschen sich zu beruhigen. Zusammen mit der Lautstärke, die er aufbringen muss, dass ich ihn verstehe. Er sieht mich an, hustet immer noch. Nickt. Beginnt zu sprechen. Hustet immer noch weiter.

„Na wer ist jetzt der Schlappschwanz," frage ich ihn, unbeeindruckt mit einem Grinsen. „Nero. Musik leiser, unsere Pussy kann nicht mehr", wir lachen beide. Alles mit System. Na gut, es scheint, als wenn er langsam einknickt.

Ich halte mein Messer in seine Sichtweite, spreche langsam und deutlich. „Also entweder du sprichst jetzt oder du bekommst das Messer zu spüren, weißt du ich wollte meine Filetierkünste schon immer etwas ausweiten." Ich halte es hoch und sehe es mir genau an, sodass er es ebenfalls genau sehen kann.

Immer wenn er zu sprechen ansetzt hustet er. „Ich bin nicht von deinem Bruder, also eigentlich. Ich bin von Sanchez. Und, und." Er spricht schon so schlecht, jammert mehr als das er Worte findet. „Deine Frau ist nicht die die du denkst das sie ist."

„Was soll das heißen?" Von Nero ist nichts mehr zu hören.

„Deine Frau ist nicht die, die du glaubst das sie ist, es ist ganz etwas anderes. Sie ist wichtig."

Mittlerweile glaube ich er geht gleich drauf. Sein Husten ist nur noch nervig. Ich gehe näher an ihn heran. Er röchelt, hoffentlich kommt da noch etwas Besseres. Er stinkt zum Himmel, halte ihm das Messer direkt vor die Nase. „Was. Meinst. Du". „Sie ist nicht Sanchez Tochter, du Idiot."

Das lässt mich aufhorchen. Ich bin bedächtig ihm das nicht zu zeigen. Meine Vendetta gegen meinen Bruder nimmt weiter ungeahnte Ausmaße an. Ich befürchte der Wichser vor mir hat nicht gelogen. Es sieht nichts, danach aus. Kein bisschen. „Woher willst du das Wissen. Wieso hat das etwas mit deiner Arbeit bei meinem Bruder zu tun?", frage ich ihn einfach. Ich denke wir sind an dem Punkt, an dem er weiß, er hat nichts mehr zu verlieren. Er verliert so und so.

„Dein Bruder wollte dich töten so einfach ist das. Scheiße man er hätte es tun sollen. Du lässt den Handel herunter kommen genauso wie dein Vater. Genauso wie Don Phil es vorausgesagt hatte. Jeder will das Geld, das durch den Frauenhandel gemacht wird. Es ist das beste Geld, das wir je hatten. Niemand scherrt sich um die Pussys. Die Zahlungen gehen ein. So viel Geld, dass wir genug davon bekommen hätten. Nur du stellst dich quer!" Hustet er mir jeden einzelnen Satz elendig entgegen. „Deine Frau hätten wir auch gut verkaufen können, sobald er mit ihr fertig gewesen wäre. Es war nicht leicht sie zu finden. Keine Jungfrau, aber dann gebrochen.!" *Bäm.* Die Nächste die ich ihm verpasse.

So, dass nicht mal ich es sehen kam. Fuck. Seine Zähne fallen zu Boden. Die Haut am Mund ist nicht mehr ganz so stabil. Ich spüre, wie ich die Kontrolle verliere. Nicht involviert. Ich wusste es, bevor ich herunterkam. Ich will noch einige Verschiffungsplätze und den Aufenthaltsort der Frauen wissen. Und zum Teufel, was mit Daria sein soll. Was mein Vater weiß. Wer alles bei Phil mitgemischt hat. So hat das keinen Sinn. Es war nicht der Plan das ich sofort die Kontrolle verliere, wenn es um sie geht. *Merda.*

„Sie sollten dich ausschalten das dein Vater nichts merkt, sodass er seine Männer an deinen Bruder gegeben hätte. Da Don Phil mit Gonzales zusammen gearbeitet hatte hätten sie zusammen den Leonardo umgebracht. Das ist dir doch klar. Vielleicht bist du hier der Kollateralschaden?" Ich verstehe fast nichts mehr von dem, was er spricht. Ohne Zähne, blutspuckend, kommt alles nur noch quälend langsam aus seinem Maul „Vorteile. Die Pferderennen. Die Küste bei Merrik. Es wäre in jeder Richtung um New York, alle anderen Clans, die Mafien, verdrängt worden."

„Du willst mir sagen, es ging nur um Geld und Macht?", frage ich ihn bedrohlich, zu Tode gereizt. Genervt. Angepisst. „Ja was glaubst du denn, nur um Sie", spuckt er mir entgegen. Er könnte sich sowieso schon nicht mehr aufrecht halten, er verliert immer wieder für ein paar Sekunden das Bewusstsein. Da legt sich mir ein Schalter um. Blitzschnell fasse ich nach meiner Waffe in meiner Hose und drücke ab.

-Peng-

Nein. Ich will nicht wissen, was er noch zu sagen hat. Meine Wut ist ins Unermessliche geschossen.

Nero sieht mich an, als hätte ich einen zweiten Kopf. Merda verdammt, er hat recht. Wie konnte ich das tun? Wie konnte ich nicht weiter fragen, es wird uns um Monate zurückwerfen. Ich habe hier jedenfalls keinen Heimvorteil mehr. Fuck. Warum? Wie konnte ich die Fassung so schnell verlieren? Wir hätten ihn ein paar Stunden ruhen lassen können und dann weiter machen. Fuck. Ich blicke Nero an, so wie er mich. Verblüfft. Ja das trifft es auf den Punkt. Vorsichtig fängt er an, fragt „Was sollte das", seine Augenbrauen haben sich gehoben. Ich schieße sofort zurück.

„Was, was sollte das?" Versuche eine Gegenfrage zu stellen. Fuck, ich bin nicht ich selbst.

„Ja, seit wann bist du so unkontrolliert? Was ist los mit dir?" Mann, wenn dich die Gefangenschaft so schnell aus der Haut fahren lässt, solltest du noch etwas Pause machen. Mann Boss, du weißt ich sage das als Freund und irgendwann auch als Consigliere, aber heute frage ich dich als Freund."

„Fuck ich weiß es nicht", ich blicke ihn an, suchend nach Antworten, die ich mir selbst nicht geben kann. Ich weiß nicht wie lange. Nickend meint er „Dann solltest du es vielleicht herausfinden. Ich kenne dich so nicht. Klar, ich besorg uns den nächsten Soldaten, aber dann wäre es besser du hast dich besser im Griff. Fuck, ich weiß nicht was mit dir und der Frau los ist, aber du solltest das Klären" „Fuck. Ich weiß und du weißt hoffentlich auch, wärst du nicht mein bester Freund, würde ich dich wegen deinem Ton abmurksen, ja?" ich halte das Messer hoch. Nicht bereit etwas damit zu tun. „Ja, ja alles klar Mat." Er nickt mir wieder zu. Unbeeindruckt. Ich schüttle den Kopf, versuche Klarheit hineinzuschütteln oder so etwas in der Art. Ich setze mich auf den Stuhl, atme durch. Fuck wir hätten herausbekommen sollen, was mit ihr ist, wieso sie, wieso ich.

„Scheiße, was ist mit mir los? Als er von meiner Frau anfing, sah ich nur noch rot." Sage ich ihm. Emotionale Höhen und Tiefen wandern durch meinen Körper. Anders als sonst. Normalerweise sind es wütende Impulse, die durch meine Venen schießen.

„Deine Frau ist tot. Schon lange"

Ich zünde mir eine Zigarette an und brülle ihm entgegen „Ja das weiß ich. Willst du lustig sein? Es ist nicht lustig. Ich weiß es. Und dennoch habe ich, in meinem Penthouse jemanden der fast gestorben wäre, weil er zur falschen Zeit am falschen Ort war. Dir ist doch klar, dass sie von Leonardos Arbeit nichts wusste. Ich meine, sie hat eine Tierarztpraxis.

Dass allein, schreit nach einem weichen süßen Mädel. Verstehst du. Ich sehe ihr in die Augen und dann komme ich nicht mehr klar. Und dann, als ich sie ohne die grauenhafte Schminke sah, hat sich irgendwas in meinem Kopf verstrickt. Sie ist so wunderschön. Sie ist so nervig, so anders. Fuck. Ich muss sie loswerden. Sonst wird es zu unserer beiden Zerstörung. Wir werden zerstört und übrig bleiben Funken. Wie in einer Art Feuerwerk werden wir untergehen. Mein gesamtes ich überträgt sich auf sie. Meine Dunkelheit. Meine nichtvorhandene Seele." Scheiße wo kommt das jetzt her, ich weiß nicht mehr ein und aus. Nero sieht mich an, bis er plötzlich zu Lachen anfängt, laut und wie ein irrer.

„Ich kann nicht glauben, was ich da höre. Du der sagtest, du hast mit Frauen abgeschlossen. Ich weiß das du mit deiner toten Frau immer noch irgendwie zusammen lebst, du dir die Schuld gibt's. Machen wir uns nichts vor. Aber wo kommen verdammt noch mal diese Sätze her? Was ist mit dir los. Seit wann schert dich deine Dunkelheit etwas. Mann du bist die Dunkelheit in Person. Sie ist nervig, oh ja. Sie passt dadurch zu dir? Auch das. Ich sehe euch zwei schon vor mir, Herr Dark und Frau Glow." Er lacht tatsächlich immer noch. „Nero, rede keinen Blödsinn, du machst einen Witz aus der Sache. Fuck, wer zum Teufel sollte sonst schuld sein? Ich will nichts mehr darüber hören." Beende das Gespräch. Ich habe sowieso schon viel zu viel gesagt. Mehr als ich die letzte Woche zu mir gesagt habe.

Ich muss das Gespräch beenden, bevor ich ihm sage, dass ich Daria Tag und Nacht beobachte, sogar vorhin, bevor ich herkam. Und das auf meinem Smartphone.

Ich weiß nicht, was es mit ihr auf sich hat. Und dennoch, meine Augen mein Verstand wollen sie sehen. Ja meine Ellen war meine beste

Freundin, ich liebte sie. Mit ihr konnte ich mein Soldatenleben leben, der Mann für meinen Vater sein und sie war die perfekte Frau für jemanden wie mich. Das sie schwanger von meinem Bruder gewesen sein soll, das kann ich einfach nicht glauben. Aber ich weiß ich könnte es jetzt sowieso nicht mehr ändern.

„Such mir einen Neuen, morgen geht's weiter. Ich will verdammt noch mal Antworten. Ich will bis zu meiner Initialisierung die Verräter auslöschen. Ich will die Truppe, bei welcher die Loyalität bei mir liegt. Ich habe ganz New York zu führen. Merda." Mehr sage ich nicht mehr. Wir stoßen darauf mit einem Whiskey an, wie sollte es anders sein. Wir leben von dem Zeug. Und das Beste, es betäubt meine Gedanken. Lässt mich der Don sein der ich sein will. Skrupellos. Unnahbar. Strategisch. Nero macht seine Arbeit weiter und kümmert sich weiter um den Transport des Toten und ich schwinge mich wieder auf mein Bike. Ich habe die Schnauze für heute gestrichen voll. Eigentlich wollte ich mit meiner Schwester zu Abend essen, aber ich will wissen, was es mit Daria auf sich hat. Nero meinte heute Vormittag ist sie nicht mit zum Shoppen gegangen. Was ist mit ihr los, jede Frau will doch shoppen. Wieso macht sie ständig das Gegenteil von dem, was ich erwarte. Sie ist jetzt ein paar Wochen hier, gut wir haben das Haus noch nicht verlassen. Aber, sie wird doch nicht immer meine Sachen tragen wollen. Während mir die kalte Nachtluft die Lungen erfrischt, weiß ich, ich brauche einen Plan.

Im Penthouse angekommen sehe ich nach Ada, das gewohnte Bild zeigt sich mir, als ich nach oben komme. Sie sitzt in ihrem Rollstuhl und backt. Ihre Küche ist extra niedrig eingerichtet, sodass sie sich selbst versorgen kann. ich habe alles versucht damit sie klar kommt, leben kann. Und doch wehrt sie sich so sehr. Sie verlässt das Haus nicht. Sie ist jung, sie sollte Spaß haben, etwas erleben. Ihre Pflegerin kommt später nochmals und hilft ihr für den Abend. Das tägliche Trauerspiel.

„Hi Schwester, es riecht köstlich", beginne ich. Ich weiß nicht, was ich sonst sagen sollte. Zu lange ist es her das wir unbeschwert miteinander gesprochen haben. „Bediene dich ich habe Muffins gemacht", bietet sie mir an, eigentlich würde ich den Zuckermist nicht essen. Für sie jedoch greife ich zu einem. „Sag mal was ist das für ein Krach bei dir da unten?" Sie beobachtet mich, ob ich auch wirklich esse. Was wird denn jetzt schon wieder sein denke ich und frage sie „Wieso was meinst du?"

„Ja ich habe lauter Poltern und so gehört, habt ihr wieder eine Party. Ich kenne euch, deshalb bin ich nicht runter. Ich will nicht wieder sehen, wie irgendjemand nackt auf dem Sofa liegt!"

„Wieso hast du nicht angerufen, ich habe Daria allein im Zimmer einge-sperrt. Ich weiß nicht wer sonst da sein hätte sollen." Fuck. Meine Stimme ist viel zu schroff, ich sehe es in ihren Augen. Schnell werfe ich den Muffin hin und laufe nach unten. Gedanklich schelte ich mich, dass ich ihr keine Wache da gelassen habe ich habe noch zu wenig Männer. Fuck ich bin erst im Aufbau, aber was mir gehört beschütze ich. Keine legt Hand an sie. Mit der Hochzeit wurde sie unweigerlich zur Familie und auch die wird beschützt. Das ist mein Leben. Und außerdem will ich mehr von diesen geheimnisvollen Augen erfahren. Wenn du nur sam-melst, wann willst du es genießen, mein Motto. Merda, kaum jemand kennt das Apartment aber der Feind schläft nie. Ich war so beschäftigt damit, dass sie der Feind ist, das ich alles andere aus den Augen verloren hatte.

Schnell, tippe ich den Code in den Aufzug und stürme zum Apartment hinein, ich bin auf der Hut. Ich erkenne sofort das hier etwas nicht stimmt. Alles liegt kreuz und quer, ich bin mir sicher umso weiter ich Richtung Darias Zimmer gehe, das es nicht sie gewesen sein kann. Das ist alles zu Kurios hier, es ist nichts von den zerbrechlichen Gegenstän-den zerbrochen. Obwohl hier alles wild herum liegt, scheint es seine Ordnung zu haben. Was soll der Mist. Ich habe meine Waffe bereits in der rechten Hand gezogen, bereit jeden Abzuknallen der mir über den Weg kommt, das Licht ist kaum erkennbar. Umso weiter ich Richtung ihres Zimmers schleiche, umso lauter höre ich ein Weinen, das Licht scheint unter der Tür hindurch. Das Weinen wird immer lauter. Fuck, was ist da los? Nicht schnell genug, hole ich den Schlüssel aus der linken Hosentasche und sperre so schnell ich kann auf. Ich bete, dass es nicht Gonzales war. Seine Männer sind der pure Abschaum. Vorbereitet auf alle die brutalen Szenen, die es gibt, sperre ich auf und trete hinein. Doch diesen Anblick, den hätte ich mir in meinen schlimmsten Albträumen nicht ausgemalt.

Mein Puls beschleunigt sich unangenehm, mein Innerstes wird auf seltsame Art wütend. Sie kniet neben dem Fenster, am Boden und sie weint. Auf den ersten Blick ist kein Blut zu sehen, ganz im Gegenteil. Bis auf die abgerissenen Gardinen nichts zu erkennen. Ich stürme dennoch auf sie zu, sie bemerkt mich nicht einmal. Sie weint verdammt noch mal weiter, zittert, schwitzt. Schnell blicke ich noch in das Badezimmer, aber auch hier ist alles ok. Fuck. Was soll ich tun. Ich kenne so etwas nicht. Ich kenne sie nicht. Die letzten Wochen war sie ruhig, sprach normal. Nichts rechtfertigte das. Ich bin gewohnt Tatsachen zu sehen, zu wissen was ich machen soll. Hier und jetzt, da verstehe und weiß ich nichts.

„Was treibst du da unten" frage ich sie einfach. Ich frage sie noch einmal lauter. Lege meine Hand auf ihre Schulter. Sie zuckt nicht einmal. Nichts. Sie scheint irgendwo anders zu sein.

Ich spüre, dass der Ton mir nicht helfen wird. Ich schwitze ebenfalls. Wahrscheinlich vor Wut. Ich kann es aber nicht genau sagen und genau das macht mich noch wütender.

Ich kniee mich ebenfalls hin und nehme sie etwas in den Arm und schüttle sie. Auch ein festeres Schütteln hilft nichts. Sie blickt fast durch mich hindurch. Was ist mit ihr Verdammt noch mal los. „Was ist los, Daria. Antworte. Verdammt sofort. Hörst du." Befehle ich dem Körper vor mir, ich sehe es hat keinen Sinn, ihr Verstand ist irgendwo anders.

Schnell, lasse ich meinen Blick über ihren Körper schweifen, fasse in ihr lockiges Haar. Die weichen seidigen Strähnen liegen wie Seidenfäden in meiner Hand. Ich greife fester hinein drehe ihren

Kopf in Richtung meines Gesichtes und frage sie nochmal. Aber ich scheine keinen Zugang zu haben. Ihre Augen wirken trüb und rot umrandet. Ihr Puls geht ebenfalls so schnell, dass ich befürchte sie hat gleich einen Herzinfarkt.

Fuck, ich greife in meine Hosentasche, ziehe das Smartphone heraus, schnell rufe ich unseren Arzt an.

Er ist selbst erst verwundet worden, aber das wird er schon schaffen.

Ich glaube fast schon, sie hat so etwas wie eine Panikattacke. Ich habe das noch nie gesehen, außer natürlich bei denen die sowieso sterben. Aber hier, welche Lösung gibt es, frage ich mich. Packe sie dennoch und lege sie in meine Arme, ich solle sie vielleicht so drücken wie man Vieh zusammenpfercht. Die beruhigen sich doch oder. Aber ich werde sie zerquetschen. Nein, das scheint mir keine große Hilfe, es wird fast noch mehr. Merda. Matheo, reiß dich zusammen. Höre ich eine Stimme in mir.

Ich trage sie ins Badezimmer, setze sie vor der Wanne ab. Lasse warmes Wasser in die Wanne, öffne die Rollladen und lasse frische Luft und Licht herein. Verdammt wieso muss ich nur die Fenster immer absperren. Ich sperre schnell auf und öffne es, soweit es geht. Wir sind so weit oben, dass keiner hineinblicken kann. Mein Haus ist wie ein Glashaus, von innen kannst du alles sehen, aber von außen dringt kein Blick hinein.

Ich setze mich mit ihr am Boden und warte bis die Wanne etwas voller ist. Sie weint immer noch aber etwas ruhiger. Hoffe ich zumindest. Mit der einen Hand drücke ich sie mit der andern rufe ich meine Schwester an. „Ada. Sperr alles ab und geh in dein Schlafzimmer, warte auf Nero, ich schicke ihn, es gab einen Einbruch, aber sie sind weg. Ich denke es ist keine akute Gefahr mehr hier. Ich checke gleich noch die Videoaufnahmen. Mach was ich dir sage. Ich melde mich." Ich lege sofort auf, sie weiß das sie das machen muss, was ich sage. Keine Zeit für weiteres Geplänkel habe.

Sofort darauf rufe ich Nero an und weise ihn an, herzukommen. Er soll auf Ada achtgeben. Sie ist sowieso wie eine kleine Schwester für ihn.

Fuck, wir hatten gestern erst besprochen das wir aufstocken müssen. Er hat auch schon zwei Jungs ins Auge gefasst. Er kennt sie aus seiner Zeit als Soldat. Ich werde nichts Besseres bekommen als die beiden, wir werden sie nehmen müssen. Einen für Ada, einen für Daria. Ich weiß genau, nach dem Heute folgt unweigerlich das Morgen und das kann noch viel schlimmer sein. Das Wasser müsste jetzt passen, unser Arzt wird noch mindestens eine viertel Stunde brauchen. Und ich stehe hier, mit einem Haufen voller Tränen und einem Verstand, der darauf keine Lösung weiß. Was ich weiß, dass ich Eisbäder nehme, um meinen Verstand zu beruhigen.

Vielleicht hilft hier Warmes? Ich hoffe es. Langsam setze ich uns, so wie wir sind hinein, ich kann sie in dem Zustand nicht allein lassen, sie würde sich sicherlich ertränken.

Ich lehne mich an den Wannenrand und halte sie in meinen Armen, irgendwas ist an ihr, dass meinen Verstand nicht loslässt. Es hat sich in den letzten Tagen immer wieder gezeigt. Sobald ich diese Augen, diese Locken und diese Stimme vor mir habe, verändert sich etwas. Es gefällt mir gar nicht, aber die verdammte Neugierde darauf, zieht mich stets an.

Im Vergleich zu Ellen, die immer auf mich zukam, kann ich mit diesem Zustand hier nichts anfangen. Ich weiß nicht, was ich davon halten soll. Ich will sie nicht hier haben, ich will keine Frau. Ich hatte eine und trotzdem will ich mehr von ihr, will ihre Stimme hören, ihr in die Augen sehen. Wissen, wer sie ist.

Wer der Mensch hinter dieser Person ist. Das darf doch nicht wahr sein. Ich muss mir weiter einreden, dass das nicht möglich ist. Es wird uns in den Abgrund stürzen.

Ich bin in meinen Gedanken versunken, das warme Wasser lässt mich genau so ruhig werden. Meine Gedanken leben ihr Eigenleben, ich habe meine Hand auf ihrem Oberkörper. Die Atmung ist viel ruhiger. Sie muss völlig erschöpft sein. Sie atmet jetzt ruhig, ihr Haar liegt an meiner Brust. Fast erschrecke ich, als sich die Tür öffnet. Fuck, ich kann nicht so unachtsam sein. Fast hätte ich die Waffe neben mir auf dem Tisch auf Van gerichtet. Scheiße Mann. Sofort kommt es schroff aus mir „Schleich dich nicht so herein", nicke mit meinem Kopf hinunter zu dem ruhigen Körper vor mir. „Was ist los" fragt er, während er mit seiner Arzttasche hereinkommt. Er ist immer noch etwas langsamer als vorher, aber sie hatte gute Arbeit geleistet. Er sagte, es war nicht so schlimm. Genervt gebe ich wieder „Sie ist los! Sie weint pausenlos, seit ich sie gefunden habe, und weiß Gott wie lange das schon so ging, bevor ich kam. Sie ist jetzt seit ein paar Minuten ruhig." Langsam versuche ich mich etwas aufzusetzen.

Seine Augenbrauen schießen in die Höhe, ein Schmunzeln entweicht ihm „Was? Sie ist still." Meint er. „Was hast du mit ihr gemacht?" Er denkt wohl ich habe sie so zugerichtet. Wichser.

Fuck ich blicke sie an „Sie ist eingeschlafen, siehst du doch" gebe ich zurück. Er kommt den letzten Schritt auf uns zu, sieht vorsichtig ins Wasser. Dann dreht er sich hier herum. „Boss, was machst du hier überhaupt. Ich habe dich noch nie mit einer Frau in der Badewanne gesehen, sag mal ist da Wasser drinnen. Was, zum Teufel, ist hier los. Überall sieht es nach einem Einbruch aus und du badest? Angezogen? Soll das ein Scherz sein?", fragt er berechtigt. Ja wirklich. Aber ich wusste keine andere Lösung. „Hilfst du ihr jetzt oder nicht?" ich muss selbst irgendwie wieder mit dem Ganzen hier klarkommen.

Er schüttelt den Kopf, ich sehe er denkt mir hat es alle Sicherungen aus dem Verstand geworfen. Als guter Soldat hält er seine Klappe, na gut so gut er eben kann. Auch wenn wir uns schon ewig kennen. Ich bin der Don und er hat seine Arbeit zu erledigen. Ich nicke, stehe mit ihr im Arm auf, vorsichtig. Mein Schwanz ist zum Glück wieder ruhig. Er weiß das er nicht weit kommen würde. Sie ist für mich tabu. Seit Ellen gibt es niemanden den ich ficke und wirklich kenne. Jemanden der bei mir im Haus ist. Nein ich trenne das. Gefickt wird nur das das schnell verschwindet, das ich nicht ansehen muss, dass in meinem Hotel ein und ausgeht. Mehr nicht. Sie fühlt sich so schlapp an. Das Wasser tropft an uns herunter. Ich muss darauf achten nicht über Schuhe und was weiß Gott noch zu stolpern.

Ich lege sie im Bett ab, Van wirft zuvor noch schnell so eine goldene Decke darunter. Praktisch gegen das Wasser. Als ich mich drehe, sehe ich es, Van starrt mich weiter sprachlos an. Er stottert, als er beim Entkleiden helfen will, irgendwo aus meiner Brust kommt ein schroffes „Pfoten weg oder ich hack dir die Finger ab." Woher keine Ahnung. Aber ich will nicht, dass er sie anfasst. Gut er dreht sich um. Ich lege sie richtig hin, ziehe ihr das Shirt über den Kopf. Decke sie zu. Sie schläft so fest, dass es unheimlich ist. Van meint sie muss eine Panikattacke gehabt haben. Ähnlich wie im Bunker, und die hatte sie anscheinend verdammt oft.

„Wie bitte, Panikattacken? Warum? Wie oft? Scheiße, was ist mit ihr nur los?" Meine ich. Van hingegen, starrt mich weiter einfach an. Ich weiß nicht, was in seinem Kopf vor sich geht. Was ich sehe, ist Belustigung. Ich sollte sie einfach hier liegen lassen und mich einen Dreck darum scheren, aber ich kann nicht anders, irgendwas zieht mich weiter an. Ich sehe in den Schrank und es sind keine Kleider zu sehen, nichts von dem, was ich aufgetragen hatte, ist erledigt. Wütend hole ich ein T-Shirt aus meinem Schrank, eine Boxershorts und stampfe zurück und ziehe ihr das an. Genervt lasse ich Ada holen. Ich muss mit Nero und Van sprechen. Alleine. Planen. Die Cams ansehen. Suchen was es zu finden gibt.

Ada soll derweil bei ihr bleiben, bis sie aufwacht. Es hilft nichts. Ich muss beide beschützen, und schaffe nicht einmal einen einfachen Einbruch zu verhindern. Besser ist, sie sind beide in einem Zimmer und Daria ist nicht allein. Ich bin so wütend, dass ich gleich zwei Gläser Whiskey hinterherkippe. Van gibt ihr derweil etwas, das sie beruhigen soll. Ok, er wird wissen was zu tun ist. Ich ziehe mir schnell trockene Sachen an. Unglaublich.

„Wer zum Teufel soll das gewesen sein?" Ada sieht mich an, als wäre ich ein Gespenst, Nero er schiebt sie derweil den Flur entlang. Ich sage es ihr einfach. Ich weiß es wird nichts zurückkommen. Sie macht immer, was man ihr sagt. „Du gehst zu Daria, bleib bei ihr im Zimmer, sie schläft, Sie wird noch lange schlafen. Sie hatte eine Panikattacke, es dürfte jetzt alles soweit ok sein. Ich muss euch im

Blick haben."

„Was ist hier los. Wer war das Math?" „Scheiße, wenn ich das nur wüsste. Geh jetzt ich muss mit Nero sprechen", sage ich ihr Kopfschüttelnd. Ich weiß es tatsächlich nicht. Es gibt einige die mich tot sehen wollen. Einige die die Finger in meinem Spiel haben wollen. Aber ich wüsste keinen, der direkt in mein Apartment kommt. Normal erledigen wir das auf der Straße. „Denkst du nicht das mich das auch etwas angeht." Will sie tatsächlich noch wissen. Was ist in den paar Monaten als ich weg war mit ihr passiert. Das kann doch nicht sein das jeder hier in dem Scheißzimmer Fragen stellt und Antworten von mir möchte. „Nein verdammt, mach was ich dir sage" kommt es dann unweigerlich schroffer als erwartet aus mir. Sie nickt. Rollt langsam mit ihrem Rollstuhl davon, sichtlich angepisst. Aber das interessiert mich jetzt null. „Nero sperr zu, bis wir wieder da sind. Ich will nicht das sie lauschen oder plötzlich hier stehen. Er klatscht in die Hände. Bereit alles zu tun. So wie immer.

Antwortet wie es sein soll „Klar Boss." Ich warte in meinem kleinen Büro auf ihn. Schenke uns bereits Whiskey ein. Schnell gehe ich geistig alle meine nächsten Schritte durch.

Verdammt was sehen wir nicht. Wieso also, dieser beschissene Einbruch. Gerade als ich dabei bei bin in das totale Gedankenchaos zu versinken, stampft Nero herein, zieht sich den Stuhl zur Seite.

Und stellt die Fragen der Fragen. „Was denkst du wer war das, Boss und was noch wichtiger ist das Wieso. Was wollen sie. Hast du etwas das sie wollen würden?"

„Du meinst abgesehen von meiner Frau, die ich nicht wirklich will, aber habe. Meiner Schwester, die ich nicht wirklich im Haus haben will und auf sie aufpasse, dass ich auch nicht wirklich will. Meinst du abgesehen davon das ich der Don bin den sie anfangs nicht haben wollten. Meinst du, weil ich meinen Bruder getötet habe, was kein Mensch wollen würde. Sag, was meinst du?" Fauche ich ihn an. Ihm ist der Ernst der Lage, genauso bewusst wie mir.

„Sorry Boss. So war es nicht gemeint." Er trinkt einen Schluck. Wirkt wie ich nachdenklich.

„Weißt du noch ich sagte dir doch, sie war im Kerker außer sich. Sie hat irgendetwas an sich, das mich nachdenklich macht. Ich habe Nachforschungen angestellt. Aber ich kann beim besten Willen nichts über eine Daria Sanchez finden. Es ist, als wäre sie erst in der Schulzeit geboren. Dann kommt noch dazu, dass sie eine angesehene Tierärztin ist und sich die Leute mittlerweile wundern, wo sie bleibt. Ebenso ihr Ehemann. Die Leute in der Kleinstadt reden verstehst du. Ich glaube nicht, dass das per se etwas mit dem Einbruch zu tun haben sollte. Aber ich werde die

Gedanken im Hintergrund behalten." Er lehnt sich etwas zurück. Ja interessant.

„Also, was Ada angeht. Bin ich mir fast sicher, dass es nichts mit ihr zu tun hat. Sie ist für die meisten seit der Geschichte unsichtbar. Dein Vater hat sie vorher von der Außenwelt abgeschirmt, genauso wie danach." Ja da muss ich ihm zustimmen. Ich überlege und sage ihm: „Ja, du hast ja recht. Das mit Daria, das ist es auf jeden Fall wert, dass wir Nachforschungen anstellen. Ich weiß es nicht, was es mit ihr auf sich hat. Wir werden es herausfinden müssen."

Ich nehme einen weiteren Schluck. Aber ich will zu ihrem Haus. Ich will sehen was es dort zu finden gibt. Ihr Vater ist scheinbar untergetaucht." Meine ich. Nero spring sofort darauf ein, weiß was ich wissen will. „Die Männer haben keine Bewegungen mehr vernommen, seit ihrer Entführung. Keine bis auf eine Putzfrau, die dreimal wöchentlich die Praxis reinigt oder die Tiere füttert. Sie hat aber eine saubere Weste. Es ist vorbei, ich will heute auch gar nicht mehr darüber nachdenken, wichtig ist was jetzt in der Zukunft geschieht. Ich denke nicht, dass ihr Vater gekommen ist. Ich denke nicht, das Gonzales kommt und sie dann nicht mitnimmt. Die Tür war zu, aber das ist doch bei Gott kein Hindernis. Außer natürlich er hatte keine Zeit mehr."

„Wo zum Teufel ist ihr Vater?" gibt er zu bedenken. Genau mein Gedanke.

„Aber er ist zu alt, als dass er etwas regeln könnte. Er war mal jemand, zwar klein, aber er war präsent. Das hat sich irgendwann vor ungefähr fünfzehn Jahren geändert. Irgendwas ist vorgefallen. Sie sind dann nach Merrik gezogen. Dann kam auch schon Leo mit ins Spiel. Die Pferderennen. Das Glücksspiel, die Drogen. Vielleicht hat er auch was zu verbergen?" Meine ich.

Er nickt. Wirkt aber nicht weniger beunruhigt. „Mehr habe ich bis jetzt auch noch nicht." Fährt dann fort „Denkst du wirklich das ist die richtige Fährte." „Nein alles stinkt bis zum Himmel", meine Wut kocht wieder hoch. Ich denke und denke und komme nicht weiter.

„Hast du Gonzales am Schirm", frage ich ihn." „Der verdammte Wichser, natürlich habe ich ihn am Schirm, sein Deal kam nicht zu Stande. Die Bitch ebenfalls. Aber ein Einbruch ist für die beiden zu lächerlich." Er schenkt sich noch einen ein. „Da stimme ich dir zu", ich stehe auf, sehe weiter auf die Kameras. „Ok ich muss ins Casino und das lösen. Die Mädchen bleiben hier, du hattest von den zwei Soldaten gesprochen, in die du das meiste Vertrauen hast, Davide und Ricardo, oder?" „Ja Boss." Es hilft nichts, es müssen die Zwei sein. „Die beiden her", befehle ich. „So schnell es geht. Einer für Daria, einer für Ada. Ich will in einer halben Stunde los."

Ich telefoniere noch mit dem Casino und schaue mir nochmal die

Aufnahmen aus dem Penthouse an. Was lief schief, dass es keine Aufnahmen darüber gibt. Der Sicherheitschef der technischen Aufnahmen, auch er ist verschwunden. Ganz toll.

„In zwei Stunden will ich mit allen zum Haus fahren. Ich denke das schaffe ich zeitlich. Darias Haus. Ich will sehen was da los ist. Ich spüre, dass es einen Zusammenhang geben muss. Die Frauen sollen mit. Solange ich nicht weiß, was da los ist sind sie im Wagen sicherer als hier im Haus. Wachen hin oder her. Heute lasse ich keine mehr aus den Augen", meine ich zu ihm.

Sein Gesicht sieht nicht erfreut aus. Das ist mir egal. Sie werden sie schützen, falls es zu Problemen kommt.

9. Daria

In meinen Gedanken spielt sich wirres Zeug ab. Ich kann gar keine klaren Gedanken fassen, um genau zu sein. Irgendwer war hier im Haus, irgendwer der hier nicht hingehörte. Ich hörte die Schritte und es waren sehr viele Schritte. Flüsternde Stimmen, ein Poltern und ein Zerbrechen. Irgendwer hat hier etwas gesucht. Ich danke Gott, auch wenn ich sonst nicht der betende Mensch bin, ich danke Gott über alles das sie in diese Tür nicht hineingekommen sind. Mein Ehemann hat ein ausbruchsicheres Zimmer für mich geschaffen, und es scheint, als wäre es auch Einbruch sicher. Sie haben einen Namen gerufen. Weiß nur Gott, wer das sein sollte. Sira. Ich vermute stark seine verstorbene Frau. Inmitten des ganzen Tumultes war es plötzlich still.

So still, dass mich die Panik wieder überkam. Ich habe sogar hier im Zimmer gewütet. Ich brauchte frische Luft. Irgendwoher einen Lufthauch. Es war so dunkel das Licht ging nicht mehr an.

Dieses Zimmer ist in der Dunkelheit trotz seiner Größe der blanke Horror. Die Fenster sind verschlossen, von draußen die schwarzen Plissees. Man kann nichts, aber auch gar nichts sehen. Ich hatte so Angst, ein Gefühl, das mich zu ersticken droht. Es nahm von mir Besitz wie eine Bestie. In letzter Zeit überkommt es mich immer häufiger.

Ich dachte eigentlich ich habe es hinter mir. Vermutlich hat mir einzig und allein meine Tierarztpraxis und unser weitläufiges Grundstück dabei geholfen. Ich fühlte mich körperlich frei, auch wenn ich wusste das ich an Leo gebunden bin. Aber das ist das große aber, er ließ mir tagsüber weitgehendst meine Ruhe, das Haus hatte ich meist für mich alleine.

Mein Vater war selten da und ansonsten waren die Tiere meine Gesellschaft. Ich konnte frische Luft atmen. Mit Salomon spazieren gehen. Er liebte das Laufen an der Leine, auch wenn es nur in unserem Areal war. Seit Wochen war ich nicht mehr wirklich an der frischen Luft. Zuhause konnte mich in meiner Arbeit verlieren. Aber dann im Kerker und jetzt hier kommt alles auf einmal. Ich hatte diese Attacken früher als ich jünger war, oft, dann nicht mehr. Bis jetzt. Immer wieder die gleichen verschlingenden Bilder. Angst, ein kahler stinkender Raum, seltsame Schatten. Erdrückende Luft. Es roch nach einem Misthaufen, zusammen mit metallischem Geruch.

Verpackt in eine verschlingende Panikattacke. Ich fühle mich dabei als würde sich mein ganzer Körper zerteilen. Es fühlt sich so echt an. Und genau das macht mir Angst. Ich weiß nicht, warum es jetzt wieder kommt. Oder warum es überhaupt da ist.

Ich versuche zu blinzeln, ich will sehen wo ich bin was hier los ist. Wenn ich eins die letzte Zeit gelernt habe, dann ist es das, das man unsichtbar bleiben sollte. Ich höre ein Atmen, und immer wieder langsame Bewegungen. Durch meine Wimpern kann ich sehen, dass eine Frau seitlich von mir sitzt. Sie hat Karten in der Hand. Ich muss noch schlafen. Wo sollte sie herkommen. Ihr dunkles Haar ist im Gegensatz zu meinem, ganz glatt und sehr lang. Es sieht aus, als würde sie schluchzen und es unterdrücken. Himmel, er wird sie doch nicht auch noch hier gefangen halten?

Mein ganzer Mut muss zum Vorschein kommen, denn ich muss auf die Toilette und es hilft mir nichts hier liegen zu bleiben ich muss gehen. Ich hole tief Luft und frage sie einfach. Meine Stimme hört sich nicht wie die meine an, das kann ich schnell erkennen. Sie erschrickt ebenfalls. Ob von meiner Stimme oder meiner Anwesenheit kann ich nicht sagen, sie wirkt zumindest sehr vertieft. „Wer bist du? Warum weinst du?", frage ich.

„Wer ich bin, warum ich weine? Gott, bist du blond? Ich bin Ada und merk dir das, ich weine nicht. Ich bin Maths Schwester." Meine Verwunderung muss mir im Gesicht stehen „Oh ok. Ich wusste nicht, dass er eine hat."

„Ja und ich wusste nicht, dass er eine Frau hat, bis ich von dir hörte."

Schießt es sofort von ihr zurück. „Wir sind schon eine Weile hier im Penthouse, ich wusste bis vor ein paar Tagen nichts von dir."

„Ok mir wäre es auch anders lieber gewesen, würde gerne nichts von euch wissen. Ich hatte schließlich einen Mann. Ich hatte einen Mann und ein Leben. Jetzt bin ich hier für etwas das ich nicht getan habe, Schulden, für die ich nicht verantwortlich bin." Sage ich ihr. Egal was es für eine Ehe war.

„Ja dann sind wir schon zwei, ich wäre lieber in meiner Wohnung und mir wäre es lieber, ich müsste keine Angst haben. Hast du die Einbrecher gesehen? Sie haben etwas gesucht. Und das Einzige, das hier neu ist, bist du und ich."

„Nein ich habe niemanden gesehen. Die Tür war verschlossen, hier ist es wie in einem Bunker. Sorry, aber ich muss unbedingt zur Toilette. Ich komme gleich wieder."

Gott ist das eine dumme Kuh. Ich habe es an ihren Markenkleidern sofort gesehen. Sie sitzt außerdem im Rollstuhl, fast täte sie mir jetzt leid. Aber ich kann mir das nicht leisten. Schnell gehe ich zur Toilette und verfluche mich innerlich wieder keine Kleider gekauft zu haben, so wie er es befohlen hatte. Aber ich will mir nichts befehlen lassen. Ich trage ein Shirt, das von ihm sein muss. Der Geruch lässt einen nicht los. Irgendwie nach Moschus, Vetifer und blumig. Das ganze Bad ist nass. Was ist da los? Schnell checke ich noch die Fenster, aber ich merke schnell, hier komme ich nicht heraus.

Als ich wieder zurückkomme, steht sie mit ihrem Stuhl bereits vor der Tür. „Also ich bin Ada" sie hält mir die Hand entgegen.

„Fangen wir nochmal von vorne an", meint sie, dieses Mal sind ihre Augen auch freundlich.

„Hi, ich bin Daria" sage ich, ich brauche nicht noch einen Feind. „Hi Daria, hast du bei dem Einbruch irgendetwas oder irgendjemanden gesehen?" fragt sie mich.

„Nein, außer deinen Bruder niemanden. Ich habe hier vor dem Fenster gesessen und kann mich an sein Gesicht erinnern. Dann die Schreie und das poltern hinter der Tür. Und du bist auch hier?" will ich von ihr wissen. Wie groß ist das hier alles."

„Nein ich wohne oben auf, wir sind hier in einem Hochhaus. Ich habe direkte Verbindung über den Aufzug."

„Ok, weißt du wieso dein Bruder mich geheiratet hat. Oder wieso es der Mann vor ihm wollte. Der den er umgebracht hat. Sein Bruder oder, also auch deiner?" frage ich sie. Bin wirklich bemüht meinen Ton nicht schnippisch klingen zu lassen. „Um Gottes Willen, du kennst dich überhaupt nicht aus, oder? Ich weiß gar nichts. Frauen wissen in unserer Welt nichts. Wir sind nur Zierde und das bin ich auch nicht mehr seit der Sache." Sie hebt die Augenbrauen und schaut auf ihre Hände.

„Welche Sache?" jetzt bin ich neugierig. Sie hebt die Decke weg und ich sehe sie hat nur noch ein Bein. Ok, deshalb auch der Rollstuhl.

„Sie haben mich gefoltert und ich bekam eine Infektion, sodass mir der Unterschenkel abgenommen wurde. Seitdem bin ich nur noch im Haus. Math hat mich mitgenommen das ich nicht mit Phillipes neuer Frau und ihm, unter einem Dach leben muss. Also das wärst dann du." Sie lächelt.

„Naja er hat falsch gedacht, jetzt lebe ich mit Maths Frau und ihm unter einem Dach", sie wirkt nett. Lächelt weiter. Sie meint es ernst. Ich muss einfach fragen. „Was ist hier zum Teufel nur los?"

„Wie gesagt ich weiß es nicht. Wirklich. Ich will es genauso wissen wie du." Meint sie zu mir. Wir sprechen leise. Sie spricht auch extra in den Boden, um auf der Kamera nicht gesehen zu werden. „Was ich aber weiß ist, dass ich keinen Menschen umbringen kann und will. ich will eigentlich mit dem ganzen Scheiß nichts zu tun haben.

Ich habe deshalb mein Leben verloren. Ich wollte so viel machen. Und was ist jetzt nichts", sie schüttelt den Kopf und fährt weiter fort. „Ich sitze hier und spiele mit mir selbst Karten. Na, willst du dazu noch etwas sagen?" ich bin sprachlos. Diese Worte aus einer Frau die nicht so depressiv wirken sollte. Sie ist so hübsch. „Nein entschuldige. Ich muss mich einfach ausruhen. Irgendetwas anziehen."

Ich schaue die Schubladen und den Schrank durch. Nichts. Ich hätte einkaufen gehen sollen. So wie er es schon vor ein paar Tagen wollte. Ich war nur hier im Zimmer, Shirts sind genug da, seine, sogar noch mit Preisschild. Normale Shirts in M. Ich dachte das reicht. Aber langsam hätte ich gerne eine vernünftige Hose an, normale Unterwäsche und nicht die Seinen. Ich wickle die Decke um meine Füße um wenigstens darüber etwas zu haben. „Wenn du willst, kannst du von meinen Sachen etwas haben?" bietet sie freundlich an.

„Wieso bist du so nett" frage nun ich sie. Sie muss mir nichts anbieten. Sie ist genau so wenig gerne hier wie ich.

Sofort kommt von ihr, „Weil ich denke wir sind zwei die hier festsitzen und den Regeln von Math unterstehen. Wenn er etwas will, dann bringt ihn keiner dazu seine Meinung zu ändern. Und er will dich. Er ist jetzt Don und wird noch weniger hier sein als früher. Er war ein paar Monate weg und ist zurückgekommen als kaputter Mensch. Weißt du ich weiß nicht was mit ihm geschehen ist. Aber mein anderer Bruder war eine Bestie. Ich schäme mich so, ihn als meinen Bruder zu betiteln. Aber ich will nicht wissen wie viele Frauen er vergewaltigt hat oder Männer er getötet hatte. Ohne Grund. Er wollte der Don werden aber Math. hat ihn vorher umgebracht. Eigentlich sollte er sowieso der Don sein, weil er älter ist als Phil, aber irgendwas muss da schiefgelaufen sein. Wir haben klare Regeln, was das betrifft. Und dass er dann weg war, das passt so gar nicht." Sie flüstert fast als sie mir das alles anvertraut. „Er hatte auch mal eine Frau, sie wurde umgebracht und vor der Veranda in Stücke abgelegt", sie blickt mich an, so dass ich es nicht deuten kann. Trauer überkommt sie. „Ich erzähle es dir damit du weißt, wo du gelandet bist. Es entkommt keiner. Nur der Tod löst uns von den Fängen. Der Omerta, dem Syndikat. Den Familien und der Schwur, all das hält uns hier fest und verschlingt uns." Ich sehe sie einfach sprachlos an.

„Auf jeden Fall war er lange mit der Frau verheiratet. Ich war leider noch zu jung, aber sie waren wie Freunde. Sie waren einander versprochen. Auswahl gibt es bei uns nicht. Naja, der Mann, der mir versprochen war, wollte mich nicht mehr. Ich bin beschädigte Ware." Ich habe das Gefühl ich sollte etwas Nettes zu ihr sagen. „Nein sag so etwas nicht. Du bist wundervoll. Ich weiß wir kenne uns nicht aber dein Gesicht sagt mir das du rein bist. Freundlich. Und wirklich wunderschön Ada."

„Danke, aber das ist schon lange vorbei." Sie seufzt. Scheint sich damit abgefunden zu haben. Traurig. Aber ich kann sie nicht retten.

Ich muss auch mich erst einmal retten.

Klopf, Klopf

Poltert es hinter der Tür. Seit wann wird hier angeklopft frage ich mich. Erschrecke aber deshalb genauso.

Nero glaube ich hieß er und kommt herein, ich habe ihn schon mal gesehen. Er wirkt sogar vertraut und freundlich. Ich glaube er hat mich im Kerker vorweitaus schlimmeren Dingen bewahrt. Er hat auch immer verschlossene Wasserflaschen gebracht. Und einmal sogar eine Decke. Er kam auch öfters als die gruseligen anderen Bastarde da waren und hat glaube ich aufgepasst.

„Die Damen. Anziehen wir fahren weg." Sagt er einfach. Als wenn es das Alltäglichste wäre.

„Wohin, wieso?" meint Ada, sie atmet sofort schnell. Ich denke sie meinte es ernst nicht das Haus verlassen zu wollen. „Weil ich das sage. So einfach ist das", spricht er langsam und befehlend uns entgegen. Blickt sich mit den Augen im Zimmer um. Ja er sieht die Gardinen. Den umgeworfenen Stuhl. Toll.

„Du, Daria du auch. Du willst doch nicht wieder hier sein, wenn jemand kommt, oder?" Ich weiß nicht, was ich davon halten soll. Ich bin noch so kaputt, kann kaum denken und alleine der Gedanke das ich das Haus verlassen soll macht mich noch müder. Was geht hier wieder vor. Ich schüttle schnell den Kopf. Ich habe Angst was geschieht, wenn ich mitkomme oder bleibe. Aber meine Chancen sind mit ihr, mit einer weiteren

Frau wahrscheinlich die Besseren, ich nicke. „Ich habe leider nichts anzuziehen." Fällt mir dann ein.

„Maths meint du kommst nackt da du nicht einkaufen warst, wie er gesagt hat" Ich glaube ich höre nicht richtig. Sein Gesichtsausdruck die pure Versteinerung. Und dann auch noch Maths. Das hat er jetzt nicht wirklich zu dem dunklen Monster gesagt. „Nein das kann doch nicht euer Ernst sein." frage ich und halte mir die Hände vor den Kopf. „Ich gehe doch nicht nackt" Ich höre Ada nach Luft schnappen. Ich würde es am liebsten auch tun, ich weiß aber, dass er mir nichts ansehen darf, wenn ich hier weiterkommen will. Schon zeigt sich hinter Nero ein dunkelhaariger Kopf.

Er betritt den Raum, einfach steht er da. Groß, mächtig und irgendwie heiß. So ohne Blut. Das Haar zerstreut In seiner schwarzen Kleidung, mit dem offenen Hemd. Unten drunter lauter heiße Tattoos. Mist ich bin so doof. Wie kann ich jetzt nur an so etwas denken. Himmel Daria.

„Du wolltest nichts kaufen, also gehst du so wie du bist. Du solltest mal darüber nachdenken, was dein Handeln auslöst. Jedes Handeln löst eine Reaktion aus, meine ist das du so mitkommst", er spricht es nüchtern ohne einen Funken von Belustigung.

„Und übrigens, das hier ist Davide." Er zeigt zu ihm und macht ihm Platz. Er kommt hinter ihm hervor. „Er wird sich um dich kümmern, er ist ein Leibwächter. Dein Leibwächter. Mach was er sagt. Bleib bei ihm. Verlasse seine Gegenwart nie. Er ist dein zweites Ich. Ab sofort, solange ich es sage, bis ich etwas anderes sage ist das klar?" fragt er. Aber sein Gesichtsausdruck ist sehr seltsam seit genau dieser Davide vor ihm steht. Ich nicke. Ich weiß nicht, was ich sonst sagen soll. Wer sagt mir das er zu meinem Schutz ist. Aber irgendwas in den Augen meines Mannes. Anscheinend dann Maths oder Matheo, wie sagte Ada gleich wieder wie er heißt? Dieses Verhalten kann ich nicht zuordnen, er sieht mich so seltsam an. Seine Augen wirken noch dunkler als die, als er hereinstürmte.

„Verdammt, geh hoch zu Ada und ziehe etwas an. Nimm die Decke mit und ab mit dir. Ich will nicht, dass sie dich so sehen. Wer weiß was die Leute denken!" Nero, ihm platzt ein Lachen heraus. „Die Leute", oh ich sehe Matheos Gesicht seltsamere Züge annimmt. Er sieht ihn an, Davide geht gleich aus dem Zimmer. Ich nehme die Decke fester.

Nicke und flüstere „Ich gehe dann mal. Kann mir jemand den Weg zeigen." Ich tue so, als wäre alles normal. Ich brauche eine Hose, Unterwäsche ein Oberteil. Ada ist so nett, dass ich hoffe ich kann damit Rechnen das mir nichts passiert, oder ist das wieder zu gutgläubig. Womöglich, deshalb muss ich weiter wachsam sein. „Ich nicke so schnell ich kann und laufe hinter Davide hinterher." Der mir bereits zu verstehen gibt, das ich nachkommen soll. Mein Puls springt wie nach einem Sprint und mein Kopf schmerzt wie Hölle. Ich kann es nicht fassen, in welche Scheiße mich Leo hier hineingezogen hat.

Die Autofahrt dauert so lange, aber langsam erkenne ich die Straßen. Es sieht aus wie bei uns. Alles abgelegen. Raus aus der unglaublich vollen Stadt. Der Wald, durch den ich gelaufen war, kommt in Sicht. Sofort überkommt mich die Angst wieder. Ich sehe Ada immer wieder zu mir blicken. Ihr neuer Begleiter, der Leibwächter sitzt auch hinten bei uns. Ich habe keinen Plan, für was sie ihn hat. Er hat sie ins Auto getragen und angegurtet. Ihr Rollstuhl ist im Kofferraum und über ihren Beinen ist die eine Decke. Auch sie sieht viel aus dem Fenster, keiner traut sich zu sprechen. Maths fährt den Wagen und Nero sitzt neben ihm. Sie können von da vorne, dank der Trennscheibe nichts hören. Ich glaube ich spinne wir fahren wirklich zu mir. Gerade als wir in die Hofeinfahrt hineinbiegen, muss ich meinen Brechreiz unterdrücken. Vor Scham, Angst. Todesangst. Wer weiß was mich hier erwartet. Was er von mir. Was wenn wir aussteigen.

Überall sehe ich nur Leo der mich über die Stufen des Einganges an den Haaren zog, als das Essen nicht fertig war. Weil ich der Stute den Fuß geschient hatte. Sehe ihn wie er mich die Treppe herunter schubste, weil er Besuch bekam und ich kochen sollte.

Wie er mich abends, aus der Dusche zerrte und nackt in den Stall gebracht hat, um sein bestes Pferd zu verarzten- dass er im Rausch verletzt hatte. Und jedes Mal lachte er dabei. Ich sehe wie er die alten Frauen in unser Schlafzimmer gebracht hatte und mich in der Praxis eingesperrt hatte.

Ich denke daran, wie oft wir Gott sei Dank keinen Sex hatten, weil sein Penis zu rauschig war und wie oft er vor mir eingeschlafen ist. Wie oft wir Gott sei Dank keinen hatten.

Ich merke gar nicht das der Wagen bereits steht und Ada schon im Rollstuhl sitzt. Sie streitet sich mit Rocko wer den Rollstuhl lenkt. Sie will es selbst.

An mir wird bereits mit einer warmen großen Hand gezogen. Nicht fest, aber bestimmend. „Du, aussteigen. Los komm schon", der Bariton der Stimme lässt mich schaudern.

„Wir müssen uns beeilen. Ich will, dass du mir alles an Verstecken zeigst, die es zu sehen gibt."Ich nicke aus Angst. Humple immer noch ein wenig und kann mich gar nicht konzentrieren. Wir gehen zum Eingang und ein muffeliger Geruch kommt mir entgegen. Ich weiß genau, dass es der Pferdestall nebenan ist, die Fenster sind alle geöffnet. Anscheinend war Lara wieder da, sie versorgt eigentlich immer unserer Tiere. Ich habe sie sowieso ein Jahr im Voraus bezahlt. Sie zahlt damit die Schule der Kinder. Sie ist herzensgut. Ich weiß nicht mal, was heute für ein Tag ist.

Ich gehe sofort Richtung Praxis werde aber gleich aufgehalten. Von ihm. Mist. Resigniert lasse ich die Schultern fallen. „Wo willst du hin" höre ich die Stimme hinter mir. Ich bleibe stehen. Drehe mich aber nicht um. Er greift nach meiner Schulter sodass ich mich gezwungen fühle ihn anzusehen.

„In die Praxis. Sehen ob noch Tiere da sind. Ich habe da auch einen Safe mit Unterlagen du kannst ihn dir gerne ansehen. Ich durfte da sowieso nie rein sehen. Der Schlüssel ist unter dem Schrank mit dem Futter."

„Wie bitte. Sag mal ist Leonardo doof?" „Ja sieht wohl so aus" gebe ich leise zurück. Wenigstens sind wir uns dahingegen einig. Ich hatte mich wirklich nie getraut alleine da hineinzusehen.

Er schüttelt den Kopf nickt mir zu das ich gehen soll. Nero sieht sich derweil überall um. Die dunkle Gestallt hinter mir geht genau so langsam wie ich. Es scheint er ist so auf der Hut wie ich. Ich spüre fast seinen Atem in meinem Nacken. Höre seine Stiefel auf dem Holzboden. Ich hingegen stapfe auf meine Praxis zu, sie liegt hinten im Haus, Richtung Stall. Ziehe bei den Schritten, Adas Jeans hoch und das weite Shirt länger. Ihre Sachen passen mir nicht, aber ich bin dankbar das ich etwas bekommen habe. Ich könnte meine eigenen mitnehmen. „Kann ich nachher meine eigenen Sachen mitnehmen?"

„Nein, Ruhe", flüstert er. „Du bleibst hier und weichst mir nicht von der Seite. Und wehe dir, ich muss mich wiederholen." Er wartet auf meine Antwort. Ich nicke. Was sollte ich auch sonst tun?

Bis ich mich umsehe, kommt meine Mavi auf mich zu. Er schmiegt sich an mich und ich breche in Tränen aus. Der dunkle Ehemann vor mir sieht mich an, als hätte dich drei Augen.

„Sorry das ist Mavi, meine Katze. Ich habe sie vor dem Tod bewahrt, ihr wurde ins Bein geschossen. Einfach so zum Spaß. Ich habe sie aufgepäppelt." Ich hoffe das ist genug Erklärung für ihn. „Ok" er ist mir ein Rätsel. „Ist das deine Praxis hier, oder ist noch jemand anders beteiligt?" „Nein, das ist meine." Ich halte Mavi in der Hand. Beruhige mich durch sie. Lächerlich, ich weiß. Er nickt nur und sucht weiter.

„Kann ich kurz nach oben?" Versuche ich es nochmal. Er weiß, ich werde nicht mehr durch den Wald weglaufen. Wo sollte ich hin? „Mann, du nervst. Nimm Davide mit."

„Ok danke." Ich gehe zügig, dass er es sich nicht noch anders überlegt. Ich laufe die Treppen hoch und suche eine Tasche. Stopfe ein paar meiner liebsten Bücher hinein. Ein paar Fachzeitschriften. Einfach so als Erinnerung. Und ein paar Shirts und Hosen. Ich achte nicht wirklich darauf, ich stopfe alles hinein. Wühle mich durch meinen Schrank, meine wenigen Sachen.

Erinnerungen schießen mir in den Kopf, bis ich auf meine alte Kette stoße, die mit dem Herz Anhänger, ich habe sie in meinem Zimmer gefunden als ich jünger war. Dann noch diese anderen Dinge die plötzlich einfach hier waren. Ich denke mein Vater hat sie mir gegeben, ohne etwas zu sagen. Bilder von mir mit meinem Kindermädchen, ich glaube ich war so fünf bis sieben Jahre. Naja, es war vor der Zeit, als ich mich wieder richtig erinnern kann. Ich stopfe weiter alles in diese Tasche. Mittendrinnen stehe ich bei meiner Violine. Meinen Schatz.

Ja wirklich. Sie ist uralt. Aber sie ist meine. Ehrfürchtig streiche ich darüber. Meine Violine, mein zweites ich. Das ist schon komisch, ich habe sei die ganze Zeit vermisst, obwohl ich schon lange nicht mehr gespielt habe. Wenn dann nur wenn keiner zuhause war. Ich streiche darüber und will sie einfach nochmals anfassen. Ich vergesse sobald ich sie habe, die Welt um mich herum, wie in Trance fühlt es sich an.

Ich stehe hier vor meinem kleinen Schrank und beginne zu spielen. Es ist, als wenn ich nie aufgehört hätte zu spielen. Damals sollte ich an Preisverleihungen teilnehmen, weil mir so wie es der Lehrer sagte, es mir in die Wiege gelegt wurde. Mein Vater hat es sofort verboten. Und trotzdem stehe ich jetzt hier und spiele mein Lied. Mein Lied vom tanzenden Affen, ein modernes Lied das sich so wundervoll in meine Ohren anhört. Ich schließe die Augen und lasse mich treiben. Ich war immer der tanzende Affe, der machte, was alle wollten. Doch das Spielen, das habe ich mir nicht nehmen lassen. Ich habe heimlich weiter geübt. Und mich verzaubern lassen. Das war das, was ich jetzt gebraucht habe.

Die Welt um mich herum steht still, bis ich die Augen wieder öffne. Er steht vor mir. Der Ausdruck in den Augen unmöglich zu beschreiben. Er setzt immer wieder zu sprechen an. Sagt aber nichts. Davide ist nicht mehr da. Die Tür geschlossen. Mist, was will er. Schweiß bildet sich auf meiner Stirn. Ich zittere vor erneuter Anspannung.

Dann einfach so fängt er zu sprechen an. Diese Art von Ton kenne ich noch nicht „Du kannst spielen." Es ist keine Frage, es ist wie eine Feststellung. Sein Gesicht nimmt weiche Züge an und etwas das nicht zu deuten ist.

„Ja ein bisschen", gebe ich seufzend zurück. Bin aber schon dabei sie wieder zurückzustellen. „Nein das ist ein bisschen mehr, um weiten mehr. Verdammt, das war gut."

„Danke, denke ich", gebe ich zurück. Die Luft hier drinnen wird anders, lodernd vielleicht, ich kann es nicht beschreiben. Nein ich weiß nicht, wie ich es beschreiben sollte.

Er fasst in mein Haar und zieht mich an sich. Ich erstarre vor Angst. Doch dann atmet er in mein Haar ein. Was soll das. Er hebt mein

Kinn und sieht mich an. Ich kann nicht anders, als zurück zu starren. Atme ebenfalls seinen Duft ein, sehe seine langen Wimpern und die bernsteinfarbenen Augen. Seine Lippen sind voll. Alles nach im schreit nach heiß. Und alles in mir schreit nach doof. Es ist still um uns herum.

Seine Hände liegen warm auf meinen Schultern. Sie brennen bis in die Fingerspitzen. Ich weiß nicht, wie man diesen Blick deuten soll. Wieso macht mir dieser keine Angst. Zumindest nicht wirklich. „Sind die Sachen da am Bett deine?" Beginnt er. „Ja" ich versuche mich zu fassen. Sehe auf das Bett. „Nimm sie und los", ich setze mich langsam in Bewegung. Meine Schultern fühlen sich an wie brennende Haut. „Sofort", kommt es von hinter mir.

Schnell springe ich und mache, was er sagt. Alleine aus Gewohnheit. Obwohl es mich ärgert. Ich nehme die Tasche und gehe los. Ich höre sie reden verstehe aber nichts. Es ist italienisch.

Im Wagen angekommen sitzt Ada wieder auf ihrem Platz. Rote backen im Gesicht. Sie sieht verärgert aus. Zeigt mir mit dem Finger an, leise zu sein. Ich verstehe. Irgendwie habe ich eine Verbündete in der Scheiße. Ich hoffe nur, dass es auch so ist. Ihr lächeln bestätigt mich.

Während der Fahrt denke ich an meine Mavi, an Salomon. Spiele mit dem hässlichen Ring an meinem Finger. Einfach ein Ring. Er fühlt sich an wie Handschellen. Lieblos. Er ist von Phillipe das alleine ekelt mich einfach an. Ich hoffe, ich verliere ihn und denke weiter an meine kleinen Freunde. Ich frage mich, wo der Labrador war. Er ist auch ziemlich jung und war nicht zu vermitteln, da er keine Kinder mag. Ja ein Labrador ohne Kinderliebe ist schlecht. Trotz allen Versuchen, dass ich es versuche, nicht an seine Hände und diese Augen zu denken kommen die Bilder immer wieder. Ich werde wie hypnotisiert, wenn ich ihn ansehe. Die

Angst wird schlimmer und besser. Ein komisches seltsames Gefühl. Meine Haut brennt, wenn er mich anfasst. Mein Verstand, kommt zum Stehen.

Ich schäme mich das er mich spielen sehen hat. Das hat etwas in ihm ausgelöst ich habe es gehen. Momentan weiß ich noch nicht was das zu bedeuten hat. *Mist!*

Wir werden im Penthouse, samt unseren Aufpassern abgeladen. Ich bin schon so lange dort, habe aber noch nicht wirklich etwas davon gesehen. Ich war immer in diesem Zimmer, in dem gleichen Bad. Ein goldener Käfig kann man sagen.

Matheo muss nochmal weg. Ada darf bleiben. Wir sitzen in meinem Zimmer und reden. Über so viel und doch so seltsam. Sie ist wie eine Schwester, die ich nie hatte. Es ist unglaublich. Wir verstehen uns so gut. Auf die kurze Zeit, vielleicht müssen wir einfach einmal mit jemanden reden, dass das Gegenüber egal ist. Wer weiß. Ich wollte immer Familie, irgendjemanden der eine Verbindung mit mir hat. Wir waren so lange hier auf dem Sofa, dass ich befürchte es ist schon fast morgen. Sie hat mir erzählt, dass er, also Matheo sogar ein Hobby hat. Ich dachte ich höre nicht richtig. Aber er ist so wie es aussieht ein Mix Marshal Arts Kämpfer, gut ich gebe zu, wir mussten das erst einmal von Davide googeln lassen. Keine von uns hat je einen solchen Kampf gesehen.

Wir haben ihm Kaffee gemacht und er ließ sich so etwas auflockern. Diese Videos sind der Wahnsinn. Diese Körperkontrolle, jetzt weiß ich, was ich am Tag unserer Hochzeit unten im Keller sah, wieso das so professionell aussah.

Wir haben ohne Punkt und Komma gesprochen, seit wir hier abgeladen wurden. Ich habe ihr ein paarmal auf die Toilette geholfen und bin so begeistert, was sie für einen tolle schlaue Person ist. Wir haben sogar Karten gespielt.

Sie will mir das Pokern lernen. So wie es aussieht hat sie immer einen Satz Karten dabei. Sie träumt davon Lehrerin zu sein. Sie wollte eine Familie. Ein leben. Genau wie ich. Und Beide haben wir erkannt das es das für uns nicht geben wird. Nie gegeben hat. Wir waren schon immer in der Mafia und da kommt man nun einmal nur mit dem Tod heraus. Ich weiß es genauso wie sie. Trotzdem werde ich hier nicht bleiben.

Sie hat mich über mein Leben mit Leo ausgefragt. Ich habe ihr einfach alles etwas erzählt. Auch meine geliebte Violine war Thema. Sie hat sie gehört. Und ich habe nicht daran gedacht, dass alle es hören werden. Mist. Dieses Thema wird wohl so schnell nicht ruhen. Trotz allem vermisse ich meine Mavi und Salomon, meine Freunde. Am nächsten Tag wirkt alles ruhig.

Ada ist oben. Ich bin unten und habe als ich die Augen öffnete Taschen mit Kleidungstücken vorgefunden, meine Eigenen finde ich nicht mehr. Er kann sich nicht vorstellen, wie sauer ich bin. Ich bin keine Puppe, die man ankleidet, wie man will. Werde aber dennoch etwas davon anziehen, weil ich sonst nackt herumlaufen müsste. Dass weiß er genau. Das ist doch pure Absicht von ihm. Die Kleidung von gestern ist ebenfalls weg. Ich wasche mich, ziehe mich an. Als ich wieder aus dem Badezimmer komme, sehe ich den Stapel Bücher auf dem Tisch, Notizblöcke und Stifte. Was denkt er was ich hier machen werde? Ich klopfe an der Tür, irgendwann wird er doch mal aufmachen müssen. Bis ich überhaupt wieder richtig atme, steht Davide schon halb in der Tür. „Was willst du?" Fragt er mich. „Was ich will, ich habe Hunger, ich muss etwas essen. Kann ich hier raus oder soll ich hier drinnen verrotten?" Er sieht mich an, als hätte ich nicht alle Tassen im Schrank. Mir ist das alles gerade egal. Ich bin sauer, ich will hier aus dem Zimmer heraus. Er lächelt doch jetzt tatsächlich. Das kann nicht wahr sein, meine Wut kocht nur noch mehr hoch. Ja das Schlimme daran, ich kann nichts machen. Ich kann mich nicht mit ihm streiten, ich werde den Kürzeren ziehen.

„Nein du kannst raus, Anweisung vom Boss. Es liegt ein Flyer für essen am Küchentresen, du kannst Essen bestellen. Die Fenster und Tür bleiben zu, außer ich habe vorher die Lage gecheckt. Er kommt in zwei Stunden wieder."

„Ok", woher der Sinneswandel überlege ich. Aber ich will sehen, wo ich hier bin. Ich gehe einfach los. Gehe zum Tresen und sehe mir den Flyer an, immer wieder blicke ich zu Davide und wundere mich, was das

Ganze hier soll. Er spielt mit seinem Handy und wenn er das nicht macht, starrt er mich an. Ist er jetzt mein Kindermädchen. Mit Tränen in den Augen begutachte ich lieber diese tolle Umgebung. Wow. Ganz anders als mein Haus, nein Leos Haus in dem ich wohnte. Es ist hier typisch Stadt. Dunkle Töne, weiße Teppiche. Silberne Gegenstände. Und übergroße Fenster, überall. Ich würde es hier fast als Glashaus beschreiben, sogar hinter der großen TV- Wand welche inmitten des Raumes steht, kann man an der anderen Seite hinaussehen. Ich weiß nicht einmal was es genau für Tränen sind. Freude über die Ruhe, Angst vor dem Ungewissen, Tränen der Angst. Ich beschließe es ist egal, ich darf nur nicht unachtsam werden.

Ich gehe zur Kaffeemaschine und versuche Kaffee zu machen. Ich bin froh, dass das eine normale Maschine ist. Tasse drunter, Knopf drücken. Mit dem warmen Kaffee in der Hand schlendere ich durch das viel zu große Penthouse. Die Tür neben meiner ist verschlossen, da das scheinbar hier der hintere Teil ist, wird das glaube ich sein Schlafzimmer sein. Ich habe neben der Küche eine kleine Speisekammer entdeckt und daneben einen Fitnessraum, ebenfalls von lauter Glas umgeben.

Hier und da stehen ein paar persönliche Dinge. Sogar Pflanzen. Eine große Musikauswahl. Ein großer TV, ich glaube nicht das er überhaupt hineinsieht. Die Aussicht ist grandios.

Die Aussicht auf den Central Park, davor der Eastriver und ganz links, die Liberty, das Symbol schlechthin. Ich habe glaube ich, noch nie so viele Häuser auf einmal gesehen. Die Menschenmassen bewegen sich stetig, die Wolken ziehen vorbei. Ich überlege abgesehen davon, immer noch wie es so gekommen ist. Was in letzter Zeit alles passiert ist. Es ist jetzt über eine Stunde um und ich warte immer noch. Wir brauchen ein klärendes Gespräch. Ich will wissen was hier los ist, wie es weiter geht. Was er von mir will. Warum ich nicht gehen kann? Was soll das alles? Ich weiß nur nicht, ob mit ihm überhaupt vernünftig gesprochen werden kann. Ich muss aufpassen und mit allem rechnen, doch der Versuch ist wichtiger als alles andere. Umso länger ich hier sitze, umso ungeduldiger werde ich.

Die Versuchung ist groß in den Aufzug zu steigen und zu Ada zu fahren. Sie ist so ein liebenswerter Mensch. Ich würde mich gerne mit ihr unterhalten. Sie ist bestimmt da. Sie sagte ja, dass sie den ganzen Tag oben ist und nur selten ausgeht, nur zu medizinischen Behandlungen. Sie hat Karten und etwas um sich zu beschäftigen.

Im Moment ist wegen der Gefahr sowieso nichts anderes möglich.

Toll.

Der Hunger schleicht weiter in meinem Magen herum. Matheo ist lustig. Ich soll etwas bestellen, aber ich sehe kein Telefon. Davide werde ich bestimmt nicht fragen, genauso wie ich nicht mal Geld hier habe, um zu bezahlen. Oder eine Adresse zum anliefern weiß.

In der Speisekammer waren etwas Mehl und im Kühlschrank Eier und Milch. Na, dann mache ich eben Pancakes. Wenn ich schon seine Frau bin, dann werde ich hier wohl kochen dürfen. Ohne, dass er sich wieder aufregt. Ich muss Essen, zum einen um mich abzulenken zum anderen um nicht an dieses riesige furchteinflößende Wesen Namens Matheo zu denken. Was ist das nur für ein Mann. Er sieht umso öfter ich ihn sehe, immer besser aus. Scheiße das schmerzt so in meinem Herz und in meinem Verstand.

Ich wurde von ihm zwangsverheiratet und ich finde ihn sexy. Ja jetzt ist es raus. Sexy. Diese Tattoos, dieses Gesicht, ich überlege wie alt er überhaupt ist.

Scheiße!

Als die Pancakes fertig sind setze ich mich an den Tresen und beginne zu essen. Was hat er gestern nur in meinem Haus gesucht. Was will er finden. Leo du bist so krank, denke ich in meinem Kopf, dann fällt mir wieder ein das er tot ist. Einfach weg, weg aus meinem Leben, weg. Und immer noch verhalte ich mich so wie ich es mit ihm gewohnt war. Das kann ich bei jedem bissen sehen. Ich habe die Küche komplett aufgeräumt, habe einen zweiten Teller hingestellt. Habe genug Pancakes gemacht damit er auch essen kann. Und das verdammt noch mal, obwohl er nicht mehr da ist, obwohl er mich dafür nicht bestrafen könnte. Und immer noch überkommt mich die Angst nicht alles richtig gemacht zu haben. Das ist wohl sein Vermächtnis. Auch nach dem Tod in meinen Gedanken und in meinem Handeln herumzuschwirren. Dieser elende Bastard.

Mit Tränen in den Augen sitze ich hier und kaue langsam vor mich hin. Nicht nur die Angst bleibt im Kopf, auch die vergoldeten Jahre schwirren umher, ich war in unserem kleinen Anwesen versteckt. Bin nie weit gekommen, meine Violine, mein zweites ich, durfte ich selbst nie in die Finger bekommen. Ich musste von mir selbst Abstand nehmen. Ich sollte für ihn die perfekte Frau sein. Anfangs gingen wir noch zu Galas oder festen bei seinem Vater, er dachte er zeigt Präsenz und wird eher zum Don. Später dann ging er alleine und sagte, ich sei mit den Rennpferden beschäftig. Lächerlich. Ich musste nur ihre Blessuren von ihm pflegen. Jetzt sitze ich da und überlege, wo mein Vater ist, wieso ich das Büsen muss.

Plötzlich spüre ich seine Anwesenheit. Matheo ist da, er steht hinter mir, er hat sich anscheinend hereingeschlichen. Wieso habe ich den Aufzug nicht gehört? Ich traue mich nicht umzusehen. Am liebsten würde ich im Erdboden verschwinden. Er wird denken ich habe ihm Essen gemacht. Gott ich werde rot wie eine Tomate. Die dumme Geisel hat ihrem Entführer, Ehemann und Don, Pancakes gemacht. Als er dann auch noch seine Hand auf meinen Kopf legt, verschütte ich fast den Kaffee.

„Nicht so panisch. Willst du den Kaffee verschwenden." Haucht seine tiefe Stimme mir verführerisch entgegen. Gott hilf mir, ich bin so verrückt geworden.

„Was machst du da?" Meint er, während er sich zum anderen Stuhl hinbewegt. Leise, ruhig, wie immer. „Ich habe Pancakes gemacht. Ich habe ausversehen, für zwei gedeckt. Aber lass dich nicht beirren ich räume sofort wieder auf" sage ich ihm, so als wenn es ganz normal wäre. Doch dann meint auch er, so als wenn wir schon immer zusammensitzen würden „Nein, Nein, ich werde einen essen." „Was, du willst einen essen" frage ich ihn verblüfft. Mein Gesicht muss seltsam aussehen. Dümmlich trifft es sicher am ehesten. Das muss eine Falle sein. Warum will er einen einfachen Pancake? Alle meine Sinne sind geschärft, auf alles Mögliche gefasst.

Er sitzt sich tatsächlich schräg gegenüber von mir, und nimmt sich einen auf seinen Teller und beginnt zu essen. Seine Augen starren mich währenddessen direkt an, mit einem Blick, den ich wie so oft bei ihm nicht deuten kann. Bernsteinfarbene Augen, kleine Falten um diese tollen Augen, und ein Blick, der einen erzittern lässt. Die Augen etwas erotisch. Etwas gestört, und vor allem sehen sie fertig aus, um nicht zu sagen traurig. Diese Augen kenne ich nur zu gut, sie könnten die meinen sein.

„Die schmecken sehr gut. Ich habe schon seit Jahrzehnten keine mehr gegessen. Was ist dein Lieblingsessen? Magst du lieber süß oder herzhaft? Ich liebe ein richtiges Steak und jetzt deine Pancakes." Er schiebt sich ein weiteres Stück hinein. Zu gerne würde ich wissen, was er denkt. Doch bin ich so geschockt über das Kompliment und über seine Aussage. Denn das trifft wohl den Nagel auf den Kopf. Ada sagte, er ist vierzig, ich bin erst vierundzwanzig. Und wenn ich das erlebte mit abziehe, dass alles, was ich nicht erlebt habe, wahrscheinlich erst 20. Meine ganze Jugend habe ich Leo gedient. Sonst nichts. „Ich liebe Lasagne, Saltimbocca und Tiramisu." Ich weiß noch nicht wieso mir das so seltsam vorkommt ihm das zu sagen. Aber er nickt. Meint „Oh ja, Lasagne auch sehr gut."

Nach dem letzten Bissen will er wissen „Warum siehst du mich so an." er legt das Besteck weg. Er nimmt den kompletten Raum ein, um uns herum gibt es nichts als uns beide.

Kopfschüttelnd sage ich, „Ich habe nur an meine Geige und an die Tiere gedacht." Ich muss aufpassen nicht wieder mit den Füßen zu wippen, wie ich es bei Aufregung immer mache. Meine Fingernägel schmerzen sowieso schon, auch wenn sie kaum mehr vorhanden sind.

„Ok" das Einzige das er dazu sagt. Deshalb weiß ich aber immer noch nicht, wo der Haken ist. Er wirkt entspannt so wie er hier sitzt. Ganz im Gegenteil zu dem, was sich in mir abspielt.

„Hast du die Kleidung bekommen?" er deutet zum Schlafzimmer. „Sieht zumindest danach aus. Mein Shirt hat dir aber gestanden." Okay was sollte das? Das ist ein totaler Kurswechsel. Ich muss aufpassen und achtsam sein, ich ermahne mich schon selbst. „Ja das habe ich, aber ich will keine, ich will hier weg. Ich will ein Leben!" „Du weißt genau das das nicht geht. Du bist meine Frau, ob du willst oder nicht. Du bist die Frau des Dons. Du gehörst Verdammt nochmal mir! Fertig!" Schießt er sofort zurück. Befehlend und irgendwie entschuldigend zugleich. „Ich bin ich und sonst nichts. Bitte lass mich gehen. Ich laufe weit weg und komme nicht mehr wieder." Flehe ich ihn an, ich muss es ausnutzen, dass er entspannt wirkt. Das er normal mit mir hier sitzt.

„Nein", schroff wirft er mit dieses eine Wort entgegen. Nach kurzer Pause spricht er weiter. „Nein das geht nicht. Du tätest Besser daran, wenn du die Klappe halten würdest und das machst, was ich dir sage. Verstehst du?", er holt tief Luft. „Wieso, machst du immer das Gegenteil von dem mit dem ich rechne. Wieso?"

„Nein, ich verstehe es eben nicht, niemand sagt mir hier etwas." so fühle ich mich.

Jetzt kommt es. Ich weiß es, da ist der Haken. Er kommt näher, nimmt mein Kinn wieder und zieht mich etwas an sich.

Ich zittere und spüre meinen Puls gegen seine Finger pochen. Gott was hat er nur vor. Seine Augen sehen nicht so gefährlich aus wie ich es erwartet hatte, eigentlich ganz im Gegenteil.

Dieses Bernstein, es zieht meinen Blick an, es strahlt Ruhe aus. Trotz dem ganzen Drumherum, wirkt er vertraut.

Oder wünsche ich mir das? Eine Frage, die ich mir nicht beantworten kann. Ich kann in letzter Zeit, überhaupt nicht richtig denken.

„Du verstehst nicht Daria." Flüstert er, sein Blick keine Sekunde abgewandt. „Die suchen dich. Ich weiß nicht wer oder warum. Aber sie suchen dich. Dein dummer Leonardo ist tot und immer noch sucht dich jemand der nicht ich bin. Verstehst du, ich weiß nicht, wo er noch

Schulden hatte. Sogar dein Vater ist verschwunden. Hast du dich noch nicht gewundert das er dich nicht zurückhaben will?" sein Griff wird etwas fester. „Sag mir eins, seit wann hast du diese

Panikattacken?" Ich weiß nicht, ob mir dieser Kurswechsel gefällt. „Ich will nicht darüber reden."

„Aber ich, jetzt sprich. Sofort. Ok, ok, warte. Scheiße sieh mich nicht so an", meint er, ich hingegen bin gerade überfordert. So sollte das alles nicht laufen. Das war auch nicht teil des Planes. Ich wollte nicht so mit ihm reden. Nicht so intim werden. Meine Gedanken sind meine. Ich habe noch nie jemanden das alles erzählt.

„Ich muss wissen, woher diese Attacken kommen. Ist etwas vorgefallen, seit du sie das erste Mal hattest?" Woher soll ich das denn wissen, sonst hätte ich doch das Problem schon gelöst, denke ich, traue mich ihm das aber so nicht zu sagen. Ich hole Luft. „Nein, wie sehe ich dich an?" noch während ich den Satz ausspreche, weiß ich, dieser ist nicht besser. Die Umgebung verändert sich, wenigstens ist Davide schon verschwunden. Es ist einfach zu peinlich.

„Na so wie du mich eben ansiehst. Du hast so schönes Haar, deine Locken rahmen dein Gesicht so sexy ein." Er scheint irgendwo anders zu sein. Ich verstehe jetzt gar nichts mehr. Wow, ich befürchte gleich umzufallen. Habe ich irgendwo etwas falsch verstanden? Seine Hand wandert weiter meinen Hals entlang, fasst in mein Haar. Sieht mich weiter einfach an. Seine Augen lassen ein seltsames Feuer auflodern, sein Blick wirkt begehrend, Gibt es das? Fast beginne ich mich gegen diese Hand zu lehnen. Ich muss mich ablenken, nein besser, ich muss ihn ablenken. Mein Hals beginnt schon zu prickeln. Diese Hände, sie hinterlassen nichts als wärme auf der Haut. Angenehme Wärme.

Und dieser Blick, er brennt sich in einen ein. Wie eine Brandmarke. Von ihm geht eine Hitze aus. Ich will kein Spiel mit dem Feuer.

„Kann ich Ada besuchen?" Platzt es aus mir heraus, so schnell, dass ich selbst über mich erschrocken bin. Ich weiß ich bewege mich auf dünnem

Eis, vielleicht darf ich nicht machen was mir gefällt. Vielleicht hält er mich immer noch für den Feind.

„Fuck." Er steht auf, wirft die Teller in den Müll und spricht. Ein kleiner Augenblick und er hat sich wieder verwandelt.

„Du kannst kurz hoch, nimm Davide mit und dann verschwindest du wieder in deinem Zimmer. Wenn ich zuhause bin, gehst du ab sofort. Ich gehe jetzt Trainieren und danach will ich das du wieder im

Zimmer bist." Sprachlos stehe ich da. Worte hätte ich genug. Keine sind geeignet, um sie ihm an den Kopf zu werfen. Ok, das kam unerwartet. Sein Blick hat sich um hundertachtzig Grad gewendet und doch sieht er mich so an wie vorher. Mein Kinn brennt immer noch von der Hitze, die von ihm ausging. Meine Augen lodern weiter von seinem Blick. Am liebsten würde ich mich unter meiner Decke verstecken. Ich brauche jemanden zum Reden, auch wenn sie seine Schwester ist.

Sie ist das komplette Gegenteil.

10. Matheo

Merda, ich kippe fast die ganze Flasche Whiskey hinter, ich bin immer noch nicht geduscht nach meinem Training. Ich trainierte heute wieder wie ein Geisteskranker, der ich bin. Der ich, seit sie da ist, bin. Ich kann einfach nichts mehr klarsehen. Es ist, als hätten sich die Prioritäten verschoben, fuck ich kapier es nicht. Wie lange bin ich eigentlich schon zurück, der Flasche nach schon etwas länger, und doch sitze ich hier in meinem Büro und bin mir der Anwesenheit des dunklen Lockenkopfes ein paar Zimmer weiter nur allzu bewusst. Immer wieder starre ich auf die Kamera und beobachte sie. Ich habe mich mittlerweile zwei Wochen von ihr ferngehalten. Bewusst. Ich weiß nicht, was ich mit ihr anstellen würde, wenn ich sie sehe. Wenn sie mit ihrem Duft um meine Nase weht, wenn ich ihre Lippen sehe, ihre Augen. Ja verdammt.

Ich war öfter Trainieren als ich es sollte. Ich brauche einen Verdammten Puffer, Nero ist ebenfalls schon so angepisst das er mir jetzt Davide dafür an den Hals hängte. Es schadet nicht, dass er das Training auch beherrscht, schließlich ist es überlebenswichtig.

Wenn es so weiter geht, werde ich an mehr Kämpfen als sonst teilnehmen, ich brauche das, brutal und blutig. Ablenkend und erdend. Hier ist fast alles erlaubt, wie in einem Kampf um Leben und Tod. Das Thaiboxen, das darin verankert ist, ist eine der Besten Kampfsportarten. Damit sind wir gegenüber unseren Feinden mit am besten vorbereitet. Ich war sogar gestern Abend wieder im Ring, der Gegner eine Lachnummer. Ich wollte mich eigentlich umhören, wo ginge das besser als da, wo sich alle Kämpfer befinden. Ich habe nichts herausbekommen. Nichts. Davide hat sogar einige Tussis angebaggert, auch sie wissen nichts.

Doch ich, bin mit ihm noch nicht so warm wie ich sollte. Irgendetwas stört mich an ihm. Aber Daria braucht diesen Schutz, nicht meine Gunst. Sie ist all das, was ich nicht bin. Ihre Faszination, ihre Hingabe für die kleinen Dinge. Es zieht mich an. Scheiße. Es ist vollkommen klar, die Dunkelheit wird vom Licht angezogen. Ich Trottel.

Ich will keine Frau. Mein Vater hat es mir genauso beigebracht. Mein bisheriges Leben ebenfalls. Meine Ellen. Als sie tot vor mir lag, noch einmal darf ich mir das nicht leisten. Ich darf keine Gefühle haben und doch zieht sie mich, seit ich ihre wundervolle Hingabe zu ihrer Violine sah, an. Diese Augen, diese Finger wie sie galant das Instrument führten. Dieser Ausdruck, verschollen im Irgendwo. Sobald man das sieht, will man es auch, man will in ihre

Welt abtauchen, will dieses Etwas spüren das sie hat. Sie ist wie die Sirene, die dich anzieht. Wie oft habe ich ihr über die Kamera zugesehen, sie liest Bücher, sieht TV, obwohl er italienisch ist, sie ist so wissbegierig und will etwas vom Leben sehen.

Sie war jahrelang dieser Gewalt des Bastards ausgesetzt. Wenn ich könnte, würde ich ihn umlegen. Was ist das nur für ein Mann. Genau, wie mein Bruder es war. Wenn ich eins sicher weiß, ist es das. Ein Mann hält sein Wort. Auch wenn er es nicht will. Ich habe geschworen sie zu beschützen. Sie zu achten. Bis der Tod uns scheidet. Ein Mann ist nicht jemand der nur Geld verdient. Der arbeitet. Der stark ist. Nein ein Mann hält seinen Schwur. Und beide sind kleine Kinder. Wie konnte er sie so behandeln. Den nächsten Stich in mein totes Ich gab es mir, als ich vor ein paar Tagen Ada besuchen wollte. Die zwei saßen in ihrer Küche bei lauter Musik, eigentlich wollte ich mich darüber beschweren. Aber dann sah ich sie. Die beiden, die Gegensätzlicher nicht sein könnten. Daria hat ihr ein Lächeln ins Gesicht gezaubert, sie haben gebacken und gekichert. Fuck. Gekichert. Sie verstehen sich scheinbar so gut, das hat auch Rocko bestätigt. Ich konnte ihn nicht einmal zusammenscheißen, weil er nichts gesagt hatte. Ja Davide meinte sie ist öfters oben, aber er habe sich dabei noch nichts gedacht.

Genau, wie ich.

Als ich heute wieder hochkam. Saßen sie am Boden, Ada sogar ohne Rollstuhl mit locken Wicklern in den Haaren und sie spielten Karten, Karten verdammt. Was soll das? Wie soll ich sie von uns fernhalten, wenn sie sich langsam in unsere Herzen schleicht?

Fuck, ich bin so im Arsch ich habe die Woche sogar nach ihrer dummen Katze gesucht und Futter schicken lassen. Meine Reinigungskraft kennt jemanden in Merrik der die Tiere nun füttert. Gott bin ich dumm. Ich sollte Leute umlegen, mein Casino führen, und dem Einbruch und den anderen seltsamen Dingen auf den Grund gehen. Stattdessen stehe ich morgens und abends in meiner Dusche, hole mir hart und schnell einen runter und sehe immer wieder nur diese Augen. Ja diese indigolithfarbenen Edelsteinaugen vor meinem geistigen Auge, zusammen mit den Locken. Sie sind so seidig und dann ist da noch dieser heißen Körper. Diese Engelsstimme. Vielleicht ist es genau das, das ich sie nicht will und weiß ich darf nie wieder eine geliebte oder eine Frau haben.

Vielleicht ist es das, was mich zu ihr hinzieht. Scheiße ich brauche wieder eine kalte Dusche.

Ich gehe hinaus zum River und hüpfe am Steg in das kalte Wasser, trotz des langsam endenden Sommers ist es schon eiskalt und ich kann all die Strafe auf mich nehmen. Hier in der Dunkelheit zieht es keine Aufmerksamkeit auf sich. Ich habe meine Ruhe. Die Strafe das ich diese ehrliche Frau, von ihrem Glück fernhalte. Das ich sie haben will, obwohl ich nicht sollte. Das ich sie haben will, auch wenn sie nicht zu mir passt. Das ich weiß das meine dunkle leblose Steppe sie zu verschlingen droht. Sie war der Kollateralschaden. Doch langsam zerstört genau das aber etwas in mir.

Mein Körper ist ein Eisbrocken. Die Schmerzen tun so gut, ich fühle mich lebendig. Auf jeden Fall lebendiger als dieser Wachhund meines Vaters. Alex oder wie er hieß. Ich habe ihn heute Nachmittag exekutiert. Dieser Dreckskerl hat anscheinend mit anderen Gruppen zu tun und spioniert uns nur aus. Gott weiß, was er alles verbreitet hatte. Ich habe ihn einen halben Tag gefoltert, um die Wahrheit herauszubekommen. Er wusste auch irgendetwas über Daria. Aber schwieg wie ein Grab. Genau dann als ich die Beherrschung verlor, lachte der Wichser. Damit war sein Schicksal besiegelt.

Langsam gehe ich die Aufzugtüren hindurch, das Licht ist aus, leise tapse ich zu meinem Schlafzimmer. Es ist niemand hier, sie muss in ihrem Zimmer sein. Sie ist nicht so geübt, dass ich sie nicht hören könnte. Davide nickt mir zu und geht. Er weiß genau er sollte nichts sagen, wenn ich diesen Blick trage. Ich bin halb erfroren, meine Hände sind fast blau und trotzdem geht es mir jetzt besser. Ich weiß nicht, wie lange ich wieder vor dieser Tür stehe, die Versuchung hineinzugehen und sie zu ficken, von hinten, um ihr Gesicht nicht zu sehen ist so groß. Ich muss sie ficken, um zu sehen, dass ich sie nicht will. So wie mit allen anderen. Ich habe halb New York seit ich denken kann gefickt. Auch während ich meine Frau hatte. Das war unsere Stille Übereinkunft. Sie hatte ihr Leben ich meins, zusammen waren wir in der Öffentlichkeit, zuhause Freunde. Darum hat es funktioniert.

Ich werde mir später nehmen was mir gehört und dann kann ich endlich wieder vernünftig sein.

Mein Amt als Don ausführen. So wie ich es erwarte. Wie es meine Männer erwarten. So wie es sein soll. Unsere Waffen am Dock müssen über eine andere Route verschickt werden. Meine Zahlen im Casino stimmen nicht. Der Staatsanwalt muss beschäftigt werden. Der Neubau in Gang gebracht werden und das alles kann ich verdammt noch mal nicht, wenn sie in meinem Kopf herumschwirrt. Fuck.

So schnell kann ich gar nicht schauen geht die Tür auf. Ich dachte es wäre abgeschlossen. Sie lässt die Tasse fallen, die Scherben und der Schreck sind zu hören, sie brechen diesen seltsamen Moment. „Was machst du hier im Dunklen?" fragt sie mich. Sie ist total aufgeregt. Ich könnte lachen. Ich schnappe sie und trage sie hoch. „Vorsichtig deine Füße überall Glasscherben."

„Was, lass mich runter. Du spinnst doch. Ich muss das sauber machen", meint sie. Ich sage ihr bestimmend „Nein, du verletzt dich, jetzt halt die Klappe."

„Du bist eiskalt. Sag mal warst du in einer Leichenhalle. Was ist mit dir los. Wieso bist du überhaupt hier. Es hieß du kommst heute nicht mehr." Stellt sie fragend fest. Sie ist verwundert.

„Nein das war so geplant nur der Plan hat sich geändert."

„Wieso", will sie jetzt auch noch wissen. Mann das sie gar keine Ruhe geben kann. „Der andere ist Tod" warum sollte ich darum herumreden. Ich sage es so wie es ist.

Ich spüre die Anspannung in ihrem Körper „Ok, lass mich runter." „Nein" Ich trage sie in mein Schlafzimmer und stelle sie neben dem Bett ab. Zwischen den beiden Zimmern ist jetzt alles voller Glasscherben. Du bleibst hier, bis das da draußen aufgeräumt ist. „Nein ich will in mein Zimmer." Zu schnell kommt von mir: „Das hier ist jetzt dein Zimmer", mein Mund ist schneller als mein Verstand. Ich weiß nicht, wann das das letzte Mal so war. Ich spüre aber immer noch ihr Gewicht in meinen

Händen. Ihren Körper an meiner Brust. Den Duft ihres Haares in meiner Nase. „Nein ich gehe." Trotziger hätte sie es nicht mehr sagen können. „Stopp" befehle ich. „Du gehst nirgendwo hin. Wenn ich sage, ich will dich hier haben dann will ich dich hier haben. Ich will mit dir reden. Warte hier. sieh TV oder sonst etwas ich gehe schnell duschen und ziehe mich an. Fünf Minuten dann bin ich wieder hier." Fuck, was sollte das, wieso ist sie hier in meinem Schlafzimmer. Versuchungen sollte man sich doch hingeben, keiner weiß, wann die Nächste kommt. Oder war der Spruch nicht irgendwie so.

Ich dusche so heiß und so schnell es geht. Dann müssen wir eben jetzt reden. Ich habe sowieso genug Fragen. Als ich fertig bin, sitzt sie bereits am Bettende und sieht Nachrichten. Toll, etwas Besseres gibt's wohl nicht.

„Also wie heißt du?" frage ich sie. Einfach gerade aus. Reibe meine Oberkörper trocken. Gehe meine Routine durch.

„Daria S.a.n.t.o., oder das ist es doch was du hören möchtest. Deinen Nachnahmen."

„Fuck, sei doch nicht so kompliziert." Ich werfe das Handtuch über den Stuhl. Blicke sie an. „Wie alt bist du" schroff kann ich wirklich, auch wenn ich es gar nicht wolle. So wird das nichts bringen. Frauen sind anders als Männer. Leider muss ich es eingestehen. Ich habe mit Frauen keine Ahnung. „Vierundzwanzig, das weißt du doch" Ihr misstrauischer Blick belustigt mich.

„Wieso finde ich keine Geburtsurkunde von dir. Wieso habe ich nur eine Eheuhrkunde. Wieso taucht über dich nichts auf." Ich frage sie eindringlich. Ruhiger, netter. Bei dir zuhause gibt es auch nichts. Was ist mit deinen Eltern. Dein Vater ist verschwunden. Aber wo ist deine Mutter?" „Sie ist irgendwann nach meiner Geburt gegangen."

Du weißt schon das Leo hier der Bösewicht ist und nicht ich. Ich halte mich hier auch nicht gegen meinen Willen fest!" Sie hebt die Arme und die Augenbrauen, sie weiß nicht, was ich von ihr will.

„Wieso hast du Panikattacken", frage ich. Ignoriere die Tatsache des Kidnappings und der ungewollten Ehe. Darauf gehe ich definitiv nicht ein. Ich sehe ihr die Hoffnungslosigkeit und die Trauer an, er berührt mich irgendwie seltsam ungewohnt.

„Was wieso?" sie schüttelt wieder den Kopf, ihre Füße wippen. Ein totsicheres Anzeichen das sie gestresst ist. Immer wieder wandert ihre Hand zu ihrem Mund, ja die Fingernägel habe ich schon beobachtet.

„Woher soll ich das wissen? Du, stellst so seltsame Fragen, was ist los. Wieso kamst du so Heim, wie du aussahst und wieso benimmst du dich so?" Ah, jetzt geht sie auf Konfrontation, süß.

„Ich stelle die Fragen und nicht du und merk dir das. Du stellst nicht die richtigen Fragen. Wie bist du zur Uni gekommen ohne eine Geburtsurkunde?"

Sie holt Luft und wirkt überlegend. Lügen kann ich aber keine erkennen. Nein, sie denkt wirklich über das Geschehene nach „Ok, also Leo und mein Vater haben alle meine Dokumente. Ich habe sie selbst nie gesehen. Ok?" sie ist schon trotziger.

„Wie lange spielst du schon Geige." Das muss ich einfach wissen. „Was?" jetzt habe ich sie total verwirrt. Ein lustiges Spiel. Ein Mann hätte sich schon umgedreht und wäre gegangen. Aber nein sie stellt Gegenfragen. Das kann nicht ihr Ernst sein. „Antworte", befehle ich. Sie verschränkt die Arme „Seit ich denken kann aber die letzten sechs Jahre heimlich!" „Ok" sage ich. Das wollte ich wissen.

„Weißt du bist ein Mysterium, ich weiß nichts von dir. Es ist nicht einfach meine Frau zu erklären, wenn man nichts zu erklären hat." Sie scheint es wirklich nicht zu wissen. Sie holt Luft, fangt an zu sprechen. „Was soll das heißen?"

„Das soll heißen, dass irgendetwas nicht stimmt." Es scheint, als käme die Wahrheit aus ihr. „Also ich kann dazu nichts sagen, ich weiß nicht, was nicht stimmen sollte, Matheo!" Oh, sie benutzt eine direkte Ansprache, was heißt das wieder?

Ich biete ihr Whisky an. Sie lehnt, wie ich gedacht habe, ab. „Trinkst du nichts? Sofort kommt ein „Nein und schon gar nicht von dir." Ich muss fast lachen.

„Dein Pech." Ich gehe auf sie zu, nehme alle meine Beherrschung, die ich habe, zusammen und ziehe die verbotene Frucht an mich. Sie ist so frech. So emotional. So stark. Sie sagt was sie will und das wagt normal niemand. Alle anderen bezahlen mit dem Tod. Und bei ihr will ich einfach ihren Mund schmecken. An ihrer Brust saugen. Sie trägt keinen BH wie ich sehe, sobald ich ihren Rücken berühre und sie zu mir hin dirigiere, stellen sie sich unweigerlich auf. Sie wirkt wie ein scheues Reh. Ängstlich und doch so anmutig und stark.

Sie blickt mir direkt in die Augen. Ich kann nicht anders als sie zu meinem Mund zu führen. Dieser eine Kuss am Altar war zu wenig.

Ich brauche noch einen, um Abstand zu gewinnen. Ich drücke meine Lippen auf die Ihren und werde sofort mit einer Art elektrischen Impuls bestraft- oder belohnt. Ich weiß es nicht. Es kam so unvorhergesehen, dass mein ganzer Körper angezündet wurde. Mein totes Blut fließt in meinem Körper. Das kenne ich sonst nicht.

Mein Schwanz erwacht sofort zum Leben. Ich spüre ihre Zunge auf meiner, ihren Geschmack in meinem Mund. Sinnlich. Geheimnisvoll und verboten. Unsere Zungen verirren sich ineinander. Ich drücke sie an mich. Ihre Brustwarzen reiben an meinem nackten Oberkörper. Ihre Atmung geht immer schneller. Fuck sie ist so empfänglich für mich. Ich spüre es. Ihr Blick sagt mir, dass sie mehr will. Wie ich. Ich kenne diesen Blick, von mir selbst. Ich schiebe meine Hand in ihre Hose. Nass, wie ich erwartet hatte. Sie kann es auch nicht zugeben. Ich spüre es wird uns verderben. Ich massiere ihre Klitoris, immer schneller. Ihre Atmung geht so betörend. Sie schüttelt den Kopf, ich weiß sie will es. Flüstert immer wieder ein nein, aufhören. Obwohl sie sich an mich lehnt. Mein Schwanz könnte sofort kommen, ich drücke mich an sie. Küsse sie, öffne mit dem Daumen ihren Mund, sie sieht mich an, ich lecke ihre Zunge mit der meinen, ihre Atmung wird schneller. Sie hat Mühe zu atmen, ich habe Mühe mich zusammenzureißen.

„Ich weiß, dass du es willst. Zieh dich aus. Lass mich dich ficken. Ich will meinen Schwanz, in deine kleine Muschi stecken." Sie sieht mich erschrocken an. Ich spüre, wie meine Mundwinkel zucken. Ich könnte lachen, sie ist von meiner Ausdrucksweise erschrocken. Nur so bekommen wir den Abstand hin. Ihre Augen sind aufgerissen, sie schüttelt den Kopf. Ok, das hatte ich auch noch nicht. Niemals hat eine nein gesagt. Fuck was stimmt da nicht. „Was hast du gesagt? Nein." Habe ich das richtig verstanden?" Ich hole Luft. „Du tätest gut, dich daran zu erinnern das ich dein Mann bin. Wenn ich dich ficken will, dann tu ich das."

„Nein, ich will nicht." Sagt sie stur. Leise. Aber bestimmend. Perplex wie ich bin, starre ich sie nur an. Wieder das Gegenteil von dem das ich erwartet hatte.

„Leg dich hin und schlafe. Morgen haben wir etwas vor." Ich bin einfach hin und hergerissen, werde nicht schlau aus ihr.

Sie sieht mich immer noch an, verschränkt die Arme. „Ich will in mein Zimmer." Sofort schmettere ich ihr ein schroffes „Nein" entgegen.

Ich will ihr nicht sagen das sie jetzt hierbleiben soll, weil ich will, dass sie neben mir liegt. Auch wenn sie mich gerade total abserviert hat. Ich will ihre Atmung hören. Ihr zusehen. Fuck. So weit ist es schon gekommen. „Umso mehr du dich wehrst umso mehr will ich dich. Das ist dir doch klar. Ich meine sieh mich an. Ich steh auf diese perverse Scheiße. Und jetzt leg dich verdammt. Noch. Mal. Hin.

Bevor ich mir nehme, was mir gehört.", sage ich ihr, wenn auch ich jetzt, trotzig klinge. Warum kann ich sie nicht einschätzen. Sie legt sich so schnell sie kann in meine Laken. Gott sieht das sexy aus. Dunkles Haar, seidige südländische Haut. Scheiße ich will sie einfach ficken. Das ist das Höchste an dem, was ich mir gegenüber zugeben kann. Ich will sie verdammt nochmal ficken. Nur das, sonst nichts. Einmal haben. „Himmel" Ich höre sie, als ich mich umdrehe, laut nach Luft schnappen. Scheiße, ich habe vergessen das meine Narben zu sehen sind.

Ich habe sie noch nicht lange, aber ich vergesse sie trotzdem. Jetzt mit dem kalten und dem heißen Wasser ist alles durchblutet und sieht noch schlimmer aus. „Was" frage ich als ich mich dann hinsetze.

Sie hält sich die Hand vor den Mund. Ihre Stimme ist von trotzig zu lieblich gewechselt. Toll. Das brauche ich verdammt noch mal nicht. Sie meint „Scheiße dein Rücken."

Obwohl ich weiß, was sie meint, frage ich „Was ist damit" Leise kommt ein „Wer hat dir das angetan" aus ihrem sinnlichen Mund. „Mir hat niemand etwas angetan. Ich habe ihnen angetan das ich überlebt habe und sie umgebracht habe. Nur mit meiner Hand.

Verstehst du?" ich denke nicht, dass sie es versteht. Ja sie ist eine Überlebende. Klar. Bei einem Penner wie Leonardo oder dem Francesco. Ich weiß, wovon ich rede. Die meisten in meinem Metier sind nicht anders.

„Das tut mir leid", sagt sie. Es reicht mir jetzt. „Ok Daria, jetzt hör zu, hör wirklich zu was ich sage", sage ich ihr. Ich muss ihr das irgendwie begreifbar machen. Ich weiß nicht wie.

„Ich bin nicht der Märchenprinz, den du dir erhoffst. Der, welcher alle Dornenbüsche der Welt zur Seite rammt, um zu dir zu kommen. Es geschehen einige schlimme Dinge auf der Welt, merk dir das. Ich bin eines davon. Ich bin diese Dorne, die dich aufspießt und einnimmt.

Ich bin der Don, der Don von New York und weit darüber hinaus. Ich ziehe meine Fäden überall. Wer sich mir in den Weg stellt, verschwindet. Wer sich meiner Familie nähert, verschwindet. Du gehörst jetzt zu meiner Familie. Du hast meinen Namen. Meine Familie, meine Mafia, wenn es sein soll auch den Schutz meines Körpers. Er ist diese Dorne, welche das Berührte berührt."

Sie nickt, zittert. Meint aber dann eher hausfordernd. „Ich habe mich dir nicht ausgesucht, ich war verheiratet. Du hast mich geheiratet!" Schon bin ich wieder so geschockt von ihrer Frechheit, ihrer Ehrlichkeit. Von einer auf die andere Sekunde perplex. Ich setzte mich halb auf und sehe genau zu ihr hinüber.

„Das macht keinen Unterschied. Meine kleine, Bella. Wir sind verheiratet. Wir haben einen Schwur geleistet. Du warst dabei. Achten und Ehren, in guten und in schlechten Zeiten, bis das der Tod uns scheidet. So sieht es aus. Und ich sehe zu, dass du nicht getötet wirst". Ich hebe die Augenbrauen an. Sehe ihr an, sie weiß nicht, was sie davon halten soll. Ich halte mein Wort.

Ich schütze meine Familie. „Du gehörst jetzt auch dazu. Ada gehört dazu, meine Männer gehören dazu. Verstehst du. Du bist in der Sache drinnen. Du kommst aus ihr nicht mehr heraus. Ich genauso", nicke ihr zu, warte auf ihr Verständnis. Lege mir die Decke über die Beine. Sie wird sowieso bald herausfallen, soweit sie am Rand liegt. Niedlich.

„Jetzt schlaf. Ich mache das Licht aus. Wenn du morgen früh nicht neben mir liegst, wenn ich aufwache, dann Gnade dir Gott. Hörst du. Sofort schaltet sich mein Bastard in mir wieder ein. „Du magst ihm ein bequemes Leben gegeben haben, mir ist es mit dir nur anstrengender und unbequemer!", verspreche ich ihr noch. Ich weiß nicht, was ich sagen soll. So eine Abfuhr. So eine Ehrlichkeit. Das führt zu ganz neuen Gedanken in meinem toten Ich. Reflexion nennt man das wahrscheinlich. Ich reflektiere sonst unsere Manöver. Meine Einnahmen. Nichts von meinen Gefühlen, verdammt ich habe normal keine. Sicherlich musste ich jetzt deshalb noch eins drauf setzten.

Es stimmt alles, doch es ist wieder nicht so angekommen, wie es wirklich ist. Dieses Mal mit Absicht. Ich lebe unbequemer, seit sie hier ist, es ist wesentlich anstrengender, ich mache das, aber weil ich will. Nicht weil ich muss. Ich will auf sie aufpassen. Sie schützen. Sie haben.

„Ja verstanden. E h e m a n n" kommt zurück. Ich muss mir ein Lachen verkneifen. Die Decke raschelt. Das Licht ist aus und ich rieche nur ihren Duft. Ihre Stimme ist richtig sauer.

Ich grinse in mich hinein. Endlich ist sie hier in meinem Bett. Ihr warmer, kleiner Körper neben mir. Die Perfektion schlechthin. Und ich, der kranke Bastard habe meinen Willen. Ich will mich neben sie legen und in Ruhe schlafen. Gott, ich brauche den verfickten Schlaf so sehr. Ich habe seit Wochen, seit sie hier ist, kaum geschlafen. Noch weniger als je zuvor. Dass sie hier liegt, hilft zumindest schon mal, entgegen der Sorge was sie macht. Ein Problem weniger. Aber dass sie mich nicht ficken will, das ist mein neues Problem. Meine neue Herausforderung. Du löst eine Baustelle und bekommst zwei Neue dazu, fuck. Merda.

Und wieso zum Teufel freue ich mich nicht so darüber, wie ich sollte, sie ist angepisst von mir, normalerweise genauso wie es sein sollte. Sie ist wie nie geboren. Am besten, sie begleitet Ada zu ihrer Physiotherapie und zur Wassergymnastik so habe ich ein paar Stunden Zeit in Ruhe nachzudenken. Abstand bekommen.

Sie zittert neben mir immer noch wie Espenlaub. Fuck. Ich könnte Lachen, wenn es nicht so vollkommen falsch wäre. Ich will ihr nichts tun. Die Anziehung wird täglich stärker. Sie spürt es doch genauso. Immer dann, wenn wir uns irgendwie berühren, uns nahekommen, stellt der Körper auf Wohlfühlen um. So muss man das nennen. Ich kann es nicht beschreiben. Deshalb will ich sie wenigstens dieses eine Mal. Damit ich endlich sagen kann es ist genug. Menschen sind doch von je her Jäger und Sammler. Ja was hilft es dir zu sammeln, wenn du nichts damit machst.

„Wenn ich dich ficken hätte wollen, hätte ich es getan. Halt dich still und hör das Zittern auf. Warte nur es kommt der Tag, an dem du mich anflehen wirst. Deinen Körper mit meiner Zunge zu vereinen. Meinen Schwanz in alle deine Löcher zu stecken. Dich mir zu nehmen, wie ich will. Warte nur. Ich kann jedenfalls warten. Wir haben unser ganzes Leben lang Zeit. Daria" ich höre nichts mehr von ihr. Eigentlich wollte ich ihr nur sagen, schlaf. Das daraus ein halbes Gespräch wird, konnte mein Verstand mir vorher nicht sagen. Ich will, dass sie es auch will. Allein die Anwesenheit von ihr hier neben mir, bringt meinen Schwanz zum Explodieren und beruhigt meinen Kopf auf seltsame Art und Weise.

„Boss, fuck was geht ab." Ich höre Neros stimme neben mir, er schüttelt mich. Träume ich das. Nein ich träume nie, ich schlafe nie. Ich bin schon dabei ihn umlegen zu wollen. Schon wieder. Sofort öffne ich die Augen. Er steht wirklich da, sein Gesichtsausdruck lässt mich schlimmes vermuten. Fuck ich springe auf, wie konnte ich so tief schlafen, vor allem es scheint hell zu sein draußen.

„Was ist los?"

„Boss." Er nickt neben mich, ich verstehe nichts, sehe rüber und schon überkommt mich dieser Stich in mein totes Herz. Sie liegt da und schläft. Jetzt weiß ich, wieso er so leise war. Was ist da nur los. Ich hatte total vergessen, dass sie hier ist. Ich schüttle den Kopf über meine Sorglosigkeit und meine wenige Verantwortung. Ich muss wachsam bleiben. Festen schlaf darf sich ein Mann in meiner Position nicht leisten, wie man sieht Nero konnte problemlos hier rein, es hätte sonst etwas geschehen können. Er nickt zum Flur, ich stampfe ihm nach und ziehe leise die Tür hinter mir zu.

„Na hattest du eine tolle Nacht. Hast du dir genommen was dir zu steht", lacht er und will mir schon auf die Schulter klopfen.

„Sei still. Nichts ist passiert, nicht dass es dich etwas angehen würde. Warum bist du hier, was ist los?"

„Ich mein ja nur. Du hattest noch nie eine Frau in deinem Bett. Nicht mal Ellen, tut mir leid, aber du musst mir Verwunderung zustehen" seine Augen sind so groß wie nie, sein Mund so nervig wie immer. „Sei still sie ist jetzt meine Frau. Dass das klar ist. Ich muss mich um sie kümmern. Also was ist los das du mitten in der Nacht hier stehst."

„Erstens. Wie du siehst, ist es bereits morgen. Ich bin hier, weil es Probleme bei der Verschiffung der Diamanten gibt."

„Was sollen das für Probleme sein." ich fasse in meinen Bart, ich muss ihn auch unbedingt loswerden. Ich bin so nicht ich. „Das können wir gleich herausfinden. Ich habe einen der

Transportmanager von uns im Bunker. Er hat versucht die Route zu ändern. Aber einem unserer Männer ist es frühzeitig aufgefallen. Ich habe noch nichts aus ihm herausgequetscht. Das überlasse ich dir. Ich weiß, wie gerne du spielst. Und wenn du heute schon keinen wegstecken konntest, dann kannst du dich ja so abreagieren. Du läufst irgendwie im Zickenmodus die letzten Wochen." Sein Blick der eines Freundes. Mein Einziger. Ja und gottverdammt er hat recht.

„Ach weißt du halt einfach die Schnauze. Besprich dich kurz mit

Davide und Rocko. Ich will später noch zum Haus also werden wir vor Nachmittag nicht hier sein. Daria soll Ada zur Therapie begleiten und im Anschluss irgendwo etwas essen. Solange wir weg sind."

„Ada fragt zu viel und ich will das sie beschäftigt ist. Wie hat Phil das nur ausgehalten, ich schüttle den Kopf. Und Daria hat die falschen fragen. Und die falschen Antworten. Ich muss nochmal zum Haus. Es führt kein Weg drum herum." „Alles klar, Boss" seine einzige Antwort, wie gewohnt kurz und knapp. „Bin in fünfzehn Minuten startklar." Sage ich ihm. Drehe mich um und gehe wieder ins Schlafzimmer und da sitzt sie im Bett. „Ich muss kurz weg. Du begleitest Ada heute bis Nachmittag und im Anschluss werden wir nochmal reden. Und ich will reden und dicht wieder fast explodieren. Ja?" ich reibe meinen Bart, nehme währenddessen meine restliche Kleidung.

„Ich habe Kaffee gemacht. Bediene dich und dann sehen wir uns Nachmittag." Sage ich ihr. Sie sieht mich an, etwas verändert als sonst. Meint. „Ist etwas passiert, alles OK?"

Ich antworte automatisch „Ja ich denke schon. Ich habe dich heute die erste Nacht nicht weinen oder schreien hören. Wieso war heute nichts?" ich glaube nicht, dass sie eine Erklärung dafür hat. Oder sie verschweigt sie. Ich kann sie nicht foltern, meine Mittel sind begrenzt. Bei Frauen muss man anders vorgehen, strategischer. Doch ich denke ich komme auch so bei ihr nicht weit. Wieso. „Ich weiß nicht warum. Ich weiß nur um was es ungefähr geht. Nur das, was sich darin befindet. Das weiß ich." Ich schüttle den Kopf, gehe eigentlich schon weiter. Ich kann niemanden warten lassen.

„Ok wir reden später. Ich bin spät dran ich muss. Los." Ich kann jetzt nicht mit ihr darüber reden. Es regt mich verdammt noch mal auf, dass sie Albträume hat. Diese Panikattacken. Das sie sie ist und wie sie ist. Ich kann es nicht abstellen.

Ich will sie auf Abstand halten und dann kommt ihre verdammte Güte und Freundlichkeit immer dazwischen. Die Art wie sie mit Ada umgeht.

Wie sie mir Kontra gibt. Wie sie sie ist. Wirft das alles langsam über den Haufen. Und was noch am schlimmsten ist, sie ist mittlerweile die beste Freundin von Ada. Das meinen Davide und Rocko jedenfalls. Monatelang seit dem Vorfall bekam niemand Zugang zu ihr, und jetzt ist Daria da und bringt ihr etwas Lebensfreude zurück. Sie macht sich wieder hübsch, will das Haus verlassen und so Kleinigkeiten. Fuck, gerade jetzt, wo wir so achtsam sein müssen.

Aber wer sich mit uns anlegt. Mit mir anlegt der weiß das der Tod bereits im Körper wohnt. Es gibt nichts dazwischen das darf es nicht. Die Tage der Verräter, Angreifer oder Rebellen sind gezählt. Und jetzt werde ich mir einen davon vorknöpfen. Ich brauche meine diamanten. Zum einen zum Verkauf und als Bezahlung für die denen ich helfe. Ja genau. ich helfe den Familien meiner Männer. Schulbildung ist mir wichtig. Auch ein Frauenhaus haben wir. Es läuft unter dem Namen von Neros Frau. Sie betreut dies. Und mit irgendetwas muss es am Laufen gehalten werden, eine kleine Klinik ist mit angeschlossen und wir Versorgen die vergewaltigten, missbrauchten, halb zu Tode geprügelten Frauen. Meist diese nach denen keiner sucht. Sie waren Tänzerinnen, gefangene, geflüchtete und all diese scheiße.

Und ich will meine Diamanten bei mir wissen. Weil sie mein sind.

Mit schweren Schritten gehe ich in den Bunker. Alles stinkt hier nach meinem fucking Bruder. Sogar Bilder von sich hat er hier aufgehängt. Ich muss das alles verschwinden lassen, ich will Gott verdammt nichts mehr davon sehen. Nero wird sich darum kümmern, wir brauchen zu dem auch noch mehr Männer überlege ich, während ich das Schloss zum Haupttrakt entriegle. Hier unten gleicht es einem Labyrinth. Ich kenne diese Gänge mein Leben lang. Bereits mit vierzehn wusste ich blind, wo ich entlanglaufen muss. Immer den Schreien der Männer nach. Mein Vater ist und bleibt ein kranker Bastard, der einfach nur alt geworden ist. Er war und ist mein Vorbild. Er führt unser Imperium, seitdem ich oder irgendwer denken kann. Sein Vater war nicht anders. Wir haben die Führung von Kindheit an gelernt. Ich wollte der Don sein, nun bin ich es und es fühlt sich ganz und gar nicht so an wie es sollte.

Motive werden zu Handlungen hieß es, Handlungen haben Konsequenzen. Ja nun stehe ich da immer noch am Weg zu dem Käfig in dem meine Geisel gehalten, wird dieser Wichser. Ich muss meine Familie beschützen, nicht nur meine Diamanten. Wenn das nicht geklärt wird, wird unaufhörlich eine Verkettung in Kraft getreten. Die Schwächeren der Straße werden schwächer und die beschissenen Straßengangs steigen auf. Das Gleichgewicht wird nicht mehr stimmen, die Psychos der Psychos gewinnen an Macht und was das bedeuten würde, wissen wir alle. Heroin, Kristall, all das zählt sowieso schon zu den größten Problemen, doch so wird es nur noch mehr werden. Ich bin es gewohnt das alle meinen Aufträgen folgen, mit dem Wissen um Konsequenzen. Und genau da werde ich nun anknüpfen.

„Hey Wichser" begrüße ich ihn, als ich eintrete, Nero ist bereits da und hat das Licht und meine Instrumente vorbereitet. Die Musik wird aufgelegt und die Party kann beginnen. „Wie heißt du Wichser?" keine Reaktion von ihm.

„Ich habe dich etwas gefragt" stoße ich ihm mit den Fuß an als er nicht spricht. Er sieht aus wie ein Stück scheiße. Fett. Glatzig, ungepflegt und tattooviert.

Ich nehme seinen Arm und beige ihn den Stuhl auf hinter. „Na wie heißt du kleines will ich wissen" Der Wichser schreit sofort wie ein Baby, schweiß bildet sich sogleich auf seiner dreckigen Haut. „Na fällt dir dein Name wieder ein oder nicht?" bedrohlich kommt es aus mir heraus. Ich habe keine Zeit heute. Ich habe auch keinen Bock. „Wer zum Teufel schickt dich, und merke dir ich frage nicht noch einmal" ich halte den Arm noch etwas fester. Das grelle Licht blendet ihn immer noch. „Fuck aufhören" fleht er. Na, geht doch. „Ich heiße Önder, Gonzales schickt mich", seine Stimme ist bereits heißer das kann ich hören. Anscheinend hat er schon einen kleinen Schaden vom Jammern. Gut so. Ich muss mehr Informationen aus ihm herausbekommen. Gonzales das dachte ich mir bereits. Dieser Mistkerl versucht es seit Jahren immer wieder. Nur nie so direkt wie jetzt. Was ist jetzt anders.

„Was wollt ihr. Wieso du?" mein Blick ist durchdringend in seine Augen gerichtet. Ich muss eine Lüge erkennen können. „Was wieso ich was soll das", fragt er abgehackt und jammernd.

Ich lasse seinen Arm los und setze mich gemütlich auf den Stuhl vor ihn. So nahe, dass er sich das Gesicht des Strugglers der ihn nachher umbringen wird, genau einprägen kann. Die Maske des Dons, kalt, unbarmherzig, dem Tod ins Auge sehend. Nero sitz am anderen Ende und liest seine Zeitschrift, während die Musik leise spielt, leises Schlagzeug. Nein nicht mein Geschmack aber hilfreich bei Verhören und Folterungen. Allein die Musik lässt einen irgendwann den Verstand verlieren.

„Was wollt ihr. Wieso hast du meine Route sabotiert?" sofort kommt von ihm „Ich solle das tun, ich weiß nichts genaues." Sein Fehler.

Ich schlage ihm mit der Faust direkt in seinen Kiefer. Wusch, das Blut, das folgt ist gar nicht mehr so warm wie ich es erwartet hatte. Hier nackt zu sitzen, muss ihn trotz seines fetten Körpers, ausgekühlt haben. Umso besser. Gemütlichkeit gibt es hier nicht. Nicht für ihn. „Ich habe dich gefragt warum", lasse ihn wieder zu mir blicken. „Und ich erwarte eine Antwort. Pronto!" Er weint jetzt tatsächlich schon. Lächerlich. Er kann kein richtiger Soldat sein. Merda. Was habe ich hier für ein Weichei bekommen.

„Ich sollte nur die Route ändern. Von Diamanten weiß ich nichts" meint er. Spuckt Blut und schluckt. „Rede keinen Blödsinn. Ich stehe auf werfe meinen Stuhl zur Wand. Nehme die Zange und komme ihm sehr nahe, zu nahe für meinen Geschmack, aber ich weiß, es muss sein. Ich sehe ihn eindringlich an. Er muss doch etwas wissen. Noch während ich überlege, komme ich zu dem Gedanken das es mir wegen den Diamanten selbst, egal wäre. Irgendwie habe ich Daria und Ada im Hinterkopf. Fuck das ist nicht gut. Aber sie schleichen sich stets in mein Gehirn hinein. Ich muss mich auch um sie beide kümmern. Vor ein paar Wochen war ich noch alleine, musste mich um diese scheiße nicht kümmern. Ich hatte meinen Handel mein Geschäft mein Casino und das Frauenhaus. Ein paar Bars und Kneipen, nichts das viele Gedanken daran zu verschwenden wichtig wäre. Doch jetzt muss ich die beiden Frauen schützen. Ich habe es irgendwie geschworen. Ich schüttle den Gedanken schnell ab. Fuck nein. Konzentration ist angesagt.

Merda. Ich nehme seine Hand. Zeige sie ihm.

„So du hast zehn Finger mein Freund. Demnach zehn Nägel. Ich habe eine Zange, die genau für jeden Finger reicht. Ich stelle dir die Frage und du antwortest. Einfache Regeln. Du entscheidest. Nagel ja oder nein. Verstehst du, du Stück Scheiße. Ein paar meiner Männer sind wegen dir drauf gegangen. Wart ihr das in meinem Penthouse?"

Er sieht mich an, sein Kopf ist hochrot. Die Atmung wird immer schneller. „Ich habe dich gefragt. Merk dir so läuft das nicht. Du antwortest, wenn ich frage, und zwar sofort." Ich muss darauf achten meine Beherrschung nicht zu verlieren. Am liebsten würde ich ihn gleich kalt machen. Ich bin der Don und er eine kleine widerliche Ratte.

„Ja mein Gott, wir waren da" er wagt es sich tatsächlich genervt zu tun. Ich fasse es nicht. „Was wolltet ihr", ich lasse die Zange extra vor seinen Augen. „Wir sollen nur die Wohnung nach etwas Verdächtigen durchsuchen, wir dachten sie ist nicht mal dort." Er heult weiter, pisst sich an, sodass ich fast zur Seite springen muss.

Nero wird Spaß beim Aufräumen haben, Merda.

„Was sollte das sein. Sprich." Er kotz mich gerade sowas von an, ich nehme seinen Mittelfinger und reiße den Nagel ab. Ich muss nicht einmal hinsehen das ich weiß das er gleich ohnmächtig wird. Es sind höllische Schmerzen, die kann man nicht so einfach ausblenden, vor allem dann, wenn der Schmerz immer weiter pocht. Bum. Bum. Bum.

Er schreit sobald er wieder bei Bewusstsein ist. Nero bringt ein Glas Wasser und reicht es mir. Der Idiot denkt, er bekommt etwas zu trinken.

„Nein für dich nicht. Das ist für deinen nächsten Finger, sobald du wieder bewusstlos wirst, bekommst du einen Schuss Wasser über den Kopf, ich habe nicht so lange Zeit zu warten, bist du wieder bei Bewusstsein bist. Also was genau."

„Ich weiß nicht" stammelt er und fängt immer wieder zu sprechen an, aber der Schmerz ist zu stark für ihn. „Dokumente, eine Frau, deine Frau, ich weiß es nicht."

„Und am Hafen. In der Lagerhalle? Sprich, meine Geduld hängt am seidenen Faden." Er weiß, sobald ich meine Infos habe, geht er sowieso drauf. Ungeschriebenes Gesetz. „Fuck Waffen. Diamanten wollte keiner, Herrgott. Lass endlich meine Hand los" „Wie bitte?" ich glaube ich höre nicht richtig. „Wichser" Peng.

Ich habe meine Waffe aus Reflex heraus aus der Hose genommen und ihm direkt zwischen die Augen geschossen. Ich weiß nicht gerade galant. Aber das juckt mich nicht. Die warme Flüssigkeit ergießt sich über mein ganzes Gesicht. Meine Nerven sind hauchdünn und ich habe die Nase sowas von voll. Sie wollten sicher Daria und Ada. Kein Zweifel. Sie wollen sich sie holen, um an mich heranzukommen. Diese elenden Wichser. Ich schubse ihn, vor lauter Wut noch samt den Stuhl um und nicke Nero beim Verlassen des Bunkers zu. Er weiß genau, wenn ich so darauf bin das ich meine Ruhe brauche. Es ist früher Nachmittag und ich bin auf über Hundertachtzig.

Ich gehe in das alte Haus meiner Kindheit, die unterirdischen Gänge verbinden mich genau mit dem Büro meines Vaters. Er ist auf Geschäftsreise. Wenn man das so nennen kann. Ich denke es ist eher seine Abschiedstour. Er will nächste Woche wieder kommen und die offizielle Initialisierung mit mir durchführen. Ich kann mich gerade nur auf den Bürostuhl vor der Bar setzen und mir den Whiskey die Kehle herunterbrennen lassen. Gläser gibt's gerade sowieso keine, also nehme ich ein paar Schluck mehr als üblich. Ach fuck, ich schütte mir in der Stunde, in der ich bereits hier sitze und die Unterlagen durchgehe, mindestens die halbe Flasche hinter. Dieses Büro lässt so viele Kindheitserinnerungen zu. Dieser ekelhaft Aftershave Geruch. Das alte Holz. Die Schläge die ich hier von ihm bekommen habe, nein nicht als Strafe, sondern als Ausbildung. Fuck. Und genau diese waren es die mich die letzten Monate in Brasilien aufrecht halten. Doch umso mehr ich die Unterlagen durchgehe und versuche nicht ständig an Daria zu denken desto mehr beschleicht mich ein seltsames Gefühl. Ja mag der Alkohol aus mir sprechen doch die Niederschriften passen nicht zusammen. Staatsanwaltschaft-

Verfahren eingestellt. Dabei irgendwelche horrenden Summen. Überweisungen meines Bruders.

Überweisungen meines Vaters. Spendengalas und so weiter. Fuck was haben sie hier die letzten Monate gespielt. Der Ring für die Bitch kostete ebenfalls ein Vermögen. Doch der Ring den Daria trägt der sieht nun wirklich nicht so aus wie er dem Preis nach sollte. Was haben sie getrieben und was übersehe ich.

Es ist mittlerweile später Nachmittag und ich muss erst einmal duschen, ich habe noch den Gestank und das Blut des Fetten an mir.

Auf dem Weg in die angrenzende Dusche telefoniere ich mit Nero. „Lass von unserem Spezialisten weitere Sicherheitsschlösser und mehrere Kameras im Penthouse installieren. Daria und Ada bleiben heute im Haus meines Vaters. Bring die beiden her. Der untere Bereich und der erste Stock sind für beide zugänglich alles weitere sperrst du ab. Keine offenen Türen, keine Telefone nichts. Ich weiß nicht, wer die beiden haben will, aber hier ist es vorerst am sichersten. Im Penthouse waren sie ja schon. Ich brauche dich noch einmal, wir müssen zu Leos Haus. Ich will wissen, was ich übersehe. Es muss eine Verbindung geben. Wieso war Phil das Geld plötzlich egal." Fuck.

Ständig sind meine Gedanken bei dem Lockenkopf. Ich muss sie einfach nur ficken, dann wird das aufhören. Es muss einfach. Immer wenn ich dusche oder sie duscht, und ich sie auf meiner Kamera sehe, könnte ich sofort wie ein Junge kommen. Mein Schwanz wird hart und ist bereit zu explodieren. Ich muss ihn in ihre enge Fotze stecken. Erst dann werde ich wieder klare Gedanken haben können. „Boss was genau suchen wir?" will er wissen Nero. Ich höre ihn kaum, bin in Gedanken versunken. „Boss was ist mir dir los?" Wir fahren weiter und er bemerkt natürlich, dass ich nicht bei der Sache bin. „Was ist mit dir los? Ich würde ja sagen, seit Brasilien bis du anders, verstehe mich nicht falsch ich meine ich habe deinen

Rücken gesehen, aber ich kenne dich. Es geht um sie, oder?" Fuck er ist zu gut. „Was soll das heißen?", stelle ich mich dumm.

„Es soll heißen, es geht um Daria, sie ist dir ans Herz gewachsen Ich meine du bist anders die letzten Wochen. Ich sehe deinen blick. Du fickst sie mit deinen Augen."

Schnell sage ich „Ich ficke niemanden. Ich hatte bereits eine Frau, das weißt du"

„Und das soll heißen das du niemanden anderen ficken darfst, oder wie?" schießt er sofort ironisch zurück. „Genau" platzt es aus mir heraus.

„Ach so ein Blödsinn Maths. Ich kenne sie. Sie würde sagen, leb dein Leben. Du bist es ihr schuldig. Wir alle sind es den Unschuldigen schuldig, unser Leben zu leben und sie dabei in Ehren zu halten. Egal wer, Ellen. Daria. Ada."

„Fuck was ist mit dir los. Was schmeißt du dir ein. Bist du Psychiater geworden?" frage ich ihn belustigt.

„Nein ich habe nur nie etwas gesagt. Es reicht, es sind Jahre vergangen, du kannst es nicht ändern. Du hast eine Frau, die du gerettet hast vor deinem Bruder. Du bist der Don. Du bist du. Sie versteht sich gottverdammt mit Ada. Ich meine sie tut ihr sogar gut. Ich sehe deinen Blick, wenn du sie ansiehst. Kannst du es nicht akzeptieren, dass du auch mal das Los gezogen hast. Sie ist gutherzig. Hübsch. Und ihr Blick gleicht dem Gleichen verdammt. Ich habe mittlerweile auch schon öfter mit ihr gesprochen, ich verstehe, wovon du nicht loskommst, sie ist anders."

„Fuck ich habe dich nicht gefragt. Ich will nichts davon wissen." Sage ich ihm, er ist zu nahe an der Wahrheit.

„Sorry ich halte meine Klappe, aber eins noch. Ich sagte doch sie erinnert mich an jemanden. Immer wenn ich sie sehe, aber ich weiß nicht woher. Verdammt. Ich hoffe, ich kann nachher im Haus etwas über sie finden." „Ja und jetzt halt die Schnauze", sage ich ihm, obwohl ich ihm danke sagen sollte.

Er hat meine Gedanken geordnet. Ja, ich sollte vielleicht langsam nicht mehr der Witwer sein, sondern der Ehemann. Ich habe es geschworen.

Ich sollte mich auch langsam so verhalten. Sie tut nichts, was es nicht rechtfertigen würde. Es ist, auch wenn wir immer nur kurz miteinander sprechen, als würden wir uns kennen. Bei den Abendessen, bei jedem kurzen Gespräch, ist es nicht seltsam. Es ist, als wäre es schon immer so. Die Stimme vertraut. Der Geruch betörend. Die Locken und ihr Mund einladend. Wir biegen gerade in die Auffahrt des Hauses hinein. Wirkt nach wie vor, von außen wie ein normales Haus. Lattenzaun, Stall, Praxisschild, toller Rasen, nichts Auffälliges.

Wir wühlen ewig in den Unterlagen, doch wir stellen schnell fest, dass wir nicht die Einzigen waren. Die, die ich zum Füttern angeheuert hatte, liegt hier tot auf der Erde, erschossen bei dem Pferdestall. Gott hab sie selig. Familie hatte sie wenigstens keine. Ich will heute keiner Familie solche Nachrichten verkünden.

Fuck. Nero muss sie später abholen lassen. Wir müssen sie einäschern lassen, beerdigen. Ich habe keine Zeit, mich weiter um sie zu kümmern, auch wenn ich das gerne wollen würde. Ich könnte alles hier drinnen kurz und klein schlagen.

Fuck, ich weiß einfach nicht, was hier vor sich geht. Daria. Denke ich in Gedanken.

11. Daria.

Wir haben einen tollen Nachmittag verbracht.

Waren bei der Physio, Eis essen und Mittagessen, wir haben uns unterhalten wie Schwestern. Wie ist das in so kurzer Zeit möglich? Auch über Matheo. Ich gebe ja zu, er sieht aus wie ein heißer Teufel. Sexy, düster, sein Body ist mit Tattoos und Muskeln verziert. Auch in den Gesprächen mit ihm, scheint er gar nicht wirklich so zu sein, wie er vorgibt. Er schleicht sich mittlerweile auch in meinen Träumen herum. Es muss daran liegen, dass ich in seinem Bett schlafen soll. Diese Nähe und dieser

Geruch, er schleicht sich in meinen Verstand. Und ich kann es einfach nicht verhindern. Die kurze Zeit, in seinem Penthouse, haben mich ihn etwas kennenlernen lassen. Wenn diese scheiß Hochzeit nicht gewesen wäre. Wenn wir uns anders kennengelernt hätten, ich nicht wüsste, dass er ein Mafiaboss ist, ich glaube ich hätte Interesse gehabt. Ich hätte mich nicht getraut, ihn anzusprechen, aber er wäre mir aufgefallen. Er hätte mich neugierig gemacht. Sein Gesicht, sein Körper. Gut sein Auftreten, seine Worte, sein seltsamer Verstand, davon hätte ich mich sicher abschrecken lassen. Ich darf es nicht laut denken, auf keinen Fall. Aber dieser Typ zieht mich an, weckt Interesse nach mehr und ich kann es einfach nicht abstellen. Als wir das Penthouse betreten, ist irgendetwas anders, ich kann es nicht genau benennen.

Es sieht hier dunkel aus, aus dem Schlafzimmer kommen verschiedene Töne, ja es ist Musik. Seltsamerweise überkommt mich dabei ein Schauer, nicht einer aus Euphorie wie ich es sonst bei Musik kenne. Irgendetwas zwischen Angst, Aufregung und Schwindel überkommt mich. Ich hätte Ada nicht erst hochbringen sollen. Scheiße-

Der tiefe Bariton seiner Stimme kommt mir auf halbem Weg entgegen. Er ruft mich, mein Name aus seinem Mund, lässt mich wie gewohnt schaudern, nur dass ich ihn heute besonders aufnehme, es muss an dieser verrückten Atmosphäre hier liegen.

Ich biege in Richtung seines Schlafzimmers ab, seiner Tür ist offen. Er hat irgendetwas hier drinnen erledigt. Er hat einen Stapel an Papieren hier und Koffer liegen am Boden. Leer.

„Gut, dass du wieder da bist. Ist alles ok?" Will er wissen. Ich will hingegen nicht wissen, was hier los ist. Am liebsten würde ich in das Zimmer nebenan gehen. Mein Zimmer.

Ich aber, muss ihn anstarren, so dumm wie ich bin. Seine schwarze Hose, sein fehlender Bart. Wow. Sein Gesicht sieht so verdammt heiß aus. Und warum zum Teufel, trägt er kein Hemd. Die Tattoos erstrecken sich über seinen Oberkörper. Seinen muskulösen Oberkörper. Das „V", dass sich an seinem Gürtel abzeichnet, ist einfach nur wow. Diese Ornamente an seinem Hals, die Schattierungen um seinen Oberkörper.

Wie kann dieser Mensch nur so schöne Bilder am Körper haben? Ich weiß, das attraktiv zu finden, diese Dummheit die in meinem Gehirn weiteren Platz fordert, ist einfach riesig. Ich brauche andere Gedanken. Aus irgendeinem Grund fällt mir das alles heute erst so richtig auf, was stimmt nicht? Die Musik spielt noch. Es ist schummriges Licht. Sein Geruch, er nimmt den ganzen Raum ebenso stark ein wie seine Präsenz. Seine Stimme holt mich aus meinen dummen Gedanken, ich erschrecke fast, naja ich versuche das er es nicht merkt. „Sprich ich habe dich etwas gefragt." Ein klitzekleines Lächeln zeigt sich in seinem Gesicht, seine Falten um die Augen, sie verraten es ebenfalls.

Oh Gott, ich kann nicht sprechen. Kann nur nicken. So dümmlich wie das auch aussehen mag. Ada hat mir anscheinend einen Floh in den Kopf gesetzt. Er ist eigentlich ein ganz lieber- *dass ich nicht lache.* Er ist fürsorglich, ein Familienmensch. Freundlich, ein guter Fang. Ha, ich bin in Gelächter ausgebrochen. Und jetzt schwirrt mir das in meinem Kopf herum. Ich sehe einen Don, meinen Ehemann. Einen tätowierten Mörder, einen gefährlichen Mann. Das konnte ich bei einigen Gesprächen, mit Nero und Telefonaten von ihm belauschen. Und doch stehe ich hier vor ihm und sabbere ihn fast an.

Seine Schritte werden größer, so wie er auf mich zukommt. In seiner Hand sein Whisky, wie immer. Ich hingegen, würde lieber einen Latte Macchiato trinken. Etwas das mich wärmt, die Angst vertreibt. Ich kann gar nicht weiter darüber nachdenken, schon steht er hier vor mir, in seiner ganzen Größe. Dunkel, heiß, sexy – scheiße!

Seine Hand fährt durch mein Haar, Gänsehaut überkommt mich fast explosionsartig. Ich sollte gehen, aber ich kann meine Beine nicht bewegen. Ich sollte schnellstmöglich einen Sprint hinlegen. Ich weiß nicht, woher das kommt und wohin das führen sollte. Sofort erinnert sich mein Mund, mein Körper, jede Faser meines Seins an diesen einen Kuss vor Wochen, dieser, der alles veränderte.

„Schön, dass du wieder hier bist, meine Hübsche. Ich habe auf dich gewartet." Er wirkt wie ein Panther. Was hat ihn jetzt überkommen? „Hast du getrunken?" Seine Stimme und Geruch nach Whiskey, verraten es. Er schüttelt den Kopf, seine Augen fokussieren die meinen. Seine dunklen

Augen, die heute etwas heller wirken, die mich fast hypnotisieren. Kaum merklich schüttle ich meinen Kopf ebenfalls. „Was hast du dann da in der Hand." „Flüssigkeit", kommt es trocken aus seinem Mund. „Tolle Antwort", pruste ich fast los. Genervt und neugierig zugleich. Seltsame Mischung, ja das weiß ich.

Er beginnt leise, aber mindestens genau so seltsam. „Ich weiß nicht was mit mir nicht mehr stimmt, wirklich, seit du da bist. Ich war in deinem Haus, habe ein paar Papiere gefunden. Nichts wichtiges, aber der Knackpunkt ist der du hast mich das letzte Mal abgelenkt, das ich sie nicht einmal gesehen habe. Verstehst du? Meine Gedanken kreisen ständig um dich. Was machst du mit mir?"

Atmet laut während er seinen Kopf schüttelt. Ich höre es, trotz der Musik. Ich glaube ich verstehe nicht. „Ich mache nichts", flüstere ich ihm entgegen. Meine Sinne sind absolut geschärft.

„Dein Haar ist so weich. Du bist so jung und doch so erwachsen, deine Augen haben sich in mein Gehirn gebrannt. Mein Schwanz, er denkt stets an deine heißen Brüste. Mein Mund an deine heißen Lippen. Und das verdammt noch mal, obwohl ich nicht will und obwohl ich keine Zeit dafür habe."

Ich glaube ich verstehe nicht, was er will. „Ok jetzt machst du mir Angst, was ist in deinem Glas? Was ist hier los? Wieso hast du hier alles herumgeworfen? Was sollen die Koffer?"

Seine Stimme ist immer noch neutral. Sein Blick verrät mir nichts.

„Ich habe Papiere über dich gefunden, Hübsche", meint er. Ich weiß nicht, was er meint. „Was sollen das für Papiere sein", frage ich ihn, ich bin wirklich neugierig. „Deine Heiratsurkunde. Bilder von deiner Mutter, Gesundheitsatteste." Wow, ich sage traurig. „Dann hast du mehr von mir als ich. Darf ich sie sehen?"

„Klar jederzeit. Sag, hast du einen Schlüssel zu den Räumen unter den Pferdeställen?" Ich sagte doch schon, dass ich nichts habe. Gott er ist so nervig. „Welcher Raum?" Frage ich ihn, denn ich denke mir, ich nehme das Modell mit Gegenfrage. So erfahre ich vielleicht mehr von allem.

„Unter den Ställen ist so wie es aussieht ein Raum", seine Augenbrauen sind hochgezogen, seine Lippen verziehen sich etwas zu einem Lächeln, was soll das bedeuten.

„Nein ich weiß nichts davon, kein Schlüssel nichts, ich habe immer auf dem Stuhl davor gewartet." Ich war immer nur in diesem einen Raum im Stall eingesperrt. Das sage ich ihm jedoch nicht. Ich schäme mich dafür, dass ich es so lange mitgemacht habe. Er nickt. „Das habe ich mir gedacht. Ich werde heute die Pferde wegbringen lassen. Am besten in das Anwesen meines Vaters. Es gehört sowieso schon mir. Er ist verreist, dann werde ich morgen in diese Tür hineinkommen dann werden wir sehen was sich dahinter verbirgt." „Ok, du machst mir nicht weniger Angst." Sage ich, aber ich sehe, wie er mich ansieht. Er sieht mich schon lange nicht mehr, als die Tochter des Feindes. Irgendwie muss ich zugeben, er sieht mich als seine Frau. Ich weiß nicht, ob ich das zulassen kann.

„Das hoffe ich." Seine einzige Antwort. Sein Körper strahlt eine Hitze aus, mein Kopf wird heiß und meine Lippen verzehren sich nach diesen einem Kuss. Nicht unser Kuss der Hochzeit, nein nach diesem Einen danach. Ich muss mein ganzes Genick überstrecken, um zu ihm hochzublicken. Sein Arm fährt kaum merklich über meinen Arm, wieder hinauf über das Schlüsselbein. Die Haut geht sofort in Flammen auf. Funken, sie verteilen sich wie kleine Blitze. Ich glaube ich mache mir gleich ins Höschen. Ich will über diese Muskeln, diese Tattoos lecken. Ich will einmal vergessen, wer er ist und mich fühlen lassen, was ich schon immer hätte fühlen wollen. Begehrt sein, einen Orgasmus während des Sex und nicht von meiner Hand, einen heißen Körper über mir. Einfach das alles. Diese Musik, sie hat Klänge des Mutes, sie ist nicht aggressiv aber auch nichts für cozy Zeiten, sie macht mich mutig. Ich nehme, mutiger als ich normalerweise bin, sein Glas und trinke diesen brennenden warmen Whisky. Erst einen kleinen Schluck, während ich ihm in seine Augen sehe. Die Musik im Hintergrund gibt alles. Ich gebe ihm das Glas wieder. Sein Blick ist unergründlich. Er nimmt das Glas und wirft es einfach hinter sich, es ist leiser als erwartet. Die Musik betört die Sinne weiter und lenkt vom eigentlichen Zustand ab, er kommt den letzten Zentimeter auf mich zu, schiebt mich Richtung der Wand neben der Tür.

Ein heißes Bild. Heißer Atem, der auf meinen Körper trifft. Er nimmt den Saum meines Shirts und zieht es mir über den Kopf. Ich lasse es geschehen. Ich will es.

Meine Atmung nimmt Fahrt auf, mein Puls beschleunigt sich, tausende von Gefühlen prasseln auf mich ein. Ich zittere und dann explodieren seine Lippen auf meinen. Warm, weich, erotisch, fordernd. Unsere Zungen verschlingen unsere Münder auf eine Art, die ich nicht kenne. Ich habe das Gefühl, nicht genug davon zu bekommen. Er hält mit seinen Händen meine Unterschenkel, sodass ich in der Luft schwebe. Angelehnt an die kühle Wand hinter mir.

Angenehm im Kontrast der Hitze, welche von seinem Körper auf mich überspringt. Sein Penis, ist bereits zum Leben erwacht und drückt gegen meine Mitte. Mein Kopf ist ausgeschaltet. Irgendwas hat mich noch dümmer werden lassen. Was soll ich tun, es fühlt sich einfach nicht falsch an. Er stöhnt in meinen Mund. Der Bariton, löst Zustände aus, die mir völlig fremd sind. Mein Puls überschlägt sich, meine Arme zittern, sogar meine Vagina ist zum Leben erwacht und das verdammt noch mal von einem Kuss. Ich fühle mich so gut wie lange nicht.

Seine Finger wandern in meine Leggins. Er kreist, mit seinem Finger über meiner Perle. Wow, das hat es in sich. Sofort werden elektrische Strahlen in mein inneres geschickt. Das fühlt sich so gut an. Ich verdrehe dabei schon die Augen.

Ich höre ihn zwischen den Küssen immer wieder, mein, sagen und ich will dich. Ich nicke, bereit alles zu tun. Doch plötzlich klopft es. Rettung in letzter Minute nennt man das wohl.

„Boss." Scheiße ich bin so peinlich berührt er stellt mich auf die Beine dreht mich sofort um, mit Gesicht zur Wand und wirft mir meinen Pullover in die Hände. Fragt derweil mit einem seltsamen Unterton

„Was ist los?" ich kann Nero von draußen hören. Er spricht laut und deutlich „Sorry Boss es ist dringend, ich habe ein Foto erhalten, es ist von deinem Vater. Ich glaube wir müssen langsam wirklich von hier weg!"

„Mein Vater ist in Italien." meint Matheo, doch dann meint Nero „Ja das denke ich auch, soll sie das hören?" Ich weiß nicht was mit den beiden nicht stimmt, ich stehe direkt daneben. Es geht mich genauso an. „Fuck. Ja, sprich. Sie ist sowieso gleich weg. Warte", verkündet Matheo, ja ich bin sowieso gleich weg. Ich fasse es nicht.

„Daria, packe ein paar Sachen ein, wir gehen für ein paar Tage." Er nickt mir zu, denkt wahrscheinlich er kann mich herumkommandieren. „Was, wohin?" Ich bin verwirrt.

„Daria, mach was ich dir sage, und zwar sofort. Ada kommt auch mit" Ich stürme aus dem Zimmer und packe diese Tasche, die auf meinem Bett liegt. Was war das zum Teufel, ja ich lasse mich auch herumkommandieren. Aber ich habe auch Angst. Was ist mit seinem Vater? Und was sollte der Kuss? Was wäre das geworden?

Heilige Scheiße, Gott sei Dank kam Nero.

12. Matheo

Scheiße ich glaube ich hätte sie jetzt gefickt.

Ich der Don. Außer Kontrolle.

Ich wollte eigentlich nur meine Tasche packen.

Ihre Unterlagen waren nichts wert. Aber ich konnte sehen wie sie wieder einmal nichts selbst zu entscheiden hatte. Diese Ratte war ein grauenhafter Ehemann, ein Schwachkopf.

Ich habe ihre Violine im Wagen. Ich musste sie heute einfach mitnehmen, als ich an ihrem Anwesen war. Die Gefühle, die sie mit ihr ausdrückte, waren mehr als ich je in meinem Leben gehört und gesehen habe, und auch selbst gefühlt habe. Nicht meine normalen Gefühle wie Schmerz, Hass, Wut oder Intuition. Nein Wärme, Erotik so etwas wie verknallt sein. Ja, ich darf mir das nicht leisten, aber es ist wie einmal drücken, Heroin oder so etwas, der Körper der Verstand will mehr. Und bei mir ist es ihr Spiel. Ihre Finger die diese Violine spielen. Ich will diese Klänge noch einmal zu hören.

Wir haben dort alles durchsucht. Nur in diese fuck Tür konnten wir nicht. Nero überkam das gleiche unwohle Gefühl wie mich. Irgendetwas stimmt dort nicht, Außerdem muss ich die Frau eines Soldaten heute noch im Frauenhaus besuchen. Ich habe sie dort untergebracht, weil ihr Mann erschossen wurde. Nicht einmal ein richtiges Begräbnis war möglich. Ich gebe ihr Geld. Einen neuen Ausweis, dass sie verschwinden kann. das Einzige, was ich für sie tun kann. Sie wird gut ein Jahr ohne eine Arbeit, damit auskommen.

Die Ratte ist ein nichts, wieso at er so viele geheime Türen, geheime verschlüsselte Dokumente, Datenträger und solche Dinge, es wird Wochen dauern, bis wir alles entschlüsselt haben. Ich habe gerade den Verstand verloren, als ich über sie hergefallen bin. Ich kann mir keine Ablenkung leisten also keine Frau, keine Gefühle. Nur Hass und Wut, das sind die die ungefährlich für mich sind. Für uns alle, für Ada, meine Männer, meine Soldaten für meine Frau, ja und sonst nichts. Und dennoch bin ich hin und her gerissen. Das darf nicht wahr sein.

„Was ist jetzt genau los?" frage ich ihn. Ziehe mich derweil an. „Wir haben ein Video bekommen" sein Blick sieht überhaupt nicht gut aus. „Ok was ist los" will ich wissen. „Es sieht aus, als wäre es dein Vater, hier sieh", er hält mir das Tablet hin. Ich kann nicht genau begreifen, was ich auf dem Bildschirm sehe, es scheint mein Vater zu sein, er atmet, aber er wurde geschlagen. Was zum Teufel wollen sie?

„Gibt es eine Nachricht dazu" frage ich Nero, ich weiß nicht, ob ich die Antwort überhaupt hören mochte. Er zeigt mir mit einem wisch den beigefügten Zettel, den sie abfotografiert haben.

-Du hast was mir gehört. Ich will es zurück. Ihr seid nicht die, die ihr glaubt zu sein. Ich will die Dokumente, und zwar Pronto. Ihr habt zwei Tage Zeit. Dann will ich am alten Stadion die Übergabe der Dokumente. Solltet ihr tricksen. Verhandeln. Nicht kommen. Ist er tot.-

Sonst nichts. Was will der Schwachkopf. Ich kann mir nicht vorstellen, was er überhaupt damit meint. Was hat mein Vater damit zu tun. Um Himmels willen. Sie haben ihn so wie es aussieht aus seiner Geschäftsreise geholt. Fuck. Nein wir müssen das Apartment so schnell es geht verlassen. „Geht es Ada gut?" frage ich. „Warst du bei ihr" will ich wissen. Was ist mit Roc? Er unterbricht mich gleich. Sieht das wir dafür keine Zeit haben. Er meint „Alles ok. Ihr geht es gut. Sie packen." Ich nicke. Fuck hast du eine Ahnung, was er will?

„Nein aber besprechen wir das in seinem Büro, ich traue den Wänden nicht." Ja er hat recht. Ich nicke, ziehe mir einen Gürtel und Schuhe an. „Boss"

„Ja du hast wohl recht. Verpack die Frauen bitte wir müssen sofort los. Ich muss in sein Büro und nachsehen, was das sein kann, was so wichtig ist."

Ich habe jetzt Ewigkeiten darüber sinniert. Und immer wieder schleichen die beiden in meinem Kopf herum. Sie sind jetzt in Sicherheit. Das Haus meines Vaters gleicht einem

Hochsicherheitstrakt. Von hier verschwindet keiner oder kommt herein. Ich kann alle Kameras auf meinem Handy überblicken. Und das Beste nur ich habe den Originalzugangscode. Ich hatte es für die Zeit wo ich in Brasilien bin für meinen Vater einbauen lassen. Er dachte zu seiner Sicherheit. Aber ich, ich wollte Phil beobachten. Ich vermute er wusste es und schwieg lieber darüber.

Ada schläft in ihrem alten Zimmer in der rechten Hausseite, eher eine kleine Wohnung. Darunter die Haushälterin Marta. Wir stehen uns sehr nahe, ich weiß nicht, wie alt sie schon ist, aber sie war schon immer hier. Auch vor mir. Statt darüber nachzudenken, wie ich meinen Vater finde, überlege ich ständig, was sie wohl macht. Daria. Allein im anderen Teil des Hauses. Sie kennt sich hier nicht aus, und sie ist sowieso so angeschlagen. Ich muss morgen den Arzt kommen lassen. Er muss sehen, was mit ihr los ist. Irgendwelche Vitamine oder so einen Scheiß verschreiben und bringen.

So mein alter Herr, du alter Narr, was wollen sie von dir, was soll es sein das du so wichtig bist. Oder dass ich so wichtig bin, um die Informationen zu liefern. Ich habe in keinem Schrank etwas gefunden. Weder im Safe, noch in den Verstecken. Nur alte Briefe. Ein paar ausgerissene Seiten, ein Heftchen. Und mehrere Kalender.

Was verdammte scheiße soll es sein. Merda.

Ich trinke einen weiteren Schluck Whisky, um mich abzulenken und nicht zu Daria zu gehen. Fuck. Wenn ich so drauf bin, muss ich mich von ihr fernhalten. Nach weiteren zwei Stunden des Suchens und mich mit Nero besprechen, kommen wir zu dem Entschluss, dass mein Vater wahrscheinlich gar nichts hat, was es zu finden gäbe.

Der blöde Bastard Gonzales, wird Rache wollen für das das seine Tochter Grace nicht die Frau des Dons wurde. Er nicht in die macht meiner Mafia mit eingebunden wurde. Es sieht für ihn nicht so gut aus, wenn er die geplanten Verbindungen nicht aufrechterhält. Wenn er sein Wort nicht hält. Und das hat er gegenüber seinen Männern und seinen ganzen Folgern getan. Er hat sein Wort gebrochen. In unserer Welt gleicht das, Verrat.

Aber meine Motive, sind mir wichtiger. Der Schutz meiner Mafia, meiner Männer, das Casino, meine Familie und auch die Belange meiner Männer wie das Frauenhaus.

Die scheiß Vergewaltigungen und das pausenlose Abschlachten von unschuldigen. Genauso wie das verticken von schlechtem Stoff. All das für das der Trottel Gonzales steht. Merk dir mein Freund. Motive werden zu Handlungen und die Handlungen haben Konsequenzen. Wenn du jetzt den verdammten Krieg willst, bekommst du ihn. Darauf trinke ich gleich noch einen. Wohlig warm brennt er hinunter. Lässt mich kurzzeitig ab-schalten, mein Gehirn hat einen regelrechten Mentalfick und mein Schwanz sehnt sich nur nach einer Frau.

Die Frau, die nicht so weit weg ist und so wie ich sehe seit Stunden vor dem Kamin sitzt und TV sieht. Das kann es doch nicht sein. Keinen Schluck getrunken, nichts gegessen. Fuck Immer wieder kommen mir Worte meines Vaters in den Sinn. Pass auf was du dir wünscht, vielleicht wird es dann wahr. Ja scheiße zum Teufel. Ich versuche mit Kopfschüt-teln diese Gedanken bei Seite zu schieben.

Ich will sie ficken. Sie ist jemand den man sich nur wünschen kann. rein, lieblich, bildhübsch, hat Köpfchen. Hat Mut. Ich meine sie wollte vor meinen Männern weglaufen und war tagelang im Wald. Fuck. Sie hat es überlebt.

Und dann ist sie noch so trotzig und steht für sich ein. Sie hat Außerdem meinen Arzt gerettet. Das sollte ich ihr wohl auch anrechnen. Sie hilft meiner Schwester zu neuem Lebensmut. Fuck. Wie kann sie nur so un-widerstehlich sein. Nach einer weiteren Stunde des Nachdenkens und der Kerze die ich für meine verstorbene Frau vor mir hier angezündet habe. Tausend Entschuldigungen herunter gepredigt habe, zum einen, dass ich sie nicht gerettet hatte. Zum anderen, dass ich so ein schlechter Ehemann war. Und zum dritten das ich meine neue Frau ficken will.

Und dass ich meine Daria als richtige Frau haben will. Diesen scheiß Ring meines Bruders, schon weggeworfen habe.

Ihr einen Neuen aussuchen möchte und ihr ein echter Ehemann sein will. Ich fühle ich mich etwas erleichtert. So ein Schwachsinn. Ich hoffe es sieht mir niemand an.

Ich muss diese fuck Gedanken loswerden. Immer wenn ich an Daria denke, wird mein Schwanz so hart und bettelt nach Erlösung. Ich habe mir schon so oft einen heruntergeholt, dass alleine der Gedanke daran es mir wieder selbst zu machen, in Scharm endet. Ich, ich Matheo, bekomme Jede, egal wann, egal wo und egal wie. Aber bei ihr ist es anders. Ich konnte das verdammte Andenken an meine Frau nicht beschmutzen. Bei Nutten wäre es mir egal, bei schnellen Ficks ist es mir egal. Aber sie, ist jetzt meine Frau, ich darf nicht. Darf es mir nicht gönnen, jemanden an mich heranzulassen, wenn ich bei ihr so versagt habe. Fuck. Und doch will ich es jetzt probieren. Ich will etwas vom großen Ganzen.

Nach einem kurzen Blick auf die Cam im Wohnzimmer gehe ich in mein altes Schlafzimmer. Nichts ist verändert. Es ist sowieso so, dass ich so oft hier bin, seit ich mein Apartment habe. Unter anderem deshalb da ich mit meinem Vater weiter zusammen gearbeitet hate. Ich eigentlich der Don hätte sein sollen und es sich Schlichtweg oft nicht rentiert hatte nach Hause zu fahren. Die Gespräche und Konferenzen dauerten oft Stunden. Ich laufe die Treppe fast hinauf und sprinte unter die Dusche. Kalt so wie es sein muss. Ich muss fühlen, irgendetwas andres als Wut und Kontrollverlust. Es ist nicht so, dass wir die Kontrolle verloren haben, im Gegenteil. Es haben sich die letzten zwei Wochen weitere Allianzen ergeben. Weitere Verbindungen geknüpft, für die für das, was ich stehe. Unter anderem in Küstennähe, näher an Gonzales. Er wird seine Schwäche nicht mehr aushalten.

Ich trete unter die Dusche gebe etwas Duschgel auf meinen Schwanz und hole mir einen runter. Ja verdammt. Hart. Schnell. Fest. So wie ich es brauche. Unaufhörlich kommen mir die Bilder Daria in den Kopf. Wie sich ihre weichen Lippen um meinen Schwanz winden. Ihre Zunge hinauf und ab gleitet. Sie ihn melkt, wie eine Göttin und um mehr fleht. Mein Schwanz explodiert fast in Sekundenschnelle. Es ist bald so, als würden sich ihre Lippen wirklich auf ihm bewegen. Ihr Geruch steigt mir in die Nase, ich kann es nicht stoppen.

Ich weiß nicht, was sie mit mir macht. Was sie mit meinem Verstand macht. Ich bin gerade gekommen, es kann verdammt nochmal gut sein, dass ich noch nie so schnell gekommen bin. Und schon bettelt er um mehr. Ich würde sagen er bettelt. Ich hingegen kenne mich nicht mehr aus. Sie sollte der Feind sein. Sie sollte nur Mittel zum Zweck sein. Eine einfache Frau des Dons. Im Hintergrund. Doch sie ist gefährlich nahe in den Vordergrund gerutscht. Ich dusche mich fertig und ziehe mir einfach eine Sporthose an. Das reicht für den heutigen Abend. Es ist fast Mitternacht und ich muss schlafen und essen. Ja essen, ich habe es fast vergessen. Das kann im normal fall keinen Italiener passieren. Wir regeln unsere Konflikte immer mit Essen. Und wir haben immer einen Grund zum Essen. Ich schreibe Ada noch eine Mail ob alles ok ist und telefoniere während ich meine E-Mails checke, noch mit Rocko. Er ist im Apartment und hält die Stellung. So viele Wachen wie draußen stehen, ist er für die nächsten Tage nur auf Abruf. Er kann es genauso brauchen wie wir alle.

Daria sitzt immer noch unten vor dem TV. Als ich mich hineinschleiche, dreht sie tatsächlich sofort den Kopf. Sie ist in Alarmbereitschaft. Das spüre ich. Ich sehe es. Ihre Augen sind riesengroß, fast wie die von Bambi. Bei dem Gedanken, muss ich fast lachen.

„Warum siehst du dir die an. Um was geht es da?" sie sieht mich seltsam an. Ihre Locken fallen ihr auf ihre Schultern, ihre langen Wimpern zeigen ihre Augen nur noch mehr. Ich kenne mich nicht mehr aus.

„Ich sehe sie mir an, weil ich Tierärztin bin. Ich liebe Tiere. Ich kümmere mich um sie. Sie sind mir bessere Freunde als Menschen." Sie hebt die Hände, schüttelt den Kopf. „Naja deine Schwester ist eine tolle Freundin geworden. Ich hoffe du hast nichts dagegen?" „Nein ganz im Gegenteil." Ich sehe, wie sie mich ansieht. Meine Muskeln beobachtet, meine verstörenden Tattoos anblickt und auf die Narben auf meinem Rücken wartet.

„Hast du was gegessen?" Möchte ich wissen „Du wirkst müde. Wie lange sitzt du hier schon? frage ich sie, obwohl ich es ganz genau weiß. „Seit du mich hier abgeladen hast. Ich wusste nicht, ob ich mich hier frei bewegen kann. Ich dachte hier drinnen wird es am sichersten sein. Und ich war bei meinen Tieren." Flüstert sie mir entgegen.

„Hast du etwas gegessen?" Ich setze mich neben sie damit sie nicht so weit hochblicken muss. Ich will in ihre Augen sehen. Diese indigolithfarbenen Edelsteinaugen. Wie kann sie nur solche Augen besitzen. Was haben diese Augen schon gesehen, dass sie seit Stunden hier verängstigt herumsitzt. Manches kann ich einfach nicht wirklich einschätzen. Ok, sie kann ich nicht wirklich einschätzen. Diese Frau.

„Warum hast du dir nicht etwas geholt. Ich sehe hier nirgends einen Teller oder eine Tasse. Oder irgendetwas. Sieht dich an du musst etwas essen." Ich schüttle den Kopf.

„Wir haben hier eine Haushälterin. Sie lässt immer essen in der Küche. Und Getränke. Bediene dich, komm, ich zeige dir, wo es ist." Ich halte ihr die Hand hin. Ich weiß nicht, ob sie sie wirklich nimmt. Aber ich glaube irgendetwas hat sich bei uns verändert. Wir wollten beide niemanden an unserer Seite. Jeder war mit dem das er hatte bedient.

„Hier sie da steht Pasta im Kühlschrank, vorportioniert. Sieh, hier ist die Mikrowelle. Hier die Kaffeemaschine und Getränke. Bediene dich. Wir werden wohl länger hierbleiben. Es ist am sichersten. Für uns alle" sage ich ihr. Sie nickt wieder. Still breitet sich um uns herum aus. Ihre Augen zeigen, dass sie nachdenkt.

„Was war auf dem Video, das dir Nero gezeigt hat." Will sie wissen, während sie uns das Essen vorbereitet. „Ok auf diese Frage war ich nicht vorbereitet. So wenig, wie darauf das ich es ihr jetzt auch noch sage. Mein Vater. Er wurde geschlagen. Sie wollen irgendwelche Papiere." Ich nicke ihr zu.

Sie nickt mir zu hält sich die Hand vor den Mund. Wirkt erschrocken. Und da ist es wieder. Diese Reinheit. Das Mitgefühl, obwohl er der Bastard war, zusammen mit Phil. Dieser welcher sie hierhergeschleppt hatte. Und sie hat Mitleid mit dem alten Hund. Das kann nicht wahr sein.

„Wir sind genauso in Gefahr. Der Krieg hat begonnen. Ich weiß nur noch nicht, wie es weiter gehen wird. Eins aber garantiere ich dir. Ich werde jeden umbringen der uns, also dir, Ada und mir zu nahekommt. Ich werde euch, mit meinem Leben beschützen. Ich habe es auch vor Gott geschworen. Daria. Bei unserer Hochzeit. Verstanden?" Sie nickt wieder und sieht so niedergeschlagen aus. Ihre Lippen sind zusammengepresst, doch sie sieht stark aus. Sie steht auf und macht weiter. Ich habe noch nie gesehen, dass sie einfach irgendetwas annehmen würde. Resigniert

wäre. Woher holt sie das? Ich frage einfach „Wie hast du das alles überlebt. Ich meine mit deinen Mitteln und trotzdem oder genau deshalb bist
du so stark. Was ist dein Geheimnis Daria?" Sie schüttelt den Kopf,
überlegt kurz. Lächelt etwas. „Ich habe weiter gemacht, jeden Tag. Ich
habe mich an das Schicksal geklammert, daran das es Karma gibt. Daran
das es irgendwann ein Ende nimmt." „Willst du erst duschen, deine Sachen wurden nach oben gebracht. Neben mein Zimmer. Du kannst dich
ich fertig machen und danach essen wir. Ich muss auch essen."

Ich nehme ihre Hand und ziehe sie fast mit mir nach oben. Mein Arm
übernimmt die Führung. Doch ich war nicht auf dieses Gefühl, diese
wärme vorbereitet. Diese fast würde ich sagen elektrischen Impulse, die
mir ihre kleine weiche lauwarme Hand entgegenbringt.

Mei Schwanz regt sich bei jeder Gelegenheit und ich schüttle den Gedanken ab, der mich sofort überkommt, wenn ich in ihrer Nähe bin. Ich
ziehe sie schneller, ich muss weg von ihr. Ich bin der Struggler und nicht
das Kindermädchen das Essen vorbereitet und zum zu bettgehen die Dusche anstellt. Fuck, was ist mit mir los? Ich muss es ihr zeigen, sie bei
der Dusche abladen. Sonst kann ich keine Garantie dafür übernehmen,
dass ich sie nicht gleich ficke.

Ihre olivfarbene Haut. Die vollen Lippen, fuck. Wo soll das nur hinfüh-
ren.

Ich nehme ihre Hand, für einen kurzen Moment ist mir, als würde sie davor zurückschrecken. Merda. Ich nicke ihr zu „Komm wir holen dir was
dann kannst du hier von mir aus am Boden weiter essen." Ich weiß nicht
wo das plötzlich herkommt. Die Funktionen in meinem Gehirn, die laufen auf Autopilot. Ich werde nicht gefragt. Seit wann bediene ich jemanden? Oben angekommen sehe ich sie staunt. Das Haus ist verdammt
nochmal riesig und dunkel. Dunkel wie mein Vater. Dunkel wie ich.
Nach meiner Mutter hat hier keine Frau einen Handstrich getan.

Ich zeige Daria die Dusche und befehle ihr schnellstmöglich wieder hin-
unterzukommen. Ich muss mich heute auch hinlegen. Morgen müssen
wir meinen Vater suchen. Nero arbeitet mit seiner rechten Hand im Hintergrund auf Hochtouren. Versucht das Handy meines Vaters

nachzuverfolgen und verhört Männer von Gonzales. Sollte er einen finden. Den Wichser, den wir im Keller hatten, der weiß von dem allen nichts. Das war klar. Er ist eine dumme Schlange, die als Handlanger fungierte. Aber nicht für Gonzales, nein er beschäftigt keine Russen.

Sie sieht verdammte Tierdokumentationen, ist gebildet. Kann arbeiten. Sie hat so wie es aussieht auch im Pferdestall gearbeitet. Ich denke sie hatte eine achtzig Stundenwoche zuhause. Gerade als ich den Gedanken zu Ende führen will tritt sie leise und tapsig in die Küche, ihr feuchtes Haar fällt ihr in ihren Locken bis zu ihrem Brustansatz, das Shirt ist leicht feucht. Und das genau an den richtigen Stellen. fuck. Ihr Gesicht ist leicht gerötet und ihre wahnsinnig heißen Augen blinzeln mich hinter ihren dichten Wimpern an.

Ich zeige ihr mit meiner Hand auf, sich zu setzen. „Hier iss und dann gehen wir schlafen. Morgen haben wir viel zu tun." Sie nickt und sitzt sich hin. Nimmt die Gabel und beginnt zu essen. Wir essen eine Weile schweigend. Das schummrige Licht hier drinnen lässt sie nur noch mehr strahlen.

„Wie lange warst du verheiratet will ich wissen." Ich muss heute mehr aus ihr herausbekommen. Frauen reden doch gerne beim Essen oder.

Sie sieht mich an, ihr Gesichtsausdruck verändert sich in Sekundenschnelle. Irgendwas zwischen Mordlust und Angst spiegelt sich für einen kurzen Augenblick in ihnen wider. Sie hat sich schnell unter Kontrolle. Ihr Gesicht zeigt mir nichts weiter, sie ist ganz normal weiter sie muss gelernt haben ihre Gefühle und ihre Motivationen für sich zu behalten. Ich sehe das, wenn ich es sehe.

„Sechs Jahre antwortet sie emotionslos, „Ja die Ehe war für ihn bequem, ich habe gemacht, was er wollte", ich nicke, esse weiter. Versuche es aber dennoch nochmals. Es ist zu wichtig. „Du weißt wirklich nicht, was wir finden könnten, wenn wir es finden? Keine Dokumente nichts?"

„Nein wie gesagt ich sollte nur meine Dinge erledigen. Ich war für den schein zuständig. Seine Pferde waren sein ein und alles. Mit ihnen, hat er denke ich das Geld gewaschen. Rennen organisiert. Kontakte geknüpft. Ich war nur der Tierarzt.

„Ist dir in dieser Zeit irgendetwas aufgefallen?" zögerlich antwortet sie mir „Leo hat nie vor mir über das Geschäft gesprochen. Niemals", ich konzentriere mich auf ihre Augen, das ganze Gespräch, es nervt mich einfach, „ok dann formuliere ich es um, hast du besonderes Verhalten beobachtet, das nicht immer so war?" „Du meinst aufgefallen inwieweit? Besonderes Verhalten von Leo? Dass er mich geschlagen hat, wann es ihm passte. Das ich in der kleinen Kammer bei den Pferden eingesperrt wurde, wenn das Essen nicht fertig war. Das ich seine Weiber mit ansehen durfte, dass ich keine Freunde einladen konnte. Das ich als einzigen Kontakt meine Tiere und deren Besitzer hatte. Oder was meinst du? Ach, weißt du tu nicht so, als würde dich so etwas interessieren", ok diese Tonlage ist mir auch neu. Ich benutze sie, sonst keiner gegenüber mir. Und schon wieder muss ich staunen. Über ihren Hitzkopf, ihre Raffinesse. Ihre Ehrlichkeit.

Ich starre sie an. Unsagbare Wut schießt in mich hinein. Fährt wie Lava durch meine Adern. Wut auf ihn. Nicht auf sie. Auch wenn sie mir geantwortet hat, wie jemand der Todessehnsucht hat. Niemand spricht so, mit mir. Und dennoch weiß ich, was ihr Antrieb ist.

„Was meinst du mit Weibern?" Scheiße, ich sollte etwas anderes fragen, aber ich muss das wissen. Wieso andere Weiber, wenn er sie hatte. Wieso veränderte sich ihr Gesichtsausdruck, wieder so schnell wie er gekommen ist. Ekel, Resignation ich weiß es wirklich nicht, aber es macht mich verdammt noch mal neugierig. Sie starrt mich an. „Wenn es mich nicht interessieren würde, hätte ich verdammt nochmal nicht gefragt. Ich hätte dich auch nicht unter meinen Schutz gestellt."

„Naja, wir hatten ein paarmal Sex. Also Gott ist das peinlich wieso willst du das wissen? Also wenn es hilft. Wir hatten Geschlechtsverkehr.

Er hat Ihn hineingesteckt, wir haben uns dabei nicht angesehen und fertig. Er wollte einen Erben. Aber ich bin nie schwanger geworden. Was ich damit sagen will, er steht auf alte Frauen und die paarmal Sex die wir hatten, war nur

Zweckgebunden. Er hat sich fast monatlich Weiber geholt. Gesehen habe ich davon aber kaum eine wieder. Ich, muss ich wirklich weiter darüber reden? Gott ich könnte im Boden versinken das ich das erzähle. Obwohl mich keine Schuld trifft. Anfangs dachte ich, ich wäre schuld, aber kann man schuld sein, wenn man das Richtige macht. Er ist es. Nein er war es." „Nein, du hast recht. Iss." Ich bin fast sprachlos. Zum einen, dass sie mir das jetzt erzählt hat. Gehört dazu Vertrauen? Oder steht es ihr einfach so über. Ich flüstere über den Tisch hinweg „Gott ist dieser Abschaum ekelhaft. Wenn ich die Möglichkeit hätte, würde ich ihn lebendig häuten und ihm seinen Schwanz füttern." Ich glaube sie weiß wirklich nichts.

Sie sieht mich an, spricht aber nicht dagegen. „Wenn es dir nicht egal ist, wie es mir geht. Dann frage ich dich eins. Weißt du was mit meinen Tieren ist?" Hoffnung keimt in ihrem Gesicht auf. „Ich habe jemanden geholt der sie füttert und die kranken zum Tierarzt gebracht. Ich habe nichts gegen Tiere. Also darüber musst du dir keine Gedanken machen. Deine Helferin hat anfangs noch weiter gemacht. Auch das, habe ich ihr bezahlt. Schließlich bist du meine Frau. Vertraue mir endlich einmal, ich habe es im Griff. Wie hieß sie? Lara? Lara. Sie kam die ersten Wochen noch."

Sie lässt die Gabel fallen und sieht mich an. Ich versuche unbekümmert weiter zu essen. Sie soll nur nicht sehen, dass ich mir über sie Gedanken mache.

„Ok ich glaube ich sollte dir danken" meint sie. Steht auf und wäscht ihren Teller in der Spüle ab. Scheiße ich weiß nicht einmal, wo hier der Geschirrspüler ist. Ich musste mich noch nie um so etwas kümmern. Sie spült und ihr fast trockenes Haar sieht so anziehend aus. Perfekt unperfekt. Rein. Natürlich, sinnlich. Merda. Ich möchte hineinfassen und ihren hübschen Kopf nach hinten ziehen, sie küssen und sie ficken. Auf jede Art und weiße. Scheiße.

Sie muss ins Bett es reicht für heute. Ich kann mir diese Gedanken nicht leisten. Ich habe Verpflichtungen. Ich gehe dennoch auf sie zu. Sehe ihr von hinten zu, atme ihren Duft ein. Einmal nur für Matheo denken, nur einmal er sein. Befiehlt mir eine Stimme, tief in mir drinnen. Eine fremde Stimme. Daria ist still geworden. Bewegt sich auch nicht. Sie wirkt nicht mehr so angespannt wie sonst. Sie lehnt sich sogar etwas an. Ich küsse ihren Hals. Gott schmeckt das gut. Ich fahre mit der Hand ihren Oberschenkel entlang. Hinauf zu ihrem Gesicht. Ihr Körper lehnt an meinem Oberkörper. Ich fahre mit meiner Hand langsam, sehr langsam über ihre Brüste. Zu ihrem Bauch drücke ihren Körper fester an mich. Sie dreht ihren Kopf nach hinten. Sie küsst mich. Ich muss sie weiter küssen. Hebe sie hoch auf die Ablage. Verschlinge ihren Mund. Halte sie fest. Stöhne in ihren Mund ohne verdammten Sex zu haben. Sie windet sich und küsst mich selbst. Unglaublich welche Gefühle auf mich eindringen. Ich schüttle den Kopf, kaum merklich. Kann meine Finger nicht bei mir behalten, ich höre ihr Stöhnen. Ich bin so auf sie fokussiert, dass ich nichts mehr um mich herum mitbekomme. Sie ist kaputt und müde. Ich flüstere ihr ins Ohr.

„Komm lass es stehen gehen wir hoch. Ich zeige dir nochmal dein Zimmer dann wirst du den weg sicherlich selbst finden. Folge mir." Sie nickt. Hüpft von der Ablage. Ich bleibe stehen, nehme ihre Hand, nehme den Ehering ab. Dieser abscheuliche Ring. Ekelhaft. Nicht der Ihrige, niemals. Ich nehme ihn wie meinen und werfe ihn in den Müll. Sie sieht mich an, sie weiß nicht, was sie davon halten soll. Anscheinend beschließt sie dieses Mal nichts zu sagen. „Er ist von Phil. Ich will ihn nicht an dir sehen." Sie nickt. Sie hat wohl verstanden.

„Wo ist Ada. Sie ist in ihrem alten Zimmer auf der anderen Seite des Hausens. Keine Angst hier ist es sicher. Es ist wie in einem Hochsicherheitstrakt. Falls doch etwas sein sollte in jedem Zimmer steht ein Telefon, das mit den entsprechenden Räumen verbunden ist. Die Nummern dazu liegen im Nachtkästchen." Sage ich ihr, während wir nach oben gehen. „Ok danke."

„Soll ich dich anrufen, wenn ich wieder wach bin oder kann ich mich hier dann allein bewegen?" Ich kann in ihrer Stimme nichts Verdächtiges hören.

Ich sage es ihr so wie es ist. „Du kannst dich alleine bewegen, weil ich keine Zeit habe dein Babysitter zu sein" Ich wollte eigentlich etwas anderes, ähnliches sagen und doch kommt dieser Arschlochmist aus mir heraus. „Ok" flüstert sie zurück.

Ich öffne die Tür dieses kleinen Gästezimmers und zeige ihr auf einzutreten. Es ist relativ kühl hier drinnen, solange wurde es nicht mehr genutzt. Ich habe dieses Zimmer noch nie gemocht. Es ist klein und die Fenster sind winzig. Ich habe nicht umsonst im Penthause, riesengroße Fensterfronten.

Die Einrichtung meiner Mutter, die irgendwann einfach weg war. Der Geruch nach altem Holz. Die Aussicht die nur den Blick auf den See preisgibt.

„Also dann bis morgen. Ich bin nebenan. Gute Nacht", meine Stimme klingt abgehackt. Dümmlich. Sie nickt und huscht hinein. Ich schließe die Tür und gehe nach nebenan. Schnell, ich traue mir gerade selbst nicht. Ich muss die neuen Erkenntnis verdauen.

Ich muss ein paar Stunden schlafen. Wenigstens ein Paar.

Hole meine Zigaretten heraus. Ich rauche kaum. Eigentlich nur wenn ich hier bin. Sie liegen da wie immer. Gerade als ich die dritte Zigarette ausdrücke, muss ich hinein gehen. Ich kann mir das Geheule von ihr nicht mehr anhören. Ich sehe auf mein Tablett und beobachte sie von der Cam im Zimmer. Gehört habe ich sie hier am Balkon schon einige Zeit. Sie liegt am Bett und weint. Fuck. Kann es noch nerviger gehen. Ich trinke einen weiteren Schluck Whisky und gehe nochmal duschen. Ich hole mir schnell und hart einen runter. Ich muss mir beweisen, dass ich sie nicht dafür brauche. Das ich keinen Fick und keine Verkostung ihres Körpers brauche. Noch funktioniert das. Wer weiß wie lange. Die Anziehung ist so groß wie ich sie nicht kenne. Auch damit kann ich nicht umgehen. Ich habe ständig das Gefühl ihr Nahe sein zu wollen. Als ich fertig bin und wieder auf die Cam sehe, scheint sie zu schlafen. Es ist ruhig und sie liegt friedlich drinnen. Himmel endlich.

Ich haue am Morgen gleich ab. Ich kann sie nicht sehen. Ich muss im Bunker den Wichser verhören den Nero heute Nacht aufgespürt hat.

Ich schreite mi meinen schweren Stiefeln und meinem Lieblingsmesser hinunter. Den langen Gang entlang. Ich bin froh, dass die Bilder meines Bruders weggekommen sind. Wir haben alles mit abwischbarer Farbe streichen lassen. Besser so. Der Penner sitzt nackt am Stuhl angebunden und lacht. „Wer bist du" will ich wissen. „Das geht dich einen Scheißdreck an" ich glaube ich höre nicht richtig. Was ist mit dem Spinner los. Will er sofort getötet werden. Ich weiß es besser, es wird so nur, umso länger dauern.

„Weißt du, wer ich bin?" frage ich ihn gefährlich ruhig. Wütend und gereizt wie nur selten und doch die letzten Wochen so oft. „Ja der Don, dass ich nicht lache" er lächelt sogar noch, versucht wohl lustig zu sein.

Ich frage ihn, stelle mich bedrohlich vor ihn. „Ich habe gehört du wolltest in mein Apartment. Was hast du da gesucht. Wer hat dich geschickt. Und was zum Teufel wollt ihr Wichser ständig von mir?" „Du bist witzig was denkst du denn. Denkst du wir wollen etwas von dir. Sie hat das, was wir wollen." Ok, dass lässt meine Aufmerksamkeit gleich nochmal intensiver werden.

„Was soll das heißen?" frage ich. Mann meine Laune ist so tief, es nervt einfach.

„Das heißt das du jetzt vor Neugierde platzen wirst und unwissend bleiben wirst. Denn von mir bekommst du nichts heraus." Er lacht. Zeigt sich wie ein selbstgefälliges Arschloch.

Ich schlage ihm blitzschnell in seine scheiß Fresse. Ich kann mich nicht zügeln. Er weiß nicht, dass es wegen ihr ist. Nero sieht mich ebenso verwundert an. Er rechnet mit Folter nicht mit Schlägen. Aber ich kann mich nicht Zügeln, wenn es um sie geht.

„Du schlägst wie ein Mädchen. Sag mir, ist sie genauso mädchenhaft im Bett wie du bei mir." Er reizt mich aufs Messer, er weiß es. So schnell schafft er es. Jetzt reichts ich schlage ihm mehrmals hintereinander in seine scheiß Fresse, sodass auch der beschissene Stuhl noch umfällt. Der Aufschlag am Boden ist Musik für mich.

Es dauert ein paar Sekunden. Sauerstoff erreicht meinen Verstand wieder. Fuck. Mein einziger Kontakt, und ich bringe ihn schon nach zwei Minuten fast um. Ich nicke Nero zu, mach weiter. Halte ihn am Leben. Ich komme morgen wieder. Wenn du fertig bist, treffen wir uns oben im Büro.

„Alles klar, Boss" er nickt bereits und fängt an. Aber ich muss hier weg.

Nero lässt sich vor dem Wichser nichts anmerken. Er zieht ihn auf die Beine und legt ihn auf den Boden im Eck in der Zelle. Wir können ihn pausenlos überwachen. Ich hingegen sehe nur Daria in der Zelle liegen. Sitzend, in ihrem Hochzeitskleid. Verkleidet, geschminkt wie eine Puppe, auf die mein Bruder stand. Er war pervers. Eindeutig.

Nero kommt im Büro an und ich gebe ihm zuerst einmal einen Drink. Ich weiß das gleich etwas kommen wird, er kann die Klappe nie halten.

„Was ist mit dir los Boss?"

„Was soll schon los sein. Der Wichser nervt mich."

„Fuck, ja das habe ich gesehen. Aber ich dachte nicht, dass du gleich eine Leichenschau daraus machen wolltest. Was ist mit den Infos, die du wolltest?"

„Weißt du langsam glaube ich wirklich es hat alles mit ihr zu tun?" frage ich ihn, gut eigentlich bestätige ich mir meine Gedanken. Er wird hellhörig. „Was meinst du?" Will er von mir wissen. „Du sagtest doch, sie kommt dir bekannt vor. Weißt du warum?" Frage ich ihn. Möglicherweise bringt uns das weiter.

Er sitzt sich wieder hin. „Nein, ich habe alle Spuren, die ich bisher verfolgte verloren. Es führt immer ins nichts." „Ich denke wir sollten eine Initialisierungsparty für sie Veranstalten. Als Frau des Dons. Alle einladen. Auch wenn gerade krieg herrscht. Er soll sehen, dass wir keine Angst vor ihm haben. Ich will alle einladen, um zu sehen wie sie sich ihr gegenüber verhalten. Oder etwas auffällig ist und das geht am besten, bei einer Party.

Abgesehen davon erwarten die Männer sowieso eine." Ich weiß sie warten wirklich. „Irgendwas stimmt an dieser Sache nicht. Dieser Leo war kein Mann, er war ein Perversling. Ein Frauenschänder. Ein gewalttätiges Arschloch." Er lacht „Ok und sorry Boss was bist du?"

„Ach halt die Schnauze Nero. Du weißt, was ich meine. Ich schlage meine Frau nicht. Ich halte sie nicht wie Vieh. Ich ficke keine Omas. Im Gegenteil ich habe ein Frauenhaus. Hast du das schon vergessen? Mir reicht es langsam wirklich. Aber ich muss mit meiner niedrigen Frustrationstoleranz umgehen. Ich bin das verdammt nochmal nicht gewohnt. „Ach apropos Geschäft. Bitte schaue heute im Casino vorbei. Es läuft normal alles wie am Schnürchen, doch ich will es überprüft haben." Ich gebe ihm ein paar Unterlagen. „Im Anschluss fahren wir nochmal zu ihrem Haus und gib bitte Ada Bescheid, sie soll das Fest planen. Sie ist die beste Wahl. Sie weiß, wie das abläuft. Und sie kennt die Personen, die eingeladen werden sollten. Wir machen es im großen Saal im Casino. Ich muss heute nochmal zu dem Wichser und den Rest aus ihm herausholen. Also Geld spielt keine Rolle."

Als ich nach Daria sehen will, höre ich sie bereits, bevor ich sie sehe. Mein Herz pocht. Ich spüre, wie mein Blut in Wallung gerät. Meine hübsche Frau, ich weiß, wenn ich jetzt die Tür öffne, dann bin ich ihr wieder verfallen. Es ist wie die Büchse der Pandora.

Und dennoch kann ich meine Hand nicht aufhalten. Kurz darauf erklingt Musik. Ich öffne die Tür. Sie steht vor dem kleinen Fenster. In ihrer Jogginghose und dem weitern Shirt. Spielt mit Anmut auf dieser Violine. Sie nimmt mich nicht war. Sie ist in ihrem Element. Die Töne vibrieren in meinem Innersten. Ich setze mich auf das Bett und sehe ihr dabei zu. Ich weiß nicht irgendwie lässt es mich etwas fühlen. Etwas das ich nie kannte. Etwas das ich lange nicht mehr fühle.

So etwas wie Bewunderung. Nein tatsächlich Bewunderung. Stolz etwas Angst. Es muss an der Musik liegen. Es ist bestimmt ein trauriges Stück. So hört es sich zumindest an, das macht meinem Schwanz jedoch überhaupt nichts aus. Ich will sie nur noch mehr ficken. Ihre geschickten Finger gleiten über die Seiten.

Ich stehe auf und gehe zu ihr hin. Streiche mit der Hand über ihr Haar. Sie hört sofort auf. Wirkt erschrocken. Verängstig. Weg ist die Anmut. „Spiel weiter." Flüstere ich ihr ins Ohr. So nahe, dass ich ihre Wärme spüre. „Spiel, ich habe noch nie jemanden so spielen gehört." Küsse sie auf den Scheitel. Es ist, als würden meine Lippen wieder brennen, ein Balsam aus scharfem Zeugs sich darüber ziehen. „Es gefällt dir?"

„Soll das ein Witz sein? Es ist Brilliant. Ich kenne viele Instrumentenspieler. Keine hat solch eine Leidenschaft. Solch eine Geschicklichkeit wie du, unglaublich."

Sie lächelt. Fühlt sich etwas wohler in meinem Arm. Ich fühle es genauso. „Es stört dich nicht? Ich musste einfach spielen, als ich sie sah"

„Nein spiel noch eins dann gehen wir nach unten." Ich setze mich auf den Sessel neben sie und lausche den Tönen, ich weiß nicht einmal, wann ich das letzte Mal einfach irgendwo nur so saß. Ich sehe mir ihr Gesicht genau an. ich kann es nicht länger leugnen. Ich will sie. Ich will sie so wie sie ist. Diese Person die mich berührt.

Diese Frau die mich nach mehr sehnen lässt. Die die sich nicht damit abgibt Don zu sein. Nein, ich will für uns Matheo sein. Ehemann. Freund. Vertrauter. In Gedanken versunken habe ich gar nichts mehr mitbekommen.

Sie grinst mich an. „Es hat dir wirklich gefallen." „Ja natürlich, sonst hätte ich es nicht gesagt. Ich sage, was ich denke und wenn ich etwas sage, dann meine ich es ernst." Sage ich ihr. Das ich das für mich selbst nicht geltend mache. Das braucht sie nicht zu wissen. Genauso wie ich ständig mit meinem Schwanz verhandele. Der zum Schluss doch immer gewinnt.

„Hör zu. Ich muss heute nochmal länger weg. Du kannst jederzeit zu Ada gehen. Es ist hier sicher. Mona ist unten und kocht Mittagessen. Lass sie machen. Du musst hier nichts machen. Du bist nicht mehr in deinem alten Zuhause verstehst du mich. Ich komme am Abend und dann reden wir. Verstanden. Es ist an der Zeit einiges zu klären. Du bist meine Frau und wir müssen schauen, was wir regeln können."

„Matheo. Kommst du wieder? Kann ich dir vertrauen? Wirst du immer zurückkommen? Das hier ist nicht mein Zuhause. Es ist nicht mal dein richtiges Zuhause. Ich habe hier Angst. Verstehst du?" Sie spricht endlich mit mir, mir als Person. Ihre Gefühle und ihre Bedenken. Ich bin erleichtert, ich merke aber schnell das das auch nicht viel besser zu sein scheint. Jetzt kommt die Verantwortung wieder, sie verlässt sich auf mich, nein sie wünscht sich, dass sie sich verlassen kann. Sie hatte diesen Weg nicht gewählt. Er ist ihr aufgedrückt worden, von einem Bastard wie mir und nun soll ich das irgendwie gut machen oder ich sage nichts, es ist meine Wahl.

„Ich komme. Ich werde immer wieder zurückkommen. Mi dai vita, suoni per me, fai rivivere i miei sentimenti. Sto tornando, tesoro mio!" Sage ich ihr. Sie haucht mir Gefühle ein. Auch wenn ich das, nicht will. Sie lässt meine Sinne aufleben. Meine Hübsche. Meine Stimme ist mir selbst fremd. Ich kenne diese, mit diesen Gefühlen nicht. Nur gut, dass sie mich nicht versteht.

Soll sie auch nicht. Ich bin nicht bereit das zu sagen, was ich denke. Für uns beide ist es besser so. Ich nicke ihr zu und verschwinde. Es ist besser schnell abzuhauen bevor ich handle ohne zu Denken und wir das Gespräch womöglich noch vertiefen.

13. Daria

Scheiße, was war das für ein Tag, was für ein Abend. Ich kann mich nicht erinnern jemals so viel Erotik gespürt habe.

So viel von diesen warmen Gefühlen mit so wenig Körperkontakt. Dieser Mann ist der pure Sex. Diese Muskeln. Nein dieses muskelspiel. Ich muss heute sofort mit Ada darüber sprechen. Zum Glück spricht sie mit mir darüber, auch wenn es ihr Bruder ist. Wie kann das nur sein. Sein

Gesicht gleicht oftmals dem eines Monsters. Diese Augen brennen vor Wut. Als gestern Nero kam und mit ihm gesprochen hatte. Sah ich es. Die Maske des Zornes. Sein Kiefer hatte sich angespannt.

Sein kompletter Körper war wie ausgewechselt. Und dennoch konnte ich nur an diese Zunge, diesen Mund und diese verschlingenden Hände denken. Kann man von ein oder zwei Mal ausprobieren schon süchtig werden. Ja es ist nicht nur das, auch seine Wahrnehmung, er sieht mich, Daria, so kommt es mir zumindest vor. Auch wenn mein Handgelenk, mein Fuß und meine Seele noch schmerzen, suche ich mehr. Mehr von diesem Mann.

Ich muss verrückt sein.

Jede einzelne Alarmglocke sollte angehen, ich weiß es. Vieleicht ist es, weil ich keine andere Art von Mann gewohnt bin. Als er mir dann den Ring abgenommen hat, ihn weggeworfen hat. Fühlte ich

Erleichterung, ich bin froh, dass er es getan hat. Wie oft wollte ich ihn loswerden.

Ich würde ihn genauso in die Mafia hineinziehen, wie ich selbst in diesem Konstrukt drinnen stecke. Genau da ist das Problem. Ich werde nie frei von ihnen sein. Ich weiß es. Ich werde nie ein normales Leben, leben. Nie Kinder haben. Nie meinem Beruf anständig nachgehen können. Scheiße ich heule schon fast, während ich diesen leckeren Kaffee trinke. Es ist unglaublich wie still es sein

kann. Still, wenn man jemanden erwartet. Still wenn man das Haus nicht kennt und still, wenn man weiß, dass irgendwo diese Haushälterin herumschwirrt und ich sie nicht höre oder sehe. Zugegeben ich habe etwas Angst vor ihr. Ich vermute sie wird genau so kalt sein, wie der Rest dieses Hauses, oder dieser Villa.

Diese Uhr hier unten in dem Küchenbereich, tickt genauso nervend wie diese in meinem Zimmer. Ich musste die Batterien entfernen. Dieses winzige Fenster und diese dunkle Aura des Hauses haben mich nicht schlafen lassen. Ich war wieder in einem Traum gefangen. Diesen

Traum, den ich erst seit kurzen wieder ständig habe. Ich in diesem Betonraum, dieser mörderische Gestank, diese Kälte die einem die Knochen gefrieren lässt. Diese Nässe, die aufsteigt und einem zu verschlingen droht. Ich kann es, wenn ich darin gefangen bin, fast riechen. Es ist, als wäre es real. Ich sollte vielleicht mal Bücher über Traumdeutung lesen, ich weiß es nicht, was das Beste ist. Vergessen, funktioniert jedenfalls nicht. Ständig zerbreche ich mir auch darüber den Kopf, weil ich nicht verstehe, wieso es jetzt immer öfter kommt, fast jede Nacht. Ich darf nicht einmal daran denken, dass ich dazu auch noch Stimmen höre. Jeder der das hört wird mich für verrückt erklären.

Dennoch ist es so, dass sie sich so real anhören. Dieses Weinen. Ich liebe dich kleines. Ich liebe dich kleines. Es wird fast jede Nacht mehr und mehr. Auch diese seltsamen Phantomschmerzen kamen seit zwei Nächten dazu. Meine andere Hand brennt währenddessen und fühlt sich so schwer an. Ich höre immer wieder ein nein. Nein, kann aber in dieser Dunkelheit nichts erkennen. *Oder ich wache dann auf*

In Gedanken versunken schrecke ich auf als mir jemand auf die Schulter klopft. Nein es ist eher ein über die Schulter streichen. „Hallo", fragt mich diese Stimme. Ich verschütte fast den Kaffee und springe auf. Mein Puls ist so hoch, ich merke erst jetzt, dass mir die Tränen wie Wasser herablaufen. Oh Gott. Das ist die Haushälterin ich sehe es an der Schürze. Sie sieht ebenfalls erschrocken aus. „Hallo, sind sie Daria?" Will sie wissen. Ihre Stimme lieblich und warm, ganz anders als erwartet. Ich schüttle mich, als ob ich diese schrecklichen Träume somit abschütteln könnte. Ihre Stirn kräuselt sich ein wenig aber ihre Lippen schmunzeln. Ich sehe sie überlegt. Stotternd bringe ich ihr entgegen: „Äh ja guten Morgen. Sind Sie die Haushälterin? Wie darf ich Sie ansprechen. Ich meine, haben Sie einen Namen? Ach, natürlich haben Sie einen Namen. Entschuldigen Sie, ich bin gerade nicht in bester Verfassung." Sie wird denken, ich bin nicht ganz bei Trost, ja da sind wir dann schon zu zweit.

„Oh Liebes. Ich sehe es. Ich bin Marta. Komm setzen Sie sich." Sie schnippt seltsam mit dem Finger, wirkt aber dadurch nur charmanter. Die grauen Strähnen, diese nette Schürze. Ein tolles Gesamtbild entgegen dem was ich vermute was sich hier abspielt. Sie reicht mir ein

Taschentuch und läuft bereits in der Küche umher. „Ich mache Ihnen noch einen Kaffee. Mein Matheo meinte, Sie trinken Kaffee. Haben Sie schon gefrühstückt? Ich mache Ihnen schnell etwas. Kommen Sie. Wollen Sie sich in den Saal setzen?

Normalerweise sitzt hier nie jemand." Ihr Lächeln erwärmt einen schnell. Puhh, sie ist bis jetzt eine der wenigen netten Personen, die ich hier erwartet hätte. Sie will mir Kaffee machen. Natürlich ist es ihre Arbeit. Aber ihre Stimme sagt mir etwas anderes.

„Danke, vielen Dank. Martha. Ich bin Daria. Sagen Sie bitte Du zu mir. Ich komme mir sonst seltsam vor. Wäre das für Sie ok?" Ihr Lächeln wird breiter, sie nickt. „Magst du Toast und Eier. Ja gerne alles, was meinen Magen füllt. Die Pasta gestern war himmlisch. Ich kann leider nicht so gut kochen. Aber Toast und Eier wären jetzt herrlich."

Sie stellt die volle Tasse Kaffee vor mir ab. Milch und Zucker stehen bereit. Ich gebe großzügig hinein. Ich will richtig wach werden. Außerdem hat mir schon wirklich lange keiner mehr einen Kaffee zubereitet.

„Was ist mit dir los Daria. Warum hast du so geweint?" Sie räumt die Küche weiter auf, ich weiß sie will nett sein. Sie summt ein Lied und hüllt den Raum mit Herzlichkeit ein. in Sekundenschnelle füllt er sich mit Wärme, freundlicher Energie. Man fühlt sich trotz allem einfach wohl. Ob es bei allen so ist. Ich meine ich kenne niemanden wirklich aber in kurzer Zeit sind sie alle, wenn man genau hinsieht, alle sehr nett. Freundlich, haben ein Herz. Total anders als ich es erwartet hätte. Warum können sie nicht einfach nur schlecht sein.

„Ach nichts. Ich hatte schlechte Träume. Und dann die ganzen Vorkommnisse der letzten Wochen. Ach was sage ich, der letzten Jahre. Ich bin einfach erschöpft. Ausgelaugt. Verstehst du Martha?"

Ich lächle auch sie an. Aber mehr will ich nicht sagen, es ist besser seine Geheimnisse für sich zu behalten, sich nicht angreifbar zu machen. Wer weiß wie es mit ihrer Loyalität zu Matheo steht. „Ach liebes, ja ich verstehe dich. Ich habe dir, als du herkamst, immer gekocht. Und durfte es dir nicht bringen. Ich habe dich gesehen am Tag der Hochzeit. Es hat mir fast das Herz gebrochen. Und jetzt bist du mit meinem Matheo verheiratet. Gut verstehe mich nicht falsch. Die Art und Weise. Ich weiß. Es ist nicht richtig. Bei Gott nicht.

Aber ich bin froh, dass du nicht mit Phillipe leben musst", ihre Stimme wird immer leiser. Ich weiß genau, was sie sagen will. Ich bin in die Mafia geboren. Es gibt kein Entkommen. Ich habe es vielleicht mit ihm nur nicht so schlecht getroffen. Doch soll ich das so Akzeptieren. Nein. Die Hoffnung sagt mir, ich will frei sein.

Sie schüttelt den Kopf. „Komm ich zeige dir das Haus etwas. Heute kommt der Arzt dann kannst du dich untersuchen lassen. Du brauchst keine Angst zu haben er ist ein sehr guter Arzt. Er meinte du brauchst nochmal einen Kontrolltermin, du hattest eine ziemliche Lungenentzündung. Und bevor du fragst, nur ich habe dich gewaschen und umgezogen, als du die Tage im Bett lagst. Van ist ein langjähriges Mitglied unserer Familie. Er ist noch etwas verletzt, aber er kommt zurecht." Sie zwinkert mit den Augen, lächelt. Ein warmes lächeln. Ihre Schuhe klappern auf dem teuren Boden. Sie ist alt, würde ich sagen, aber das zeigt ihr Körper keinesfalls. Ich habe hier sowieso noch keinen gesehen der untrainiert oder schlapp war.

„Du kannst dich überall bewegen außer im unteren Bereich mit der großen dunklen Tür. Das sind die privaten Räume, des Hausherren. Aber es ist abgeschlossen also kann dir da nichts passieren. Nebenan ist eine Spiegeltür. Hinter dieser ist das Büro. Dieses ist abgeschlossen, aber auch wenn offen ist, gehe bitte nicht hinein. Es ist schlichtweg zu gefährlich verstehst du. Mein Motto ist nichts hören, nichts sehen- es lebt sich sicherer." Ihre Worte, mit einem liebevollen Lächeln im Gesicht.

Sie geht weiter meint, „Im Wohnzimmer geht eine Tür in den Garten. Eine Terrasse befindet sich draußen und ein Pool. Nächste Woche wird er wieder beheizt werden. Jetzt ist es ja doch schon etwas frisch. Wenn du weiter hinter gehst, kommst du durch einen traumhaften Garten und einen kleinen See. Er gehört zum Grundstück, auch wenn er etwas entfernt liegt. Er ist mit der gleichen Mauer umzogen wie das Haus. Die Wachen Patrollieren stündlich. Also wundere dich nicht, wenn du jemanden siehst. Es ist hier absolut sicher. Nach außen und innen. Ja?" Ich sehe, sie meint ich soll nicht ausbrechen. Ihr schmunzeln verrät sie. „Danke ja das hat Matheo auch schon gesagt. Ada ebenfalls."

„Weißt du, ich sage dir etwas. Lass die letzte Zeit für dich Revue passieren, Daria. Je mehr du als unwichtig erachtest umso eher findest du das Wichtige. Das sind meine Worte an dich. Ja und Ada hat mir schon von dir erzählt. Du bist ihr in dieser kurzen Zeit eine gute Freundin geworden. Ich finde das so schön für euch beide. Weißt du ich bin zu alt, um eine Freundin zu sein. Ich bin einfach eure gute Fee. Wenn man so will. Ich mache meinen Job und den Rest des Tages verbringe ich in meiner kleinen Wohnung fast gegenüber. Wir haben auf der anderen Straßenseite ein Haus mit mehreren Wohnungen, wo wir wohnen. Also ein paar Soldaten mit Familie und ich. Jeder hat seine eigene. Darauf wurde hier immer wert gelegt. Darauf, dass es uns gut geht."

Ich nicke, wiederhole ihren Satz. „Dass es euch gut geht. Ich verstehe. Wie kommst du damit zurecht, dass wir hier mitten in Mord, Korruption, Geldwäsche, Handel und Drogen leben?", frage ich sie. Ich weiß nicht, wieso sie darüber hinwegsieht.

„Liebes. Ich arbeite nur hier. Ich weiß von nichts verstehst du, meine Lippen sind versiegelt. Loyalität das ist das das uns in dieser Welt weiter bringt. Was ich dir aber sagen kann ist, dass es gefährlich sein kann nichts zu wissen, sich selbst nicht zu schützen. Hier nimm das" Sie fasst in ihre Tasche unter der Schürze. „Hier mein Joker, mein kleines Messer, weißt du eine Frau hier bei uns, sollte auf alles vorbereitet sein. Lerne damit umzugehen. Merke dir, Fleisch gibt den Knochen und den Organen die Hülle, wenn du es verwendest, dann zögere nicht es richtig zu benutzen. Handle, bevor es gegen dich verwendet wird. Bewahre es auf, dort wo du es findest. Nicht da, wo es gefunden wird." Sie nickt mir aufmunternd zu, ihre Augen sehen mich so an, als würde sie in mein Innerstes sehen.

Ich sehe sie an, aber ich verstehe, ich sollte lieber für den Notfall etwas haben.

Wieso sie mir das jetzt gibt, nach so kurzer Zeit, kann ich nicht sagen. Ihre Worte haben sich in mein Gedächtnis gebrannt. Ich nehme es nickend an.

Ich bedanke mich. Es fühlt sich so schwer in meiner Hand an, obwohl es leicht ist. Ich muss es nachher sicher verstecken. Ich hoffe ich werde es nie brauchen. Ich sage lieber nichts und lächle sie an. Ich bin einfach nur müde und werde mich erst einmal warm baden. Die kühle Spätsommerluft weht draußen und ich möchte später, nachdem der Arzt hier war, den Garten erkunden. Nachmittags sollte das Wetter besser sein. Vielleicht werde ich Ada abholen. Ich habe gesehen ihre Nummer steht auch auf der Telefonliste.

Dieses Bad ist grandios. Hell freundlich. Das habe ich heute Nacht gar nicht gesehen. Das Messer lege ich unter die Pflanze im Blumentopf. Ich hoffe es rostet nicht. Trotz, dass ich mich bemühe, finde ich kein anderes Versteck. Ich lasse warmes Wasser hineinlaufen und viel von diesem Hafer Schaumbad. Es hört sich besser an, als es duftet. Das steht fest. Ich verschließe die Tür und lasse mich langsam in dieses warme Wasser gleiten. Mein Körper wird mit Wärme umgeben. Es fühlt sich himmlisch an. Im Geiste spiele ich wie so oft, auf meiner Geige. Ich fühle die Musik. Fühle die Klänge. Sie könnten nie ausgelöscht werden ich werde sie immer hören. Komme was wolle.

Während ich mich einschäume, wandert meine Hand fast automatisch zu meiner Mitte. Es fühlt sich so gut an, so gut, dass ich meine Vagina massiere. Mit leichtem Druck, kreise mit der anderen Hand meine Brust massiere, an den Brustwarzen ziehe. Meine Atmung geht schon wesentlich schneller. Ich fühle dieses gute Gefühl wie es sich über meinem Körper ausstreckt. Meine Vagina kribbelt bereits. Ich werde immer schneller und drücke fester auf diesen einen Punkt, diesen Punkt, von dem ich weiß, dass ich gleich über die Klippe fallen werde. Ich schließe meine Augen und lasse meine Hand die Führung übernehmen. Fester schneller. Während sich hinter meinen geschlossenen Augen, Bilder von Matheo abspielen. Ich kann und will es nicht abstellen. Es ist nur Fantasie, rede ich mir zumindest ein. Kein Wunschdenken, nichts. Er würde mit seiner Zunge über meine Spalte lecken, meinen Kitzler necken. Und mit der anderen Hand, in mich eindringen. Sobald ich sich diese Bilder in meinem hoffnungslosen Gehirn abspielen und ich seinen sexy Körper vor mir sehe explodiere ich.

Der Orgasmus saust durch meinen Körper, während ich versuche so leise wie möglich zu sein, als sich jede Faser in mir zusammenzieht. Meine Muskeln sich anspannen trotz des entspannenden warmen Wassers. Die Explosion geht über in meine Atmung und ich falle. In einen grandiosen Orgasmus. Gott wie lange hatte ich schon keinen mehr. Ich weiß es gar nicht. Ich habe mich nie so wohl gefühlt, um mir dieses Gefühl zu gönnen. Bemüht versuche wieder langsamer zu atmen und mich fertig einzuseifen und mein Haar zu waschen. Ich dusche mich schnell ab und gleite mit gutem Gefühl aus dieser himmlischen Wanne.

Unten angekommen ruft mich auch schon Martha. Der Arzt kommt gleich. Ich hoffe er hat etwas Vitamine für mich. Irgendetwas, um mich gesünder zu fühlen. Ada hat in einer Stunde Zeit, also können wir danach in den Garten.

Da steht er wieder vor mir, dieser Arzt. Ich habe nicht damit gerechnet, dass mich der Anblick jetzt so zurückversetzt.

„Hallo Daria, ich bin Van also eigentlich Giovanni, aber niemand nennt mich so, irgendwann wurde nur noch Van daraus", er lacht. „Du kennst mich ja bereits." Er gibt mir die Hand. Gott mir rutscht das Herz in die Hose. Er weiß das ich ihn auf meinem OP- Tisch hatte. Er weiß das ich ihn wie Vieh behandelt habe. Allerdings weiß er nicht das ich Tiere besser behandle als Menschen. Ich habe wirklich gewollt, dass er lebt.

Dann passiert es, er zieht mich in seinen Arm, er hat Tränen in den Augen. Und dankt mir. „Danke Daria. Ich danke dir tausend Mal. Meine Frau und mein kleiner Sohn danken dir ebenfalls, von Herzen. Du machst dir kein Bild wie meine Frau dich vergöttert. Du hast mir das Leben gerettet. Du hättest nicht müssen. Doch du hast es getan. Entschuldige ich spreche, wie ein Wasserfall", er hört sich an, wie ein normaler Mensch, trotz seinen Tattoos, seiner Glatze und seinem Goldschmuck. Ich nicke einfach unfähig etwas anderes zu sagen. Ich bin froh, dass er am Leben ist. Ich freue mich das ich helfen konnte. Ich bin gerade mit meinen Gedanken und der Freundlichkeit überfordert.

Er schüttelt mir die Hand. Dieser seltsame Typ „Es tut mir leid, aber er hat auch erwähnt, dass du unter starken Albträumen leidest. Ich hätte etwas das dich müde macht, dass du etwas zur Ruhe kommst. Richtig schlafen kannst." Er nickt mir zu und wartet darauf das ich antworte oder so etwas. „Du brauchst bitte viel Ruhe, um wieder fit zu werden. Körperlich und geistig, verstehst du. Die Sorgen des Menschen liegen im Magen, die Wut in der Leber, die Angst im Geiste." Ich weiß nicht genau, was er mir damit sagen will. Alle hier sprechen solche spirituellen Sätze, ganz im Gegensatz zu dem, wie sie aussehen.

Er gibt mir alles. Er hat mich sogar abgehört und in meinen Mund gesehen. Ich will gar nicht darüber nachdenken, wie es mir hier gehen würde oder wie lange ich noch zu Leben gehabt hätte, wäre er nicht mehr am Leben. Wäre Van nicht gekommen, wäre auch Matheo nicht gekommen, wäre ich bei Leo geblieben. Scheiße. Ich bin es gewohnt, wenn Tiere sterben, dass die Besitzer zwischen Verständnis, und Lust auf Mord und Totschlag mir gegenübertreten. Aber das hier, ist eine andere Nummer. Mit nichts zu vergleichen.

Der Nachmittag ist viel zu schnell vergangen.

Ich habe darüber nachgedacht, wie oft ich mit Matheo tatsächlich einen normalen Tag verbracht habe, bei ihm im Penthause. Wie oft wir einfach zusammen gegessen haben. Wie wir uns über belanglose Dinge unterhalten hatten. Wie er über Ada spricht. Wie er sich um seine Männer kümmert. Ich habe Ada heute mit ihrem Rollstuhl abgeholt. Sie hat dort eine wirklich tolle Wohnung. Aber man sieht, dass sie sich nicht wirklich dort eingelebt hat. Seit ihrer neuen Situation. Es ist nicht alles zu erreichen und sie sieht von heute auf morgen wieder trüber aus. Ich kann es nachvollziehen. Gut ich werde niemals nachvollziehen, wie es ist nur ein Bein zu haben, aber ich weiß, wie es ist, wenn man nicht das tun kann, was man will. Ohne anmaßend zu sein. Ich wurde lange genug gefangen gehalten. Ich hatte nie so viel Freiheit wie hier, dennoch möchte ich für Ada etwas tun. Marta hat mir geholfen und ein Picknick für uns am See hergerichtet. Tolle warme Getränke und etwas Croissants. Perfekt für den herbstlichen Tag. Ich habe eine Decke ausgebreitet und wir sitzen dort. Ada hat sogar, obwohl es kalt ist, ihre obligatorische Decke für ihre Beine abgelegt. Wir reden und reden. Stundenlang über alles Mögliche.

Wie so oft.

Sie ist für ihr Alter sehr reif. Und sie ist stark. Ich sehe es. Ihr fehlt nur das Anschubsen. Mit ihr habe ich auch das erste Mal mit jemanden darüber gesprochen, dass meine Mutter gegangen ist. Wieso hat sie mich bei meinem Vater gelassen? Musste sie gehen? Es tut so gut meine Gedanken mit jemandem teilen zu können.

„Weißt du Daria", meint sie plötzlich, während wir den See ansehen, die Bäume, die darum liegen. Die Vögel die zu hören sind. So eine beruhigende Stille. „Liebe sie ist nicht im Diesseits. Sie ist groß. Größer als man denkt. Sie ist allgegenwärtig. Ich erkenne Sie, wenn ich sie sehe. Ich beobachte gerne die Menschen. Weißt du, vor dem Vorfall war ich im Casino dabei. Ich habe mir die Sprache des Gesichts eingeprägt. Die Fassetten der Gefühle. Und bei Matheo, da weiß ich, dass es noch Hoffnung für ihn gibt. Ich habe ihn noch nie so wie mit dir gesehen. Ja wirklich. Er ist so anders mit dir. Und dieser Blick. Ich kenne die Blicke der Männer. Gut, mittlerweile bekomme ich keine heißen Blicke mehr, wenn sie meinen Rollstuhl sehen. Aber sein Blick, wenn er dich sieht, ist nicht nur heiß, sondern verschlingend. Von ganz tief.

Ich wusste nicht, dass er dazu fähig ist. Es gibt mir Hoffnung. Und dass, obwohl du sagst, ihr hattet noch keinen Sex. Himmel das kann ich von ihm nicht glauben. So kenne ich ihn nicht." Sie wirkt glücklich hat aber genauso wie ich Tränen in den Augen. Sprich aber weiter. „Weißt du, seine Frau war mehr eine Freundin der Familie. Es war schon immer arrangiert. Sie haben nebeneinanderher gelebt. Es war für ihn wie Liebe, da bin ich mir sicher. Er kennt es nicht anders. Und langsam, da verändert er sich mit dir. Ich spüre es und ich wünsche es mir. Er kommt täglich einmal zu mir und sieht nach, ob es mir gut geht. Die Veränderung die er bis jetzt durchgemacht hat, in Bezug auf dich. Sie lässt mich hoffen. Hoffen, dass er sein Glück findet. Er ist mir der beste Bruder, den ich habe. Ohne ihn würde es mir auch anders gehen. Er gibt sich die Schuld für das, was mir passiert ist. Vergiss das bitte nicht."

Ich weiß, was du meinst. Ich kann es selbst sehen, ich spüre es. Ich wusste nicht, dass er nett sein kann. Ich habe ihn immer als riesigen, kranken Bastard gesehen. Vor allem, als ich ihn bei unserer Hochzeit das erste Mal sah. Er legt eine Maske auf und jeder, wirklich jeder, fürchtet sich sofort vor ihm.

„Ja weißt du, er ist der Struggler. Ich weiß nichts. Merk dir das. Ich höre alles, aber ich weiß nichts. Es ist für uns Frauen sicherer." Sie lächelt entschuldigend.

„Was ich aber weiß ist, das, was in unserer Welt für alles von Bedeutung ist. Ihr müsst Sex haben, unbedingt. Ohne ihn seit, ihr nicht verheiratet. Wenn das der Falsche herausbekommt, ist Matheo geliefert. Die Ehe ist nicht vollzogen. Er lügt somit für euch. Lügen ist bei uns gleichgestellt mit Verrat. Gefährlich, Daria."

„Danke was soll das, du machst mir gerade keinen Druck", meine ich zu ihr. „Und ich will Sex mit jemanden, den ich liebe. Ich hatte genug Sex ohne Liebe. Das will ich nicht mehr. Auf keinen Fall."

Sie nickt mir zu, schüttelt dennoch den Kopf. „Weißt du ich denke auf Ebbe kommt nicht gleich Ebbe. Dazwischen gibt es irgendetwas, das sich lohnt. Das es zum Festhalten gilt. Das sich zum Erforschen lohnt. Die Flut, die Wellen, sie kommen und vertreiben die Ebbe. Verstehst du? Ich muss herausfinden, ob wir irgendwo eine Chance haben. Ich bin nun mal hier und komme genauso wie du, nicht so leicht hier weg. Aber das ist es auch nicht. Ich will es versuchen. Aber irgendetwas sagt mir das es sich lohnen könnte. Lohnen mit ihm.

Ich fühle mich bei ihm gut. Ich bin so dumm, oder? In meinen Körper kommt eine Anziehung zum Vorschein, die ich noch nie erlebt habe. Es ist wie, wenn mich das Dunkle anzieht.

Ich weiß das ich mich verbrenne, wenn ich es anfasse und dennoch will ich es anfassen. Ich will hinter diese Maske sehen. Will sehen, was er für ein Mensch ist. Und Gott steh mir bei, ich will diesen heißen Körper anfassen. Sorry, ich weiß er ist dein Bruder. Aber sind wir mal ehrlich, er sieht so heiß aus." Ich lache sogar. Mein Gefühl sagt mir, es könnte sich lohnen einmal weiter zu denken. Es kann doch unmöglich immer alles nur Entweder, Oder sein. Er beweist es mir gerade. Er ist nicht nur Don. Er ist eben auch Matheo.

„Nein meine Liebe. Ich verstehe dich. Sie lächelt mir auch zu. Trinkt einen Schluck Kaffee „Ich weiß, was du mir sagen willst. Aber pass auf, was du dir wünscht. Vielleicht wird es wahr werden." Meint sie und wir lachen.

Doch irgendwann sehe ich in ihr Gesicht und sehe, dass sie nicht mehr lacht. Stattdessen höre ich, einen lauten Schrei. So laut, dass ich denke, mein Trommelfell platzt. Scheiße, Scheiße. Scheiße, ich sehe eine Wasserleiche auf uns zukommen. Ich schreie mittlerweile genauso wie sie. Sie fällt zur Seite und verschüttet alles an Essen und Trinken. Die Situation scheint aus den Fugen zu geraten. Sie schreit und kann sich nicht mehr einkriegen. Ich habe Angst, dass sie vom Steg fällt. Sie schreit „Papa, Papa." Oh nein, plötzlich verstehe ich, es ist ihr Vater, der hier im Wasser treibt. Durch meinen ganzen Körper, durch jede Faser schießt Adrenalin und ich weiß nicht, was ich machen soll. Ich ziehe sie und ziehe. Sie wehrt sich, aber sie muss hier weg. Wer weiß, was noch alles geschieht. Wir müssen hier weg. Ich ziehe sie Richtung Rollstuhl und summe ihr, und vor allem mir ein Lied. Das Gleiche, dass mich immer beruhigt. Ich muss mich selbst damit beruhigen. Ich ziehe sie mit ganzer Kraft herum und zerre sie in den Rollstuhl. Ich schreie sie an, als sie wieder heraus möchte.

„Wir müssen rein, wer weiß wer noch kommt. Scheiße Ada. Wir müssen los. Bitte." Ich schiebe den Stuhl den seltsamen kleinen Weg entlang. Es geht so schwer. Die Lautstärke die Ada abgibt, macht es nicht einfacher. Ich sehe, vor lauter Tränen fast nichts. Ada, die immer noch schreit, und Matheo der zusammen mit Nero fluchend auf uns zustürmt. Nero hält ein Fernglas. Und eine Waffe. Sie haben alle beide eine Waffe, sie sind bereit alles zu vernichten.

Ich spüre das Adrenalin der beiden, auf uns zukommen. Ich habe Angst. So viel Angst. Falle wieder mal hin, weil mein Fuß immer noch nicht ganz gut ist, es geht alles so schnell, es fühlt sich an wie in einem Film. Doch sobald ich auf der Erde ankomme, hat er uns schon erreicht. Er hebt mich hoch, Nero schnappt sich Ada und sie bringen uns ins Haus. In das Wohnzimmer. Die trügerische Ruhe hier drinnen, ist es jedem bewusst. Erst als Ada aufhört zu schreien, beginnt er zu sprechen. Er sieht aus, als wüsste er nicht, was er machen soll. Das macht mir nur noch mehr Angst. „Was war los? Wieso habt ihr so geschrien?" Brüllt nun er, doch es kommt von uns nichts heraus. Ich atme noch so schnell und das Gewusel um uns herum, macht es kaum möglich.

„Vater, dort", beginnt Ada, sie beeilt sich, zeigt zum See. „Vater ist tot im Wasser, am Teich." Er kommt wieder einen Schritt auf sie zu. „Was, du willst mich wohl verarschen? Bist du dir sicher?" Sein Blick, schweift zwischen uns beiden und dem See hin und her. Er ist eigentlich auf dem Weg zum See, zumindest mit einem Bein, bleibt aber stehen. Nimmt sein Telefon. Sein Kiefer mahlt. Die Augen strahlen Mordlust aus. Auch seine ganze Haltung ist angespannt. Er ruft die Wachen an, sie suchen den Teich ab. Die Meisten, waren nach unseren Schreien sowieso schon am Weg dorthin. Sie sollen sofort anrufen. Es dauert keine Sekunde, schon klingelt das Telefon.

Ich kann es nicht glauben.

„Nero, du bleibst hier. Ihr Zwei, keine rührt sich", höre ich noch, dann ist er bereits weg. Dreht sich um und stapft hinaus. Weiß Gott, was er jetzt da sucht. Ich denke nicht, dass noch jemand von ihnen hier sein wird. Aber was hat er vor? Ich habe schon mal vermutet das er sich in solchen Situationen nicht mehr kennt. Er wird da draußen alle in Fetzen reißen. Irgendwie denke ich daran, wie der liebenswürdige Matheo jetzt draußen neben dem Don steht und um seinen Vater trauert. Das kann doch nicht wahr sein. Doch ich muss einfach, an seiner Seite sein. Ich merke, wie sich mein Verstand wieder verabschiedet. *Ich kann nichts dagegen tun.*

Ich laufe hinaus zu ihm, ich will bei ihm sein. Ich will sehen, was da los ist. Es interessiert mich nicht, was er gesagt hat. Dieses Mal nicht. Ich habe das Gefühl ich muss mich dort aufhalten. Ich weiß nicht warum. Aber er ist mir schon zwei Tage aus dem Weg gegangen. Fragen über Fragen und ich kann einfach keine Antworten finden. Es ist wie mit diesem Buch, das ich zuhause habe. Dieses Heftchen. Es sind diese Noten, die mich darin anziehen. Dieser alte Geruch und dieses verblichene Papier. Ich weiß genau, dass es nicht in meinen Sachen war. Doch irgendwann war es im Schubfach meiner Praxis. Versteckt unter all den Dokumenten meiner Patienten. Eine weitere Frage, auf die ich wohl nie eine Antwort bekommen werde.

Die Frage, was mit meinem Vater ist, ist für mich aktuell aber die dringlichste. Ich will wissen, wo er ist und wo ich sein muss, um ihn nicht mehr wieder zu sehen. Ich will wissen, ob Matheo weiß, wo er ist. Die Gedanken überschlagen sich gerade in

Höchstgeschwindigkeit. Es ist eine richtige Flut und ich habe das Gefühl, ich muss mich weiterbewegen. Die kühle Luft von draußen trifft mich weiter. Im Hintergrund spricht Nero mit Ada. Davon verstehe ich gerade überhaupt nichts. Es fällt immer wieder ins italienische. Gut, sie hat mir mittlerweile einiges gelehrt, dennoch habe ich gerade den Kopf dafür nicht.

Noch während ich fertig überlegt habe, bin ich schon am Weg. Nero war so mit Ada beschäftigt, dass er mich nicht bemerkte. Ich schleiche die Treppe zum Garten hinunter und versuche nicht an Marta vorbeizukommen. Sie wird es nicht gutheißen, wenn ich hinaus gehe und ich will nicht mit ihr streiten. Sie führt seine Befehle aus. Als ich die Tage hier herumgeschlichen bin, habe ich auch die Tür im Garten gesehen, diese bei der ich mir sicher bin, dass da unten auch die Zellen sind. Dort, wo ich einige Wochen verbracht habe. Am liebsten würde ich den ganzen Scheiß hier abbrennen, er sagte, da unten ist niemand und es wird nicht genutzt. Einzig Phillip und sein Vater haben diese Räume genutzt. Trotzdem überkommt mich eine Übelkeit, wenn ich an dieser Hintertür vorbeimuss. Vorne kann ich nicht gehen, ich habe gemerkt, dass er eine SMS bekommt, wenn sich die Tür öffnet. *Ich bin nicht dumm!*

Ich weiß von den Kameras. Aber das macht nichts. Ich nutze sie gerade zu meinem Vorteil. Zumindest rede ich mir das ein. Auch das wird mir auf dem Weg zum See klar. Wer weiß, was er bis jetzt schon angestellt hat. Ich habe keine Zeit, um nachzudenken trotz der frischen Luft. Mein Fokus liegt einzig auf ihm.

Ich weiß nie, wie ich ein Gespräch mit ihm anfangen soll oder kann. Er wirkt so distanziert. So kalt. Und doch so warm. Was geht in meinem Kopf vor. Er dreht sich um. So jetzt ist es zu spät, ich habe mir nicht überlegt, was ich ihm überhaupt sagen will. Warum ich hier bin. Wieso ich nicht im Haus geblieben bin, wie er es gesagt hatte. Wieso, ja wieso? Das kann ja lustig werden. Ich werde es zugeben müssen, dass ich mich um ihn sorge. Ich sehe das sein Kiefer bereits wieder angespannt ist. Das er wütend ist. Seine Hände ballen sich zu Fäusten. Ich stehe, nein ich muss weiter gehen. Muss ihm zeigen, dass ich keine Angst habe. Er sieht so Dominat vor diesem fleck Wasser aus, und doch so verloren. Welche Antworten sucht er hier, sein Vater ist doch bereits gefunden. Und wieso hat er mich bereits wieder gehört. Ich war so leise und trotz allem dreht er sich um. Geht es ihm so wie mir? Umso näher ich komme, umso mehr überkommt mich dieses seltsame Gefühl. Immer, wirklich immer, wenn ich in seiner Nähe bin. Blitzschnell elektrisiert sich mein Innerstes. Es ist, als wenn Funken in mir herumspringen. Funken die mein Herz beflügeln. Mir eine Art von Übelkeit in den Magen treibt. Mein Lächeln zum Hervorschein bringt, obwohl ich es nicht will, dieser Magnet, der von ihm auszugehen scheint und mich anzieht. Bei diesem ich Kopflos drauf los gehe. In der Hoffnung, seine Hand zu berühren. Seinen Körper. Diese Wärme zu spüren und diese Verbundenheit. Ich gehe tapfer weiter. Halte mein Kinn nach oben.

Ich muss stark aussehen. Nur so wird er sich einbremsen lassen. Ich muss ihm zeigen, dass ich etwas zu sagen habe. Seine Augen verändern sich und ich habe nur noch ein paar Schritte vor mir.

„Was machst du da?" frage ich ihn, sehe ich an. Sein Haar weht im kühlen Wind. Die Atmosphäre ist nicht real. Vorher erschien mir der See ganz anders. Doch jetzt hat sich alles verändert, ich weiß es. Mit dem Tod seines Vaters beginnt etwas Neues.

Ein Blick ist noch nicht besser, nein definitiv nicht. Er meint wirklich richtig angepisst und genervt „Das fragst du mich. Was zum Teufel machst du hier obwohl ich dir gesagt habe du sollst drinnen bleiben. Es ist verdammt noch mal zu gefährlich." Er hält meinen Arm, drückt fest zu. So hatte ich mir das nicht vorgestellt. Ich muss jetzt all meine Überzeugung zum Vorschein holen. „Wieso bist du dann alleine hier draußen und starrst auf den dunklen See. Sieh, es wird bald regnen." Ich versuche derweil zu sehen, was er denkt. Antworten ohne Worte zu finden.

„Das geht dich nichts an. Daria. ", er atmet tief ein, steht einfach so vor mir und wartet.

Ich versuche es noch einmal anders, ich gehe den letzten kleinen Schritt auf ihn zu. Sehe ihn noch intensiver an, hole Luft und frage. „Wie geht es dir? Sag es mir"

„Was?" ich sehe er ist mit der Frage überfordert. Niemanden interessiert es in der Regel wie es ihm geht. Wer er wirklich ist. Aber mich interessiert es.

„Du bringst mich um den Verstand. Ich will dich beschützen und du hörst nicht." Er hebt beide Arme in die Luft, er wirkt etwas verzweifelt würde ich sagen. Ja es läuft nicht immer alles nach Plan.

„Du machst, was du willst. Wir stehen hier mitten in der freien Fläche, wissen nicht, ob sie noch da sind. Und du, stehst da als würde dich das alles nicht betreffen. Gott Frau. Überlegst du gar nicht sie könnten noch da sein und uns abknallen", er hält sich beide Arme an den Kopf, wechselt zum Bart, sieht auf den See.

Langsam schüttelt er wieder seinen Kopf und zieht mich an sich. Sieht mir in die Augen. Seine Augen sind einfach fertig. Ja das dunkle ist dunkler. Die Umrandung stärker. Die Falten ausgeprägter. Trotz allem sehe ich etwas anderes, etwas Starkes. Er beugt sich zu mir herunter. Mir springt der Puls in die Hose. Ich werde gleich vor Nervosität zittern, ich kenne mich. Er zieht meine Hände in seine. Und da ist es wieder, dieses Gefühl. Wärme prasselt auf mich ein, ein kalter Schauer überzieht mich. Die Luft verändert sich. Ich spüre, wie das Gefühl langsam das Innerste meines Körpers erreicht. Er meint ich mache, was ich will. Wie sollte ich, wenn ich die meiste Zeit gar nicht weiß was ich hier soll? Einzig weiß ich, seine Nähe beruhigt mich so stark, wie sie mich auch ausrasten lassen kann.

Ich sehe auch, dass er sich damit auch nicht auskennt. Er sieht mich seltsam an. Sein Mund kommt aber doch weiter hinunter zu meinen Lippen. Er küsst mich. Trotz dem Umstand, dass alle zusehen können. Meine Lippen explodieren regelrecht. Dieser Körper, welcher nicht mir zu gehören scheint, will sich mit seinem verbinden. Das muss es sein. Mein eigener Körper arbeitet gegen mich. Oder ist es mein Verstand. Ich küsse ihn zurück. Nicht weil ich Vernünftig bin, nein weil ich es will. weil es sich richtig anfühlt.

Weil es sich gut anfühlt. Er nimmt meinen Kopf und sieht mir in die Augen. Lehnt seine Stirn gegen meine. Er fasst in seine Hosentasche, holt ein nasses Stück Papier heraus, ich weiß sofort, was es ist. „Woher hast du das?" Frage ich ihn aufgeregt, ich kann meinen Augen nicht trauen! Er holt Luft, wirkt keineswegs erleichterter „Du kennst es also, dass dachte ich mir. Ich habe es gerade aus seiner Uhr am Handgelenk. Sieh, man kann sie öffnen, genau wie meine." Er zeigt es mir sogar. Ich weiß nicht, was ich jetzt denken soll.

Was das alles zu bedeuten hat. „Ja natürlich kenne ich es, es ist aus meinem Heft, das das ich vor langer Zeit einmal zuhause gefunden habe. Zeig her. Ja man kann sogar noch einige Noten lesen. Bitte mach schnell ein Foto davon, bevor sie ganz verlaufen. Bitte." Er nickt. Macht das, was ich ihm aufgetragen habe. „Das ist eine Seite aus dem Heft. Es fehlen ein paar. Das muss eine davon sein", ehrfürchtig und besorgt halte ich sie in meiner Hand.

Unglaublich. Ich kann sonst immer die Musik sofort hören, wenn ich die Noten sehe „das ergibt keinen Sinn." Er nimmt mich in den Arm „Daria, es tut mir leid, ich weiß nicht, was das alles soll, wie es zusammenpasst." Ich weiß nicht, wie lange wir dastehen, aber als sein Telefon wieder klingelt weiß ich, die Zeit ist um. Diese paar Minuten Ruhe, diese paar Minuten Zweisamkeit, wird es länger nicht geben. Sein Vater ist tot. Der Krieg hat begonnen. Ich weiß es, ich kenne das Leben in der Mafia.

Die Rangliste zwischen den wichtigsten Familien, ich denke es sind fünf. Obwohl sechs gemunkelt wird. Immer mit dem Fokus auf Macht, Geschäfte, Männer und Bezirke. Ich blicke ihn an, während er abhebt. Sehe noch zu dem See, hier unten geht der Wind weitaus mehr als oben am Grundstück. Es könnte hier, so schön aussehen, wenn ich nicht gerade eine Leiche darin entdeckt hätte. Ich nehme die Decke und unser Picknick und verschwinde.

Ich bin wirklich richtig verwirrt, ängstlich. Wie kann das sein. Die Noten ergeben nur Buchstaben. A, S, O und I. Ich kann nicht zulassen das er mich wieder so um den Finger wickelt. Alleine mit seiner Anwesenheit. Er steht da und telefoniert. Sieht so unglaublich sexy aus das einem schlecht wird. Und ist so sauer, dass es einen gruselt. Seine italienische Aussprache macht mich sogar an. Ich sollte Alkohol trinken, das würde meine idiotischen diffusen Gedankengänge rechtfertigen. Ich gehe langsam wieder zurück zum Haus. Ich muss nochmal zu Ada.

Nero blickt mich verwirrt an, auch er ist sauer, ich hebe meine Hand. Ich will ihm gleich sagen, dass ich es nicht hören will. Ich blicke zur weinenden Ada und er schwiegt. Er ist so verwirrt darüber, dass ich nicht kusche. Gott sei Dank. Er versteht wenigstens, was ich von ihm will. Er soll still sein und uns in Ruhe lassen. Wenn nicht wegen mir, dann bitte doch wegen Ada.

Bevor ich gegangen bin, schien sie nicht so betroffen und jetzt plötzlich sitzt sie so hier. Das verstehe ich gerade nicht. Tröstend nehme ich sie in den Arm. Nero checkt seine Nachrichten und telefoniert immer wieder mit Matheo. Marta stürmt zur Tür herein und kommt auf uns beide zu. Sie streicht uns über den Kopf und bringt uns Kaffee. Naja Ada bekommt heiße Schokolade, die liebt sie. Marthas Antwort auf jede Lebenslage. Getränke und Essen.

Ich bin so in Trauer für sie. Gegenüber dem Vater, diesem Arschloch, bin ich emotionslos. Natürlich niemand sollte sterben, dieser Anblick, das hat mich jetzt unerwartet getroffen. Seine Augen waren riesengroß und starr. Ich glaube, er lag sogar auf Styropor. Damit wir es ja genau sehen können. Scheiße das hätte ich nicht gebraucht.

Das sieht schon fast nach einer Botschaft aus. Oder bin ich langsam selbst schon paranoid. Ich spüre ihn bevor er hier ist, wie kann man das nur abstellen. Gerade als die Tür aufgeht und ich mich umdrehe, steht er da. Er bemerkt es. Trotzdem wie er gerade aussieht. Schnell versuche ich weg zu blicken, merke aber, es gelingt mir nicht. Mit seinen schweren Stiefeln und seiner schweren Schritte stampft er herein. Die Schuhe quietschen, die Hose reibt. Seine Atmung ist schwer. Der Zorn und die Wut, sie steht ihm ins Gesicht geschrieben. Vor ein paar Minuten war er noch die Ruhe in Person. Jetzt steht der Teufel, der Struggler, von oben bis unten nass vor uns. Sein Oberkörper hebt sich schnell und tief.

„Ich gehe nach oben duschen. Bin gleich wieder da. Keiner verlässt das Haus oder geht in Fensternähe. Wer sich nicht daran hält, wird meinen Zorn zu spüren bekommen. Ich sag es euch. Mir ist nicht nach Scherzen. Ich will mich nicht wiederholen." Seine Stimme klingt verdammt wütend. Keine Spur von Trauer, nein, nur Zorn.

Da ist er wieder der Don. Der emotionslose Bastard.

Toll, ich will nicht wissen, wie er drauf ist, wenn er wieder kommt. Er hat sogar die Whiskyflasche mitgenommen. Wie wird er sein, wenn er getrunken hat. Leos Stimme kommt in meinen Kopf wieder einmal. *Kleines, steh nicht unnütz rum, erledige die Arbeit. Sonst bist du die Nächste. Der Schuppen wartet bereits*

Ich kann die Gedanken kaum verdrängen. Zu lange waren sie fester Bestandteil in meinem Leben.

Ich streiche Ada weiter um ihr Haar. Um sie trösten aber dieses Mal auch mich. „Willst du in dein Zimmer? Willst du dir deine Musik anhören?", frage ich sie, ich weiß sie hört sich zum Trost ihre Musik an. Und sieht immer ihre Musikvideos oder ihr Fotoalbum an. Sie sieht auch schon mittlerweile sehr schwach aus. Ich denke die Medikamente gegen die Phantomschmerzen machen das nicht besser. Da sie nickt, bringe ich sie in ihre kleine Wohnung. Matheo weiß, dass ich nicht machen kann, was er sagt, wenn es für mich keinen Sinn ergibt. Sie muss sich hinlegen. Sanft lege sie ins Bett und stelle den Rollstuhl wieder so, dass sie leicht hineinkommt. Das Telefon in die Nähe. Wie oft habe ich ihr dabei schon geholfen, aber gerade fühlt es sich so intim an. Eben wie bei einer echten Familie. Sie ist meine neue Familie, ja das ist sie. Die, nach der ich mein ganzes Leben lang gesucht habe.

„Du weißt du kannst jederzeit anrufen. Schlafe ein bisschen. Ich erzähle dir dann, was ich herausfinden konnte. Ich werde so tun, als wenn ich nichts höre. Dann melde ich mich bei dir. Ok?" Sage ich ihr und streiche die Decke glatt. „Ich habe dich lieb, du bist wie eine Schwester für mich." Sage ich ihr und küsse sie auf den Scheitel.

„Danke Daria." Ich nicke ihr zu und verlasse das Zimmer.

Erst jetzt spüre ich, dass ich wieder überall zittere. Kälte macht sich in meinen Knochen breit. Als ich beim Wohnzimmer ankomme, wartet er bereits. Er steht vor dem großen Fenster. Alles um ihn herum erscheint mir unwichtig. Mein Fokus liegt auf ihm. Ich kann nicht anders.

Er telefoniert. Ich höre ihn sprechen. Nehme mir meinen Kaffee und versuche ihn nicht anzusehen. Still blicke ich selbst aus dem anderen Fenster, lausche der trügerischen Ruhe. Warte, bis es losgeht. Ich kenne ihn. Er wird es nicht ruhen lassen. Ich höre seine Wut. Der Mensch an der anderen Leitung tut mir jetzt schon leid. Wie kann er nur mit Menschen so umgehen? So, als hätte er kein Gewissen, nichts. „Sofort. In vier Tagen bei uns im Haus. Den Wichsern werde ich es zeigen. Samstagabend werden wir die Feier, die Party unseres Lebens halten. Also noch drei Tage. Sie sollen sehen das wir uns von ihnen nicht unterkriegen lassen. Es ist bereits alles Arrangiert. Fuck. Ich bringe den Wichser um. Ich werde ihn bei lebendigem Leib heuten. Also bis später." Das ist alles das, was ich verstehe.

Schon legt er auf. Heute ist es ihm auch egal das ich zuhöre. Ich glaube ihm jedes einzelnes Wort.

Seine Augen sind dunkel und sehen schrecklich aus. Die Falten in seinem Gesicht zeigen sich nur allzu sehr, er ist in der letzten Stunde wieder um ein paar Jahre gealtert. Und um ein paar Promille reicher. Scheiße. Ich hoffe Nero kommt gleich wieder, ich will nicht wirklich mit ihm allein sein.

Schon klingelt es. Ich erschrecke so, so dass er mich anschreit. „Stopp. Sofort. Er zeigt mit dem Finger auf mich. Du rührst dich nicht. Ich komme gleich wieder."

Er sieht an seinem Handy irgendetwas an. Ok, ich vermute es ist das Kamerabild. Ich höre ihn Van sagen. Ok, war ja klar, er hat tatsächlich hier Kameras. Er öffnet die Tür und schickt Marta nach Hause. Lässt Van hinein und erzählt ihm, so wie es sich anhört, kurz was alles vorgefallen ist. Dieser kommt auf mich zu und umarmt mich. So schnell kann ich gar nicht schauen.

Gerade als ich meine Augen hebe, sehe ich in Matheos Blick. Ein neues Feuer. Eine neue Art von Blick. Diesen Blick kenne ich nicht, aber ich weiß genau, ich habe etwas falsch gemacht. Verdammt falsch. Er reißt Van nach hinten und fragt ihn. Aus seinem Mund kommt es gefährlich leise, mit der Stimme eines Teufels.

„Van, was machst du da, du weißt, sie ist meine Frau. Lass deine scheiß Finger von meiner Frau, sonst werde ich dich Stück für Stück an dich selbst verfüttern, und dann kann sie dich nicht mehr flicken. Haben wir uns verstanden?" Er lässt noch nicht los. Die pure Wut spricht aus ihm. Ich befürchte fast, er bekommt heute einen Herzinfarkt. Das kann doch alles nicht wahr sein.

Van sieht aus, als wüsste er nicht, was in ihn gefahren ist. Er hält sich seine Kehle und sein rotes Gesicht verfärbt sich langsam in leichtes Blau. „Matheo, du bringst ihn wirklich um. Ich bin nur deine Frau. Sieh mich an!" Ich weiß nicht, ob es zu ihm durchdringt. Ich hoffe, er bringt ihn nicht um. Er nickt. Zumindest versucht er es. Gottseidank lässt er von ihm los. Ich kann nicht aushalten, wenn vor mir schon wieder jemand umgebracht wird.

„Van du weißt, wie es bei uns läuft. Es täte dir gut, dich daran zu erinnern. Was hat sie also?"

„Ähm", er hustet und versucht zu sprechen. Er spricht leise. Ich nehme das Dokument meiner Blutwerte und sage nur „Eisenmangel."

Er nickt. Van hält mir seine Tasche hin, ich greife hinein und sehe, dass er Tabletten für mich mitgenommen hat. Eine Infusion wäre mir lieber. Aber ich nehme auch die Tablette. Die Schlaftabletten lasse ich drin liegen, die können mich mal. Ich nehme sofort zwei Eisentabletten und verabschiede mich somit auf mein Zimmer. Ich muss hier weg. Ich kann das alles nicht verarbeiten. Ich muss mich hinlegen.

Gerade als ich in den Schlaf abdrifte. Auf diesem seltsamen Bett kommt er herein. Er sieht das ich die Violine neben mir liegen habe. Sie ist mein bester Freund. Ich hatte so gerne gespielt und wäre gerne aufgetreten. Ich hatte so viele Angebote, als ich klein war. Ja ich hatte.

„Motive werden zu Handlungen. Handlungen haben Konsequenzen. Weißt du Daria." Er steht halb in der Tür, eine Hand in der Hosentasche, es sollte wohl lässig aussehen, doch es wirkt alles andere als das.

Ich weiß gar nicht was er damit meint. Ich sehe nur die Whiskeyflasche sonst nichts. Er macht mir Angst. Sein Blick ist stur auf mich gerichtet. Seine Augen brennen sich in die meinen.

„Der Tod ist für jeden. Jeder hat die gleiche Chance darauf Daria." Ok, jetzt breitet sich teuflische Gänsehaut auf meiner Haut aus, ich denke er spricht von seinem Vater. Aber die Tonlage spielt die Musik, sie ist nur boshaft.

„Ok", ich nicke. Ich glaube, er ist völlig übergeschnappt. „Warum nickst du", will er wissen, blinzelt seltsam. „Ich glaube ich verstehe", sage ich.

„Nein du verstehst nicht. Ich sage dir mal etwas. Sie haben die Deadline nicht eingehalten. Was sagt uns das? Es ist ihnen verdammt nochmal egal. Er ist größenwahnsinnig geworden. Gonzales. Er will zeigen, dass er die Oberhand hat." Er kommt einen weiteren Schritt auf mich zu.

„Aber was er nicht weiß ist, dass mein Vater mich selbst tot sehen wollte. Das habe ich herausgefunden. Und by the way. Jeder hat die gleiche Chance zu sterben. Vielleicht hat es nicht den falschen getroffen. Meine Motive sind meine Handlungen. Ich bin der Don. Ich muss mich um das alles hier kümmern und du machst es mir verdammt noch mal schwer. Mit deinem lieben Wesen. Deinem unschuldigen Blick. Deiner Stärke, eines Mannes. Deiner Gabe, andere zu verzaubern. So wie du es mit Marta mit Ada, Vans Frau, mit Nero und mit mir machst. Ich will bei dir sein. Scheiße Mann." Er schüttelt den Kopf. Ich hingegen kenne mich noch weniger aus als zuvor.

„Ich sollte dich einfach Ficken. Wir sind schließlich verheiratet. Und stattdessen bekomme ich nicht einmal einen Kuss. Nichts. Hast du eine Ahnung, was es mich kostet, wenn herausgefunden wird, dass ich meine Männer belüge. Die Ehe ist noch nicht vollzogen."

„Was meinst du damit?", stottere ich ihm entgegen. Ich habe mittlerweile wirklich Angst. Ich glaube er ist unberechenbar, wenn er so drauf ist. Er springt von einem Gedanken zum anderen. „Schau mich nicht so an Daria. Nicht jeder Satan hat Hörner, Feuer und einen Schwanz. Merk dir das." Mir klappt die Kinnlade herunter. Was ist mit ihm los? Warum spricht er so? Was will er von mir?

„Du hast mich so aus dem Konzept gebracht. Ich hatte eine Frau. Ich habe sie geliebt. Das dachte ich zumindest. Dann kamst du und es fällt einem so leicht, dich zu mögen. Ich weiß nicht warum. Es fällt einem leicht, deiner Liebe zu verfallen. Deiner Anschauung des Lebens. Deiner Begeisterung für die kleinen Dinge des Lebens. Du tust dich mit dem Allem so leicht. Ich dachte ich liebe meine Ellen. Ich habe erkannt ich habe mich mit ihr arrangiert. Liebe. Ich will dich nicht nur ficken. Ich will mehr als etwas Verbundenheit. Ich will in dein Haar greifen. Deine Haut unter meiner spüren. Deinen Mund schmecken. Deine Pussy lecken und ficken. Weißt du noch eins, das Licht siehst du nur wenn du den Gegensatz kennst. Ich kenne ihn genau. Ich bin das Dunkle. Die Dunkelheit. Durch und durch und doch, verdammt. Du deine Art, gibt eine Wärme ab, die die Sehnsucht nach dem Haben stärkt. Die Verbundenheit, nicht die Selbstverständlichkeit. Es war nie der Deal, du hattest recht. Ich bin es leid, zu versuchen, mein Inneres nicht zu füllen. Nicht zu fühlen.

Ich will das verdammt. Wenn es schlimm ist, habe ich Angst vor mir selbst. Wenn es gut ist, dann brauche ich mehr. Also Daria, überlege, es läuft nur darauf hinaus, dass ich dich haben werde. Jetzt sie mich doch nicht so an. Du Daria bist doch eine erwachsene Frau. Du bist doch keine Jungfrau mehr."

„Ich weiß nicht, was ich sagen soll. Erst sprichst du von verliebt sein. Dann vom Ficken, das alles in einem Satz", ich schüttle einfach den Kopf.

„Daria, fuck Ich fühle mich zu dir hingezogen. Ich sauge regelrecht deine Wärme, ja deine Anwesenheit auf. Ich will es spüren." Unglaublich was ich jetzt in den letzten fünf Minuten erfahren habe. So viel hat er noch nie an einem Stück gesprochen. „Ich will hinter deine Maske sehen. Ich will dich kennenlernen. Ja das will ich wirklich. Aber du machst mir so oft so Angst. Verstehst du das." Stottere ich ihm leise entgegen, die Aura des Zimmers hat sich schlagartig verändert.

Er lächelt etwas. „Ich mache dir Angst. Du machst mir Angst. Du jammerst die ganze Nacht. Ich kann nicht denken, wenn du in meiner Nähe bist. Bin unkonzentriert. Es macht mir Angst das mein Vater recht haben könnte. Das Frauen einen schwach machen. Dass sie eine Ablenkung sind. Dass sie nur zum Ficken gut sind. Und dennoch sitze ich hier und rede einen Haufen Scheiß, den du nicht hören willst und ich eine Mords Wut auf dich habe, dass du dich von Van hast anfassen lassen. Das du machst, was du willst. Das du ständig meine Regeln missachtest." Das ist doch nicht zu glauben, dass er das denkt.

„Ich wusste nicht, dass dich das stört. Ich höre zum ersten Mal, das dir überhaupt etwas an mir liegt und ich weiß nicht mal welche Regeln es hier gibt" flüstere ich ihm entgegen. Er spricht kryptisch, aber langsam macht es Sinn. Also habe ich mich nicht getäuscht, indem was ich die letzten Wochen gesehen habe. Habe mir diese Anziehung nicht eingebildet.

„Verdammt, bist du blind? Denkst du ich mache jeden Abend Abendessen. Ich setze mich in die Küche, um mit dir zu essen. Ich kümmere mich, dass es dir gut geht. Denkst du ein Don macht so etwas?" Er hebt die Hände, schüttelt den Kopf, sein Gesichtsausdruck zeigt mir, dass es für ihn unverständlich ist. Jetzt bin ich peinlich berührt. Er trifft es auf den Kopf. Ich habe es die letzten Wochen nur nicht gesehen. Weil mein innerer Kampf mit mir ein Duell geführt hatte. Das Duell darum, ob ich ihn so nehmen kann wie er ist. Mit all seinen Fehlern. Mit alledem, für das ich nicht stehe. Für alles das, was die Mafia betrifft. Allein sein Status ließ mich sofort abblocken. Und dennoch weiß ich die Antwort bereits. Ich will ihn. Warum kann ich es nicht zulassen? Warum kann ich es dann nicht sagen?

Er nimmt mich einfach und trägt mich in sein Schlafzimmer. Ich weiß eine Diskussion über seine Strategie wird nichts bringen, er denkt, es ist ok, mich einfach mitzunehmen. „Hier leg dich dahin. Ich will heute Nacht schlafen und nicht ständig nachsehen müssen, wieso du weinst. Ich muss ein paar Stunden schlafen, dann in aller Frühe werde ich mich auf die Suche nach Gonzales machen. Der wird sein blaues Wunder erleben." Er schlägt die Decke zurück, macht das

Nachtlicht an und legt sich selbst hin. Ok, ich weiß das Gespräch ist zu Ende. Er ist wieder der Don. Nach kurzer Zeit fängt er wieder an:

„Wir haben einen Anhaltspunkt, wo er sein könnte. Er hat meinem Vater den Aufenthaltsort für die Dokumentenübergabe in die Haut gebrannt. Den ganzen Arm entlang. Dahin werde ich fahren und dann Gnade ihm Gott." Er sieht mich an, nur er ist in diesem Raum zu sehen. Es scheint, als wären wir beide in einer anderen Welt. Aber ich kann mich nicht einfach hinlegen und jetzt schlafen, ich schnaufe dumm, wälze hin und her. „Daria. Mach dir keine Sorgen, Ada geht's gut. Ich weiß, ihr telefoniert ständig. Sie wird hier anrufen, wenn sie etwas brauchen sollte. Also konzentriere dich." Er nickt mir zu. Seltsam.

Nun liege ich hier und sehe mir diesen Mann an. Wie er auf mich blickt, mit seinen dunklen Augen. Diesem Blick, der sich in meine Augen brennt, diesem Mund, der so sexy aussieht. Vor allem jetzt ohne Bart. Diesem Körper, der wie Goliath auf mich wirkt. „Du machst mir Angst Matheo." „Gut so, dass solltest du auch haben", meint er trocken und völlig unberührt. Scheiße was soll das, was will er mir sagen? Wieso steht er so vor mir?

„Dein Vater ist gerade gestorben denkst du es ist gut, wenn wir beide hier liegen?" frage ich ihn leise. Beruhigend, zumindest hoffe ich, dass er es, als das erkennt.

Sein schwach beleuchtetes Gesicht zeigt ein Lächeln „Mach dir darüber keinen Kopf Kleines. Er ist tot, ja. Er ist mein Vater, ja. Aber er war ein kranker Bastard, und er war sowieso krank. Du hast keine Ahnung, in was für Machenschaften er verstrickt war. Zu viel für dein kleines Köpfchen." Seine Stimme ist spöttisch. Sein Gesicht jedoch sagt etwas anderes. „Die Frage ist wohl eher, wieso siehst du mich so an?" Seine Augenbrauen schießen in die Höhe. „Warum, wie sehe ich dich an?" „Ich weiß nicht, neugierig?", flüstert er fast. „Ängstlich, aber mit einem Blick der heißt, nimm mich. Ich sehe, wie du mich ansiehst. Das ist absolut nicht unschuldig." Seine Stimme ist noch viel rauer geworden. Ich kann es nicht ändern, er hat recht. Ich kann es nicht weiter leugnen. Vor mir liegt dieser Mann mit den weichen Lippen, den Tattoos von oben bis unten, eines heißer als das andere, und dieser unbeholfenen Freundlichkeit. Das ist doch lächerlich. Matheo, du hast getrunken. Weißt du ein leeres Glas, oder diese fast leere Flasche beinhaltet viele Geschichten. Deine heutige ist ziemlich lang."

„Merda, Daria, ich will keine Geschichten, ich will die Wahrheit. Kein ständiges Hin und Her, keine Ausflüchte. Das Zeug wirkt bei mir schon lange nicht mehr. Hier." Er nimmt sein Messer. Er wirkt bedrohlich und zugleich sanft. Wie kann es das geben? Scheiße, was will er damit? Er sieht die Klinge gefährlich an. Ich wusste nicht, dass er im Nachtkästchen ein Messer hat. Spinnt dieser Kerl denn? Was hat er hier noch alles?

„Daria, überlege dir was du urteilst oder verurteilst, siehst du nur Schwarz und Weiss? Komm schon, du bist intelligent. Fuck. Such dir deine eigenen Farben. Es ist nicht immer alles so, wie es scheint." Er schüttelt den Kopf, ich sehe er überlegt. „Hier sieh her." Er nimmt es und hält es mir vor das Gesicht. „Mit dem Messer bin ich genauso unschlagbar, wie mit allem anderen. Ich werde es dir gleich zeigen, also hier hast du deine Antwort, ob ich betrunken bin. Auch wenn du nicht gefragt hast.

Ich kenne dich bereits mehr als du denkst.

Ich sehe dich den ganzen Tag. Seit Wochen. Seit Wochen gehst du mir nicht aus dem Kopf. Seit Wochen will ich dich Ficken, will ich meinen Schwanz in deiner kleinen Muschi vergraben. Mir nehmen, was mir zusteht. Du bist verdammt noch mal meine Ehefrau. Mein Eigentum, du trägst meinen Namen. Das allein berechtigt mich doch für so einiges."

Ich schlucke, traue mich nicht, irgendetwas zu sagen. Was ist los mit ihm? Das Messer ist wahrscheinlich alt, es hat blaue Verzierungen, sieht wirklich schön aus, wenn man das so bezeichnen darf. Aber dieser Blick, jetzt ist er wohl völlig übergeschnappt. Ich spüre seinen Atem auf meiner Haut, mein Puls pocht so stark, dass ich glaube er kann es sehen, so nahe ist er mir gekommen. Ich nehme die Decke und will sie zu mir ziehen, irgendetwas zum Festhalten haben. Die Hitze und die Kälte, die mich plötzlich umgibt, ist unangenehm. Sie sind auch kein gutes Zeichen. Überhaupt nicht.

Lautlos gibt er mir einen Luftkuss und sieht mir so eindringlich in die Augen, dass ich es fast nicht sehen konnte. „Hier schau", flüstert er. Mit der rechten Hand, ohne hinzusehen sagt er „Bild." Ich höre etwas zu Boden fallen. Tausend Scherben treffen auf den lauten Boden und er sieht nur mich an. Ich blicke kurz an die Stelle. Er hat das Bild getroffen. Unglaublich. Es ist vielleicht in der Größe Din A5. Und noch dazu, das einzige Bild in diesem Raum.

Er sitzt weiter da, sieht mir immer noch in die Augen. „Hier hast du deinen Beweis, ich ziele und treffe immer, Vertrauen ist eine Waffe, genauso wie sie dein größter Feind sein kann." Er lässt mir keine Zeit zum Atmen.

Hält meinen Kopf, so dass er mich küssen kann. Mit einer Stärke, die mir nicht erlaubt mich zu bewegen. Ich muss alle meine Zweifel über Bord werfen. Ich meine was bleibt mir anderes übrig. Ich habe jahrelang jeden meiner Schritte geplant, um nicht aufzufallen, um zu machen, was von mir verlangt wurde. Jetzt bin ich dran. Ich nehme mir, was ich will. Ich will ihn jetzt, ich will mich jetzt gut fühlen. Er hat mich noch nie verletzt, ganz im Gegenteil. Vielleicht ist dieses Vertrauen gerade mein Feind. Vielleicht auch meine Waffe, er muss doch spüren, dass er mir vertrauen kann. Also sollte das doch als Vertrauensvorsprung erst einmal reichen. Oder? Und wenn es nur dieses einzige Mal ist.

Ich küsse ihn zurück. Gierig. Leidenschaftlich. Allein das fühlt sich so intim an. Sein Mund ist so warm, seine Lippen so einladend. Ich höre ihn atmen. Seine Hand wandert mein Bein entlang. Ich weiß genau, was gleich kommen wird. Meine Vagina weiß es ebenso, sie erinnert sich. Die andere Hand wandert auf meinen Rücken. Er dirigiert mich mit einer Leichtigkeit, als wären wir schon immer Eins. Kein peinliches herumzappeln. Kein komisches was kommt jetzt. Unsere Körper übernehmen die Führung. Die Wärme, die uns plötzlich umgibt, ist hier. Sie nimmt unsere Körper, unseren Verstand ein. Sie verteilt sich in dem ganzen Raum. Alles um uns herum ist verschwunden. Einzig und allein unsere

Atmung ist zu hören. Das Licht ist so schwach, dass das wir ganz auf uns konzentriert sind. War es schon immer so schummrig, frage ich mich. Er ist anscheinend doch nicht so betrunken, wie ich angenommen hatte. Er nimmt meinen Mund für sich in Besitz. Ich schmecke es.

Ich höre es, er flüstert. „Mein, gehört mir. Nur du. Du schmeckst so gut, das sollte mein Feind sein" Immer wieder kommen diese abgehackten Worte aus seinem Mund, während ich ebenfalls nicht genug von ihm bekommen kann. Meine Haut kribbelt. Überall da, wo ich berührt worden bin. Er hat sich heute so geöffnet. Ich glaube, das war das Beste was aus ihm herauszuholen war. Sein Duft weht mir weiter in die Nase, meine Atmung wird abgehackt. Mein Körper scheint in Flammen zu stehen.

Er beginnt mir mein Shirt und meine Kleidung auszuziehen, meine Arme heben sich automatisch. Ganz anders als erwartet, wird es nicht kalt. Nein Hitze flammt augenblicklich auf. Er presst meinen Körper an den seinen, er übernimmt so die Führung. Es fühlt sich heiß und gleichzeitig roh an. Langsam beginnt er meine Brüste auf seinem Oberkörper zu reiben. Streicht mit seiner Hand fest durch mein Haar. Wild, schnell, so erotisch fühlt es sich an, ich kann es nicht beschreiben. Ich weiß nicht, wo seine Hände sich zuerst auf mir bewegen, auch die kalten Laken auf meiner Haut bilden den Kontrast zu dem, was ich vor mir habe. Die Muskeln die bei jeder Bewegung spielen. Sein leichtes Stöhnen, sein Penis, der sich unter seiner Hose so stark abzeichnet und meinen Körper berührt lassen mich alles verdrängen. Wir sollten eigentlich miteinander sprechen, dass hier wird uns nicht weiterbringen.

Sollte ich die Hose öffnen frage ich mich kurz, komme aber nicht weiter. Mein Verstand kann den Gedanken überhaupt nicht zu Ende führen. Er knabbert bereits an meinem Ohr. „Hm. Ich will dich ficken amore. Tesoro." Raunt er mir entgegen. Ich verstehe kaum etwas. Ich nicke einfach. Jetzt oder nie. Ich will ihn in mir haben. Meine Vagina hat bereits mit ihrem Muskelspiel begonnen. Ich setze mich auf, um meine Hose etwas herunterzuziehen, ihm zu zeigen das ich es auch will. Er packt mich und stellt mich neben das Bett. Genau, auf die andere Seite der Scherben. Mit einem Ruck, sodass ich nur noch den Mann vor mir wahrnehmen kann.

Er beugt sich zu meinen Brüsten herunter, saugt an meinen Brustwarzen. Erst leicht dann stärker. Sehr stark und oh Gott, Funken schießen durch mich hindurch, blitzartig, sogar meine Knie zittern immer weiter als er fester daran saugt. Sein Mund schickt einen Blitz durch mich hindurch. Wow, das habe ich noch nie erlebt. Ich höre ihn dabei stöhnen.

Ich kann nicht anderes als auf diesen Kopf herunterzusehen. Diese Harre mit den leichten grauen Strähnen. Diese Tattoos die den Oberkörper zieren. Sie sehen aus wie die pure Sünde, der Mann ist die pure Sünde. Genießend werfe ich meinen Kopf in den Nacken, bereit umzufallen, als er mit seiner Hand meine Vagina stimuliert. Er kreist genau an der richtigen Stelle.

Mit seinem Mund saugt er so gut an meiner Brust. Es schießt weitere tausend kleine Stromstöße in meinen Körper, ich werde immer benommener vor Lust. Seine Hand hält meinen Rücken, meinen Körper und dirigiert mich immer weiter nähe an ihn heran. Verschwunden sind all die Sorgen des Tages. Er zieht meine Hose ganz herunter, steht auf. Steht vor mir. Dieser große heiße Typ. Stürmisch küsst er meinen Mund zieht sich währenddessen seine Hose herunter.

Er will mich.

Sein Lächeln im Gesicht protzt vor Lust, ich meine gibt es das? Sein Mund ist halb geöffnet, er fährt mit seinem Finger an meiner Klitoris entlang, nein er gleitet bereits so nass bin ich. Dann sieht er mich an und nimmt diesen Finger in den Mund, leckt lustvoll daran. Sein Penis wird glaube ich immer größer, er beginnt ihn zu reiben, er fährt auf und ab. Das sieht so heiß aus das ich es nicht fasse, die Röte muss mir ins Gesicht wandern.

Ich spüre diese Hitze, weiß nicht, ob ich schon mal irgendwo so etwas gesehen habe. Nein ich weiß es definitiv, das habe ich noch nie gesehen. „Nimm deine Hand und ziehe an deinen Brustwarzen" sofort kribbelt es in meinem Lustzentrum, als er mir dies befiehlt. Ich mache automatisch, was er sagt. Mein Körper, lässt ihn für mich führen. Seine andere Hand, sie formt sich, so dass er in meine Scheide eindringen kann.

Ohne Vorwarnung stößt er komplett hinein, ah ja, das lässt mich meine Augen schließen. Dieses Gefühl ist unbeschreiblich gut. Seine andere Hand hält nun entgegen, sodass er schneller wird. Rein und raus, Gott ich stöhne bereits so laut. Es fühlt sich zu gut an. Bis ich mich umsehe, ist sein Mund wieder auf meinem. Er saugt mein Stöhnen heraus. Hält meinen Kopf und flüstert „Hier sieh, was du mit mir machst, er wird gleich ohne dich kommen, sie dir meinen Schwanz an. Er will dich ficken, ich will dich ficken, dir zeigen, wie es sich mit mir anfühlt." Gott ich glaube ich werde zerspringen. Dieser Penis ist so groß, dunkel. Voller Adern. Verlockend ihn anzufassen, doch ich bin zu ängstlich, um das zu tun.

Ich kann sowieso keine eigenen Entscheidungen durchführen, ich bin wie in einem Schraubstock aus Fleisch eingeklemmt. Er küsst mich weiter, zieht mich an sich. Schnell, sexy. Er hebt mein Bein an und hebt mich auf seinen Oberköper. Ich lande gefährlich nahe an seinem Penis. Der nun leicht an meinem Hintern wippt. Mit einem Ruck drückt er uns gegen die Wand. Sein Oberkörper hält mich fest. Er küsst mich weiter als gäbe es kein Morgen.

Mein Mund fühlt sich schon leicht betäubt an. Meine Vagina kribbelt immer mehr. Hmm, es ist so gut, obwohl es so wenig ist. Er stöhnt in meinen Mund. Warm, vibrierend und so etwas erotisches habe ich noch nicht gehört. „Du bist so Geil" kommt es aus ihm heraus. „Ich will dich ficken, und zwar jetzt." Er dreht sich mit mir um und legt mich am Bett ab. Alles wirkt so unwirklich.

„Hinlegen" flüstert er. Sein Blick ist nur noch gerade aus. Lodernd. Heiß und abgeschirmt von der Wirklichkeit. Er hebt meine Beine an und verschafft sich volle Sicht auf meine Vagina. Ich gebe ihm heute einen Vertrauensbonus, er muss auch die Chance bekommen, so wie er mir vertrauen kann. Ich fühle mich so nackt vor ihm, Gott sei Dank bin ich rasiert. Ich mag es nicht anders. Ich sehe an seinem Blick, dass ihm gefällt, was er sieht. „Hände nach oben", befiehlt er. Oh Gott. Was soll das wieder werden? Ich mache, was er sagt, ich weiß nicht warum, aber ich lasse es geschehen. Augenblicklich spüre ich, wie sich die neuen Gefühle in mir breit machen. Ich fühle mich peinlich berührt, weil ich ihm so ausgeliefert bin und doch sofort, als er an meiner Muschi leckt, fühle ich die

Elektrizität, die sich in mir ausbreitet. Die Lust die sich immer mehr steigert. Die Wonne die mich plötzlich heiß umgibt. Ich stöhne, es fühlt sich so geil an. Ich zucke immer wieder, weil es so gut ist. Seine Finger bewegen sich genau richtig. Auch er stöhnt, vibrierend direkt in sie hinein. Nimmt einen seiner dicken Finger und drückt in mir diesen Punkt. Diesen, der einen sofort noch weiter nach oben katapultiert. Oh Gott, das ist so gut. Ich atme immer schneller. Immer mehr. Will mehr. Drehe meinen Kopf und mache mich auf die Explosion bereit. Fühle die seidigen Laken und nichts als Erregung.

Seine andere Hand kneift meine Brustwarze, die Gefühle überschlagen sich. Ich spüre die Hitze in meinem Gesicht und höre mein Stöhnen, das habe ich auch noch nie gehört. Er stöhnt, tief und stark. Reibt weiter und reibt sich mit der anderen Hand seinen Penis. Ich sehe es nur etwas, viel mehr höre ich es. Er macht sich bereit, verteilt die Nässe weiter auf mir. Fast wäre ich über die Klippe gesprungen. Fast hätte ich meinen Orgasmus gehabt. Gott. Wie sehr brauche ich ihn. Ich sehe seinen dicken Penis in diesen Händen. Er kommt wieder auf mich herunter küsst meinen Mund. „Hier schmecke dich. Sauge an deinen Säften", befiehlt er flüsternd. „Gott siehst du geil aus, perfekt für mich und meinen Schwanz." Die Gier, sie lodert in seinen Augen, kein Feuer wie man es sich vorstellt. Irgendetwas das Funken gleicht, goldenen Funken in diesem schummrigen Licht. Egal, ich will mehr, auch wenn ich weiß, es ist das Schlechteste, was ich tun kann. Er nimmt meine beiden Hände und küsst mich weiter. Forschend. Fordernd. Als gäbe es kein Morgen. Er dreht mich blitzschnell um. Ich spüre seinen Schweiß an meinem Rücken. Seinen Penis, der in meine Mitte drückt. Er jedoch drückt mich weg. „Planänderung, noch nicht. Abwarten und genießen. Ich habe so lange gewartet. Jetzt kannst du das auch", flüstert er mir zu.

Nein, das habe ich doch jetzt falsch verstanden, oder? Ja er hat recht, aber ich weiß nicht, was er von mir will. Ich hatte noch nie richtigen Sex, nur einseitiges penetrieren, sonst nichts. Er positioniert mich, sodass ich Kniee und drückt meinen Oberköper an seine Brust. Ich spüre seine harten Muskeln, die Berührung seiner Hand, welche weiterwandert, hinauf an meinen Hals. Er hält mich so fest, dass ich nicht wegkann. Ich brauche nur zu fühlen. Er küsst meinen Hals, mein Ohr, saugt an meinem Mund, während er mit der anderen Hand, an meiner Vagina reibt. Ich könnte explodieren. Ich stöhne immer lauter. Gebe mich ganz diesem Gefühl hin.

„Augen auf. Kopf zu mir, ich will sie sehen. Diese blauen hypnotisierenden Augen. Oh, scheiße Baby, ich will sehen, wie dein Orgasmus in deine Augen trifft." Sein Flüstern kribbelt zusätzlich an meinem Hals, es ist kaum mehr auszuhalten. „Vertrau mir, ich führe dich an die Klippe." Seine Worte kann ich gerade nicht verstehen. Ich kann jetzt nicht so tiefgründig denken.

„Ja Baby. Stöhn für mich, stöhne in meinen Mund hinein. Ich will dich hören. Ich will es spüren" Er sieht mich direkt an, sieht mir direkt in die Augen „Hier", er nimmt seine Hand und steckt mir den klatschnassen Finger in den Mund. „Lecke daran. Das ist alles von dir. Ich wusste, dass du bereit bist. Das du es willst. Es dauert nicht mehr lange, dann werde ich dich ficken. Oh scheiße, hier", langsam gibt er mir seinen Finger. Sein Mund ist selbst halb geöffnet und ich glaube, ich habe nie etwas dergleichen gesehen. „Saugen." Seine Stimme ist kratzig und der pure Sex.

Mein Körper windet sich in seinen Händen, sein Penis reibt an meinem Körper und hinterlässt heiße feuchte Spuren auf meiner lodernden Haut. Er reibt ihn direkt an meiner Haut, so fest und sein stöhnen wird immer kehliger. Er macht es sich auf mir selbst. Das ist kaum zu fassen, doch ich bin mit mir selbst beschäftigt. Er drückt mir seinen Finger, seine Hand weiter in den Mund, lasziv sauge ich an seiner Hand. Ja, oh ja, ich weiß noch nicht wohin das führen wird. Aber mir wird schnell klar, dass der Preis hinter mir nur noch größer wird.

Der Druck auf meinen Hals immer stärker. „Atmen" höre ich ihn flüstern, stöhnen höre ich ihn in meinem Ohr, als er meine Muschi bearbeitet. Fest hinein, fest heraus. Oh Gott, ich schreie weiter, Himmel, jeder hier wird mich hören, aber ich kann es nicht aufhalten. Von der Lust benebelt, spüre ich wie die Luft in meinem Hals immer weniger wird.

Bin aber so berauscht, wie in einer anderen Welt. Plötzlich oder genau dadurch, werde ich in eine andere Welt gezogen. Nichts ist mehr zu vernehmen, alles ist ruhig, ich spüre die Reibung nur noch intensiver. Ich zittere überall. Ich höre mich stöhnen, auch das wirkt noch erotischer.

Wow, das fühlt sich so gut an.

Unkontrolliert beginne ich jetzt zu zittern, spüre seinen warmen feuchten Mund in meinem, ich kann es nicht mehr aufhalten, ich explodiere. In tausend Stücke, schreie und winde mich. Ich weiß nicht wohin mit mir. Er hält mich so fest und dirigiert mich weiter durch den Orgasmus. Pure Elektrizität fährt durch meinen Körper, meine Brustwarzen kribbeln, alles kribbelt und ich atme unkontrolliert. Das habe ich noch nie erlebt. Das fühlt sich so gut an. Einfach mal etwas geschehen zu lassen. Einfach nur zu Vertrauen. Ich habe tatsächlich vertrauen und es hat sich gelohnt durch die plötzliche Luft kam der Orgasmus so tief wie ich es noch nicht erlebt habe. Gut Orgasmus während dem Sex ist sowieso Neuland für mich.

Ich sehe ihn an, es gibt keine Anzeichen, dass er mir schaden will. Auch wenn er mir gerade fast die Luft abgedrückt hat. Ich weiß ich sollte mich schämen, dass mich das anmacht. Vielleicht manipuliert er mich so auch, ich weiß es nicht. Ich will es jetzt auch nicht wissen, ich atme noch weiter nach diesem grandiosen Orgasmus, während ich ihn schon wieder an meinem Ohr spüre. Seine Worte auf der Haut spüre. Seine raue Stimme dringt tief in mich. Seine Hände fühlen sich an, als wären sie überall auf mir.

„Ja du machst mich so geil. Ich will dich jetzt ficken." Er dreht mich um und ich greife nach seinem Penis. Ich nehme ihn einfach in den Mund. Sauge daran. Erst leicht, ich will das auch einmal machen und wenn ich jetzt schon, über alles Maß der Vernunft hinaus bin, fahre ich fort. Ich massiere leicht seine Hoden. Sie ziehen sich sofort zusammen und er stöhn auf, tiefes Stöhnen, dass sogar meine Vagina erreicht. Sie kribbelt sofort wieder. Ich nehme ihn weiter in den Mund, der salzige Geschmack mit der weichen Haut sind unbeschreiblich. Ich spüre, wie sich alles bei ihm anspannt. Der Druck auf meinem Kopf nimmer weiter zu er versucht mich zu dirigieren. Ich stöhne und will mehr.

Ich nehme so viele ich kann auf. Weit komme ich nicht. Er ist so groß, es ist so ungewohnt, denn er füllt meinen ganzen Mund aus, meine Lippen sind so weit gedehnt. Tränen schießen aus meinen

Augen, fast würgt es mich. Er ist zu tief, zu weit in meinem Hals, ich weiß nie, wann er wieder so weit hinten ist, ich habe keine Kontrolle. Doch es erregt mich noch mehr, zu wissen das ich ihn errege. Berauscht lecke ich, sauge und bewege mich immer schneller. Er stöhnt immer lauter.

Alleine durch seine Atmung und seinen Körper könnte ich wieder kommen. Vor allem wenn ich weiß ich kann das alles mit ihm anstellen. Und es gefällt mir, es gefällt mir das ich mir keine Gedanken machen muss, er führt mich. Ich kann mich fallen lassen. Und außerdem weiß er verdammt gut, was er macht.

„Stopp, es reicht sonst gibt's keinen Sex" meint er und grinst. Küsst mich wieder legt mich auf das Bett und positioniert sich, sodass es für ihn passt. Langsam hebt er mein Becken etwas an. Sieht mir in die Augen. Ich nicke ihm einfach zu. Ich weiß nicht auf was er wartet. „Fick mich bitte." Bettle ich schon fast. Er kann unmöglich jetzt aufhören wollen. Das darf nicht sein. Ich will mehr, mehr von allem. Ich küsse ihn. „Ich kann nicht mehr aufhören, wenn ich einmal in dir bin, ich weiß es.

Du bist dann voll und ganz mein Daria." Mir ist es egal was er da sagt, ich will jetzt mehr davon. Ich nicke ihm wieder zu, langsam spüre ich das er sich wieder bewegt. Er reibt ihn weiter an meiner Vagina und schiebt seinen Penis in mich hinein. Und wow. Das ist eine ganz andere Hausnummer. Er ist dick. Warm, hart und lang, alles das, was ich dachte, dass man nicht unbedingt braucht, aber ich spüre sofort, dass es sich so gut anfühlt bis oben ausgefüllt zu sein. Er wandert immer ein kleines Stück weiter hinein, ich bin gespannt bis zum Ende.

Er küsst mich, saugt an meiner Zunge. Mit starkem Druck bewegt er sich langsam ganz hinein. Ich glaube ich habe keinen Platz mehr, doch er bewegt sich in mir genau an der richtigen Stelle, die Stelle, die ich nicht einmal kenne. Wow. Ich Schwitze noch mehr, jeder Stoß schickt eine Explosion an mein Lustzentrum. Es ist, als würde die Welt um uns herum verschwinden. Ich sehe nur diesen erotischen Mann, der unsere Körper dirigiert. Die heißen Tattoos, diese trainierten Muskeln und dahinter diesen Mann. Pures Zittern macht sich wieder breit, es ist Überall. Meine Atmung zittert, mein Körper zittert, mein Stöhnen hört sich zitternd an, zusammen mit dem sich aufbauenden Orgasmus. Es braut sich eine totale Explosion zusammen.

Dieses unbeschreibliche Kribbeln. „Ja du bist so eng, deine Muschi ist so geil, Fuck" Er grinst, verliert den Augenkontakt überhaupt nicht, ich wandere mit meinen Händen über seine schwitzigen Oberarme, spüre seine Muskeln, das Muskelspiel, das sich über seinem Körper verteilt. Er stöhnt, tief, ehrlich, ja es ist nichts gespielt.

Es gefällt ihm. Er stöhnt lauter und wird dann immer schneller. Ich weiß nicht, ob ich es noch weiter aushalten kann, er hämmert in mich hinein, ich habe keinen Zentimeter Spielraum, ich fühle mich wie berauscht. So dass ich diesen Orgasmus nicht weite zurückhalten kann, ich kann nichts aber auch gar nichts steuern. Ich stöhne und weiß nicht wie mir geschieht. Bei jedem Stoß bleibt mir die Luft weg. Ich werde auf dem Bett nach oben geschoben. „Augen auf." Höre ich immer wieder, aber sie sind so schwer. Sie fallen mir von selbst zu. Ich versuche sie offen zu lassen, immer wieder. Seine Hand, hält meinen Kopf fest, während sein Penis immer weiter in mich hineinhämmert.

„Ich will sehen, wie du explodierst. Ich will sehen, wie dein Gesicht aussieht, wenn ich dich zum Rande des Wahnsinns ficke." Seine Worte sind ein einziger Befehl, roh und laut. Ich habe überhaupt keine Wahl. Er schiebt immer weiter. Immer fester und immer schneller, es baut sich noch mehr auf, an jeder einzelnen Stelle, ich kann nicht mehr und ich explodiere. Mein ganzer Körper spannt sich wieder an. Er saugt an meinen Nippeln, der Orgasmus wird nur noch länger. Fester. Ich spüre das alles feucht ist, ich habe keine Kontrolle mehr über mich. Ich zittere am ganzen Körper. Höre mich im Hintergrund stöhnen. Nehme jedes zucken und dieses geile Gefühl auf, nichts mehr scheint zu kontrollieren zu sein. Meine Atmung geht immer schneller und flacher während er weiter in mich hineinschiebt.

Er fickt mich weiter und weiter, nein das war noch nie so gut. Ich dachte nie das Sex so sein kann. Schweiß glänzt auf seiner Haut, er stöhnt immer länger und wird immer gröber. Schiebt mich so weit nach oben das mein Kopf bereits anstößt. Dirigiert meine Hüften weiter. Mittendrin hebt er mein Bein etwas hoch, macht weiter und mich überkommt plötzlich eine weitere Welle. Mein Stöhnen hört sich fast schrill an, mein Gesicht brennt, meine Nippel explodieren fast, ich kann nicht denken. Zittere vor Vergnügen, während ich seine heiße Flüssigkeit in mich hineinpumpen spüre.

Mein kompletter Körper fühlt sich schwach an und doch ist alles in mir angespannt. Ich weiß nicht mehr, von wo die Lust überhaupt kommt, es fühlt sich alles zermatscht und doch so gut an. Ich glaube ich werde diesen nicht überleben. Ich schreie, stöhne ja und nein gleichzeitig. Während ich fast Sterne sehe, meine Ohren surren sogar. Aber das war so gut. Das kann man nicht beschreiben.

Er grunzt und küsst mich alles fast gleichzeitig. Sein Kiefer ist angespannt. Schweiß tropft von seiner Stirn. Die falten um die Augen haben sich Geglättet. Sein Körper geleitet weiter über meinen. Das stöhnen wird leiser. Nur noch unsere Atmungen sind zu hören. Mein Puls und mein Herz, das mir mittlerweile im Kopf pocht, sind zu vernehmen. Himmel ich glaube ich bin gerade gestorben. Ich kann meinen Kopf kaum mehr heben, meine Augen fallen ständig zu. Die ganze Anspannung des Tages ist weg. Und ich hatte noch dazu, den besten Sex meines Lebens. Obwohl er außerhalb meiner Vorstellung war. Er war so bestimmend und doch hat er sich nur um mich gekümmert.

So gut, dass ich sehe, wie er mich jugendlich angrinst. Dieses Grinsen, dass ich so selten bei ihm sehe „Na wie geht's dir?" will er wissen und streicht über meinen Kopf. „Puhh ich denke gut. Das war gut. Das war Wahnsinn!"

„So war es das? Dann hat sich das Warten ja gelohnt. Meinst du immer noch ich bin betrunken?" seine Augenbrauen schellen verheißungsvoll in die Höhe. „Nein, das haben wir ja schon geklärt.

Das war Wahnsinn, unsere Körper sind zu einem geworden. Denkst du das ist immer so. Bei jedem?" Ich erkenne meine Stimme nicht mehr. Ich kann kaum sprechen.

„Nein ganz und gar nicht. Ich habe das noch nie erlebt. Du bist so weich. Eng. Warm, einfach perfekt." Seine Stimme klingt immer noch rau, sexy und verändert.

„So jetzt leg dich ihn und ziehe das Shirt an, sonst bekommst du heute keinen Schlaf mehr. Ich gehe kurz Telefonieren dann komme ich wieder" meint er und wirft mir das Shirt hin. Er hört sich an wie selten.

„Bin gleich wieder da. Mi dai vita, suoni per me, fai rivivere i miei sentimenti. Sto tornando, tesoro mio"

Das muss irgendwas mit ich komme wieder, Gefühle und Sturm, heißen tesoro mio, ja das kenn ich, meine hübsche.

Irgendwie passt das aber nicht zu seinem auftreten. Ada hat mir etwas beigebracht, bei so viel Zeit zusammen gar nicht abwegig das ich schon mehr verstehe. Seine Augen ruhen auf mir, es dauert etwas, bis er anfängt. Ich muss mich schon so stark konzentrieren, weil ich so kaputt bin.

„Daria ich bin nicht dein Märchenprinz, der sich Dornen zu dir voran kämpft. Die Sirene, die dich einnimmt und dich nicht mehr los lässt- das bin ich. Ich werde nicht den amerikanischen Traum spielen, wo wir in den Holly Wood Hills tanzen, leben und all deine Träume wahr werden. Wir sind im hier und jetzt. Überlege was das für dich heißt. Überlege wo wir sind. Was meine Position heißt. Was es für dich heißt und wie es für dich weiter gehen wird. Du weißt, du gehörst jetzt mir."

Er zieht sich die Hose an und geht.

Scheiße irgendwas ist falsch gelaufen. Irgendwas in der Zeit als er sich seine Kleidung holte und ich hier lag. Zwei Minuten vielleicht. Unglaublich. Seine Worte triefen vor Bosheit. Aber seine Stimme ganz und gar nicht. Ich muss später darüber nachdenken. Jetzt gerade schaffe ich das nicht mehr. Ich hatte grandiosen Sex und kann mir gerade noch das Shirt anziehen mein ganzer Körper schmerzt wohlig und befriedigt. Ja heute schlafe ich mit einem Lächeln ein. Auch wenn ich weiß ich sollte das nicht, im Gegensatz zu meiner Vorstellung, die ich mein ganzes Leben hatte in der ich mir wünschte jemand würde mich lieben. Sex aus Liebe und nicht aus Besitzanspruch zu haben.

Ich weiß, wie die Dinge in unserer Welt laufen, ich denke das ist schon das größte Maß an Gefühlen, welche ich entgegen bekommen kann. Solange er mich will, wird er mich behalten. Er versucht mich auf Abstand zu halten oder. Er will mich wegstoßen, er trauert seiner verstorbenen Frau nach. Ich weiß es. Alleine für das denke ich kann man ableiten, dass er eben doch Gefühle hat. Ein Gewissen vielleicht. Wenn es das ist, dann sollte doch alles gut sein, besser ein Gewissen als keines? Mist. Ich kann ihn einfach nicht einschätzen. Ist er auf meiner Seite. Bin ich auf seiner Seite. Wohin soll es gehen. Und wieder wie so oft höre ich Leo im Hintergrund.

-Ja kleine du bist eben doch zu dumm.

Was hast du heute gekocht.

*I*ch bekomme diese Stimme nicht aus dem Kopf, auch wenn sie mich ankotzt. Aber sogar das ist besser als diese ständigen Träume.

Durch das halb geöffnete Fenster kommt es warm herein, die Gardinen wehen doch meine Gedanken bleiben. Sie schicken diese Kälte, die mir auch im wachen Zustand, das Blut in den Adern gefrieren lässt. Ich klammere mich in Gedanken an meine Geige meine Musik, und trifte angenehm in den Schlaf ab.

Für Eigenschelte ist morgen genug Zeit und die werde ich brauchen.

14. Matheo

Merda, fuck was war das? Wo ist meine Kontrolle hin? Wieso habe ich das getan. Sie sollte ein Mittel zum Zweck sein. Und ich werfe alles Überboard. Gerade jetzt, wenn uns der Feind im Nacken sitzt. Morgen sollte das Fest sein. Und ich habe eine Verbindung mit ihr geschaffen. Mein Vater würde sich kaputtlachen. Das weiß ich gewiss. Ich wollte ihr eigentlich nur Angst machen. Angst schützt, verdammt. Stattdessen ficke ich sie, als gäbe es kein Morgen, presse meinen Schwanz in ihre Fotze. Mein Verstand muss abgeschaltet haben, ich kann mir selbst gerade nicht trauen. Noch nie, wirklich nie hatte ich so einen Sex. Hart, fest und roh. Ja das schon aber nicht so dass es mir danach leidtat. Das kann doch nicht wahr sein.

Aber diese scheiß Gedankenficks. Sie wollten einfach nicht enden. Ich musste sie kosten. Dieses eine Mal. Das hilft mir immer, um Ausschau nach etwas Neuem halten zu können. Dass sie eine Verbindung schafft, die ich nicht kenne, behalte ich für mich, dass sie von mir Besitz nimmt, Stück für Stück, auch das behalte ich für mich.

Ich versuche es mir so gut es geht weiter abzuspielen, wie ein Mantra. Einmalig. Ich werde verflucht sein, wenn ich das nicht schaffe. Zerstört als Don, das ist klar. Oder ist Beides möglich. Ist es Möglich der Don für meine Männer zu sein und gleichzeitig der Ehemann einer Frau. Ein richtiger Ehemann. Wieso habe ich sie dann wie ein Irrer gefickt. Nein, ich kann den Gedanken nicht weiterführen. Ich kann es verdammt nochmal nicht.

Ich habe so viele Dinge zu organisieren, planen. Dirigieren. Mein Vater muss vergraben werden. Er würde es sowieso so wollen. Hinten am See. Wie paradox. Ich denke aber, er war vor dem Wasser schon Tod. Das zeigt unter anderem, diese Schusswunde. Eine Hinrichtung ganz klar. Ada war Tod traurig. Das Witzige dabei ist. Sie ist jetzt traurig, weil sie mehr empfinden sollte. Mehr als, wenn eine Leiche neben einem schwimmt. Vor allem wenn man nie Leichen gesehen hat. Sie weiß es, ich weiß es, es ist nicht wegen unseres Vaters. Er war und bleibt ein Bastard. Tot und lebendig.

Dieser Bastard hat so viele Geheimnisse, dass es schon nicht mehr schön ist. Seine Unterlagen, ein einziges Chaos. Nichts mehr über einen Bruder zu finden. Schnell war er, das muss man ihm lassen. Dann noch dieses Blatt in seiner Uhr, ich habe in ihr eine Rasierklinge und er verdammt nochmal ein Blatt mit Noten. Das kann nicht richtig sein. Was wolltest du damit, alter Mann. Ich war schon lange nicht mehr so durcheinander. Ich trinke mittlerweile mitten in der Nacht, allein im Arbeitszimmer, halb angezogen meinen Whiskey. Die Sache mit Van hat heute nur noch die Spitze des Eisberges gezeigt. War ich als Don beleidigt, dass er es wagt sie anzufassen. War ich als Ehemann an der Reihe in zurechtzuweisen. Oder war ich es Matheo den es störte? Das jemand meinen Besitz anfasst. Den Körper meiner Frau in den Händen hält. Darauf trinke ich einen weiteren Schluck. Es bedarf keiner Antwort. Ich weiß es sowieso. Fuck

Wenn sich alle an meinen Plan halten, wird Ada die Kleider besorgen. Die Beauty Frau ins Haus kommen und die Mädchen fertig machen.

Nero und Rocko helfen mir bei der Suche in ihrem Haus nochmals. Es muss irgendetwas anderes sein. Wir werden Werkzeug brauchen, um in den Schuppen zu gelangen. Er war nicht dumm in dieser Hinsicht. Daria weiß von nichts. Wie ich mir schon gedacht hatte.

Warum ruft Nero jetzt an. Es ist vier Uhr morgens fuck. Ich nehme an, es bleibt mir sowieso nichts anderes übrig.

„Boss."

„Ja, weißt du wie spät es ist?"

„Ich stehe schon vor der Tür. Ich wollte nicht klingeln wegen deiner Frau", das darf nicht wahr sein, ich glaube ich spinne. Seit wann sind wir so weit? Wenigstens einer der mitdenkt, denn sie wäre sofort hier.

„Was sag mal bist du völlig übergeschnappt. Was soll denn jetzt noch los sein?" flüstere ich fast ins Handy.

„Machst du mir auf oder soll ich mir den Arsch abfrieren?" flüstert jetzt auch er hinein. Ich bin schon am Weg zur Tür. Die Flasche Whisky noch in der Hand.

Ich öffne ihm die Tür bedacht auch wirklich leise zu sein. Das Zimmer ist ewig entfernt, aber wer weiß schon was sie noch hört. So tief zu schlafen, scheint sie nie. Sie ist wie ich immer auf der Hut. Bereit das zu tun was getan werden muss

Er steht direkt vor der Tür, seine Stiefel sein treuer Begleiter „Boss"

„Also was gibt's.", frage ich ihn ungeduldig.

„Arbeitszimmer, Boss", er blickt sich zu allen Seiten um, er scheint aufgebracht zu sein. Das ist nicht gut.

Ich verdrehe die Augen. Er sieht gut aus es gibt keine Anzeichen für einen Kampf oder ähnliches. Gehe aber vor.

Ich reiche ihm die Flasche Whiskey und ich öffne mir eine Neue, wir werden sie schon brauchen.

„Also setz dich und sprich", ich zeige ihm auf sich zu setzten. Die Ruhe ist ohrenbetäubend.

„Daria. Ich habe nachgeforscht." Er schließt kurz die Augen, also ich kenne ihn so lange, dass ich weiß ich werde das bestimmt nicht hören wollen.

„Daria Sanchez gibt es nicht", ich falle ihm sofort ins Wort: „Gut das haben wir uns ja schon gedacht. Natürlich sie heißt Daria Santo" sage ich und bin mir nicht sicher, was er überhaupt von mir will. Er beginnt, schnell und streicht mit der Hand über sein Gesicht. „Ja und nein ich meine, äh. Ich habe etwas über eine Daria Sanchez gefunden. Es hörte mit ca. acht Jahren auf. Zehn vielleicht, auch ihre Mutter ist da verschwunden. Es gab Probleme mit Gonzales." Er nickt und schätzt meinen Blick ab, ich selbst weiß nicht einmal, was ich gerade für einen Blick haben muss.

„Aber was ich gefunden habe, ist eine Sira Ramirez, hier sieh dir das Bild an. Sie ist genau so alt wie diese Daria. Alles passt wie die Faust aufs Auge. Was ich herausgefunden habe, soll heißen" er schüttelt nochmal seinen Kopf, ich weiß er überlegt, wie er es sagen will. Schließlich ist sie meine Frau, meine Gedanken hingegen überschlagen sich gerade wieder. Mental-Overload. Definitiv. Er rückt mit seinem Stuhl näher „Pass auf"

„Francesco Sanzes hatte einen Deal mit DiDio er sollte ihm zu Macht verhelfen. Um der Don in seinem Arenal zu werden. Leo, wenn er Daria heiratet und Francesco, wenn er sie zur Ehe abgibt. Also lag beiden etwas an dieser Ehe. Von dem Geld brauchen wir nicht reden. Doch Francesco´s Soldat Riccardo Ramirez, muss irgendetwas gegen Sanchez und Gonzales in der Hand gehabt haben. Er und seine Familie sind spurlos verschwunden. Und ab dieser Zeit gibt es keine vernünftigen Aufzeichnungen mehr von der Tochter Daria, die Tochter von Riccardo, welche Sira hieß, starb. Also, ich glaube, das hat etwas mit Francesco zu tun." Er wartet ab was ich dazu sage.

„Er hat sie verschwinden lassen, nachdem Ramirez aufgedeckt hat, dass Sanchez sich das Geld wegen seiner Spielsucht gestohlen hat.

Somit musste er Geld für Gonzales auftreiben, was macht man dann, wenn man keinen Deal mehr machen kann, man versucht ein neues Arrangement zu finden.

Ich glaube Gonzales hat Francesco schaden wollen und wird noch irgendetwas gegen ihn in der Hand gehabt haben. Es muss so sein. Zur Strafe und Einschüchterung hat er dann die Familie des Soldaten Riccardo umgebracht und dabei die Tochter Daria erwischt. Francesco brauchte ein Mädchen, das er für seinen Deal benützen konnte, sonst wäre alles den Bach hinuntergelaufen, alle Deals, alle Bündnisse und die ganze Macht.

Das habe ich zumindest von einem Informanten. Fuck er ist schon etwas alt, aber er hat das Mädchen zumindest gleich erkannt. Und Matheo, das was wir nicht am Schirm hatten, die ganze Zeit über nicht, dein Bruder dachte sie sei Schwanger, denkst du nicht das es sie dadurch noch wertvoller gemacht hat?" Ich habe gehört, was er sagte. Konnte dem auch folgen, ja es ist eine logische Schlussfolgerung.

Er setzt nochmals an:

„Ich bin mir sicher das ist Daria, sie ist Sira. Er kannte dann auch ihre Mutter, ich habe schon einmal Fotos von ihr gesehen, deshalb kam sie mir so bekannt vor. Das hat mich veranlasst mich noch weiter in die Sache hineinzuknien. Gonzales muss sie verschwinden haben lassen, um den Deal mit DiDio eingehen zu können, so wäre Sanchez leer ausgegangen. Und Gonzales würde sein Geld durch DiDio bekommen, sie würde die Einheit bilden. Doch jetzt ist sie nicht mehr bei ihm, ihm fehlt jetzt der doppelte Gewinn. Also ist Daria Sanchez Tod und dafür Sira Ramirez am Leben und für Sanchez Tochter eingetauscht worden. Verstehst du?" er holt Luft, blickt mich an und sucht in meinen Augen, mein Verständnis.

Er legt nochmals nach „Das muss so sein glaub mir. Siras Mutter war Musikerin. Glaub mir, ich bilde mir das nicht ein. Sie haben ein Gesicht."

Ich bin sprachlos. Flüstere ihm zu „Weißt du was du da sprichts. Bist du völlig betrunken?"

Schnell schüttelt er wieder den Kopf „Nein, lass es dir durch den Kopf gehen" Er nimmt einen weiteren Schluck. „Fragen wir Daria"

„Nein, du fragst gar nichts. Morgen ist die Feier. Ich brauche sie mit einem klaren Kopf und nicht mit Hirngespinsten geschmückt. Du bist mein bester Mann. Mein Vertrauter. Du hast heute noch einmal die Chance das Haus mit mir zu durchsuchen dann war es das, verstehst du. Sie werden bald merken das sie nicht schwanger ist, irgendwann müsste man es doch sehen. Und zum anderen Thema, wir müssen das erst stichhaltig prüfen, es würde eine ungeahnte Welle lostreten."

„Scheiße, Boss ich weiß du denkst ich bin nicht mehr ganz bei Trost. Ich werde dich nicht enttäuschen. Ich werde weiter forschen, ganz sicher."

„Ok jetzt geh, ich muss nach oben" sage ich ihm. Ich muss zu ihr und nachsehen. Und die verdammten Scherben entfernen. „Scherben aufwischen"

„Was?" will er wissen.

„Ach egal, bis Neun Uhr dann geht es los. Ach, und besprich mit Carl das er das mit dem Sarg und dem Loch regelt. Wir treffen uns dann übermorgen Vormittag und setzen ihn bei. Der Priester ist sowieso auf Abruf. Das sollte kein Problem sein. Die notariellen Dinge werden wir dann regeln, wenn es soweit ist. Sag ihnen, keine Blumen. Der Wichser hat keine verdient. Und ein Foto von ihm.

Jeder soll sehen, wer das Gesicht in dem Sarg ist." Ich nicke ihm zu.

Fuck, merda, merda, ich bin am Ausrasten. Ich bekomme keinen klaren Kopf mein Gefühl, dass etwas nicht stimmt hat mich nicht im Stich gelassen. Nie. Genauso wie jetzt.

Ich lege mich hier auf das Sofa und muss etwas rasten. Den Gedankenfick, das Gedankenkarussell enden lassen. Ich darf nicht darüber nachdenken. Was er sagt, macht Sinn, ja, aber es erklärt nicht, was Gonzales will. Was mit Daria los ist. Was überhaupt hier los ist. Sie wird lernen müssen mir zu vertrauen, wenn sie in der Welt überleben will. Sie sollte eigentlich tot sein. Wenn das herauskommt. Dann weiß ich nicht, wie wir das noch auf die Reihe bringen können. So viele, die von ihrem Tod profitiert haben, sie werden nicht wollen, dass sie weiter herumläuft. Ich muss sie schützen. Ich muss ihr Leben mit meinem beschützen. Normal weiß ich genau wie. Aber bei ihr. Wie soll ich das machen? Sie muss unbedingt zu der Feier heute. Die Männer müssen sehen, wer sie ist und wie sie ist. Sie sollen sie schließlich beschützen. Und wer beschütz jemanden den er nicht kennt. Es würde nur halbherzig sein, das weiß ich gewiss. Wir müssen die Männer heute aufstocken. Umlegen wer umgelegt werden muss, ohne zu zögern. Mein Kopf läuft auf Hochtouren, bis ich letztendlich doch etwas einschlafe, irgendetwas rüttelt mich.

„Matheo." Ich höre ein Schnaufen.

„Hallo? Bist du wach?" Irgendetwas berührt mich. Ich bin sofort auf Angriffsstellung. Augenblicklich schrecke ich hoch und packe diese Hand, die mich schüttelt. Ich bin nicht richtig wach, bis ich ihr

Gesicht sehe. Bis ich in diese funkelnden, zerstörenden Augen sehe. „Scheiße was machst du da, was machst du hier? Du solltest doch oben bleiben. Fuck! Ich hätte dich sofort killen können, ist dir das klar? Du kannst dich doch nicht so an mich heranschleichen. Bist du lebensmüde?", brülle ich sie schon fast an.

„Fuck Daria. – Daria, während ich es ausspreche, merke ich wie falsch es klingt. Wie falsch es wäre, wenn sie es jetzt weiß, wie falsch es ist, wenn andere es wissen. Scheiße ich muss das für mich behalten. Nero ebenfalls. Die Wahrheit zum Schutz vorenthalten, ja es ist immer noch gelogen.

Sie sieht mich mit erschrockenen Augen an. Diese indigolithfarbenen Augen eines Diamanten blicken mich ängstlich an. Fuck das will ich auch nicht. Ich lasse ihre Hand los. Sie trägt wieder ein riesiges Shirt. Ich vermute mal meins und tapst durchs Haus. Und jetzt steht sie vor mir und hält sich ihr Handgelenk. Merda.

„Ich wollte die Scherben wegfegen, doch ich finde keinen Feger oder Staubsauger. Ich hatte mir Gedanken gemacht, wo du bist. Warum du so sauer davon bist. Ist alles gut? Habe ich etwas falsch gemacht?"

„Ob du etwas falsch gemacht hast? Ich sagte doch, bleib oben, ich komme wieder." Ich lache schon fast vor Wut.

„Ok du bist aber nicht gekommen." Schießt es sofort aus ihr heraus. „Nein ich wollte dich nicht wecken." Alles hört sich besser an als ihr die Wahrheit zu sagen.

Ich muss sie weiter auf Abstand halten. Hätte ich das von Anfang an getan wären wir nicht so weit das ich jetzt so etwas wie Mitleid mit ihr habe. An den falschen Mann verheiratet durch den falschen

Vater. Sie hätte ein komplett anderes Leben haben können. Vielleicht auch ein normales. Sie zerstört all meine Beherrschung, all meine Gelassenheit. Schürt meine Wut ins Unermessliche. Ich kenne das nicht so. Ich habe ein schlechtes Gefühl, wenn ich sie belüge. Fuck. Und jedes verdammte Mal, wenn ich jemanden umlege, kommt mir ihr Gesicht in den Sinn. Sie, die den Mann rettete, der auf ihrem OP- Tisch lag und sie anschließend umbringen hätte können. Auch wenn Van das nicht kann.

Aber das ist nicht das um das es geht. Sie wollte sogar ihren Leo lieber im Knast sehen als Tod. Wie kann man so liebenswürdig sein. Nein nicht naiv, herzensgut. Ja das trifft es und wie verdammt passt das mit mir zusammen.

Ich muss hier weg.

„Ich ziehe mich an gehe duschen dann komme ich wieder. Marta macht die Splitter weg. Ziehe du dir etwas an ich will nicht das dich die Wachen so sehen. Gott verdammt. Das kann nicht wahr sein. Hatten wir nicht gestern erst diese Diskussion. Willst du bestraft werden?" Frage ich sie energisch. Sie weiß ja nicht das mir mit Bestrafung ein Spanking in den Kopf schießt. Was ich in ihren Augen sehe, ist Schock. Sie dachte wohl sie ist hier sicher. Ich muss noch eins drauf Setzen. Nur so kann ich sie auf Abstand halten. Ich brauche einen klaren Kopf und keine hübsche kleine Ablenkung.

„Das tollste Märchen ist das Leben, merk dir das. Ich bin nicht dein Märchenprinz oder König. Ich bin der Don der Mafia. der ich denke brutalsten, Mafia in und um New York, weiter in andere Staaten. Ich bin Mitglied der Omerta, wenn nicht der Anführer. Du denkst ich bin dein Ehemann. Dein Geliebter. Du denkst an das Falsche- es ist der falsche Weg bei uns. Das wird nicht funktionieren. Das wird es nicht geben. Ich habe meine Verpflichtungen meinen Eid, ich kann mich nicht mit einer Frau vergnügen und heile Welt spielen."

„Sag mal spinnst du eigentlich. Du bist doch wahnsinnig." spuckt sie mir entgegen.

Ich glaube ich höre nicht richtig. Was sagt sie da. Ich bin so perplex ich weiß nicht, was ich darauf sagen soll.

„Denkst du, weil du der Don bist, kannst du mit mir machen, was du willst? Wann du willst? Wie du willst? Sex haben um mich mundtot zu machen?" Ihre Stimme wird immer lauter, das kann doch nicht wahr sein.

„Ganz genau" sage ich ihr ruhig, obwohl ich alles andere als das bin. Verdammt ich liebe ihre Ehrlichkeit. Aktuell kann ich das für mich ja nicht behaupten.

„Nein eben nicht. Wenn ich hier deine Frau sein soll. Das ich mir bei Gott nicht ausgesucht habe dann will ich als Mensch behandelt werden und nicht als Schachfigur. Du hast gerade deinen Vater verloren, deinen Bruder. Es scheint, es ist noch mehr. Was ich natürlich nicht alles weiß, weil du mir ja nichts sagst. Ich soll brav im Haus bleiben. Ich bin eigentlich Tierärztin. Ich habe zu arbeiten. Ich will weiterarbeiten. Soll ich dir das Bett wärmen und warten bis du heimkommst. Oder wie stellst du dir das eigentlich vor. Soll ich hier im Käfig bleiben. Ist dir klar, wie du dich verhältst. Und dann noch auch das verdammte Höhlenmensch gehabe. Denkst du, du kannst dich mir annähern und mich dann wie eine Hure behandeln.

Du hättest auch Geld auf den Nachttisch legen können."

Ich glaube sie rastet gleich komplett aus. So etwas habe ich noch nicht gesehen. Krass. Es ist fast neun Uhr und sie ist komplett am Durchdrehen. Mein Lachen wird immer schwerer zu verbergen. Ficken, Verdammt und Hure aus ihrem Mund. Aus dieser kleinen Person. Ich weiß ich müsste mehr als wütend sein.

„Ist dir klar, dass es deiner Schwester auch nicht gut geht?" Ihre Augen blitzen mitleidig und voller Unverständnis.

„Lass meine Schwester aus dem Spiel. Vorsicht Daria. Du willst eine Hure sein, ja das können wir machen. An mir soll es nicht liegen, aber denk daran als meine Frau wird das nicht geschehen. Ich habe dir nie etwas getan."

Sie ist bereits rot im Gesicht. Sie ist die die wirklich wütend ist. Sie beherrscht mit ihrem kleinen Körper das Zimmer. „Du bist kein Mensch. Nein, du bist eine langsam verwesende Gestalt in dem Körper eines Mannes. Du behandelst jede wie Dreck, befiehlst nur!" Sie gestikuliert mit ihren Händen, schüttelt den Kopf, sie hat so viel zu sagen, aber ich sehe sie filtert tatsächlich gerade. „Ich meine, du hast verdammt noch mal deinen Bruder umgebracht, bringst mich fast um, nur weil ich dich aufwecke. Du machst nichts, dass es das Leben wert macht. Keine Freude, keine Freunde, nichts. Du kannst dir nicht mal eine Chance geben, deinem Körper, deiner Seele. Du denkst Glück und Zufriedenheit wollen in einer verwesenden Gestalt wohnen. Du gibst dir nicht einmal Mühe die Leere zu füllen. Morde, Geld, Drogen, Frauen, Casinos. Wahrscheinlich bist du Zuhälter auch noch." Sie steht hier vor mir, ich muss zu ihr heruntersehen. Ihre Stimme wurde immer lauter, schneller, sie muss das alles lange aufgestaut haben.

Ja, das passt natürlich alles wieder super zusammen. Ja, genau so sieht es aus. Ja, verdammt ich bin am Verwesen, aber ich war es, bevor ich sie hatte. Sie ist mein Nährboden. Sie fuchtelt mit den Händen herum, fehlt nur noch das Italienische. „Ich sage dir eines, mit mir nicht. Ich bin alt genug, ich habe Jahre lang nicht das gemacht, was mich ausmacht. Ich will leben.

Und wenn du mir das nicht zugestehen kannst, dann will ich sterben. Alles ist besser als mit einem Monster wie dir, in irgendeinem Haus zu wohnen. Besser als dieses ständige hin und her. Diese Angst vor dem was kommt. Dieses Gefühl auf der Flucht zu sein. Weißt du was Matheo, fick dich. Fick dich einfach und fahr zur Hölle!"

Ich kann nicht so schnell schauen, wie sie an mir vorbeirennt, gerade als ich denke sie rennt mich an, schubst sie mich noch zur Seite. Mich. Was war das?

Sie geht und knallt die Tür zu. Ich bleibe hier stehen.

Ich konnte nichts sagen. Der Fleck an meinem Oberarm brennt vor Hitze, nein, nicht vor Schmerz. Ich muss fast lachen. So ein freches Kätzchen habe ich nicht erwartet. Diese Ehrlichkeit, mit diesen unschuldigen Augen. Sie ist völlig übergeschnappt. Und sie ist zu dem noch verdammt aufmerksam, ja ich wollte mit dem Sex ablenken, zumindest zuerst, danach, als ich sie kostete, wollte ich sie zu meiner machen. Mir nehmen was mir gehört, ihr geben was ich zu geben habe. Dass es in dieser Orgie endet, daran hätte auch ich nicht gedacht. Schmunzelnd gehe ich zu meinem Whisky, meinem neuen Freund, seit sie hier ist. Ich muss mich setzen. Ich habe die Flasche noch nicht einmal richtig zur Hand, da klopft es, Nero und Rocko treten gerade herein. Gut dann klopfen sie eben, während sie hereinspazieren, macht hier denn jetzt jeder, was er will? Ich fasse es nicht. Beide tragen einen hochroten Kopf. Na toll, die zwei standen vor der geöffneten Tür, wie sollte es auch anders sein. Ich werde ihnen nicht sagen, dass sie recht hat. Fehlt nur noch, dass die versammelte Mannschaft zugehört hat. Gut, ihre falschen Vermutungen sind natürlich weit ab von Realität.

Aber dafür kann sie nichts, ich gebe ihr keinen Anlass die Wahrheit zu sehen.

„Boss hat sie dich geschlagen?" Er sieht mich an, lacht etwas. Auch er wirkt genau so verwundert wie ich, und genau so verwundert darüber, dass ich dabei entspannt bleibe.

Er steht vor mir, als mein Consigliere und mein Freund. „Was ist mit dir los? Du hast ihr nichts gesagt, oder?", will er wissen, er lässt sich aber auch überhaupt nicht auf ein Gespräch ein, nein er fährt gleich weiter fort.

„Wenn du die Nummer für häusliche Gewalt willst. Ich kann sie dir gerne geben. Dir vielleicht den weißen Ring, oder war der blau?" Er hält seinen Spott nicht zurück, ich unterbreche ihn. Fuck, er lacht sich fast kaputt. Ich gehe auf ihn zu. „Ganz vorsichtig Nero. Du bist mein bester Freund, aber was ist mit euch hier allen heute los? Wollt ihr mich verarschen? Ich bin der Don. Jeder andere würde jetzt unten im Bunker seine Einzelteile aufsammeln. Fuck. Du kannst dir vorstellen das ich gerade nicht in der Laune für Scherze bin." Meine Stimme ist im Gegenzug zu meiner Haltung immer noch ruhig. Wütend, aber ruhig. Fuck. Mein Schwanz steht fast wieder, ihr Aufstand hat mich erregt. Ihre rosigen Wangen, als sie so sauer war. Ihre Lippen, die sich bewegten. Und das Beste überhaupt, sie war ehrlich. Ja, ich bin der, der ihr etwas verschweigt.

„Ja, meine Frau ist auch öfter so drauf, aber mit dem Kind. Nicht mit mir. Vor mir hat sie Respekt." Meint er und lacht weiter.

„Nein!" Ich schüttle den Kopf, fasse mir an die Schläfe. Mein Kopf explodiert bald bei dem, was sich hier abspielt. Ich sollte sie sofort fesseln. Sie gründlich von vorne und hinten in den Arsch ficken. Ihr ein Spanking geben, an das sie sich noch lange erinnert. Versuchungen sollte man sich doch hingeben, oder? Keiner weiß, wann die Gelegenheit wieder dafür ist.

„Abfahrt in dreißig Minuten. Werkzeuge. Waffen. Handgranaten, alles mitnehmen, ich will das davon nichts mehr übrig ist, wenn wir gehen. Ach, und Benzin, wir fackeln diese Drecksbude nieder. Ich habe genug von ihr." Sage ich ihnen stattdessen. Es würde jetzt nichts bringen sie zu ficken. Erstens müsste ich sie zwingen, und das mache ich nun mal grundsätzlich nicht, und ich würde mich nicht mehr kennen. Ich könnte keine Garantie dafür übernehmen das mein Verstand ausschaltet. Ich will ihr eigentlich nur die Wahrheit sagen, ich weiß es ist zu früh. Wissen schützt in unserer Welt einfach nicht. Sie ist rau, Sicherheit gibt es in unserem Wortschatz nicht. Deshalb muss ich die Risikofaktoren minimieren.

Ich will einfach nur noch die Party hinter mich bringen. Sie muss endlich voll und ganzes Mitglied meiner Mafia werden, auch durch den Blutschwur. Das wird der beste Schutz für sie sein. Aus Sicht der Omerta muss sie es sogar machen. Sie würde sonst nicht als Familienmitglied zählen. Ein paar Tage noch. Ein paar. Dann geht das gewohnte Leben hoffentlich wieder weiter. Das Augenmerk kann wieder auf die wichtigen Dinge gelegt werden. Meine Mafia, die Omerta.

15. Daria

Ich bin wieder die Treppen hoch gesprintet. Ich kann es nicht glauben, wieso ich so die Kontrolle verloren habe.

Jahrelanges Training liegt eigentlich hinter mir, bei Leo bin ich nie so wütend geworden. Ich fasse es nicht. Das ich ihn so beschimpft habe. Als ich auch dann noch aus dem Büro gestürmt bin, wusste ich, jetzt ist es vorbei. Nero und Rocko standen da, mit rotem Kopf. Total erschrocken. So erschrocken, wie ich mich fühle, wie ich handelte. Unüberlegt. Dumm. Kopflos.

Es kam in Impulsen, wie brennende Funken musste ich es von mir loswerden und alles abschütteln. Das Problem liegt sicherlich daran, dass es mich getroffen hat, bei Leo ist alles an mir abgeprallt. Er war mir egal, seine Meinung war mir egal. Doch jetzt liegt mir etwas an ihm, und deshalb werde ich mich so schlecht gefühlt haben. Ich habe die Kontrolle verloren, wie wird es jetzt weiter gehen?

Das wird mich meinen Kopf kosten. Ja, ich meine alles, was ich gesagt habe, ernst. Gut, etwas zu bildlich war es und ich glaube nicht, dass er Zuhälterei betreibt. Nein, dafür ist er nicht der Typ, wie Ada schon sagte, ihr anderer Bruder hat das angezettelt. Er war der, der Frauen ausbeutete. Ich sehe es so wie ich es gesagt habe. Jedoch hätte ich es wirklich, wirklich an einem anderen Tag sagen sollen, und ich hätte sprechen sollen. Nicht schreien. Nicht hysterisch werden.

Mein Handeln ist mir nur allzu bewusst. Sein Gesichtsausdruck ebenfalls und verdammt, was hat er in seiner Schulter. Einen Actionman-Anzug? Die ist sowas von hart und der Rest ist wie ein Stein. Allein das erschreckt mich zu Tode. Ich bin lieber hier in diesem Zimmer, hier wo es ruhig ist. Hier wo ich meine Gedanken ordnen kann. Immer wieder schleicht mir diese Nacht in mein Gehirn und mäht dort alles andere kaputt.

Was wird er jetzt mit mir machen. Ich hoffe ich muss nicht wieder in dieses scheiß Loch. Er hatte mich da herausgeholt. Er wird mich hoffentlich nicht wieder dorthin stecken. Ich hasse dieses ständige hin und her. Das ich nie weiß, woran ich bei ihm bin, er war bis jetzt immer gut zu mir. Von vielen kann ich das nicht behaupten. Ich weiß auch nicht, woran ich bei uns bin. Klar, ich bin nicht freiwillig in die Ehe gegangen. Er ist ein Monster. Genauso wie ein Don eben ist. Und doch ist in ihm immer wieder, für ein paar Momente der Mensch welcher ganz genau zu mir passt. Der der weiß, wie ich bin. Der meine Geschichte kennt. Der mich will. Der diese Anziehung auf mich ausübt, welcher ich nicht wieder stehen kann. Der den Wunsch weckt, pausenlos mit ihm zusammen zu sein. Sich zu unterhalten. Sich zu berühren. Ich versuche mich noch so dagegen zu wehren, aber es wird nicht einfacher.

Denn er ist aber auch Matheo. Das weiß ich aber hauptsächlich von Ada. Bei dieser Art von Gesprächen blockt er zuvor schon ab, wir kommen gar nicht so weit. Es endet zuvor schon im Streit, genauso wie es, wenn es das nicht ist, in Ablenkung endet. Ablenkung durch Berührung, Ablenkung durch Worte oder Angst, und heute eben Ablenkung durch Sex. Weiß er das selbst überhaupt? Ich befürchte er weiß davon nichts. Er kennt nur diesen Weg. Scheiße es wäre einfacher ich würde ihn nur als Don kennen, nicht so wie Ada ihn beschreibt. Er weiß nichts von unseren Gesprächen, ich weiß auch dass er sie, als sie klein war, zudeckte und sie ins Bett gebracht hat. Dass er sich um seine Soldaten kümmert. Dass er sich um Ada kümmert. Dass er tötet, um nicht getötet zu werden. Das weiß ich alles nur von ihr.

Und genau da ist das Problem. Wir reden nicht. Wenn wir reden, spricht er in Hieroglyphen. Oder er fragt mich etwas, um der Antwort auszuweichen. Und der Sex gestern. Der war, ich weiß es nicht. Wieso habe ich mich darauf eingelassen. Alle meine Prinzipien fallen gelassen und ihm mich gegeben. Dass, das mir eigentlich am wertvollsten sein sollte. Wieso nur. Ach ja, weil ich eine dumme Kuh bin, die Augen hat und das wollte, was sie sah.

Und es war so gut. Ich hatte keinen Schimmer das ich so viele Orgasmen haben kann. In so kurzer Zeit. Er ist göttlich mit seinen Fingern. Seinem Mund. Seiner Stimme. Das alles hat mich total bezirzt. Und er wollte einfach nur ficken. Ich weiß es. Er kennt mich nicht. Wir können hier nicht von Liebe sprechen. Auch wenn er irgendwas von Anziehung gesprochen hat. Ich weiß, dass das in seinem Jargon so viel wie: *ich will etwas,* heißt. So viel wie, *ich nehme es mir,* heißt. Ich besitze etwas und das nur um zu zeigen, dass ich es kann. Menschen werden zum Besitz.

Ich stehe am Fenster und betrachte den tollen Garten, während ich über meine Situation nachdenke. An meinem Plan der Flucht festhalten muss. Er scheint mir genauso zu wanken, wie die Blätter an den Bäumen Wie die Wolken, die vorbeiziehen. Alles scheint seinen Platz zu verlassen und irgendwie wieder zu kommen. Mein Plan darf nicht wanken. Zu lange habe ich auf die Gelegenheit gewartet, jetzt brauche ich eine neue Gelegenheit. Auch wenn es heißt, meine neue Schwester Ada zu verlieren. Mein Verstand rät mir von ganz hinten das ich genauso abblocke, wenn es ernst zu werden scheint. Als wenn ich ihn beschimpft hatte, um es mir zu erleichtern. Um mir die Wahl im vorherein schon genommen habe, indem ich mir die Möglichkeit zur Flucht erschwere. Ich weiß er wird jetzt noch besser schauen. Sicher. Habe ich das wirklich getan. Jetzt ist es sicherlich entschieden, er wird mit Adleraugen auf mich sehen.

Plötzlich springt die Tür auf.

Ich erschrecke und weiche sofort zurück. Sehe sein Gesicht. Diese Maske. Seinen Mundwinkel und die damit verbundene Kraft in seinem Kiefer. Er ist stink sauer. So richtig.

„Was bildest du dir überhaupt ein, Mädchen." Seine Gestalt nimmt den ganzen Raum ein, er ist der Star des Tages und ich die dumme Kuh, die selbst daran schuld ist.

„Was sollte das? Habe ich dir jemals irgendetwas getan? Ich habe dich geheiratet, nicht mein Bruder. Habe dir ein Zuhause und Schutz gegeben. Freiheiten, soweit es unsere Situation zulässt. Ich dachte du lebst das Mafialeben schon immer. Du kennst doch die Regeln. Stattdessen führst du dich auf wie ein verhätscheltes Mädchen."

Ich springe über meinen Schatten. Ich habe Angst, wenn er so aussieht, wie er aussieht. Und ich brauche sein Vertrauen, wenn ich flüchten will.

„Ich entschuldige mich dafür. Es tut mir leid. Wirklich" Ich versuche ruhig zu klingen, kann ihn aber nicht richtig ansehen. Denke an mein Pokerface, ich weiß genau, ich bekomme es nicht hin. Genauso gerate ich wieder in Versuchung mit meinen Fingernägeln zu spielen.

„Ja es tut mir wirklich leid." Er muss nicht wissen das es ist, weil ich Angst vor den Konsequenzen habe. Nicht weil es mir wirklich leidtäte. Er grinst.

Sieht mich weiter eindringlich an. Sein Gesicht ist nicht zu entschlüsseln. „Ich weiß Daria, wenn du diesen Blick hast, dass es dir nicht Leid tut. Ich kenne dich besser als du denkst. Wir leben seit Wochen unter einem Dach. Denkst du es entgeht mir, wer du bist. Ich kenne dich. Ich kenne dein Zuhause, ich kenne dein neues Zuhause. Mehr als du denkst und besser als du selbst." Gott was will er mir jetzt wieder sagen? Er hält sich die Hand an die Nase, drückt zu. Er scheint sich nicht sicher zu sein, was er sagen soll. Mir gibt das erst recht keine Sicherheit.

„Daria Santo, du trinkst deinen Kaffee ausschließlich mit Milch und Zucker. Du liebst Erdnussbutter. Jawohl. Du backst mit Ada Muffins. Gehst mit ihr zu ihren Physios. Du legst keinen Wert auf Markenkleidung. Du siehst dir Tierdokumentationen an. Liest Liebesromane. Deine Lieblingsfarbe ist, so wie es aussieht, Flieder. Die Dusche läuft nur heiß, du kämmst dein Haar stundenlang. Und du bist die beste Geigenspielerin, die ich kenne. Dennoch lasse ich dein Verhalten von eben nicht einfach so stehen. Ich will und ich kann nicht. Du hast mich vor meinen Männern blamiert. Sie werden reden. Denkst du, als Don ist es angebracht von seiner Frau so angesprochen zu werden, wie du es getan hast? Die Meisten halten es sowieso beim Sie. Und du? Keinen Respekt. Denkst du, sie werden dich oder mich so schützen? Respekt verdient man sich. Sie haben ihn aus Angst vor Konsequenzen." Er holt Luft. Sieht mich weiter an. Gott mir wird schlecht.

Woher weiß er das alles. Ich muss meinen ganzen Mut zusammennehmen, wenn nicht jetzt wann dann. Wie schlimm, kann ich es noch machen.

„Ich bin kein kleines Mädchen. Ich habe nicht als verwöhnte Göre gesprochen. Was du gehört hast, war genau das. Aber ich habe gesprochen als Frau. Als Frau die endlich leben will. Als jemand der für sich einsteht. Ich habe auch Prinzipien. Und dazu gehört es nicht, definitiv nicht, mich weiter als Spielball, Spielfigur behandeln zu lassen. Ich bin Daria, ich bin jetzt dran mit meinem Leben. Ein Leben, ohne gezwungen zu sein, das zu machen was mir aufgetragen wird. Ich will mich kleiden, wie ich will. Ich will arbeiten. Verstehst du das nicht." Ich breche es abzusprechen, ich kann meine Tränen nicht zurückhalten.

Ich würde ihm gerne sagen, dass ich ihn auch besser kenne als er denkt. Aber ich kann nicht. Ich denke er würde mir den Kontakt mit Ada verbieten. Sie ist doch meine neue Schwester. Und er, er ist tatsächlich irgendetwas zwischen einer Romanze und einem irgendwas. Ich kann es nicht beschreiben. Seine Augen ziehen mich an. Seine Haltung zeigt mir Geborgenheit. Ich weiß er beschützt was ihm gehört. Auch wenn es in einer Höhlenmenschformation ist.

Ich spüre ihn, bevor ich ihn sehe, jedes Mal, wenn ich ihn berühre, fühle ich diese Verbindung. Als ob wir uns schon immer kennen. Er trinkt genauso gerne Kaffee. Natürlich lieber Whiskey und das aus der Flasche. Er trägt im Haus Stiefel, immer bereit für einen Kampf. Anscheinend ist er sehr begabt mit dem Messer. Er ist immer kampfbereit. Schlafen ist ein Fremdwort. Er hört gerne Housemusik und wie sich durch meine Violine zeigte auch klassische. Ich fühle es, wenn er mich ansieht, wenn ich spiele. Ich würde so gerne wieder spielen. Ich habe Angst, wenn ich sie einfach benutze das er sie mitnimmt. Er duscht gerne kalt. Warum auch immer. Ja das alles weiß ich ebenso. Und das Wichtigste, er liebt Adas Muffins, obwohl er sich zuckerfrei ernährt.

„Was denkst du, sag es mir. Hörst du mich überhaupt? Hallo Daria, verdammt ich spreche mit dir." Er schnippt mit dem Finger vor meinem Gesicht.

Ich atme ein. Schüttle den Kopf resigniert und verschränke die Arme, was soll ich dazu noch sagen.

„Ok wenn du nicht sprechen willst, heute Abend ist das Fest. Deine Kleidung wird dir gebracht. Gehe zu Ada und mache dich fertig. Um neunzehn Uhr ist Abfahrt. Ich komme Nachmittag vielleicht nochmal kurz
vorbei." Und schon verschwindet er wieder einmal einfach so. Dreht sich
um und zurück bleibt die Tür.

Trotz dem ganzen Durcheinander weiß ich, in unseren verletzenden
Worten liegt der Frust, die Ohnmacht. Ich kann es nicht zugeben, es
würde dann wahr werden. Ich sehne mich nach ihm. Einem schlechten
Menschen. Ich bin mir sicher, er ist im Inneren nicht nur schlecht. Ich
weiß es lohnt sich ihn wirklich kennen zu lernen. Was das aus mir
macht, weiß ich noch nicht. Ich hoffe es macht mich zu jemanden Besseren, als ich es bin, jemanden der weiter zwischen Gut und Böse unter-
scheiden kann, aber auch jemand der das Gute aus dem Bösen erkennt.

Wie ich das machen werde, weiß ich auch noch nicht. Was ich weiß, er
ist jemand für den es sich lohnt tiefer zu graben. Und plötzlich wird mir
bewusst, dass ich Angst habe, dass ihm etwas geschieht, wenn er weg ist.
Das ich einen Abschiedskuss hätte haben wollen.

Wir sind beide zu Stur. Keiner gibt nach. Mist. Mein Gehirn ist schon so
demoliert das ich mich nach ihm sehe.

Ada und ich unterhalten uns wieder einige Zeit. Wir reden und ich erzähle ihr fast alles. Sie sieht mich einfach geschockt an. „Ada was denkst
du?" will ich wissen.

„Ich weiß es nicht Daria wirklich. Er ist normal nicht so. Er ist klar
strukturiert. Er weiß, was er tut. Weißt du vielleicht kommt er mit den
neuen Gefühlen nicht zurecht. Er wurde auf etwas anderes trainiert. Er
soll ein Don sein. Handeln denken wie ein Don. Nicht wie ein liebender
Ehemann. Verstehst du?" Das Einzige, was es in seiner Welt gibt, ist
überleben, töten, um nicht getötet zu werden, auf seinen Besitz achten.
Wenn man etwas oder jemanden hat, ist man angreifbar. Sie holen sich
das immer zuerst. Man ist erpressbar. In dem Fall denke ich bist es jetzt
du. Ich weiß ebenso wie du, dass ihm etwas an dir liegt.

Seine Veränderung ist nicht zu übersehen, seine Handlungen bei dir sprechen Bände. Der Druck auf ihn wächst. Er muss sich nicht um sich oder sein Imperium alleine kümmern, nein du gehörst jetzt auch dazu. Nicht als Besitz, sondern als Weg, um an ihn heranzukommen." Sie hat Tränen in den Augen. „Das heißt auch das du in Gefahr bist, mehr als du denkst." Ach, ich wünsche mir für euch, er würde es trotzdem einfach zulassen. Einmal an sich denken. Ich mag dich so sehr und bin froh, dass du hier bist.

„Ada pass auf was du dir wünscht, nicht das es einmal wahr wird." Ich habe selbst Tränen in den Augen. Ich mag sie genauso. Wieso ist er so kompliziert.

Wir machen uns Pizza. Ich helfe ihr beim Reinigen des Rollstuhles. Mache ihr die Haare schön, die Beauty Frau haben wir schön abserviert. Wir machen uns selbst fertig. Ich will nicht von anderen berührt werden und Ada vertraut nur mir. Sie ist so wunderhübsch und ist gerade dabei, sich als Frau wieder zu entdecken bzw. sich bewusst zu werden das sie eine ist. Ihre Decke, ist nicht auf ihrem Bein und das heißt für mich sehr viel. Vertrauen. Verständnis. Freundschaft.

Wir reden von Anfang an offen und sie fühlt sich zu mir als Schwester genauso verbunden. Die Zeit vergeht wie im Flug. Ich lese, sie spielt Karten. Wir machen sogar Eiscreme.

Mit Matheo habe ich nicht mehr gesprochen. Ich habe mir das Haus angesehen. Mit Martha gesprochen, Kaffee getrunken. Wir saßen draußen auf der kleinen Terrasse. Sie erzählte von früher. Ihr Mann ist im Einsatz für Matheos Vater gestorben. Es gab keine Beerdigung, weil es nichts mehr zu beerdigen gab.

Sie haben die Dinge von Matheos und Adas Mutter fast alle aus dem Haus entfernt. Sie war einfach weg. Fast wie bei mir. Ich konnte meine nie kennenlernen, ich war zu klein. Ich wünschte ich hätte jemanden gehabt mit dem ich mich austauschen kann wie mit Martha, jemand der mir etwas kochen lernt. Jemanden mit dem ich gerne Zeit verbringe.

Es ist Samstag mittags und ich stehe wieder vor Ada, wir haben Musik gehört.

„So ich gehe zu mir rüber. Dusche mich schnell und dann komme ich wieder. Wir ziehen uns erst kurz vor Abfahrt um oder. Nicht das unsere Kleidung Schaden nimmt."

Ich danke dir. Küsschen auf die Backe zur Verabschiedung, diese italienische Tradition hat in unserem Haus nie gelebt. „Ach und Daria. Sorry, aber ich sollte es dir nicht so viel eher sagen. Matheo hat Schmuck für dich hinterlegt. In seinem Schlafzimmer am Bett. Und deine Geige Du sollst bei der Feier spielen. Er hat so geschwärmt, bis ihm aufgefallen ist was er überhaupt von sich gibt." Sie lacht. „Es war so Wahnsinn wie er über deine Fähigkeiten gesprochen hat. Ich konnte deine Musik fühlen, während er darüber sprach. Stell dir das vor." Sie lächelt mich an.

„Er wollte, dass du spielen darfst. Du wirst spielen, als Frau des Dons, für eure Soldaten. Und deren Familien. Es wird ein tolles Fest. Bitte lass dir die Gelegenheit nicht entgehen und antworte jetzt noch nicht. Überlege es dir bitte. Es ist doch eine tolle Gelegenheit. Sie werden dich mit ihrem Leben schützen als Frau des Dons. Weißt du, du könntest ihnen so den nötigen Respekt zeigen. Vielleicht hältst du auch eine Rede? Du sagtest du warst noch nie bei einer Feier dabei.

Das wäre die Gelegenheit. Kennst du überhaupt die Verhaltensweißen? Du weißt ja du sollst ihn nicht ungefragt Ansprechen und wichtig, kein Augenkontakt. Ach ja, und immer hinter ihm gehen." Es sprudelt nur so aus ihr heraus, sie verschluckt die halben Sätze.

„Das und dein Spiel, dann werden sie dich lieben und dich vergöttern. Ach ja, sie wissen bereits das du spielen wirst." Sie hebt die Hände entschuldigend. „Ich freue mich so. Ich würde so gerne dazu tanzen. Aber jetzt Schluss mit meinem Gelaber. Geh, dusch dich. Trink deinen Kaffee." Sie ist außer sich, sie freut sich tatsächlich sehr.

„Oh Gott du spinnst doch, ich glaube ich höre nicht richtig. Wie könnt ihr das nur ohne mich ausmachen? Ich meine, ja ich will spielen. Aber nein ich will nicht spielen. Scheiße ich zittere. Ich kann nicht. Oder soll ich? Ich weiß ich muss! Nein. Mist." Ich bin so überfordert, mit diesen ganzen Informationen und erst recht mit meinen Gefühlen.

Ich koche vor Wut, zittere vor Angst und freue mich vor Aufregung.

„Daria, jetzt geh. Beruhige dich." Befiehlt sie mir mit ihrem Engelslachen. „Gott du hast Recht. Ich gehe. Ich muss einen klaren Kopf bekommen." Normalerweise würde ich bei solch einem Gefühlschaos zu meinen Tieren gehen, mit ihnen sprechen, auch wenn keine Antwort kommt. Ich würde arbeiten und einen anderen Blickwinkel auf die Dinge bekommen. Aber hier.

„Bussi, bis dann", meint sie einfach so. Wie kann sie nur so viel Freude an diesem Fest haben.

Nein, ich zittere. Ich brauche Wärme. Ich war duschen, habe mein Haar gemacht. Habe etwas geschlafen. Was soll ich noch alles tun. Ich mache den Kamin an. Setzte mich davor. Ich hoffe er kommt unversehrt zurück. Zeitgleich überlege ich welches Stück ich spielen soll.

Was passt, für brutale mörderische Männer in Hulk Gestalten und Frauen, die nur an Schmuck denken. Was passt, zu Mördern, und Menschen ohne Gewissen. Das kann doch nicht sein Ernst sein. Wieso hat er nichts gesagt. Er wird es sowieso nicht mehr wollen seit dem Ganzen heute früh. Ich habe nicht einmal den Schmuck geholt oder meine Geige. Ich kann nicht in das Zimmer. Die Tür ist zu, zwar nicht versperrt, aber ich weiß er wird es nicht wollen. Mist. Ich kann mich nicht einmal ablenken. Stunden sind vergangen, habe Bücher aufgeschlagen. Ich habe sogar den Walzer alleine geübt. Wer weiß was man da tanzen soll. Soll ich überhaupt tanzen. Was wird er verlangen?

Dieses Kleid ist traumhaft, es hängt in meinem Zimmer. Ich freue mich es anziehen zu können, jedoch will ich gar nicht zu dieser Party. Er will zeigen, wer er ist. Das ihm niemand etwas ankann. Er denkt, er ist aus Stein. Kein Blut, nichts dass man ihm nehmen könnte, nicht einmal das Leben. Wie verrückt muss er sein. Ich habe so oft über den Stoff gestrichen, dass ich Angst hatte Löcher zu machen.

Es ist champagnerfarben. Edler, dunkler Champagner mit den passenden Schuhen, hohen Schuhen. Als wenn ich immer hoher Schuhe anhätte. Leo hatte es verboten. Ich sollte einfach am besten gar nicht anwesend sein. Am Korsett sind Raffungen und lassen es sehr edel aussehen. Kein billiger Stoff. Kein billiger Schnitt. Einfach ein Traum. Ich bin geduscht, gewachst, die Haare zur Seite gesteckt. Geschminkt. Ich bin eigentlich fertig. Fehlt nur noch der rote Lippenstift, den ich mir nachher noch hole. Ich habe schon wieder ein Erdnussbuttersandwich gegessen. Ich esse immer bei Aufregung. Das darf nicht weiter zur Gewohnheit werden. Es ist eigentlich zu ungesund. Ich sollte mal Äpfel essen oder so etwas.

Gott meine Gedanken drehen sich wieder mal im Kreis. Im Gedanken gehe ich die Abfolge der Noten für mein Lieblingsstück im Kopf durch. Ich werde etwas Modernes spielen. Ich muss einfach spielen, wenn es die Gelegenheit gibt. Und wenn sie es hören wollen. Dann spiele ich, am liebsten den tanzenden Affensong. Es ist ein Popsong. Genau. Ich höre die Klänge richtig, sie werden sich mit der Violine Magisch anhören. Sie werden sie spüren, die Klänge. Sich mitreißen lassen von meinen Gefühlen, wenn ich spiele. Es zählt niemand mehr. Sogar meine Finger kribbeln vor Aufregung. Noch drei Stunden dann wird er kommen. Ada bäckt weiter vor lauter Aufregung, ich musste lachen als ich sie jetzt zum fünften Mal angerufen habe und meine Meinungen ewig revidiert hatte.

Aber sie steht jetzt, ich sitze hier, sehe in den Kamin, in meinem Shirt, der Yogahose und den Kaffee in der Hand. Die Haare sitzen perfekt und ich bin in meinen Gedanken versunken. Ich fühle mich gerade als würde ich spielen. Die Gardinen wehen im leicht geöffneten Fenster und es scheint, als würden sie meine Gedanken hinaustragen.

Zusammen mit der Musik in meinem Kopf spüre ich wie die schlechten Gedanken sich etwas weiter von mir entfernen. Schon geht die Tür auf, ich höre meinen Namen. Drehe mich und ich glaube ich traue meinen Augen nicht.

16. Matheo

Ich war erst vor ein paar Tagen hier an ihrem Haus. Ich konnte dort in der Zwischenzeit nichts ausrichten, ich musste an den Docks meine Ladung kontrollieren. Jemand ist in meinem Casino beim Karten zählen erwischt worden. Normal kein großes Ding aber in Anbetracht der Umstände der letzten Tage vielleicht wichtig. Ich habe ihn entsprechend verhört. Die Essenz daraus ist, er ist Tod. Sonst nichts. Verdammt. Ihr Vater ist immer noch nicht aufgetaucht. Keine Verhandlungen, er will sie nicht zurück. Er ist purer Abschaum. By the way, vielleicht ist er schon tot.

Ich war bei meinen Informanten, auch da nichts Neues. Neros Frau hat mich zum Essen eingeladen. Sie hat mir ein Update über das Frauenhaus gegeben. Auch nichts Neues. Das kann doch nicht wahr sein.

Immer wieder, sind meine Gedanken zu Daria gewandert. Immer wieder ein Blick aufs Handy, auf die Kameras. Immer wieder, mit den Gedanken in und bei ihr.

Ich habe mir mindestens dreimal einen runtergeholt. Mein Schwanz sehnt sich nach ihren Lippen. Der Orgasmus war nicht zu vergleichen mit dem Inferno, dass ich mit ihr erlebt habe. Das kann unmöglich echt sein. Ich bin definitiv geliefert. Dieser Frau verfallen.

Jetzt stehe ich wieder vor diesem Haus. Wenn man ehrlich ist, ist es nur sein Haus, sie hatte ihre privaten Sachen oben, sonst nirgends. Keine weibliche Note in dem Haus. Nichts.

Stundenlang versuche ich in diesen Raum zu kommen. Dieser Wichser hat die Tür so gesichert, fast Brilliant. Sie hat es in sich. Bis Nero endlich mit unserem Werkzeug hierher kam musste ich warten. Ja eine Handgranate wäre einfacher gewesen. Aber ich muss eventuelle Dokumente schützen. Wir treten in den dunklen Raum.

Ich weiß nicht, was ich erwartet hatte.

Aber hier steht ein Stuhl. Ein Tisch. Ein Gürtel liegt am Tisch. Daneben ein Spiegel. Fuck, mein Tesoro, mein Schatz. Mein wertvollstes Mädchen. Ich weiß sofort, dass es der Raum ist, von dem Sie gesprochen hatte. Sie konnte gar keinen Schlüssel haben. Nero ist auch mittlerweile leichenblass, das heißt schon etwas.

Hinten neben der Ablage liegt ein passender Stift zu dem Notizblock, der Stift hat das gleiche Muster wie das Papier das Vater er in seiner Uhr hatte. Das von Daria. Was Gott verdammt, geht hier ab. Was soll das. Das meiste war nicht mehr zu lesen, alt modrig und doch hatte er es aufgehoben. Es muss von hier kommen. Wenn es etwas mit Daria zu tun hat, was bedeutet es dann. Noten. Was hat es verdammt nochmal mit dem Ganzen auf sich. Ich werde es ihr heute zeigen. Diese unfassbare Wut. Dieses Pochen in meinem Kopf, zudem noch die Hitze und das Adrenalin, alles das, was mich gerade überfällt. Ich muss hier raus. Weg. Fuck einfach weg. Wie soll ich dieses Rätsel lösen?

Wie wenn ich immer nur Bruchteile zu Lösung bekomme. Ich sehe noch in der Kommode gegenüber dem Tisch nach und dann raus hier. Sogar für mich ist es hier nicht auszuhalten.

Doch darin ist nichts Besonderes, nur Handtücher, Wasser, und eine Adresse. What the fuck soll das? Ich bin sichtlich geschockt doch etwas gefunden zu haben. Und diese scheiß Katze ist schon wieder hier. Sie hat mich letztens auch schon überfallen.

Ich gehe nochmal in Adas Zimmer, versuche ihr etwas zu bringen, was sie haben wollen wird. Ich muss etwas mehr Zugeständnisse machen.

Ich nehme sicherlich keine der Kleidungsstücke mit. Diesen billig Schmuck auch nicht. Nichts von ihm.

Sie hat wirklich nichts. Ihr Diplom habe ich schon im Wagen. Fotos von ihr und dieser Katze. Ich schließe den Schrank, eine seltsame Angewohnheit von mir, eigentlich bin ich mir sicher ihn letztens auch geschlossen zu haben. Ich spähe hinein und erschrecke sofort, ziehe meine

Waffe. Merda, fast hätte ich diesen Hund angeschossen. Dieses schwarze Irgendetwas. Er kommt auf mich zu, sieht spielerisch aus, sogar die Katze ist wieder hier. Was ist das hier. Der Hund schleicht um mein Bein, ich gehe in die Hocke, frage ihn was er weiß. Er weiß natürlich viel, aber er wird es mir nicht sagen. Die Katze sitz daneben, beobachtet es und es sieht aus, als hätten sie im Bett geschlafen, am Fußende. Dort sind Berge von Haaren. Während ich weiter überlege, was ich brauche oder nehmen kann, sitzt der Hund vor mir und bellt mich an, will Pfote geben. Gott ich bin im Nimmerland oder wo. Merda. Schnell sehe ich noch im Badezimmer nach, auch da ist nichts Persönliches zu finden. Ein paar Briefe liegen oben auf dem Schrank, unter den Handtüchern versteckt. Die werden ihr wohl wichtig sein. Gott Frau, was ist das für ein Versteck. Briefe im Schrank.

Ich öffne die weißen Umschläge, es sind ein paar modrige Blätter, klein wie das Notizbuch und die gleiche Schrift. Wieder einmal Noten? Also das kann doch jetzt nicht sein, was verdammt ist da los. Was hat das zu bedeuten. Dieser dumme Hund läuft mir auch nach und die Katze meldet sich auch zu Wort. Fuck jetzt muss ich die Viecher füttern.

Das richtige für Daria tun. Ich hatte es doch vor, oder? Auch wenn sie mich heute genauso zur Weißglut gebracht hat, so hat sie mich mehr zum Bewundern gebracht. Sie hat mehr Stärke als die meisten. Keiner meiner Männer wäre so stark, mir die Meinung zu sagen. Niemand. Jeder sagt, was ich hören will. Gut mit Ausnahme von Nero. Rocko und Davide kennen mich noch nicht.

Ich gehe zum Wagen, rufe Nero an, das wir losfahren. Er läuft hier irgendwo herum. Es gibt nichts mehr zu finden. Ich habe alles durchsucht. Er ebenso. Nichts. Wir brennen die Bude nieder.

Die Pferde habe ich sowieso schon in Ställen, der Tierarzt kümmert sich. Zumindest so lange bis ich Daria vertrauen kann. Solange, bis sie überhaupt fit dafür ist. Es macht nur Sinn jemanden zu nehmen der es kann und der die Pferde kennt. Außerdem auf drei mehr in den Ställen meines Vaters kommt es sowieso nicht an. Sie wird sie schon noch sehen. Sie sind in einem anderen Ort.

Eine Art Cottage. Er hatte es, um Geld zu waschen dieser Dreckskerl. Außerdem sind dort weitere Zellen und Verhörraume. Wenigstens sind alle aktuell leer. Ich hätte schon immer einen normalen Hotel Club daraus gemacht. Stattdessen steht dort alles leer. *Naja egal.*

Scheiße der Hund und die Katze weichen einfach nicht von meiner Seite. Sie sind wie Kletten, trotz des Futters. Gedankenverloren, streiche ich dem Hund über den Kopf. Er ist recht niedlich. Fuck, das kann ich doch nicht wirklich denken. Er hechelt. Sieht langsam abgemagert aus. Er schleckt meine Hand. Winselt. Wedelt mit dem Schwanz und die Katze streicht um meine Beine. Schon wieder. Ich muss los verdammt.

Ich spüre Neros Blick auf mir. Als ich die Hintertür öffne. Ich bin mir nicht klar, wie es um meinen geistigen Zustand steht. So wie es aussieht schlecht. Ich bin total durchgeknallt. Aber im Hinterkopf habe ich diese sanfte Haut, die Klänge der Violine, der Ausdruck im Gesicht beim Spielen, dieses Instrumentes. Das Bild des Raumes mit dem Gürtel. Ihr Strafraum. Fuck ich lasse beide einsteigen. Ich bin total übergeschnappt. Ich will ein Lächeln auf ihrem Gesicht. Ich will, dass es ihr gut geht. Jawohl, dem früheren Feind.

Der Tochter des Feindes. Ja sie ist jetzt meine Frau. Ich beschließe nicht mehr darüber nachzudenken, so packe ich die zwei ein und warne Nero mit einem Blick, still zu sein. Er versteht es auch ohne Worte, wird augenblicklich rot und verkneift sich ein Lachen. Alles bis auf seinen Blick, wirkt desinteressiert. Ich sehe das es ihm auf der Zunge brennt. Verdammt, die Männer denken ich bin nicht mehr ganz dicht. Genauso wie ich. Ich muss irgendetwas tun.

Heute auf dem Fest werde ich eine Ansprache halten. Ich will und ich muss. Jeder der mir folgen will und weiter folgt kann bleiben, alle andren verschwinden. Nun gehören mir die Männer meines Vaters genauso wie die meines Bruders. Mit dem Fest wird die Beerdigung eingeleitet.

Er wird beerdigt, wenn die Männer wissen, wem sie folgen. Morgen werden wir den alten Sack unter die Erde bringen. Ich denke nicht, dass noch irgendjemand ihm nachtrauert. Die Huren die er geschlagen hat. Die Gelder die er veruntreut hat. Die Staatsanwälte, die er schmierte und die Gefallen, welche er einforderte, sie alle werden froh sein, wenn es endet.

Ich muss das Regeln, also sollen doch der Hund und die verdammte Katze mit. Das ist das geringste Problem. Vielleicht bekomme ich so mehr aus ihr heraus. Es kann doch nicht sein das sie von nichts eine Ahnung hat. Vielleicht kann sie mehr in ihr Unterbewusstsein eindringen, wenn sie sich sicherer fühlt. Der Mord an meinem Vater hat uns dabei nicht geholfen. Und der verdammte Sex auch nicht. Sie ist verwirrt. Das weiß ich, dafür muss ich nicht schlau sein. Mir geht es genauso und schon wieder mache ich den gleichen Fehler und handle impulsiv. Ich denke darüber nach, während Nero mir von seinen Nachforschungen im Casino erzählt. Alles ist ruhig und der Saal für die Party heute ist fertig. Alles wie es sein sollte. Gäste sind sowieso nur mit Clubkarte im Casino. Also brauchen wir uns um Fremde keine Sorgen zu machen. Ich lasse nur Clubmitglieder hinein. Das liegt allein schon an den Zimmern, die zur Verfügung gestellt werden. Hier können sich meine Männer, Soldaten und die Mitglieder an Frauen austoben. Die, die es wollen natürlich. Sie können ihre Lust ausleben, so wie es ihnen gefällt. Natürlich gibt es spezielle Zimmer. Bondagezimmer, Latexzimmer für spezielle Sauereien und so weiter. Das Casino ist groß genug. Meine Frau, meine Ellen wusste davon nichts. Ich habe früh mit dem Casino Club angefangen, ich habe sowieso viel Geld aber mit diesem Einkommen sprengt es das Maß an dem Standard. Naja, ich weiß ich kann leicht reden, weil ich das Geld habe. Aber Geld und Sex regieren nun mal die Welt.

Heute wird meine Hübsche, meine Süße, meinen Männern offiziell vorgestellt. Ich muss ihr Blut mit meinem offiziell vermischen. Das Messer dafür, ist mein Heiligtum. Ich habe es von meinem Großvater geerbt. Es ist alt, aber es ist eine trügerische Waffe. Sie ist scharf, leicht und tödlich. Genauso wie ich. Ich höre schon die anerkennenden Stimmen, wenn sie Daria sehen. Anders als zur Hochzeit. So wie sie wirklich ist. Eine wahrhafte Cara mia. Ein Liebling. Diese Gedanken und das alles, das, was es mit sich bringt, das macht mir eine scheiß Angst.

Ihre Anmut gleicht die einer Königin. Was wahrscheinlich ihren Lebensumständen geschuldet ist. Ihre aufrechte Haltung. Ihr lockiges und dennoch perfekt sitzendes Haar. Ihre langen Wimpern. Ihre vollen Lippen, ihr sinnlicher Hals. Ihre heißen Brüste. Fuck, ich werde sie alle nacheinander erdrosseln müssen. Noch im Gedanken gefangen, wie ich mich wie ein Höhlenmensch verhalte, nur weil jemand sie ansieht, höre ich den Hund bellen. Ich schaue nach hinten, er winselt und wirkt aufgeregt. Ich weiß nicht, aber er hat sich gleich auf den Sitz hinter mir gelegt. Es scheint, als wäre er der Freund der Katze. Unglaublich. Ein toller Labrador Mischling, schwarz, dominant, stark, und ist mit einem kleinen Kätzchen befreundet. Ich muss schmunzeln.

Er ist genau wie ich, nicht ganz bei Trost. Er muss verwirrt sein. Und dennoch hängt er sich an mich, dem Struggler, dem Mann der tausende von Männern führt. In ganz New York und noch weiter. Der, der die Küsten leitet, das Casino und das Frauenhaus. Der der als Struggler bekannt ist.

Wenn ich persönlich auftauchen muss, dann weil ich jemanden erledige. Es endet immer mit dem Tod. So ist es bei uns Gesetz.

Und doch rieche ich ihre Säfte den ganzen Tag seitdem ich sie hatte. Ich dachte es hat sich erledigt und trotzdem will ich mehr. Irgendetwas ist nicht befriedigt. Ich sehne mich nach ihr. Unglaublich schlecht und gefährlich ist das. Unvorsichtig. Sie ist eine Ablenkung. Ich spüre es. Und dennoch wage ich mich langsam doch heran. Nero schnippt mit dem Finger vor mir, während ich den Wagen, schnell, präzise und konzentriert leite. „Was willst du. Du grinst wie ein dümmlicher Hund." Sage ich ihm. „Was ist mit dir los. Denkst du an deine Frau. Denkst du an sie. Du bist abgelenkt ich sehe es." Meint er und wirkt belustigt.

„Nein Mann. Fick dich."

Er lacht weiter. Sieht mich an, ich sehe es im Augenwinkel. „Du kannst mir nichts vormachen ich weiß es." Er klatscht mit seinen Händen auf seine Oberschenkel.

„Alleine wie sie dich heute angesprochen hat. Sie hat mehr Rückgrat als einige unserer Soldaten. Steht mehr ihren Mann als manch Bodybuilder. Sie ist sorry, ähm hübsch. Sie passt zu dir. Die Männer werden zufrieden sein." Er nickt sogar. Wirkt auch zufrieden. Wieso ist er zufrieden und ich so durcheinander. „Halts Maul Nero, sei einfach still, ich bekomme Kopfschmerzen bei deinem Gelaber." Ich werde ihm nicht die Wahrheit sagen. Nein, ich habe sie nicht einmal zu mir selbst gesagt. Er lacht nur.

„Ach ja und das hat nichts mit den zwei Freuden am Rücksitz zu tun oder. Ich soll das also ignorieren, das wir jetzt ein Kätzchen, welches humpelt und einen verdammten süßen Hund hinten sitzen haben. Ja willst du mir das damit sagen?" Ja so wie es sich bei ihm anhört habe ich vollends den Verstand verloren. Mafia-Don mit

Kuscheltieren. Der Priester sollte gleich den Messwein kaltstellen, ich brauche eine Austreibung.

„Scheiße Mann ich bin durchgeknallt oder" Ich muss selbst lachen. „Vorsicht es ist verdammt noch mal rot!" ruft er und lacht trotz allem immer noch. „Ach, sei still ich habe das gesehen", wiegle ich es als un-wichtig ab. Einen kurzen Moment später sage ich dann doch: „Ich weiß nicht, was mit mir los ist. Sie ist wie eine Beute. Ich will sie ficken. Ich habe sie gefickt. Scheiße und doch will ich mehr. Ich habe ihr sogar in die Augen gesehen." Ich halte einen kurzen Moment inne.

„Ich habe alles von ihr Gesehen und ich will noch immer mehr. Ich will das sie heute spielt. Für die Männer und vor allem für mich. Sie ist wie ausgewechselt, wenn sie das Instrument in der Hand hält. Diese Eleganz, diese andere Welt. Ich will immer in ihrer Nähe sein.

Will sie spüren und will das kein anderer sie sieht." Er fällt mir gleich ins Wort. „Ok. Stopp ich habe genug gehört." Platzt es aus ihm heraus. Ich lache.

Er wird ernst, seine Stimme ist ernst, als er beginnt. „Matheo, das nennt man auch verliebt sein!" Er spricht es einfach so aus. „Also kommst du mir jetzt schon wieder mit Matheo? Nein, ich nicht. Nein ich bin angetan ja das trifft es" ich bin perplex das er es überhaupt ausspricht.

Ich hingegen versuche immer noch diese Gedanken weit weg zu treiben. Sie gehören nicht in den Vordergrund. „Weißt du, ich weiß mittlerweile das ich meine Ellen auch nicht geliebt habe. Wir waren Freunde das war es. Sex ja. Jeder für sich. Mehr nicht. Wir waren für die Mafia ein tolles Paar. Ich war verdammt noch mal, nicht angreifbar. Nicht so wie ich denke das ich es jetzt bin." Ich bin ebenso ernst geworden. „Wenn ihr etwas geschieht. Dann weiß ich nicht was mit mir geschieht." So der Anfang dieses Problems ist draußen.

„Ja, du hast dich die letzten Wochen verändert. Du hast wenigstens auch mal geschlafen. Trotz dem Lager in Brasilien. Und, ich weiß was da abgelaufen ist, ich kenne die Art von Methoden, ich kenne dich, ich kenne deinen verdammten Rücken. Trotz allem wirkst du besser denn je. Gut du bist was sie angeht ein totaler Verrückter, aber im Großen und Ganzen wirkst du besser." Seine Augenbrauen sind wieder mal so weit oben, er sagt mir, ob ich das nicht selbst sehe. Ich schnaufe, flüstere fast. „Ja ich meine ich sehe sogar ab und an mal TV. Stell dir das vor." Hebe die Hand, aber „Fuck. Am besten du vergisst das alles, sonst muss ich dich umbringen." Ein Lächeln ziert mein Gesicht, auch ein seltener Fall. Doch in letzter Zeit gefällt es mir. Entschuldigend hebt er beide Hände „Ok kein Wort."

„Gut so." ich nicke.

Ich bin noch verwirrter als zuvor, als ich den Schotterweg, vorbei an den Wasserspeiern, in das alte Haus hochfahre. Das Haus meiner Kindheit. Das Haus kann nichts dafür, aber es ist einfach ein Geisterschloss. Doch mit ihr, lebt es irgendwie. Ich weiß sie ist zuhause, wenn ich komme. Sie wird sich bald fertig machen. So wie ich sie kenne, sitzt sie vor dem Kamin und liest, trinkt ihren Kaffee und ist versunken in irgendeiner Romanze. Die letzten Tage war ich so gut wie nicht zuhause, ich habe sie weiter über die Kamera beobachtet und mit Ada und Marta gesprochen. Nur von ihr habe ich mich ferngehalten.

„Nero, du kommst in zwei Stunden dann geht's los. Lass den Wagen noch waschen und sei pünktlich." Nickend antwortet er „Immer Matheo, Don, immer."

Ich sehe auf das Haus, auf den Eingang. Tausend Gedanken schwirren umher. Gut ich kann noch so lange hier angewurzelt bleiben, das wird nichts bringen. Ich lasse die beiden vom Hintersitz. Der Hund folgt mir fast bei Fuß. Sein Schwanz wedelt aufgeregt. Ich bleibe stehen, er steht. Ich gehe, er geht. Wahnsinn. Die Katze im Arm schnurrt. Verdammt, die beiden sind lebensmüde.

Ich bekomme die Tür von Marta geöffnet. Ich hatte ihr eine Sprachnachricht im Wagen geschickt. Katzenfutter. Hundefutter. Und das, was man für die Zwei benötigt. Bis heute Abend. Ich bin nicht sicher, ob sie es tatsächlich erledigt hat. Auch sie wird denken ich bin übergeschnappt. Doch als sie mir die Tür öffnet, meint sie „Gott sei Dank du hast ihre Katze und ihren Hund mitgenommen. Mavi und Salomon. Du bist ein Schatz weißt du das." Sie hat ihre Arme am Herzen, ihre Stimme zittert und ich sehe die Tränen in ihren Augen, unfassbar das ich das jetzt auch noch mitmachen soll „Continui a sorprendermi" ich überrasche sie. Ja ich mich auch. Ich mich auch.

„Marta lass mich rein. Danke, also du kümmerst dich später um die beiden, dass sie hier nichts nass machen." Sie lacht als Antwort.

„Ja, Sir." Sie nickt energisch mit dem Kopf, streicht der Katze über das Fell.

„Ja Matheo." Sie lächelt über das ganze Gesicht. Ich weiß nicht, wann ich das bei ihr überhaupt einmal so gesehen habe.

„Ja, Kleiner", meint sie zu dem großen Hund. „Oh Gott, ich glaube sie spinnt auch schon. Ich räuspere mich und trete ins Wohnzimmer ein. Die beiden im Schlepptau. Den Notizstift in der Hosentasche. Voller Freude auf die bevorstehende Strafe. Ich weiß, sie wird sie hinnehmen, ich weiß sie kann damit umgehen und ich weiß ich muss es machen. Sie muss lernen mir zu vertrauen. Vertrauen das ich uns durch die Scheiße führe. Ich muss es ihr und mir beweisen. Sie soll vertrauen in mein Handeln haben.

„Daria."

Sie springt auf und bricht sofort in Tränen aus.

Die Katze auf meinem Arm will zu Boden. Daria erreicht die Zwei in Windeseile. Der Hund wirft sie fast um während sie die Katze, anscheinend dann Mavi, im Arm hat. „Oh, wo hast du sie her? Sie sind am Leben, ich glaubte nicht mehr daran. Warum sind sie hier?" meint sie und sieht nur die Tiere an. Sie kann es nicht glauben. Ich eigentlich auch nicht.

Ich passe auf meine Worte auf, ich will nicht zu enthusiastisch klingen. „Ich dachte du willst sie vielleicht bei dir haben, außerdem ist mir der Köter nicht mehr von der Seite gewichen."

„Salomon?" Sie lächelt. So ein wundervolles Lächeln. „Ja er weiß normalerweise aber an wen er sich halten sollte." Ihre Augen strahlen und genau das bringt irgendwo in mir ein Strahlen hervor. „Was soll das heißen?" Ich ziehe sie zu mir, sehe ihr ins Gesicht. „Was hast du heute gemacht?", frage ich sie, atme ihren Duft ein. „Du siehst umwerfend aus." „Danke, ich habe gemacht, was du gesagt hast außer, dass ich noch nicht angezogen bin. Es hängt noch oben. Ich hatte Angst es schmutzig zu machen. Ich weiß, was der Abend bedeutet, und werde machen, was du sagst."

„So, wirst du das", ziehe ich sie auf, ich könnte sie stundenlang ansehen, ich weiß aber, wir haben Zeitdruck. „Wirst du mich nicht vor meinen Männern wieder beschimpfen. Du weißt das jeder meiner Männer dafür seinen Kopf und seinen Körper unter der Erde, wieder gefunden hätte, ja?" frage ich sie. Sie weiß nicht, wie viel Spaß mir das hier macht. Mein Schwanz könnte sofort aus der Hose. Wie sollte es anderes sein, der Hund bellt sofort. Blöder Köter, aber er weiß, was ich vorhabe. Ich will diese Schönheit. Jetzt sofort und ich will ihren Arsch glänzen sehen.

Sie sieht mich an, ich sehe die Unsicherheit. „Was hast du vor?" Ich küsse sie. „Ich will dich, jetzt." Sie wirkt verwirrt. Hinter ihr Glänzen die Licher des Feuers, doch sie ist es die den Raum erhellt. „Was? Wir müssen bald los" meint sie. Doch in ihrem Blick sehe ich den puren Sex, das Verlangen, die Neugierde.

„Ja erst in knapp zwei Stunden, also es ist genug Zeit. Was ich jetzt will, dauert nicht lange."

„Was soll das heißen?" Ihre Augen glänzen im Licht. Das Kaminlicht flackert und der Schimmer, den es auf ihrer Haut hinterlässt, macht mich nur noch mehr an. Ihre Angst sehe ich genauso wie ich ihr genauso verlangen spüre. Fuck wie schön kann man überhaupt sein. Sie verblüfft mich schon wieder. Sie sollte Angst haben und weglaufen, nach der Show, die sie heute abgezogen hat. Aber sie ist hier und ist bereit. Zieht ihr hübsches Köpfchen nicht ein.

„Du weißt das es mich noch mehr anmacht, wenn ich in deine Augen sehe und die Angst sehe, ja?" Ich spiele mit ihr. Mein liebstes Spiel. Sie schüttelt den Kopf, beobachtet mich genau, „Marta" rufe ich, sie reißt die Augen auf und sieht zur Tür. Keine Minute später steht dieses auch schon hier.

„Bring bitte die Tiere zu Ada, sie will sie auch kennenlernen, wir kommen sie in einer Stunde und dreißig Minuten abholen. Fertig" „Ok wie du willst, Matheo." Höre ich sie sagen, lasse aber meinen Blick keine Sekunde von Daria. Marta räuspert sich, sodass ich sie ansehe. Ich sehe ihren seltsamen Blick. Es soll heißen, lass die Finger von ihr, ich kenne Marta einfach schon zu lange, darum macht mir das gleich noch viel mehr Spaß. Daria blickt mich an, und ich weiß sie kann es nicht einordnen. Sie muss verdammt noch mal lernen mir zu vertrauen, anders werden wir es nicht schaffen. Ich habe ihr die verdammten Tiere mitgebracht. Ich weiß sie braucht Zuneigung, vertrauen und das, was Frauen so brauchen. Ich bin nicht dumm ich wollte es die ganze Zeit nur nicht wahrhaben. Ich habe sie mit den Beiden gesehen, dieses Lächeln diese Herzlichkeit, diese Führsorge, diese gilt einzig der Tiere und manchmal noch Ada. Für mich gab es dieses Lächeln noch nicht. Ich will es auch. Ich will das sie mich mag.

So richtig. Fuck.

Ich mag sie auch. Ich will es mir nicht eingestehen. Noch nicht. Jetzt nicht. Wenn sei heute die Königin meiner Männer wird dann muss sie mir vertrauen. Am besten fangen wir gleich damit an, damit sie sieht, wie es sein kann.

Wie es sich anfühlt zu vertrauen. Nicht immer die Oberhand und die Entscheidungen zu haben. Ich weiß es ist meine Waffe, genauso wie sie, wie sie als Person mir die Waffe an die Brust hält, indem sie einfach ist wie sie ist.

Ich trage die Entscheidungen für uns. Ja ihre Tierklinik werden wir hier machen müssen. Wir werden hier leben müssen. Und es schadet nicht jemanden hier zu haben, der sich mit Nadel und Faden, Spritzen und Blut auskennt. Es schadet nicht das Ada ihr dabei helfen wird. Aber das werde ich ihr jetzt noch nicht sagen, irgendwann wenn es ich anbietet. Ich sehe ihr zu, während sie mich einfach ansieht. Ich gehe zum Fenster und schließe es. Schleiche mich zurück wie ein Panther. Der Anblick meines Tuns ist mir nur allzu bewusst, es ist alles Teil des Spiels.

Fuck, mein Schwanz spring gleich aus der Hose.

Er bettelt darum befreit zu werden. Gelutscht zu werden. Er bettelt um ihre verdammten heißen Lippen. Genauso wie ich. Ich weiß er hat gewonnen. Er hat die letzten Monate von mir Besitz ergriffen und ich will es gerade nicht schlimmer für uns beide machen. Er muss zum Zug kommen. Ich gehe auf sie zu, blicke herunter zu ihrem Gesicht. Das macht mir besonders Spaß. Sie weiß nicht was los ist. Und ich weiß es genau, ich weiß, was ich will, was ich vorhabe. Ich halte meine Mimik absolut ausdruckslos. Ich bücke meinen Oberköper zu ihr herunter, umfasse ihr liebliches Kinn.

„Schau mich an, meine Hübsche. Sie mir in die Augen" ich halte ihren Kiefer so, dass sie gezwungen ist, mich anzusehen. Ich spüre, wie sie schluckt. Wie irgendetwas in ihren Augen aufleuchtet. Angst vielleicht mit Verlangen gemischt. Eine traumhafte Kombination. Fuck ihr Haar ist so schön, die Lippen rot und willig. Das muss sie nachher noch abwaschen. Für mich gerade ist es perfekt, später nicht. Ich befeuchte meinen Daumen und streiche über ihre Lippen, verwische den Lippenstift. Verwische es so, dass sie so wie gerade gefickt aussieht. Schon bettelt mein Schwanz bei diesem Anblick noch mehr. Sie spürt es ebenfalls. „Aufmachen!" Befehle ich.

Sie weiß nicht, was ich meine „deinen Mund Hübsche", ich kann meinen Blick nicht von ihr abwenden.

Sie öffnet ihn, ich tauche mit meinem Finger in ihren Mund, fahre mit der Feuchte über ihr Kinn, herunter zu ihrer Brust und kneife in ihre Warzen, sie sind bereits fest. Ihr Körper zittert, sie verliert den Blickkontakt nicht. Keine Sekunde. Sie beobachtet mich. So wie ich sie. „Reisverschluss auf" ich höre, wie meine Stimme bereits kratzt. Kurze und knappe Anleitungen machen beim Sex noch mehr Spaß.

Ich muss aufpassen, nicht zu schnell zu werden. Ich erkenne meine Stimme selbst kaum, der Schweiß auf meiner Stirn und ihrem Gesicht ist mir allzu bewusst. Der Kamin schürt das ganze nur noch weiter an. Das Flackern des Lichts, lässt sie noch sexyer aussehen, die Ruhe um uns herum lässt uns jede Regung spüren.

Sie öffnet zaghaft meinen Gürtel und meinen Reisverschluss, ich ziehe sie in Sekunden schnelle an mich, ziehe ihr das Shirt über den Kopf, scheiß auf die Haare. Mir ist gerade alles egal ich denke nur an den roten Arsch wie er glänzen wird. Wie ich sie so heiß machen werde und verleugne natürlich, wie heiß mich das ganze jetzt schon macht. Ich als Don, kann mich zusammenreißen. Ich bin stark. Keine Frau, lenkt mich ab.

Ich greife an ihren hinteren Rücken und ziehe sie an mich, küsse sie. Sauge an ihrer Zunge. Unsere Zungen übernehmen die Führung. Mein Schwanz steht und bettelt, mein Atem geht bereits schwerer ich bücke mich zu ihren Brüsten hinunter, sauge. Gott wie kann das nur so gut sein. Hm, sie schmecken so gut, sind perfekt für meine Hände. Ich sauge fester, und entlocke ihr bereits ein Stöhnen. „Wir sollten nicht" Meint sie. Leise, zu leise. Ich ignoriere das. „Bitte Matheo", wirft sie ein.

„Nein, ich sage wann und wo", fuck meine Stimme hört sich nach Sex an, sonst nichts. Ich kann ihr gerade nichts anderes sagen, ich würde es nicht mehr aushalten. Nein. Ich wandere mit uns auf das Sofa.

Genüsslich und schnell schiebe ich ihre Hose und ihr Höschen in einem Ruck herunter, drücke sie im Anschluss auf die Knie. Sie spürt die

Zärtlichkeit in meiner Handlung. Sie weiß ich werde sie nicht verletzen. Ich habe bis jetzt nur dafür gesorgt, dass es ihr gut geht. Das wird sich nicht ändern. Ich sehe es in ihrem Blick und ich will verdammt sein, wenn sie es bei mir nicht auch spürt. Gott, ist das Bild geil, das sich mir hier darbietet. Glänzende Haut, schwitzende Haut, flackernd im roten Licht. Dunkle Locken umranden das Gesicht. Während sie mich anblickt mit großen Augen. Neugierig. Fickbar.

„Nimm ihn in den Mund." Befehle ich, leise, mein Blick auf sie gerichtet. „Was, bitte Matheo was ist mit dir los?" Fast lache ich „Was mit mir los ist. Du schuldest mir noch was, für heute früh. Du wirst nehmen, was ich dir gebe. Nicht meckern verstehst du und wenn du ganz brav bist, werde ich dir auch den Spaß gönnen." „Nein bitte. Warte." Ich sehe sie ist etwas überfordert. Sie wehrt sich absolut nicht, nein es ist eher so, dass sie nicht weiß, was sie tun soll.

„Nein, saug. Jetzt" ich drücke ihren Kopf, welcher viel zu leicht zu bewegen ist, auf meinen Schwanz. Es kommt überhaupt keine Gegenwehr. Im Gegenteil, sie saugt und stöhnt bereits. Ja und ich für meinen Teil muss sagen, dass ich nicht mal weiß, von was ich überhaupt spreche. Meine einzige Intension ist, endlich von ihr gefickt zu werden. Sie ficken.

Sie soll mich reiten, meinen Schwanz lutschen. So, dass wir beide über die Klippe fallen. Ich will ihr den besten Orgasmus schenken, den sie jemals hatte. Sie ist so empfänglich für meine Berührungen. Ich sehe es. Ich spüre es selbst. Die Gänsehaut auf ihrem weichen

Körper, immer wenn ich sie berühre. Wie sie die Luft scharf einzieht. Wie sie jetzt saugt, als gäbe es kein Morgen. Das entgeht mir nicht. Ich wurde dazu erzogen. Ich höre mich stöhnen. Fuck das ist so gut. Ich kann nur noch irgendwelche nicht zuordbaren Sätze sagen. Fuck. „la tua lingua e cosi buona" deine Zunge ist der Wahnsinn.

„Nimm mich, gibt mir. Ja du gehörst mir, du machst das so gut." Meine Stimme klingt rau und kehlig. Ich führe ihren Kopf weg, weit nach oben, bevor ich wie ein kleiner Junge gleich abspritze. Ich brauche eine kurze Pause. Ich setze sie auf das Sofa, spreize ihre Beine. Fahre mit der Zunge von unten über das Knie hoch zu ihren Lenden. Sie zuck stets, wühlt in meinen Haaren. Fuck ich muss schneller werden wir werden sonst unsere Party verpassen. Eigentlich will ich drauf scheißen. Aber es ist zu wichtig. Ich sehe sie atmet immer schneller, ich kreise mit meinem Finger über ihre Pussy. Kreise weiter, übe Druck aus, ihr Rücken beugt sich bereits durch. Ich lecke an ihrer Knospe, hm sie schmeckt wie erwartet. Wie das Paradies. Süß und cremig. Geil, nass und bereit. Langsam stecke ich einen Finger in sie hinein, spüre jeden einzelnen Muskel, der meinen Finger umschließt. Sie stöhnt sofort, hebt ihre Beine an, mit der anderen Hand reibe ich an ihrer Brust. Ich liebe die Laute, die sie von sich gibt. Ich liebe es wie sie mir dabei zusieht. Fuck ich bin vollkommen im Arsch. Ich dringe mit der Zunge in ihre feuchte geile Pussy ein und mit dem Finger helfe ich noch dazu. Sie wird bereits steif, ihr Körper ist angespannt, ihre Töne immer lauter.

Ja, der ganze Körper ist bereit zu explodieren. Das ist es, was ich sehen will. Ich höre auf, küsse sie, stecke ihr die Zunge in den Mund, wie erotisch kann es noch sein.

„Schmeck dich, lecke deine Säfte. Hm, deine Fotze ist so geil." Flüstere ich ihr an ihr Ohr. Ihre Atmung geht so schnell, die Locken sind nur noch wild um ihr Gesicht verteilt.

„Dreh dich um, nein drehe dich so, auf meinen Schoß" Ich setzte mich hin und sie beugt sich über mich, ich schiebe sie weiter vor. Ich sehe es ist ihr peinlich, sie weiß nicht, was ich vorhabe, „weiter vor, Arsch in die Höhe." Meine Stimme ist mittlerweile nur noch sextrunken. Ich kann es nicht beschreiben, nein es ist nicht nur der Sex, es ist diese Frau. *Diese Eine.*

„Was, was ist los bitte." Ich muss fast schmunzeln, versuche ernst zu bleiben. Sie wird gleich sehen wie gut es sich anfühlt. Wie sich der Schmerz mit der Lust vermischen wird, wie alles, ja jeder einzelner Fleck Haut bis auf das Höchstmaß durchblutet ist und sich der Orgasmus verteilen wird. Sie wird bald nicht mehr wissen, wie ihr geschieht.

„Nimm was ich dir gebe und nimm deine Bestrafung hin, lerne zu machen, was ich dir sage. Lerne Vertrauen. Ich weiß du wolltest mit Ada in die Stadt, obwohl wir ausgemacht haben ihr bleibt zuhause, ihr habt euch in Gefahr gebracht. Du bist heute an den Glasscherben vorbei, obwohl ich sagte, bleib liegen. Du bist halb nackt heruntergekommen, obwohl meine Männer im Haus sein könnten. Du hast mich vor meinen Männern blamiert. Dann nimm deine Strafe hin. Nimm, was ich dir gebe, und überlege, was es für dich heißt." Ich kann kaum sprechen, weil mich die Lust einholt. Ihr Gesicht dabei. Sie überlegt. Überlegt wie schlimm es wird, überlegt wie sie an ihren Orgasmus herankommt. Ich sehe es und ich weiß es, sie ist nur einen kleinen Funken davon entfernt.

„Zähle mit, Daria. Ich will deinen Arsch in allen Farben sehen, ich will sehen, wie er rot wird, wie er heiß wird und danach sehen, wie er gefickt wird. Gott ich halte es mittlerweile kaum mehr aus. Ich will aber die Spannung steigern, nur so wird es Lustvoll. Ihr Haar glitzert von dem Licht des Kamins, die Schwitzige haut glänzt. Ein Bild, unbeschreiblich. Es prägt sich bis an mein Lebensende in mir ein.

„Mach jetzt und mach mich nicht noch mehr wütend. Du weißt ich liebe diese kranke Scheiße und ich will sonst nur noch mehr." Warne ich sie, mit einem verborgenen Lächeln.

Ich streiche mit meiner Hand über ihren heißen Hintern, sie wird es bald verstehen. Ich gebe nur so viel wie sie auch verträgt. Ich halte meine Hand bewusst so, dass es ein wirklich kleiner Schmerz ist, aber das Klatschen sie erregt. Ich weiß genau, was ich tue.

Ich hole aus, und klatsche auf ihren Arsch, einmal, zweimal. Ich höre sie sie holt Luft und versucht unbeeindruckt zu klingen. Mein Schwanz spritzt fast ab, bei jedem Atemzug, den ich mache, ich spüre meine eigene Vibration. Ich fahre mit der Hand ihre Spalte entlang. Reibe etwas weiter an ihrem Kitzler. Alles nass, fast kommt es wie im Rinnsal. Sie unterdrückt das Stöhnen, ihr Atem ist immer schneller, sie lässt den Kopf fallen. Ich greife in ihr Haar und führe ihren Kopf wieder aufrecht. Augen auf, ich hole weiter aus und betrachte ihr Gesicht. Drei. Klatsch. Mein Schwanz springt jedes Mal aufrechter. Er wird gleich abspritzen, wenn das so weiter geht. Sie schnappt nach Luft, es tropft bereits aus ihrer Scheide. Die Luft ist nur noch stickig, leise und alles um uns herum verschwunden. Es gefällt ihr verdammt noch mal. Ich stecke einen

Finger in ihre Pussy. Befeuchte ihn, drücke damit auf ihr Arschloch, massiere es, weite es. Ich höre sie stöhnen. Sie hört sich an wie Musik. Ich würde am liebsten meinen Schwanz hineinstecken. Doch wir brauchen noch ein paar Schläge. Fuck. Auch die Hitze hier drinnen, bringt mich gleich um. Für wen war die verdammte Strafe noch mal? Ich hole weiter aus, vier.

Noch einmal, fünf. Ihre Laute werden immer kürzer, der Ton in ihrer Stimme immer geiler. Sie zittert auf meinem Schoß. Sie holt Luft. Gerade so, dass sie nicht nach mehr bettelt. Ich reibe ihren Kitzler schneller, schneller bis ich merke sie kommt gleich und höre abrupt wieder auf. Fünf, sechs, sieben. Drei in schneller Reihenfolge. Sie stöhnt, ich höre ein ah, ja, oh und muss meinen Schwanz etwas reiben, meine Eier platzen gleich.

Ich muss mich beeilen. Noch einmal, eins, zwei, drei Schläge auf den prallen Arsch, er ist bereits rot. Ich weiß es brennt, aber es wird bald weg sein. Sie soll sich heute Abend an das erinnern. Es ist ihr

einziger Schutz, nichts hat bis jetzt geholfen. Wenn sie ständig daran erinnert wird, vielleicht hilft es dann.

Außerdem weiß ich wie ich es machen muss, dass es nicht schmerzt, es soll erregen sonst nichts. Ich sehe sie verdreht die Augen, bei jedem Atemzug, wundervoll ekstatisch. Blitzschnell drehe ich sie, setzte sie auf meinen Schwanz. Sie schreit fast, ah ja. Wir haben keine Zeit uns lange mit Vorsicht und langsamen hineintasten aufzuhalten. Ich muss in ihr sein. Sie bewegt sich augenblicklich auf mir, vor zurück, ja der pure Wahnsinn.

Verführerisch kreist sie mit ihrem Becken und ich sauge, wie ein Ertrinkender an ihrer Brust. Fest, und sehe, wie sie jedes Mal zuckt. Sie ist gleich soweit. Und ich bei Gott, sowieso. Fest fasse ich an ihre Hüften und dirigiere sie über meinem Schwanz.

Kontrolliert, auf und ab und spüre, wie sich ihre Muschi über meinem Schwanz windet.

Ihn melkt. Sie ist wie der Himmel. Warm und feucht, alles zugleich und sofort spritze ich ab, ich höre mich stöhnen, fast grunzen. Auch ihre himmlischen Laute dröhnen in meinem Ohr. Sie atmet schnell, viel zu oberflächlich, ich lasse uns langsam mehr Spielraum. Gleite sie langsam auf meinem Schwanz. Langsam und sachte, sie soll es weiter langsam abklingen spüren. Auch ihr ganzer Körper zittert. Perfekt auf den meinen abgestimmt. Himmlisch, ich will schon wieder und nur noch mehr. Ihr Haar wippt noch leicht auf ihren Schultern, ich küsse sie. Mehr und mehr. Merda.

Ich streiche langsam über ihren Arsch, spüre ihr Herz an meinem Eigenen. Mein Verstand schaltet sich langsam wieder ein. Ihr Arsch liegt so toll in meiner Hand, ich klopfe etwas darauf, „komm wir müssen uns anziehen, es hat sowieso schon zu lange gedauert. Brauchst du, denkst du Schmerzmittel?" frage ich sie. Ich bin mir fast sicher, dass sie welche benötigt. Ich würde mich am liebsten schlagen, dass ich wieder einmal die Beherrschung verloren habe, wieder einmal mit ihr, wieder einmal wegen ihr. Warum, weil ich bei ihr nicht klar denken kann. Die Gefühle überwältigen mich. Ich kenne so etwas nicht. Das ist alles neu für mich. Fuck. Gefühle, es ist doch unglaublich.

Ich sehe sie an und platze heraus „Und vergiss nicht überlege dir, warum wir das gemacht haben. Daria!" Ich kenne auch keinen anderen Weg es ihr zu zeigen, dass sie mir vertrauen soll. Ich meine wo geht das besser als sich jemanden anders hinzugeben, das ist doch vertrauen.

„Ich kenne Menschen wie dich Matheo. Sagt sie atemlos, nimmt ihr Shirt. Und zieht es sich über. „Du willst mir zeigen du hast die Macht. Du bist der Boss. Ich soll machen, was du willst." Fuck sie sieht so sexy aus. Das zerzauste Haar, die röte über ihrem Gesicht. Der Schweiß der noch glänzt und die geschwollenen Lippen.

Das hätte ich mir denken können. Sie zieht wieder einmal die Schlüsse daraus die sie sehen will. „Ah Daria, hörst du dir eigentlich auch mal selbst zu. Hörst du mir überhaupt zu. Komm her."

Ich ziehe sie an mich, küsse sie. „Ich gebe dir nur so viel wie du nehmen kannst verstehst du, du musst mir vertrauen. Daria ich weiß, wie weit ich gehen kann. Fuck es hat dir gefallen. Du warst nasser als ein Pool. Ich werde nie mehr machen als du nehmen kannst. Du solltest mir vertrauen. Denke über Vertrauen nach. Denk darüber nach wie es war, seitdem du zu mir gekommen bist. Denk darüber nach was war, nicht was du sehen willst. Komm, meine Hübsche mach dich fertig, wir fahren gleich. Und trinke etwas. Wir treffen uns in dreißig Minuten an der Treppe. Ich muss noch telefonieren und wir müssen davor noch kurz wo anders vorbeisehen." Sie verdreht die Augen, dreht sich um und geht.

„Weißt du Matheo, es hat einfach keinen Sinn" ich bin perplex.

Was war das. Sie lässt mir wirklich stehen. Einfach so.

Und ich stehe hier halb nackt, mit herunter gelassener Hose. Merda was war das. Was ist schiefgelaufen. Ziehe meine Hose hoch, stampfe zur Bar, während ich den Gürtel schließe. In Gedanken, trinke ich meinen Whisky, nehme die Flasche mit nach oben, springe unter eine zwei Minuten Dusche und ziehe mich an. Mein Messer wie immer dabei. Meine Waffe ebenfalls. Ich gehe nie ohne diesen aus dem Haus. Mein Smartphone meldet sich. Nero ruft an. „Ja wir sind gleich unten, hast du alles überprüft, ist die Violine dort?" Frage ich leise in den Lautsprecher. Ich habe keine Gedanken für den Mist frei. Ich hänge immer noch unten im Wohnzimmer fest. Wie kann jemand in meiner Position nicht mit einem einzelnen Menschen vernünftig sprechen. Es ist, als würde ich etwas sagen und es kommt im genauen Gegenteil bei ihr an. Dazu kommt noch ich denke etwas und es kommt im komplett anderen Konsens aus meinem Mund. Merda. „Ah Boss alles klar. Gut bis gleich"

Fuck ich bin ein Wrack, ich muss mich wieder zusammenreißen. Gerade als ich den Gedanken zu Ende führe und unten bereits nach ihr rufe kommt sie herunter, ihr Haar zur Seite gesteckt, einzelne Locken zieren ihr Gesicht. Der Schmuck, den ich hingelegt habe, ist nicht vollständig. Sie trägt nur diese Kette. Ich sehe sie sofort glitzern, als sie herunterkommt. Sie sieht mich an, lächelt sogar etwas. Fuck, ich fühle mich tatsächlich gut. Wenigstens trägt sie diese Kette. Ich habe einen GPS- Tracker installieren lassen. In dem kleinen Stein an der Geige ist er verbaut. Wenigstens das. Ich wusste sie würde die verspielte Geige tragen, ein eigentlich lächerliches Stück, erst recht für diesen Preis. Ich dachte es mir das sie nichts Klassisches tragen würde. Und es sieht an ihr überhaupt nicht kitschig aus. Dieser Goldton auf der gebräunten Haut, mit ihren dunklen Haaren. Sie hat nur die Augen leicht geschminkt. Nichts mehr vom Lippenstift und dem, was eine Visagistin machen würde, ist übrig. Und was soll ich sagen sie ist perfekt. Das goldene cremefarbene Kleid schmiegt sich perfekt an ihre sinnlichen Kurven. Sie ist immer noch zu dünn, aber sie gleicht einer Göttin. Sie ist italienisch, gleicht einer griechischen Venus. Göttlich. Himmlisch, der in Begriff von Frau. Mein Schwanz ist wieder bereit und ich weiß ich muss warten.

Ich weiß nicht einmal, ob wir so schnell wieder Sex haben werden.

Ich habe es übertrieben, und gerade jetzt als sie die Treppe herunterkommt, sehe ich leichte baue flecken an ihrem Hals. Scheiße meine Laune ist unterirdisch. Mein Gefühlschaos erweckt wieder zum Leben und ich weiß absolut nicht, was man dagegen macht. Mehr Whisky und ich kann nicht fahren. Mehr Trainieren ist jetzt nicht möglich. Keine Eisduschen nichts. Ich muss hier raus.

„Wo hast du die her?" Frage ich sie dennoch. „Ja ich habe die von gestern Nacht. Ich hatte blutverdünnende Schmerzmittel von Van bekommen. Und jetzt, naja es wird schon gehen ich habe Puder dabei und es so gut es geht geschminkt. Es wird auch sicherlich nicht so hell sein wie hier." Sie wiegelt es wieder ab, wie früher wahrscheinlich. Aber Gott ich habe sie nicht geschlagen. Wir hatten Sex, intensiv. Leidenschaftlich. Und dann das. Ich ziehe sie an mich atme ihren Duft ein. Sie ist nicht einmal sauer. Ich bin auf hundertachtzig. Ich möchte mich dafür schlagen, wenn es so einfach nur wäre. Ich kann sie gerade noch nicht ansehen. Wenn ich sie ansehe, geht mein toter grauenhafter Verstand, mein Wesen wohl auf sie über.

„Geh in den Wagen. Ada ist schon vorgefahren wir treffen sie gleich nach dem wir noch etwas erledigt haben." Schon sind der Köter mit der Katze im Schlepptau, wieder da. Sie streichelt beide und ruft Marta.

„Marta magst du den Salomon nochmal kurz vor die Tür lassen, Salomon glaube ich schafft sonst die Nacht über nicht, nicht zu pinkeln."

Sie küsst die zwei und umarmt Marta. Nein, nein, das kann doch nicht sein, in Sekundenschnelle liegen ihr alle zu Füssen und Marta sieht mich an, und schüttelt tonlos den Kopf. Ich weiß, was sie denkt. Sie hat Daria gesehen. Sie kennt die Markierungen von mir. Sie würde mich am liebsten schlagen. Toll da bist du nicht alleine Marta.

Ich drehe mich um und gehe los.

Sollen die Frauen doch machen, was sie wollen. Aus dem nichts heraus muss ich jetzt zum Don umschalten. Ich muss mich, auf das Wichtige konzentrieren. So viele Leben hängen von meinem Handeln, meinem Tun und meinen Entscheidungen ab. Ich steige hinter das Lenkrad und drehe meine Housemusik auf.

Daria steigt tonlos ein. Sieht mich an, ich kann sie nicht ansehen. Ich werde immer daran erinnert, dass ich ihr Schaden zugefügt habe. Ich sehe das sie auf ihrem Hintern hin und her rutscht. Das ihr Fuß immer noch nicht so gut ist und ich habe nur Ficken im Kopf, und zwar so dass es brutal ist. Ich will uns die bestmöglichen Gefühle geben.

Alleine das Spanking sollte mir eigentlich Gewissheit geben das ich die Oberhand habe und sie führe. Sie mir vertrauen kann. Was ich jetzt weiß, ist das sie darauf steht und ich darauf vertrauen kann das ich die Grenze wohl nicht überschreite. Aber verdammt nah daran scharre. Sie hat sich mehrmals für die Tiere bedankt. Ich könnte lachen, ich habe mich die paar Stunden schon in diesen Salomon verliebt. Er ist ruhig und aufmerksam. Macht auch kein schlechtes Bild. Natürlich werde ich nicht im Park damit herumspazieren und Stöckchen werfen. In meinen Gedanken gefangen, höre ich dennoch, immer ein Ding, Ding, Ding. Verwundert mache die Musik leiser, immer noch da.

Sie ist nicht angurtet. Merda das ich hier alles sagen muss.

„Gurte dich an." Sie rührt sich nicht. Hat ihren Kopf an die Scheibe gedrückt und beobachtet die Lichter, die an uns vorbeiziehen. *Ding. Ding.*

„A n g u r t e n" sage ich langsam, leise und sauer, weil sie macht, was sie will. Wo kommt das wieder her. Spielen wir hier ein Spiel, wer nervt mehr oder was soll das?

„Daria verdammt." Sie erschrickt sie hat mich also nicht gehört. „Verdammt was ist los mit dir. Ich sagte angurten." Sage ich zu ihr, halte meinen Blick zwischen ihr und der Straße hin und her. Ich kapiere es wirklich nicht.

Sie holt Luft, sieht weiter aus dem Fenster. „Es wird schon nichts passieren." Aus mir platzt es augenblicklich heraus. „Sofort, du weißt, wie sehr mir die Sicherheit wichtig ist."

Ich trete auf die Bremse, mein Arm schnellt zu ihrem Körper und ich schütze sie so gleichzeitig.

Das ist genau der Punkt. Meine Seele und mein Verstand arbeiten nicht synchron. Ich will bremsen, um es ihr zu zeigen. Will meinen Willen durchsetzen, weil ich nicht gewohnt bin das mir jemand widerspricht und in dem gleichen Augenblick will ich sie schützen, koste es was es wolle.

Sie sieht mich an, ihre Augen aufgerissen. Schüttelt den Kopf. Man kann unseren Atem hören. Es ist ein Duell. Sie stottert, irgendetwas.

„Gurt" bringe ich hervor. Ein einzelnes Wort. Diese eine Stimme. Sie nickt gurtet sich an.

„Geht doch" sage ich, kann es aber nicht dabei belassen. „Sag mal willst du lustig sein. Willst du Komikerin sein. Was glaubst du wie sauer du mich damit machst. Wie die Wut in mir brodelt. Es ist

verdammt noch mal zu gefährlich. Wir sind mitten in einem Krieg, auch wenn wir gerade auf eine Party gehen. Sie ist dazu da uns zu schützen. Die Männer müssen dich kennen lernen damit sie wissen, was sie schützen, verdammt. Daria."

„Hörst du mich lachen?" meint sie. Ich schieße sofort zurück. „Ich lache nicht also habe ich auch keinen Scherz gemacht." Dann fängt sie wieder an „Ich verstehe nicht, was du von mir willst. Einmal bist du so einmal bist du so. du schenkst mir die Kette. Denkst du, du kannst mich damit kaufen. Die Ohrringe trage ich nicht. Ich will sie nicht, danke nein. Sie sind definitiv zu teuer.

Ok sie denkt die Geige ist Modeschmuck. Naja, wenn sie nur wüsste. Ich belasse es dabei und kommentiere es nicht. Ich kann einfach nicht. Ich kann nicht sagen, was ich denke. Es wird uns beide ins Grab bringen. Wir werden unvorsichtig, blind und schwach.

„Werden viele Leute da sein?" „Willst du das Thema wechseln" frage ich immer noch stink sauer. Wir sind aber gleich beim Frauenhaus. Wir müssen da noch vorbei. Noemi braucht das Geld. Heute ist der beste Zeitpunkt abzuhauen. So viele Männer sind heute auf der Party das sie möglichst ungesehen abhauen kann. Das neue Leben ohne ihren Mann, meinen Soldaten beginnen kann. Sie haben sich anscheinend geliebt. Sie ist nicht über seinen Tod hinweg. Ich habe getan, was ich konnte, jetzt bekommt sie die Chance, ohne die Mafia zu leben.

„Nein, ich will es nur wissen Matheo. Ich habe keinen Hintergedanken nichts.

Verrate mir was kostet es mich das ich meine Tiere hier haben darf. Bei deinem Vater im Haus."

„Erstens ist es jetzt unser Haus." Sage ich ihr, während ich bereits ein-parke.

„Hebe dir das Gespräch für nachher auf, wir müssen schnell dahinein", ich weiß wir sollten reden, aber ich muss wirklich jetzt zu ihr. Sie braucht die Gelegenheit und die ist genau jetzt.

Sie sieht mich verwirrt an, „Was in diesen Klamotten?" ich lache fast. „Ja genau in diesen Klamotten" ihr Gesicht ist einfach zu lustig. Hier steht Künstlerbedarf Matheo?"

„Ja ich weiß, was dasteht. Merk dir von was wir gesprochen haben, wir reden gleich weiter. Wir brauchen hier nur fünf Minuten." Sage ich ihr. Blicke sie an. Aus ihr kommt nur „Okay. Ich warte."

„Nein verdammt du steigst aus, und zwar sofort, Bist du lebensmüde. Ich lasse dich doch nicht alleine im Wagen. Oder willst du abhauen. Fuck. Wir haben jetzt keine Zeit. Wir gehen rein und reden mit Noemi dann geht's schon los." Fast bockig gurtet sie sich ab. Theatralik im Gepäck, ja die ganze Bandbreite davon.

Wir betreten das Frauenhaus, auch wenn es nicht als solches Gekennzeichnet ist. Sie läuft hinter mir her. Wird begrüßt, wie die Königin, die sie ist. Es ist momentan nicht so viel hier los. Noemi kommt auf mich zu. Ich umarme sie und stelle ihr Daria vor. Als meine Frau und Daria der ich die Eifersucht ansehe stelle ich sie als Freundin vor. Freundin meines Soldaten der erst kürzlich für meine Familie gestorben ist. Sie ist nun wirklich verwundert. Ich sehe sie weiß nicht, was sie sagen soll. Sie nickt. Bietet aber sofort ihre Hilfe an. Ich bin sprachlos. Ob sie Seelsorge brauchen kann. Ob sie ein Sicheres zuhause hat. Ob sie ihr bei irgendwelchen Dingen helfen kann, Kleidung, Geld, Medizin.

Ich stehe da wie ein Idiot. Sie verstehen sich auf Anhieb. Sie reden, trotz der scheiß Situation so, dass es scheint, als würde sich Noemi nicht mehr alleine fühlen. Vielleicht ist es so ein, Frau zu Frau Ding, was weiß ich. Sie meinte beim letzten Gespräch das sie nicht nur ihren Mann, sondern ihr Leben verloren hat. Wie einfach es wäre, wenn sie auch gestorben wäre. Und Daria sie sagt ihr, mit ihrer ruhigen gefassten Stimme. Wie ein Engel, dass es schwer ist einen geliebten Menschen gehen zu lassen. „Der Tod trifft jeden, wichtig ist, wie war das Leben. Wie war dein Leben Noemi? Ehre die Toten damit, dass du dein Leben lebst, so dass es wert ist, gelebt zu werden. Mach das Beste aus deinem Leben, du hast nur dieses Eine. Ehre deinen Mann in deinen Gedanken. Lebe für euch beide weiter." Noemi nickt. Umarmt sie. Fuck. Ja, so sollte es bei mir nach Ellen auch sein, dennoch dämmert mir nur noch mehr die Erkenntnis, dass wir nur auf dem Blatt verheiratet waren. Sie wollte mich sicher nicht.

Sie wollte auch ein anders Leben. Und ich will Daria, ich wollte noch nie jemanden so wie sie. Gedankenversunken gebe ich ihr die Tasche mit dem Ausweis, dem Geld und der Kleidung. Ja ich habe auch an das alles Gedacht. Materiell zumindest. Den Rest muss sie selbst schaffen. Sie soll mindestens ein Jahr ohne Probleme durchkommen und danach hoffentlich frei sein. Es gibt genügend die einen Groll gegen ihren Mann hegten. Und die Mafia vergisst nie. Wir verabschieden uns und gehen wieder. Noemi wird noch heute weg sein.

„Was war das." Fragt sie am Rückweg zum Wagen.

Ich schüttle den Kopf. Gott Diskussionen über Diskussionen.

„Was?" meine ich. Ich hole Luft und versuche mich zu beherrschen „Ich sage es dir jetzt das eine mal. Ihr Mann ist in meinem Dienst gestorben. Ich kümmere mich um das, was meine Familie ist. Das Frauenhaus ist meins. Ich habe etwas gegen Männer, die ihre Frauen schlagen und sie vergewaltigen. Punkt. Und das ist meine Hilfe. Na, doch nicht alles nur schwarz oder weiß, was Daria?" Ich höre sie hinter mir her stampfen in ihren Schuhen die klappern und dem Kleid, das ihr nicht viel Spielraum lässt. Meinen Gedanken ebenso wenig. Genauso wie den anderen Männern verdammt.

Warum hatte ich dieses ausgesucht? Warum habe ich daran wieder nicht gedacht.

Ich blicke kurz in die Umgebung, die meisten Feinde werden jetzt wissen das wir bei der Party sind. Sie wären lebensmüde uns dort zu überfallen. Ich bin mir der Gefahr bewusst doch alleine zuhause lassen kommt genau so wenig in Frage. Meine Gedanken überschlagen sich wie so oft in letzter Zeit weiter. Kein klarer Weg ist zu erkennen, immer wieder kommt mir das aber in den Kopf, aber Daria, aber der Schutz, ist es wirklich so wie es aussieht und solche Fragen.

Wir sind so gut wie am Wagen angekommen, sie sagt nichts. Ich weiß das ich dieses Match gewonnen habe. Schmunzelnd lache ich in mich hinein.

Sie steigt in den Wagen und ich nach ihr. Starte den Motor. Oh, na da sie an, sie gurtet sich an. Langsam rangiere ich wieder auf die Straße. „So Daria, also drittens, es sind heute mehrere Hundert Mann anwesend. Für meinen Vater, für mich, für uns. Verstehst du. Sie verabschieden sich vom alten Don und nehmen den neuen auf, den Neuen und seine Frau, wer heute kommt der bleibt. Der arbeitet im Dienst für mich. Die Familien, jeder der dazugehört ist involviert. Die Frauen warten nach einem Kampf. Die Männer geben alles." „Ok" kommt nur von ihr. Ich sehe ihren Blick. Er ist anders als vorhin. Ok ich versuche es anders.

„Ich weiß du schaffst das." Ich lenke das Fahrzeug weiter, wir sind sowieso fast angekommen, sie sieht weiter aus dem Fenster, die Nacht zieht an uns vorbei. Es wirkt alles so unwirklich. Die Lichter der Straßenlaternen, die der Ampeln spiegeln sich in den Scheiben und bunt in ihrem Haar. Die Silhouette ein Traum.

„Hast du noch nie Straßen gesehen oder was ist mit dir los?" Ich versuche etwas die Stimmung aufzuhellen. Es hilft uns nichts, wenn wir beide ankommen und nur dumm schauen.

„Nein so leid es mir tut, kaum und glaube mir es tut mir leid. Schade, dass es bereits dunkel ist." Meint sie. Sie flüstert fast.

Aber es sieht zauberhaft aus. Ich war hier sowieso noch nie. Ich kann sogar die Liberty Statue sehen, unglaublich. Meinst du wir können hier nochmal her, oder ich. Du musst natürlich nicht mit. Für mich ist es wie in einem anderen Land. Eine andere Zeit. Schnelllebig. Gesellig. Hüsch aufregend. Ich war nur am Hof und im Vorort beim Einkaufen. Pferderennen und Pferdemist. Das war mein Leben.

Kochen, putzen und arbeiten. Ich vermisse das Arbeiten, auch das Putzen ich habe heute sogar Marta geholfen, auch wenn ich gemerkt habe, sie mag das wahrscheinlich nicht. Himmel ich brauche eine Aufgabe. Ich glaube ich nerve sogar Ada schon. Sorry das ich dir das überhaupt alles sage.

„Ok, nein ich will es wissen, sonst hätte ich kein Gespräch begonnen." Sage ich ihr. Sie muss doch langsam wissen, dass ich, wenn ich etwas frage, es auch so meine.

Wenigstens weiß ich dann jetzt, dass sie gelangweilt ist. Ich weiß nicht, was ich mit dieser Information anstellen soll. Ich habe überhaupt keine Ahnung von Frauen. Das zeigt sich jetzt nur noch umso mehr. Sie betrachtet die Stadt. Ist fasziniert. Fuck geht es noch interessanter? Ich dachte nicht, ja ich weiß nicht, was ich dachte. Ich lerne sie immer mehr kennen und ständig verblüfft sie mich. Jetzt kommt zu ihrem Mutter Theresa Vibe noch Antitussi komplett dazu. Merda.

„So wir sind gleich da. Ich bin der Don. Ja? verstehst du das. Du gehst hinter mir." „Ja, stopp das hat mir Ada schon gesagt." Fällt sie mir genervt ins Wort.

„Okaaay, ich will, dass du weißt, ich bin dein Mann. Ich bin Matheo, jetzt bin ich Don, dann Anführer, Killer, und Matheo dann erst wieder zuhause, ja." Wie kann ich ihr begreiflich machen, dass ich für sie Matheo sein will.

Sie sieht weiter aus dem Fenster, kurz und knapp kommt „Ja ich weiß." Zum Teufel ich könnte mich genauso gut mit mir selbst unterhalten.

Ich bleibe an der Seite stehen, sollen die anderen ruhig vorbeifahren. Ich will das klären, ich muss. Trotz der Dunkelheit und dem wenigen Licht im Wagen. sehe ich die Tränen in ihren Augen und wie sie an ihren Nägeln beißt. Schon wieder. Sie wird bestimmt gleich ausflippen.

Wir können zum ersten keine Szene brauchen, zum zweiten müssen wir wirklich da rein.

Wir müssen unseren Standpunkt klar zeigen. Wir sind das Oberhaupt. Alle anderen können einpacken. Sie sollten sich fürchten, nur daran zu denken sie würden die Oberhand gewinnen. Vor allem muss es an Gonzales herankommen. Er muss hören das wir die volle Macht mit allen Mann, die wir haben zurückgewonnen haben. Unsere Reviere vereint haben. Auch der scheiß DiDio der alte Sack soll es hören. Hören, dass wir den Tod seines Sohnes feiern und Daria darauf ein Konzert gibt. Sie fragt sofort was passiert ist. Sie hat Angst.

Ich lege ihr meine Hand an den Nacken ziehe sie zu mir hin. Ich muss es einfach versuchen, hier und jetzt das sagen, was in meinem Kopf herumspukt, dass sagen das ich mir selbst nicht erlaubt hatte nach vorne zu lassen.

„Daria. Ich kann manchmal einfach nicht anders. Für mich ist das alles verdammt neu. Ich kenne mich so nicht. Ich kenne mich nicht durcheinander. Sprunghaft. Verwirrt. Ich bin der Struggler, du das macht mich aus. Ich bin der Don. Was ein normaler Ehemann macht, das weiß ich schlicht weg nicht. Du kannst mich nur als jemanden bekommen der es versucht. Ich werde es versuchen. Für dich, für mich, für uns. Ich will dich glücklich machen. Daria du bedeutest mir jetzt schon mehr als ich dachte, das möglich ist. Fuck ich weiß nicht, wie ich es erklären soll, du bist mein Royal Flash. Straight flash- verstehst du was ich damit sagen will. Gott du bist das Pik. Du bist Dealer. Scheiße ich bin nicht gut in diesen Sachen." Ich höre mich an wie geisteskrank, sogar meine Stimme ist nicht die, die ich von mir kenne. „Ich muss mit mir selbst pokern. Ich muss sehen das es mir keiner ansieht. Ich muss uns so schützen. Das ist der Weg. Ich habe Gefühle für dich, solche die ich nicht kenne. Diese Art von Gefühlen, die ich nicht dachte, dass es sie wirklich gibt. Frauen sind in unserer Welt eine Schwäche, aber ich habe von dir gelernt. Habe gelernt, das auch in den dunklen Pfützen Sterne leuchten, dass der Fall vor dem Hochmuth kommt. Du kümmerst dich um Ada,

erweckst sie zum Leben, etwas das ich schon Ewigkeiten versuche. Du suchst in der Dunkelheit das Positive. Gott du findest es sogar. Du bist mit wenig zufrieden. Ich danke dir dafür. Danke, Tesoro dass du mir wieder den rechten Weg zeigst. Ich sehe, wie glücklich du mit deiner Violine bist. Du wirst sie heute alle umhauen. Du wirfst mich um, und zum ersten Mal in meinem Leben, habe ich mich heute so gefühlt, als würde ich zu meiner Familie nach Hause kommen. Auch wenn es jetzt mit zwei Vierbeinern bereichert ist. Auch wenn wir nicht gut auseinander gegangen sind, für mich war es das Beste. Ich habe gesehen das du zu mir ehrlich bist. Das du mein Gegenstück bist. Das du mir Einhalt gebietest. Ich denke mit deinen Gedanken und mit den meinen, sind wir ein gutes

Team. Eines, das noch lernen muss, aber die Bereitschaft dafür hat." Ich sehe sie an, jede Sekunde wirkt wie Minuten. Sie sieht mich an, sie hat ein Pokerface, auf jeden Fall und ich kann es gerade nicht lesen. Der Ausdruck liegt irgendwo bei, was für ein Schwachkopf und hat er das wirklich gesagt. So ungefähr spielt es sich in meinen Gedanken zumindest ab, aber es geht mir gut. Ich bereue keinen Satz. Nicht einen.

Ich hole tief Luft, blicke ihr in ihre Diamantenen Augen, die welche die Zerstörung meiner toten Steppe in Angriff nehmen. „Es hilft jetzt alles nichts, wir können nicht noch länger hier stehen bleiben, versprichst du mir das wir danach miteinander reden werden. Wir müssen uns klären. Darüber sprechen, wie es weiter geht. Ich will mehr Zeit mit dir verbringen und ich will nicht das du weiter bei jeder Berührung Skepsis miteinbringen musst. Das du zitterst, wenn du neben mir liegst. Das du zwischen uns im Bett die Decke drapierst. Bitte, lass uns später darüber sprechen. Aber jetzt hör mir gut zu. Stell dir vor wir sind in meinem Casino" Ich schüttle den Kopf über meine Dummheit. „Scheiße ich habe dich noch nicht einmal dahin mitgenommen. Nur in unsere Veranstaltungsräume."

„Ok also, wir sind hier alle Spieler an einem Tisch. Du bist der Geber. Ja du bist der Dealer." Ich lächle sie an, sehe das sie interessiert ist. Ich kann sehen das sie etwas schmunzelt, ich würde sie am liebsten küssen, doch dann können wir den Abend vergessen. „Du gibst die Karten aus. Das heißt für dich du spielst. Ich bin der mit dem größten Blatt. Ich muss meine Deckung aufrechterhalten. Alle anderen sind die Zuschauer. Nero, Rocko, Ada und Du sind aktive Spieler auf dem Feld. Wir alle müssen unsere Konzentration behalten. Uns nicht in die Karten sehen lassen. Und trotzdem aktiv dabei sein, eine Show abziehen ok. Sie werden dich und mich besonders beobachten und ich weiß nicht genau, wer alles weiter zu unserem Team gehört, wer auf die andere Seite wechselt. Das wird sich heute entscheiden. Meine Hübsche, du machst einfach deinen Part. Auch wenn es dich ärgern wird. Glaub mir, ich kenne dich es wird dich ärgern. Aber ich habe dich im Blick, es passiert dir nichts. Jeder achtet darauf das der Dealer am Tisch bleiben wird.

Dann spielst du, das Konzert deines Lebens. Lässt dir den Familienring anstecken und ich spreche noch ein paar Worte dann verschwinden wir."

Ich will ihr heute einen neuen Ehering geben, den der von mir ist. Er ist in meiner Jackentasche. Er ist hoffentlich perfekt für sie. Er ist mit dem schönsten blauen Turmalin Stein geschmückt, den ich finden konnte. Der etwas von ihrer Ruhe, ihrer Erdung und ihrer Liebe wieder spiegelt. Aber das wird eine Überraschung für den Schluss, für uns beide, draußen auf der Dachterrasse.

„Ok kannst du das für mich machen?" Ich lege meine Hand auf ihren Oberschenkel. Streiche mit meinem Daumen in ihrem Gesicht bis zu ihrem verführerischen Mund. Sie sieht mich an. Tränen noch in den Augen aber sie fließen nicht mehr. Sie wischt sich die Feuchte ab und nickt. Ein Blick in den Spiegel. Perfekt. Sie nickt „OK, greifen wir es an."

Ich wiederhole sie. „Ok greifen wir es an" ich schmunzle. Fuck, sie bringt mich um.

Wir fahren die lange Auffahrt hinauf. Lichter glitzern und funkeln. Alles sieht pompös aus. Meine Mitarbeiter helfen ihr aus dem Auto und fahren es gleich weg. Alles wie immer. Nur heute mit rotem Teppich. Sogar Fotografen sind wieder hier. Fuck, wer hat die herbestellt? Ich wollte nur drinnen etwas vom Fest, kurz ohne großen Inhalt sie sollten sich ihre Schmach selbst denken. Das kann es doch nicht sein. Ich brauche wirklich noch eine PR-Frau. Ich dirigiere Daria hinein. Wir treffen uns als erstes mit Ada oben an unserem tisch. Ich sehe sie bereits. Alles glänzt und ich sehe, wie sie das Ganze hier aufnimmt.

Wie die Mitarbeiter meine Königin aufnehmen. Fast devot wirken vor ihr. Obwohl sie mein scheues Reh ist. Aber sie zeigt es nicht. Sie kann das, ich weiß es. Sie ist es gewohnt stark zu sein, sein zu müssen. Stärke zu präsentieren. Wie konnte ich daran überhaupt Zweifeln. Wenn wir wieder zuhause sind und ich alle Karten auf den Tisch legen werden muss, werden wir nochmal sehen, wie weit das Vertrauen mittlerweile reicht. Sie hat es verdient die Wahrheit zu wissen, auch wenn sie schmerzt. Und ich will sie endlich wieder unter meinen Laken. Endlich, wieder meinen Schwanz in ihr vergraben. Spüren wie sich ihre feuchte warme Möse um meinen Schwanz wringt. Ihn melkt und mir den Verstand weg fickt.

Scheiße. Mein Schwanz springt halb heraus und dabei muss ich gerade jetzt der Don sein.

Der verdammte kalte Wichser, der jeden der Muckst kalt macht.

Ich spüre, wie sich die Maske um mein Gesicht legt, sobald wir die ersten Soldaten erreichen.

17. Daria

Ich sehe, wie er wieder zum Don wird, die Maske legt sich über sein schönes Gesicht. Wahnsinn, bin noch so hin und weg über das, was er im Wagen gesagt hat. Hat er das ernst gemeint? Ich kann es nicht genau sagen. Ich sehe sein Gesicht. So oft. Sehe so oft seine Augen, sehe das, wenn er mich auf Abstand hält, dass dies nicht mit seinen Augen übereinstimmt.

Das immer dieser Funken auf meinen Körper übergeht, wenn wir uns berühren.

Er steht hier in seinem Anzug, sein weißes Hemd, die Perfektion schlecht hin. Und ich, mit geschwollenen Augen von den Tränen der Rührung. Das werde ich ihm natürlich nicht sagen. Wie kam es das er ein Frauenhaus hat. Wie kam es, mit dieser Frau und dem toten Soldaten. Keine Einzige hier hatte Angst vor ihm. Alle begrüßten ihn nett, freundlich. Nein, nicht auf sexuelle Art. Sie scheinen ihn zu mögen. Kann jemand nur schlecht sein, wenn er so etwas leitet? Es scheint eine Welt zu sein, in der es Moralisch tiefer geht. Nicht nur grau und schwarz. Ja, er hat recht. Was soll ich sagen.

Er ist der Funken mit etwas Farbe, das dem ganzen Grau ein Gesicht gibt. Es gibt so viel über ihn zu wissen und ich will es herausfinden. Alles.

Mein Körper, mein Geist, ja mein ganzes Ich, sind noch von der Nummer zuhause überfordert. Ich dachte immer das Spanking für kranke Leute ist. Das es krank sein muss, dass man durch Schmerz einen Orgasmus bekommt. Aber ich habe heute schnell gemerkt, dass es gar nicht um das ging. Der Schmerz war da, ja, aber anders als erwartet. Es hat meine ganze Haut stimuliert. Die Durchblutung war plötzlich an diesen Stellen mehr, die Empfindungen steigerten sich auf ein Übermaß.

Dazu das geistige Loslassen. Ich musste nicht darüber nachdenken, was mein nächster Schritt sein wird. Ist. Ich war mit dem Zählen zusätzlich abgelenkt, sodass ich mich nur noch auf die Gefühle einlassen musste, die mich überkamen. Ich habe an seinem Blick gesehen, dass irgendetwas jungenhaftes zuvor in seinen Augen aufblitzte. Ich war mir sicher, er würde mir nichts tun. Er würde wissen, was er macht. Zu meiner Schande, ich als erwachsene Frau bin in Sachen Sex so unerfahren, und er ist der Halbgott in schwarz. In einem Schwarz, das schwarzer nicht sein könnte. Sein perfekter Körper. Das perfekte, zerzauste Haar mit den einzelnen hellen Strähnen. Die Falten um die Augen, die ihn menschlich und lebendig erscheinen lassen. Er ist älter als ich, aber wen schert es.

Mich nicht, mir ist es egal. Dann diese Hände. Die mich in Geborgenheit wiegen, obwohl ich Angst haben müsste. Der Mensch der meinen Verstand so dermaßen aus dem Gleichgewicht bringt. Und dann noch seine Worte im Wagen.

Ist das seine Version von ich will dich an meiner Seite. Ist das die Version von versaue das heute nicht. Oder diese Version von ich liebe dich, aber ich bin zu dumm es zu sagen.

Ich glaube ich sollte die Erste hören, ich glaube mich verhalten wie die Zweite und hoffen auf die Dritte.

Denn tief in meinem Körper, in dem der scheinbar jeglichen Selbsterhaltungstrieb, jede Vernunft und alles, was mich als Frau ausmacht, ignoriert. Da hoffe ich auf das letztere und wünsche mir ein Wir.

Wieso hat er mir heut meine liebsten Freunde mitgebracht. Das passt so was von überhaupt nicht zu ihm. Ich will nicht wissen, was Nero dachte. Was er dachte. Wie konnte das passieren. Seit wann mag er Tiere, ich dachte eher er würde die Tierhaare und das Gesabber scheuen. Aber Salomon erkannte ihn als Herrchen an, ich fühlte mich schon fast wie ein Außenseiter und dazu noch geistig verwirrt. Es war das letzte, das ich dachte, das passieren würde. Dafür hat er von mir einen Riesen großen

Pluspunkt erhalten. Er weiß so wie es aussieht dann doch wie wertvoll sei für mich sind. Meine einzige richtige Familie die ich bis dahin hatte. Sie waren für mich da. Immer wenn es mir schlecht ging und das war fast jeden verdammten Tag. Scheiße mein Wortschatz ist schon seinem angeglichen. Kein Wunder, wenn ich Tag täglich nichts anders höre. Mist. Auch das Italienisch ist mittlerweile etwas besser, was natürlich auch wieder kein Wunder ist, wenn sogar das TV- Programm in diesem Haus auf Italienisch ist, mitten in New York.

Sie durften sogar zu Ada, ich freue mich so. Ich glaube Salomon könnte sogar ihr behilflich sein, sie könnte mit ihm Gassi gehen. Rauskommen. Genau das werde ich einfädeln. Wir brauchen eine Leine, die für einen Rollstuhl möglich ist und er wird Training brauchen dabei gut mitzulaufen. So das Casino kommt immer näher. Meine Gedanken sind ein einziges Chaos. Ich hoffe nur mein Vater ist nicht auch hier. Aber Matheo sagt er ist verschwunden. Ich habe keinen Nerv ihn hier zu sehen und so wie ich denke kann das leicht der Fall sein, wenn er sich weiter mit DiDio gegen Gonzales aufbauen will.

Ich will einfach auch nichts mehr von ihm wissen. Er hat mich nie gut behandelt. Ich war immer das notwenige Übel und selbst das habe ich fast täglich gespürt. Es begann kurz vor meinem Studium, als ich mit Leo verheiratet wurde. Es wurde immer schlimmer. Als wenn sie sich gegen mich verbündet hätten. Ok gut, Daria reiß dich zusammen denke ich mir, ich muss jetzt die Frau des Dons sein. Die Dame, die Pic- Dame und der Dealer. Scheiße. Ich muss zur Toilette, einfach weg von hier.

Zum Glück darf ich gleich spielen, es war schon immer meine Welt des Verdrängens, wenn ich spielte. Ich hoffe es bringt mich heute durch den Abend und wir können später reden. Ausgiebig und ehrlich. Denn eins weiß ich, er mag viel sein. Und viel nicht. Aber er sagt, was er denkt. Er lügt nicht. Er sagte mal ein Mann ist nicht reich, ein Mann ist nicht groß, ein Mann muss nicht haben was andere wollen. Ein Mann muss sein Wort halten. Und ich bin mir sicher er ist ein Mann.

Gerade als ich dachte ich bekomme keine Luft mehr in diesem Kleid ist es so weit auszusteigen. Die Türen werden aufgehalten und dann heißt es Showtime, ich soll doch der Dealer sein. Gut das Ada mir ein bisschen

Poker beigebracht hatte. Ich hätte sonst zugeben müssen das ich keinen blassen Schimmer von dem habe, was er da von mir will. Das wäre wieder eine Lachnummer gewesen ich weiß es.

Anders als bei den Tieren werde ich diese Leute hier nicht mit Streicheleinheiten überzeugen kennen auch Leckerlis werden mir nicht helfen. Wenn ich an Leos Leute denke, wird mir einfach schlecht. Alles solche Typen wie er, ekelig. Charakter ekelig. Von außen naja, eins weiß ich sie werden hier sicherlich anders sein. Ich habe noch keinen getroffen welcher nicht wirklich trainiert war, allesamt machen sie bis jetzt einen gepflegten Eindruck. Keiner stank nach Zigaretten oder Mottenkugeln. Hier ist alles aus Gold und Geld. So ein Casino dachte ich nicht das er hat. Niemals. Wann macht er das alles. Das ist die Erklärung dafür das er kaum ins Bett kommt. Die Erklärung dafür das ich immer Stimmen höre, er telefoniert. Regelt die Geschäfte. Ich kenne das nicht, Leo war so wie es aussieht einfach nur faul. Er hat nie etwas geregelt.

Bis jetzt, waren sie auch noch nicht so betrunken oder so ausfällig und übergriffig wie seine Leute. Jeder hatte mir an den Hintern gegrapscht. Ein Grund mehr für Leo mich im Haus zu behalten. Ihn störte es nicht nur die Sprüche über ihn und ich ließ es geschehen ich wollte keinen Ärger. Ich will heute Abend einfach den Abend genießen, meine Musik verbreiten und einen schönen Abend haben. Sie haben meine Violine sogar vor mir hier hingebracht. Sie wartet darauf ihre Klänge zu verbreiten. Bestimmt wird es auch gar nicht so schlimm wie ich befürchte. Ada ist bei mir und wir werden uns daraus einen Mädels Abend machen, ihre Worte.

Ich bin gespannt. Das, was ich bis jetzt zu Gesicht bekomme, kann ich nicht einordnen, die Blitzlichter am Eingang, von denen mich Matheo gekonnt abzuschirmen versuchte, die fast Königliche Begrüßung von uns Beiden und den Glanz und Glamour kommen mir so unwirklich vor. Wie kann es so etwas geben, das soll sein Hotel sein Casino sein, es gleicht einem kleinen Strip in Vegas, zumindest das, was man vom TV kennt.

Es sieht unglaublich modern aus, Rot und Gold sind die vorherrschenden Farben. Der Boden ist schwarz mit kleinen glitzersteinen, die übergroße Lampe im Foyer, alles golden. Goldene Stores an den bodentiefen

Fenstern, Spiegel egal wo hin man sieht. Langsam werde ich nervös. Mein Mantel wird mir abgenommen, und ich versuche in diesen Stöckelschuhen nicht umzuknicken. Sie passten so gut zu diesem Kleid, dass ich sie angezogen habe. Auch wenn es bereits auf dem Bett ausgesucht war. Von ihm.

Obwohl ich nicht einmal damit laufen kann. Ok Daria, reiß dich jetzt zusammen, suche nicht immer das Schlechte. Ein Mantra das ich gerade für mich versuche. Lass dich mal auf etwas positives ein. Ich versuche mir diese Gedanken zu behalten.

Meine Hand ist so warm und ich spüre das Kribbeln seiner Wärme in meiner Hand, er zieht mich mit, versucht mich aus den Gesprächen herauszuhalten. Wegzuführen von den ganzen Aasgeiern, oder Reportern, egal wie man es nimmt es bleibt doch das Gleiche. Er lächelt, sieht so was von perfekt aus. Immer dabei seine Maske, seine Nerven sind ebenfalls zum Zerreißen angespannt. Ja ich kann es sehen, ich fühle es. Merke es an seiner Haltung, ich spüre es an den Fingerspitzen, welche er mir in meinen unteren Rücken gelegt hat. Er tippt und dirigiert mich, hält sich nicht mehr bei den Gästen auf als für ein kurzes „guten Abend, darf ich vorstellen, meine Frau." bei den jeweiligen Geiern auf.

Unsere Begleitung, Beschützer, oder wie ich sie auch immer nennen sollte, vielleicht Spione, sind uns immer nur ein paar Fuß entfernt auf den Fersen. Ich hatte sie im Wagen fast vergessen, doch die Scheinwerfer welche uns die Fahrt über begleiteten, ließen mich ihre Anwesenheit spüren, der Gefahr bewusstwerden. Einzig und allein Er hat mich abgelenkt. Wieder mal. Hier drinnen hat man dazu auch keine Zeit. Man wird geblendet durch die Musik, das Licht, diese verdammten Spiegel und den Trubel.

Keine Zeit für Gefühle. Lächeln nicht vergessen, hinter ihm bleiben, kein Augenkontakt. Devot wirken, unterwürfig. Alles das, das ich mir die letzten Minuten stets aufzähle. Ich weiß gar nicht wo mir der Kopf steht. Alles das spiegelt sich in meiner Körperhaltung, ich sehe es. Ich sehe uns optisch als perfektes Paar in dieser grausamen, aber doch zwiespältigen Welt mit Effekt. Eine graue Welt mit tausend kleinen Funken, die sich hinter dem Grauen verbergen. Funken so wie sein Frauenhaus, der

Schutz der Familien, der Zusammenhalt, die Werte, der Blick auf Gerechtigkeit. Diese Funken lassen mich diese Welt mittlerweile nicht nur schwarz sehen, nein sie erhellen sie und geben ihr etwas Farbe. Ich habe es gelernt.

Optisch passen wir naja so einigermaßen zusammen, ich bin viel zu klein für ihn, er ist gut vierzig cm größer als ich. Ich bin Haut und Knochen und er ist die Muskelmasse in Person. Und dass das nun wirklich nicht zu übersehen ist, er ist viel älter als ich. Doch es ist genau so, dass es für mich passt. Oder nicht. Wen sollte es scheren frage ich mich, dann fällt mir wieder ein das es für ihn ein Problem sein kann. Gott nein ich halte das Durcheinander nicht aus. Ich lasse mich von ihm leiten, dem Model mit seinem Anzug, der Krawatte, diesem makellosen Aussehen. Und das Lustige daran, es scheint ihm total egal zu sein. So wie mir auch.

Schon legt mir jemand die Hand auf die Schulter.

Gedankenversunken erschrecke ich, versuche mich sofort galant zusammenzureißen. Gott wie bin ich angespannt. Madame schön sie hier zusehen, sagt mir diese nette Stimme, welche mir ein Glas Wein auf einem Tablet serviert.

Nein ich kann nichts trinken, ich werde sonst umfallen, ich greife nach dem Wasserglas und hoffe das es kommentarlos bleibt. Ich habe einen trockenen Hals vor Angst, Zittern, Aufregung und der ganzen Palette, die es noch an Gefühlen gibt. Meine Hände sind eiskalt, ich bekomme schon Schweißausbrüche nur wenn ich daran denke zu stehen und zu spielen. Hoffentlich kommen wir gleich an unserem Tisch an. Ada wird mich beruhigen und ich will mit ihr Spaß haben, jetzt wo ich schon einmal auf eine Party komme. Ich höre Leos Stimme wieder, du dummes kleines Ding, denkst du irgendjemanden interessiert, was du von dir gibst. So dumm kannst nur du sein. Ist die Pferdebox sauber?

Ich erinnere mich noch genau an diesen Tag. Ich sagte nein ich konnte noch nicht, ich musste die Lieferungen verstauen. Er packte mich an meinem Arm und zog mich Richtung Stall. Er hielt mir meinen Kopf an den Pferdemist. Denkst du, du kleine Göre das würde sich selbst aufräumen. Sollen die Tiere krank werden? Sein ekliger Geruch und die Wut in seinen Augen werde ich bestimmt nie vergessen.

Er zog mich weiter in Richtung des kleinen, angrenzenden Raumes, und band mich wieder an den Stuhl. Ich weiß nicht, wie lange, aber es war wieder dunkel, als ich herauskonnte, zum Kochen. Er ließ mir keine Zeit zur Erholung. Mein Vater, ja ihm war das egal, denn ich war Leos Frau.

Matheo schüttelt meinen Arm. Leicht und vorsichtig. Fast unbemerkt. Er sieht mich an und ich sehe er wird sauer. Sein Kiefer mahlt wieder und er schüttelt den Kopf. Na toll Daria denke ich mir, ich muss mich zusammenreißen. Mist. Das kann nicht gut ausgehen. Schon kommt jemand im Smoking auf uns zu, bekundet uns sein Beileid. Gott ich weiß ja nicht einmal, wie sein Vater hieß. Das ist auch nicht gut. Was bin ich für ein schrecklicher Mensch.

Hoffentlich verwickelt mich keiner in ein Gespräch. Die Musik im Hintergrund beginnt zu spielen, Cocktailmusik. Leicht und unbeschwerlich, sie wirkt hier in diesem goldenen Käfig allerdings alles andere als leicht. Ich sehe förmlich die Dollarzeichen herumschwirren.

Matheo, führt mich langsam weiter. Hier und da ein kleines Gespräch, ein Händeschütteln, ein Nicken, ein auf die Schulterklopfen und jeweils ein kaum erkennbarer Blick zu mir. Ja ich bin heute das Anhängsel. Das notwenige Übel. So wie es Ada meinte. Ich hoffe wir kommen bald an unserem Tisch an. Wenn es jedoch so weiter geht, bezweifle ich das stark. Ich sehe mir all die Menschen hier an, Männer, Frauen, Personal und beobachte ihre Gesichter, gerade als ich wieder in Gedanken zu versinken drohe spricht er mich an. „Gott was ist mit dir los. Du siehst aus, als würdest du gleich kotzen und umfallen. Du zitterst. Du hast Schweiß auf der Stirn. Komm wir gehen an der Toilette vorbei und du schüttelst das ab. Du kannst sie nicht mit Angst und Furcht füttern." Flüstert er mir ins Ohr. „Komm ich gehe mit und warte vor der Tür, beeil dich und dann bist du hoffentlich fit. Das hier heute ist verdammt noch mal wichtig, für dich genauso wie für mich, ja?" Ich nicke, atme tief durch. „Ja sorry, ich tupfe mir schnell den Schweiß ab, dann wird's schon wieder gehen." sage ich ihm. Er hat ja recht.

Endlich am Platz angekommen wird es langsam still.

Der Raum ist traumhaft. Eine wirklich tolle Abend Atmosphäre. Kleine Bars. Kellner mit weißen Saccos. Die Farben Rot und Gold nehmen wieder das Thema auf. Ein kleiner Schokobrunnen. Eisskulpturen. Die Band auf der Bühne. Lauter runde Tische mit Tischtuch und dem edelsten Geschirr. Bei uns am Tisch ist es am leersten. Ada und Nero, Rocko passt am Eingang auf uns auf, so wie ich das sehe, und Matheo schleicht umher. Er ist auf Jagt, zumindest wirkt es auf mich so. Er sucht Lücken im System. Nur das das System die Menschen sind. Es ist besser er sitzt nicht neben mir. Ich brauche klare Gedanken, keine Gedanken an die wahnsinnige Autofahrt, diese wahnsinnige Stunde vor der Abfahrt und der tollen Nacht zuvor. Keinen Gedanken an die Salomon und Mavi. Nein, jetzt ist es Zeit den Abend zu genießen. Ich sitze direkt neben Ada mit Blick auf die Bühne.

„Gott Daria was ist mit dir los?" Sie sieht mich lächelnd an, blickt mit den Augen den Raum ab.

„Ich bin so aufgeregt." Lache ich ihr entgegen. Wie meinte die Dame auf der Toilette, entspannen sie sich, diese Feste sind immer ein Erlebnis.

„Ja das kann ich sehen. Geht's dir gut. Hier trink mal was." Sie stupst mich an, ich bin so richtig aufgeregt. Auch ihre bernsteinfarbenen Augen, wirken so nett und aufrichtig. Und dann wäre da noch ihr Lächeln, das mich zum Lächeln bringt, das mich beruhigt.

„Danke. Ich nehme das Glas und leere es in einem Sitz." Ja das hilft mir schon mal etwas.

„Daria, was hast du mit Matheo gemacht? Bei mir war heute auf einmal eine Katze und ein Hund, Mavi und Salomon, oder? Das sind die zwei, von denen du immer gesprochen hast, ja?" Fragt sie mich, sie sieht mehr als verblüfft aus, hebt ihre Augenbrauen und versucht leise zu sein.

„Bist du dir sicher, dass er noch ganz bei Trost ist?" Scherzt sie, doch wir beide wissen, dass das sogar ihn selbst verblüffen müsste. Sie schüttelt ihren Kopf belustigt.

Ich lache, gebe leise zurück „Ja frag mich etwas Besseres. Er hat sie wirklich geholt. Stell dir das vor. Ich dachte ich sehe nicht richtig. Sie sollen allen Ernstes bei uns wohnen. Ich glaube er wird langsam verrückt." Ich schüttle den Kopf, lege mir die Serviette auf die Oberschenkel.

„Ja das denke ich allerdings auch, andererseits ist es doch genau das, was du wolltest oder. Sie sind wie meintest du, deine Familienmittglieder. Also dann kann ich jetzt auch sagen ich habe

zwei Vierbeiner in meiner Familie. Daria, ich freue mich so." „Ja ich habe mich so gefreut das glaubst du nicht." Sage ich ihr, den Rest des Abends lasse ich lieber aus. Aber ich spüre meinen Hintern gerade wieder nur zu gut und ich spüre genauso die Röte, die wohl in mein Gesicht wandert. Sie sieht so toll und unschuldig aus, ich kann ihr davon wirklich nichts erzählen. Auch meine Vagina erinnert sich sofort daran. Genau jetzt und hier. Toll Daria, toll. Ich bin sowas von im Arsch und kaputt. Ich leere das nächste Wasserglas auch in einem Zug.

„Daria du siehst Klasse aus, weißt du es ist fast lustig, du sitzt hier wie die kindliche Kaiserin, kennst du sie? Sie jeder hier bewundert dich. Du hast eine Schönheit, die es nicht oft gibt. Rein. Lieblich, ein wunderschönes Gesicht. Du sitzt hier, glänzt in diesem wahnsinnig tollen Kleid. Du bist dir dem Ganzen gar nicht bewusst. Sie werden dich lieben!" Ada ist so lieb.

„Ja Ada, du vergisst ich bin wie in einem Hurricane hierhergekommen, mir fehlen nur die roten Paillettenschuhe, der Kaiserin würde ich gerne in den Arsch treten" flüstere ich ihr zu. Sie lacht. Beherrscht sich, nicht loszuprusten. Doch ich meinte es ernst. Nicht wegen der Violine, sondern wegen meines Lebens.

Ich bin ständig hin- und hergerissen. Verliere mich in ein Wenn und ein Aber. Ich hatte einen Plan, der zu bröckeln beginnt. Ach was, ich habe ihn, wenn ich ehrlich bin, über den Haufen geworfen. Ich fühle mich, als gehörte ich zu ihm.

In irgendeiner verkehrten Welt. In der der Moderator die Vogelscheuche ist und der Kellner der Blechmann. Ich muss fast selbst lachen.

Aber er sagte mal er ist nicht der Ritter, er ist die Sirene, die mich verschlingt. Und Gott, er hat es bereits getan. Er verschlingt mich im übertragenen Sinne, mit seinem überraschenden Wesen, seinen aufmerksamen Herzen, seinen fordernden Augen und seinem ganzen Ich. Ich selbst werde angezogen. Ja das hat etwas von einer Sirene. Wir müssen unbedingt miteinander Reden und nicht wieder Streiten oder Sex haben. Gibt es etwas dazwischen bei uns, wenn das funktionieren soll, muss sich auch das ändern. Oder ich? Er hat meine Tiere gebracht. Ist das nicht ein Anfang? Ich sinniere hier über die wichtigen Dinge in meinem Leben und verpasse fast die ganze Rede. Er wird es merken. Sie werden es merken. Ich zapple am Stuhl herum und sehe mir die Menschen hier an, bis Ada die Hand auf meine Oberschenkel legt und zur Bühne blickt.

Alles wird still. Matheo geht nach oben.

Er ist der Mann der Stunde, er nimmt das Podest und den Raum ein. Er betritt seinen Schauplatz. Der Mann zuvor gibt ihm die Hand und geht. Matheo ist der Inbegriff von Anmut. Elegant. Tödlich. Er sieht aus, als würde er jemanden umbringen. Gott, wen alles hat er umgebracht, außer seinen Bruder.

Ich glaube ich kotze jetzt wirklich gleich. Er blickt in die Runde.

Mit Adleraugen. Steht da oben, wie ein Riese.

„Guten Abend meine Herren. Meine Familie. Meine Soldaten. Die Damen und die Anwesenden von der Presse." Sein Blick schweift über den ganzen Saal. Alles ist hier drinnen ist nun still. „Wie sie sehen sind wir heute in meinem Hotel Casino. Ich habe sie alle eingeladen, um meine Ehe mit Daria Santo zu feiern.

Unsere Feier fand im kleinen Kreis statt und wir denken sie haben vollstes Verständnis dafür. Unter anderem auch deshalb wird heute und hier gefeiert.

Wie sie alle wissen, ist mein Vater verstorben, er hätte sicherlich hierbei gerne teilgenommen. Was wir aber auch sicher wissen, er hätte nicht gewollt, dass wir es deshalb absagen.

Erheben wir alle unser Glas und trinken auf ihn, trinken auf das Leben. Die Toten haben keine Möglichkeit die Schönheit des Lebens auszukosten, sind wir Lebenden ihnen das nicht schuldig.? Sie zu ehren, in dem wir das Leben leben. Denken Sie daran, nach dem Heute wird unweigerlich das Morgen folgen, mit und ohne uns. Es ist egal, ob man selbst stirbt, jeder wird sterben. Aber das Wichtige daran ist, und ich bitte euch über die Worte nachzudenken, das Wichtige ist nach dem Tod, wie war das Leben. Wichtig ist, was wir aus dem Leben machen. Denn das ist einmalig und einzigartig. Der Tod ist immer gleich, er endet im Nichts.

Die Worte meiner Frau. Prost" er erhebt sein Glas und trinkt nochmals. Immer noch traut sich niemand hier aufzufallen. Alles ist ruhig.

Er räuspert sich, hat seine Hand in der Hosentasche, blickt in die Runde. „So nun, wie sie sehen geht es allen den Umständen entsprechend gut, das Casino ist weiterhin fast ausgebucht. Ich möchte ihnen nicht irgendwelche Geschichten erzählen. Denn das Leben schreibt die Besten, deshalb genießen sie den Abend. Meine bezaubernde Frau wird in Kürze ein Solo für sie spielen. Ich bitte sie lassen sie sich verzaubern und nehmen sie das auf ihrem Weg im Leben als Erlebnis mit.

Die Damen und Herren der Presse bitte ich im Anschluss zu gehen, von da ab beginnt die private Feier. Vielen Dank. Salut. I vivi non dimenticano i morti!" Lebende vergesst die Toten nicht, das habe ich verstanden, einwandfrei. Gott was für eine Rede. Wer ist das da oben. Wer ist dieser sexy Mann.

Ich denke ich sehe nicht, was ich da sehe, er ist nett. Zuvorkommend. Freundlich und so menschlich. Wo kommt das nun wieder her. Es muss ein Schachzug für die Presse sein. Er hat sie so nett hinausgeworfen, ich wusste nicht einmal das sie bei dem Solo auch dabei sein sollten. Was will er damit bezwecken. Sollen andere das sehen. Natürlich sollen sie es sehen, sonst wären sie nicht da.

Mist ich habe wieder ein absolutes Gedankenchaos. Er nennt es Mindfuck. Ja genau.

Ich sehe, wie ihm immer wieder jemand gratuliert.

Rocko steht hinten und telefoniert. Ada beginnt mit der Vorspeise. Und ich sitze da mein Hintern brennt und kann nichts essen.

In Gedanken gehe ich meine Abläufe durch, ich spüre meine Violine bereits am Kinn sitzen. Spüre die Töne. Versinke fast in eine andere Welt. Wenn nicht immer wieder die dumme Stimme von Leo in mein Gehirn käme. Du dumme Kuh, du weißt du hast es nicht drauf, nicht einmal ficken kannst du so, wie ich es brauche. Dann kannst du auch nicht spielen. Ich schüttle die Gedanken ab, die Stimme hört sich so echt an, das es einen fürchtet. Furchtbar stark fürchtet. Eine Hand drückt auf meine Schulter. Es ist Matheo. Ich weiß es, bevor ich es sehe. Sein Mund ist an meinem Ohr. „Komm mit. Aufstehen. Sofort!" Ich blicke kurz zu Ada, die die Augen weit aufgerissen hat. Nero sitzt daneben und starrt.

Oh Gott, was ist jetzt wieder schiefgelaufen. Ich stehe auf und er packt meinen Arm, zieht mich mit. Wir kommen an einigen Türen vorbei, vorbei an leeren Tischen, vorbei an gestapelten Stühlen. Hinein in eine Kamer. Mist.

„Hier ist es dunkel" bringe ich hervor. „Scheiß drauf ich muss dich küssen, weißt du wie heiß du in diesem Kleid aussiehst. Weißt du wie heiß du bist, wenn du in Gedanken versunken bist, hast du überhaupt gehört, wovon ich gesprochen habe. Die Bilanzen? Die Mitarbeiter?" Er spricht mir ins Ohr, haucht es fast hinein, während er mich küsst.

„Oh entschuldige, ich glaube ich habe wirklich nicht richtig zugehört." Ich spreche ihm den letzten Satz direkt in den Mund, weil er mich schon überfallen hat. Gott schmeckt sein Mund gut. Zum Spaß lege ich noch ein „Sir" hinten nach, ich spüre sofort, wie sein Penis wieder an meinen Körper drückt.

„Gott Daria, sei still, sonst verliere ich mich vollends." Seine Hände sind überall auf mir, wir sind wild. Leidenschaftlich, nichts um uns herum zählt. „Weißt du, was du in mir für eine Explosion anrichtest? Ich springe von einem zum anderen, und das Ende von allem bist immer du." Da ist das Lächeln wieder, jenes, dass mir so gut gefällt. Ich fühle mich wunderbar, weil er hier ist. Obwohl ich vorhin noch so eine Angst hatte, vor allem vor all den Männern.

„Ich muss dich schmecken, nur kurz." Er zieht mein Kleid hoch. Ich habe gar keine andere Wahl, ich mache einfach mit. „Haben wir noch Zeit?", frage ich.

„Scheiß drauf, sie werden ohne dich nicht anfangen, meine Hübsche. Tesoro." Er lacht. Macht einfach weiter. Oh Gott, ich habe keine Zeit irgendein Veto einzulegen, ich will es auch gar nicht. Er hebt mich bereits gegen die Wand, rollt mein Kleid sauber nach oben. Mit seinen Armen schiebt er mich hoch, spreizt meine Beine. Ich weiß nicht, wann er zum Teufel seine Hose geöffnet hat, bis ich darüber nachdenken kann, ist er in mir. Er füllt mich aus, küsst mich, drückt sich an mich, und beginnt mit voller Kraft in mich hinein zu hämmern. Es tut gut. Es lenkt ab und ich will es, es wird immer besser. Er ist so weit in mir ich bin komplett ausgefüllt und das Kribbeln ist einfach nur köstlich. Zitternd beginne ich zu stöhnen, ich kann nicht anders.

„Schhh …, leise die Presse ist noch da." Haucht er mir mit seinem tiefen Bariton in mein Ohr, an meinen Hals, warm, sexy. „Leise", ich kann nicht. Er küsst mich, und hält mir im Anschluss den Mund zu. Leckt an meinem Hals und hämmert immer weiter hinein. Ich spüre die Wand in meinem Rücken. Wer weiß, wie ich danach überhaupt aussehen werde. Oh ja, es beginnt sich wieder diese Explosion aufzubauen, diese Implosion meines Inneren. Alles zieht sich zusammen. Köstlich. Heiß. Elektrisierend, ich habe die Augen geschlossen. Spüre nur unsere Körper. Unser Wir. Dieser warme und harte Körper vor mir, der mich schweben lässt. Wum, ich komme. Tausend Funken schießen durch meinen Körper hindurch, bis zu meinen Augen, ich zittere durch und durch. Die Atmung fühlt sich so schwer an, ich fühle mich komplett fertig und doch so lebendig.

Ich weiß nicht, wohin mit diesen ganzen Gefühlen. Es ist zu viel, ich versuche sie nur einzufangen. Oh Gott, ich kann nicht mehr. Wow, meine

Vagina zittert immer noch und sein Penis steckt immer noch tief in mir. Schon spüre ich seine Lippen auf meinem Mund. Wir verschlingen uns regelrecht. Es wird jedes Mal besser. Tatsächlich kann es sein denke ich mir. Er flüstert mir in mein Ohr. „Casa mia, Il futuro non sara buono, ci distruggera entrambi. Non mi fido di te e tu sei mio." Anscheinend etwas mit, das mit uns ist nicht gut. Es wird mich zerstören.

Es wird dich zerstören, wenn es das nicht bereits schon hat. Dein Fehler ist das Vertrauen. Meiner bist du."

Ich verstehe kaum etwas davon, was er sagt.

Nur das Grundgerüst davon. Aber ich werde mir den Satz merken. Ich werde später Googeln müssen. Der Laptop im Arbeitszimmer steht mir seit ein paar Tagen fei zur Verfügung, aber das ist jetzt egal ich halte ihn und gemeinsam lassen wir diesen grandiosen Orgasmus abklingen. Alles um uns herum ist still. Wie weg. Ich lebe gerade für den Moment. Irgendwo in meinem Kopf würden sinnvolle Gedanken dazu auftauchen. Was ist dann, wenn die Gefühle die Richtung vorgeben, sollte ich der Versuchung nachgeben und mich auf ihn einlassen? Soll ich es riskieren, ich habe mich noch nie so wohl und sicher gefühlt. Aber mein Verstand sagt mir permanent nur lauf. Lasse es. Geh weg. Du wirst nichts Gutes erfahren, du bist du und so wird es sein. Aber mein neues Ich möchte die Momente sammeln, für das Glück leben, Versuchungen nachgeben, denn ich weiß doch nicht wann die Nächste kommt. Scheiße, das ist zu viel für heute. Ich werde gleich eine Gedankenexplosion erleben.

Langsam kommen wir wieder in der Realität an. Er stellt mich ab. „So meine Hübsche. Du siehst unversehrt aus. Perfekt. Du gehst jetzt da raus und haust sie alle um. Verstanden. Das ist ein Befehl." Er grinst mich so sexy an, so wie er hier vor mir im Anzug steht. Seine Augen und sein ganzes Profil strahlen diesen Sex aus den nur er haben kann. Ich hingegen, stehe da und bin ganz wo anders. Typisch für mich.

„Ich glaube ich kann nicht. Schau ich zittere, ich weiß die Noten nicht mehr. Ich habe so lange nicht gespielt." sage ich ihm. Alles das, was sein könnte zähle ich auf. Plötzlich stellt sich mein Gehirn um.

Er nimmt mein Gesicht in beide Hände, seine Stimme lullt mich ein, sie ist genauso lieblich wie sie ein Befehl ist. Ich weiß es nicht. Seine Augen ziehen mich an, genauso wie sie es immer tun. So wie ich mich aus irgendeiner Dummheit heraus geborgen fühle.

„Daria. Merk dir, du änderst nichts nur weil du es willst. Du willst spielen. Du willst sie verzaubern, so wie mich. Und bei Gott Daria, du tust es. Fuck. Hör zu, sei ein Macher. Sei das Jetzt und nicht das Gestern, sei das Hier und Jetzt und entscheide dich, danach nimmst du dein Werkzeug und ziehst es verdammt noch mal durch. Ich meine, wie lange träumst du denn schon davon? Du siehst die verdammte Geige an, wie einen Liebhaber. Also sei du, mach es! Jetzt geh."

Ich lache. „Willst du, dieses Mal lustig sein?" Ich muss so weit nach oben blicken sehe aber, dass er es ernst meint. „Nein, das ist mein Ernst" Dieses jungenhafte Lächeln, das uns zu verbinden scheint und mir Mut macht, ist hier. Ich nicke.

Außerdem bin ich stolz darauf, dass ich diesen dunklen kleinen Raum so gut gemeistert habe. Ich bekam keine Panikattacke. Na gut, ich hätte auch gar keine Zeit dafür gehabt. Ich lächle. Kaum öffnet er die Tür und führt uns wieder zum Saal, weiß ich genau, peinlicher spielen als das, was gleich auf mich zukommen wird, werde ich nicht können. Jeder weiß was los war. Jeder sieht es uns an. Allzeit bereit wie eine Nutte. Gott. Nein schlimmer, kann das gewiss nicht sein. „Und Daria, ich bin da. Immer. Es ist der Moment, der den Weg ausmacht und das ist jetzt Deiner." Sein Bariton erreicht mich wieder genau da, wo es gerade sinnvoll ist. Ich bin mutig. Ja, ich werde es schaffen.

Er geht weiter und der Moderator kündigt mich an. Meine Violine steht wunderschön hier. Neben dem Stuhl. Nein ich kann dabei nicht sitzen. Ich spiele mein Lieblingslid. Den tanzenden Affen, Dance Monkey. Das ist das, was ich will. Er sagte wir feiern, also brauchen wir keine langsame Ballade. Dieses eine Lied und dann ist es geschafft.

Ich trete die paar Stufen hinauf, er hat es geschafft das ich nicht in Panik ausgebrochen bin, ich bin gerade entspannt und peinlich berührt aber, ich bin fokussiert auf mich. Auf meine Musik, ich nehme sie Ehrfürchtig und nicke den Leuten hier zu. Männer und Frauen, alle schick bis auf einige wenige. Und beginne zu spielen. Die Hand bewegt sich wie von selbst, meine Augen bewegen sich zur Musik. Ich sehe etwas in ihren Gesichtern. Es gefällt ihnen sicher. Es ist absolut still hier, niemand spricht mehr, niemand ist mehr und ich bin in meinem Element. Ich lasse die Töne erklingen, wie sie sollten. Es dauert nur ein paar Sekunden und ich bin in meiner eigenen Welt verschwunden. Sie nimmt von mir Besitz. Ich wiege mich im Takt der Musik. Ich sehe niemanden mehr. Mein Körper und meine Hände lassen sich gleiten, sie verfallen diesem Zauber, welcher mich immer umgibt und einnimmt. Er hüllt mich ein und ich fühle jeden einzelnen Ton in mir.

Bis ich mich versehe, ist es um. Sie stehen auf und Applaudieren. Sie klatschen und pfeifen. Ich verneige mich, und gehe zu meinem Platz. Meine Violine fest in der Hand. Ich gebe sie für heute sicherlich nicht mehr her. Fast am Platz angekommen, hält mich ein Mann auf. Er ist mir auf der Bühne schon mal aufgefallen, er war der Einzige, der nicht ruhig da saß. Ich denke, er ist etwas älter als ich. Aber nicht so passend für diese Kreise. Er ist dunkel. Im Smoking und auch sein längeres Haar sauber hochgesteckt. Tattoos blitzen hervor und eine dunkle Kette, die er am Hals trägt, ist zu sehen.

„Sira?" Ich schüttle den Kopf. Nein, ich kenne keine Sira, aber ich kann sie gerade nicht zuordnen." Sage ich ihm. Blicke schon nach links und rechts, ob jemand kommt und mir das Gespräch abnimmt. Er sieht mich etwas seltsam an, schüttelt den Kopf und beginnt von Neuem „Du warst fantastisch. Fantastisch wie eh und je." Er hebt seine Hand und will mir ins Gesicht fassen. Ich kann gar nicht weiter antworten, da fliegt er bereits. Matheo steht hinter ihm. Im Gesicht der Tod. Er würde ihn wahrscheinlich sofort abstechen, wenn Nero ihn nicht beruhigen würde. Er flüstert ihm irgendetwas zu, ich sehe, wie verdutzt er ist. Ich denke andere sehen es nicht, es geht sowieso alles zu schnell. Der Neue hält sich seine Seite. Mein Mann sieht aus, als würde er gleich wie ein Dampfkessel pfeifen. Gott wo kann ich nur hin.

„Er hat meine Frau angefasst. Er hat mit ihr gesprochen, ohne meine Erlaubnis. Jeder weiß, was das zu Folge hat." Dieser Ton ist mir neu, er lässt mein Blut gefrieren.

Der Schwachkopf hat wohl nicht genug, er steht auf und schlägt ihm mit der Faust in das Gesicht. Ich sehe sofort Blut. Dann kommt alles so schnell, es wird herumgeschubst. Geschrien. Ein Schuss glaube ich, ist zu hören, ich bin schon auf dem Weg zu Ada. Wir laufen zu dem Raum, wo ich mit Matheo vorhin war. Er wird dann wissen wo wir sind. Ich schiebe sie und schiebe. Sie schreit immer mehr, auch sie ist außer sich. Keiner scherrt sich um uns, sie sind alle mit dem Chaos beschäftigt. Glas ist am Zersplittern, grunzen zu hören. Sie hat sogar noch die Gabel in der Hand, bereit zuzustechen. Eine nette Frau sieht uns und hält uns die Tür auf und ich schiebe weiter.

„Grace?" fragt Ada. „Ja Ada, ich helfe euch. Kommt hier entlang. Scheiße, was ist denn da los", meint sie. Ich erkenne sie, es ist die nette Frau von der Toilette.

Ich halte in einer Hand dieses doofe lange Kleid hoch, stolpere fast über diese dummen Schuhe. Meine Geige mit dabei. Scheiße, ich werde mich bald entscheiden müssen, wie ich weiter mache. Es kostet zu viel Kraft.

„Daria", meint diese Grace. „Komm zieh deinen Schuh aus, ich halte die vordere Tür auf. Dann bist du schneller."

„Ja guter Plan danke." Atemlos keuche ich ihr entgegen, Ada rollt mit den Armen den Rollstuhl weiter und ich schiebe von hinten.

Wir laufen und schon sind wir draußen, gar nicht an dem Raum wo ich hinwollte. Und sowieso nicht so wie ich das vorhatte, denn sobald ich mit einem Fuß draußen bin, wird mir ein Sack über den Kopf geworfen. Ich höre Ada um Hilfe schreien. Jemand schreit kurz „Au" und „hör auf du Schlampe." Ich kralle mich an meine Geige und werde irgendwohin getragen. Strample mit dem Fuß und dem Körper, doch dann bekomme ich einen festen, wirklich festen Schlag auf den Kopf. Ich muss brechen vor Übelkeit und Luft not. Versuche mich zu beruhigen, aber ich liege hier in völliger Dunkelheit. Ich befürchte das ich in einem Kofferraum bin. Ich weiß es nicht. Ada schreit weiter um Hilfe bis auch sie totenstill ist.

Ich weine versuche mich zu beruhigen. Die Panik nimmt wieder von mir Besitz. Ich kann sie einfach nicht abschalten. Sie ist da, allgegenwärtig. Doch umso mehr ich versuche ruhig zu atmen, umso schlimmer wird es und dann ist alles dunkel.

Der Sog hat mich geholt. Immer wieder, wenn ich etwas wacher werde, schlägt mein Kopf wieder an etwas an. Es ist so verdammt kalt. Ich kann die letzten Minuten oder Stunden überhaupt nicht mehr reflektieren. Mir fehlen mehrere Stücke. In der Hoffnung etwas von Ada zu hören, flüstere ich ihren Namen, vorsichtig denn ich sehe hier nichts.

„Gott sei Dank. Daria." Spricht auch sie mir leise entgegen. „Ja ich bin da, mein Kopf. Und bei dir?" Frage ich sie. „Mein Kopf, meinen Beinen geht's gut."

Himmel sie hat den Humor der Familie. Scheiße, ok ich hoffe es ist ein gutes Zeichen oder sie ist so geschwächt, dass sie sich nicht mehr auskennt.

„Ada weiß du, wo wir sind?" will ich wissen, vielleicht hat sie ja etwas gesehen. „Ein Wagen, oder?" kommt es aus irgendeiner Ecke entgegen.

„Ja, aber bei wem?" flüstere ich. Mein Kopf dröhnt volle Kanone. Das habe ich auch noch nicht erlebt. „Sorry Daria, weiß ich auch nicht."

„Scheiße" schimpfe ich. „Wir müssen uns ruhig halten. Verstanden." Meint sie zu mir. Sie wird es wohl wissen, ich hingegen bin dafür nicht geeignet. Ich breche gleich wieder in Panik aus, ich halte die Augen extra geschlossen, ich komme mit der verdammten Enge nicht zurecht. Nach kurzer Zeit muss ich die Maske etwas verschieben.

„Ich habe die Maske abbekommen ich setzte sie gleich wieder auf, aber wir sind alleine. Wir müssen machen, was sie sagen, hast du mich verstanden. Keine Alleingänge. Nichts Daria ja." Atemlos antworte ich ihr. „Ja, ja ok ich vertraue dir." Ich sehe sie trotzdem nicht, es ist so dunkel. „Gut so das solltest du auch." Befiehlt sie mir wie ihr Bruder. „Ok danke Ada." „Hab dich lieb" höre ich noch dann schlafe ich wieder ein. Meine Geige im Arm und in Embrionalstellung. Toll!

Ich wache im dunklen auf, schon wieder. Sofort beginne ich Panik zu haben, ich erinnere mich an das, was ich geübt habe bei Philip. Zum Kotzen, das mir die Erlebnisse bei dem Wichser jetzt helfen werden. Ich Matheos Worte kommen mir wieder in den Sinn, während ich den Raum absuche, nach Licht. Luft, irgendwelchen Umrissen, so dass es hoffentlich keiner merkt, denn den Lichtpunkt über mir den habe ich bereits gesehen. Es kann nur eine Kamera sein. Was sollte es sonst. Matheos Stimme, sein Geruch und seine Hand an meinem Gesicht sprechen im Geiste zu mir- Gelassen wirst du nur wenn du dich auf den Punkt konzentrierst. Sollte ich das jetzt auch machen. Ich muss es versuchen. Ich starre den Punkt an. an aus an aus. Umso mehr ich mich beruhigen kann umso leichter fällt es mir die Größe des Raumes auszumachen. Er ist größer als angenommen. Ich taste leicht links und rechts neben mich. Fühlt sich nach einer Matratze an und Boden. Ok fallen werde ich nicht. Ich höre aber auch etwas anders. Ada flüstere ich. Ich höre sie atmen es muss sie sein. Es kommt auch sofort ein „Hmhm." Gott sei Dank. Ich flüstere und versuche den Mund so wenig wie möglich zu bewegen. „Geht es dir gut" Sofort antwortet sie. „Ja, soweit schon. Mein Fuß ist abgebrochen. Also ja" „Gott Ada." Platzt es aus mir heraus.

„Daria wir müssen uns still verhalten. Matheo wird kommen. Er kommt, ich bin mir sicher. Merke dir, wir dürfen sie nicht zusätzlich reizen. In keiner Weise. Sie haben Krieg mit uns, verstehst du? Er hat etwas, das den anderen zustünde. Grace. Sie sollte Phils Frau werden und somit die Frau des Dons. Jetzt bist du das. Ok, verstehst du? Du hast das, was sie will. Ihre ganze Existenz hat sich in Luft aufgelöst. Ihre ganze Daseinsberechtigung ist hinüber. Ihr Vater hat nun keinen Joker mehr in der Hand. Das bist jetzt du. Wenn er Matheo tötet und es seinen Männern so verkauft, dass er ihr den Titel gestohlen hat, dann werden die Anderen das als Verrat sehen. Verstanden?" Flüstert sie mir zu. Ihre Worte klar und eindeutig. „Ok ich denke schon." Scheiße, wie konnte ich das nicht sehen? Wie dumm bin ich überhaupt?

„Bist du dir sicher, dass er es ist?", frage ich sie. „Ja ich bin mir sicher. Was sollte sonst Grace bei uns?" „Ok." Meine ich nur. Ich überlege selbst weiter.

„Ich habe hinter dir vorhin ein Fenster gesehen Daria, sieh daraus, konzentriere dich auf das. Es ist schon Stunden dunkel, es wird bald hell werden. Dann geht es dir bald besser." Meint sie aufmunternd. Ich weiß nicht, ob das hilft.

„Und dir. Was ist mit dir?", frage ich sie. Immer noch darauf bedacht, dass uns keiner belauscht. „Mir geht es gut. Ich versuche nur zu warten, bis er kommt. Mein Fuß ist doch sowieso nur ein toter Klumpen mit Schrauben. Also alles gut."

Ich hole Luft, der Gestank hier drinnen ist so ekelhaft „Ok ich versuche es, versuche nicht zu hyperventilieren", meine ich. In Gedanken verfluche ich mich aufs Schärfste nicht auf Marthas Worte am Anfang gehört zu haben und das Messer nicht dabei zu haben. Ich sollte mich auf alles vorbereiten. Scheiße, scheiße und nochmal scheiße. Wie konnte ich nicht daran denken? Es liegt immer noch in diesem Blumentopf.

„Daria ich merke, dass du wieder Panik schiebst. Hör zu er kommt. Ich weiß es. Deine Geige ist auch hier. Ich habe sie vorhin gesehen." Versucht sie mich aufzubauen. Sie meint, er kommt.

„Danke Ada, mach dir keine Sorgen. Ich kann mich zusammenreißen, wenn ich muss. Ich habe es bei deinem Bruder gelernt." Sage ich ihr, eigentlich sollte es nicht so gemein klingen. „Scheiße Daria, es tut mir so leid. Ich weiß, ich habe von euch keine Ahnung, ich habe immer gehofft, in ihm ist doch etwas Gutes, etwas Gutes in unserer Familie", weint nun sie fast.

„Nein, schhhh, Ada, nicht Matheo, ich rede von Phillipe, ok?" Sie nickt. „Ok", meint sie, jetzt schniefen wir beide. Nein, das ist nicht gut.

„Jetzt schlafe, wer weiß, was noch kommt. Ich kenne diese Leute. Wir müssen fit sein. Fit für unser Leben. Weißt du", flüstert sie mir zu. „Ich habe durch dich, den Sinn des Lebens wieder entdeckt. Naja, zumindest langsam. Ich will mit dir Tiere pflegen. Ich will backen. Das gibt mir Hoffnung, wieder die Alte zu werden. In ferner Zukunft. Auch wenn ich nicht rausgehen will oder auch keinen Mann haben will. Aber ich kann mich damit arrangieren, zu leben. Mit dir und den Tieren. Mit Matheo.

Vielleicht kann ich ihn sogar überreden, mich in der Tierarztpraxis hinter der Villa mithelfen zu lassen."

„Ada? Ich weiß nichts von einer Praxis."

Sie zieht scharf die Luft ein „Ups. Ja er will dir eine eigene bauen. Er will das auch du lebst. Er hat es gesagt. Und wenn er etwas sagt, dann hält er sich daran. Ich kenne ihn. Sag ihm ja nicht, dass ich etwas gesagt habe." Auch ihre Sätze klingen immer angestrengter. „Nein werde ich nicht." Bringe ich noch heraus, bis ich wieder einschlafe. Ich spüre, dass etwas nicht stimmt. Mein Rücken schmerzt fürchterlich. An meinem Kopf klebt irgendetwas, ich denke Blut.

Aber solange ich nichts Warmes mehr spüre, wird es passen, zumindest jetzt für den Moment. Ich bin nur froh, dass wir noch leben. Und ich werde versuchen Ada zu glauben, dass er kommt.

Wenn ich darüber nachdenke, dass ich mit Schuld habe an diesem Scheiß. Er hat mich einfach eingetauscht. Ihr ihr ganzes Leben gestohlen. Ihrem Vater alles, was die Mafia ausmacht. Anerkennung, Stolz, Macht. Scheiße, das kann nicht gut ausgehen. Das kann es einfach nicht.

Wird er kommen, oder denken das es womöglich besser sein wird, wenn ich weg vom Fenster wäre? Weg, vom sogenannten Thron. Dann kann sie meinen Platz einnehmen. Sie ist sowieso die, die ihr Leben damit verbracht hat, die perfekte Ehefrau zu sein.

Sie will kein Wir. Sie ist eine Barbie. Ich habe es gesehen. Sie hatte sogar ein rosa Kleid an. Eng. Ausgeschnitten. Langes, blondes Haar. Der perfekte Männertraum. Und dann ich, langes lockiges Haar. Weniger Brust. Ein kleiner Mensch, und noch dazu kommt, ich bin bestimmt schon zu alt, für den Platz als Frau des Dons. Ich weiß noch sein Gesicht, als wir geheiratet haben. Er war erschrocken. Sicherlich deshalb. Meine Gedanken kreisen ständig und immer dann, wenn ich wieder einschlafe, machen auch sie keine Pause. Ich konzentriere mich wieder auf die Atmung auf die Ruhe. Ada atmet gleichmäßig. Das ist gut, denke ich. Ich muss für sie stark sein. Vielleicht können wir eine Flucht überleben, wenn es heller ist und wir einen Plan schmieden können. Andererseits meinte sie, er kommt. Aber darauf werde ich mich nicht verlassen. Ich kann nicht. Ich glaube nicht das er kommen wird. Es ist so viel einfacher für ihn.

Nach einiger Zeit scheint etwas Licht von draußen herein. Adas Umrisse kann ich erkennen, sie lehnt an der Wand auf ihrer Matratze.

Ich schlucke, versuche nicht wieder in Panik zu verfallen, die ganze Nacht habe ich versucht mich abzulenken. An meine Musik zu denken. An meinen Vater habe ich auch gedacht und ich schäme mich immer noch das wir irgendwie zusammengehören. Ich bin hier und muss darauf hoffen von meinem Ehemann gerettet zu werden, der ohne mich besser dran ist, obwohl ich eine Blutsfamilie hätte, die aber genauso froh ist, dass ich weg bin Ich war schon immer sein notwendiges Übel. Selbst mit Leo hat er mir nie geholfen. Er hat mich genauso benutzt wie er. Sofort spricht Leo wieder zu mir, na Kleines da bekommst du endlich das, was du verdienst. Dich kann man für nichts brauchen.

Ich kann einfach keine vernünftigen klaren Gedanken fassen. Ich spüre, wie meine Lippen kalt vor Kälte sind. Ich würde so gerne etwas essen und trinken. Meine Geige kann ich erkennen, am liebsten möchte ich sie nehmen und spielen. Die Welt um mich herum vergessen. Aber wie Ada schon sagte. Wir sollen sie nicht aufbringen. Sie nicht in Versuchung führen, uns etwas anzutun. Ich weiß nicht, sollen wir sie daran hindern, uns langsam umbringen zu wollen, oder sollten sie lieber schnell machen? Was machen sie mit Matheo, wenn sie mit uns fertig sind?

Ich flüstere unauffällig zu ihr hinüber. „Geht's dir gut? Alles noch ok bei dir?" Sie ist so auffällig leise, still und in sich gekehrt. Klar wir sind hier nicht zum Spaß, aber ich kenne sie mittlerweile. „Ja mach dir keinen Kopf, ich wollte das Bein eh noch nie."

„Weißt du was, du bist wie dein Bruder. Sag mir wie es dir geht. Sonst kommen wir beide auch nicht weiter", gebe ich so leise wie möglich von mir.

„Daria ich meine es ernst, ich bin heilfroh das es nicht schlimmer ist, noch nicht. Ich kann auf das blöde Bein verzichten. Es hindert mich am

Leben. Es ist einfach zu schwer. Aber das ist jetzt nicht wichtig. Wichtig ist, was wollen sie von und mit uns?" Es dauert nicht lange und wir hören Schritte. Schwere Schritte. Viele Schritte. Laute Schritte. Hier in dem Raum wirkt jede Veränderung wie ein Zeitsprung. Man hat keine Orientierung, nichts.

Sie kommen immer näher. Sofort verändert sich die Luft bei uns, wir rutschen langsam zusammen. Diese Kreaturen nehmen den Raum ein, ohne hier zu sein. Der Schlüssel dreht sich im Schloss und ich höre, wie wir beide den Atem anhalten. Wer wird gleich zu dieser Tür hineinkommen. Welche Sprache ist das. Mexikanisch, spanisch. Ich habe keinen Schimmer. „Schlampen. Hier euer essen. Es wird gegessen haben wir uns verstanden. Ihr beide habt morgen Abend noch einen Auftrag. Ihr dürft in unserem kleinen Spiel mitspielen. Ihr braucht keine Angst haben ihr seid nicht die Hauptfiguren, noch nicht. Aber ihr werdet machen, was man euch sagt" meint diese grauenhafte Stimme. Laut und schroff. Keiner von uns macht irgendein Geräusch.

„Ruhe. Verdammt. Ihr werdet essen und unseren Gästen eine Show liefern". Spuckt er uns entgegen. Gestikuliert mit den Händen, er wirkt furchtbar aufgeregt.

„Ich will mich nicht wiederholen müssen. Sonst lasse ich meine Jungs mit euch spielen. Du, du dumme Fotze brauchst nicht zu denken dein fehlendes Bein rettet dich. Zum Ficken brauchen wir dein Bein nicht, uns reichen deine Löcher. Habe ich mich klar genug ausgedrückt?" Er erwartet tatsächlich eine Antwort.

Er kommt einen Schritt auf uns zu. Der Andere stellt das Essen auf den Boden. Eine Schüssel und zwei Teller. Zum Glück verschlossene Wasserflaschen. Noch bevor ich meinen Blick abwenden kann, steht er plötzlich vor mir. Der Schatten wirft die Dunkelheit auf mich. „Aber du kleine, du kannst mir heute schon Gesellschaft leisten. Santo hat noch eine Rechnung mit mir offen, er wird es Sicherlich nicht schlimm finden, wenn ich mir schon mal ein Bissen gönne. Sozusagen als Vorabzahlung, bis er mir mit seiner Anwesenheit die Ehre gibt. Weißt du, ich habe wegen ihm sehr viel Geld verloren. Sehr viel." Er zieht den letzten Satz unnötig in die Länge, auch seine Stimme wird immer grauenhafter. Der

Gestank weht mir in die Nase, genauso wie mir Adas scharfes Lufteinziehen um die Ohren weht. Sein Kopf kommt etwas näher, zu nahe. „Und ich sage dir eins, ich lasse mich nicht wieder vorzeitig aus der Show hier abziehen. So wie er es mit mir im Casino gemacht hatte, genau kurz bevor ich die Chance auf den Gewinn hatte". Er wird immer lauter, er ist richtig sauer.

„Der Wichser, hat mich beschuldigt Karten zu zählen, weißt du, das kann er haben", er hebt die Hände, zählt an seinen Fingern ab, sieht mich dabei genau an. Ich schlucke, traue mich nicht hinzusehen.

„Also, zählen wir mal, ihr Beide, Ich, meine Jungs. Wir alle wollen Spaß haben, oder? Ihr beide wollt weiterleben, ich will mich Vergnügen, na kannst du da ein Muster erkennen. Du bist heute meine Herzdame meine Süße!" Schroff reißt er an meinem Haar, zieht mich hoch, ich bemerke, wie Ada versucht aufzustehen, ich sehe es im Augenwinkel. Winke ihr noch mit der Hand ab, das hier ist jetzt meine Sache, wir dürfen ihn nicht unnötig reizen. Er sagte doch er braucht uns noch. Er wird mich jetzt hoffentlich nicht gleich umbringen. Wenn ich richtig rechne. Ich werde stark sein. Ich bin doch jetzt eine Santo, ich muss für Aa stark sein. Ich kann sie nicht den Monstern hier überlassen Ich versuche nicht zu schreien, ich glaube meine Kopfhaut reißt sonst aus, ich darf mich nicht wehren. Mühselig versuche ich zu stehen, aber mir ist schon ganz schwindelig. „Ja sein Bruder hätte mit mir das Casino nach seinem Tod geleitet, ich hätte alles gehabt. Und zu allem Überfluss kommst dann du noch ins Spiel. Er hat meiner Tochter die Chance auf das Eheleben verwehrt. Sie sollte die Frau des Dons sein. Sie alleine. Und wie es der Teufel will, hat es für uns überhaupt keine Hochzeit gegeben, na fällt dir da was auf?" Er hält mich immer noch an meinem Haar, so hoch, dass ich ihm besser ins Gesicht sehen kann. Ich sehe der Wahnsinn spricht aus ihm.

„Kannst du dir vorstellen, wie es ist, wenn deine Gäste bei deiner Hochzeitsfeier sind, die aber dann gar nicht deiner Feier ist. Wenn einfach die Braut und ich entfernt wurden? Na du schlampe, Wieso du?" Spuckt er mir entgegen, giftig, dunkel. Ich weiß nicht, ob er wirklich eine Antwort will. „Ich weiß es nicht. Ich weiß gar nichts. Bitte. Ich wusste zur Hochzeit nicht einmal das ich gar nicht Phillipe heirate." Sage ich ihm, so ruhig ich kann. ich weiß nicht, ob er mich überhaupt wahrnimmt. Er scheint total in seinem Element zu sein. Die Männer hinter ihm stehen einfach da, Ada wird am Boden gehalten. Es ist alles so unwirklich. Und doch todernst.

„Das habe ich mich die letzten Wochen und Monate gefragt und weiß du was? Als ich die Bilder von dir gesehen habe, wurde mir eins ganz schnell klar, Hör gut zu und sieh mich an du dumme Schlampe. Weißt du deine Augen, dein Haar. Ich habe das schon einmal gesehen, also begann ich zu suchen." Er wird immer leiser, schüttelt meinen Kopf mit seiner Hand. Atmet tief ein, seine Augen glänzen wie die eines Irren. Seine Stimme die eines Irren. Mir ist so schlecht, ich zittere überall. „Zu suchen nach der Wahrheit. Du Kleine, erinnerst mich verdammt stark an Kathleen. Na, sagt dir der Name etwas? Eine junge Frau. Sie war zuvor mit meinem Bruder zusammen. Diesem Idioten", ich versuche meinen Kopf zu schütteln, nein der Name sagt mir wirklich nichts. Gar nichts.

Er wiegt meinen Kopf, um mich herum sieht alles nur noch gruseliger aus. Kälte vermischt sich jetzt mit Hitze. Wahrscheinlich wird es gleich wieder zur Panik, aber ich kann sie nicht aufhalten, wie auch.

Seine Stimme wird jetzt wieder lauter, er zieht die Worte in die Länge, sehr Besorgnis erregend. „Eine junge Frau die spielen konnte. Die Konzerte hielt. Bis sie verheiratet wurde. Ihre Musik war in unseren Kreisen sehr bekannt. Das dunkle Mädchen am Klavier. Das welches mit den Fingern über die Tasten glitt." Er lacht, wie geisteskrank, dass er sicherlich auch ist.

„So und nun zu dir." Er hat jetzt meinen Arm in der Hand, drückt fest zu, Ada ruft nein, die Männer schreien unisono „Schnauze!" Ada kann ich nicht mehr erkennen. Ich bin voll auf das ekelhafte Gesicht, des stinkenden Mannes gerichtet.

„Du hast die gleichen Augen und das gleiche Haar. Da kannst du eins und eins zusammenzählen, so dumm kannst nicht einmal du sein. Was sagt uns das. Hä?", er schreit.

„Genau das ich weitersuchen sollte. Und ich habe gesucht. Und etwas gefunden."

„Auch wenn es nicht viel ist. Ich bin weitergekommen. Irgendein Wichser hat mich versucht zu blockieren. Es war ganz und gar nicht einfach. Nein das war es nicht, aber ich bin der Don der Gonzales und ich finde alles und jeden, auch wenn er sich noch so sträubt. Ich habe herausgefunden, dass sie mit ihrem Mann zwei Kinder hatte. Angeblich im Haus verbrannt sein soll. Na, klingelt da was bei dir. Der Soldat, die Frau, die Tochter, alle tot. Nur der Sohn nicht. Wieso siehst du dann so aus, wie sie? Wieso spielst du genau so gut wie sie? Wieso, warst du so lange nicht zusehen? Wieso wurdest du gegen meine Tochter eingetauscht? Na sag es, du Schlampe. Lauter, ich höre nichts."

Ich weiß nicht, von was er spricht. Was er von mir hören will. „Ich weiß von nichts wirklich. Ich war mit Leo verheiratet. Mein Vater, weiß ich nicht, wo der ist. Wirklich. Ich habe ihn seitdem ich geflohen bin, nicht mehr gesehen. Ich kenne meine Mutter nicht. Sie ist gestorben, als ich klein war. Bitte. Ich sage die Wahrheit. Ich bin bei meinem Vater aufgewachsen. Nur unsere Dienstmädchen waren mit uns im Haus. Wirklich."

Wusch, er schlägt mir so fest ins Gesicht, das ich Sterne sehe, sofort schmecke ich Blut. Ich kann kaum stehen, das einzige das mich aufrecht hält, ist das er an meinem Arm zerrt.

Er schreit so laut „Nein, da täuscht du dich. Ich sehe sie vor mir. Sie hat gespielt, jeder wollte sie haben. Sie war noch zu jung. Aber ich glaube sie wäre gut zu ficken gewesen. Mein Bruder tat es bestimmt. Knackig, genau wie du. Weißt du was, das eine schließt das andere nicht aus." Er lacht wieder, die Männer hinter ihm genau so, Ada weint und ich weiß nicht, was ich tun soll.

„Wir werden warten, bis Santo kommt. Dann werde ich dich vor ihm ficken. Na, gefällt dir das. Ich ficke dich solange, bis dir Hören und Sehen vergeht. Ja man kann nicht alles haben, ich hätte gerne eine Jungfrau, aber du wirst derweil reichen. Das Gefühl, wenn Matheo zusieht und sieht, wie es ist, wenn einem etwas gestohlen wird. Es wird fast genauso gut sein. Eine kleine Entschädigung für mich. Und dann darf er die Erde von unten sehen. Er war lange genug am Leben. Dann meine hübsche. Dann werde ich dich nochmals ficken und dich vor den Altar stellen." Er sieht sich um, sieht seine Männer an, lacht weiter.

„Wir beide werden dann heiraten. Ich wollte schon immer eine dunkelhaarige Frau. Und wenn wir ehrlich sind. Deine Titten sind nicht schlecht. Du kann dann auch für meine Männer spielen und sie werden mir dir spielen. Ich teile da gerne, weißt du. Anfangen werden wir damit, dass ich dich meinen Gästen und meinen Männern vorstelle. Die junge Geigenspielerin, leistet ihrem Zukünftigen den Dienst beim Roulette." Er schnüffelt an ihrem Haar. Reibt seinen Penis an meinem Körper, ekelhaft und krank.

„Naja", er schreit. „Also du wirst morgen noch für mich etwas erledigen. Etwas das du gut machen wirst. Ansonsten werden wir der netten Ada den Kopf abschneiden, verstehst du? Sie hat schon ein Bein weniger, da kann sie auch gut auf den Kopf verzichten. Ja, wer weiß, vielleicht will sie einer meiner Männer zuvor noch ficken.

Jemanden, dem das egal ist. Der Arsch wird schon gehen." Er sieht uns beide an, grinst so ekelhaft. Der Dreck steht ihm im Gesicht. Die Männer hinter ihm nicken. Der Raum wirkt immer kleiner, gruseliger.

Er wird wieder leise „Und dann, warten wir gemeinsam auf Santo, das wird ein Fest, ich freue mich darauf." Ich habe so Angst, ich sage es ihm noch einmal.

„Wirklich, bitte, ich weiß von nichts. Er wird nicht kommen. Er liebt mich nicht. Er braucht mich nicht. Glauben sie mir!" ich flehe regelrecht. „Ach rede keinen Blödsinn. Weißt du ich bin mir noch nicht ganz sicher, aber ich glaube du bist nicht die die du vorgibst. Du bist nicht die Tochter von Francesco. Du bist sicherlich die Tochter von Riccardo und Kathleen. Woher ich das weiß? Weil Ricardo, der Kontakt einer meiner Männer war, und plötzlich verschwand. Genauso wie sie. Ja, er war der Anwärter für den Consigliere Titel bei DiDio, aber das ist lange her. Der Schwachkopf hat alle meine Frauen, aus den Zellen gelassen. Weißt du, wie viel Geld mir dabei durch die Lappen ging? Wahrscheinlich hat DiDio ihn daraufhin umgelegt. Es muss so gewesen sein und ich vermute er hat statt die Ramirez Tochter, die Sanchez Tochter umgebracht. Das ergeben zumindest meine Nachforschungen. Du kleines muss die Ramirez sein." Er schubst mich zurück zur Matratze.

„Egal, so oder so werden meine Männer sich freuen, wenn ich eine neue Frau an meiner Seite habe, und zwar die Frau des Dons von New York. Und natürlich die von DiDio, auch wenn er jetzt tot ist." Er reibt sich in die Hände wie ein irrer, gestikuliert weiter. „Sie werden mich feiern. Das kannst du glauben und zusammen mit dem, was du morgen für mich machst, werde ich an Macht, Reichtum, Geld und Männern gewinnen. Ja, ich habe schon den alten Santo umgebracht. Er wollte damals, dass ich die dumme Fotze von Matheo umbringe und dann hat er nicht gezahlt. Es geschah ihm nur recht. Merkst du, die ganze Familie hat mich reingelegt." Er wird wieder leiser, Ada schüttelt den Kopf.

Der Gruselige hinter ihm zündet sich aus Langeweile eine Zigarette an. „Ich freue mich schon auf unsere Hochzeitsnacht, meine Liebe. Hmmm, ich werde deine kleine Pussy lecken und stopfen, dass du nicht mehr gehen kannst. Jetzt wisch dir das verdammte Blut aus dem Gesicht. Ich komme nachher wieder. Bis dahin kannst du dir überlegen, wie kooperativ du sein wirst."

Er dreht sich um, spuckt noch auf Ada und geht.

Ich bleibe zurück, zu keinem klaren Gedanken fähig. Ein Auf, ein Ab. Was meint er da?

Ich wurde ausgetauscht? Meine Eltern verschwanden. Mein Vater soll Ricardo Ramirez sein und DiDio ein Haufen Geld gekostet haben. Sanchez soll den Deal, mit der arrangierten Ehe nicht mehr halten können. Die, für seine eigene Tochter, warum, weil sie umgebracht wurde, also brauchte er Ersatz. Da sollte ich dann ins Spiel gekommen sein. Sira wurde zu Daria. Das würde bedeuten, ich bin Sira. Ich weiß nicht, ob eine Welt für mich zusammenbricht, was ist schlimmer. Zu wissen, wer man ist, und man wünschte sich immer alles anders oder nicht mehr zu wissen, wer man ist, wenn es vorher schlimmer nicht kommen hätte können. Er will mir allen Ernstes sagen, dass ich eine Frau bin, die es gar nicht gibt. Die es nicht geben hätte sollen.

Aber wenn es stimmt, hätte er den Deal einhalten könnten, wird Don in seinem Bereich. Bekommt das Geld, die Macht und wäre kein Lügner.

Also hate Phil, den Deal mit Gonzales, zum Platzen gebracht, um mich zu heiraten und Gonzales verlor sein Gesicht. Aber warum dann ich, dass Leo geschädigt wird? Nur wegen seiner Schulden. Was verbirgt sich dahinter. Warum soll ich so wichtig sein. Wieso hat Matheo mich genommen und nicht Grace, wenn er doch wusste, dass sie die Braut sein sollte. War Matheo denn so enttäuscht, dass ich nicht Grace war. Wusste er es?

Was, zum Teufel, soll da los sein? Ich kann vor lauter Kopfkino nicht mehr denken. Der Schock ist einfach in meinen Knochen. Ich muss mich ablenken.

„Ada alles gut bei dir" flüstere ich, während ich in der Ecke kauere. Ich traue mich nicht zu denken oder mich zu bewegen.

„Ja passt alles so weit, scheiße was war das", meint sie, auch sie flüstert. Ich höre ihre zitternde Stimme dennoch.

„Weißt du, was er vorhat. Was hier los ist?" Flüstere ich zu ihr. Sie stöhnt und weint.

„Daria hör zu, ich habe etwas von einem Gespräch mit Matheo und Nero mitbekommen. Nero meinte, er habe dich schon einmal gesehen und er stellt Nachforschungen an. Ich habe nichts davon verstanden." Sie schüttelt den Kopf, wirkt seltsam hilflos. Ich kann sie gerade nicht einordnen. Mist ich kann gar nichts einordnen. Sie flüstert fast „Ich glaube er weiß auch noch nichts Genaues. Aber scheiße, es tut mir leid. Es deckt sich so in etwa mit dem, was ich gehört habe. Daria, bleib ruhig." Ihre Stimme gleicht dem eines Engels. Sie kriecht näher an mich heran. Ich komme ihr entgegen. Wir halten uns Arm in Arm. Meine neue Schwester. Ja, Ada ist meine Herzensschwester.

„Bitte weine nicht Daria. Hör zu. Ich glaube er hat nicht ganz unrecht. Ich habe Bilder von einer Frau am Klavier gesehen. Mein Vater hatte sie vor langer Zeit. Sie hatte wirklich deine Augen. Ich konnte sie bis jetzt nur nicht zuordnen. Jetzt wo ich das gehört habe, bin ich mir fast sicher, dass ihr wirklich Ähnlichkeit habt. Sie hatte hochgesteckte Haare und deine Augen. Verblüffend. Es wurde am Klavier aufgenommen und irgendwo auf einer Bühne. Eine sehr junge frau. Meinst du es kann was dran sein das du Kathleens Tochter bist?"

„Er sagte sie hatte zwei Kinder. Hast du überhaupt Geschwister?" Will sie wissen. Ihre Stimme klingt sehr vorsichtig. „Nein nur dich." Sage ich ihr, allein die Frage ist so seltsam. Sollte man nicht wissen wie viele Familienmitglieder man hat? Sollte man nicht zumindest ein Zusammengehörigkeitsgefühl haben? Ich habe immer nur das Gefühl eines fehlenden Zusammengehörigkeitsgefühls gehabt. Ist das vielleicht auch der springende Punkt. Ich sehne mich immer nach einer Familie. Weil meine das pure Grauen war. Zumindest dachte ich das, vielleicht suche ich, weil es eine Familie für mich gibt, abgesehen von meiner neuen Schwester und meinem Mann. Meinem Mann den ich nicht einordnen kann. Für den ich vielleicht etwas oder nichts bin. Die Gedanken behalte ich für mich. Mein Kopf dröhnt sowieso und meine Kopfhaut fühlt sich abgelöst an. Ich habe solche Schmerzen und eine Übelkeit, die mich schwächt. „Ok dann überleg mal. Kommt dir irgendwas in den Sinn." Ihre Sachlichkeit kommt wieder verblüffend zum Vorschein, wie ihr Bruder.

Ich denke nach, beginne „Nein Ada das einzige, das mir in den Sinn kommt, ist immer wieder dieser dunkle Raum, dieses Blut, der Gestank und das Gestöhne. Diese Albträume. Meinst du, er könnte recht haben, was dann? Himmel, ja was dann. Ich habe keinen Schimmer. Meinst du die Albträume sind aus echten Geschehnissen entstanden? Kennst du Flashbacks, es kann so etwas sein, oder?"

„Ich weiß es nicht Daria, ich weiß nur wir kommen so nicht weiter, es ändert an unserer Situation jetzt nichts, schlafe du siehst nicht gut aus, deine Stimme ist schwach. Schlafe du musst dich ausruhen." Sie streicht mir über den Arm, sie hat recht. Wir müssen unsere Kräfte sparen." Ich habe Angst, eine Scheißangst.

Ich vermisse den Geruch von Whiskey und der Zigarette, die er nie zugibt. Vermisse den warmen Körper und diesen sexy kratzigen Bart.

„Wir müssen etwas ausruhen. Komm lege dich hin, wir müssen zusammenbleiben. Erst schläfst du ein bisschen, dann ich. Matheo meint man soll in solchen Situationen die Augen offenhalten. Machen wir, was ich von ihm gelernt habe. Ich wecke dich in einer Stunde. Meine Uhr geht noch. Bitte. Schlaf etwas." Sie nickt mir so mütterlich zu, obwohl ich die Ältere bin.

Ich nicke, was sollte ich sonst auch tun.

Als ich meine Augen ein weiteres Mal öffne, weiß ich immer noch nicht wie viel Zeit vergangen ist. Mir ist kalt. Mein Hals ist trocken. Ich habe mir zum tausendsten Mal den Kopf darüber zerbrochen von was der Verrückte überhaupt gesprochen hat.

Plötzlich fühlt sich mein Kleid, wie eine zweite Haut an. Ich mich nackt, das Kleid zu eng und an den falschen Stellen zu freizügig. Obwohl es geschlossen ist. Jetzt, da etwas mehr Licht in dem Raum ist, sehe ich wie es aussieht. Es ist von Schmutz überzogen. Gut, das hätte mir der Geruch auch schon gesagt. Ich kann schemenhaft alte Trinkbecher, Haare und Papiertücher erkennen. Wie viele Frauen waren schon hier? Wie oft? Auch die dumme Toilette kann ich jetzt entdecken. Der Lichtstrahl des Morgens, lässt es zu.

Ada flüstert bereits irgendwelche unzusammenhängenden Sätze. „Ada, was ist los mit dir. Geht's dir wieder schlechter?" Ich frage sie einfach, ich vermute sie betet wie so oft die letzten Stunden. Ich weiß nur nicht, wohin ich beten sollte.

Sollte ich beten das ich gesehen werde, soft wie ich es mein ganzes Leben bereits gebetet habe. Weiter hoffen das Gebete uns helfen werden. Ich kann die Frage nicht beantworten.

Umso mehr ich diese Toilette ansehe umso dringender muss ich, auch wenn ich weiß, dass dieser blinkende Punkt uns beobachtet. Ich krieche fast hinüber. Das Gehen und Stehen fällt mir schwer, er hat mich doch härter getroffen, als ich angenommen hatte. Wir bräuchten langsam auch schon

Wasser. Bestimmt werden wir lange darauf warten können. Was wird es sie interessieren. Scheiße das tut so gut, ob wohl ich weiß, dass sie mich sehen.

Ich helfe Ada auch noch schnell. Ich ziehe sie zum WC, der einzige Luxus in dem Bunker. Mein Körper hilft ihr sich abzustützen. Diese Dreckschweine, oder Sporco maiale, wie Matheo sagen würde. Meine arme Ada, sie tut mir so leid. Gut, das Bein kann man nachmachen lassen, aber umso mehr ich sie sehe, umso mehr weiß ich das wir hier mit hoher Wahrscheinlichkeit kaum lebend herauskommen. Und wenn wir es schaffen, dann weiß ich nicht, ob wir es uns wünschen würden, uns wünschen, dass wir es nicht geschafft hätten.

Sie bedankt sich und versucht uns etwas aufzumuntern, sie erzählt von Matheo.

Ich weiß nicht wirklich, was ich davon halten soll. Ich meine, was ich von ihm halten soll. Ich kenne ihn zu wenig. Ich bin seine Frau und das auf Lebenszeit egal wie kurz. Er hat wirklich liebenswerte Sachen zu mir gesagt. Ich denke auch ich vertraue ihm, aber die Situation hat sich geändert. Es ist jetzt alles anders. Wir hatten nicht einmal die Zeit zusammen zu wachsen. Ich meine von Liebe wird nie die Rede sein, in unserer Welt ist sie nicht erlaubt. Wie er schon sagte. Sie macht uns schwach. Ihn weil er das Gespött der Männer sein würde. Mich weil ich dann das dumme Frauchen wäre.

Die die sich nachts danach sehnt, in seinem Arm zu liegen. Die wäre, die täglich Angst hätte, wenn er das Haus verlässt. Ihm glauben würde das er mich liebt. Glauben würde, dass es ein märchenhaftes Leben werden würde. Möglicherweise auch der Glaube an das Gute, das mich dann beeinflussen würde, der Glaube an das Schicksal. Das welches uns zusammengeführt hat. Himmel ich bin doch jetzt schon verloren. Ich wünschte ich würde in seinen Armen liegen. Warm und beschützt.

Ich wünschte ich würde mit ihm wieder am See sein, sein wahres Ich sehen. Wünschte ich würde wieder den Matheo sehen der mir meine Tiere gebracht hat. Der der mich ansieht, als wäre ich sein Mittelpunkt. Der, der mir diese Kette geschenkt hat. Mittlerweile laufen mir die Tränen wieder, wie ein Wasserfall über das Gesicht. Ich blicke zu Ada und sie grinst. Ich denke ich bin im falschen Film. „Was ist los mit dir. Wieso grinst du mich so an" ich schniefe und wische mir die Tränen weg.

„Ich? Ich grinse, weil ich weiß, woran du denkst. Ich weiß du denkst an ihn. Ich grinse, weil ich weiß, dass ich es gewusst habe, du liebst ihn. Du bist die, die ihn als Einzige richtig kennt, als Einzige versteht. Du bist die, die ihn stärker macht. Ich finde, Gefühle, ein Herz und das Leben machen einen stark und zusammen seid ihr die Stärksten die ich kenne. Daria, du bist hier mit mir und suchst nach Lösungen. Du bist nicht schwach, du bist das Jing zu seinem Jang. Und jetzt sag mir nur nicht, dass ich falsch liege. Bitte beurteile ihn nicht, nur nach seinen schlechten Eigenschaften. Bitte tu dir den Gefallen", ich fasse nicht das sie jetzt diese Karte ausspielt.

Ich schüttle den Kopf. „Nein scheiße, ja ich meine du hast recht, ich bin mir sicher ich liebe ihn, ich will es nicht, aber es ist so. Ich will seine Partnerin sein und kein Bauer auf einem Spielbrett. Verstehst du. So-lange sich das nicht ändert, kann ich nicht bleiben und ich weiß nicht, wie lange ich bleiben werde. Ich wollte schon immer frei sein. Ich will auch das Mafialeben nicht. Aber das ist jetzt egal. Wir beide müssen erst einmal hier raus. Komme, was wolle. Wir sind Santos, wir werden das schaffen, oder?" sage ich ihr.

Jetzt ist es raus, dann ist es wohl die Wahrheit. Ich liebe ihn. Ich kann es nicht ändern, ich kann es nicht abstellen. Es geht einfach nicht, auch wenn es einfacher wäre. Ich sitze hier in der schlimmsten Situation in meinem Leben und denke an ihn, will in seiner Nähe sein. Bei dem der mich genommen hat, ohne, dass ich die Chance hatte ihn zu finden oder gefunden zu werden. Nein, es war ein Wink des Schicksals, ja vielleicht sollte man es so nennen, das Schicksal hat uns ausgewählt. Ich hätte mir wenigstens die Zeit nehmen sollen, um herauszufinden wieso wir.

Die Tür geht auf, wir haben überhaupt keine Zeit damit zurecht zu kom-men. Wir haben sie nicht kommen hören. Sie sprechen wieder spanisch. Sie ziehen uns an den armen hoch und Ada wird in ihren Rollstuhl ver-frachtet. Scheiße wir geben keinen mucks von uns, der hagere, dünne Ekelmann schnappt sich meine Geige.

Ich bin fast soweit, ihn anzuschreien, doch mein Instinkt meldet sich, diesmal scheinbar zur richtigen Zeit. Gott. Ich hoffe es gibt Hoffnung. Ada stöhnt vor Schmerz. „Schnauze du Fotze. Schreit er sie an, der andere reißt an meinem Arm.

„Los schneller wir haben nicht den ganzen Tag Zeit."

„Was wollt ihr. Aua" bringe ich hervor, meine Stimme klingt flehend. Ja das beschreibt es am besten. „Ihr habt nichts zu melden.

Ihr kommt mit. Der Boss will euch heute Nachmittag fertig sehen." Scheiße sie meinen es ernst. Ich hoffe Matheo kommt und ich hoffe er kommt nicht, sonst gerät er in Gefahr. Er will ihn tot sehen. Ich lasse mich mitschleifen, auf dem kalten Boden. Ohne Schuhe, jeder Schritt brennt und mit jedem Schritt spüre ich Schmerzen im Kopf.

Der Gang scheint endlos. Ich versuche es wirklich auszublenden, doch es gelingt mir kaum. Er zieht mich die Treppen hoch, während die anderen Ada im Rollstuhl zu zweit hochtragen. Auch sie versucht so ruhig wie möglich zu sein. Sie weiß das sie gestörte Irre sind. Solche von der Sorte für die Frauen nichts wert sind.

„Ach Kleines, was denkst du würde dein Bruder sagen, wenn ich dir deine kleine Möse lecke und meinen Schwanz in deinem Arsch vergrabe. Na, das würde dir doch gefallen? Von mir aus, brauchst du kein Bein." Er lacht, wie der Kranke, der er ist. Er sagte es einfach so, während wir weggebracht werden.

Sie ist totenstill. Wie ich.

So kenne ich sie nicht. Ich habe Mühe nicht zu stolpern. Wir werden irgendwo im Untergeschoss sein, das erklärt das kleine Fenster.

Was zum Teufel haben die Schweine vor. Wir kommen vor einer relativ normalen Tür an. Er schubst mich mit voller Wucht hinein, dass ich falle und mir mein Kinn anschlage. Scheiße das schmerzt weiter bis in den Kopf. Ich stöhne vor Schmerzen. Meine Zähne klappern. „Hey Alter pass auf, er braucht sie noch." Schreit ihn der größere an. Auch sein Akzent ist stark aber nicht einzuordnen.

Er lacht. „Ach halt´s Maul. Für ihren Arsch braucht auch sie das Gesicht nicht." Seine Worte gemischt mit seinem Ton, lehrt einem wirklich das Schauern.

„Nein Mann, sie ist die Spielerin. Gonzales wird dir den Kopf abreißen." Brüllt er ihn weiter an. Er scheint richtig sauer zu sein. Ada kommt neben mit zum Stehen und versucht mir aufzuhelfen. Dann schreit der dumme ekelhafte wieder.

„Schnauze. Ihr macht euch fertig. Ihr habt zwei Stunden Zeit. Wenn wir wieder kommen, seid ihr besser geduscht und angezogen und ihr schaut verdammt nochmal normal aus. Du, du dumme Fotze legst dir die Decke über dein Bein. Das will keiner sehen und du kleine Fotze" er dreht sich zu mir, zeigt mit dem Finger auf mich, kommt näher, noch bedrohlicher als vorher. „Du wirst verdammt noch mal spielen. Und das so das sich keiner beschwert. Macht eine von euch einen Fehler, bezahlt die andere. Sofort, ohne Vorwarnung. Habt ihr mich verstanden?" Er blickt uns alle an, sogar seinen Kumpel.

„Und wenn ihr nicht wollt, dass wir euch im Anschluss verkaufen oder dem Gewinner schenken, dann macht ihr das, was euch gesagt wird. Santo hat genug Feinde, die sich gerne über euch hermachen. Glaubt mir, ich würde einen hohen Preis dafür bekommen."

Er knallt die Tür zu und verschließt sie. Wir sind beide so perplex. Geschockt. So verwirrt, dass wir die edlen Kleider auf dem Bett nicht gleich entdecken. Auch das Zimmer bemerken wir erst etwas später. Es sieht so normal aus, lässt man die Gitter vor dem Fenster weg und uns als Inhalt. Fast könnte man denken wir sind hier in einem Hotelzimmer. Nach ein paar Minuten machen wir uns so schnell es geht fertig. Ich helfe Ada beim Duschen. Wir wollen nicht schön für die Wichser aussehen, nein wir wollen uns besser fühlen. Besonders ich, ich würde mir gerne den Mund mit Desinfektionsmittel reinigen. Fertig geduscht werden die Haare geföhnt. Ich sehe sie haben uns Essen hingestellt. Mir ist richtig schlecht. Ob es vom nicht essen kommt oder von den Umständen, kann ich nicht sagen. Die letzten Wochen habe ich durch den ganzen Stress so wenig wie noch nie gegessen. Ich kann trotzdem nichts von dem Essen nehmen.

Doch ohne lange zu überlegen, nehme ich die kleine Gabel und stecke sie zwischen meine Brüste. Ich hoffe bei Gott, dass das funktioniert. Ich stecke sie so hinein, dass sie vom Kleid und dem wirklich dünnen BH gehalten wird. Es schmerzt jetzt schon. In der Sekunde springt die Tür auf, ok also jetzt ist es wirklich zu spät, um die Gabel wieder herauszuziehen. Gut jetzt muss ich ein Pokerface auflegen, dass meines Lebens, denn wenn er die Gabel sucht, dann komme ich aus dieser Sache nicht mehr heraus.

Ich kann seinen Anweisungen fast nicht folgen. Unsere Kleider sind zwar angezogen doch ich sehe, dass auch Ada sich entblößt fühlt. Sie hat zumindest ein sehr langes Undurchsichtiges. Meines ist genau so, dass die Brustwarzen durch den durchsichtigen BH und dem durchsichtigen Oberteil durchscheinen. Es gibt Kleider, die die Brustwarzen nicht bedecken, das fasse ich nicht. Der Rest des Oberteiles ist aus Leder. Striemen als Träger verzieren das Oberteil. Mit Perlen. Ich kann es ziehen, wie ich will. Diese sechs Bänder, helfen nichts und sind am Rücken zusammengebunden. Scheiße.

„Nein ihr Schlampen, so nicht. Benutzt die Kosmetik Produkte. Mehr ist mehr. Schminke. Lippenstift. Es ist eine Party da oben." Er zeigt mit dem Finger hoch. Lacht. „Sie wollen sehen welche Münder sie stopfen wollen. Aber Pronto. Los zack, zack."

Mir kommt plötzlich alles in den Sinn, alles prasselt in mein Gehirn ein, was ist mit Ada, wer ist alles da, haben sie einen Detektor wie am Flughafen? Wird die Gabel herausfallen? Scheiße ich hätte das nicht tun sollen.

Sie werden sie bestimmt finden.

Ich zittere bereits am ganzen Leib, versuche mir es nicht ansehen zu lassen. Und das ist verdammt schwer. Wie oft habe ich an Matheo gedacht. An unsere erste Nacht. Als ich dachte, er will mich abstechen. Ich denke, wie seltsam er handelte, vor allem bei unserer Hochzeit. Sein Gesicht, an was hatte er gedacht. Ich schminke Ada etwas, mache meine Lippen und schon zerrt er wieder an mir.

Gonzales steht plötzlich da.

Sogar er stinkt weniger als gestern. Er ist in teurer Kleidung und zeigt sich so arrogant wie beim letzten Mal.

Die Aufpasser springen zur Seite, machen ihm Platz. Seine Gestallt nimmt den kompletten Raum ein, es ist anders als bei Matheo. Er steht hier und man spürt seine tote Seele. Sie droht einen in den Bann zu ziehen, du weißt genau, wenn er fertig ist bis du durch sie erstickt. Er klatscht in die Hände, nickt anerkennend. Gott, so etwas von ekelhaft und doch stehe ich hier und hoffe ihm gefällt, was er sieht.

Keiner von uns weiß was sein wird, wenn es ihm nicht passt. „Du spielst heute. Ich erkläre dir jetzt einmal die Regeln. Einmal und wenn du nicht spurst, siehst du zu, wie sie gefickt wird und dann stirbt, oder andersherum, das ist mir egal. Danach wirst du so lange gefickt bis auch du stirbst. Verstanden?" Er ist mir so nahe, sieht mich so eindringlich an, ich glaube die Veranstaltung ist ihm wichtig. So richtig. Mein Verstand versucht noch zu verarbeiten, was er gesagt hat. Was ist das für ein Monster, ich begreife es einfach nicht, seine Augenbrauen schellen hoch, er wartet auf eine Antwort. Schnell nicke ich, was sollte ich sonst tun. Von Ada ist kein Wort oder etwas zu hören, genauso wenig wie von allen anderen in diesem Raum.

„Ja" sage ich leise. Ich muss das durchziehen, solange wie es geht muss ich machen, was er von mir verlangt. Ich denke an die Kette von Matheo, sie gibt mir irgendwie halt, ich weiß nicht warum. Sie ist von ihm, er muss sie selbst ausgesucht haben. Er geht einen Schritt weiter zurück, die Männer hinter ihm schließen die Tür, der Raum kommt mir immer enger vor. Doch was sollten wir machen.

Seine Augen werden groß, es scheint, als würde er sich freuen. Dann übernimmt die Stimme des Teufels seinen Mund:

„Also du bist heute unser bestes Blatt. Unser Jocker. Wir spielen Roulette. Es sind so viele hochrangige Menschen hier. Viele Dons. Staatsanwälte, Gouverneure und so weiter. Also merk dir eins. Du bist niemanden wichtig. Einzig und allein dein Name ist es. Gut, dass ich dich gefunden habe. Wer du bist, interessiert hier niemanden nur ein kleines bisschen!" Er lacht, fährt dann weiter fort „So, jetzt, wo wir das geklärt haben, du spielst. Du übernimmst die Aufgabe der Lampe, du bist unsere Lampe in meinem Roulette. Ich habe verschiedenen Stücke, die du spielen wirst, vorbereitet. Sie sind alle unterschiedlich lang." Er zeigt mit dem Finger auf mich, seine Augen spiegeln den Wahnsinn wider. Ich kann ihm noch nicht wirklich folgen. Ada hingegen höre ich scharf die Luft einziehen, sie hält sich die Hand vor den Mund.

„Du spielst. Ist das Stück aus, schießen die Männer dem Mann vor ihnen in den Kopf. So wie Roulette eben ist. Also solange du spielst, drückt keiner ab. Spielst du nicht, drücken sie. Und das Schöne daran, es ist immer gut beleuchtet! Nun, das heißt im Umkehrschluss. Hörst du einfach auf, schießen sie auch. Und Ada stirbt gleich danach." Er blickt uns beide an, wartet gar nicht erst auf eine Reaktion von uns.

„Die Männer werden es tun. Glaube mir. Es sind alles Männer, die bezahlt werden, das Spiel zu spielen. Naja, freiwillig oder nicht, tut nichts zur Sache. Es sind massenweise Gelder geflossen. Ich bin bekannt für meine Partys. Und dies ist die Party stellvertretend dafür, wie ich die Macht wieder bekomme. Spätestens dann, wenn ich verkünde, dass das ich die Frau des Dons heiraten werde. Ich werde dich heiraten, nachdem er tot ist. So einfach ist das. Verstehst du? Sie werden mich feiern. Und zur Feier des Tages, spielen wir das Spiel. Gonzales Roulette. Ich wandle es einfach etwas ab. Du spielst doch so schön oder, dann kannst du heute zeigen, was du kannst." „Nein" platze ich heraus, so schnell konnte ich nicht einmal denken. *Wumm*, schon hat er mir eine verpasst. Mein Gesicht brennt. Ich spüre das Blut in meinem Mund. Höre, das Rauschen und Klingeln in meinem Ohr, und kann nimmer noch nicht fassen, was er hier von mir verlangt. Er zieht an meinem Arm und schleift mich mit. Ich fühle mich, als stünde ich neben mir und würde dem ganzen hier zusehen. Geschwollenes Gesicht, in mitten, der verschmierte Lippenstift, und gekleidet in einem Kleid für ein Bordell. Mein Blick zu Ada zeigt mir, sie ist genauso geschockt wie ich, sie schieben sie Gonzales und mir nach.

Er fängt wieder an „Ich will keinen Mucks von euch beiden Fotzen hören, verstanden. Sonst überlege ich mir es vielleicht noch anders und lasse die Männer gleich noch mit euch spielen. Sie sind gut angetrunken sie würden alles mit euch machen."

Er stampft weiter, seine Schuhe sind es die am Boden klackern, meine Tragen mich, denn sie übernehmen scheinbar die Führung meines Körpers, doch mein Verstand steckt fest.

Wir kommen in eine Art Casino. Es sieht hier alles edel in Rot-gold aus, Bilder an der Wand. Spiegelnder Boden. In den Ecken, kleine Sofas, abwischbar. Oh ekelig. Keine Fenster. Trotzdem gut beleuchtet. Mein Blick ist so konfus. Ich kann nichts fokussieren. Der Ekel zerrt an mir und ich habe Angst zu stolpern die Schuhe sind so hoch und der Absatz so dünn. Auch dieses schwarze Kleid ist wie ein Gefängnis. Ich werde in die Mitte eines aufgemalten

Kreises gesetzt und der Fette, der mittlerweile einen Anzug trägt, drückt mir meine Violine in die Hand. Der Notenständer steht davor und die Blätter darin lachen mich aus. Wie gerne hätte ich gespielt. Wie gerne hätte ich so einen Notenständer gehabt. Doch jetzt wünschte ich, ich könnte den Idioten umbringen. Gott was ich bin für ein Mensch. Matheo würde lachen. Ich höre Leo in meinen Gedanken. „Du dummes Stück, du brauchst gar nicht zu denken das du nur ein Fitzelchen an Chance hast." Ich muss die Gedanken abschütteln. Ada wird gegenüber von mir neben dem Podest platziert. Scheint wie eine Kanzel. Von hier aus wird er das kranke Spiel spielen wollen.

Ich kann immer noch nicht verarbeiten was ich gleich im Begriff bin zu machen. Ada weint. Ich sehe, wie sie abschließt. Sie weiß, dass uns das, wenn nicht körperlich, dann von innen Töten wird. Langsam und qualvoll. Sie weiß was kommt, wenn ich nicht spiele.

Ich wage einen Blick auf den aufgemalten Kreis. Es sind Kreuze darauf platziert. Da wo die Männer stehen sollen. Was werden das für

Menschen sein, werden sie jung oder alt sein, Familie haben oder nicht? Väter sein? Nein, nein, nein, ich schreie, es ist zu viel. Gleichzeitig werde ich an den Haaren nach hinten gerissen, den Blick auf Ada gelenkt. Gonzales geht auf sie zu, ich versuche den Kopf zu schütteln.

„Nimm bitte mich, nicht sie. Bitte." Platzt es flehend aus mir heraus, meine Stimme scheint nicht mehr die Meine zu sein. Die Luft hier drinnen wirkt so eng, alles wirkt so aussichtslos, nein es ist so ausweglos. Er dreht sich um, sein Gesicht spiegelt seinen Wahnsinn und seine unfassbare Wut wider.

„Soooo?"

Er kommt auf mich zu. Sieht mir in die Augen. Ich kann nicht einen Funken Menschlichkeit in diesem Gesicht erkennen. Er steht vor mir, während der andere mein Haar nach hinten reißt das ich zu ihm aufsehen kann. „Das ist deine letzte Warnung. Fotze. Verstehst du."

Er fasst unter mein Kleid. Ich presse die Beine zusammen, er drückt sie fast wie aus dem nichts auseinander.

Steckt seinen ekligen Finger hinein.

Am liebsten würde ich ihn abstechen. Ich zwinge mich mein Pokerface durchzuhalten. So wie bei Leo, wie bei Phil. Er drückt so fest hinein. Es schmerzt. In meinen Kopf spielt sich ab, wie ich ihm den Violinenstab über seinen Kopf ziehe, es würde nichts helfen. Ich stöhne vor Schmerz und sehe seinen Penis, der sich aus der Hose erhebt.

Er muss vor seinen Männern, als Starker dastehen. Daria wieso, frage ich mich. Gott, er ist so krank.

Das alles hier ist so krank. Ich denke wieder an die Gabel.

Hoffentlich behält er seine Hände da unten. Ich habe das Gefühl ich reiße auf. Tränen schießen in meine Augen. Ich versuche weiter, dass man nichts davon merkt. Ich will ihn nicht gewinnen lassen. Er ist genau so krank wie Leo oder Phil.

Die ersten Gäste kommen. Ihre Schritte und ihre Stimmen, hallen in meiner Demütigung nur noch mehr nach. Adas Augen sind aufgerissen. Sie hält sich die Hand an den Mund. Man sieht ihr an das sie die Szenen kennt. Sie hat alles selbst erlebt. Die Frauen sammeln sich bereits auf den Sofas, keine hat mehr als ein Höschen an, sie wirken auch nicht begeistert, sie sind sicherlich gegen ihren Willen hier. Wir alle sind hier und können nichts dagegen machen. Gegen ihre Wunden, die der Frauen und Ada, sind meine Kopfwunden und Striemen an den Armen nichts. Die einen haben keine Freiheit, werden vergewaltigt. Und Ada, sie hat kein Bein mehr. Das ist immer das, das, was mir in den Kopf kommt. Wir müssen das schaffen.

Ich höre sie bereits immer Näherkommen. Er hört sie auch und grinst. Leckt sich seine Hand ab. Gibt mir einen Klaps ins Gesicht. Nicht zu fest. Und lacht dabei. Eine Art Liebkosung. So meine Liebe du wirst brav sein haben wir uns verstanden. „Ja" ich nicke. Der andere richtet seine Waffe auf Ada. Was soll ich sonst tun. Ich weiß ich habe nichts. Selbst die Gäste und Soldaten grinsen, lachen.

Freuen sich darauf heute ihr Geld loszuwerden und einiges an leben Ich muss es machen. Ich kann meine Schwester nicht umbringen lassen.

Er begrüßt die Gäste, die sich mittlerweile alle vor mir im Kreis aufstellen. Ich blicke genau auf ihre Gesichter. Links von mir Ada neben dem Podest. Rechts nichts. Nur kahle Wand. Und hinter mir zeigt sich alles auf Leinwand. Gott wie krank ist das. Scheint, als wäre dahinter eine Tür. Aber ich kann nichts erkennen. Er sieht mich bereits warnend an. Die Stimmen, um mich herum werden leiser.

Es ist, als würde sich mein Geist vom hier und jetzt lösen. Auf Automatik umschalten. Bereit das zu tun was getan werden muss. Ich weiß es nicht. sollte ich eine Wahl haben. Wer weiß was hier los ist, wenn das um ist. Wie lange dauert dieses kranke spielt. Mehrere Runden? Es soll mir Spaß machen. Scheiße ich kann das nicht, nein ich muss. Es ist wie ein Singsang in meinem Gehirn. Ich muss abschalten. Ich muss mitspielen. Vieleicht kann ich verhandeln, wenn ich ihn heirate. All diese Gedanken prasseln in kürzester Zeit auf mich ein. Fern von jeder Logik.

Getrieben von Angst und das Flehen um Vergebung. Ich bete tatsächlich. Vater unser. In Dauerschleife. Die Noten verwischen immer mehr umso länger ich darauf schaue.

Ich versuche den kahlen Raum, im Kopf loszuwerden. Gemischt mit den Schreien einer Frau und dem Gestank nach Eisen und Kot.

Bemüht, konzentriere ich mich auf das Jetzt. Auch um keinen Fehler zu machen.

18. Matheo

Fuck, es geht alles so schnell. Der Drecksack hat sie tatsächlich berührt. Dieser Wichser. Ich mache ihn kalt. Was denkt er sich eigentlich, wer er ist. Sie gehört mir, mir allein und sonst niemandem.

Ich habe ihn auch noch nie gesehen.

Wäre er einer meiner Männer, wüsste er genau, was das für ihn zu Folge hat. Der Schwachkopf hat sie doch nicht mehr alle. Bis ich Nero überhaupt war nehme, bin ich bereits so nahe an ihm, das ich ihm eine verpasse. Der Gegenschlag, auch der, lässt nicht auf sich warten. Er ist gut. Das macht nichts. In bin bereit ihn niederzuschlagen. Du Freund, hast dich verdammt nochmal mit dem Falschen angelegt.

Der Raum ist gerade totenstill. Ada ist die Einzige, die schreit und Daria sieht mich an, versucht mich mit ihren Augen zu beruhigen. Ich kenne diesen Blick. Ich sehe ihn trotz allem. Ich will mich aber verdammt noch mal nicht beruhigen. Ich will ihn kalt machen. Bevor ich weiter zuschlage, spricht Nero zu mir. Ich höre nur ihren Namen. Dann bin ich fokussiert. Er meint, er kennt ihn. Die Nachforschungen und das alles. Sofort bin ich komplett da, es ist, als lege sich ein Schalter um.

Ich will wissen was da los ist. Wir werden ihn mitnehmen und verhören. Ich packe ihn ziehe ihn an mich. Scheiße, war das ein Schuss? Fuck. Was geht hier ab. Die Ereignisse überschlagen sich.

Daria, ich sehe sie nicht mehr. Ich blicke mich schnell zu allen Seiten um, dann da sie läuft mit Ada in ihrem Rollstuhl Richtung des Raumes von vorhin, sehr gut. Sie kann auf sich aufpassen. Nero ruft Rocko, befiehlt ihm sie sollen hier verschwinden. „Lasst sie nicht aus den Augen. Ich regele den Rest." Schreit er. Van schnappt sich den Wichser, der sie angefasst hat. Fein säuberlich die Knarre an den Schädel gedrückt. Hoffentlich ist auch Davide bald da. Ich sage dem Wichser „Du tätest dir besser zu spuren. Van hats nicht so mit der Geduld, klar. Ich will mit dir Reden. Nachher. Jetzt sind die Frauen wichtig."

„Ja fuck. Verdammt nochmal du Wichser. Ich will nicht das deiner Frau etwas passiert. Ist dir das nicht klar? Sag mal wie hol bist du eigentlich." Brüllt jetzt er mich an, ich denke ich höre nicht richtig.

Um uns herum laufen alle kreuz und queer, flehen um ihr Leben und er brüllt mich verdammt noch mal an. Ich gebe ihm einen Streifschuss in den Oberarm. Ich brauche nicht einmal genau hinsehen, ich sehe ihm dabei in die Augen. Er soll spüren wer hier anschafft. Ich, sonst keiner. Er schreit sofort und bricht fast wie ein Mädchen zusammen. Van zieht ihn hinaus. Sie werden ihn in den Bunker bringen.

Danach klären wir das. Immer wieder kommen mir Bilder von ihren Augen in den Kopf. Meine indigolithfarbenen Augen. Sie beruhigen mich, sie sind wie flüssiger Turmalin für meine Seele. Meistens, heute jedoch lassen sie mich kochen. Sogar etwas wie Furcht, kommt durch meine Adern. Ich hoffe Rocko, hat sie schon sicher auf dem Weg nach Hause. Hier herrscht blankes Chaos. Schreie. Schüsse. Stühle alles fliegt. Die fucking Presse steht im Weg. Die Frauen kreischen. Liegen unter den Tischen. Die Männer schlagen sich. Und ich bin auf dem Weg zu meiner Frau. Ich habe jetzt drei Typen abgeknallt, von denen ich nicht einmal wusste, dass sie hier sind. Fuck. Ich kenne diesen hier. Ich schleiche mich an ihn heran. Packe ihn am Kopf. Sehe in sein Gesicht. Es ist einer von Francescos Sanchez Männern, sollte er auch hier sein ist das auch seine letzte Stunde. Kein bisschen an Ehre, in der Hose nichts. Dieser jämmerliche Schlappschwanz, ein Cuculo. Merda.

„Hey Kleiner was machst du hier?" Will ich von ihm wissen. „Wer schickt dich?"

Er meint einfach „Niemand", ich schüttle den Kopf, habe meine Augen überall, niemals die Deckung verlieren. „Warum störst du meine Party?"

„Ich störe nicht, ich beobachte." Meint er süffisant und lacht. Ich sehe in seinen Augen, dass er voll mit irgendwelchen Substanzen ist. Er ist ein lebendiger Zombie, vielleicht Angeldust oder Kristallscherben.

Wer weiß, es wird nichts bringen ihn zu verhören und Zeit habe ich jetzt auch nicht. Scheiß auf das Casino und alles andere. Ich will zu Daria.

Ich drehe seinen Kopf in die beste Richtung, die des Todes. Ich spüre das Knacken. Das Leben, verlässt seinen Körper. Ich spüre es in meinen Fingern, zügig schnappe ich mir sein Handy, ziehe ihn zur Seite. Achte weiter auf meine Deckung. Hier ist es immer noch nicht ruhiger. Fuck, nur das Wegwerfhandy. Aber was solls, ich hätte die nächsten Tage sowieso nichts aus ihm herausbekommen. Ich laufe nach unten zur Tiefgarage. Hier habe nur ich und meine engsten Männer Zugang. Der Portier, er liegt tot am Boden fuck. Ich schnappe seinen Ausweis. Ich muss die Familien alle informieren. Hoffentlich wird das heute kein allzu großes Gemetzel. Und für was? Fuck ich weiß es nicht. Ich muss nach Hause, zu meiner Frau. Ich bete es ist ihr nichts passiert. Ich kann es nicht aushalten, wenn sie eine Schramme hat. Trotz allem, würde sie nicht gut heißen, das ich den Penner vorhin umgebracht habe, dass ich jemanden angeschossen habe. Sie ist die beste Person, die ich kenne.

Mein Wagen ist weg. Na gut, dann das Motorrad. Scheiß auf den Regen. Ich springe auf, der Schlüssel steckt hier unten sowieso immer.

Der Motor heult auf. Das Adrenalin schießt in unermessliche Wut über. Ich drifte zum Ausgang. Die Halle füllt sich mit Abgasen und ich brause davon. Die Dunkelheit der Nacht zieht an mir vorbei wie Schatten des Todes. Ich bin auf Mission. Ich muss meiner Frau zu kommen. Meiner Schwester. Ich muss sehen das es ihnen gut geht. Mein Bauchgefühl sagt mir sie waren wegen ihr hier. Wieso habe ich das nicht kommen sehen. Ich muss mich auf die Straße konzentrieren und sehe immer nur ihre Augen. Ihr Haar. Ihre Brüste. Ihre Lippen, fuck ich hatte im Wagen jedes Wort ernst gemeint. Ich konnte es ihr nur nicht besser vermitteln. Was ist aus mir geworden? Ich hätte früher vor ihr nie so eine Veranstaltung zugelassen.

Nein, hätte ich sie doch nur nie mitgenommen. Das war, als ich noch einigermaßen klar im Kopf war. Nein auch das stimmt nicht. Sie wäre gar nicht erst, in meinem Kopf mit drin gewesen. Ja, ich gebe es zu ich habe meine erste Frau nicht geliebt. Ich dachte es, aber dem war nicht so. Sie war eine Freundin. Eine Geschäftspartnerin. Für mich als Don, mehr nicht. Und ich dachte es ist Liebe. Wie konnte ich. Diese Gefühle, welche Daria in mir weckt. Diese kenne ich nicht. Es ist alles neu. Mein Herz fängt das Leben an. Blut, strömt durch meinen Körper und nicht nur in meinen Schwanz.

Ich überhole jedes verfickte Fahrzeug. Taxis. Menschen, die hier Nachts in aller Ruhe spazieren gehen in der Hand die aufgespannten Schirme. Mir tropft das Wasser herunter. Das ist gut. So kann ich lebendig bleiben. Die Luft ist eiskalt. Ich brauche das, ich muss planen, wie es weiter geht. Nero kann meinen Standort verfolgen. Ich bin mit seinem Handy getrackt. Doch Darias Kette noch nicht. Und verdammt noch mal, die Kette ist auch noch nicht mit meinen Daten verbunden. Fuck ich würde am liebsten gegen die nächste Hausmauer rasen, wenn ich mir meine Nachlässigkeit. Meine Dummheit gestehe. Wie konnte ich.

Sie ist meine Zerstörung. Meine funkelnde Zerstörung.

Ich brause weiter. Wie funken schießt sie in meinen Kopf. Sie besitzt mich als Don. Lässt irgendetwas, das ich zu scheinen bin, aufleben. Ich Matheo. Der Plan war ich zerstöre sie. Ich glaube das ist nicht möglich und will ich es auch nicht mehr. Sie zerstört langsam im positiven Sinne etwas von mir.

Trotz der Verwirrung in meinem Kopf nehme ich die Straßen wahr, wie Daria vorhin, sie sah den Park mit den Menschen, das Rockefeller Center, durch das ich jetzt brause. Die Statue, den Platz der für den Weihnachtsbaum reserviert ist. Ich sollte mit ihr mal hierherkommen, eislaufen gehen. Fuck. Ich komme nicht mehr klar.

Die Kälte des angehenden Herbstes und die Nässe, lassen mich langsam auskühlen, das muss es sein. Ich habe nicht auf sie Acht gegeben, deshalb muss ich jetzt da durch. Dann muss ich sehen, wie es ihr geht und sofort im Anschluss mache ich den Wichser kalt. Ich drifte weiter durch das Laub. Über den Gehweg. Das hier ist der schnellste Weg. Die wenigen Menschen, die sich hier rumtreiben hüpfen zur Seite. Ich habe keine Zeit, mich um sie auch noch zu scheren. Ein paar Meilen noch dann bin ich zuhause. Unserem Zuhause. Ja ich weiß sie fühlt sich nicht wohl. Ich habe es ignoriert. Sie sollte ein eigenes Zuhause haben. Dabei dürfte ich aber keine Rolle spielen. Das weiß ich. Sie sollte ein normales Leben führen. Ihre kleine Praxis haben und nicht diese, welche neben dem verdammten Bunker meines Vaters ist. Sie sollte ihre zwei Haustiere bemuttern. Einen liebenden Mann haben der acht bis acht arbeitet und wenn er heimkommt, sie liebt, wie es in den Filmen ist. Einen gepflegten Rasen haben. Einer der sie nicht ficken will, bis ihr Hören und Sehen vergeht. Einer, der mit seinen bloßen Händen Menschen umbringt. Meine Hände vibrieren durch die Fahrt. In meinem Kopf, herrscht der blanke Mindfuck. Das geschieht mir wohl recht. Alles woran ich auf dieser beschissenen Fahrt denken kann, ist sie. Und wie ich ihn abmurkse. Langsam. Blutig und grausam. Ich bin schon so weit, dass ich ihm die Haut lebendig abziehen will, und das werde ich bei Gott.

Ich fahre an den Wasserspeiern die Hofeinfahrt hinauf. Fuck. Ronaldo vom Tor liegt bereits tot daneben. Fuck. Seine arme Familie. Bruder, ich schenke dir einen würdigen Abschied.

Egal wo ich entlang gehe, sei es jetzt oder in der Vergangenheit. Ständig verenden Menschen. Das ist doch kein Leben für eine Frau. Verdammt ich habe ein Frauenhaus. Mir sollte das doch alles klar sein. Und trotzdem bin ich auf dem Weg meine schöne Belissima zu sehen. Sie in den Arm zu schließen und nicht mehr loszulassen. Ich werfe das Bike hin, stampfe so schnell ich kann die Treppen hoch, fuck. Ich muss noch aufsperren. Es kann nicht schnell genug gehen. Ich ignoriere komplett das Rockos Fahrzeug nicht hier steht. Lichter sind aus.

Ich trete hinein. Niemand da. Laufe umher. Prüfe jedes Eck, jedes Zimmer. Die Waffe in der Hand. Nichts. Alles leer. Zeihe mein Handy aus der Tasche. Keinen Aufnahmen, seit wir gegangen sind. Bis auf den Trottel der wie ein Gestörter alle Ecken nach einem Mädchen absucht. Seinem Mädchen. Seiner Schwester. Fuck, fuck, fuck. Ich nehme die Vase zertrümmere sie gegen die Wand. Der Stuhl neben dem Kamin fliegt hinein. Die wenigen seltsamen Bilder reiße ich von der Wand.

Zerschmettere sie gegen den Kamin. Das Kaminbesteck. Ich nehme es. Starte einen Rundumschlag. Ich bin so in Fahrt, dass ich nicht aufhören kann. Brülle und schreie. Ich weiß sie haben sie. Sonst wäre Rocko bereits hier. Sie hatten gut eine halbe Stunde Vorlaufzeit. Auch mein schneller Fahrstiel ändert daran nichts.

Ich koche so vor Wut, dass ich denke meine Kleidung würde schon trocken sein. aus meinen Ohren müsste Rauch kommen. Egal was ich mach es wird nicht besser. Ich greife auf den Bartisch und trinke. Ich schütte mir den Whiskey hinter. Das Brennen beruhigt etwas, ich schreite schnellen Schrittes mit der Flasche in der Hand in mein Büro. Rufe Nero an. Informationen sind das, was ich jetzt brauche. „Wo seid ihr? Hast du ihn noch, lebt er verdammt. Daria ist weg. Ada auch. Rocko ist nicht hier mit ihnen. Alles still. Gnade dir Gott, ich hoffe du bist mit dem Wichser gleich hier." Ich schreie ihm alles ins Telefon, das mir gerade in den Sinn kommt, keine Zeit für richtige Sätze oder irgendein Geplänkel. Ruhig und gefasst kommt es aus dem Hörer zurück „Boss ich habe ihn bereits im Bunker. Bin in einer Minute bei dir."

Er legt einfach auf. Fuck ich kann mich nicht zusammenreißen. Ich werfe alles vom Tisch, was ich sehe. Der Tisch auf dem sie letztens saß, heiß, sexy. Ich stehe auf, laufe ab und auf. Kann nicht einen klaren Gedanken fassen. Schaue immer wieder auf mein Handy. Bin sogar nicht einmal in der Lage es zu entsperren.

Fuck!

„Boss. Ich bin hier." Ich habe ihn nicht kommen hören. Der nächste Fehler. Keine Deckung. Mein Scharfsinn, alles weg. Ich bin wieder einmal schwach. Zu schwach, um ein richtiger Mann zu sein. Ich weiß, die beiden sind bei Gonzales. Wie sollte es auch anders sein. Er ist der Einzige, der dieses Interesse, akutes Interesse an ihnen hat. Fuck. Merda. Ich packe Nero, ziehe ihn an mich. Scheiße ich weiß, das ist zu viel, aber ich weiß nicht wohin mit meiner Wut. „Boss. Ich habe ihn" meint er langsam, zu langsam. Er hält meinen Oberarm, während ich ihn am Anzug packe, nah an seinem Hals. Ich sehe ihm in die Augen. Ein Blickduell, wenn man so möchte. „Matheo", seine Stimme ist leise und dominant, selten das ich diese von ihm höre. Schon gar nicht bei mir. Aber es wirkt.

Ich komme runter. Er beginnt „Ich weiß du willst sie. Du wirst nichts Lösen, wenn du dich jetzt wie ein verdammter Irrer aufführst! Es wird nichts nützten. Ich habe den Wichser. Komm lass ihn uns verhören. Wir haben wenig Zeit. Jede Sekunde, die wir hier verschwenden, kann den Mädchen sonst was passieren. Im Casino herrscht immer noch Chaos, aber die meisten haben es geschafft. Ich lasse unseren Cleantrupp gerade kommen. Ich habe alles während der Autofahrt geregelt. Die Presse ist weg. Der Letzte, bekommt einen verdammten Haufen an Geld" „Ok, ok" ich schüttle den Kopf. Versuche die Gedanken abzuschütteln. Ich muss wieder fokussiert sein. Der Don. Ich muss alles aus dem Haufen scheiße im Keller herausbekommen. Das erfordert Geduld. Ich weiß es, ich weiß es, weil er mich so herausfordernd ansah. Ganz ohne Angst oder dem Wissen, wer ich bin. Weil er Daria ansah, als wenn er ein Vertrauter wäre. Und seine scheiß Augen. Sie haben fast die gleiche Farbe, wie die von meiner Daria.

„Ok lass uns gehen. Nimm Whiskey mit, unten ist keiner mehr." Befehle ich ihm noch, die Szenarien, die sich in meinem kranken Hirn abspielen machen mich nur noch wütender, Gonzales hat das gleiche kranke Hirn. Nur das ich, niemanden Vergewaltige.

Ich gehe voran. Versuche bei jedem Schritt einzuatmen. Auszuatmen. Meinen Geist von Daria für die Zeit zu lösen. Ich stelle meinen Wecker auf sechzig Minuten. Mehr Zeit darf ich in dem fucking Keller nicht verbrauchen. Es ist Zeit, in der ich Daria holen kann. Ich hoffe und bete das er sie hat, weil er an mich heran möchte. Sobald ich weiß, wo der Wichser sich aufhält, bekommt er mich auch. Scheiß drauf. Sie sind wichtiger. Ausnahmslos.

Ist das irgendwie vergleichbar mit Selbstlosigkeit? Geschuldet der Liebe. Gibt man für den, den man liebt sein eigenes Leben, um seines zu bereichern? Warum kommt mir das in den Sinn? Nein jetzt nicht.

Ich sperre die Tür auf. Es herrscht toten Stille hier unten. Keine Musik dieses Mal. Licht scheint auf seinen verletzten Körper. Ihm rinnt das Blut genauso aus der Fresse wie mir. Sein Arm tropft immer noch. Das Hemd total blutverschmiert. Richtig so, ich hätte ihm gleich einen Kopfschuss verpassen sollen.

„Wo sind sie und wer zum Teufel schickt dich" brülle ich ihn an.
„Mach´s Maul auf oder ich reiße dir jeden Zahn einzeln. Freundchen!"

Nero kommt hinter mir herein. Ich sehe ihn nicht an. Ich weiß seine Anwesenheit ist genau so präsent wie meine. Der Wichser hier sieht jedoch
ziemlich gepflegt aus. Sportlich. Trainiert. Groß. Also nichts von dem,
was sonst hier hängt. Mein Instinkt sagt mir hier stimmt etwas gewaltig
nicht. „Ich lasse mich nicht schicken. Freund, niemals" meint er gelassen. Ich schlage ihm sofort eine in seine Fresse. Seine Arroganz kotzt
mich einfach nur an.

„Ich bin der, der dich nennt, wie er will. Für dich hieße ich Don Santo.
Deinen Antworten sind die, die ich gefragt habe. Du redest nicht mehr
als ich will und du redest schnell. Verstanden. Ich habe keine Zeit. Ich
greife hinter mich, ich weiß Nero steht hier. Nehme die Flasche und
trinke. Kreise um den Gefangenen. Ich will ihn etwas einschüchtern er
ist für meinen Geschmack zu vorlaut und anders als das gewohnte Gesin-
del.

„Was soll das heißen, du lässt dich nicht schicken?"

Er holt Luft, spuckt das Blut aus dem Mund. „Das heißt das ich selbst
unterwegs war. Was sonst!" Fuck er bringt mich zur Weißglut. „Wieso
warst du hier?"

„Ich wollte sie verdammt noch mal sehen, und du Idiot hast sie kidnap-
pen lassen. Oder wo ist sie?" er fragt total süffisant der Arsch. Merda.
„Wärst du nicht einfach so aufgetaucht hätten sie gar keine Chance gehabt, verdammt. Ich drücke meine Hand auf seine Schusswunde. Er
schreit kurz auf. Ich sehe, wie seine Adern pochen.

Wie sein Kopf rot wird.

Er spricht, ich höre den Schmerz heraus. Er bemüht sich verdammt nochmal, etwas zu sehr. Er ist gut. „Ich habe sie mein Leben lang überwacht
und jetzt lässt du sie in seine Hände kommen" er schüttelt den Kopf.

„Was soll das heißen, dein Leben lang? Ich gehe nahe auf ihn zu, sehe ihm in die Augen. Da sind sie wieder, die welche mir vertraut scheinen. Merda. Sie nimmt meinen ganzen Verstand ein.

„Verdammt. Hörst du nicht zu. Ich beobachte sie, seit sie bei Francesco war. Seit sie bei Leo war." Seine Sprache ist vom Schmerz gekennzeichnet. Aber er wirkt authentisch. Ich lasse langsam los. „Sprich nur weiter, und zwar schnell, wir haben nicht viel Zeit." befehle ich ihm.

„Fuck, kannst du mal deine Finger von meinem Arm lassen?

Verstehst du nicht, wir wollen das Gleiche."

Nero schaltet sich ein. Er blickt von seinem Handy auf den Wichser „Du bist Alessandro oder. Ich habe gerade von dir erfahren." Ich kenne mich nicht mehr aus. Halte mein Gesicht bestimmt nicht mehr neutral. „Ja, wer will das wissen", fragt er uns.

Ich reiße seinen Kopf zu mir. „Ich, verdammt nochmal, und jetzt mach endlich dein scheiß Maul auf. Pronto. Sprich, was zum Teufel, geht hier vor?" Auch meine Geduld ist am Ende, meine Nerven ziehen nach.

„Ich bin ihr Bruder. Klar? Mensch. Geduld ist wohl nicht in deinem Wortschatz. Ich habe sie beobachtet, seit sie bei den beiden gelandet ist. Meine Freundin Lara oder rechte Hand, habe ich als Übermittler genutzt. Sie war die verdammte Arzthelferin, die jetzt auch tot ist. Sie hat mir die Informationen, die ich brauchte, bis ich sie befreien könnte, zugetragen. Es musste irgendwann geschehen, wenn Leo nicht so auf der Hut sein würde. Er hatte so viele Schulden und stand unter so großer Beobachtung. So war es nicht leicht an sie heranzukommen, ohne dass sie andere bekommen. Dann als Lara auch noch sagte, dass sie an Flashbacks leidet und es ihr im Gesamten nicht gut geht, habe ich mich weiter zurückgehalten. Fuck auch wenn es schwer war. Ich musste die Gelegenheit abwarten. Wie könnte ich sie beschützen, wenn ich selbst noch auf der Flucht bin? Wenn ich selbst erst etwas aufbauen muss. Ich habe mir die letzten Jahre einen großen Trupp aufgebaut. Wir rächen solche Leute wie dich!", er holt immer wieder Luft, langsam kommen die Schmerzen doch durch. Ich bin so verwirrt, doch seine Worte sind stimmig. „Sprich weiter, ich höre, wieso solltest du der Bruder sein?" Frage ich ihn.

Er braucht vorerst nicht wissen, dass ich weiß, dass sie die Tochter von Ramirez ist. Und dass sie vermutlich vertauscht wurde. Genervt meint er „Fuck. Mein Arm du Penner." Er hat einen seltsamen Akzent, ähnlich wie die Soldaten in Brasilien, aber das muss auf später warten.

„Also für die ganz Dummen. Als ich dann hörte das du sie hast, habe ich begonnen, sie schneller aus der Sache hinaus bekommen zu wollen. Fuck, jeder weiß, wie du drauf bist. Hast deine erste Frau an Gonzales gegeben und dann die Einzelteile auf deiner Terrasse gefunden. Ja du denkst das weiß ich nicht. Nichts ist dümmer als du." Er schüttelt den Kopf, wirkt aber gefasst. „Naja wie dem auch sei. Ich weiß, dass du die Frauen nur zum Ficken brauchst. Das dir kein Loch zu schade ist. Ich habe sie gesehen. Die blauen Flecken, du verdammter Wichser. Wenn ich dich nicht jetzt brauchen würde, würde ich dich kalt machen." Ich sehe nur noch rot, ich packe ihn am Kragen. „Halts Maul und überlege dir was du sagt. Du bist hier bei mir im Bunker. Keiner wird dich hören." Warne ich ihn. Ich sehe mittlerweile überall nur noch Rot oder Tod. Und Grau. Ich könnte überkochen vor Adrenalin, verzehrender Wut. Bin wie im Blutrausch und irgendwas zwischen Angst, vermischt mit verdammter Liebe. Was uns hier, kein bisschen weiterbringen wird.

Ich nehme einen Schluck. Muss die Gefühle betäuben. „Weißt du, bei ihm war sie wenigstens davor sicher. Er wollte nur die alten Weiber. Er war sowieso kaum zuhause. Sie konnte in ihrer Praxis leben.

Bei dir hat sie nichts mehr. Keine Tiere nichts. Also habe ich beschlossen, sie jetzt schon zu holen. Da sie von nichts weiß, wollte ich ihr Vertrauen gewinnen. Sie öfter ansprechen und dann mitnehmen. Ich kann sie schlecht als Geisel nehmen und ihr dann die Wahrheit sagen." Er lacht. „Ich dachte, etwas Vertrauen schadet nicht."

„Ich habe ihr sogar die letzten Jahre immer wieder durch Lara Blätter aus ihrem Büchlein zukommen lassen. Ihren Noten. Damit sie wieder etwas Lebensfreude hat. Mann das war das einzige, dass ich hatte. Das und die blöde Postkarte die von unserer Mutter übrig ist."

„Wer sagt das ich dir glauben kann?" Fragen Nero und ich fast unisono.

„Fuck. Mann sei doch nicht so dumm. Fass in meine Hose da ist mein Handy ich entsperre es und zeige dir die Bilder der ausgerissenen Seiten. Ich habe sie mir fotografiert, um schlau daraus zu werden. Seit über zehn Jahren spekuliere ich darüber, was sie bedeuten könnten. Wenn du einen Tipp hast, dann her damit!" Ich sehe Nero an, überlege kurz was der Wichser gesagt hat. Vielleicht hat er die Lösung dabei.

Nero greift hinein. Drückt den Finger des Wichsers auf die Laser Taste. Er zeigt mir die Bilder. Es ist genau das gleiche Papier, wie aus dem Heft, das ich bei meinem Vater gefunden habe. Die gleichen Blätter, wie sie im Schrank hatte. Die Postkarte, die ich noch nicht gesehen habe, aber sie zeigt den Brunnen in einem kleinen Dorf Brasilien, da wo ich erst vor kurzem war. Steht zumindest auf der Karte. Was soll der Scheiß?

„Scheiße Mann. Das alles hilft uns jetzt nicht, wenn wir sie finden wollen." Meint der nervige Typ, ich mache ihn los. Es deckt sich so in etwa, mit dem was wir selbst schon herausgefunden haben. Er muss verdammt gut sein um sich so lange vor uns zu verstecken. „Ruf Van an er soll sich seinen Arm ansehen." Sage ich Nero. „Dann hoch mit ihm. Ich gehe voran. Muss mich wieder zu Verstand bringen. Fuck seltsam das jemand hier ist der auch Interesse daran hat, das es ihr gut geht. Fühlt sich schlimmer an als erwartet. Leichter als gedacht, die bedrückenden Gefühle geteilt zu wissen.

Merda.

Ich trinke gleich noch einen, weiteren Schluck. Versuche am PC etwas herauszufinden. Vielleicht kann ich mich in ihre Kette hecken. Nach kurzer Zeit kommt Nero und wie hieß er Alessandro ins Büro, beide zumindest wieder etwas normaler angezogen.

„Boss. Zieh die nassen Klamotten aus du wirst sie tot nicht retten."

„Das entscheide immer noch ich." Schieße ich zurück. Mir ist das gerade so was von egal.

Alessandro setzt sich. Hält seinen Arm. „Kann ich einen Schluck haben."
Ich sehe ihn an. Gebe ihm die Flasche. Drehe mich auf dem Stuhl um
und nehme mir eine Neue.

„Was wollen sie verdammt nochmal von ihr. Wieso sie. Wenn sie an
mich wollen?" werfe ich ihm entgegen.

„Ich glaube es geht nicht wirklich um dich. Sie war von der Bildfläche
verschwunden und jetzt plötzlich ist sie in aller Munde. Durch dich versteht sich. Ich glaube sie wollen sie wegen ihrem Vermächtnis. Das von
ihrer Mutter. Also unserer Mutter. Sie muss irgendetwas besonderes haben, ich habe es nie herausgefunden.

Wenn es jemand weiß, dann sie. Er muss es herausgefunden haben, als
du sie geheiratet hast, er dachte sie ist Tod. Er kannte unsere Mutter.
Dann als Phil noch seine Tochter Grace beleidigt hatte und ihn somit
zum Gespött machte wird er Nachforschungen angestellt haben. Wieso
Phil oder so hieß er doch, alles aufgibt und einen Krieg anzettelt kann ich
mir nur erklären, wenn er es gewusst hatte." Meint der von oben bis unten Tätowierte, der jetzt um Fassung ringt. Ja ich weiß mittlerweile, wie
es ist, wenn einem an anderen Menschen etwas liegt. Wenn sie einen berühren wie kein anderer. Er holt tief Luft, beginnt von Neuen, ich ahne
das mir das nicht gefallen wird. „Also, ich weiß nicht, was es mit dem
Buch auf sich hat. Ich weiß nur, dass sie damals mit der Tochter von
Francesco und unseren Eltern mehrere Tage im Keller unter der Küche
eingesperrt waren. Er hatte alle versteckt, weil Leos Vater dem Gonzales
ziemlichen Schaden, in Form von Verlusten eingebrockt hat. Da mein
Vater sein Soldat war, beschuldigte man Francesco Sanchez natürlich genauso. Er hatte Waffen geschmuggelt, Frauen freigelassen, Gelder verschoben. Dabei kamen aber auch ein paar Soldaten von Gonzales ums
Leben. Gonzales wollte Francesco und meinen Vater den größten Schaden zukommen lassen." Er schüttelt den Kopf, nimmt einen weiteren
großen Schluck. Seine Augen haben sich genau sowie bei Daria verändert, die gleiche Farbe, wenn sie über ihr Leben spricht.

Er räuspert sich, gequält erzählt er weiter „Also waren nicht nur Männer
weg, sondern auch Frauen und Gelder. Er musste irgendwie einen Deal
einhalten, seine Tochter starb während des Einsperrens im Keller

zusammen mit seiner Frau und meinen Eltern. Doch er konnte Gonzales immer noch nichts anbieten. So wurde aus Sira Ramirez die jetzige Daria Sanchez. Haarfarbe, Alter, es passte alles gut zusammen", er sieht mich an und wartet bis ich etwas sage. Fuck, ich wusste es.

„Scheiße Mann, ich konnte erst nach Tagen zum Bunker, ich fand nur noch die Leichen, alles war zerstört. Unser Haus, unsere Dinge und meine ganze Familie. Ich hatte Sira nicht gefunden da unten, ich wusste sie hat überlebt, nur wusste ich ewig nicht, wo sie war. Er hat sie als seine Tochter ausgegeben. Und sie mit DiDio Leonardo verheiratet. Es war schon immer klar das Daria mit den DiDios verbündet werden sollte. Deshalb auch der Anschlag auf sie, er wollte nicht das Francesco diese Macht bekommt. Ja durch den Tausch konnte er den Deal mit der arrangierten Ehe einhalten. Er bekam Geld, Macht und Ansehen. Alles das, was er brauchte, um einen von den Gonzales etwas zurücktreten zu lassen, sicherlich hat er seine Schulden bezahlt und sich irgendwie anders mit ihm geeinigt. Er hat sauber seinen Arsch gerettet." Er lacht vor Zorn. Ich nehme einen weiteren Schluck. Schiele immer wieder auf mein Handy, in der Hoffnung etwas von ihnen zu hören und hoffe das ich nichts höre. Merda.

„Ich brauchte Jahre, um sie wieder zu finden. Lara sagte er habe ihr eingeredet, dass sie nicht ganz sauber ist und alles nur erfindet. Sie war damals acht oder so. Die Erfahrung im Bunker, ich meine sie muss neben den Leichen geschlafen haben. Wie soll man das einem Kind erklären?" Nero setzt sich, er ist genauso erschüttert wie ich, ich sehe es auch ihm an.

„Wäre ich zu der Zeit nicht bei unseren Verwandten in Italien gewesen, hätte es mich genauso erwischt. Ich war nur ein paar Tage weg und als ich zurückkam, war die Welt, die es gab, nicht mehr da. Ich rettete noch ein paar Habseligkeiten aus den Trümmern des Hauses und ging nach Brasilien. Die Spur von Sira deutete darauf hin, nach ein paar Jahren wurde mir klar sie ist nicht dort. Lara half mir die Spur zu DiDio aufzunehmen. Dann hatte ich die ganze Geschichte herausgefunden. Ich schleuste Lara bei ihr ein, um Sira dann irgendwann freiwillig zu mir zurückzuholen. Ich meine, ich konnte nicht wissen, ob sie noch von uns weiß oder was sie für ein beschissenes Leben führt, ich musste ebenfalls erst etwas aufbauen. Nur auf der Flucht leben ist nicht besser als das Leben mit einem scheiß Ehemann. Ich hatte jahrelang den falschen Gonzales in Brasilien beobachtet, ich wusste nicht mal das es zwei von ihnen gibt." Erschütterung und Verbitterung, das ist das was ich höre. Ich nicke ihm zu, er soll weitererzählen, wir haben nicht die Zeit.

„Ja wir haben beide überlebt. Gerade so. Sira überlebte. Ich habe vor einiger Zeit begonnen ihr ein paar Briefe, durch Lara zu hinterlassen. Erinnerungen an früher." Er massiert seine Schläfen, sein Arm funktioniert zum Glück noch. „Du kannst von mir aus einen dann Test machen, hier hast du ein Haar. Von Sira hast du ja genug, oder?" meint er, räuspert sich wieder. Er ist genauso kaputt wie ich. Ich weiß, was er fühlt. Ich weiß wie es ihm geht und verdammt ich kaufe ihm jedes einzelne Wort ab. Es ergibt alles Sinn. Es deckt sich mit meinen Nachforschungen, es passt alles perfekt. „Fuck. Sira." Flüstere ich.

Ich denke er will jetzt ihr Erbe. Ich habe sie auf ihn aufmerksam gemacht, als sich ihr Gesicht bei unserer Hochzeit zeigte. Fuck, ich werfe meine Flasche gegen die Wand. Ich kann es nicht einmal kontrollieren.

„Fuck, bist du verrückt Alter, bist du immer so, naja so wie du bist?" Meint Alessandro. Ich bin sowas von wütend, und ja entrüstet. „Schnauze, sonst reiß ich dir noch den Schädel ab. Bruder hin oder her. Ich habe meinen eigenen Bruder umgebracht. Meinst du, da störst du mich?" Sofort schießt er zurück, „ich denke wir werden uns schon auf irgendeine verkorkste Art verstehen" „Fuck, ich habe das gehört, ja. Mann."

Ich versuche wie ein Blöder, die Kette zu Orten. Telefoniere mit unserem Hacker. Vielleicht kann man sie Anhand der Unterlagen fern aktivieren.

„Weißt du, wo er ist?" fragt er mich. „Nein eben nicht", schnauze ich zurück. „Ich dachte nicht, dass du ihn zu deiner Party einlädst." Mann der Typ nervt. Meine Geduld hängt am seidenen Faden, ich gebe zurück „Mann, ich habe ihn verdammt noch mal nicht eingeladen. Der Einzige, der nicht geladen war, bist du. Ihn habe ich nicht gesehen. Keiner hat ihn gesehen."

Ich sehe mir nochmal alle Aufnahmen aus dem Haus an, während beide sonst etwas machen. Nero kocht Kaffee. Ich soll einen trinken, als wenn mich der Kaffee jetzt interessieren würde. Kaffeegeschmack aus Darias Lippen, ja, das möchte ich. Mein Kopf explodiert gleich. Ich weiß ich muss mich korrigieren, es heißt künftig aus Siras Lippen. Sira sinniere ich, meine Sira, die Sirene die einen Einnimmt, nicht mehr ich, die sie einnimmt. Sie hingegen, hinterlässt schrittweise Zerstörung meines Ichs als Don.

Er hält mir schon eine Tasse hin, lächelt die Tasse an und meint „Hier Daria, ah Sira liebt auch Kaffee." Ich sehe ihn an. Bemüht sage ich nichts. Meine Wut wird gleich wieder Überhand nehmen. Fuck.

Er stellt ihn hin. Ich sehe den Kaffee an. Höre in Gedanken ihr Stöhnen. Spüre ihre Lippen. Ja sogar jetzt in dieser Situation, zur Hölle. Ich höre sie spielen. Alessandro spricht mit mir, aber davon höre ich nichts. „Santo, verflucht du liebst sie, oder?" Will er wissen. Er sieht so was von entrüstet aus. Erschrocken. Ich gebe sofort zurück „Fuck was interessiert das dich, das geht dich nichts an!" Er steht auf. „Scheiße dann ist es mir klar. Du hast sie eingesperrt, dass ihr nichts passiert. Du hast sie behalten, weil du sie wollest. Fuck deshalb hast du sie spielen lassen, oder? Du siehst es genauso. Diese Leidenschaft, wenn sie die Violine hält. Wie sie lebt, wenn sie spielt. Ich habe es selbst oft genug beobachtet, wenn auch aus der Ferne." Er lacht mich an. Gott darauf kann ich nicht klarkommen.

Ich sage ihm „Das geht dich gar nichts an." Drehe mich wieder zu Nero. „Ach tatsächlich", schießt es belustigt aus ihm heraus, schnell kann er sich wieder fassen.

„Hast du irgendeinen Plan, wo sie sein könnten. Hast du Kontakt zu Gonzales?" Nein verdammt, was denkst du, denkst du ich habe seine Telefonnummer und wir halten ein Pläuschchen? Also so kommen wir nicht weiter. Rocko sucht irgendwelche Anhänger und Soldaten von ihm." Mehr habe ich verdammt noch mal nicht. Er war nie meine Baustelle. Meine Baustelle war allein mein Amt, meine Familie, Überleben. Mein Casino. Fuck.

„Ich kenne einen, er wohnt ein paar Stunden von hier weg. Er koordiniert von außen die Gonzales Truppen. Er weiß wer sich wann wo aufhält."
Wir könnten ihn holen, ich denke sechs Stunden dann wären wir mit ihm hier." In seinem Gesicht spiegelt sich Hoffnung, ich erkenne diesen Gesichtsausdruck.

Fuck, ich schlage auf den Tisch. „Das ist zu lange!" mir reicht der Schwachsinn. „Das ist unsere einzige Chance. Oder kannst du die Kette oder was auch immer du ihr umgemacht hast, ausfindig machen?" meint Nero.

„Nein verdammt." Genervt schüttle ich den Kopf, nippe an dem Kaffee, gehe die Unterlagen durch. „Ganz genau. Also, wir holen sie beide. Sie sind stark, ich meine sie leben mit dir unter einem Dach. Und wenn sie es nicht schaffen, dann mache ich dich kalt. Auch für deine Schwester das ist mir sowas von egal. Und dafür das ihr diese Bitch hineinlassen habt. Sag mir nicht, dass ihr nicht wusstet, wen ihr da eingeladen hattet." Beschuldigt mich Alessandro.

„Ja Merda. Du Arsch. Wir haben diese Bitch nicht eingeladen. Das ist Gonzales Tochter. Genau die Frau, die am Altar stehen hätte sollen." Sage ich ihm, versuche ihm das klarzumachen. Seine Augen werden groß, er trinkt nicht mehr von seinem Kaffee, nein er hält sich seinen Arm, die Verblüffung ist im anzusehen.

„Okay, das ist nicht dein fucking Ernst, oder?" ich schüttle den Kopf, „leider Ja", akribisch checke ich weiter die Kameras im Casino. Wie kam sie hinein? Mein Kopf spielt alle Szenarien ab, alles, was den beiden gerade passieren kann. Und ich weiß verdammt nochmal das Gonzales nicht zimperlich ist. Dass ich sie so schnell es geht, dort herausholen muss.

Sechs Stunden später...

Rocko kommt mit dem Wichser, den Alessandro kennt hinein. Er sieht schon demolierter aus, als erwartet. Ich jedenfalls bin es. Ich habe ein

paar Stunden geschlafen. Ich tigere auf und ab. Habe meine Kampfaus-
rüstung bereits vorbereitet. Meinen Plan, geschmiedet. Wir konnten ausmachen das Gonzales heute Abend ein Fest feiert. Was weiß ich, was es
sein soll. Aber es scheint schon Monate geplant zu sein. Eine fette Party,
denn diese Party soll alle Rekorde brechen, er muss gut zweihundert
Mann eingeladen haben. Geld ohne Ende. Frauen, die es zu verkaufen
gibt. Sein Neue Perle, muss auch dabei sein. Das alles konnte ich recherchieren. Ich musste viele Gefallen einfordern. Fuck. Das wird nie enden.
Ich bin gedanklich nur bei Sira. In Gedanken was ich für ein scheiß Ehemann bin.

Sie war so gutmütig. So sanft. So frech. So ja ich weiß es nicht. Sie hat
mir die Stirn geboten. Das macht keiner so wie sie. Es regt mich verdammt noch mal auch keiner so auf wie sie und niemand beruhigt mich
so wieso sie. Ich habe verdammten Schlafmangel. Ich will sie wieder bei
mir haben. Sie küssen. Sie lecken. Fuck! Ok los geht's. Der Wichser ist
hier. Ich habe keine Zeit zu verlieren. Die anderen erledigen derweil alles andere, bis ich etwas herausgefunden habe.

Der blöde Köter, ok Salomon hat die letzten Stunden bei mir verbracht.
Seine Augen sagen mir, dass ich versagt habe. Selbst die Katze sieht
mich mörderisch an. Ich darf das nicht versauen.

Er wird wissen, wo Gonzales ist. „Du bleibst da. Ich kann ihm keinen
verwundeten vorsetzten. Er lacht sich nur kaputt." Sage ich Alessandro.
Im Bunker unten muss ich an meiner Kontrolle arbeiten. Das weiß ich.
Ich muss es herausbekommen. Nero steht wie üblich hinter mir. Ich falle
sofort mit der Tür ins Haus. Der Wichser, sitzt bereits wie gewohnt hier.
Auf dem Stuhl über der Ablaufrinne. Beleuchtet von oben. Beleuchtet
von der Seite. Er soll sich durchschaubar fühlen. Spüren, wer das Sagen
hat. Meine Instrumente in Sichtweite. Mein Whiskey brav bei mir. Ich
habe heute auf jeden Fall schon genug von dem Zeug. Aber ich muss
meine Gefühle betäuben. Ich kann nur Hass, Wut und Mordlust, hier und
jetzt vertragen, wenn ich sie daraus holen will. Sie beide. Heute gibt es
keinen Ehemann. Keinen Bruder. Keinen Matheo. Heute ist der Don
Santo hier und der berüchtigte Struggler. *Ende aus.*

„Wo ist sie?" stapfe ich auf ihn zu „Wo verdammt nochmal, ich sag es dir gleich. Ich habe keine Zeit für irgendwelchen Lügen, Spielchen oder Kindereien. Du hast genau die paar Minuten, die ich bereit bin dir zu geben, dann weißt du, wie es mit dir weiter geht. Hinten steht die Fleischschneidemaschine. Du weißt, wer ich bin. Erst werde ich dich mit meinen bloßen Händen erwürgen. So langsam, dass du alles mitbekommst- ich werde dir immer wieder etwas Pause gönnen. Sodass du jeden einzelnen Funken Leben, aus dir schwinden spürst."

„Die Schmerzen, wenn dein Kehlkopf bricht. Die Schmerzen, wenn dein Verstand abschaltet. Die Schmerzen, wenn du laufen willst und es nicht können wirst. Und du wirst mein Gesicht sehen. Mein Freund. Santo der dich in den Tod mit einem Lächeln im Gesicht begleiten wird." Ich gehe noch ein letztes Stück auf ihn zu.

„Hast du mich verdammt noch mal verstanden." Ich nicke ihm zu.

„Also wo ist sie?"

„Wer. Deine Frau? Bestimmt unter irgendeinem Schwanz. Was denkst du den." Gibt der erbärmliche Wichser von sich.

„Hör zu, Junge. Ich sage es dir jetzt einmal, es grenzt eh schon an ein Wunder, dass du überhaupt noch hier sitzt. Zum Zweiten kann ich mir nicht vorstellen das du die wichtigen Informationen überhaupt hast. Du wirkst auf mich wie ein Kellner, kein Vollstrecker. Wer weiß, ob sie dich nicht als Kollateralschaden angeheuert haben. Du bekommst diese eine Chance." Ich versuche an seinem Ego zu kratzten. Ihn gegen sie aufzubringen. Ich weiß er muss es wissen. Er ist genau der der zu den fehlenden Puzzleteilen passt.

„Du antwortest. Ich stelle die Fragen. Du kommst hier sowieso nicht lebend heraus. Sieh dich um, ich habe Messer, Zangen alles, was das Herz begehrt. Ich werde nicht zögern, sie so lange wie möglich zu benutzen. Und ich habe gesehen du hast eine Frau und ein Kind." Ich lache ihm die letzten Worte ins Gesicht. Mittlerweile weiß ich, welches Gewicht dieser Satz hat. Wenn er seine Frau liebt, wird er mich gleich zu ihr führen.

Und nicht lange drum herumreden. Scheiße ich brauche wieder kühle Gedanken. Ich kann nur an Daria und Ada denken. Sira und Ada.

„Meine Frau? Was soll das. Woher weißt du von ihnen?" Meint er jämmerlich und machtlos.

„Mein Freund, ich weiß alles. Ich bin ein Santo. Ich weiß Dinge, von denen du nicht mal weißt, das sie existieren. Und ich will verdammt nochmal die Adresse. Aber sofort. Sonst fahre ich sofort zu deiner Frau. Werde ihr einen Besuch abstatten. Du darfst wählen, ob Messer mit Schwanz oder Nadeln mit Schwanz. Na, such es dir aus. Was soll ich benutzen? Und zwar schnell jetzt. Ich habe keine

Geduld für deine Zeitverschwendung" gebe ich ihm, ohne eine Mimik zu verstehen. Mein Gesicht ist auf Don gestellt.

Perfektioniert. Kalt und herzlos.

Scheiße er scheint tatsächlich zu überlegen. Ich nehme mein Telefon, nehme ein Paar Nadeln und das Messer, langsam und wirke überlegend. „Ok schon gut." Es platzt aus ihm heraus, er hat sogar Tränen in den Augen. Meine Erleichterung darüber lasse ich mir nicht ansehen. Ich hätte nie seiner Frau etwas getan oder seinem Kind, nie.

„Sie sind in dem gelben Haus. Dem am Ufer. Bei dem Asia Drive. Du weißt schon im Viertel beim Rockefeller Center. Nummer einundsiebzig. Es steht Martinez an der Tür. Es ist sein Casino, sein Hurenpalast. Sein Abendclub. Wenn man so will. du kommst von vorne und hinten hinein. Es ist ein altes Herrenhaus. Es sieht gepflegt aus. Sein Versteck, seine Hauptwohnung, wie auch immer. Ich habe sogar die Einladungskarte in meiner Jackentasche. Sie nach. Ich kann auch anrufen, dass ich komme. Wenn du willst. Alles, was du willst, nur lass meine Familie da raus." Fleht er mich an. Er ist kein typischer Mafiosi. Nein, er nicht. „So, was willst du noch wissen?", fragt er fast bettelnd.

„Du bleibst hier, bis ich sie habe." Als kleine Versicherung, du verstehst? Danach kannst du zu deiner Frau, deinem Kind" ich stehe direkt vor ihm. Das grelle Licht über uns und Nero still hinter mir.

„Und dann will ich dich in dem Land hier nicht mehr wieder sehen. Du verschwindest ins Exil. Weit weg. Sollte ich jemals wieder deine scheiß Fresse hier sehen. War´s das. Erst deine Frau und Kind dann du. Also solltest du gelogen haben, geht es euch alle Dreien dran." Ich bin mir aber sicher er hat nicht gelogen. Ich kenne diesen Blick, die Anzeichen für Lügen. Er schwitzt wegen seiner Frau, da hat es begonnen. Als es um sein Leben ging, war das alles lange nicht so ausgeprägt. Ich habe einen Ruf, er weiß das ich nicht zögere.

„Verstanden" schreie ich ihn an. Ich kann mich nicht zügeln. Laufe hinauf. Laufe zur Umkleide. Zum Waffenschrank. Brauche meine AK. Brauche meine ganzen Waffen. Nachtsichtgeräte.

Handgranaten. Schusswesten. Ich erzähle es Nero, währenddessen er hinter mir herläuft. Wir treffen uns in dreißig Minuten zur Besprechung. Er mobilisiert alle unsere Männer. Die Zeit müsste reichen. Vielleicht werden ein paar nachkommen, aber ich habe keine Zeit mehr zu warten. Van muss mit. Er bekommt die komplette Ausrüstung an Schutzkleidung. Er wird im Wagen warten. Zu groß ist die Gefahr das er draufgeht.

Wir besprechen die Einzelheiten so kurz es geht. Ihr Bruder will mit. War ja klar. Ich denke ich kann ihm trauen. Er hat so lange geschwiegen. Sie nicht verkauft oder sonst irgendeinen Mist. Er wirkt anständig. Soweit man das sagen kann. Ich meine wer bin ich?

Er bekommt einen Vertrauensvorschuss. Das wäre auch das, was Sira sagen würde, meine Daria. Ich hätte ihr meine Vermutungen schon eher erzählen sollen. Auch um sie Beide zu schützen. Ada, ich weiß nicht welcher Zustand der Beiden mich zu erwarten hat. Es sind zwei Tage vergangen. Zwei Tage in denen wir nichts herausgefunden haben.

Ich hoffe es ist nicht zu spät. Fast versinke ich wieder in den Gedanken. Mit der Whiskyflasche in einer Hand und leeren Händen in der anderen. Sie sollte zu sich selbst finden. Hier bei mir. Das habe ich jetzt begriffen. Frauen würden das als Selbstliebe bezeichnen. Ich will einfach das sie das bekommt, was ihr zusteht. Sie ist es wert. Sie ist der teuerste Diamant, den es gibt. Sie freut sich über Glück andere, behandelt jeden wie einen Freund. Vergleicht sich nicht mit anderen. Sie ist das, was ich sein sollte. Sie ist halb so alt und dennoch steht sie ihren Mann. Ständig bemüht das niemanden Schaden zustößt. Das habe ich ja, an ihrem Mann und an Phil gesehen. Wie sie kurz nach der Hochzeit meinte, ich hätte Phil nicht umbringen sollen.

Ich definiere mich über Mord. Macht. Reichtum gut er ist mir nicht so wichtig. Ich brauche ihn nicht. Materiell gesehen. Ich habe ihn und präsentiere mich damit. So wie es von einem Don erwartet wird. Bei Gott ich habe mehr Leben gelebt als es überhaupt möglich ist. Stets auf Messerschneide. Doch sie sollte nicht für mich Büsen. Für das, dass ich sie zur Frau genommen habe. Während ich überlege, schreibe ich Nero, er wird den Wichser hier weiter beobachten und uns über Funk koordinieren und lotsen. Er hat die Kameras an unseren Jacken im Blick. Er wird Gefahren übermitteln. Ich muss Alessandro beobachten. Nachsehen, ob ich etwas übersehe. Es darf keine Fehler geben. Ich muss sie da rausholen. Und wenn es das Letzte ist, was ich tue.

Der fucking Gonzales. Er hat mit seinem Scheiß, schon so einiges überlebt. Er sucht hier Schutz und führt in Mexico das Kartell, zusammen mit seinem Bruder. Sogar sein Bruder hat hier noch eine offene Rechnung mit dem Gouverneur. Das zeigt welche Angst der Penner hat und bestätigt mir, dass es nicht gut läuft bei ihm. Auch er hat Schulden. Gewaltige. Sicherlich hat er deshalb so dringend das Bündnis haben wollen. Wir haben Geld. So viel, dass du es nicht ausgeben kannst. Ich will es gar nicht ausgeben. Ich lebe für meine Mafia, für meine Leute. Ich gebe ihnen genug.

Mehr als alle anderen. Allein aus Loyalität zu ihnen und dass wissen sie.

Wir haben für diesen Feldzug genügend Mann. Die Frage ist, wie viele soll ich abstellen. Was bringt es so viele zu mobilisieren, wenn wir nicht wissen, was gleichzeitig im Hintergrund läuft. Sollte es eine Falle sein.

Ich wechsle mich mit Rocko ab. Gehe nach oben, Nero ruft mir nach. „Boss!" „Ja" frage ich, will mich gerade umdrehen da steht Nero bereits neben mir. Er wirkt nachdenklich. Hat sogar seine Zigarette im Haus in der Hand. „Meinst du er sagt die Wahrheit." Will er wissen. Ich sehe ihn an. Ich nicke ihm aber zu, mein Gefühl wird mich nicht täuschen. „Ja ich bin mir sicher. Diesen Blick in den Augen, als ich von seiner Frau sprach. Der sagte alles. Mehr musste ich nicht wissen. Fuck sieh mich an. Was ist mit mir los?" Ich ziehe die Augenbrauen nach oben. Genau, was ist mit mir los?

„Ja, ich weiß es genau, ich weiß aber auch, dass heute kein guter Zeit-punkt dafür ist. Mit dir darüber zu sprechen. Heute nicht. Du holst dein Mädchen. Deine Schwester und dann sprechen wir darüber, was du für ein bemerkenswerter Mann geworden bist. Anfangs sagte ich dir mal, et-was von meiner Frau. Vielleicht verstehst du es jetzt. Naja egal. Geh hoch. Dusch dich, verdammt noch mal. Schlaf ein paar Stunden. Wie es aussieht, geht die Party erst am Abend los. Sie brauchen sie. Sie werden ihr jetzt nichts tun. Ich werde mich per Kamera irgendwie einschleichen. Ich werde herausfinden, was sie da treiben. Du kennst Gonzales. Entwe-der er versteigert Frauen oder bietet welche an. Preist sich an, oder spielt seine Kranken spiele. Weißt du noch das Spiel, der Freiflug? Das zum Geburtstag seiner Tochter. Als alle auf Asphalt klatschten und der Ge-winner ein neuer Soldat wurde. Fuck, der kranke Wichser. Also ich bin mir seines Wahnsinns bewusst, ich gebe alles. Ich mache, was ich kann und noch mehr. Ich verspreche es. Ich habe es dir geschworen. Aber bei Gott. Gehe duschen. Ausnüchtern. Irgendwas. Ach, und meinst du, dass es wirklich ihr Bruder ist?"

Ok, die Ansprache hat gesessen.

Fuck. Ich komme mir fast vor wie jemand den man bemitleidet, wie ist das jetzt wieder passiert.

„Ja ich denke schon. Wir müssen es jetzt annehmen. Ich meine die Ähn-lichkeit und das Wissen, ist nicht zu verkennen. Er will uns helfen. Wir brauchen, was wir haben. Und wenn er nur der Lockvogel sein wird. Merda."

„Ok ich arbeite weiter und gehe hoch und du meldest dich, sobald du was hast." Befehle ich, ich gehe schon die nächsten Schritte dann rufe ich ihm noch nach, „Ach und wir brauchen Scharfschützen. Nachtsicht-geräte, am besten noch gute Nahkämpfer. Ich muss überlegen, wie wir den Laden stürmen." „Ok bist du dir sicher", fragt er mich, auch er will beide zurück, aber er geht immer lieber auf Nummer sicher. „Nein verdammt" sage ich, es ist die Wahrheit. Er nickt. Ich drehe mich um und gehe. In meinem Büro auf dem Sofa sitzt Alessandro. Schwitzend. Van verarztet ihn. Er sieht mich an, als hätte ich drei Augen.

„Was ist, er wird dich doch sowieso schon informiert haben, also? Will Van wissen. „Er ist dabei."

„Ok" er nickt. Macht weiter. Versucht seine Fragen herunterzuschlucken. Ich kenne ihn und weiß das er uns für übergeschnappt hält.

Ah ja, jetzt kann er es nicht mehr aushalten. „Denkst du es ist eine gute Idee einen verwundeten mitzunehmen? Fragt er mich. Ich antworte sofort. „Denkst du ich will ihn dabeihaben? Denkst du es ist eine gute Idee ihn hier zu lassen. Fuck." Alessandro springt auf, geht zu mir, nahe zu nahe.

„Ich werde nicht hierbleiben, schlag es dir aus dem Kopf. Ich habe es dir schon einmal gesagt. Ich komme mit. Ich habe sie lange genug aus der Ferne gesehen. Wir wollen zwei Frauen. Du weißt doch verdammt noch mal, wie es ist, seine Schwester bei ihm zu haben. Also halt´s Maul und lass uns den Scheiß regeln."

Ich komme ihm jetzt bis auf ein paar Zentimeter nahe, näher geht es nicht mehr. Wir starren uns einfach an. Er hat leider vollkommen recht. Wir brauchen die Leute. Verwundet hin oder her. Auch wenn ich so wie es aussieht, gerade nicht ganz bei Trost bin. Er muss mit.

„Du machst, was ich dir sage. Wann ich es dir sage. Du lässt dich verkabeln." Befehle ich ihm. „So und nicht anders und das Wichtigste, was kannst du gut, außer dich anschießen zu lassen?" Wir brauchen alle Ressourcen, die wir gerade haben können.

Sofort, geht er auf wie ein Irrer. „Freund mir reicht es langsam, du Penner hast mich angeschossen." Ich habe nicht die Geduld und wenn Sira nur ein bisschen wie er ist, weiß ich wir kommen nicht weiter.
„Schnauze also sag." Ich lächle dabei, weil er mir irgendwie gefällt. Ich merke sie sind Geschwister. Irgendeine seltsame Vertrautheit, schleicht

sich mit dieser Familie in das Haus. Ich kannte so einen Mist vorher nicht. Es war viel einfacher zu leben ohne dieses ganze Chaos in meinem Körper. Sogar bis zu meinem Herz ist es vorgedrungen. „Also ich höre?" genervt trinke ich einen Schluck, meines Lebenselixieres und stelle ihm den Rest der Flasche hin.

„Ich kenne mich mit Sprengstoff aus. Bin Scharfschütze. Wenn man so will und auch wenn es nicht relevant ist, ich tauche lange." Mann der Wichser sagt es, als wäre es selbstverständlich.

„Ok das ist jetzt nicht dein Ernst oder. Mann Junge" ich überlege schon, was wir damit anfangen könnten.

Er grinst etwas und sagt „Ja ich habe lange in Brasilien gelebt, um mich zu verstecken, Mädels aufzureißen und ihn zu verfolgen." Ich frage ihn einfach „Darum die ganzen Tattoos, oder was? Mann, man kann nicht mal dein Gesicht richtig sehen." Doch er verblüfft mich noch mehr als er weiterspricht: „Scheiße du Penner. Ich habe meine eigene Mafia, wenn man so will. Ich habe alles in Brasilien. Also ja verdammt. Darum." Er lacht. Wir lachen. Ein erster Schritt Waffenruhe auszusprechen. Van hat sich verzogen. Das habe ich gemerkt. Also ist er irgendein Oberhaupt da unten. Vielleicht können wir einmal zusammenarbeiten, doch jetzt zählen nur die beiden Mädels, um die sich mein Leben dreht da herauszuholen.

„Gut also du suchst alles in deinem Gehirn, was du über ihn weißt. Schreib es in die App. Jeder wird es lesen. Es geht abends los. Also noch vier Stunden. Ich bin mir sicher er wird die beiden nicht mal dort haben, es bringt uns nichts sie überall zu suchen, wenn sie letztendlich überall sein könnten. Martha wird Essen machen. Jeder muss essen. Es ist wichtig. Du brauchst Medikamente. Sie gibt dir, was du brauchst." Ich nicke ihm zu. „Zwei Stunden dann bin ich wieder da."

Ich kann keinen klaren Gedanken mehr fassen. Ich weiß genau wie gefährlich das ist. Sie schwebt mir pausenlos, in meinen Gedanken herum. Ada ebenso. Ich muss schlafen oder mich wenigstens ausruhen. Ich bin sonst zu unvorsichtig. Es darf verdammt noch mal, kein Fehler passieren.

Wir werden nicht wissen, was sich in dem Haus abspielt. Wir müssen auf alles gefasst sein.

„Ok Matheo, du wirst dich auf mich verlassen können. Ich rechne dir hoch an, dass sie bei dir überhaupt noch lebt und dass du sie zurückholen willst. Ich sehe, wie du dich aufführst. Aber du gibst dich wie ein verliebter Trottel. So etwas gibt es für mich nicht. Schön, dass es für dich ist. Ich bin dazu nicht im Stande. Danke, dass sie dich hat, wirklich, aber du musst jetzt Don sein." er nickt mir aufmunternd zu, ich weiß um den Ernst der Lage selbst Bescheid. „Mann komm mir nicht mit dem Scheiß. Keiner hat dich gefragt." Ich zeige ihm den Fucker und grinse. Er versteht wortlos, was ich damit sagen will. Und hebt seine Flasche Whisky grinsend.

Ich weiß, er wird alles geben. Auch diesen Blick, den des Bruders, kenne ich. Diese Stelle. Der große Bruder. Der Job überwiegt so einiges. Ich weiß es. Ich habe schon einmal versagt. Das wird nicht wieder vorkommen. Am Bett oben angekommen lege ich mich kurz hin. Auf ihrer Seite ist die Schublade offen. Ich hatte sie nicht bemerkt. Keine Ahnung ich habe wohl nicht drauf geachtet. Aber da liegen ein paar Seiten ihres Heftchens. Was wollte sie damit. Was bedeutet ihr das zum Teufel. Ich lege es wieder hinein und dämmere nach einiger Zeit doch etwas weg. Es muss sein, auch wenn mein Kopf sich nicht darauf einlassen will. Alessandro stürmt mit Nero herein, die Dämmerung draußen ist bereits im vollen Gange. „Boss, wir sind startklar. Die Jungs sind alle unten. Es ist alles bereit." „Ok wie lange habe ich geschlafen?"

„Zwei Stunden, wir hielten es sinnvoller dich nicht zu wecken, sorry, aber du bist nicht du selbst, du drehst am Rad, du siehst es nicht rational." Er kann mich nicht einmal ansehen der Wichser „Wollt ihr mich verarschen. Denkst du, er als Bruder sieht es rational. Ich bin der Boss." Kontere ich, ja eher schlecht als vernünftig. „Ja genau, das ist es du bist der Boss. Er sieht es rational." Meint Nero. Gott was schieben sie für einen Film. „Sorry Matheo ich kenne sie nicht einmal. Ich habe Ewigkeiten auf sie gewartet. Für mich ist aktuell nichts anders als sonst. Außer dass ich den Gegner hoffentlich in die Finger bekomme."

„Ich bin verdammt noch mal der Boss. Ich sollte mich vorbereiten." Sage ich ihnen, während ich bereits aufstehe. Nero kontrolliert seine Waffe und meint „Boss. Du bist immer, vorbereitet. Verdammt. Du läufst besser als jeder andere aus seinem Instinkt heraus. Du brauchst keinen verdammten Plan."

Ich nehme einen Schluck Whisky und gehe auf den Balkon. Viel zu lange habe ich keine mehr geraucht. Beide Beobachten mich. Die kühle Luft des Abends zusammen mit der Zigarette brennen in meinen Lungen, meine Art der Vorbereitung. Kurz und schnell. Effektiv.

„Ich komme gleich." Befehle ich ihnen. Sie wissen, dass sie sich verziehen sollen. Ich brauche einen Moment. Ich komme nicht damit klar, was diese Mission für mich bedeutet. Ich hole nicht nur meine Schwester. Es ist nicht nur ein Kampf. So wie sonst. Nein, verdammt es ist die Rettung meines Mädchens. Meines Gegenstückes. Der Frau ohne die ich nicht funktioniere. Die Frau, die mich zu dem macht, was ich jetzt langsam werde. Eines Menschen vielleicht. Schwachsinn, ich bin ein Mensch. Aber ich habe Gefühle nie zugelassen. Nie Liebe gegeben. Sehnsucht gespürt. Nicht nur körperlich.

Es ist auch der gegenseitige Austausch. Das Gefühl das ihr Wesen in mir auslöst. Der Wunsch nach Verbundenheit, nach Zuneigung, nach Gesprächen. Gott, Gespräche mit einer Frau, doch mit ihr sind sie nicht wie mit einem pinken Schoßhündchen. Nein Politik, Weltgeschehen und egal was es ist, man kann mit ihr darüber sprechen. Ich muss sie holen. Koste es, was es wolle. Koste es mich was es wolle und wenn es mich, mich kostet. Das ist egal. Ich bin sowieso so wie ich vorher war, vor ihr, nicht lebendig. Nicht, ja ich würde sagen, nicht lebenswert, schon gar nicht liebenswert. Ich will ein Leben und das mit ihr. Ich drücke die Zigarette aus, ziehe meine Stiefel an, schnüre sie bedächtig. Mein Messer an seinem Platz. Ich gehe die Treppe hinunter. Alle stehen sie da. Bereit ihre Königin zu holen. Meine Schwester zu retten. Bereit beide mit ihrem Leben zu schützen.

Wenn der Penner im Bunker recht hat, wird es heute einiges an hochrangigen Menschen dort zu sehen geben.

Ich bleibe unten stehen, blicke jeden von ihnen in die Augen „Männer. Danke das ihr gekommen seid. Ihr wisst, worum es geht. Wer von euch Zweifel hat, wer nicht bereit ist sein Leben für das der

Beiden zu geben. Der geht sofort. Eure einzige Chance." Ich blicke mich um in den Reihen. Es bedarf nicht mehr Worte. Sie sind präzise, knapp und unmissverständlich.

Alle blicken mich an und nicken. Einige ziehen sich weiter an. Es bedeutet sie sind bereit. So bereit wie nie. Kurze Anweisung und los geht's. Es ist bereits genug Zeit verstrichen. Ich fahre mit meinem Bike. Ich muss schnell dort sein. Ich kann es nicht erwarten. Meine Eintrittskarte ist bereit. Ich bin bereit.

Mein Messer ist es und meine Hände sowieso.

19. Daria

Ich sitze hier, mein Puls brennt in meinem Körper bei jedem einzelnen Schlag. Ich bin verantwortlich für diese Leben. Sie sehen alle so unschuldig aus. Gonzales erklärt die Regeln weiter.

Waffe füllen, eine Kugel. Rolle drehen. Bis er stopp sagt. Entsichern lauf spannen. Waffe nach oben. Wenn die Musik beginnt, zu dem Vordermann auf den Kopf richten.

Wenn die Musik erlischt, schießen.

Er macht sogar noch ein „Peng" mit seiner puren Hand. Ich spüre, wie ich erschrecke. In der nächsten Runde zwei Patronen. Dritte Runde drei.

Die Männer um mich herum nicken. Wortlos. Die Menge um uns herum, klatscht. Pfeift. Sie sind richtig angeheizt. Es ist eine Stimmung, wie bei einem Boxkampf mitten in einer Arena. Ich kann es einfach nicht glauben, was ich da höre. Ich spüre fast wie die Menschen in dem Kreis um mich herum zittern. Sie schwitzen. Versuchen die Tränen zu verdrücken. Das Adrenalin ist zu spüren, so wie als wenn es die Luft einnehmen würde.

Ich spiele. Ich hoffe das es so lange wie möglich dauern wird. Ich sehe, wie er mir in die Augen blickt. Er wendet sie kein Stück ab. Die Umgebung um uns herum ist totenstill, zumindest für mich. Das Licht ist schummrig und doch habe ich mich noch nie so hell erleuchtet und leicht zu beachten gefühlt. Kurz vor dem Ende, nehme ich nochmals die Mitte des Stückes auf. Ich zittere so, dass ich die Violine kaum führen kann. Mein Trostspender mein liebstes Stück und jetzt habe ich so viel Ekel davor. Angst. Abscheu. Abscheu vor ihm, vor mir und vor der ganzen Welt. Ich meine was ist mit dem kranken Hurensohn los. Ich kann selbst nirgends anders hinsehen, außer auf diese Noten, vor mir sitzt Ada bewegungslos und beobachtet. Diese Männer stehen da und warten auf den Tod, seitlich die Zuschauer und dahinter der Sex, auf den Sofas. Auch der Barkeeper schenkt aus, als wäre es ein ganz normaler Tag. Ada blickt mich an, hält sich den Mund zu. Ich sehe sie weint. Sie schüttelt es und Gonzales hebt seine Waffe, er richtet sie auf mich. Er hat es gemerkt. Ich kann nicht aufhören. Nein, scheiße.

Ich bekomme einen Schlag auf den Hinterkopf von dem Ringwichser. Ja wohl ein Wichser. Ich könnte schreien. Ich weiß nicht, ob ich es nicht sogar habe. Ich spüre, wie das Blut zu tropfen beginnt. Er hat seine Waffe genommen. Er spannt den Lauf der Waffe an meinem Kopf. Ich muss aufhören. Wenn er mich jetzt umbringt. Ist Ada die nächste. Die Zuschauer rufen mir Bitch zu und wollen das wir weiter machen. Wir müssen das hier überstehen. Vielleicht können wir dann fliehen. Der Barmann hat mir nett zugezwinkert. Er wirkt relativ normal. Vieleicht gibt es danach eine Chance. Ich weiß nicht, wie das hier abläuft aber wir müssen es probieren.

Ich nicke. Fassungslos spiele ich die letzte Zeile, ein paar kleine Noten auf dem Weg zur Besiegelung eines Schicksals. Ich beende das Stück. Warte auf den Ton der Waffen.

Ich erschrecke so wie fast noch nie. Ich schlucke den Brechreiz herunter. Ich kann es nicht fassen. Ada sieht mich an. Ich habe die Augen stur auf sie gerichtet. Während der links von mir umfällt. In der Menge startet ein Gebrüll. Gläser klirren auf dem Weg zum Anstoßen. Es hat den dünnen Blonden getroffen. Er ging einfach so zu Boden. Ich sehe das er noch seine Hand hebt. Meine Sicht verschwimmt immer wieder und ich kann mich kaum auf dem Stuhl halten.

Mein Kopf schmerzt. Ich weiß es ist fast anmaßend. Der junge Mann verliert gerade sein Leben. Aber ich muss Meines, für mich und Ada am Leben halten. Wir brauchen eine Chance. Und ich will sie verdammt noch mal.

Ich höre einen Schuss. Der Wachmann hat nochmal zwischen seinen Kopf geschossen. Ich spüre, das Blut auf meinem Körper. Ich lasse den Stimmstock fast fallen. Mache mir fast in die Hose. Wie viel kann man ertragen. Ich habe so viel Angst. Ich kann nicht sagen vor was am meisten. Vor dem Leben oder vor dem Tod. Wer weiß was geschieht, wenn ich nicht mache, was er sagt. Die Menge tobt und brüllt. Gonzales spricht weiter.

„Meine verehrten Herren, Runde zwei. Danach gibt's einen kleinen Snack und weitere Wetten werden angenommen." Er wirkt wie ein normaler Mensch auf einer Bühne, doch seine Worte sind die des Teufels inmitten seiner Anhänger.

„Lassen sie uns den betörenden Klängen lauschen", ich kann nicht fassen mit welch ruhiger, angenehmen Stimme er spricht. Ich denke fast, ihn macht das an. Das macht Sinn. Er lebt vom Leid anderer. Ich fokussiere die Noten. Ich versuche es. Es hört sich wie eine Kirchen Arie an. Ich spüre jede Note auf meiner Haut. Weitere Gänsehaut bildet sich auf ihr. Auch das Grauen füllt meinen Körper aus. Ich kann Ada nicht ansehen. Ich bin bereit auszurasten. Die letzte Zeile beginnt. Plötzlich ist das Licht aus. Scheiße, scheiße ich spiele irgendetwas. Höre aber das das Mikrofon und der Lautsprecher vor mir, aus sein muss. Es ist totenstill. Gonzales spricht.

„Was willst du?" Scheiße was geht jetzt da ab. „Was soll das?" Er hält meinen Stock fest, ich kann nicht mehr spielen. Dann höre ich Matheo.

Sofort kann ich wieder richtig Atmen. „Du bist im Begriff deinen letzten Atemzug zu tun. Das will ich. Du hast etwas das mir gehört. Hört ihr Männer. Ich bin es Matheo Santo"

Die Menge flüstert, ein Pfeifen ist sogar zu hören. Das ist so krank. Ich höre viele Schritte, meine Sinne suchen alles, was es gibt, es ist immer noch dunkel, aber der Raum fühlt sich so viel voller an. „Ruhe" befiehlt Matheo. „Ich will, dass du sie sofort, beide gehen lässt." Es tut so gut, seine Stimme zu hören. Die ganze Last fällt ab. Er will uns Beide. Und gleichzeitig baut sich wieder eine ungeheuerliche Last auf. Hoffentlich geschieht Ada nichts. Hoffentlich Matheo nichts. Hoffentlich schaffen wir es. Ada braucht unbedingt wieder ein Bein. Sie will doch ein Kleid tragen. Sie wollte tanzen lernen. Wir wollten schwimmen gehen, nähen, häkeln und reiten alles. Alles das, ist jetzt nicht wichtig aber prasselt in meinem zermatschten Gehirn in mich. Über mir geht der Schweinwerfer an. Ich traue mich nicht irgendwen anzusehen.

„Gonzales hat meine Schwester und meine Frau gestohlen. Somit hat er sich mich zum größten Feind gemacht." Seine Worte schneiden in diese ekelhafte Luft wie ein Dolch.

„Er weiß, was auf Diebstahl steht. Zuerst werde ich ihm seinen scheiß Arm abschneiden. Danach werde ich ihn langsam zerstückeln. Ihr könnt sehen, wie ich die Macht übernehme. Ich habe euch hier alle als Zeugen. Keine Angst euer Status, eure Wetten das ist mir alles scheiß egal. Gonzales!" er nimmt sogar in der Dunkelheit den Raum so ein, dass es jeden das Fürchten lehren muss. Dann geht das Licht wieder an, zumindest so viel, dass man gut sehen kann. Ich höre die Männer um mich herum flüstern. Vor lauter Schreck kann ich gar nicht so schnell schauen da hat er mich an den Haaren und reißt mich vom Stuhl auf. Er dreht meinen Kopf vor sich, genau in Richtung Matheo. Trotz allem, bin ich erleichtert, weil ich ihn sehe. Ich sehe ihm sein Alter deutlich an, auch wenn er nicht besonders Nahe ist. Obwohl ich nicht gut sehe. Er hat einen Bart. Wie damals als ich ihn zum ersten Mal sah. Er ist komplett schwarz, wie der Barbar, den ich kennenlernte.

Ada schreit. Die Männer um uns herum stehen immer noch so da wie von Anfang an. Nur einer weniger. Mein Puls springt bis in meine Augen, ich kann es pochen sehen. Ich spüre ihn so deutlich, auch in meinem Gesichtsfeld. Mein Arm schmerzt unwahrscheinlich, weil er mich so fest festhält, zusammendrückt. Zusammen mit dem Pochen an meinem Kopf von der Waffe drohe ich langsam wirklich umzufallen. Ein großer Fehler. Matheo sieht mörderisch aus. „Gonzales. Geh verdammt noch mal weg von ihr. Lass sie los." Der Idiot spricht tatsächlich. „Ja das ich das noch erleben darf, der Matheo Santo. Will seine verdammte Frau, die Bitch die ich in der Hand halte. Weißt du ihre Möse ist feucht und warm. Perfekt für mich."

Ich reiße meine Augen auf, hoffe das er das nicht glaubt. Hoffe das er mich so gut kennt und weiß, dass ich niemanden anderen nehmen würde, zumindest nicht von selbst. Wenn seine Augen Feuer zeigen könnten, dann wäre es jetzt der Zeitpunkt. Wenn ihm Hörner wachsen könnten, dann wäre es das verdammt nochmal jetzt. Seine Stimme ist ruhig. Zu ruhig. Ich drehe gleich durch, wie viel kann ich aushalten, dass mein Körper einfach abschaltet. Ich befürchte, es ist bald soweit.

Er spricht ihn wieder direkt an „Gonzales, lass sie in Ruhe. Jetzt kommt deine Stunde. Die Stunde der Vergeltung. Deine Sünden werden erlöst. Gratuliere du bist gleich ein Toter Mann. So ist das doch mit dem Tod oder. Du denkst ich habe getrunken?" Er spricht so ruhig, aber wieso hat er diese Whiskeyflasche dabei? Er hat ihn nicht einmal nach dem Trinken gefragt. „Ich werde nicht schießen, schau ich lasse meine Waffe fallen. Ich will einen Kampf, zwischen uns beiden. Du trainierst doch noch oder? Machst du noch die Situps? Komm oder hast du Angst, beweise das du es draufhast, alter Mann" ich kann nicht glauben, dass er das jetzt so zu ihm gesagt hat.

Die Menge sieht verwirrt aus. Gonzales wurde beleidigt. So richtig. „Santo ich werde sie nicht gehen lassen. Sie gehört mir. Deine Familie hat mich verraten. So ist es in Wirklichkeit. Das weißt du genau."

Ich höre was Matheo sagt. Ich hoffe ich verstehe es richtig. „So du denkst wirklich ich habe getrunken. Gonzales keine Geschichten, ich will die Wahrheit. Kein Hin und Her." sagt er und blickt mich an. Er gibt ihm einen Luftkuss. Das ist mein Zeichen, ich weiß es, ich hoffe es. Himmel, ich hoffe es, dass ich weiß, was er meint. Denn Das ist genau der gleiche Satz wie der, als wir uns in seinem Zimmer aufhielten. Wir verstehen uns wortlos du bist mein Gegenstück. Das waren seine Worte. Genauso wie er sagte, ich ziele und treffe immer ich muss nicht hinsehen. Und dann der Luftkuss, als er mir das sagte.

Ich reiße mich nach rechts weg und sehe im Augenwinkel etwas vorbeiziehen. Ängstlich sehe ich so schnell ich kann und so kurz wie möglich nach links. Mein Arm wird losgelassen das Chaos bricht aus, das Licht geht an und aus. Die Leute schlagen auf sich ein. Die Musik ist komplett aus. Der Kreis hat sich aufgelöst. Ich laufe nach rechts. Gegenteilig von dem, wo Ada war. Sie ist nicht mehr da ich muss sie suchen. Ich greife nach der Gabel, ständig hatte ich die Gedanken an sie, ich hole sie und halte sie, so dass ich zustechen kann. Hoffentlich muss ich es nicht tun. Ich komme nicht weit. Schon muss ich mich hinter dem Tisch verstecken. Sehe wie Matheo einen der Gorillas zu Tode prügelt. Jeder Atemzug fällt mir schwer.

Ich sehe, was er da macht. Und ich hoffe er gewinnt. Was bin ich für ein Mensch?

Vieleicht jemand der Todesangst hat. Ich weiß es nicht. Ich zittere und versuche mich aufzurappeln. Ich muss hier raus. Ich sehe mich nach einer Tür um. Nichts zu sehen. Vorhänge. Dunkle Ecken. Männer die am Boden liegen. Geschrei und Gestöhne. Alles auf einmal. Jemand packt meinen Fuß. Ich schlage um mich so schnell es geht. Spüre, dass ich zu ihm gezogen werde, der der mich hat versucht mich ruhig zu stellen, seine Hände sind an meinem Gesicht. An meinem Hals, sein Kopf nahe an mir, ich nehme die Gabel und steche in sein Gesicht. Fest, so fest ich kann. Schon spüre ich eine warme Flüssigkeit auf meinem Gesicht. Er hält sich etwas ruhiger, vielleicht ist er erschrocken, schnell fliegt sein Kopf zur Seite. Matheo steht da schlägt dem Angreifer das Gesicht zu Brei. Schnappt mich. Küsst mich. Ich könnte mich darin verlieren, aber es ist keine Zeit.

Er wirft mich über die Schulter. Baby ich hole dich hier raus. Verstehe ich irgendwie. Tesoro. Amore mio, ich fühle mich geborgen, obwohl ich nicht weiß, was weiterkommt. Er läuft mit mir, als wäre ich eine Feder. Mein Kopf schmerzt und ich muss mich übergeben. Ich breche über seine Schulter. Er scheint es nicht zu merken, denn er geht weiter. Weicht einer Kugel aus. Verdammt woher kam die, es geht alles so schnell. Er setzt mich ab und stellt sich bückend vor mich. Feuert ein paar Schuss ab und spricht mit irgendjemanden den ich nicht sehen kann. Nimmt mich wortlos und läuft weiter. Wir kommen eine Treppe hinunter. Hinaus zu einer Tür. Unscheinbar so wie ich das von hinten sehe. Ich sehe alles kleiner werden. Meine Augen drehen sich im Kreis. Er wirft mich in einen Lieferwagen. Auf die Rücksitzfläche.

„Baby liegenbleiben." Er gurtet mich an. Halt dich fest, ich bringe dich Heim." Seine Stimme ist purer Balsam für mich. Ich kann nicht glauben was da geschehen ist. Niemals werde ich das Glauben. „Ada, Ada" Sage ich ihm. „Schhht, schhht, ich weiß Rocko hat sie", er sieht mich an, nickt mir zu, ich sehe er ist auch von alle dem überwältigt. Sein Gesicht habe ich so auch noch nie gesehen. Ich habe Angst und gleichzeitig bin ich erleichtert.

„Alles ok?", er sieht mir in die Augen, bis ich nicke. Er küsst mich auf den Mund. Ein schüchterner und doch so aussagekräftiger Kuss. Die Wärme breitet sich auf meinem ganzen Gesicht aus. Er schlägt die Tür zu. Es ist kurz still. Bis er sich nach vorne sitzt und der Motor sich meldet und er losfährt.

Alles ok. Die Worte, die mir gerade helfen und mir erlauben meine Augen zu schließen. Er hat uns geholt. Ich war es ihm wert. Er sorgt sich um mich. Sonst hätte er mich ihm, bestimmt gegeben. Dann hätte er sein Gesicht auch gewahrt.

Er liebt mich vielleicht wirklich. Ich für meinen Teil, weiß es, ich liebe ihn. Auch wenn es dumm ist. Kindisch. Egoistisch. Ich will ihn auch dann, wenn er so ist wie er ist.

Ich lasse mich fallen und schlafe. Schnell legt sich der Sog der Dunkelheit über mich. Die Schmerzen geben ihren Rest dazu. Meine Augen schließen sich einfach, ich kann sie nicht offenhalten.

Ich öffne die Augen, als ich gerade wieder einmal über die Schulter geworfen werde. Ich höre ihn brüllen. Befehlen. Werde durch seine Schritte herumgeworfen. „Still. Weg, Decke. Sofort", seine Worte. „Fuck, das ist doch alles nicht auszuhalten, wird's bald", höre ich in noch, kann mich gerade so dazu aufraffen zu sagen: „Du hättest mich nicht holen brauchen!", er wirkt so genervt das er mich tragen muss. Brüllt jeden an, kann nicht ein bisschen nett sein. Ich mache zu viel Arbeit. „Nein, Fuck Daria, um das geht's nicht." Sagt er mir, während er weiter macht. Ich will es aber wissen, wieso ist er so schlecht drauf, ich bin doch da. „Um was geht's dann?" Schroff kommt von ihm nur, „Ach scheiß drauf", was soll ich mit diesen Worten anfangen, ich kann gar nicht wirklich darüber nachdenken. Es wird zu einem Teufelskreislauf, ich will mich nur ausruhen. Martha macht die Tür auf. Ich höre sie Daria sagen. „Meine Liebe." Sie streicht über meine Stirn. Schon geht er weiter, lässt niemanden Zeit zu sprechen, er ist gedanklich wo anders. Stampft die Treppen hoch, ich lehne an seinem Körper und lehne mein Gesicht an, an seinen Körper. Genieße das ich nicht denken muss. Ich weiß er gibt alles das es mir besser geht. Ich zittere vor Kälte. Vor Angst, aber das kann ich nicht abstellen. Langsam legt er mich auf das Bett, so als wäre ich ein rohes Ei. Geht ins Bad und kommt gleich wieder.

„Wieso hast du mich geholt?", ich frage einfach nochmal. „ich mache nie etwas das ich nicht will, das weißt du. Daria denk nach." Mehr ist nicht aus ihm herauszuholen, also warte ich. Sobald er wieder kommt, wirkt er besser gelaunt, warum auch immer. „Daria, äh Liebling. Daria. Komm ich wasche dir das Blut ab. Ist es deins?"

Ich habe Mühe die Augen zu öffnen. Es klopft. Er wirft die Decke über meinen Oberkörper. Scheiße ja das ekelhafte Hurenkleid. Ich hatte es vergessen. Martha steht vor der Tür, zieht scharf die Luft ein, Matheo schüttelt den Kopf, sie dreht sich um. Mit dem Kaffee in der Hand kommt er zurück, er sieht selbst kaputt aus. Dunkel und schwarz, die zerrissene Kleidung, rot und braun im Gesicht. Er sieht aus wie einer von einem Sonderkommando, er muss sogar eine schusssichere Weste tragen. Der Kaffee sieht nach Heimat aus, er hält ihn mir hin, Latte Macchiato. Gott sei Dank etwas Warmes. Ich nehme es dankbar. Die Decke um mich geworfen schlürfe ich die warme Flüssigkeit. Die Flüssigkeit in meinem Gesicht ignoriere ich vorerst. Matheo, sieht mich an. Seinen

Blick spüre ich, die Stille ebenso. Sieht meinen Kopf an und untersucht mich. Zögerlich. Ich sehe es ihm an.

„Bist du bereit", fragt er. Ich glaube er kann das alles nicht sehen. Ich nicke. „Ja komm ich dusche dich schnell ab. Nur waschen wird nicht reichen. Ich beeile mich für dich. Komm du brauchst Wärme und musst das loswerden. Ja?" Er zieht sich aus, entkleidet mich vorsichtig. Ich spüre seine Hände auf meiner Haut. So vertraut, liebevoll. Fast würde ich sagen, zum ersten Mal wirklich liebevoll, bedächtig. Mit halb offenen Augen sehe ich seinen blick.

Abscheulich sagt dieser mir, wegen dem Kleid, meinen blutigen Brustwarzen von dem Gesicht des Ekels, meinen schmerzenden Kopf und dem geschwollenen Gesicht. Ich will nicht sehen, wie ich aussehe. Und doch sehe ich in seinem Blick, etwas das Zischen Anziehung und Wärme ist. Es ist so emotional und trotzdem routiniert wie er das macht. Immer wieder ist etwas in ihm zu vernehmen das ängstlich wirkt. Und doch sachlich, er macht sich auf das Schlimmste gefasst. Er wartet noch auf meine Antwort.

Ich schüttle den Kopf. Ich weiß er will wissen, ob ich vergewaltigt wurde. Er traut sich die Frage nicht auszusprechen, anders als das erste Mal als wir über seinen Bruder sprachen. Heute hat er Angst. Sicherlich auch um Ada. Gott sei Dank kann ich nein sagen. „Nein, wir beide nicht" Ich sehe ihm die Erleichterung an, er atmet aus. Fasst seine Gesichtszüge fast augenblicklich wieder. Die Stille um uns herum ist ohrenbetäubend. Und angenehm.

Ich sehe zwar alles anderes als das aus. Überall blaue Flecken. Von allem anderen, aber das ist nicht geschehen zumindest nicht so wie er meint.

Er küsst mich, sofort zucke ich zusammen. Seine Hand berührt meinen Hinterkopf. Das, was ich so gerne mag. Schmerzt wegen dem Schlag von vorhin.

Er sieht seine Hand an, *wieder frisches Blut*. „Ich bekam einen Schlag. Ich denke es ist nicht so schlimm die

Blutung war nicht lange." Ich erschrecke. Salomon bellt vor der Tür. Ich wusste nicht, dass ich so schreckhaft bin. Freue mich aber total drüber das ich ihn höre.

„Ok, Van sieht sich das gleich an" ich höre ihn schon gar nicht mehr. Ich drehe mich um und gehe zur Tür. Ich spüre das es zu schnell ist. Will aber meinen Hund streicheln. Egal was ich anhabe. Ich öffne einen Spalt und er kommt herein. Gibt mir sein Pfötchen. Ich könnte ihn küssen. Matheo steht hinter mir. Ich weiß es. Er sagt nichts. Besser so. Aber ich weiß, ich muss jetzt duschen und ausruhen. Salomon legt sich sofort auf das Bett. Ich staune nicht schlecht. Sehe Matheo an. Er beginnt zu grinsen. „Ja, ja ähm ich habe den Tieren gestattet im Bett zu liegen."

„Wie bitte was?" Lache ich. „Gestattet. Du. Hier. Oder sie dir?"

„Sie haben auch auf dich gewartet. Sie haben mich stundenlang angesehen, warum ich dich nicht hole." Ich höre die Ernsthaftigkeit aus seinen Worten heraus.

„Also komm und lass mich dich jetzt duschen. Du musst dich ausruhen du wirst auch immer blasser." Ruhig kommt er auf mich zu und hält mit beiden Händen mein Gesicht. Vertraut. Warm wohlig. Küsst mich auf den Mund. Wie in Zeitlupe. Genau das, was ich brauche. Geborgenheit. Ich weiß er braucht es auch. Als ich ihn sah, zwischen all den Männern. War er der, welcher am meisten herausgestochen hat. Der, der einem am meisten Angst macht. Doch er war der der mich retten wollte. Der sein Leben, für meins gegeben hätte. Inmitten all den kranken Bastarden.

Ich kann gerade nicht weiter darüber nachdenken. Ich lasse mich in die Dusche führen. „Ich wasche ohne Seife den Dreck weg, ok?" will er wissen. „Danach brauchst du ein paar Fäden denke ich." Ich nicke Es ist mit egal, ich will das Blut von mir haben und schlafen.

Er zieht mich weiter aus. Ich sehe ihn nackt vor mir stehen. Die Lust kommt, aber der Sog der Müdigkeit ist zu groß. Ich streiche ihn über seinen Oberkörper. Er nimmt meine Hand. „Später meine Liebe, später."

Die Dusche läuft bereits und er führt mich unter sie, angenehme Wärme umgibt mich augenblicklich. „Ich beeile mich. Du musst schlafen. Du brauchst Schmerzmittel"

Ich nicke, kann nicht sprechen. Ich will das Blut weghaben und liegen. Mich an ihn schmiegen. Was war das für ein Höllentrip überlege ich. Wie kam das alles. Ich weiß ich bekomme keine Antwort. Ich muss später mit ihm sprechen. Aber erst einmal klar im Kopf werden. Er wird mir sonst nicht viel sagen. Marta wirkte so erleichtert.

„Ada" sage ich ihm. „Sie ist in Sicherheit. Marta und die Pflegerin kümmern sich. Ich gehe nachher zu ihr." Verspricht er mir. „Matheo sie braucht ein Bein. Wir haben so viel vor. Ich will mit ihr so viele Dinge machen. Sie will in der Praxis helfen. Hol ihr bitte ein Bein." Sage ich ihm, auch wenn es eher wie Brocken gebrochener Sprache aus mir herauskommt, während er mich wäscht. „Schhhhh, ja ich verspreche es. Wenn es dir so wichtig ist das es gleich ist. Ich suche für morgen einen Termin bei ihrem Hersteller" gut ich bin beruhigt. „Danke"

Ich spüre wie die Last und der Ekel genauso der Schmerz langsam weggespült werden. Ersetzt durch etwas wie Liebe. Ich weiß nicht, was Liebe genau ist. Aber das muss sie sein. Zuversicht. Hoffnung, wohlfühlen. Oder. Man weiß das es sie ist, wenn sie da ist. Wenn man sie in sein Herz lässt. Wenn ich sie annehme. So schlimm die Situation auch ist, ich weiß es ist ein besonderer Moment, ich weiß es, weil er jetzt vorbei ist. Er hat mir das gegeben das ich gerade brauchte, ich fühlte mich gerade so wohl, obwohl es einer der schlimmsten Tage meines Lebens war. Wir steigen langsam aus der Dusche. Ich fühle mich um so viel besser. Das Bad ist so schön warm. Das Handtuch kommt fast sofort.

Ich fühle mich leicht benebelt. Fast schummerig. „Matheo wir müssen schnell machen. Ich glaube ich schlafe gleich ein." Lache ich an seine Schulter. Während er meinen Rücken abtrocknet und Küsse auf meinem Kopf verteilt. Er schmerzt, aber es wird schon wesentlich besser. „Schhhh, ich helfe dir schnell anziehen und dann legst du dich hin. Deine Haare, das bekommen wir im Liegen auch hin. Keine Sorge. Keine Sorge, Daria. Ich werde mich um dich kümmern. Ich verspreche es, immer ich schwöre es." Ich nicke. Schmiege mich an ihn. „Wieso bin ich so müde?"

„Ich habe dir etwas zum Schlafen gegeben. Es tut mir leid aber ich musste. Du musst dich ausruhen. Ich brauche dich nachher fit. Ich muss dir einiges erzählen." „Du hast was. Bist du nicht ganz bei Trost." Schimpfe ich mit ihm. Normal bin ich froh, dass ich gleich schlafen kann, ich weiß es. Ich weiß, wie es mit den Albträumen ist. Sie werden kommen. Ich weiß es und er weiß es. Ich werde es ihm aber nicht sagen. Ich hätte vielleicht selbst danach gefragt. Aber er hat es mir ungefragt gegeben.

Das kann nicht wahr sein. „Sag mal spinnst du, du kannst mich doch nicht einfach einschläfern. Denkst du nur weil du willst das ich von einer Brücke springe mache ich das?" Ich sehe in seinem Blick, er erkennt es nicht. Er versteht es nicht. Leider kann ich mir darüber keine Gedanken machen. Es wird immer schwerer wach zu bleiben. Ich bekomme ein Shirt über den Kopf. Und steige in meine Unterwäsche hinein. Er führt mich bereits zum Bett, er überlegt kurz. „Ja klar, aber nur weil du weißt, ich stünde bereits unten und würde dich fangen." Er sagt es so, als wäre das ein normales Gespräch.

„Wie hast du mich gefunden." Frage ich noch, bereits fast im Schlaf. „Auch das ist eine Antwort für nachher. Ich werde dir noch Schmerzmittel geben lassen und deinen Kopf versorgen. Der Arzt ist gleich da" „Van?" frage ich, ich will nicht wieder einen Fremden hier haben. „Ja Van." Er nickt. „Gut. Ich habe Angst vor jemanden Fremden. Bitte keine Fremden." Sage ich ihm noch, langsam ist das Sprechen sehr schwer. „Nein keine Fremden, tesoro", sagt er und küsst mich.

Tesoro. Das hat er schon einmal zu mir gesagt. Ich fühle es bis in mein inneres. Auch wenn ich gerade sauer bin. Salomon liegt immer noch da und Mavi vor dem Bett auf dem weichen Teppich. Lustig irgendwie. Irgendwie sind wir jetzt beschützt frei und doch hier im ungewissen. Und Matheo mag die beiden. Ich weiß es. Sobald die weiche Decke über mir liegt, gibt es kein Halt mehr, ich schlafe ein. Ich habe nie Schlafmittel genommen schon aus Angst, was Leo mit mir machen würde und ich mich nicht wehren könnte. Aber hier, hier kann ich mich hingeben. Mich fallen lassen und gesund werden.

Ich klammere mich an den Abend am Wochenende, dieser als ich in das wundervolle Kleid schlüpfte und nur der Vorhang für mich aufging, als ich diesen nervenaufreibenden Moment meines Auftrittes erlebte, und nehme diesen mit in den Schlaf.

20. Matheo

Sobald ich in dem Scheißladen war, wusste ich es werden nicht viele übrigbleiben. Verdammt. Hier drinnen ist die High Society der kranken Bastarde. Staatsanwalt. Freunde vom FBI. Der Gouverneure alles.

Alle die, die sich mit ihrem Geld nicht mehr zu helfen wissen. Alle Die, die für das gesellschaftliche Leben zu krank sind. Normal sollte ich auch eingeladen sein. Hier finden sie sich ein. Und spielen verdammtes russisches Roulette. Und nötigen allen Ernstes zwei unschuldige Frauen. Ich will nicht wissen wie oft. alle samt Männer um meine Daria, Sira, und um Ada versammelt. Es werden Menschen aus den verschiedensten Schichten sein, alle irgendwem hier etwas schuldig oder verlorene Seelen die als Tod oder vermisst gelten. Keiner wird sie suchen. Gott er ist wirklich ein verdammter kranker Bastard.

Ich habe seine Ansprache gehört. Seine Zukünftige.

Das ich nicht lache. Sofort sah ich rot.

Ich wäre gerade aus hineinspaziert. Meine einzigen Gedanken waren rot und tot. Tot dem Bastard Alessandro und Nero haben fast zeitgleich in das Headset gebrüllt. Gebetet. Irgendwo zwischen Verstand und Wahnsinn konnte ich mich wieder fangen. Ich weiß mit diesen Gedanken wird es nichts werden. Ich brauche Präzession, Verstand und Mordlust. Das Einzige, in dem mein Vater recht hatte, war das Gefühle einen ablenken. Ich hätte mich fast wieder davon leiten lassen. Es ist im Leben ok aber nicht im Kampf. Niemals. Ich beobachte die Menschen. Die Soldaten von Gonzales. Seine Anhänger. Seine Gäste. Jeder hat den gleichen Gesichtsausdruck. Versunken über dem Leben und unter dem Gesellschaftlichen da sein.

Ich weiß, wie ich sie fangen kann. Mordlüstern muss ich auf Konfrontation gehen. Sie wollen eine Show. Dann sollen sie eine bekommen -ich liefere ihnen eine Show und sie werden mich Hoffentlich nicht gleich abknallen. Ich habe die Weste an, aber sie schützt eben nur bedingt. Und Daria oder Ada, sie haben verdammt nochmal keine. Daria hat nicht mal Stoff an. Ich habe nur eine Chance und die muss ich richtig nutzen. Das ist mein Steckenpferd. Darin bin ich gut ich weiß es. Da lasse ich mir auf keinen Fall, hineinreden. Rocko wird Ada nehmen, sobald sie abgelenkt genug sind. Er und Nero ihnen vertraue ich blind. Ich hole Daria, Sira. Alessandro hilft so gut er kann. Er wird mich am meisten beim Hinausgehen unterstütze und uns den Kopf freihalten. Ich hoffe er tut nicht nur so. Und ich hoffe für beide, dass wenn es ein Morgen gibt, er mit seiner Schwester sprechen kann. Sie muss es wissen. Sie ist nicht mehr allein. Ja sogar ich kann das beurteilen, auch wenn ich selbst ein kranker Bastard bin. In der Hinsicht ist sie reicher als die meisten und freier in ihren Entscheidungen, wer ihre Familie ist, als es anderen je möglich sein wird. Ich kämpfe für dich, Sira. Mit meinem Leben. Denn ich will mit dir das Leben. Das, welches du dir wünscht.

Das Einzige, was ich mir wünsche, bist du und das Leben, das du für uns beide vorsiehst. Ja ich bin ein Trottel. Aber einer der jetzt hier und sofort aufräumt.

Es geht alles schnell. Ich spüre, wie sich die Maske des Dons über den Struggler legt. Die Leute sehen es. Sofort herrscht hier in dem Scheißladen, Ehrfurcht macht sich breit. Angst und gleichzeitiges Erstaunen. Die

Ehrfurcht über den Struggler. Ich lasse mir nichts anmerken. Spaziere hier herum, als wäre der Laden mein. Habe die Whiskyflasche von der Ba in der Hand. Ja sie dürfen ruhig denken das ich nicht mehr ganz Trost bin. Aber ich habe diesen Plan. Und ich spiele meine Rolle so wie ich es mein Leben lang mache. Ich höre Daria, nein Sira. Ach fuck. Meine Liebste, spielen. Meine Gänsehaut muss verdrängt werden.

Die Lichter flackern in sämtlichen Farben. Die Menge ist still. Sie lauschen ihren Klängen und wer das nicht tut, macht mir den Weg frei. Ich bin gleich an der richtigen Stelle. Sehe sie sogar schon.

Scheiße, mein Herz macht einen Sprung. Ich will sie herausreißen. Aber ich weiß, ich muss mich Konzentrieren und dann geht alles so schnell. Sodas ich es selbst kaum fassen kann. Das Einzige, woran ich mich gerade jetzt erinnere, ist als ich ihr den Luftkuss zuwarf. Mein Plan. Mit meiner Whiskyflasche. Gonzales dachte er wäre für ihn. Als ein leck mich am Arsch. Aber er war für sie. Ihr Code für das Tap- in.

Und bei Gott sie sprang sofort darauf an. In irgendeinem schnulzigen Film würde von Gedankenübertragen oder einem Jing und Jang gesprochen werden. Ich spreche von Sira und Matheo. Wir beide gehören zusammen, auch wenn es total verkorkst ist. Fraglich in welcher kranken Welt das funktioniert. Aber ich will es versuchen und schon überschlugen sich die Ereignisse.

Mein Arm hat ein paar Kratzer. Bei Gott mein Rücken ist sowieso im Arsch. Aber Gonzales hats erwischt. Voll in die Halsschlagader. Er ging zu Boden. Er wurde zwar noch weggezogen, doch das kann er unmöglich überlebt haben. Alles was zählte war Sie. Als sie dann noch den anderen Wichser mit der Fucking Gabel angestochen hat, hätte ich nicht stolzer und gleichzeitig erschütterter und beschämter über mich sein können. Dass alles nur wegen mir, unserer Hochzeit und meinem Willen. Und nun liegt sie hier in meinem Bett. Nein mittlerweile unserem Bett. Ich habe die Matratze und alles erneuern lassen. Es ist unser Bett.

Sie liegt hier. Ich föhne das seidigste Haar, das ich kenne mit einem Föhn, den ich nicht wusste zu besitzen. Werde angesehen von einem pflichtbewussten Hund und einer narzisstischen Katze und habe das

Wertvollste in meinen Händen das ich besitze. Der Funke, der alles zum Überlaufen brachte. Der mich, so wie ich war zerstörte. Der die Zerstörung der toten Steppe, in meinem Herzen vorantrieb und sie in tausend Funken zerspringen ließ.

Ja es ist klar, ich muss ihr die Wahrheit sagen. Aber nicht hier, hier in diesem Haus. Nicht hier, wo alles angefangen hat. Hier wo wir nicht so sicher sind, wie ich es gerne hätte. Nein wir müssen in die Stadt. In den letzten Unterschlupf, den ich noch habe, von dem nicht einmal Nero etwas weiß. Ich habe ihn seit Jahren. Er ist heruntergekommen, aber funktionell. Ich weiß nicht, wie wir hier in dem Haus weiter kommunizieren können. Ich muss meine Männer drauf ansetzen nach wanzen zu suchen. Alles zu durchkämmen. Sie hat es verdient sicher zu sein. Ich denke sogar darüber nach, ein neues Anwesen zu kaufen. Oben am Hügel. Hier gibt es einige Objekte.

Wir können sie so weit umbauen lassen das ich mein Reich weiterführen kann. Ja das wird die beste Lösung sein. Die Klinik für ihre Tiere muss auch untergebracht werden. Dieses Haus ist kein Ort zum Wohlfühlen. Kein Ort, um sich psychisch sicher zu fühlen. Bestenfalls schaffen wir es irgendwann, dass wir vor Angriffen sicher sind, aber auch da habe ich meine Zweifel. Wer weiß mit wem oder was mein Vater zusammengearbeitet hat. Nein sie sieht täglich den verfickten Bunker. Ich sehe täglich den Garten, wo unser Altar war. Scheiße. Ich habe mit allem gerechnet aber nicht mit ihr.

Ihr vor der Hochzeit zu sagen das sie geschieden ist, ihr ihren bevorstehenden Mann umzubringen und sie dann noch als Frau zunehmen, alles im gleichen Moment, das war nicht der Plan. Und nein, niemals hätte ich mit dem gerechnet, wie es gekommen ist. *Fuck!*

Ich könnte sie gerade überall ablecken. In jedes Loch ficken. Sie ist die stärkste Person, die ich kenne und die sexiste Frau, die sich ein Mann wünschen kann. Rein im Herzen. Rein in der Seele. Ein Körper zum ausrasten. Immer dann, wenn ich sie berühre, wird mein eigener Körper wie in eine Explosion erschüttert. Funken erstrecken sich über meiner Haut bis zu meinem Herz. Wie kann das weiter gehen. Ich weiß die Antwort nicht, aber ich will das es weiter geht. Wir sollten uns eine Chance geben, aber das geht nur wenn wir von hier weg sind. Ich schreibe, während ich überlege, gleich meinem Kumpel eine Nachricht. Das ich das Haus am Hügel will. Das mit den Fensterläden, dem übergroßen Pool und dem großen Vorgarten. Er wird wissen was zu tun ist. Dieses Haus hier behalte ich noch. Mal sehen, wohin es führt. Aber mein Penthouse, dass werde ich verkaufen. Daria wird noch etwas schlafen, also werde ich mich gleich auf die Suche nach einem neuen Ehering machen, ich will, dass sie etwas von mir trägt. Etwas Markantes, wie einen Ring, der zeigt sie gehört mir. Und ich gehöre ihr, ja anders kann man das nicht sagen. Vielleicht gibt es etwas mit blau, wie ihre Augen, wie ein indigolithfarbener Edelstein.

Ich hoffe nur, das wenn ich ihr die Wahrheit erzählt habe es überhaupt noch einen Grund dafür gibt, dass wir ein neues Haus brauchen. Ich werde sie gehen lassen, wenn sie das will. Sie muss und soll aus freien Stücken bei mir bleiben. Wenn sie gehen will, soll sie das tun. Ich werde sie unterstützen, soweit ich kann. Neuer Ausweis, neuer Name und Geld. Alles das damit von ihren Wesen der Person, die sie ist, so viel wie möglich übrigbleibt. Verdammt ich dachte heute, er bringt sie um. Er sah aus wie der Geisteskranke, der er auch ist.

Ich mache mich selbst im Bad fertig und sehe nach meinen Männern. Martha ist angewiesen immer wieder nach ihr zu sehen. Verdammt, sie meinte sogar wir sollten ein Babyphon mit hochnehmen, falls Daria etwas benötigt. Mein Gehirn meldet sofort das sie Sira heißt. Fuck. Ja ich weiß Sira. Auch das muss ich noch erledigen.

Ich weiß nicht, ob sie nichts von den Kameras weiß oder ob sie sich dumm stellt oder schlau, ganz egal wie man es nimmt. Marta kenne ich, ich weiß, sie weiß es.

Nero und Alessandro sitzen unten in der Küche. Besprechen die nächsten Schritte. Ich falle gleich mit der Tür ins Haus. „Sie schläft jetzt, er scheint sie nicht vergewaltigt zu haben oder sonst etwas, wie geht's Ada, was sagt Van? Ich gehe gleich selbst nachsehen." Ich nehme mir noch ein Stück Bruschetta und gehe gleich weiter. Nero meint, Van sagte „Sie wird klarkommen. Sie ist die Scheiße in unserem Leben gewohnt." Ich hebe die Augenbrauen, beiße ab. Lasse die Worte auf mich wirken. Ja auch sie muss von hier weg.

„Er sagt ihr geht's gut, aber sie hat nach dir und nach Sira, ah sorry, Daria gefragt" Ich erstarre fast „Nimm bloß den Mund nicht so voll. Sei doch leise Nero ich warne dich." Sage ich ihm. Mann ich bin schon paranoid. „Alles klar Boss, sorry!" Er hält, die Hand ans Herz, ein Spinner eben. „Bin bald wieder da, dann gehen wir die nächsten Schritte durch", sage ich ihnen.

Ich war eine Stunde bei Ada. Ja, es geht ihr soweit gut. Rocko hat sich um sie gekümmert, fast mehr als mir lieb ist. Niemand außer der Pflegerin und Marta waren bei ihr. Irgendwer muss es ja tun. Fast ignoriere ich die Tatsache, dass er nur seine Arbeit macht. Wer hätte ihr verdammt nochmal sonst ins Bett helfen sollen. Ich habe es so satt. Mir den Kopf über diese Scheiße zu zerbrechen. Ich feiere innerlich den Sieg über Gonzales. Ich weiß aber ganz genau, dass es das nicht war. Es kommt immer wieder jemand der uns schaden will. Der meine Macht haben will, meine Männer, mein Imperium und jetzt auch noch meine Frau. Verdammt, sie ist so jung. So ja alles, was ich nicht bin. Mir graust es vor morgen. Morgen werde ich ihr alles sagen. Vielleicht habe ich derweil herausgefunden, was das mit dem Bruder von Gonzales sollte. Wieso war Alessandro wie ich in Brasilien.

Gedanklich gehe ich meine zu erledigenden Dingen ab, das Handy für Daria aktivieren, den Ring, den ich für sie wollte, bringen lassen und die Inschrift gravieren lassen. Sie viel mir während ihres Spielens ein, sie kam einfach. Außerdem braucht sie Freiheiten und wenn es mit einem einfachen Handy, Laptop und irgendetwas, das außerhalb der Mauern beginnt. Ich will ihr so gerne großartige Erlebnisse schaffen, vor allem wenn ich so wie jetzt weiß was mit ihr geschehen ist. Ob es eine gute Sache ist, das jetzt zu tun, weiß ich nicht. Aber sie hat recht, es wird immer irgendjemanden geben der uns Schaden will. Immer jemanden der ein Auge auf uns wirft, ja was nützt uns das Leben, wenn wir es nicht Leben. Wir müssen irgendwann anfangen. Gonzales Sohn der Schlappschwanz, ist keine große Gefahr und sicherlich wird es Tage dauern, bis er hier in New York sein wird und dann muss er erst einmal einen Plan haben. Ich bin jedenfalls vorbereitet.

Ich checke meine Emails, das Haus am Hügel, ja ich habe ein gutes Gefühl dabei. Mein Gebot steht. Wenn alles glatt läuft, bekomme ich übermorgen Bescheid, ob es unseres ist. Ada bekommt das Poolhause, es ist groß genug und gut zu sichern. Was nicht passt wird verändert. Auch sie braucht etwas für sich selbst. Ich bin nicht ihr Vater, ich bin nicht ihr Aufseher, aber ich kümmere mich um sie und beschütze sie.

Als ich zurück in die Küche komme, sitzen Alessandro und Nero bereits unten, bei Kaffee und Lasagne. Wie immer. Ich beobachte die beiden. Sie verstehen sich seltsam gut. Er fügt sich bei uns ein, als wäre er schon immer hier. Ich gebe ihnen ein kurzes Update, was mir bei der Party aufgefallen ist, wer mir aufgefallen ist und das Übliche.

Alessandro und Nero haben gute Ideen für neue Schritte. Ich werde die Männer von Gonzales übernehmen, das war mir schon klar, bevor sie es ausgesprochen haben. Ich werde dafür nächste Woche eine Versammlung einberufen. Wir haben eine Handvoll Männer, die zu uns gehören bei ihm eingeschlichen. Fuck es war heute so knapp ich kann nicht darüber nachdenken. Auch Ada ist komplett fertig. Van hat auch ihr Schlafmittel gegeben. Ich muss die zwei in Sicherheit wissen und das geht nur, wenn ich weiß, wo sie sind und ich sie beobachten kann. Ada würde mir den Kopf abreißen, wenn sie wüsste, dass ich auch sie beobachte. Aber es muss sein.

„Ich fahre mit Daria ähm Sira ein paar Tage weg," platzt es aus mir heraus. Sie sehen mich an, als würde ich gerade nicht ganz bei Trost sein, doch dann lacht Nero, nein er schmunzelt. „Ja Mann mach das, ihr habt es verdient, vielleicht kommt ihr ja zurück und seid zur Abwechslung mal einer Meinung. Also keift euch nicht ständig an und bitte, vielleicht kannst du mal wieder versuchen vernünftig zu denken. Ja Boss? Der Alte ist tot, wer weiß, ob sein Sohn überhaupt Interesse an irgendeiner Form von Rache hat. Wer weiß, er wird nicht umsonst kaum Kontakt zu ihm gehabt haben. Was hast du vor?" ich wusste nicht das Nero so viel am Stück reden kann. Doch auch ich schmunzle, fasse mir an den Bart, der nicht mehr da ist, trinke einen Schluck Kaffee. „Ich dachte, keine Ahnung, was haltet ihr von einem Essen? Das macht man doch oder. Essen gehen, vielleicht ein kleines Konzert, irgendetwas mit Instrumenten und danach in meinem Casino übernachten, die Dachterrassensuite?" frage ich die Zwei, weiß aber gar nicht ob mich ihre Meinung interessiert. Wichtig ist, ob wir genügend Mann haben für den Falle des Falles. Nein, niemand wird sie umbringen wollen, wenn dann wollen sie sie haben und an mir kommt keiner vorbei. Ich lasse sie nicht aus den Augen. Niemals.

„Ja ich denke das wäre ein guter Anfang, du hast Kontrolle hinsichtlich Sicherheit und ihr hättet bestimmt Spaß." Meint Nero, Alessandro nickt, hält sich immer noch seinen Arm, aber auch er wirkt so, als würde er es gut finden. Ich weiß er will seine Schwester endlich kennenlernen, doch ich kann sie nicht so überfordern, einen Schritt nach dem anderen, das ist jetzt der Plan.

Ich nehme mein Smartphone und regle die Übernachtung. Aufgrund unserer Feier haben wir sowieso diese Woche die Übernachtungen abgesagt. Marta beginnt sofort damit mir das Restaurant welches „In" sein soll, zu beschreiben. Ich wusste nicht einmal, dass sie weiß, was modern ist. Nachdem ich gegoogelt habe, alles erledigt habe und jetzt aufgeregt bin, wie ein kleiner Junge gehe ich zu Sira, wir werden hoffentlich zwei schöne Tage haben und ich werde es ihr hoffentlich erklären können. Danach fahren wir in meinen Unterschlupf, bis das Haus, das wir hoffentlich bekommen, fertig ist. Ich kann sie verstecken, während ich agiere. Mir die Männer von Gonzales nehme und seinen Sohn ausschalte. Es ist so ungewohnt, dass hier alle ein Lächeln tragen, sogar ich. Das glaube ich hatten wir in diesem Haus noch nie, nie, solange ich mich erinnere. Sie ist nicht in diesem Raum und schafft es das wir alle wegen ihr und für sie Lächeln. Unglaubliches Gefühl und unfassbares Gefühl das das mir passiert, einer toten Seele wie mir.

Wir fahren die Straße entlang, ich habe sie einfach mitgenommen. Mitgenommen in ein Abenteuer, ja ich denke so kann man es tatsächlich beschreiben. Ich für mich war nie auf solchen Dates, solchen Auszeiten oder auf dem Weg zu schönen Stunden. Ja klar ich war in Hotels zum Ficken. Mehr nicht. Keine Konversation, nichts. Und jetzt sitze ich nach nur ein paar Wochen nachdem ich diesen Menschen kennen gelernt habe auf dem Weg in ein Wochenende für Paare. Auf dem Weg Romantik zu fühle, Freude zu empfinden für uns und hauptsächlich Freude darüber das sie sich zu freuen scheint. Sie sieht aus dem Fenster, der kühle

Herbst Vibe von New York begleitet uns. Die Musik läuft angenehm im Hintergrund. Ich sehe die Straße, auf welcher ich den Wagen führe, ich sehe sie jedoch heute anders. Nicht so wie sonst, klar an den üblichen Ecken die üblichen Gangster, aber heute sehe ich Paare die in Ihren dicken Jacken an den Parkbänken sitzen, sehe die Menschen, die vor den Cafés sitzen und lächeln. Fuck. Das macht etwas mit mir das ich nicht beschreiben kann. Immer wieder schiele ich zu meiner Frau und kann mir das Lächeln nicht verkneifen, meiner Frau. Das muss man sich erst mal auf der Zunge zergehen lassen. Sie lächelt ebenfalls, neugierig beobachtet sie das Geschehen außerhalb des Wagens. Sie sieht immer noch nicht wirklich gut aus, ihre Wunden werden heilen müssen, ich hoffe wirklich, dass ihr das Wochenende etwas hilft.

Sie ist stark, die Stärkste, die ich kenne. Sie hat den fucking Gonzales überlebt. Das kann nicht jeder von sich behaupten. Sie wirkt nicht zerbrochen, nein nur noch willensstärker. Bis ich mich versehe, spüre ich den Stoff ihrer Jeans unter meiner Hand, ich habe meine Hand auf ihren Oberschenkel gelegt, starre weiter auf die Straße. Ich habe es nicht gemerkt, ich war wohl in Gedanken versunken.

Ich komme mir gerade so normal vor wie noch nie, fast lächerlich.

Im Hotel angekommen merke ich sie ist angespannt. Das letzte Mal, als wir vor ein paar Tagen hier waren, ging es nicht gut aus, dieses Mal kommt keiner rein oder raus, der nicht geprüft wurde.

Sicherheit gibt es in unserer Welt nicht, sie ist rau, aber ich kann Kontrolle herrschen lassen und das werden wir tun.

Wir sind gerade im Zimmer angekommen, wie ich sehe, hat Ada die neue Kleidung schon liefern lassen. Ein paar Taschen stehen hier. Das Zimmer ist das Beste das wir haben.

Sie geht sofort zum Fenster und sieht hinaus, ich sehe das Glitzern in ihren Augen. „Na gefällt dir, was du siehst?" Ich stehe neben ihr, mein Arm um ihre Taille gelegt, drehe sie langsam, so dass ich sie ansehen kann. „Daria, ich will mit dir eine schöne Zeit verbringen, will dir etwas Freude schenken. Ich will das du dich wohlfühlst und dass wir zusammen etwas Freiheit haben. Ich werde dich beschützen mit meinem Leben, will dir geben, was du brauchst."

Ja jetzt sehe ich das sich das vorherige Glitzern der Augen in glitzernde, kleine Tränen verwandeln, toll was war jetzt falsch. Ich blicke sie an und weiß nicht, was ich tun soll. Ihre dünnen Arme schlingen sich um mich, ihr Kopf ruht auf meiner Brust, sodass ich den Duft ihres Haares einatmen kann. Es gibt für mich kaum etwas Schöneres. „Danke, danke Matheo. Danke das du mich verstehst, ich dachte nicht, dass du es verstehen kannst. Ich dachte nicht, dass du es überhaupt verstehen willst. Ich weiß die Situation ist nicht gerade entspannt, doch es beutet mir viel, dass du es versuchst. Ich war noch nie in einem Hotelzimmer. Noch nie habe ich so eine Aussicht gehabt. Ich meine, ich sehe die Liberty, ich sehe sie, wie damals aus deinem Penthause. Doch dieses Mal in einem anderen Blickwinkel. Weißt du, ich dachte sie ist freier als ich, heute sehe ich sie von dieser Seite und ich fühle mich freier. Seltsam, oder?" Ich blicke auf sie herunter, lasse sie reden. Ihre Augen sehen mich so intensiv an, ich sehe sie weint nicht wirklich, ihre ganze Haltung ist entspannt. Viel entspannter als meine Eigene, dann die glitzernden Augen, sie wirken fröhlich. Sie sehen mich so eindringlich an, dass dieser seltsame Funke, dieser gute seltsame Funke sofort in mein Inneres vordringt. Er zerschmettert gerade wieder irgendetwas in mir, ich spüre es.

Dieses Gefühl, kenne ich nur bei ihr, nur wegen ihr und immer, wenn es da war, bin ich danach ein Stück weit anderes. Ich kann es nicht wirklich erklären, aber ich habe gelernt das Zerstörung nicht nur schlecht ist, sie kann etwas Gutes hervorrufen und dass schaffen nur diese Edelstein Augen, diese indigolithfarbenen Augen mit diesem Herz in dieser kleinen großen Gestalt. Ich küsse sie, nehme ihren Mund in Besitz, prickelnde Lippen kommen mir sanft entgegen. Ich will sie nicht verletzen. Ihr Gesicht hat unter dem Makeup immer noch die blauen Flecken, der Kopf hat immer noch diese Nähte.

Diese Wärme ruft nach mehr. Mehr von allem. Merda, ich weiß es nicht, ist das wirklich Liebe, sie muss es sein. Ich will ihr nahe sein, Tag und Nacht, will sie spüren Tag und Nacht. Mir geht es gut, wenn es ihr gut geht. Angst, ja Angst ist ebenfalls vorherrschend, das kann nicht wahr sein, nein diese Gedanken kann ich jetzt nicht zulassen, zu wichtig ist mir dieser Moment. Ich hoffe nur es ist nicht zu viel für sie, sie besteht aber darauf, dass es ihr gut geht.

Sie klammert sich an meine Schultern, zieht mich näher zu sich. Küsst mich und verschlingt mich ebenso berauscht, wie ich sie. Unsere Zungen führen ein Eigenleben, nehmen den anderen Mund ein. Es scheint nicht genug zu sein, so sehr will ich sie. Doch zulassen kann ich das heute nicht, nicht jetzt es ist die letzten Tage zu viel passiert. Sie braucht Ruhe. So sehr ich es auch will sage ich „Daria, Tesoro, wir haben einen Tisch reserviert. Wir sollten uns fertig machen und im Anschluss will ich mir dir in die Mitternachtsvorstellung eines Stückes gehen, eine Art Oper doch mit vielen Instrumenten. Es ist wie eine Art Theater, sehr begehrt du wirst es sicherlich lieben." Ich sehe ihr in diese fesselnden Augen sie nickt und ihr Lächeln ist breit. Gott sei Dank, ich dachte schon es ist zu viel. Aber wir brauchen dringend ein paar gute Erinnerungen, irgendetwas, auf das wir aufbauen können. Wer will schon auf Mord, Kidnapping und Angst zurückschauen und wer will auf unsere verdammte Hochzeit zurückschauen, ich will ihr etwas Besseres bieten.

„Wow, Matheo du überrascht mich immer wieder. Ich danke dir, ja ich will das unbedingt sehen. Hätte ich das gewusst, hätte ich mir noch Kleidung besorgt."

Sie klingt so aufgeregt das ich lache.

„Ich habe es gewusst und deshalb stehen hier auch die Kleidertaschen. Ada hat die Kleidung ausgesucht und hier her liefern lassen. Ich wollte die Überraschung beibehalten also bitte nimm sie, sie sollen dir nicht vorschreiben, was du anziehst, wirklich nicht."

Wow, ich sehe an ihrem Gesicht, dass ihr das heute total egal ist, sie freut sich und ich kann mich mir ihr freuen.

Wir müssen uns sowieso langsam beeilen, das Essen ist für in einer halben Stunde reserviert und wir müssen noch etwas fahren.

„Ich sage es nur ungern aber wir haben nur fünfzehn Minuten, bis wir losfahren müssen." Ich sehe, wie ihre Augen in erschrocken wechseln, doch sie macht sich sofort daran ein Kleid zu suchen. Wie ich sehe, liegt ein dünner Mantel dabei. Perfekt. Ich checke noch mein Telefon, der Immobilienmakler muss sich heute eigentlich melden. Der Ring in meiner Hosentasche, das ist diese Sache, die mich erschrecken lässt. Diese Sache, von der ich keinen Schimmer habe, wie ich das anstelle. Ja wie stellt man das an, eine verheiratete Frau, seine eigene Frau zu fragen, ob sie den Rest ihres Lebens mit mir verbringen will. Ob sie von mir alle Tage ihres Lebens geliebt werden will, heute werde ich, ich Don Santo den Mut sicherlich noch nicht aufbringen können.

Bis ich mich umsehe steht diese besagte Frau vor mir, schöner als je zuvor. Dieses schwarze lange Kleid ist ein Traum, durchsichtige Ärmel, an der Brust wie bei einem Herz. Passender könnte es nicht sein. Ihre Kurven schmiegen sich an dieses Kleid, als wäre es für sie bestimmt. Ihre Kette ruht sanft an ihrem Hals.

Ich küsse sie sofort wieder, muss mich beherrschen nicht vom Plan abzuweichen.

„Bist du bereit?" frage ich, ich höre das meine Stimme eine andere Geworden ist, verdammt, sie macht mich fertig.

Sie wird mich sicherlich noch umbringen und wenn sie es nicht ist, dann alle diese Herzinfarkte, die auf mich zukommen, immer dann, wenn andere sie ansehen. Lächelnd nehme ich mein Sakko und wir verlassen das Hotel.

Noch nie habe ich es mit einer Frau im Arm verlassen, noch nie war eine Frau an meiner Seite, die den Status verdiente.

21. Daria

Ich wusste die letzten Stunden nicht wirklich wie mir geschieht. Wer dieser Mann an meiner Seite ist, dieser nette, fürsorgliche und große Mann ist. Ich hatte fast eine Panikattacke bekommen als er sagte wir fahren weg. Dann nochmal als ich hörte wir fahren in das

Hotel. Ich habe nichts als die kleine Handtasche und meine Kleidung, die ich trage. Ich lief schnell ins Bad und habe mir mein Messer genommen, es ist sogar trocken und ohne Rost. Ich habe es genau wie Martha sagte, versteckt. Es ist in meinen Socken und die Jeans darüber. Perfekt. Ich weiß ich werde es nicht brauchen, deshalb fühlt es sich so gut an es dabei zu haben. Denn ich habe mir fest vorgenommen, nicht mehr ohne es irgendwo hinzugehen.

Ich weiß nur, als er mich von Gonzales holte, ich war so froh ihn zu sehen, zu wissen, dass er mich holt. Zu wissen, dass er auf mich aufpassen wird. Dieser gefühlstote Matheo, der langsam Emotionen zulässt. Dann noch Salomon und Mavi die auf mich, durch ihn gewartet hatten, könnte es besser sein? Ich fühle mich zuhause, nicht in der Villa, aber zuhause im Leben, ich will das Leben. Ich will mit ihm leben, auch wenn es für mich bedeutet, Teil der Mafia zu sein.

Ein Teil von Matheo zu sein, das macht mir beides fast gleich Angst. Ich spüre, dass es das Risiko wert sein wird. Er ist es wert. Er will besser sein, ich fühle es und ich will ihn so, wie er ist. Er kümmert sich um mich und will das es mir gut geht. Kümmert sich um Ada und die Männer, das sind doch mit, die besten Eigenschaften, welche ein Mann haben kann, und er hält sein Wort.

Vorhin im Hotelzimmer ist wieder so etwas Seltsames passiert. Seine Augen wechselten von Dunkelbraun in das hellere Bernsteinfarben. Die

Falten um seine Augen wirkten nicht alt, nein ganz und gar nicht, sie wirkten wie das Leben. Freudig, charismatisch. Er nahm mich in den Arm und ließ die Wärme seines Körpers auf meinen eigenen übergehen. Hüllte mich mit Vertrautheit, Sicherheit und Zuwendung ein, ja ich merke genau, während ich hier im Wagen sitze, das ich das Wort Liebe benutzen sollte.

Ich fühle mich von ihm geliebt. Wow, das muss ich selbst erst einmal verarbeiten, ich hatte ja mit Ada schon darüber gesprochen, doch heute und nach den letzten Tagen, bin ich bereit es zuzugeben. Ich liebe ihn und ich denke er liebt mich, jeder gibt so viel er kann und so wie er es kann. Auch das spüre ich, es sind nicht die Kleider, die ich bekommen habe, nein nichts von dem. Er will das es uns gut geht. Uns beiden.

Wir betreten das Restaurant, ich fühle mich königlich, in diesem atemberaubenden Kleid, nicht overdressed nein, alle sehen hier so aus. Ich bin schon beruhigter. Nach der Fahrt im Aufzug, wenn man das so nennen kann, sind wir hier oben gelandet. Ein Traum, anders kann ich das nicht beschreiben. Dieses Restaurant glänzt mit allem, was man haben kann. Wie hat er hier einen Tisch bekommen?

Der Boden ist schwarz, überall gibt es Fenster und die Lichter der Nacht in und um New York, sind zu sehen. Leise Musik übertönt die anderen Gäste. Traumhaft wirklich. Wir werden zu einer Sitznische begleitet. Naja, es ist eher ein kleiner Raum im Raum, Pflanzen und Gemälde zieren die Umgebung. Es wirkt alles unheimlich teuer und doch fühlt man sich sofort wohl. Ich könnte lachen, mein Mann sitzt mir gegenüber und hält mir die Hand auf dem Tisch, ja das wollte ich immer schon einmal erleben. Solche kleinen Dinge, solche kleinen Momente die einen beflügeln. Es ist wieder so ein Moment, einer bei welchen man weiß, dass er es wert ist ihn zu sammeln.

Denn sobald ich fühle es ist der perfekte, so ist er wieder vorbei. Und das macht ihn so besonders. Ich fühle mich wie in einem romantischen Film, zwei normale Menschen sitzen in einem Restaurant und essen, er hält ihre Hand, der Kellner schenkt Getränke ein und sie quatschen den ganzen Abend.

Das wäre fast so gut wie das, das wir gerade haben.

Seine Wärme wandert meinen Arm hinauf, vorhin im Hotelzimmer hätte ich am liebsten Sex gehabt. Ich will neue Erinnerungen, will die der letzten Tage verschwinden lassen. Ich glaube es funktioniert nur so, neue Erinnerungen mit neuen Ereignissen schaffen. Und dieser Abend heute, nimmt jetzt schon einen großen Teil in mir ein.

„Was möchtest du Essen, Daria?"

Oh, damit habe ich nicht gerechnet, Gänsehaut überzieht meinen Körper, sein Bariton umhüllt mich hier inmitten von den ganzen Menschen. Ich könnte sofort über ihn herfallen. Wissend was diese Stimme bedeutet. Ich sehe es ihm an er will kein Essen, doch das geht hier wirklich nicht. Schnell bemühe ich mich, es mir selbst nicht ansehen zu lassen, auch wenn ich gerade ganz genau spüre, dass es zwischen meinen Schenkeln langsam zu feucht wird.

„Ich weiß nicht, was kannst du mir empfehlen, kennst du die Speisen hier?" frage ich ihn, blicke ihm in sein schönes Gesicht, ich lache in mich hinein, was würde er sagen, wenn ich ihm sagen würde, dass ich ihn schön finde.

Ich muss mir nun wirklich ein Kichern verkneifen.

„Magst du Pasta? Vielleicht mit einem Roastbeef, oder lieber Kartoffeln dazu? Also ich kann dir wirklich beides empfehlen, zur Nachspeise würde ich sagen, gehen wir im Park eine Runde, dort steht ein Süßigkeiten Truck, so einer wie ein Foodtruck weißt du? Es muss wirklich toll dort sein, ich war noch nicht, aber Marta hat es empfohlen!" Sein Grinsen wird immer breiter. Er übernimmt das Gespräch mit einer Leichtigkeit. Fast so, als würde er mit mir immer über solche Dinge sprechen, ich erkenne ihn nicht wieder.

Wo kommt dieser Matheo her, dieser Romantiker.

Ob ihm diese Romantik überhaupt bewusst ist? Ich denke fast nicht, aber ich habe beschlossen, irgendwann, als ich da unten in dem Keller war, dass ich gutes annehme ohne es lange zu Analysieren. Wieso auch, wieso nicht einfach mal den Tag genießen. Genau und deshalb nicke ich, während ich bereits an meinem Glas Wasser nippe. Ich nicke und lächle ihn dümmlich an. Wenn ich es nicht besser wüsste, würde ich auch sagen er wirkt unsicher. Ja lächerlich.

Er bestellt unser Essen, wir sprechen derweil über Alltägliches, obwohl es seltsam sein müsste, fühlt es sich genau richtig an. Die Musik im Hintergrund, die Speisen vor uns und das Gesicht das

einen verzaubert, gegenüber von mir. „Wann hast du deine Mutter das Letzte mal gesehen?" ich will es einfach wissen, weil ich wissen will, wie er dieser Mann geworden ist. „Ich habe sie kurz nach Adas Geburt, bereits nicht mehr gesehen. Ich war ein junger Erwachsener, ich erinnere mich daran, dass sie krank war, sie hatte keine Haare mehr, nichts. Heute weiß ich das es wohl der Krebs war, weißt du, sie hat mir immer Schokolade aufs Kopfkissen gelegt, als ich noch klein war. Meinem Vater gefiel das nicht, sie hat Unternehmungen mit mir gemacht, Parkspaziergänge, Rummelplätze, Spiele gespielt.

All das, wozu mein Vater nicht in der Lage gewesen wäre oder was er für nicht gut befunden hätte. Wir waren sozusagen ein kleines Team." Ich sehe ihn an, seine Falten sind wieder etwas stärker, jedoch sein Gesicht wirkt noch gut gelaunt, er erzählt es auch in einer Leichtigkeit, die ich mir für mich wünschen würde. „Deine Mutter, was ist mit ihr, wann hast du sie das letzte Mal gesehen" er isst weiter und ich muss überlegen. „Meine Mutter, das ist lange her, solange dass ich mich nicht mehr an ihre Stimme erinnere, ich denke ich war vielleicht so zwischen acht und neun. Wir haben zusammen Musik gemacht, dass weiß ich noch, naja eigentlich sollte ich sagen ich weiß es wieder. Seitdem ich das Buch zu meinen Seiten habe, erinnere ich mehr an sie. Es kam langsam. Ich wünschte ich konnte mit ihr darüber sprechen. Sie soll angeblich Klavierspielerin gewesen sein und auch noch eine sehr gute" sage ich ihm, meine Leichtigkeit schwindet fast. „Ja," er räuspert sich und fährt fort „das muss sie gewesen sein, so wie du dein Instrument führst, so etwas habe ich sowieso noch nie gesehen. Niemals. Dieses Talent, vielleicht ist sie, während du spielst, bei dir!" Nein, das hat er jetzt nicht wirklich gesagt oder, ich bin gerührt, Tränen sammeln sich in meinen Augen. Dieser eine Satz war genau der den ich hören musste, der mir Auftrieb gibt. Vielleicht ist es wirklich so, sie lebt in meiner Musik weiter, überlege ich.

Wir sprechen noch über Martha, die Villa und dann ist es schon Zeit zu gehen. Martha ist anscheinend schon immer Teil der Familie, sie hat ihr Leben diesen Menschen verschrieben. Ich mag sie so sehr, sie ist fast wie eine Großmutter, auch wenn ich nie eine hatte. Unsere Strickabende, das Klatschblatt lesen, das gemeinsame Putzen und ihre Anekdoten liebe ich einfach.

Mir ist allerdings aufgefallen, dass er das Handy heute mehrmals angesehen hat und mindestens zwei Anrufe weggedrückt hat. Ich finde das seltsam, will aber den Abend nicht ruinieren. Gerade als wir zahlen wollen, holt er eine kleine Tasche neben seinem Stuhl hervor, was soll das? „Hier meine Liebste, dein neues Smartphone, du kannst anrufen, wen auch immer du willst, wann du willst, es hat Internet. Adas Nummer und meine sind selbstverständlich schon eingespeichert. Genauso wie die von Nero und Davide, auch wenn er schon lange nicht mehr bei dir war, er ist aktuell auf Nachforschungsmission. Mach dir keinen Kopf. Ich will das du tun und lassen kannst, was du willst, solange es im Rahmen der Kontrolle für dich und mich liegt. Nein nicht, weil ich dir nicht traue." Er schüttelt den Kopf, nimmt meine Hand.

„Hör zu, Sicherheit gibt es bei uns nicht, das weißt du, ich will das wir einschätzen können, wie weit wir mit allem gehen können. Das heißt leider, momentan noch nicht allein außer Haus gehen und nichts Unüberlegtes machen.

Ja?

Ich vertraue dir und will das es dir gut geht. Können wir uns darauf einigen?" Ich bin perplex, mein Herz macht einen kleinen Sprung mehr. Er will das es mir gut geht und er vertraut mir. Was sollte ich mehr wollen. Ich danke ihm mit einem kleinen Kuss. Freudig sehe ich es an, tippe gleich darauf herum, ich hatte noch nie ein wirklich eigenes Handy.

Das zusammen mit dem Umstand, dass ich bald wieder arbeiten kann und meine Praxis leiten können werde, so wie ich es will bin ich gerade wunschlos glücklich. Ich kann raus, wann ich will, perfekt. Ich weiß selbst das ich Nero oder Davide brauche, sie werden immer ein Auge auf mich haben, sie zwei genauso wie die Feinde. Und ich will doch jetzt meine neue Familie genießen. Auch dieser wundervolle Abend wird weiter in Erinnerung bleiben, die angenehme Stimmung und wir zwei, die sich ein paar Stunden Auszeit gönnen.

Er gibt mir die Hand und führt mich zum Aufzug „Wo gehen wir hin?" frage ich ihn, sehe mir sein Gesicht genau an. Ich könnte ihn stundenlang ansehen, ich glaube ich werde mich nie satt sehen können. Im Spiegel des Aufzuges sehe ich uns beide, er steht hinter mir, wir sehen so toll aus, dass ich es nicht glauben kann. Ich dachte immer ich könnte nie so elegant aussehen, aber dieses Kleid macht mich elegant, ich fühle mich auch so.

Er drückt meinen Rücken an seinen Oberkörper und küsst meinen Hals, fährt mit seinen Händen meine Flanke entlang zu meinem Oberschenkel.

Es ist, als würde sich ein Feuer entzünden, eines, das in Sekundenschnelle lichterloh brennt. Dieser heiße Atem auf meiner Haut, die warmen starken Hände die mit leichtem Druck meine Schenkelinnenseite von außen zum Glühen bringt.

Der Aufzug ist von allem abgeschirmt, nur eine leise Fahrstuhlmusik ist zu hören, so vergisst man die Welt um sich herum. Ich vergesse, die ganzen Menschen und bin auf seinen Mund konzentriert, ich spüre seine schnellere Atmung und seinen Penis, der durch die Hose in meinem unteren Rücken drückt. Einfach unglaublich wie scharf das hier aussieht, wie scharf ich mich fühle und was diese kleine Bewegung, dieser Moment mit mir macht. Ich würde am liebsten alles stehen und liegen lassen, auf alles pfeifen und mit ihm auf unser Zimmer gehen.

Ich drehe mich etwas um, denn ich will ihn küssen und weiter machen mit dem, was wir gerade tun. „Nein, nein meine Liebe, merke dir das für später. Wir wollen uns noch die Dachterrasse ansehen." Flüstert er mir entgegen, während er mein Gesicht festhält und mich küsst, mir seine Worte während des Küssens in den Mund spricht.

Leise, beherrscht und doch selbst fast in seiner Entscheidung wankend, ja er braucht den Körperkontakt genauso wie ich. Ich kann es genau heraushören, meine Lippen beginnen sich lachend nach oben zu ziehen.

Es ist unglaublich, mein Körper steht in Flammen, meine Vagina kribbelt angenehm und ist bereit. Ich spüre bereits die Nässe. Das Ping des Aufzuges ertönt. Schon weiß man, es ist vorbei, ich bekomme noch einen schnellen Kuss und sehe sein Lächeln, es war Absicht würde ich fast vermuten, so sieht es zumindest in seinem Gesicht aus. Ich muss total rot angelaufen sein, Himmel, hoffentlich kommt uns niemand entgegen, sie werden denken wir haben diesen Aufzug für Sex missbraucht.

Ich bin mir sicher, dass ich genauso aussehe.

Viel Zeit zum Nachdenken bleibt mir allerdings nicht, ich lege meine Hand in seine und wir betreten diese grandiose Dachterrasse.

Hier sieht es fast aus wie in einem Jungle. Mit jedem Schritt, betritt man eine andere Welt, er sieht mich an und ich sehe den fragenden Blick in seinen Augen.

Er wird wissen wollen, ob es mir gefällt. Hier gibt es nur so viel Licht wie nötig und so wenig wie möglich. Spektakulär sind die Flammen der Fackeln, sie winden sich im Luftzug, die kleinen Bodenlampen weisen den Weg. Überall Bäume, Pflanzen, Steine und kleine Holzelemente. Im Hintergrund die Skyline von New York. Das sieht so unfassbar aus das mir die Worte fehlen. Ich nicke ihm zu. Meine Begeisterung, muss mir ins Gesicht geschrieben sein, denn er lacht mich an. Aus dem nichts heraus, reicht er mit einen Kaffeebecher ToGo. Wow, ich bin gerade glaube ich, wunschlos glücklich.

„Unglaublich du hast das alles so geplant, ich danke dir. Es ist wundervoll. Sieh dir die Skyline an", ich atme die wirklich sehr kühle Abendluft ein und sehe mir diese Aussicht an, die Lichter in der Dunkelheit. Die Fahrzeuge die unten vorbeiziehen. Die Lichter die sich im Wasser spiegeln. Ich spüre, wie sich eine Decke um mich legt. „Hier meine Liebste, auch die ist für dich. Ich dachte mir schon das dir kalt sein wird." Er küsst mich auf den Scheitel und wir beobachten diese Aussicht. Ich fühle mich gerade so geborgen und so berauscht, berauscht vom Leben.

Geborgen bei diesem Mann. Meinem Mann. Ich hätte das nie gedacht, aber ich bin so glücklich. Nach einiger Zeit der Stille und des Bewunderns, spüre ich wieder warme Küsse auf meiner Haut.

„Daria, es tut mir leid, dass ich es noch nicht eher gesagt habe." Ok ich bin verwirrt vor allem dreht er mich jetzt auch noch so, dass ich ihn genau ansehen kann. Er wirkt ebenfalls verwirrt, der Wind weht etwas durch sein dunkles Haar und die Lichter flackern in seinem Gesicht. Aber er lächelt. Ich nippe an meinem Kaffee und spüre, wie er meine linke Hand nimmt.

„Daria ich wollte es dir schon eher sagen, nein eigentlich wollte ich es nicht wahrhaben, ich konnte es nicht sagen, weil es sonst wahr werden würde. Weißt du manchmal gibt es Dinge, die man nicht sagen will, um sie nicht zu teilen. Sie gehören einem ganz allein. Manchmal gibt es Dinge die will man jedem sagen und somit sind sie vielleicht nicht mehr so besonders.

Aber worauf ich hinauswill.

Ich will es dir sagen, weil es dann noch wundervoller wird. Daria, ich liebe dich. Von ganzem Herzen. Dich Daria. So wie du bist. Ich liebe dich!" Ich nehme nichts mehr um mich herum wahr, nur sein

Gesicht. Er sieht mich an, Tränen der Rührung sammeln sich sofort wieder in meinen Augen, gut, dass es dunkel ist. Sein Gesicht spiegelt seine Worte ganz und gar wider.

Dieser Blick, den ich heute für seltsam hielt, er ist wieder da und nun weiß ich das er Liebe bedeutet.

Ich weiß aber auch genau, dass ich das Verliebtsein hinter mich gebracht habe und ihn mittlerweile auch liebe. „Fuck Daria, anfangs wusste ich nicht, was es heißt zu lieben, aber mit dir ist es ganz klar und einfach. Meine Gefühle sind alle auf dich ausgerichtet. Mann scheiße, mir macht das echt eine Heidenangst. Ich kenne mich damit nicht aus, wie du bestimmt schon gemerkt hast. Aber ich will für dich das Beste geben. Du hast das Beste verdient und ich will dich Glücklich machen." Ich weiß gar nicht was ich sagen soll. Soll ich etwas sagen, kann ich überhaupt etwas sagen, ich glaube meine Stimme wird brechen. Ich mache das einzige Richtige für mich, ich Küsse ihn. „Matheo ich liebe dich" ich flüstere es ihm entgegen. Er hat es gehört, denn sofort wird seine Umarmung fester, seine Anspannung fällt ab, ich spüre es genauso wie bei mir. Mein Becher droht zu fallen, aber das, ist mir egal.

Wichtig ist nur das ich dieses Geheimnis losgeworden bin. Auch wenn es mir wirklich, wirklich mehr Angst macht als ihm. Liebe, so ein kleines Wort und so eine große Bedeutung. Das ist mir bewusst. Doch ich kann und will es nicht mehr ändern. Ich bin zuhause angekommen, bei ihm.

Wir küssen uns noch einige Zeit, dann führt er mich zur Brüstung und zeigt mir den Süßigkeitenwagen aus der Ferne. „Sieh, dahin werden wir jetzt spazieren und da hinten an der anderen Seite ist die Konzerthalle. Komm lass uns langsam los, damit wir gemütlich gehen können. Du wirst sehen es lohnt sich." Er zwinkert mit den Augen.

„Deine Jacke darfst du nur nicht vergessen, die Decke kannst du auch mitnehmen. Egal, mach was dir guttut." Er lacht und wir gehen los. Ich bin total aufgedreht und nervös. Unfassbar so etwas für mich.

Wir schlendern durch den beleuchteten Park, überall diese typischen New Yorker Parkbänke, viele Parklaternen leuchten den Weg. Sogar die Blätter rascheln unter meinen Schuhen. Immer wieder kommen uns Menschen entgegen, egal aus welcher Schicht. Manche warm Angezogen, manche auf dem Weg zum Party machen, sogar welche die ihre Hunde ausführen. Dieser Foodtruck steht ebenfalls einfach so im Park. Einige tummeln sich darum herum. Andere nehmen ihre Sachen mit. Matheo holt mir einen Kaffee und eine Schokoerdbeere, ich beobachte ihn, während ich mir das neue Handy nehme, ein Foto von ihm mache und es an Ada schicke.

Sie wird schauen. Ich frage sie auch gleich, ob ich ihr morgen, wenn wir zurückkommen, eine mitnehmen soll. Bestimmt wird sie etwas davon wollen. Wir müssen morgen früh unbedingt noch einmal hier her, ich will das alles bei Tageslicht sehen, ich glaube man kann den Herbst deutlich in den Blättern sehen. So schön, dieser Abend ist jetzt schon der Schönste meines Lebens.

Bevor ich darüber sinniere, wie traurig das eigentlich ist, kommt Matheo schon wieder. Er lacht. Dieses Grinsen, lässt mein Herz sofort schneller schlagen. Der Wind, der leicht in seinem Haar weht, das Lächeln und dieser heiße Anzug, was könnte besser sein. Er gibt mir die Erdbeere und den Kaffee. „Dankeschön, ich wollte schon immer so eine kosten. Du hast eine Banane? Das sieht hier alles so großartig aus, hast du die Menschen gesehen?" frage ich ihn, ich bin kaum zu stoppen. Ich küsse ihn sofort, er hält mir seine Banane hin „Hier koste mal die, sie sind hier die Besten." Hm, sie schmeckt wirklich gut, sie schmeckt ein Stückweit nach Freiheit denke ich mir. „Wir müssen schon weiter, oder?" kaum das ich heruntergeschluckt habe, nickt er. Streicht mein Haar zur Seite, das der Wind mir ins Gesicht gepustet hat. Liebevoll grinst er mich wieder an. „Komm wir gehen weiter" ich nicke. Die Erdbeere in der einen und den Kaffee in der anderen Hand schlendern wir durch die kühle Abendluft.

Das Theater ist schon zu sehen, alles ist beleuchtet. Einige stehen schon vor dem Eingang, alle sind gut gelaunt. Kein Anflug von Unmut oder solchen Verhaltensweisen, die man bei einer Party oder einer Veranstaltung in unseren Kreisen trifft. „Tesoro, komm wir gehen hier hinein, dem Seiteneingang. Es ist alles für uns vorbereitet." Sein Bariton trifft mich wieder unvorbereitet. Himmel, ich werde mich wohl nie daran gewöhnen können. Ich lächle, ich kann auch gerade nichts anderes als dumm zu lächeln, er hat an alles gedacht. Wann hat er das geplant. Wie kam es, dass er diese Ecke seines Herzens geöffnet hat. Ich werde lieber nicht fragen, manchmal ist es doch besser etwas nicht zu wissen, oder?

Wir sitzen in diesen edlen Sesseln an dem für mich besten Platz, es ist hier nicht groß und die Bühne ist nah. Toll einfach. Alles füllt sich hier drinnen relativ schnell. Wir sitzen in einer Art Separee. Traumhaft. Seine Stimme tritt wieder an mein Ohr, es ist mittlerweile so voll, dass ich ihn schlecht verstehe „Na gefällt dir, was du siehst, es ist eine sozusagen Nobel Stand Up Darbietung verschiedener Künstler, Musiker und Sänger. Es wird denke ich so neunzig Minuten dauern." Raunt er mir ins Ohr.

„Wow, ich sehe ihn an, meine Augen müssen riesig sein, „dass ist so cool" schreie ich im fast entgegen.

Ich bin so neugierig. Die erste Darstellung beginnt bereits, sie singt. Eine Sprache, die ich nicht verstehe, aber ihre Stimmlage und ihr Ausdruck, dieser Anmut sind zu fühlen. Ich weiß nicht, aber es trifft mich mitten in mein Herz, schon in der ersten Minute sind die Menschen um uns herum vergessen, ich bin hin und weg. Die zweite ist eine Tänzerin, sie tanzt eine Art Ballett, ihre Kleidung ist wie eine zweite Haut, man erkennt sie nicht vom Körper weg, ich spüre die Theatralik und die Liebe, die sie verkörpert, zusammen mit den Bässen und den Klängen in meinem Ohr, eine wirklich einmalige Darbietung. „Sind das alles Profis? Sie sind unglaublich" drehe ich mich zu Matheo um, und frage ihn.

„Ja, sozusagen, meine Schöne" ich lächle ihn an, kann mich gerade leider nicht auf ihn Konzentrieren, denn die Nächsten zwei Darbietungen vor der Pause nehmen mich vollkommen ein, dieses Mal sind es eine Sängerin und ein Mann mit Gitarre. Ich habe so unglaublich es sich anhört, Tränen in den Augen. Sie sind so wundervoll.

So toll, wie sie zu zweit diesen Saal einnehmen. Es ist nichts, außer die Beiden zu hören. Ich sehe zu Matheo, denn die Pause scheint zu beginnen, die Lichter sind wieder heller und auf der Bühne wird hinter dem Vorhang, umgebaut. Er drückt wieder den Anrufer weg, ich sehe auf mein Smartphone, ob ich von Ada eine Antwort habe. Und tatsächlich, sie schreibt. *Ja wie geil, siehst du, er kann sich auch wie ein normaler Mensch aufführen.*

Ich muss fast kichern, schreibe schnell zurück.

Ja, ja du hast ja Recht. Willst du auch so etwas, dann nehme ich es morgen früh mit. Ich schicke ihr das Foto von Matheo am Süßigkeitenwagen. Das mit den Schokofrüchten. Sofort kommt eine Antwort: *Ja ich nehme von allem eines und diesen Cheesecake, den sie dahaben, ich will das wir das Rezept herausbekommen, er schmeckt unglaublich.* Ich schreibe schnell zurück, weil Matheo bereits aufsteht. *Alles klar, bis morgen, Küsschen.* Er hält mir die Hand hin, komm wir sehen uns das da unten kurz an. Ich bin überwältigt, was er sich einfallen hat lassen. Vor allem bin ich neugierig, ob ich diese Künstler sehen kann. Sie sind grandios.

Ich kann mir sogar die Bühne ansehen, jeder gibt ihm die Hand, er wirkt so entspannt, lächelt, unterhält sich nett. Ich kann mich auch nett unterhalten, kurzer Smalltalk, aber das reicht. „Daria", ruft er mich, ich gehe zu ihm, nicke den anderen zu. „Meine Liebste, sieh auf der Bühne steht eine Violine, sie ist deine. Sie wurde repariert und ich habe sie herbringen lassen. Du bist die Nächste, die diesen Leuten zeigen wird, was es heißt, spielen zu können, was es heißt, die Musik zu fühlen und alle zu verzaubern", er küsst mich, ich bin sprachlos. „Nein, so wie ich aussehe?"

„Daria, du bist wunderschön, sie dich an, du bist entsprechend gekleidet, dein Gesicht ist wunderschön und es interessiert niemanden, wenn du spielst, wie du aussiehst, es wird nicht einmal jemand Zeit haben darüber nachzudenken. Komm ich weiß es ist ein Traum von dir."

Ich sehe ihn an, seine Falten um die Augen, die mir Geborgenheit zeigen, seine Bernsteinfarbenen warmen Augen, die mich bestärken. Sein Lächeln, dass mich aufmuntert. Er sagte mal zu mir, sei ein Macher, nimm deine Sachen und mach es. Vielleicht sollte ich es machen, meine Finger kribbeln bereits, voller Vorfreude aber mein Verstand blockiert mich. „Soll ich dich erst wieder ficken das du spielen kannst" fragt er mich einfach so, während er mich küsst.

Ich bin total von den Socken, fast hatte ich seine Ausdrucksweiße vergessen, aber ich gebe zu ich liebe es, meine Vagina brennt jetzt zusätzlich voller Vorfreude. „Was wenn ich, ja sage" sage ich mutig. Ich weiß nicht, wo es herkommt aber sein und mein Grinsen wird breiter.

„Dann wirst du keine Zeit zu spielen haben, ich kann schnell sein, aber das schaffe ich nicht. Schau, die Lichter werden schwächer du bist jetzt dran" Gott, mir bleibt keine Zeit ja oder nein zu sagen, ich sehe ihn an und gehe bereits auf meine Violine zu, ich brauche nicht einmal Noten ich kenne sie, ich kenne sie von meinem

Lieblingslied, Dance Monkey, ich werde dieses Spielen, heute hier ist eine andere Situation wie die vor ein paar Tagen, vielleicht kann ich diese Erinnerung mit dieser Neuen ersetzen. War das sein Plan, ich glaube es fast.

Wow, dieser Mann bringt mich dazu mich neu zu verlieben, bis ich mich umsehe steht er an der Seite und beobachtet mich. Er ist mein größter Fan, zusammen mit Mavi und Salomon die Beide immer neben mir saßen.

Der Vorhang geht auf, ich zittere, versuche souverän zu wirken. Ich darf hier stehen und spielen, auf der gleichen Bühne wie diese großartigen Menschen, hier vor diesem Publikum. Ich sehe in die Runde, so viele Menschen, alles wirkt hier überdimensional groß, wenn man als kleine Person vor ihnen allen steht. Ein Blick zu Matheo der mir zunickt und die Augenbrauen hebt. Mein Puls spielt in meinen Ohren die eigene Darbietung meiner Musik. Ich bin ein Macher. Ja ich bin ein Macher, ich sage es mir immer wieder, hole tief Luft und beginne. Ich bekomme nichts mehr um mich herum mit, ich bin mit meinem liebsten Stück vereint, spiele und spiele. Meine Finger führen ihr Eigenleben, mein Körper bewegt sich selbstständig. Ich mache die lange Version, das heißt beim Mittelteil lasse ich den Refrain wieder hineinfließen und es geht von vorne los.

Als ich wieder etwas sehe und mich wieder auf die Menschen vor mir sehe, höre ich sie applaudieren. Ich glaube ich grinse über das ganze Gesicht. Ich bin so glücklich, bin so froh es gewagt zu haben, ein Traum ist wahr geworden. Ich warte noch ganz kurz und husche in Matheos Arme. Ich küsse ihn, ich bin ihm so dankbar, so dankbar, dass er an mich glaubt, dass er mir diesen Wunsch erfüllte ohne dass ich ihn bitten musste. Das er aus mir das Beste hervorlockt, vor allem dann, wen ich es gerade selbst nicht kann.

Er lächelt mich wieder an. Ich selbst kann gar nicht sprechen, ich sehe nur seine Lippen an und sehe sie bewegen sich. „La mia scintillante distruzione, tu hai il potere" ich weiß es nicht genau, aber ich bin seine funkelnde Zerstörung, oh ja, mein Lieber das bist du ebenso.

Du zerstörst meine Angst, schenkst mir funkelnden Mut. Und dann auch noch, dass ich die Macht habe, Gott, was ist mit ihm geschehen.

Ich schüttle lächelnd den Kopf, ja ich hatte die letzten Wochen genug Zeit mein Italienisch aufzubessern, jetzt mit dem Handy wird es schneller gehen. Wir gehen wieder zu unserem Platz, ich bin noch so überwältigt und berauscht, dass ich gar nicht mitbekomme wie wir wieder hier oben an unserem Platz sind.

Er fällt sofort über mich her, „Kannst du leise sein? Es wird sicher noch dreißig Minuten dauern, keiner wird kommen. Wir ziehen unseren Vorhang zu, ich nehme dich und wir lauschen den Klängen." Meint er das ernst? Ich muss rot wie eine Tomate sein ich spüre es, ich schüttle den Kopf, merke aber ebenso schnell das ich kaum schüttle, seine Lippen berühren schon meinen Mund und seine Hand wandert unter meinem Kleid zu meinen Schenkeln. Meine Vagina würde mir das Leben zur Hölle machen, wenn ich da jetzt nicht mitmache, sein Penis drückt bereits in meinen Bauchnabel. Er hebt mich hoch, dreht sich mit mir zur Wand, küsst mich und nimmt meinen Mund, meinen Verstand und meinen Körper in Besitz. Ich will es. Ja ich will alles, es kann mir nicht schnell genug gehen, egal wo wir sind. Ich bin an die Wand gelehnt, er schiebt mein Kleid so, dass er meine Brust in den Mund nehmen kann, ich erzittere sofort, dieser Blitz schießt sofort durch meinen ganzen Körper. Ich kann kaum still sein, diese Lava, die durch meine Adern schießt, weckt meine Vagina, die nun immer nasser wird.

Ich öffne seinen Gürtel, fasse in seine Short und befreie seinen Penis. Das leichte Licht lässt ihn gefährlich aussehen, er ist so warm und hart und ebenso weich. Es ist meiner.

Ich umschließe ihn, mit meiner Hand und fahre hinauf und ab. Gott ich könnte das Stundenlang machen, es fühlt sich so gut an. Die Lusttropfen füllen meine Hand, ich bücke mich etwas herunter und nehme ihn in den Mund. Er stöhnt sofort etwas auf, kann sich aber gleich wieder zusammenreißen. Seine Hände, sind an der Wand hinter mir abgestützt. Er kann sich kaum mehr kontrollieren, ich spüre es, meine Vagina tropft fast schon von selbst, das kommt davon das er mich den ganzen Abend immer wieder etwas heiß gemacht hat. Er dirigiert seinen Penis in meinem Mund, fest und schnell. Ich liebe das, ja es ist sein Charakter, der mir da entgegenkommt, ich kann einfach meinen Mund öffnen und mich gehen lassen. Er ist so groß und so tief in mir, so weit dass ich mich fast sticke und ich mache weiter, nehme ihn noch tiefer. Schlucke die Feuchtigkeit und die Erregung herunter.

Er stößt in meinem Rachen an, fest, roh und unglaublich erotisch. Ja, das ist wieder so ein Moment, welcher neue Erinnerungen schafft. Ich sauge und streiche über seine Hoden. Spüre sein grunzen durch die Vibrationen, er zieht mich hoch, küsst mich und verschlingt meinen Mund, mit der anderen Hand zieht er an meiner Brustwarze. Ich glaube ich schreie gleich. Seine Finger machen genau das Richtige. Sein lächeln schickt sofort wieder diese Lava durch meine Körper.

Er küsst mich weiter, schiebt mir seine Zunge in den Mund, reibt seinen Penis etwas und stößt an meinen Bauch. Gottseidank hat er das Kleid hochgeschoben, man würde es sofort sehen. Er Kniet sich hin und schiebt mein Höschen zur Seite.

Sofort, trifft mich seine warme Zunge an meiner Perle, genau da wo ich es brauche. Ich lehne mit meinem Körper an der Kühlen Wand. Lasse meinen Kopf angelehnt, meine Augen sind geöffnet und es macht mich nur noch mehr an. Der Vorhang ist zu aber der minimale Spalt lässt etwas Licht herein. Ich bin berauscht durch die Musik, halte mir meinen Mund selbst zu, denn ich glaube ich breche gleich aus, ich zittere und kann kaum stehen. Immer wieder, fliegt meine Hand auf seine Schulter, das ist so gut. Meine Schenkel, zittern diese Funken, die er durch meinen Körper schickt, ich komme.

Alles wird warm, zittert, vibriert und entlädt sich über meinen ganzen Körper. Er steht auf lässt mir keine Zeit darüber nachzudenken. Mit einer Leichtigkeit hebt er mich hoch und sitzt mich auf seinem Penis ab. Gott das fühlt sich einfach nur gut an, ich spüre jeden Zentimeter, den ich in mir aufnehme.

Ich bin so gedehnt, dass sich weitere Nervenenden melden, ich könnte gleich wieder kommen. Es ist so überwältigend, er kommt an meine Gebärmutter sodass auch innen jeder Muskel sich verkrampft und zum Orgasmus auftürmt. Er drückt uns an die Wand, ich muss nichts machen außer es genießen, er schiebt mich auf und ab, immer fester, stöhnt in meinen Mund. „Du bist mein, Deine Muschi ist mein, dein Körper ist mein. Fuck!" kommt es stoßweise aus seinem Mund. Der Schweiß an seiner Stirn vermischt sich mit meinem eigenen. Ich küsse ihn, schon wieder komme ich, sein Penis drückt immer fester in mich hinein, er ist immer härter und schneller. Gott mein Innerstes explodiert. Ich spüre, wie auch innen alles vibriert.

Es kribbelt alles, innen, außen überall bis in meine Zehen.

Ich kann es kaum aushalten. Ich atme so tief ein, um nichts hinauszuschreien. Benebelt spüre ich das es das nur noch mehr verstärkt. Ich weiß kaum wo hin mit mir. Ich zittere und kann mich nicht mehr halten. Ich komme bereits so lange, dass ich die Augen nicht mehr aufhalten kann. Wie macht er das nur.

Ist es der Winkel?

Er hat alle meine Punkte in meine Inneren getroffen. Er schießt, seine heiße Flüssigkeit in mich hinein. Drückt mich fest auf seinen Schwanz. Verharrt da angenehm. Auch das, fühlt sich so gut an. Stürmisch küsst er mein Gesicht, leckt hinunter zu meinen Hals. Zwischen einem kurzen Blinzeln sehe ich sein Lächeln. „Na bist du noch da, du bist so geil. Ich kann es nicht beschreiben. Tut mir leid, eigentlich war das so nicht geplant. Geht's dir gut?" seine Stimme klingt so seltsam. Ein Lächeln ist zu sehen, aber ich höre die Unsicherheit. Wieso nur, es war so gut wie noch nie.

Wie alles an diesem Tag, ich habe das jetzt

gebraucht. Dieser Schutz, diese Geborgenheit, ich kann mich auf ihn verlassen, er macht nur das, was mir guttut.

„Ich habe Mühe zu sprechen" sage ich immer noch mit Schnappatmung.
„Nein es war perfekt. Es war toll. Ich bin so kaputt. Lass uns gehen,"
sage ich ihm, ich hatte kurzzeitig das Gefühl ohnmächtig zu werden so
gut war es. Ich habe das öfters, das liegt an meinem niedrigen Blutdruck.
Er streicht mir die Haare wieder glatt, na gut er bändigt die Locken.
Mein Kleid ziehe ich wieder an Ort und Stelle. Elegant schließt er seinen
Gürtel und nimmt meine Tasche, „Ja lass uns gehen, nehmen wir noch
einen Kaffee mit und gehen ins Hotel. Ich zeige dir die Wanne" nein, er
bringt mich um, seine Stimme erweckt meine ausgelaugte Vagina sofort
wieder zum Leben.

Jeder Schritt reibt sie weiter und lässt sie nur noch nässer werden. Die
kühle Luft hier am Abend lässt mich wieder wacher werden. Es war ein
überwältigender Abend. Der beste meines Lebens. „Danke, Danke", sage
ich ihm „du hast mir einen meiner größten Wünsche erfüllt. Danke. Ich
liebe dich nur noch mehr." Er sieht mich an, soweit ich sehe, leuchten
auch seine Augen.

Er sagt nichts.

Ich sehe, er kann nicht.

Das macht nichts, heute nicht.

22. Matheo

Oh Fuck, was ein Abend, ich kann nicht darauf klarkommen.

Der Fluch meiner Existenz, scheint sich langsam zu verziehen. Ich wusste nicht, dass das möglich sein kann. Das ich, diese Liebe fühlen kann und noch mehr will.

Sie war so glücklich, sie war so anmutig. Sie ist die Stärke in Person. Ja mehr als meine Männer mit ihren Waffen. Ihre Waffe ist ihr Wesen. Ich muss immer wieder von Neuem lernen was es da zu lernen gibt. Sie spielte und die ganze Halle lauschte. Jeder einzelne war berührt von ihrer Ausdrucksweiße ihrem Spiel. Sie spielt die Musik, so dass es jeder fühlen kann, sogar ich mit meiner totgeglaubten leblosen Steppe, langsam, aber sicher beginnt es dort zu regnen, sodass hier Gras wächst.

Ich habe gesehen, wie sie immer wieder Fotos mit ihrem Handy machte. Auch Ada, schickte ihr Bilder auf das Handy. Welche von dem Hund und der Katze, ich glaube es nicht. Tiere die jetzt so wie es aussieht auch Familienmitglieder sind. Was ist mit mir geschehen, wenn ich nicht gerade den Auftrag zum Hinrichten über mein Handy gegeben hätte, würde ich denken ich bin in einem anderen Leben gelandet. Dieser Wichser behauptet Gonzales würde eine Datei von Daria, äh, Sira wollen. Gonzales ist tot, was will der Wichser. Ich vermute er will uns auf eine falsche Fährte locken, also weg mit ihm. Er soll gar nicht erst in Siras nähe kommen. Alessandro kümmert sich um die Bitch Grace, er hält sie weiter fest und versucht herauszubekommen, was wir noch wissen müssen. Was sie wissen könnte. Nero schrieb: *Alles klar.* Das heißt er hat ihn schon entsorgt, diesen Wichser.

Ich bin gerade so gekommen, wie schon lange nicht mehr, mein Schwanz bettelt weiter nach mehr. Fuck, ich kann sie nicht die ganze

Nacht über ficken. Obwohl ich mir schon ausmale, was ich mit ihr in der Badewanne anstellen werde, muss ich mich immer wieder dazu ermahnen es langsam angehen zu lassen. Sie ist noch nicht fit. Ihr Kopf wird immer noch schmerzen. Geschweige denn von ihrem niedrigen Blutdruck. Van meinte, sobald sie wieder etwas mehr Gewicht hat, wird sich das normalisieren. Die letzten Tage waren zu viel. Ich darf einfach nicht. Im besten Fall haben wir dafür ein ganzes Leben Zeit. Aber im schlechtesten wird sie morgen gehen, dann wenn ich ihr die Wahrheit sagen und ihr die Wahl lassen. Ich wollte diesen Abend heute nicht dazu nutzen ihr zu zeigen, was ich ihr bieten kann. Nein im Gegenteil ich wollte das sie sieht was ihr das Leben zu bieten hat. Wir können das nicht immer machen, zu viele Feinde.

Aber ich würde mein Bestes versuchen ihr das so oft wie möglich zu zeigen. Merda, ich bin durcheinander. Ich muss es ihr morgen, mit Alessandro sagen. Sie muss wissen, wer er ist. Sie muss wissen, was sie erwartet, wenn sie gehen sollte. Auf was sie achten muss. Ich will und muss heute den Abend und die Nacht noch genießen. Bevor sie geht. Sie wird nicht bleiben, ich bin ein kranker Bastard. So einfach ist das. Merda. Ich gab gerade den Todesauftrag, während sie Arm in Arm mit mir durch den Park schlendert. Ich habe ihren Mund gefickt das sie sich fast übergeben hätte. Und jetzt gerade stehe ich wieder hier an dem Truck, hole den Cake für Ada, die Kaffees für uns und noch einen Kaffee, ein Wasser und eine Box mit Süßigkeiten für den Obdachlosen, den sie aufgelesen hat.

Ich hätte ihn nicht gesehen, wenn sie nicht hinter die Parkbank gesehen hätte. Ich habe ihr meine letzten Dollar Bargeld für ihn gegeben und sie wollte sogar noch ihren Mantel drauflegen. Nein, da hört bei mir der Spaß auf. Ich gebe ihm jetzt den Scheiß und dann verschwinden wir. Mir ist der Abend für diesen Mist zu schade.

Wir kommen gerade wieder im Aufzug an, er führt direkt in die Suite. Sie steht hier vor mir, ihre Wangen sind gerötet, sie hat noch ihren Kaffee in der Hand. Sie sieht so toll aus, sie ist mein. Mein allein. Wenigstens noch für heute Nacht. Schleichend komme ich auf sie zu, wir haben sowieso nicht viel Zeit bis wir oben ankommen.

Ich nehme ihre beiden Hände und verschränke sie über ihr. Der Kaffee ruht direkt in der Mitte der Hände. Sie muss stillhalten. „Halt still meine Schöne, denk an deinen Kaffee" ich küsse sie, lecke an ihrem Hals hinunter zu ihren Brüsten, reibe von außen ihre Perle.

Ich spüre sofort diese Anspannung. Auch diese, in meiner Hose, ich will sie ficken, überall, pausenlos. Sie stöhnt bereits wieder leise. Musik in meinen Ohren. Ich drücke mich an sie, reibe meinen Schwanz an ihrem Körper. Lecke an ihrer Brust, erst die linke, dann die rechte, mein Bart scheint ebenfalls zu reiben, ich sehe die Rötung von vorhin. Traumhaft meinen Besitzanspruch so zu sehen.

Ping der Aufzug ist oben, die Türen zur Suite öffnen sich, ich schiebe uns hinaus, ihre Hände sind noch oben. Sie grinst. Ja sie ist nicht so sanft wie ich vermutete, ihr macht es Spaß. So wie das

Spanking am Kamin, ich habe gelernt nicht auf Vermutungen zu hören, sie wurde ganz geil. Und genau das will ich jetzt.

Ich stelle den Kaffee auf diesen kleinen runden Tisch. Die Tüte mit dem Kuchen ebenfalls. Sie schlüpft aus ihren Schuhen und wirft wie ich den Mantel einfach hin. Ich Küsse sie, ich bekomme nicht genug. Merda.

„Willst du etwas trinken, magst du etwas Wein?" Frage ich sie fast flüsternd. „Wein? Jetzt? Ich will das du mich nimmst", kommt es atemlos aus dieser Erscheinung heraus. Fuck.

„Gut, geh ins Bad, zieh dich aus, dreh das Badewasser auf ich komme gleich." Ich will das sie etwas Vorfreude hat, ich werde noch schnell die Mails checken, vor allem wegen dem Haus, wir könnten es nächste Woche bezugsfertig haben, auch wenn ich nicht weiß, ob sie noch da ist, aber ich will nicht mehr in diesem Fucking Geisterschloss leben. Notfalls bekommt es Ada. Ich lasse sie knapp zehn Minuten warten. Ich halte es selbst kaum aus.

Ich ziehe mich aus, betrete mit einer riesen Latte, das Bad. Ich reibe ihn bereits etwas. Mein Blick ist nur auf sie gerichtet. Diese Titten. Dieser Arsch. Ich nehme sie in den Arm, drehe sie mir so, dass sie mit dem

Rücken zu mir steht. Fahre mit den Händen über ihren Körper, nehme etwas Wasser aus der Wanne und mache sie nass.

Das Wasser, glitzert auf ihren Titten, meine Hände gleiten über ihre Haut. Sie hinterlassen Gänsehaut und ich spüre, dass auf meinen Händen, Hitze hinterlassen wird. Unfassbar. Ich küsse sie und reibe mit der Hand ihre Möse. Langsam und fest. Sehr fest. Sie ist bereits klitschnass. Mein Schwanz, drückt in ihren Rücken. Ich nehme mehr Wasser und beuge sie zur Badewanne. „Halt dich fest. Ich tue dir nichts. Vertrau mir." Sie stützt sich sofort ab. Ich lasse das Wasser über ihre Haut laufen, nehme immer wieder eine Hand voll und ergieße sie, über ihr. Es ist sehr warm, Tropfen laufen auf meinen Schwanz.

Genüsslich fahre ich mit den Händen zu ihrem Arsch. Gebe auch hier etwas Wasser hin. Massiere ihr Loch. Mein Schwanz hält es fast nicht mehr aus. Genauso wie ich, ich weiß ich muss langsam machen. Ich fahre zu ihrer Vagina und stecke meinen Finger hinein. Fest, drücke sie von oben auf meinen Finger, gleite wieder hinaus und verteile alles um ihr Poloch, glitschig glänzend. So geil, dieser Anblick.

Ich mache weiter so lange, bis alles nur noch vor Nässe trieft, ihr Stöhnen den Raum ausfüllt. Sie ist erregt und bereit. Ich drehe sie um. Gebe Wasser auf ihre Titten und sauge sie trocken. „Lass deine Hände an der Wanne. Ich bin dran." Ich knie mich hin und lecke sie. Sie liebt das. Ich lecke und sauge. Genau an ihrem Kitzler, massiere sie außenherum. Sie stöhnt bereits lauter, schneller. Ich reibe mit der anderen Hand meinen Schwanz. Langsam. Ich muss sehen das er nicht gleich kommt. Schnell setze ich sie auf die Ablage am Waschbecken. Stecke meinen ganzen Finger in ihre geile Fotze, erst einen dann zwei, drei. Sie stöhnt immer mehr, ihr Becken kreist. „Nimm deine Hände und ziehe an deinen Brustwarzen." Sie sieht mich an, ich höre sofort auf, ich will sehen, was sie macht. Sie fasst sich an die Brustwarzen und zieht. Röte steigt ihr ins ganze Gesicht.

Der Nebel der heißen Wanne verteilt sich weiter im Raum, die zusätzliche Hitze spornt noch mehr an. Traumhaft. „So jetzt deine Fotze, streichle sie, so fest, so wie ich es machen würde", meine

Stimme erkenne ich selbst kaum wieder. „Was?", schießt es aus ihr heraus." Ich hebe die Augenbrauen, sofort beginnt sie. Ich kann so besser mit meiner Hand in ihr enges dunkles Loch am Hintern. Langsam kreise ich darum herum, drücke etwas hinein und schiebe dann meinen Finger hinein. „Lass locker und drücke dagegen", stürmisch küsse ich sie, und schiebe meinen Finger ganz hinein. Ihr Schrei kommt sofort, zusammen damit, dass ihre Hand schneller wird. Gott. Ich könnte gleich hier auf ihr abspritzen.

Ich höre und sehe nichts mehr, außer ihre Stimme, ihre Titten und ihre Zunge. Das wenige Licht hier drin lässt sie strahlen. Sie hat extra wenig Beleuchtung angemacht, gut das kann ich lassen. Ich nehme sie und drücke sie mit ihrer Fotze auf meinen Schwanz fest, schnell, mache immer wieder Pausen, in dem ich sie mit ihm fast aufspieße. Es fühlt sich an, als wäre ich bereits in der Mitte ihres Körpers und sie fleht nach mehr.

Ihre Fotze umschließt meinen Schwanz immer fester. Fuck, wie soll man das aushalten? Ich beiße in ihre Titten, sauge, lecke alles, bis ich sofort komme. Es dauert keine zwei Sekunden, und sie kommt mit mir. Ich drücke sie weiter hinauf, lasse ihren Orgasmus abklingen, bis sie wieder bei Atem ist. Fuck. Ich trage sie in die Badewanne. Setzte mich hinter sie. Spüre ihr Herz an meinem Oberkörper klopfen. Spüre ihre schnelle Atmung, das Wasser bewegt sich. Fuck, Fuck, ich muss sie wieder ficken. „Setz dich auf mich, rückwärts, also bleib so. Setz dich mit deinem Arsch auf meinen Schwanz. Ich bin vorsichtig. Ich verspreche es. Ich will dir zeigen, wie geil das ist!" Sie sieht mich an, nickt. Sie ist von oben bis unten rot. Schämt sich, aber sie ist neugierig, und sie will es. Sie setzt sich zaghaft auf meinen Schwanz, das Wasser um uns herum, hilft ihr zu entspannen. Es ist warm.

Ich helfe ihr etwas und drücke sie weiter auf meinen Schwanz. Ganz langsam, bis zum Ende. Ich höre ein Ahhh. Gott, das ist das geilste Geräusch, das ich kenne. Ich knete ihre Brüste, während ich mich stillverhalte. Sie muss etwas Zeit bekommen. Ich flüstere ihr zu, „Massiere deine Fotze!" Gott, allein die Vorstellung das sie es sich macht, macht mich wieder so geil. Sie spannt wieder ihren Körper an, er ist aufs äußerste angespannt.

Das, zusammen mit ihrem Stöhnen, das vor mir herrscht, ist der Himmel. Ich stöhne selbst schon allein von ihren Geräuschen. Ich fange an, sie langsam auf- und abzubewegen. Werde sofort mit einem „Oh ja", belohnt. Immer weiter, immer lauter „Ah" und „Oh" kommen aus dem Körper auf meinem Schwanz. Ich kann mich nicht beherrschen, ficke ihren Arsch, als gäbe es kein Morgen und spüre das sie so zittert, fuck, das ist so geil. Sie fällt fast auf meine Brust. Ich reibe sie weiter, bis sie mit einem lauten Schrei kommt. Ich spüre nur noch ein einziges Zittern, einen fast schlaffen Körper und die Wärme um uns herum, ich komme ebenfalls und drücke sie nochmals weiter auf meinen Schwanz. Ahhh, ja fuck ist das geil.

Sie streicht meinen Arm entlang. „Scheiße, was war das?", will sie wissen. „Ich glaube, ich war im Himmel. Was machst du mit mir?" Dieses Lächeln ist breit, aber ihre Augen wirken wirklich müde.

„Fuck, ich weiß es nicht. Wenn man so krass kommt wie du, gibt es für mich kein Halt." Fuck. Ich hebe sie von meinem Schwanz herunter und seife uns ein. Sie sitzt in der Wanne, schlaff, mit einem Lächeln. Die schönste Person die ich kenne. „Komm, wir föhnen dein Haar, dann legst du dich hin, du solltest dich sicherlich etwas ausruhen. Wie geht es deinem Kopf?" Ich vergesse das immer wieder. Sie muss noch Schmerzmittel nehmen, vielleicht wird es dann nicht so schlimm.

Als wir fertig sind und sie im Bett liegt, schreibe ich Van, wie schädlich, zu krasses Kommen, beim Ficken sein kann. Seine Antwort, irgendein dummer Smiley, fuck sind alle doof. Ich muss ihn fragen. Ich muss zusehen, dass ihr nichts fehlt. Ich habe es kaum für zu viel, für sie wahrgenommen. Ich war selbst so im Orgasmus. In der Explosion, das ich selbst nicht denken konnte. Unbedingt muss ich mich mehr zurückhalten. Fuck ich nehme mir das ständig vor, aber ich kann mich nicht zügeln, wenn ich in ihr bin.

Leise, mit einem Drink in der Hand, setze mich vor das Bett und trinke meinen Whiskey, Zigaretten habe ich vergessen. Merda, ich sollte mich nackt in die Kälte hinausstellen, weil ich wieder so ein Wichser war. Gleich wenn sie aufwacht, werden wir heimfahren und dann werde ich es ihr mit Alessandro sagen. Sie muss es wissen. Ich halte diese Lügen selbst nicht mehr aus.

Diese Ungewissheit.

23. Daria

Gott, das war nach dem besten Sex heute, noch mal der beste Sex, den ich je hatte. Wow, und dieser Mann überrascht mich immer aufs Neue.

Wie kann man so geilen Badewannensex haben?

Wie kann man so kommen? Wenn ich daran denke, erwacht meine Vagina zum Leben, dass ich gleich wieder kommen würde. Scheiße. Das ist unfassbar. Es war so geil, als er meine Hände über meinen Körper hielt. Ich war wie fixiert. Sofort spüre ich wieder diese Röte, die in mein Gesicht wandert und mich mit Hitze erwärmt. Nicht im schlechten Sinne nein, es war so, dass ich mich fallen lassen konnte. Ich wusste, dass ich nichts machen muss, konnte einfach genießen. Ich habe heute Nacht gemerkt das er am Stuhl saß und auf das Bett schielte.

Ich konnte nichts sagen.

Es fühlte sich nach Stören an. Wer weiß was er denkt. Das Wochenende hat ihn sicherlich selbst aus der Bahn geworfen und er muss seine Mafia führen. Er hat sich nur für uns Zeit genommen. Dafür liebe ich ihn auch. Ich weiß, wie viel Überwindung ihn das gekostet hat.

Ich ziehe mich gerade an als wir abreisen wollen. Ich schicke Ada nochmal eine SMS, ob sie noch etwas benötigt und ob wir uns bei uns gleich zuhause treffen. Auch will ich gleich mit ihr herausfinden, was in dem Cake ist. Wenn er schon so gut sein soll. Gerade als ich meinen neuen Koffer vollstopfe, fällt mir mein Messer aus meiner Tasche in die Hand. Ich höre aber bereits Matheo, schnell stecke ich es in meinen Stiefel. Ich will nicht diskutieren, wieso ich ein Messer habe. Er wird nur sauer werden.

Es war das Geschenk von Martha, damals hatte ich Angst, dass ich eines haben sollte. Angst, warum ich es brauchen würde. Aber ich verstehe jetzt ihre Worte und ihre Unbekümmertheit damit. Ich habe eines, damit ich es nicht brauche, es ist in meinem Stiefel und liegt da gut. Ich habe etwas und Schluss.

Sofort kommt eine Nachricht von Ada zurück. Ich lächle, während ich mein neues Smartphone in die Hand nehme, das Foto von ihr mit Mavi und Salomon ist mein Hintergrund. Ich brauche dringend noch eines von Matheo und mir. Eines, das nicht das verdammte Hochzeitsfoto ist.

Hey, wenn du sie wieder lebend sehen willst, dann steig in den silbernen Wagen, der am Eingang parkt. Komm allein, sag niemanden nur ein Wort. Oder ihr fehlt zu ihrem Bein auch ihr Kopf. Nimm den Stick mit, und nochmal, komm allein. Keine Scherze, G.

Was, was, was in meinen Ohren klingelt es, ich höre ihn langsam näherkommen. Scheiße, was mache ich jetzt. Ich muss sie holen. Unbedingt. Er hat recht, wenn Matheo kommt, wird jemand sterben. Er will nur mich. Ich komme schon zurecht bei ihm. Er wollte mich von Anfang an. Mich, weil ich irgendetwas habe, dass er will. Vielleicht ist das das Los meines Lebens, ich konnte das Glück auskosten und jetzt geht es wieder weiter wie vorher. Ich will nicht, dass sie wegen mir stirbt.

„Ähm, kannst du bitte noch so einen Kuchen für Ada holen? Bist du so lieb. Wir wollen einen essen und einen zum Nachbacken benutzen. Machst du das für uns?"

Ich muss darauf achten meine Stimme gleich zu halten, er darf nichts merken. Ich muss ihn auch direkt ansehen, sonst wird er gleich irgendetwas vermuten. Er sieht mich wirklich richtig komisch an, aber er lächelt und macht es. Scheiße was bin ich für eine Bitch. Sobald ich vom Fenster hinaussehe, dass er in Richtung Park geht, laufe ich nach unten. Der Aufzug, braucht gefühlt ewig. Aber ich steige in diesen Wagen.

Es gibt kein Zurück mehr.

24. Matheo

Ich gehe mit einem seltsamen Gefühl, als ich Sira verlasse. Gut sie ist in meinem Hotel, es kommt keiner rein oder raus, der nicht berechtigt ist. Trotzdem ist es ein ungutes Gefühl. Ich sehe den Obdachlosen wieder und gebe ihm nochmal einen Kaffee, stellvertretend für Sira.

Ich lächle, denn ich habe gerade die Nachricht bekommen, dass ich das Haus am Hügel bekomme. Ich habe das ganze Wochenende darauf gewartet. Nero ist ebenfalls zufrieden, es gibt keine neuen Vorfälle.

Das Einzige, das ich noch in Angriff nehmen muss, ist die Bitch Grace loszuwerden. Aus ihr wird man nichts herausbekommen. Sie war nur ein weiterer Bauer auf Gonzales Spielbrett. Naja, kann man nichts machen.

Mein Handy vibriert wieder, ich sehe schnell nach, Nero ruft an. Mann das der nie Ruhe geben kann. „Ja" sage ich gröber ins Telefon als ich eigentlich wollte. „Boss, ich habe eine Nachricht von Siras

Handy abgefangen. „Was, du hast was? Das war aber nicht ausgemacht. Scheiße wenn sie das herausfindet." Er meint sofort.

„Stopp, keine Zeit, egal ob sie es herausfindet oder nicht. Sie ist bei Gonzales, der Wichser lebt."

Ich höre, was er sagt, ganz klar aber mir fehlen die Worte, ich stehe hier im Park, sehe zum Fenster des Hotelzimmers hinauf und lasse den Kaffee und den Kuchen fallen. Fuck. Die Welt um mich herum dreht sich. Ich bekomme kaum Luft. Ich spüre, wie meine Beine zittern. Das ist richtige Angst. Das weiß ich, ich habe sie schon zu genügend gesehen, gerochen, doch noch nie so gefühlt.

„Boss ich komme, geh ins Hotelzimmer, wir orten das Telefon. Warte auf mich. Ich gebe mein Bestes und mehr. Ich nehme alles an Waffen mit." Höre ich ihn zu mir sprechen. Ich sehe nach oben zum Himmel. Ich stehe inmitten des Parks, inmitten des puren Lebens und spüre wie gerade meines zu verschwinden droht. Wie mein Gegenstück genommen wurde, er wird sie sicher nicht noch einmal so davonkommen lassen. Er will Rache, und zwar richtige.

Ich lese die Nachricht, die er abgefangen hat. Laufe zum Hotel weiter. Ich muss da hoch, muss sehen, dass sie wirklich nicht da ist. Fuck. Ich könnte alles kurz und klein schlagen. Oben angekommen, nehme ich einen Whiskey, versuche Informationen über seinen Aufenthaltsort einzufordern. Fuck, ich bin geistig am Limit. Ich kann mit der Scheiße nicht umgehen. Hilflosigkeit macht sich breit, und auch die ist mir fremd. Ich lese nochmal die SMS, vielleicht habe ich etwas übersehen. Nein, sie ist wirklich von Ada, dann fehlt mir zu meiner Frau auch meine Schwester, fuck, ich habe kein Wort dafür. In kurzer Zeit die gleiche Situation. Sie soll in das nächste Auto steigen und somit Ada retten. War doch klar, dass sie das sofort macht.

Dieser brillante Wichser. Sofort rufe ich unten an und lasse mir die Überwachungsvideos geben.

25. Daria

Jetzt sitze ich hier in diesem Wagen mit dunkler Trennscheibe und bin zu Tode verängstigt, aber ich bin auf einer Mission. Eigentlich wollte ich mit ihm darüber sprechen, was Gonzales wegen meiner Mutter meinte und das alles. Es brannte mir die ganze Zeit auf der Zunge, ich wollte nur die Stimmung nicht versauen. Tränen laufen mir die Augen hinunter, die Morgensonne draußen ist mir so egal, ich traue mich nur nicht, nach vorne zu schauen. Informationen über die ganzen Verstrickungen, das hätte mir jetzt bestimmt geholfen. Ich spüre wieder, wie ich mir fast die Fingernägel abbeiße.

In den letzten Wochen ist so viel passiert, so viele Fragen für ein ganzes Leben. Was ist mit meiner Mutter, was ist mit meinem Vater, wo ist er, ist er überhaupt mein Vater? Warum das alles? Ich werde keine Antwort bekommen. Vor ein paar Stunden war ich glücklich, so wie alles ist. Für den Moment hat das alles gereicht, er lässt mich meine Sorgen vergessen.

Ich lebe im Jetzt. Warum sollte das nicht reichen? Wieso muss man immer alles zu Tode analysieren? Ich weiß es nicht. Ich weiß nichts mehr.

Was ich aber weiß, ist: Ada muss da raus. Sie darf nicht wegen mir sterben. Ich soll den Stick mitnehmen, verdammt, ich weiß nicht einmal, was das für einer sein soll. Jetzt tauche ich dann da ohne etwas auf. Wie kann man nur so blöd sein? Ich hoffe nur, er lässt sie gehen, sobald ich da bin.

Das ist meine einzige Chance. Nein, als ich darüber nachdenke, fällt mir mein Messer wieder ein, es drückt so im Schuh. Ein kurzer Anflug von

Erleichterung überkommt mich, der aber sofort mit Angst gedrosselt wird. Wenigstens etwas, das ich zur Verteidigung habe, doch wie sollte so jemand wie ich das benutzen? Mein Blick schweift immer wieder aus dem Fenster. Ich weiß nicht, wieso ich, wieso ich etwas haben soll, das er braucht.

Ist es nur wegen Matheo oder ist es nur wegen mir? Ich hoffe, Ada geht's gut. Am liebsten würde ich mir am Handy das Foto von ihr noch einmal ansehen, ich traue mich aber nicht, es herauszuholen. Der im Anzug gekleidete Fahrer fährt langsam langsamer. Ich bin so aufgeregt. Scheiße, das ist eine richtige Fahrt in den Tod.

Man müsste denken, ich sehe mir das Geschehen auf der Straße an, würde die letzten Minuten, die mir bleiben, aufsaugen. Mein Kopf und mein Herz denken aber nur an ihn. Meinen Ehemann. Der Rest ist mir egal: sein Geruch, seine Arme, seine Augen. All das erscheint mir vor meinem geistigen Auge. Er sagte mal, es gibt keine Welt inmitten von Zuckergussinventar. Ja, das haben wir hart gelernt. Die dunklen Schatten kreisen überall, scheinbar bin ich die Frau, die es nicht gibt, die es nie hätte geben sollen. Da ist es nur klar, dass ich heute sterbe. Ich erinnere mich an Gonzales Worte unten im Keller: Ich soll vertauscht sein. Ich wurde zur Schuldentilgung benutzt. Hoffentlich kann ich dafür dann Ada hier herausbringen. Sie ist so jung, sie muss ihr Leben noch leben. Meines war die letzten Stunden der Himmel auf Erden. Ich könnte nicht bei ihm bleiben, er muss sich mit mir zu sehr einschränken. Ich will das Gute im Menschen sehen. Er sieht das Schlechte. Seine Währung ist graue Moral und Macht. Es ist besser, ich bleibe bei diesen Gedanken, bevor ich hier heulend zusammenbreche, dann helfe ich niemandem mehr. Wieder gewinnt das Böse und das Gute, nämlich Matheo, und ich verlieren.

Ich ignoriere, dass er die graue Moral mit Effekt ist. Er ist der Funke, der sie so gestaltet, dass ich damit leben kann. Ich halte mir die Hände vor die Augen, schüttle meinen Kopf, wir werden gleich

stehen bleiben und ich bin am Zusammenbrechen. Ich liebe ihn, ich bin dankbar, dass ich das noch erleben durfte.

Schon bleiben wir stehen. Der Mann öffnet mir die Tür, führt mich in das Gebäude, in dem ich das letzte Mal war und auch spielte. Er spricht kein Wort, ist aber heute verhältnismäßig freundlich, wenn man das so sagen kann. Unheimliche Stille ist hier zu vernehmen, auch dieser Eingang ist anders als letztes Mal. Ich sehe die Bar, die wieder repariert wurde. Die Ecken der Nutten sind noch da, auch die Feuchttücher, und dieser ekelerregende Mist liegt noch herum.

Meine Schuhe klappern auf dem Boden, sie hallen fast bei jedem Schritt nach. Niemand anderes scheint so früh am Morgen hier zu sein. Meine Angst ist jedenfalls da, sie wird immer stärker. Scheiße, ich muss das jetzt durchziehen, sei ein Macher oder Matheo? Gedanklich gehe ich seine Worte durch. Ich muss mich fast übergeben. Ich zittere so, nehme alles heute anders wahr. Ich trage diese Kette und keinen Ring, ich werde frei in den Tod gehen. Ich werde die Treppe hinauf gelotst und Ada kommt mir entgegen, sie wirkt unversehrt, ein anderer schiebt sie zum Fahrstuhl. „Ada, geht's dir gut?", rufe ich zu ihr herüber. Sie strahlt mich an. Schüttelt dann den Kopf. „Ja wirklich, aber Gott, Daria, du hättest nicht kommen sollen. Ich werde mir das nie verzeihen." „Schnauze", schreit er sie an. „Der Deal war, dass du die Klappe hältst!", brüllt er sie weiter an. Das Ping des Aufzuges ertönt und sie nickt. Auf den kurzen Blick, den ich erhaschen konnte, muss ich sagen: Sie sieht zwar müde aus, aber wie immer. Ich hoffe, er lässt sie wirklich gehen.

Ich gehe durch die Tür des Todes, meine Knie zittern und meine Beine tragen mich, aber dieses Mal geht mein Verstand von selbst hinein. Der Geruch hier drin ist ein einziger Knoblauchgestank, zusammen mit dem brasilianischen Pide oder wie auch immer. Ekelhaft. Ich trete zögerlich in dieses Büro. Allein stehe ich nun vor ihm. Er sieht aus wie ein Geschäftsmann. Alt, aber so, als würde er gleich irgendeinen Vertrag unterschreiben. Das Pflaster an seinem Hals ist wirklich groß, ich kann nicht verstehen, dass er das überlebt hat. Wie konnte er so etwas überleben? Die Hand ruht in seiner Hosentasche, das Hemd weiß und sauber. Er nimmt einen Schluck und beginnt. Er spricht so, als wäre es das normalste Gespräch auf der Welt. Ich kann gar nicht anders, als ihn anzustarren. Nichts würde auf den letzten Kampf hinweisen, würde er sein Pflaster nicht so offensichtlich tragen.

Er klatscht in die Hände, also „Hast du den Stick?" Er nickt mir zu. Seine Augen leuchten regelrecht vor Freude.

„Also, ich habe dich kommen lassen, deine dumme Ada darf gehen oder fahren. Egal wie, mir ist es egal. Ich wusste, ich brauche dich. Matheo wird kommen, du, zusammen mit dem Stick, und es wird mir an nichts mehr fehlen. Schau, du bist zwar die Tochter meines Bruders. Aber das hat in unseren Kreisen noch nie gestört, erst recht, wenn es darum ging, Ehen zu schließen." Sein Lächeln wird immer breiter, ich versuche schon fast, wegzuhören. Ich kann es einfach nicht fassen, was er da von mir will. Ständig diese Bündnisse und diese Gier nach Macht.

„Also Gratulation, ich war noch nie so nahe dran, so viele Fliegen mit einer Klappe zu schlagen. Als mein Bruder von dir erfuhr, er hörte, dass es dich noch gibt und dass du jetzt im Besitz von diesem Stick bist, wussten wir: Unsere Macht ist zurück. So einfach wurden unsere Probleme gelöst. Weißt du, was auf dem Stick ist? Nein? " Er läuft um seinen Schreibtisch herum, trinkt wieder einen Schluck, er verhält sich, als wären wir Familie, ich kann dem Schauspiel nicht folgen. Er ist doch total schizophren. Soll ich lachen oder was ist hier los? „Ach ja, egal. Der Staatsanwalt wird begeistert sein, dass alles wieder bei uns ist. Und ich bin begeistert, dass ich ihn wieder an der kurzen Leine halten kann. Ich, Gonzales Miguel, habe die Macht, ich bin der Don, ich nehme Santo alles, was er hat. Und Josef in Brasilien kann sein Imperium weiter aufbauen. Perfekt. Verstehst du die Möglichkeiten, Kleines? Verdammt, der Trottel liebt dich, das habe ich gesehen. Das ist doch die erste Regel für jeden Don: keine Liebschaften. Ich könnte mich kaputtlachen. Hier, sieh nach links von dir, dein Hochzeitskleid, es ist neu. Ich will, dass die Leute meine neue, junge Braut so elegant wie möglich sehen. Das ist dann deine dritte Hochzeit oder ... naja, auch egal, es bleibt in der Familie." Der Spinner ist total krank. Ich schlucke, traue mich kaum, das Kleid anzusehen. Wann will er das veranstalten? „Wir warten einfach, bis er kommt, und dann knalle ich ihn ab. Alle meine Männer werden in Kürze hier sein. Sie warten nur auf das GO von mir. Und dann peng!" Er zeigt mit seiner Hand eine imaginäre Waffe. Er ist sich seiner Sache sicher, er ist gut gelaunt, wegen dem Stick. Scheiße.

„Ich habe dich als Währung, deinen Namen für das Bündnis, meine Macht und das ganze Geld aus deinem Erbe. Und natürlich dein Baby, in ein paar Minuten unser Baby. Was glaubst du, wieso sollte ich dich nicht wollen? Oh, wir werden viel Spaß haben. Er soll dafür zahlen, dass meine Tochter seiner Familie nichts von Wert war, dass sie mir mein Ansehen genommen haben, dass er meine Party versaut hat. Er wird bezahlen. Und das Beste daran: Du bist von selbst gekommen." Er lacht und schüttelt den Kopf. Er wirkt wirklich zu gut gelaunt und etwas angetrunken. Er denkt wirklich, ich bin von Leo schwanger, das kann doch nicht wahr sein.

„Oh, wie wird das für seine Männer aussehen. Ich lache mich kaputt." Er schüttelt den Kopf, macht eine ausladende Handbewegung. „Es gehört alles mir, sie werden alle mir folgen, dem einzigen wahren Don, der, der etwas kann. Verstehst du, Süße?

Und jetzt gib mir den Stick, damit ich die Dateien herunterladen kann. Du willst wissen, was mit Ada ist? ", fragt er mich. Schnell nicke ich. Ich kann nicht nur versteinert hier herumstehen. „Mann, ihr blöden Weiber, seid für nichts zu gebrauchen. „Da sieh aus dem Fenster." Er nickt nach links zum Fenster, zeigt mir auf, dass ich dahin gehen kann. „So, und dann gib den Stick her. Sie ist bestimmt schon auf der Straße, aber mach dir keine Hoffnung, ich habe ihr Handy. " Ich sehe Ada davonrollen. Ich danke Gott und allen, die mir einfallen, dass sie wirklich gehen konnte. Ich bleibe hier am Fenster stehen, drehe mich um, langsam, weil mir bewusst wird, dass er kommt. Er steht schon fast vor mir. Sieht mich wieder etwas zorniger an, aber scheinbar hält er die Fassade des Glücklichseins aufrecht. Ich weiß es nicht, so einen Schizo kann man wohl nicht einschätzen. „Der Stick." Befiehlt er, hält die Hand so hin, dass ich ihn hineinlege. „Ja, ja, ok, ich gehe auf deinen Deal ein. Ich heirate dich, aber ich will, dass du mir versprichst, Ada in Zukunft in Ruhe zu lassen." Vielleicht hilft mir das etwas. Wenn er meint, sein Bruder ist mein Vater, wie kann er nur auf den Mist kommen?

„Was sollte ich mit der behinderten Schlampe? Los, jetzt mach mich nicht zornig, wir werden noch einige Zeit miteinander auskommen müssen. Merk dir das, du bist für mich nur so lange wertvoll, bis das Kind da ist." Er ist angetrunken, ich rieche es. Ich sehe ihn an. „Okay, ich habe ihn im Schuh." Er sieht mich lächelnd an, nickt mir zu und sagt: „Ich schwöre dir, du Schlampe, wenn du mich verarscht, dann kann dir niemand mehr helfen." Ich nicke. Was sollte ich sonst auch tun? Ich hole das Messer, drücke gleichzeitig auf den Knopf, spüre, dass die Klinge springt, und ramme sie ihm in den Hals, ziehe es heraus und steche nochmal zu, scheiße, ich erwische ihn nicht richtig. Blut spritzt überall hin, er schubst mich, ich falle.

Wir sind beide am Boden. Schnell krieche ich so gut es geht zum Messer. Er schlägt mit der Hand auf mein Gesicht. Das Blut hört nicht auf, er wankt und ich nehme den letzten Mut zusammen, es gibt kein Zurück. Nein, da hat er recht.

Ich muss aufstehen, auch ich schwanke, es wird immer schwieriger. Bemüht laufe ich voller Wucht direkt auf ihn zu und steche das Messer irgendwo zwischen Herz und Rippen hinein, mit einer

Wucht, die mir nur durch das Laufen möglich war. Seine Augen werden groß, draußen beginnt es, lauter zu werden. Ich kann mich nicht mit irgendetwas aufhalten, ich bin so panisch. Ich nehme seine Waffe und laufe, schreie „Hilfe", schreie „Sie sind oben", vielleicht kann ich so nach draußen laufen. Ich kenne den Weg nicht wirklich, ich laufe und laufe, die letzten Treppenstufen falle ich fast herunter. Gott. Was für ein Chaos. Ich habe keine Zeit, darüber nachzudenken, ich laufe zur Tür hinaus, gegenüber zu diesem Lagerhaus. Immer wieder höre ich Schüsse, die Straßen stehen voll mit Wagen und anderen Fahrzeugen.

Ich laufe weiter die Treppe hoch, durch Gerümpel und Müll. Ich kann kaum mehr atmen, ich bin so schnell gelaufen, das ganze Adrenalin gibt mir Auftrieb. Ich überlege, während ich mich bückend fortbewege, wo ich hin soll. Ich sollte Matheo anrufen, dass er nicht da hineingeht. Ihm sagen, wo ich bin, oder? Ich verstecke mich hinter den Fässern, lasse einen kleinen Spalt, dass ich die Treppe sehe. Gott, ich bin im falschen Film. Was soll das alles hier? Ich wähle seine Nummer, meine Hände zittern so stark, dass ich fast das Handy fallen lasse. Verdammt, es kommt kein Freizeichen, nichts. Ängstlich sehe ich mich um.

Da wird es mir klar: Hier drinnen wird kein Handy Empfang haben, überall Stahl und Beton. Nein. Ich schlage auf den Boden. Ich glaube, ich verliere den Verstand. Scheiße.

Scheiße, scheiße, das Heulen hilft mir hier auch nicht. Ich versuche, mich so gut es geht zusammenzureißen, ich höre sonst nicht, ob jemand kommt. Wie kann ich nur so dumm sein? Draußen sind Schüsse zu hören, ich starre auf diese Waffe. Wen wird sie schon alles getötet haben? Mein Messer steckt immer noch in dem kranken Bastard.

Wie soll ich die Waffe benutzen, wenn jemand kommt? So wie die Leute beim Roulette. Genau, ich mache das nach, was er sagte. Spannen, drehen, entsichern. Oder andersherum, nein, logisch.

denken Daria, ermahne ich mich. Ich mache das, was ich gesehen habe, dann stecke ich sie zwischen den Fässern durch und warte. Ich warte lange, wirklich lange, es ist von draußen nichts mehr zu hören. Niemand scheint hierher zu kommen. Gut so. Wie lange sollte ich hierbleiben? Wo gehe ich danach hin? Mein Kopf spielt verrückt. Meine Sicht verschwimmt immer wieder vor Tränen und Angst. Ich sehe die Waffe in meiner Hand zittern. Der Schlag war nicht gut. Mittlerweile muss ich schon eine Gehirnerschütterung haben. Das Adrenalin wird das Einzige sein, das mich hier noch sitzen lässt. Gerade als ich denke, es wird zu ruhig, höre ich Schritte. Scheiße, sofort klingeln meine Ohren wieder. Das Adrenalin schießt durch meinen Körper. „Daria", höre ich ihn rufen. Matheo? Gott sei Dank. Gott sei Dank. Ich kann es nicht fassen. Er hat mich gefunden. Er ist wegen mir hier. „Matheo, ich bin hier oben", rufe ich ihm leise zu.

Zu groß ist die Angst, dass mich jemand hört.

Seine Schritte werden lauter, er kommt die Treppe hinauf. „Daria?", flüstert er. „Ja, ich bin hier", sage ich und schiele an den Fässern vorbei. Eine unglaubliche Erleichterung macht sich in mir breit. Tränen der Freude laufen an meinen Wangen herab. „Hier, bei den Fässern", sage ich ihm. Ich sehe, wie er schnell auf mich zukommt. Sein Gesicht ist eine Mischung von allem, seine Kleidung voller Blut. Was ist nur passiert? „Gott, Daria." Seine Stimme ist wie der hellste Lichtblick für mich.

Er läuft auf mich zu, zieht mich hoch zu sich und schließt mich in seine Arme. „Ich liebe dich. Ich liebe dich. „Chiccino, Liebling", sprudelt es aus ihm heraus, während er mich küsst. „Ti amo." Ich liebe dich, das verstehe ich mittlerweile ganz gut, und es gibt keine schöneren Worte für mich. „Geht's dir gut? Du lebst. Gott, ich dachte, du bist genau wie er überfallen worden. Scheiße, meine Liebste. Fuck. Dass ich das erleben darf, ich dachte, es wäre alles vorbei. Ich war auf der Suche nach dem, der ihn umgebracht hat, ich dachte, sie hätten dich auch." Er schüttelt den Kopf, ich sehe ihm die Verwirrung an. Ich nicke ihm zu. Bin so glücklich. Ich küsse ihn.

Dann höre ich eine Stimme. Sofort spannt sich mein Körper wieder an, genau wie der seine. Er ist zu einer Mauer geworden.

Die Stimme, ich kenne sie, emotionslos schreit diese zu uns herüber. „Santo, Santo, dreh dich um und die Bitch geht drauf. Verstanden." Das ist doch die Stimme von Davide, kommt mir sofort in den Sinn. Er geht auf uns zu. „Hände hoch, Santo!", brüllt er ihn an. Meinst du, dass du mich ständig deine Schwester und die Bitch hier hüten lassen kannst? Erst recht, wenn sie so ein großes Geheimnis sein soll? Denkst du wirklich, du bezahlst genug, dass ich das nicht rausfinden wollte? Sie hat den verdammten Stick, auf dem der Staatsanwalt eine Nummer mit ein paar kleinen Mädchen schiebt." Er lacht, während er das sagt. Ich weiß nicht, wovon er spricht. „Den Stick, auf dem der Gouverneur beim Roulette den Dealer spielt. Was glaubst du, na sag es mir? Nein, halt's Maul, rühr dich nicht. Also, es läuft so: Sie gibt mir jetzt den verdammten Stick und ich lasse sie am Leben. Sie ist ohne ihn sowieso nichts wert. Du hast die Wahl: Entweder verabschiedest du dich gleich und gehst zur Seite oder ich knall euch beide ab." Seine Stimme ist kein bisschen mehr die, die ich kenne. Es ist die eines geldgeilen Übergeschnappten. Scheiße. Ich verstehe, was er sagt. Das macht sogar sehr viel Sinn, aber ich habe ja gar keinen Stick. Himmel, wieso kapiert das niemand? Matheo steht mit dem Rücken zu Davide.

Das ist nicht gut.

Er wird ihn abknallen, er ist leichte Beute. Die Hände hat er oben. Ich kann nur seitlich etwas an ihm vorbeisehen. Matheo atmet schnell. Sein

Gesicht ist nicht zu deuten. Mist, mir rennt die Zeit davon. Davide ist schon ungeduldig.

„Ok, ich habe den Stick." Platzt es, dumm wie ich bin, aus mir heraus. Aber es muss jetzt oder nie sein. Die Gelegenheit wird es nicht mehr geben. Matheo wird sich anschießen lassen wollen, so dass ich gehen kann. Nein, so nicht. Heute bin ich übergeschnappt oder mutig. Ich weiß es nicht. Was ich weiß, ist, dass ich von der Liebe getrieben bin und nicht bereit bin, mir diese nehmen zu lassen.

„Also, ok, zeig ihn mir, und er bekommt noch eine Minute für einen Abschiedskuss." Ich küsse Matheo. Nicke ihm zu, er kommt auf uns zu. Er lacht. Er sieht total wahnsinnig aus und ermahnt mich leise: „Daria, nein. Nein." Er will mir sagen, dass er so und so abgeknallt werden wird. Er dreht sich etwas. „Schnauze, Santo." Das ist zu viel für Davide, er nimmt die Waffe, richtet sie auf ihn.

Bereit, ihn gleich zu erschießen.

Ich halte die Waffe, die ich sowieso in der Hand habe, seitlich an Matheos Körper vorbei und schieße einfach, kopflos und ängstlich. Der Rückstoß kommt sofort. Scheiße, was war das für eine Kraft. Ich werde fast zurückgeschleudert.

Damit habe ich nicht gerechnet. Matheo ist sofort bei der Sache, blitzschnell muss er seine Waffe genommen haben, knallt Davide richtig ab, mehrere Schüsse. Er bewegt sich keinen Zentimeter, kein Rückstoß, nichts. Das gibt es doch nicht.

Ich liege hier und versuche, mich aufzuraffen, da kommt er schon auf mich zu und trägt mich. Er küsst mich. Ich war noch nie so froh, dass es meinem Mann gut geht. Ich darf nicht darüber nachdenken, was jetzt alles schief hätte laufen können. Nein, ich darf nicht darüber nachdenken, was ich getan habe.

Er trägt mich aus dem Lagerhaus und läuft Richtung seines Wagens. Nero steht bereits da und telefoniert. Jetzt höre ich auch mein Telefon in Dauerschleife mit neuen Nachrichten aufploppen. Immer wieder höre ich meinen Namen. „Scheiße, wo wart ihr?", meint Nero und hält die Tür auf. Matheo setzt sich mit mir hinten hinein.

So schnell kann ich gar nicht schauen, wie wir hier wegfahren. Ich lehne die Fahrt über an seiner Schulter, mein Kopf dröhnt vor Schmerzen. Ich kann es nicht fassen. Aber ich sehe, wir fahren gar nicht nach Hause. Wo werden wir hinfahren? Matheo spricht mit Nero auf Italienisch. Toll.

Ich glaube, er merkt es nicht einmal, aber ich bin zu kaputt, um darüber nachzufragen. Vor ein paar Stunden war die Welt noch in Ordnung, ich war keine Mörderin. Kein Mensch, der über ein anderes Leben entschieden hat. Und doch empfinde ich nicht wirklich Reue. Meine Augen schließen sich ständig, ich spüre, wie die Anspannung nachlässt. Wie sich das Adrenalin verabschiedet und sich Wärme über meinen Körper legt, zusammen mit der Ruhe, die sie abgibt. Ich spüre Matheos warmen Körper neben mir. Ich spüre die Liebe und die Geborgenheit, die von ihm ausgeht. Immer wieder bekomme ich ein paar Küsse auf den Kopf. Dann schlafe ich wieder ein. Ich bin so erschöpft.

Ich öffne die Augen. Höre ständig ein Piepsen. Wo kommt das denn her? Hier ist es fast dunkel, doch der Moschusgeruch neben mir lässt mich wieder einschlafen. Stimmen kann ich auch ein paar hören, ich verstehe nicht, was sie sagen. Ich liege einfach viel zu gut und lasse mich immer wieder von dem Sog der Gemütlichkeit und der Müdigkeit einholen.

Als ich wieder etwas wacher werde, höre ich ihn sprechen. Es hört sich an wie ein Gebet, es ist so monoton und auf Italienisch. Wenn ich nicht seine Stimme hören würde, würde ich sagen, wir sind auf einer Beerdigung. Doch meine Augen lassen sich noch nicht richtig öffnen. Ich öffne sie einen kleinen Spalt. Ich sehe jemanden am Ende des Bettes sitzen. Es ist Matheo, soweit ich das sehe.

„Matheo, bist du das?" Mein Hals schmerzt furchtbar und mein Mund ist so trocken. Er merkt es sofort und hält mir einen Becher mit Wasser hin. Ich nippe ein wenig und muss aber dann sofort husten. Was ist hier los?, frage ich mich.

„Was ist hier los, wo sind wir?", bringe ich kaum hörbar heraus. „Scht", meint er sofort, streicht mit der Hand über mein Gesicht. „Daria, wir sind im Krankenhaus. Wir haben dich ein paar Tage sedieren lassen, es wäre zu viel für dich gewesen, du hattest so starke Schmerzen, du bist angeschossen worden. Es war ein glatter Durchschuss."

„Was, wann? „Ich weiß nichts von einem Schuss", sage ich ihm verblüfft. Ja, ich weiß es wirklich nicht. Wo denn? Ich hatte jemanden angeschossen, aber ich habe keinen Schuss. „Scht, reg dich nicht auf, der Schuss ging direkt an mir vorbei zu dir. Es wird alles gut!" Liebevoll küsst er mich wieder. Das Sprechen fällt mir so schwer. „Ich liebe dich." Das sind die Worte, die ich hören muss. Ja, sie fühlen sich so gut an. Ja, wenn ich einen Schuss habe oder hatte und jetzt mit ihm sprechen kann, dann wird es hoffentlich nicht so schlimm sein.

„Wie schlimm ist es?", frage ich ihn doch noch. „Streifschuss", kommt es aus ihm heraus. Ich sehe, obwohl es so dunkel ist, dass er Tränen in den Augen hat und seit ich ihn das letzte Mal gesehen habe, um Jahre gealtert ist. Ich nicke, schließe meine Augen wieder, ich kann sie keine Sekunde mehr offenhalten, obwohl ich so darum kämpfe.

Ich möchte wissen, was hier überhaupt los ist, was mit dem Stick ist. Was die ganze Scheiße überhaupt alles soll. Und verdammt, ich will das so schnell wie möglich wissen, nicht wieder ständig die wichtigen Dinge aufschieben.

Ich spüre meinen Arm schmerzen, es wird kalt, dann kommt Schmerz. Kalter Schmerz. Was ist da los? Ich versuche, die Augen wieder zu öffnen. Ich blinzle ein wenig, da sehe ich etwas Weißes. Ich sehe weiter nach oben. Ok, eine Krankenschwester, die meinen Arm verbindet. „Bitte Schmerzmittel", bringe ich heraus. Mein Hals kratzt furchtbar. Da fällt mir wieder ein, dass Matheo vielleicht hier ist. Ich sehe mich um, da kommt er schon zur Tür herein.

„Daria, wie geht es dir? Du bist wach? " Sein Lächeln umhüllt mich mit Liebe. „Ja, es geht schon. Bitte sag mir, bekomme ich etwas zum Schlafen?" Er sieht mich wieder so seltsam an. „Bitte, Schwester." Ich drehe meinen Kopf und bringe so gut es geht heraus „Ich möchte nichts zum

Schlafen, Schmerzmittel ja, sonst nichts bitte." Sie nickt, meint, sie spricht mit dem Arzt, und schon ist sie fort. „Ich liebe dich", höre ich wieder. Er hat einen Kaffee in der Hand, das kann ich sofort riechen. Er merkt es und hält ihn mir vorsichtig hin. Er ist traumhaft. Ich kann kaum schlucken, doch dieser Schluck ist der wahre Himmel.

Als ich die Augen wieder öffne, ist es anders, sie fühlen sich leichter an. Das Zimmer ist hell.

Bis ich mich richtig umsehe, sehe ich, dass Ada hier sitzt. Sie sieht in ein Buch. „Ada", rufe ich verblüfft. Sie strahlt über das ganze Gesicht. „Daria, Gott sei Dank geht es dir gut. Entschuldige, ich habe Matheo rausgeschickt, er soll sich mal umziehen. Du warst eine Woche hier und ich konnte ihn so nicht mehr sehen. Du hast seit gestern keine Schlafmittel mehr. Fühlst du dich besser? Gott. Ich habe dir so viel zu sagen. Ich habe Matheo überredet, dass wir nach Hause können, sobald du wach bist. Du kannst zuhause auch eine

Krankenschwester haben. Ach ja, Mavi und Salomon geht es gut.

Sie vermissen dich. „Es sprudelt alles aus ihr heraus, ich sehe, sie ist von Emotionen umgeben, es ist alles dabei. Sie strahlt.

„Wow. Stopp, Ada, ich kann kaum was verstehen. Ich bin so froh, dass du da bist. Danke, geht es dir gut? Wirklich. Ich hatte so Angst um dich." Sie drückt mich. Genau das, was ich jetzt brauche. „Also, wir können in zwei Stunden heim, sie sagten, die Pflegerin kann heute schon bei uns zuhause sein." Ich nicke, das hört sich gut an.

Da kommt auch Matheo schon herein. Er sieht etwas besser aus. Er kommt sofort auf mich zu und küsst mich. „In zwei Stunden geht es heim, ja? " Ich nicke voller Vorfreude. „Ja, super. Mein Arm schmerzt kaum und ich denke, ich kann zuhause genauso liegen." „Das hast du allein Ada zu verdanken, ich bin noch nicht so begeistert." Er sieht Ada an und nickt ihr zu. Sie verlässt sofort den Raum und rollt davon. Ich runzle die Stirn. Er legt sich neben mir in das Bett. Gut, das ist die beste Medizin, lache ich in mich hinein. Er braucht das genauso wie ich. „Daria, wir müssen zuhause reden. Ich muss dir das erklären, Gonzales hatte recht, zumindest teilweise. Du bist Sira, ich kann es keinen Moment mehr vor dir verheimlichen. Ich will keine Geheimnisse." Sagt er mit dieser Ernsthaftigkeit zu mir, die ich von ihm nicht kenne. Eine Mischung aus Angst und Wut schwingt mit. Doch die Worte, die er benutzt, sind die, die ich die ganze Zeit über vermutete. „Was, du sagst das so, als hättest du es die ganze Zeit gewusst? " Frage ich ihn, ich höre wohl nicht richtig. „Naja, nur teilweise und vermutet. Bitte, ich wollte mit dir sprechen, aber es kam immer wieder etwas dazwischen." Ich atme tief ein. „Ich habe es auch irgendwie gewusst. Matheo, ich habe mit niemandem Ähnlichkeit gehabt. Ich bin viel zu dunkel für den Rest meiner Familie. Ich habe diese Flashbacks, die doch keine einfachen Albträume sind. Ich höre immer wieder die Stimme meiner Mutter, dort unten in diesem Raum. Ich muss mit ihr und dem anderen Mädchen in einer Art Bunker gewesen sein. Irgendwann war es da unten still. Ich habe dazu aber auch Erinnerungen an sie wieder zurückerlangt. Ich sehe sie vor meinen Augen spielen." Er nimmt mich einfach in den Arm und küsst mich. Ich kann ihm das nicht verübeln, wir hatten wirklich nie Zeit, etwas richtig zu besprechen. „Übrigens", meint er leise, mit einem Lächeln, „wir haben ein neues Zuhause. Ich habe es für uns beide gekauft, ein Neuanfang. Du sollst dich ohne Stress erholen. Ohne die Altlasten meines Vaters. Du kannst verändern, was dir nicht gefällt. Ada ist dort auch nebenan,

ja?" Ich sehe ihn lächeln, dieses Lächeln, das ich für nichts eintauschen möchte. Niemals.

Es ist alles noch so schwer zu begreifen, doch das Leben vor ihm war zum Überleben, ich lebte, weil ich es musste. Mit ihm will ich leben, weil ich es will. Das allein berechtigt ihn schon dazu, dass ich ihm das verzeihen werde, ihm verzeihe, dass er mir das nicht gesagt hat.

„Ja wirklich, das hast du alles gemacht, du kannst doch nicht einfach ein Haus kaufen, sag wann? " frage ich ihn, selbst mit einem Lächeln. Nein, ich will nicht mehr in diese Villa zurück. Niemals. „Ich wollte es dir am Sonntag schon sagen, aber dann warst du weg. Gott, Daria, entschuldige, Sira, ich liebe dich. Ich liebe dich mehr als mich. Mehr als ich dachte, es wäre möglich. Du bist das Beste, was jemandem passieren kann. Du hast dir für mich eine Kugel eingefangen, verdammt. Ich dachte, du gehst drauf. Schon wieder. Wenn du das nochmal machst, jage ich dir eine rein. Ich habe Martas Messer in Gonzales gefunden, warst das du? Hast du ihn so abgestochen? " Ich nicke, auch weil ich es nicht sagen will. Ich bin nicht stolz darauf, aber es musste sein. „Das dachte ich mir, du bist die stärkste Person, die ich kenne. Danke, dass du Ada gerettet hast, danke, dass du uns alle gerettet hast. Es tut mir leid, so leid, dass du überhaupt in die Situation gekommen bist, wirklich." Ich lächle ihn an. Was sollte ich dazu sagen? Ich konnte sie nicht sich selbst überlassen. Ich frage ihn stattdessen, auch wenn mein Hals schmerzt und ich so Durst habe. „Weil wir gerade dabei sind: Matheo, wie hast du mich gefunden? " Ich muss es wissen, ich hatte keinen Empfang, nichts. „Deine Kette", meint er leise. „Du hast meine Kette geortet oder wie soll ich das verstehen?", frage ich ihn. Ich muss fast lachen. Er nickt und er sieht zumindest schuldig aus. Ich halte ihm den Mund zu. Nein, mehr muss er nicht sagen. „Danke." Mehr kann ich auch nicht sagen. Nein, ich finde es nicht gut, aber ich bin froh, dass er so ist, wie er ist, und es getan hat. Auch wenn das Kontrollzwang und

Verlustangst bedeutet: „Das kann ich alles irgendwie regeln." Was ich nicht kann, ist, nicht mit ihm zu sein.

Mit meiner neuen Familie.

Am späten Nachmittag kommen wir in unserem neuen Zuhause an. Es ist nicht weit weg von dem alten, aber es ist sofort mein Herzensort.

Ein viel zu großes Herzenshaus, aber unseres. Hell, freundlich. Martha ist sogar da. Gott, habe ich sie vermisst. Sie hat mich sofort in die Arme geschlossen und ist jetzt in der Küche, um die Antwort auf alle Probleme zu erledigen. Sie kocht. Kocht mit Liebe. Umzugskisten stehen noch herum, überall wird irgendetwas gearbeitet. Matheo führt mich auf die Terrasse. Wow, hier gibt es sogar einen Pool. „Also Sira, setz dich hin. Ich wollte eigentlich noch warten, aber es gibt da jemanden, den du kennenlernen solltest. Ich will nicht länger warten!" Er nickt mir zu. Wartet, bis ich sitze. Er ist angespannt. Wer soll das wieder sein? Mavi sitzt auf meinem Schoß und schnurrt vor sich hin. Ich habe so viele Schmerzmittel in mir, dass ich mich eigentlich nur hinlegen möchte.

„Das ist Alessandro", Oh nein, da ist dieser Mann wieder, er kommt auf mich zu, klatscht Matheo auf die Schulter. Wenn ich nicht bereits sitzen würde, würde ich genau jetzt vom Stuhl fallen. Was ist da los? „Sira, ich bin Alessandro." Er setzt sich neben mich, gibt mir ein paar Blätter, welche genau wie die aus meinem Heft sind. Er hat sogar den Stift dazu. Ich höre ihm zu, wie er spricht. Er zeigt sich ruhig und unsicher, doch er wirkt vertraut und nett. Genauso wie da, als ich ihn das erste Mal sah, trotz der ganzen Tattoos. Er soll mein Bruder sein, er ist ein paar Jahre älter als ich. Unsere Eltern wollten sich trennen, doch so wurde meine Mutter mit mir von Gonzales Bruder schwanger. Er wollte aber nicht auf den Thron verzichten. So wäre es durch ein uneheliches Kind, noch dazu ein Mädchen, gekommen. Also hat Alessandros Vater meine Mutter wieder der Vernunft wegen zurückgeholt. Er ist also mein Halbbruder. Die Geschichte dauert mindestens eine Stunde, dann bekomme ich ein Bild. Ein Bild von meiner Mutter. Ich kann es nicht glauben. Was ist das für ein Tag? Es ist, als würde sich das Rätsel meines Lebens auflösen. Alles wird plötzlich klar. Erinnerungen kommen zurück. Ich werde noch einige Zeit brauchen, um das alles zu verstehen, aufzunehmen, was passiert ist. Doch mit ihnen zusammen wird mir das bestimmt gelingen. Es ist besser, jetzt zu wissen, wer ich bin, und mir ein neues Leben aufzubauen, als dieses Leben zu leben, das ich hatte. Es wird noch einige Zeit brauchen, bis ich das alles verdaut habe.

„Es tut mir leid, aber wir haben beim Umzug in deinen Sachen den Rest des Buches gefunden, die fehlenden Seiten. Man konnte an jeder unten eine Note erkennen, die nicht passte. Sie war der Schlüssel zum Schließfach. Das Schließfach, in dem der Stick und der Rest deines Erbes waren. Wir haben es ausfindig machen können. Ich habe dir alles gebracht, keine Sorge." Er lächelt mich an. Er sieht so vertraut aus.

Er nimmt eine kleine Kiste und überreicht sie mir. Ich schiele auf die Schnelle ungläubig hinein. Fotos, Briefe, ein blauer Ring, eine Musikkassette, CDs – wo kommt das alles her? Ich bin überwältigt. Ich würde so gerne hineinsehen, aber ich warte, bis alle weg sind. Ich will meinen Bruder kennenlernen. Er sieht aus wie ich, die gleichen Augen, sogar dieses Muttermal am Finger hat er. Wie ich es habe. Er wird einige Zeit in dem Haus von Matheos Vater leben. So können wir uns sehen und kennenlernen.

Es fühlt sich richtig an. Matheo warf auch irgendwann ein, dass er alles überprüft hat. Hier im neuen Zuhause, die Kameras, den Eingang, alles. Zum hundertsten Mal heute Abend.

Ada ist mittlerweile auch wieder hier. Sie hatte Salomon dabei, auf ihrem Schoß ruhen ihre Karten. Auch sie unterhält sich mit allen sofort gut. Es ist so schön zuzusehen. Ich bin so glücklich. Ich sehe mir immer wieder diese Menschen auf meiner neuen Terrasse an. Sie sind glücklich, verstehen sich. Mein Mann grillt sogar, hier mitten im Oktober. Die Heizpilze lassen die Oktobersonne so toll durch. Es ist ein Traum.

Ja, ich weiß, egal, was in dieser Kiste sein wird, egal, warum ich ohne meine Mutter bin, sie wird in meiner Musik weiterleben. Der Tag vergeht so schnell, dass ich am Abend total fertig bin. Aber ich bin glücklich. Ich liege in der neuen Hängematte, weil ich nicht so lange sitzen sollte. Na gut, dann werde ich ihm eben den Gefallen tun. Das war nicht verhandelbar. Alle, die wir lieben, sitzen um uns herum, reden miteinander und gönnen sich diesen Tag der Auszeit.

Der Einzige, der fehlt, ist Davide. Ich wusste, wieso ich ihn nicht so mag wie Nero: Er war so oft weg und doch immer im Hintergrund. Ich bin so froh, dass wir da lebend herausgekommen sind.

Am Abend, als alle weg sind und wir allein hier unten vor dem Kamin liegen, fühlt sich nichts richtiger an als das. Matheo und ich. Die Liebe meines Lebens. Ich habe mir die Bilder meiner Mutter angesehen, sie hat die gleichen Haare wie ich. Sie war etwas älter als ich jetzt. Das ist der Unterschied. Sonst ist es ein Gesicht. Es tut mir im Herzen weh, was mit ihr geschehen sein muss.

Aber ich weiß auch, wir Lebenden müssen das Leben ehren, es feiern. Leben für die, die keine Chance mehr dazu haben. Und genau das werde ich mit Matheo machen, mit Ada, mit meinem Bruder. Wir werden das Leben leben.

Das Bild, auf dem ich mit meiner Mutter bin, habe ich hier unten auf den Kaminsims gestellt.

Das dumme Hochzeitsfoto hat Matheo weggeworfen, hat er mit einem Lächeln im Gesicht gesagt.

Das sagt mir, er hat sich wirklich verändert. Ada hat ihm sogar geholfen, die Bilder von Samson und Mavi auszudrucken und dazu zu stellen. Es passt alles perfekt hier herein und macht es zu einem Zuhause. Ich bin jetzt Sira Santo. Ja, vielleicht kann ich mich ab jetzt neu definieren, vielleicht ist das als Chance zu sehen. Ich will es jedenfalls versuchen. Mit dem neuen Leben kam auch der neue Name. An meiner neuen Praxis am anderen Ende des Hauses steht schon mein Name, auch wenn sie innen noch nicht fertig ist. Ada hat sich heute beim Essen schon angeboten, mir zu helfen. Sie will eine Aufgabe und ich könnte mir für die Tiere sowieso niemanden Besseren vorstellen.

Glücklich und vollends zufrieden blicke ich mit dem Mann, den ich liebe, in den Kamin. Am Ende des Sofas sitzen meine Tiere und wirken so entspannt, wie ich es selten bin. Ich könnte dahinschmelzen, denn ich liege sogar auf fliederfarbenen Kissen. Was habe ich nur für einen Mann? Ich weiß, um uns herum sind unsere Liebsten. *Wir haben eine Familie.*

Mein Mann liegt neben mir auf diesem tollen Sofa, sein schönes Gesicht flackert im Schein des Feuers.

Er hält mir einen Ring hin. „Sira."

Seine Stimme wirkt nicht so fest wie sonst.

Ich weiß nicht, was er mir sagen will, aber an den Namen muss ich mich gewöhnen. Trotzdem finde ich ihn vertrauter als alles andere in meinem bisherigen Leben.

Mein ganzes Leben habe ich Familie gesucht und habe hier, in diesem Haufen aus vielen komischen und verrückten Menschen, die beste Familie gefunden, die es gibt.

Seine Stimme hört sich etwas gebrochen an, rau und sinnlich. Genau diese, die ich so liebe. „Sira, du hast noch keinen Ring von mir. Als ich damals den alten Ehering wegwarf, war das nur, weil ich nichts von meinem Bruder an dir sehen wollte. Ich wollte etwas von mir, auch wenn ich es noch nicht zugeben konnte. Ich liebe dich und möchte dich fragen, ob du den Rest deines Lebens mit mir verbringen willst. Ich weiß, ich bin nicht perfekt. Aber ich liebe dich, ich schütze dich. Du bist mir mehr wert als ich mir selbst, bitte. Du musst Geduld mit mir haben. Das Beste, das ich geben kann, ist der Versuch. Ich versuche, der perfekte Mann für dich zu sein. Du bist die Person, die jeder anstreben sollte, sein zu wollen. Willst du meinen Ring tragen?"

Seine Stimme ist immer noch so rau und mir laufen Tränen der Rührung meine Wangen herab.

Er sieht mich so liebevoll an. Dieser Mann macht mich immer wieder schwach. „Ja Matheo, ja, ich will deine Frau sein, ich will es genauso auch für dich versuchen. Du bist das, was ich nicht wusste, dass es gibt. Der, den ich nicht dachte, dass ich finden könnte. Du bist die Liebe meines Lebens. Ich liebe dich." Ich sehe mir den Ring an, er ist Silber mit türkisem Stein, vielen kleinen türkisen Steinen. Ich drehe ihn und sehe, innen steht „Sparkling Damage."

Ich bin hin und weg, er hat den Nagel auf den Kopf getroffen. Keine üblichen romantischen Worte, nein, aber für mich die romantischsten. Sein *Ich* als Don wurde zerstört, er hat Matheo hervorgelassen. Funkelnd, in allen Facetten, das sind wir. Nichts mehr von nur grauer Moral.

Nein, Farben machen uns aus. Stürmisch küssen wir uns und ich will ihn nicht mehr loslassen.

Ich bin so gerührt. Perfekter könnte doch kein Tag enden. Und perfekter könnte doch ein Anfang in ein neues Leben nicht starten. Ich blicke positiv in die Zukunft. Gemeinsam werden wir das neue Leben zusammen verbringen.

Es begann alles mit einem Blick durch den Schleier der Tränen, Tränen aus Angst.

Es endet heute mit dem Neubeginn, durch den Blick in eine Zukunft, durch den Schleier der Tränen.

Dieses Mal: Tränen voller Glück, Liebe und Zuversicht.

Ende.

J.B.BLOSSUM

Dies ist eine in sich abgeschlossene Darkromance. Sie ist der erste Teil der Triologie, welche dann unabhängig voneinander gelesen werden kann. Ich freue mich auf euch.

Danke an alle meine treuen Leser und Leserinnen. Danke an alle, die mir die Zeit dafür möglich gemacht haben, die Geschichte der beiden aufzuschreiben. Danke an alle, für die aufmunternden und bestärkenden Worte. Ihr seid toll.

Weiter geht es mit Sparkling Damages

Alessandro und Grace

Korrektorat durch Lektorat Büchersinne
Design wurde durch J.B.Blossum mit Canva Elementen erstellt.
Deutsche Überarbeitete Auflage September 2025__